DANELLE HARMON

Lockruf der Sünde

Roman

Aus dem Amerikanischen von
Jutta-Maria Piechulek

Knaur

Die amerikanische Originalausgabe erschien 1992
unter dem Titel *Pirate in my Arms* bei Avon Books, New York

Besuchen Sie uns im Internet:
www.droemer-weltbild.de

Deutsche Erstausgabe Oktober 2000

Redaktion Claudia Alt
Umschlaggestaltung Zero Werbeagentur, München
Umschlagabbildung Pino Daeni/via Agentur Schlück, Garbsen
Satz MPM, Wasserburg
Druck und Bindung brodard & taupin, La Flèche
Printed in France
ISBN 3-426-69068-3

2 4 5 3 1

Erstes Kapitel

Im Frühjahr 1716 war im Billingsgate-Hafen von Eastham wenig los. Nur ein paar verschrammte Fischerboote lagen im Wasser, und genau vierzehn gelangweilte Seemöwen waren zu faul, um den einlaufenden Booten wegen ein paar Kabeljaubrocken nachzujagen. Als ein drohender Sturm eine alte und reichlich mitgenommene Schaluppe, an deren Masttopp die englische Flagge wehte, zwang, in dem kleinen Hafen Schutz zu suchen, zog das natürlich viel Gerede nach sich.

»Ein nettes kleines Schiff«, murmelte Joseph Doane, der Friedensrichter, der mit seinen grauhaarigen Nachbarn am Kai stand und zusah, wie die Sonne erst golden, dann glutrot in den Gewässern der Massachusetts-Bucht versank. Durch den dichten Tabakrauch hindurch starrte Doane die anderen an und nahm bewusst langsam die Pfeife aus dem Mund. »Wie hieß doch gleich sein Kapitän? Bellamy?«

William Smith, der gerade vom erfolgreichen Netzfischen aus den seichten Gewässern zurückkam, warf einem der Männer ein Tau zu, zog sich aus seinem nach Fisch riechenden Boot heraus und kletterte an Land. »Ja, Bellamy«, brummte er, »vermutlich aus Devon, meint John Knowles.«

»Ach, aus dem Westen? Dann kann er nicht ganz so schlecht sein. Fragt sich nur, was er hier in diesen Breiten zu suchen hat ...«

»Er soll sich hier nach Partnern für seine Schatzsuche umsehen.«

»*Schatzsuche?* Mach keine Witze, Mann!«
»Das hat Knowles jedenfalls gesagt.«
»Knowles? Was weiß der denn schon?« Doane schob sich die Pfeife wieder zwischen die Zähne. »Der ist genauso unglaubwürdig wie seine wirrköpfigen Töchter.«
Von solch wilden Spekulationen hielt der fromme Reverend Treat gar nichts, da er genau wusste, warum ein so verwegener und abenteuerlustiger Typ wie Samuel Bellamy ausgerechnet hier den Anker warf. »Dieser Teufelsbraten!«, wandte er sich voller Protest an seine gläubige Gemeinde. »Der will doch nur Ärger machen!«
Und da die kichernden und mit Morgenhauben bekleideten weiblichen Gemeindemitglieder seine Predigt missachteten und lieber über den teuflischen Seekapitän tuschelten, schien sich seine Prophezeiung bereits zu erfüllen. Der Teufel war bereits am Werk.
»Ich verstehe gar nicht, warum du dir Hoffnungen machst, Jane. Er soll doch nur so lange bleiben, bis das Wetter aufklart«, flüsterte die junge Thankful Knowles, während sie angelegentlich in ihr Gesangbuch blickte.
»Hoffnungen? Ich schwöre dir, dass ich ihn noch vor Ende dieser Woche auf mich aufmerksam machen werde.«
Köpfe drehten sich nach ihnen um. Ein Diakon sah wütend in ihre Richtung, und der Pfarrer warf ihnen einen warnenden Blick zu.
Das Flüstern wurde leiser. »Aber Jane, Reverend Treat sagt, dass er den Teufel im Leib hat.«
»Ich weiß, Dummchen. Deshalb ist er ja so … anziehend. Glaubst du denn, ich würde meine Zeit verschwenden, wenn er genauso *lahm* wäre wie alle anderen hier?«
»Also Jane, das geht zu weit! Du bist doch einem *anderen* versprochen!«
»Vielleicht hat er Neuigkeiten aus England«, sagte Maria Hallett in der Reihe hinter ihnen. »Man kann doch nicht sagen,

dass er vom Teufel besessen ist, nur weil er nicht zum Gottesdienst erscheint. Vielleicht hat er gute Gründe für sein Fortbleiben.«

»Ruhig, Maria! Du hast den Reverend gehört!«, zischte die Frau mit dem mürrischen Gesicht, die neben ihr saß. »Er bringt nur Ärger, und wenn ihr Mädchen nur einen Funken Verstand habt, solltet ihr euch von ihm fern halten!« Sie senkte die Stimme, so dass nur Maria sie verstehen konnte. »Schamlose Gören! So ein Gerede, und noch dazu am Tag des Herrn!«

Doch ihre Worte, die ihre unschuldige Nichte davon abhalten sollten, sich für den angeblich so gut aussehenden englischen Kapitän zu interessieren, waren überflüssig. Maria Hallett, deren Gedanken nur um Jonathan Dratham kreisten, interessierte sich weder für den Abenteurer aus dem Westen noch dafür, dass Reverend Treat all jene vor den gerechten Strafen warnte, die sich fleischlicher Sünden schuldig machten ...

Maria wusste nicht, was fleischliche Sünden waren, hatte den Engländer nicht kennen gelernt und auch keine Lust dazu. Und selbst wenn, würde ihre Tante, die sie mit Argusaugen bewachte, jede romantische Anwandlung sofort im Keim ersticken.

Maria hatte zwar das heiratsfähige Alter von fünfzehn erreicht. Einerseits war sie eine junge Fünfzehnjährige, der die Tante nur ein höchst beschütztes Leben zu führen erlaubte. Andererseits wirkte sie mit ihrer liebreizenden Schönheit zwei oder drei Jahre älter – mit diesem dicken, goldenen Haar, das jetzt hoch über ihrem anmutigen Nacken aufgesteckt war, den verblüffend türkisfarbenen Augen und einem Gesicht, das so zart und vollkommen war. Doch wenn man genauer hinsah, konnte man erkennen, dass Maria Halletts trotz ihrer hohen kleinen Brüste und den sich entwickelnden Formen keinen Tag älter als fünfzehn war.

Vor allem auch wegen des Unschuldsblicks ihrer seegrünen Augen. Denn Maria Hallett achtete nur deshalb nicht auf die leidenschaftliche Predigt des Reverends, weil sie sie nicht verstand. Und diese Predigt schien keine Ende nehmen zu wollen. Seufzend schaute Maria auf das in Leder gebundene Buch herab. Die Knowles-Schwestern flüsterten jetzt wieder lauter, und das adlerartige Gesicht ihrer Tante war vor Missbilligung verkrampft. Gehorsam senkte Maria wieder den Blick und versuchte, der Predigt zu folgen.

»Kannst du das denn nicht genauer erfahren, wie lange er bleibt? Deine Freundin Prudence arbeitet doch in der Taverne, in der er auch wohnt? Und ich frage mich, warum er nicht zur Kirche gekommen ist...«

Reverend Treat sah scharf herüber. »Mädchen!«

Überrascht verstummten die Knowles-Schwestern sofort.

»Vielen Dank«, sagte er beleidigt. Er räusperte sich und fuhr mit donnernder Stimme fort: »Ja, meine lieben Kinder, die Strafen der Hölle werden diejenigen erwarten, die dem bösen Ruf des Fleisches folgen! Ewige Verdammnis wird jenen drohen, die sich den Freuden des Teufels hingeben!«

Während er sich erneut von seiner Predigt mitreißen ließ, schlug der Regen gegen die Fenster, und die Knowles-Schwestern flüsterten schon wieder.

Draußen vor dem Versammlungshaus warteten Thankful und Maria im Sprühregen, denn nach dem Gottesdienst sprach Tante Helen immer mit dem Reverend, und Mrs. Knowles unterhielt sich mit ihren Nachbarn. Der Regen schien ihnen nichts auszumachen und sie redeten sogar noch länger als sonst. Jetzt wurde sogar Jilly unruhig, Tante Helens Stute, die genauso halsstarrig war wie ihre Besitzerin.

»Also, Thankful, du solltest wirklich vorsichtiger sein«, sagte Maria, »hast du nicht gesehen, wie Reverend Treat dich angesehen hat? Demnächst wird er dich noch vor allen Leuten ermahnen!«

»O Gott, Maria, du klingst ja schon fast wie deine Tante. Gleich wirst du noch sagen, dass Gottes Zorn über mich kommen wird, weil ich der Predigt nicht zugehört habe.«

»Der Sonntagsgottesdienst ist ja wohl kaum der rechte Ort, sich über Männer zu unterhalten.«

Thankful verdrehte die Augen. »Ach du liebe Güte! Wo sonst sollten wir uns über sie unterhalten? Möchte Gott denn nicht, dass wir uns gute Christen als Ehemänner suchen?«

»Sam Bellamy scheint mir *kein* besonders christlicher Mann zu sein«, erklärte Maria streng. »Schließlich war er heute nicht in der Kirche. Und er scheint sich auch nicht zu einem guten Ehemann zu eignen.«

»Ach, du hast ja keine Ahnung! Du hast den Mann ja noch nicht einmal kennen gelernt!«

»Nach allem, was über ihn im Umlauf ist, habe ich dazu auch gar keine Lust!«

Thankful zuckte mit den Schultern und hüllte sich tiefer in ihren wollenen Umhang. »Aber Miss Hochwohlgeboren weiß ja wohl genau, wie ein guter Ehemann beschaffen sein muss, was?«

»Zufälligerweise ja!«

»Und zwar?«

»Erstens würde er keinen Sonntagsgottesdienst verpassen. Zweitens wäre er alles andere als ein Seemann. Tante sagt, dass das die Schlimmsten seien. Und drittens müsste er ein Mann sein, dessen Name nicht von jeder Frau in der Gemeinde durchgehechelt wird.«

»Und du bist nicht einmal *neugierig* auf Bellamy?«

»Nein, muss ich das denn sein?«

Wieder verdrehte Thankful die Augen. »Himmel, Maria, du musst noch *so* viel lernen.«

»Es gibt hier in Eastham genügend Männer, die bessere Ehemänner wären als irgendein Fremder, der nicht einmal zum Gottesdienst geht.«

Eine brennende Röte breitete sich auf Marias Gesicht von der

Stirn bis zum Haaransatz aus. Als Thankful das sah, lächelte sie und stieß ihr einen Ellbogen in die Rippen. »Bist du immer noch hinter Jonathan her, Maria?«
Marias blonder Kopf schnellte empor. Panik verdunkelte ihre exotischen Augen. »Ja, und wage ja nicht, auch nur ein Wort darüber zu verlieren!«
»Ach, sei doch nicht albern. Natürlich sage ich nichts. Aber ich kann gar nicht verstehen, warum du das unbedingt verschweigen willst. Willst du das noch geheim halten, wenn ihr beide heiratet?«
»Heiraten!« Maria lachte kurz auf. Und dann seufzte sie, und ihre Schultern sanken hoffnungslos herab. »Er wird mich nicht heiraten, Thankful. Er weiß ja nicht einmal, dass es mich gibt.«
»Also, nun mach mal ...«
»Es ist wahr!«, rief sie, und in ihrer klaren melodischen Stimme schwang Verzweiflung mit. »Er grüßt mich zwar, doch er behandelt mich, als sei ich nur ein lästiges Kind. Ich trage meine schönsten Kleider, wenn ich in die Stadt komme, ich webe Decken für seine Mutter – sie muss sich um so viele kleine Kinder kümmern –, und trotzdem beachtet er mich nicht. Ich habe es sogar schon mit Beten versucht, aber auch *das* hat nichts gebracht!«
Thankful sah überrascht aus, denn auf Marias Schönheit war jede Frau in Eastham neidisch. »Er weiß es vielleicht nicht.«
»Das ist das Dümmste, was ich je gehört habe.«
»O, Maria, du bist so ... *jung!* Manche Männer wissen gar nicht, was sie empfinden und andere wissen es nur zu gut. Aber ich kann dir sagen, dass die Herstellung von Decken und das Beten nicht dazu taugen, Jonathan auf dich aufmerksam zu machen.« Sie schaute Maria in deren herrliche Augen, auf die sie schon immer neidisch gewesen war. »Hör auf mich. Du bist eine Frau. Der liebe Gott hat dir deine Schönheit zuteil werden lassen – und mehr davon als uns allen –, doch er hat dir auch noch das gegeben, das er jeder Frau gibt: Man nennt

es weibliche List. Benutze sie dazu, das zu bekommen, was du haben möchtest!«

»Ich *besitze* keine weibliche List. Und selbst wenn ich sie hätte, wüsste ich nicht, was ich damit tun sollte. Ich weiß ja noch nicht einmal, was es mit ihr auf sich hat.«

»Oh, du hast sie wirklich«, erklärte Thankful mit der wichtigen Miene der Wissenden. Marias schönes Gesicht sah verwirrt aus. »Du möchtest doch Jonathans Aufmerksamkeit gewinnen? Dann musst du dir einen ... Rivalen für ihn suchen. Einen sehr *erfahrenen* Rivalen.«

»Es gibt niemanden, der erfahrener ist als Jonathan.«

»Sei kein Dummkopf, Maria. Natürlich gibt es den.«

Maria sah sie hoffnungslos an. »Und wen?«

»Zum Beispiel diesen Engländer, diesen Samuel Bellamy.«

»Also wirklich, Thankful, jetzt bist du *wirklich* albern.«

»Schscht! Sprich leise, sonst hört dich jemand!« Sie senkte die Stimme zu einem verschwörerischen Flüstern und verängstigte Maria nur noch mehr, als in ihren Augen auch noch ein schelmisches Glitzern erschien.

»Ich habe einen Plan, und wenn du den erst kennst, wirst du ihn nicht mehr so lächerlich finden. Wir müssen uns beeilen. Mutter wird gleich herauskommen. Maria, hörst du mir zu?«

Maria seufzte hilflos und sah auf. »Ja.«

»Gut. Also, es ist alles recht einfach. Du musst Jonathan nur eifersüchtig machen. Und wer könnte sich dazu besser eignen als der bestaussehende Mann in der Stadt ...«

Maria wandte sich ab. »*Jonathan* ist der bestaussehende.«

»Ha! Du hast Sam Bellamy ja noch nicht gesehen. Jetzt hör zu. Der Plan ist ...«

»Thankful. Ich weiß jetzt schon, dass er mir nicht gefallen wird. Als du das letzte Mal einen deiner ›Pläne‹ ausgeheckt hast, hat mich ganz Eastham ausgelacht! Mach deine Scherze mit jemand anderem! Ich möchte mich nicht mehr zum Narren halten lassen!«

»Aber man wird nicht über dich lachen, sondern dich *beneiden.*« Ein unbehagliches Gefühl beschlich Maria. Doch es konnte ja nichts schaden, Thankfuls Idee anzuhören.

»Du musst ihn nur dazu bringen, dass er sich in dich verliebt. Und *das* sollte bei deinem Aussehen nicht schwer sein.« Sie sprach schnell weiter, als Marias Mund entsetzt aufklappte. »Ich weiß, dass du Jonathan haben willst und nicht Sam Bellamy. Aber denk darüber nach, Maria! Wenn Jonathan hört, dass du einen anderen Mann für dich eingenommen hast, wird er auf dich aufmerksam – das garantiere ich dir!«

Maria starrte sie wie betäubt an und schüttelte abwehrend den Kopf. »Nein, Thankful. Ich habe so viel über Sam Bellamy gehört, dass ich ihn weder *kennen lernen* noch in mich verliebt machen möchte!«

Thankful zuckte die Achseln und wandte sich ab. »Na gut. Mir soll's recht sein. Aber beklag dich nicht bei mir, wenn Jonathan eine andere heiratet. Zum Beispiel Sarah Freeman oder die einfache kleine Amanda Nickerson ...«

Sarah Freeman? Amanda Nickerson?

Maria rang die Hände. Würde sich der starke hübsche Jonathan wirklich für Sarah interessieren, oder sogar für Amanda? Allein die Vorstellung war entsetzlich! Und dann regte sich etwas in ihrem jungen romantischen Herz, das sie manchmal dazu brachte, ihrer Tante die Stirn zu bieten, um dann von ihr sofort als frech bezeichnet zu werden: Mut.

»Thankful ... warte.«

Thankful unterdrückte ein Lächeln. Die unschuldige, naive Maria hatte den Köder geschluckt. Ach, das würde ein Spaß werden! Sie konnte auch noch Prudence in der Taverne zum Mitspielen einladen. Und vielleicht würde sich keiner der jungen Männer mehr so sehr für Marias Schönheit interessieren, wenn ihre Unschuld nicht mehr unbefleckt sein würde, nachdem *diese* Idee Früchte getragen hatte! Vielleicht würden sie sich dann um sie selbst bemühen!

»Ja?«, gurrte sie.
Nervös schaute Maria sich um. »Was muss ich also tun … um diesen Mann in mich verliebt zu machen?«
Thankful lächelte. »Küsse ihn«, verkündete sie.
»Was?«, schrie Maria laut auf.
»Also, Maria, du tust ja geradezu, als sei das schlimmer als der Tod! Aber, na ja, vielleicht ist es das ja auch …« Mit verträumtem Blick schaute sie zu dem dunklen Himmel hinauf. »Würde Sam Bellamy *mich* küssen, würde ich bestimmt sterben.«
Maria verdrehte die Augen.
»Hast du eine bessere Idee?«, zischte Thankful.
Maria schüttelte den Kopf und versuchte, die böse Vorahnung beiseite zu schieben. Ihre Hände waren feucht. Sam Bellamy! Man munkelte, dass der Satan selbst ihm aus den kohlschwarzen Augen herausschaue und dass er als Freibeuter in Englands langem Krieg mit Frankreich gegen die spanische Erbfolge gekämpft hätte. Man sagte, dass er an Orten gewesen sei, von denen noch niemand gehört hatte, dass er mehr trank als Peter Cotter und dass er so fluchen könne, dass einem die Haare zu Berge stünden. Und er war heute Morgen nicht in der Kirche gewesen.
»Denke an Jonathan, Maria«, riet ihr Thankful.
»Aber ich möchte nicht, dass Sam Bellamy mich liebt! Du hast doch gehört, was man sich über ihn erzählt!«
»Ich habe doch nicht gesagt, dass du ihn auch lieben musst. Lieber Gott, Maria, es ist doch nur ein Kuss! Mehr musst du nicht tun, damit er sich verliebt. Nur einen kleinen Kuss. Männerherzen sind wie Kerzenwachs. Sobald man sie erwärmt, tun sie alles für dich. Mach sie verliebt, und wenn du sie leid bist«, sie schnipste mit den Fingern und zuckte gleichmütig mit den Schultern, »dann verlasse sie und suche dir einen anderen, der dir besser gefällt.«
Es war ein gemeiner Plan, aber das spielte keine Rolle. Sie würde ihn sowieso nicht ausführen. »Das klingt bei dir ganz

einfach«, sagte Maria bedrückt. Doch sie wusste ebenso wie Thankful, dass sie es machen würde. Schließlich war Jonathan einen harmlosen Kuss von Sam Bellamy wert.

»Guck doch nicht so ängstlich. Du machst Bellamy nie auf dich aufmerksam, wenn du aussiehst, als würdest du um Mitternacht über den Friedhof gehen. Du musst lernen ... verführerisch auszusehen.«

»Verführerisch? Was soll denn das nun wieder heißen?«

»Ach, egal«, sagte Thankful und schüttelte den Kopf über so viel Arglosigkeit. »Du bist viel zu naiv und unschuldig, um die Verführerin zu spielen. Bellamy würde das sofort durchschauen! Also musst du so tun, als wärst du ... eine Verführerin, die die Unschuldige spielt!«

Maria kämpfte gegen die wachsende Panik in sich an. »Und wann wirst du diesen Plan in Angriff nehmen, Thankful?«

Das Lächeln des Mädchens wurde hinterhältig und verstohlen. »Heute Nacht.«

Samuel Charles Bellamy wusste genau, dass er ein gottloser Gauner war und ein widerspenstiger Freidenker dazu. Deshalb hatte Reverend Treat ja über die Strafen für jene gewettert, die der Kirche fernbleiben; und deshalb hatte Sam ja auch so verdammt große Schwierigkeiten, die Leute hier von seinem neuesten und brillantesten Plan zu überzeugen, der ihre Geldanlage verzehnfachen konnte.

»Gottverdammte Puritaner«, murmelte er in sein Ale hinein.

Er war der jüngste Sohn einer mutterlosen Familie, die aus einem Bruder und drei Schwestern bestand und die ihn von dem Moment an abgelehnt hatte, als er schreiend zur Welt gekommen war, während seine Mutter gleichzeitig diese Welt verlassen hatte. Er hatte in seinem siebenundzwanzigjährigen Leben gelernt, andere Menschen so zu beeinflussen, dass sie ihm seine Wünsche erfüllten. Daher war er auch zuversichtlich, dass ihm das bei diesen knickerigen Dorfbewohnern erneut gelingen würde. Obwohl er wirklich kein gottesfürchtiger und ehrbarer Mann war, konnte er sich gut als solcher ausgeben, und wenn er von Zeit zu Zeit sein wahres Ich zeigte – das nicht ganz so brav und gezähmt war –, dann entfachte er damit das Interesse an ihm nur noch mehr.

Doch diese verfluchten Bewohner der Halbinsel Cape Cod waren aus einem anderen Holz geschnitzt.

Er hatte sie als leichte Beute angesehen, doch er hatte ihren Widerstand, ihre Klugheit und ihren völligen Mangel an Abenteuerlust unterschätzt. Für sie, vor deren Küste so viele Wracks lagen, dass sogar die Älteren aufgehört hatten, sie zu zählen, kam es nicht in Frage, Geld für die Rettung einer spanischen Schatzflotte aufzubringen, die vor einem Jahr tausend Meilen entfernt Opfer eines Hurrikans geworden war. Und besonders dann nicht, wenn der Retter ein Abenteurer war und ein Fremder obendrein. Dabei spielte es auch keine Rolle, dass die Wracks dicht vor der Küste lagen, wo das Wasser so flach war, dass man praktisch hinauswaten und die Schätze einsammeln konnte. Für sie und ihre engstirnige Denkweise war das Wenige, was sie über ihn wussten, nicht faszinierend, sondern nur ein Grund zum Argwohn.

Doch Sam Bellamy erregte gern die Aufmerksamkeit anderer, und davon bekam er heute mehr als genug, als er in Higgins Taverne von Eastham sein Ale trank.

Wenn sie auch noch so gerissen und misstrauisch waren, ein verdammt gutes Bier konnten sie wirklich brauen.

»Noch einen Krug, Kapitän?«, schnurrte das Barmädchen, eine kleine freche Schlampe namens Prudence.

»Ja, und noch eine Runde für die Jungs hier«, sagte er freundlich.

Sie war einen Augenblick später wieder zurück, musterte ihn einladend, und ihre Augen betrachteten Körperstellen, von denen ein anständiges puritanisches Mädchen gar nichts ahnen sollte. Er bedachte sie mit einem teuflisch charmanten

Lächeln, nahm das Ale, ließ die Münze in ihre pummelige kleine Hand fallen und betrachtete die Fischer und Bauern, die um seinen verschrammten Tisch saßen. Und sie starrten ihn mit ihren verschwommenen Augen an.
Sie waren zwar nicht an seiner Schatzsuche interessiert, doch er selbst faszinierte sie doch.
Mit dem rechten Maß an Gelassenheit lehnte sich Sam auf seinem Stuhl zurück und trank sein Ale, während seine dunklen blitzenden Augen seine lockere Haltung Lügen straften. Glänzendes welliges Haar umrahmte ein glatt rasiertes Gesicht, das nur aus scharf geschnittenen Kanten und Flächen bestand. Es war ein gut aussehendes Gesicht mit einem kräftigen kantigen Kinn, hohen Wangenknochen und bezwingenden Augen, die nur so vor Schurkerei glitzerten.
Sams durchdringenden intelligenten schwarzen Augen entging nichts. Er wusste, was die Leute von ihm hielten. Und er wusste auch, dass er sich davonmachen würde, sobald der Wind sich drehte und über das Meer blies, denn eher konnte er einem kahlköpfigen Mann Haare ausreißen als in Eastham Geld locker machen.
Heute Nacht konnte er jedoch nur in dieser Taverne herumsitzen, die nach Fett, Ale, Schweiß und Pfeifentabak stank, und so lange trinken, bis sie geschlossen wurde. Vielleicht konnte er sich ja bis dahin ein wenig für Prudence erwärmen, die ihn keck dazu eingeladen hatte, sie um Mitternacht an der gottverlassenen Apple-Tree-Lichtung zu treffen. Prudence war zwar keine überwältigende Aussicht, doch wie jedem anderen temperamentvollen Seemann machte es ihm Spaß, sich mit einem Mädchen die Zeit zu vertreiben. Außerdem war sie eine weit bessere Gesellschaft als diese geizigen Männer – auch wenn sie wirklich etwas zu pummelig für seinen Geschmack war.
»Erzählen Sie uns noch etwas über diese Schiffe, Kapitän«, sagte einer der Männer, als er sich ihm gegenüber auf die Bank setzte.

»Ich habe euch alles erzählt, was es zu sagen gibt, mein Freund. Was soll ich denn sonst noch sagen? Elf spanische Schatzschiffe hat der Hurrikan im letzten Sommer erwischt und auf die Riffe vor Florida so dicht an die Küste geworfen, dass das Gold und Silber einfach am Meeresboden liegt und darauf wartet, von jemandem aufsammelt zu werden.« Er hob seinen Krug und trank das kühle, leicht bitter schmeckende Ale. »Und das nötige Geld habe ich auch erwähnt.«

»Aber ich kann kein Geld in solch eine Unternehmung investieren«, jammerte der Bauer. Er schaute auf seine Hände herab, an denen die Erde klebte, die sein ganzes Leben bedeutete, und dunkle Ränder unter seinen Nägeln bildete. Er sah hoffnungsvoll auf. »Aber ich arbeite hart und lerne schnell. Vielleicht können Sie ja noch jemanden an Bord Ihrer LILITH gebrauchen?«

»Ja, vielleicht«, sagte Sam vage, doch seine Aufmerksamkeit war jetzt auf die Tür gelenkt. Ein neuer Gast trat ein. Seine scharfen Augen zogen sich nachdenklich zusammen. Der Mann war groß und modisch gekleidet. Sein grünes Samtjackett, die Seidenhose und die goldgestickte Weste ließen ihn, im Vergleich zu den Männern vom Cape und ihren zerschlissenen Kleidern aus selbstgewebtem Stoff und Wolle, wie einen Pfau im Hühnerhof erscheinen. Er hob eine Augenbraue. Vielleicht kam von diesem Mann das finanzielle Rüstzeug, das er so verzweifelt brauchte.

Der Neuankömmling nahm den Hut ab, stampfte den Sand von den Schuhen mit den Silberschnallen und ließ die Tür hinter sich zufallen. Seine warmen braunen Augen betrachteten die anderen Gäste, während er die Hand zum Gruß erhob. Es war deutlich zu sehen, dass er ein häufiger Gast hier war.

Mit der Geduld eines Mannes, der auf etwas Gutes in aller Ruhe warten konnte, legte Sam seine langen, in Stiefeln steckenden Beine auf den Tisch und griff wieder nach seinem Ale. Er muss-

te nicht lange warten, denn aus dem Augenwinkel heraus bemerkte er, dass der Neuankömmling in seine Richtung sah.
Der vierzigjährige Paul Williams, der gerade aus Rhode Island eingelaufen war, wo sein Vater einst Generalstaatsanwalt gewesen war, griff nach Prudences Arm, als sie mit schwingenden Röcken an ihm vorbeieilen wollte. »Wer ist der Fremde?«, fragte er und deutete mit dem Kopf auf Sam.
»Hallo, Paul!«, rief sie im Herumwirbeln aus. Ihre Miene wirkte gehetzt, und das Haar fiel strähnig über ihr Gesicht, doch sie hatte wie immer ein Lächeln für ihn. »Wie schön, dich wiederzusehen, du alter Schuft!« Dann erinnerte sie sich an seine Frage, sah zu dem Engländer hinüber, der wie ein König Hof hielt, während seine Untertanen ihm ihre Aufwartung machten. »Er kommt aus Devon. Sam Bellamy.« Ihr Lächeln wurde listig. »Gut aussehender Halunke, was?«
Grinsend nahm Paul ihr einen Bierkrug aus der Hand. »Deine Augen sind ja wohl immer auf Abwegen, was, Pru?«
»Ich! Ha! Wenn es um Abwege geht, dann denk mal daran, dass du eine Frau und Kinder hast, die in Rhode Island auf dich warten. Du und deine Abenteuerlust! Warum gehst du nicht zu ihnen nach Hause und wirst endlich sesshaft?«
»Das werde ich bestimmt, Pru, aber alles zu seiner Zeit.« Sein neugieriger Blick ging zurück zu dem Engländer. »Und was macht er hier in der Stadt? Ärger?«
»So könnte man es nennen«, sagte Prudence und wünschte zum hundertsten Mal, dass sie sich nicht zu diesem dummen Plan der Knowles-Schwestern hätte überreden lassen. Sie hätte alles dafür gegeben, wenn sie selbst Sam Bellamy in der Apple-Tree-Lichtung heute Nacht treffen könnte – doch Thankful hatte betont, dass die kleine Maria Hallett in letzter Zeit zu viel Aufmerksamkeit erregte. Und solange diese zänkische Tante ihr verbat, ihre Verehrer zu sehen, würde sich diese Aufmerksamkeit nur noch verstärken. »Wenigstens glaubt Reverend Treat das. Aber du kennst ihn ja. Er misstraut jedem, den er

nicht kennt und gibt das auch unumwunden zu. Natürlich glauben ihm die Leute alles. Himmel, wenn er ihnen weismachen würde, dass den Schweinen acht Flügel wachsen, würden sie das vielleicht auch noch glauben.« Sie verdrehte die Augen und beugte sich herab, um eine Bierpfütze von einem Tisch fortzuwischen.

»Was aber macht er hier?«, beharrte Paul.

»Er ist auf der Jagd nach Galeonen voller Schätze, die vor Florida gesunken sind, und er versucht, Geld für die Bergung aufzutreiben.«

»Ach?«

»Sag ja nicht, dass dich diese verrückte Idee auch fasziniert!«

Doch Paul bahnte sich schon einen Weg durch die Menge.

Aus dem Augenwinkel heraus sah Sam ihn kommen. Es war so, wie er es vorhergesehen hatte; dieser Herr hatte Interesse. Lässig nahm er sein Bier, trank einen Schluck und verbarg damit geschickt sein Lächeln. Er durfte nicht zu versessen erscheinen. Der Ankömmling sah aus, als hätte er nach vielem gestrebt und vieles erreicht, aber als fehle ihm die rechte Spannung im Leben. Er war ein Mann, der vielleicht keine Angst hatte, in den Wind zu spucken oder eine Münze zu werfen und zu hoffen, dass die richtige Seite oben liegen würde ... Vielleicht war er vom Leben gelangweilt und bereit, etwas Neues auszuprobieren. Sam musterte ihn und bemerkte dabei die geschmackvolle Kleidung, die teure Allongeperücke und die Haltung, die von guter Herkunft und Wohlstand zeugten; doch für Paul war es, als hätte der Engländer mit diesem einem Blick sein gesamtes Leben innerhalb von Sekunden erfasst.

Es war ein flüchtiger, fast zurückweisender Blick, und er heizte Pauls Neugierde nur noch mehr an – genauso, wie Sam es auch beabsichtigt hatte. »Was ist mit diesem Schatz?«, fragte er, und als der Engländer ihn nun mit seinen schwarzen Augen betrachtete, war sein Blick alles andere als abweisend.

»Zieh dir einen Stuhl heran, dann werde ich dir davon berichten.« Seine Worte hatten den Tonfall eines Mannes aus dem Westen, und er sprach mit einem schneidigen, angenehmen Bariton. Als er die Hand hob und dem Barmädchen zuwinkte, sah Paul, dass die Haut des anderen tief gebräunt war und die Spitze an seinen Handgelenken und am Hals strahlend weiß davon abstach. »Prudence, sei so freundlich und bring meinem Freund hier etwas zu trinken«, sagte er, als sei er es gewohnt, Befehle zu erteilen. Doch sein Verhalten war nicht aufgeblasen, sondern so, wie man mit einem alten Freund sprechen würde.

»Also, das ist wirklich nicht nö...«, begann Paul.

»Unsinn. Was soll es denn sein, mein Freund? Ale, Rum? Wie wäre es mit etwas Apfelwein? Sie sollen hier den besten machen!«

Paul grinste und freute sich über die Großzügigkeit des Engländers. »Ein Ale bitte, Pru«, sagte er nach kurzem Überlegen.

»Bring uns zwei«, sagte Sam. Er warf Paul einen prüfenden Blick zu. »Und du?«, fragte er dann. »Du scheinst ein unternehmungslustiger Typ zu sein. Wie heißt du, Freund?«

Paul streckte die Hand aus. »Williams.« Er räusperte sich und fügte etwas befangen hinzu: »Palsgrave Williams.«

»Palsgrave ...« Sam kicherte, und in seinen dunklen Augen blitzte ein Licht auf. »Ich hoffe, du hast nichts dagegen, wenn ich dich Paul nenne.«

»Nein, bestimmt nicht. Alle meine Freunde nennen mich so.«

»Gut. Das ist verdammt viel leichter zu sagen als Palsgrave!« Sein Lachen verebbte, und seine Augen wurden wieder ernst. »Ich freue mich, dich kennen zu lernen, Paul.« Nun streckte auch er die Hand aus, und Paul fand seinen Handschlag sicher, fest und stark. »Ich bin Sam Bellamy.«

Und nun wiesen dieses obsidianfarbenen Augen die Bewohner vom Cape Cod zurück, denn Sam hatte endlich den Mann gefunden, der sich ernsthaft für seine Pläne interessierte. Er erzählte Paul von den gesunkenen spanischen Schatzgaleonen, dem Silber, dem Gold und den Juwelen, die nur darauf warteten, dass man sie aus den warmen Gewässern Floridas hob, und auch von seinem hübschen Schiff LILITH. Sie tranken ein Ale nach dem anderen, und schon lange bevor der letzte Gast ging und Sam sich an sein Treffen mit Prudence erinnerte, lachten und schwärmten sie miteinander und tranken auf ihre gemeinsame Zukunft – ihre sehr *reiche* Zukunft.

»Scheint ja eine tolle Idee zu sein«, sagte Paul. »Und je früher wir zu diesen südlichen Gewässern aufbrechen, desto besser!« Er sah, dass sein Gefährte ihn nur mit einem teuflischen Glitzern in seinen unergründlich schwarzen Augen beobachtete.

»Und was meinst du dazu, mein Freund?«, fragte er, als er eine letzte Münze aus der Tasche zog und die letzte Runde bestellte.

»Ich glaube«, sagte er listig, »dass Reverend Treat uns für ein sehr Furcht erregendes Gespann halten wird!«

Zweites Kapitel

Sam Bellamy konnte eine ganze Menge vertragen und war stolz darauf, dass er jeden Mann in Eastham unter den Tisch trinken konnte. Doch um Mitternacht verdammte er sich selbst dafür, genau das getan zu haben, denn sein Kopf tat ihm weh, und es war lange her, dass er so betrunken gewesen war wie jetzt.

Eines musste er dem Mann aus Rhode Island lassen: Paul Williams hatte verzweifelt versucht, Bier um Bier mit ihm mitzuhalten. Nun schnarchte er betrunken auf einem Stuhl neben dem verlöschenden Kaminfeuer. Paul war nicht der Erste, der geglaubt hatte, ihn übertrumpfen zu können, und er würde auch nicht der Letzte sein, der das Gegenteil feststellen musste. Gähnend stand Sam auf, streckte seine steifen Glieder und ging zur Tür.

Ein scharfer Wind schlug ihm entgegen, als er nach draußen ging. Er erfrischte und belebte ihn, und erregte seinen Appetit auf das, was Prudence ihm angeboten hatte. Er konnte es kaum noch erwarten, in See zu stechen und das öde langweilige Land zu verlassen. Zwar fand er die Bedrohungen durch Indianer und wilde Tiere nicht unbedingt langweilig, doch da er seine einsame Kindheit damit verbracht hatte, im Hafen von Plymouth die herrlichen Schiffe ein- und auslaufen zu sehen, lag ihm das Meer im Blut. Und als vor langer Zeit an einem kalten Februartag, als er neun Jahre alt geworden war, weder sein Vater noch seine Geschwister an ihn dachten oder sich darum kümmerten, dass er Geburtstag hatte, hatte er seine Familie verlassen und war an Bord der Britania, der Fregatte der Königlichen Marine, zur See gefahren.

Doch das war schon so lange her ...

Die See hatte ihn geliebt und er sie auch, und obwohl sie ein harter Lehrmeister gewesen war, hatte sie ihn bestens ausgebildet. Jetzt war ihr sirenenartiger Ruf so stark, dass er mit dem Gedanken spielte, Prudence unter ihrem verdammten Apfelbaum vergeblich warten zu lassen und lieber zu den Sandsteinklippen zu gehen und von dort aus die See zu beobachten, wie er das als einsamer kleiner Junge so oft getan hatte.

Er seufzte tief. Die See würde auch morgen noch da sein. Im Morgenlicht würde er zu den Klippen gehen und zusehen, wie die Sonne sich in einer wahren Farbenexplosion aus dem Ozean erhob.

Er dachte wieder an Prudence. Er hatte viel zu lange schon keine Frau mehr gehabt. Verdammt viel zu lange.

Die Taverne war jetzt hinter ihm verschwunden. Er ging durch buschartige Pechkiefernzweige. Hier duftete es süß nach Kiefern, Flieder und Apfelblüten.

Ach ja, Apfelblüten. Wo, zum Teufel, hatte Prudence gesagt, stand dieser verdammte Baum? Er sollte am Friedhof vorbeilaufen, in eine kleine Senke hinabgehen, und dort musste sie sein. Er hielt einen Moment inne, um sich zu orientieren, dann ging er weiter. Die Bäume lichteten sich, und Sam fand sich am Rand einer mondbeschienenen Lichtung wieder.

Das war also die Senke. Und dort hielt er abrupt inne.

Gesang? War das denn möglich? Doch irgendwo in der Nähe sang eine makellose Frauenstimme eine Melodie, die er nie zuvor gehört hatte. Verzaubert verharrte Sam, weil er Angst hatte, dass die Erscheinung, die er mit erstaunten Augen betrachtete, sich wie ein flüchtiger Traum auflösen könnte und ins Nichts verschwinden würde.

Mitten auf der Wiese verströmte ein knorriger Apfelbaum

seinen Duft, und darunter stand ein großes, nymphenhaftes Mädchen mit vom Mondlicht silbrigem Haar im Licht der Sterne. Sie war jung – sehr jung. Sam runzelte die Stirn. Er musste irgendwo falsch abgebogen sein. Wenn er nur ein wenig Verstand hatte, würde er von hier verschwinden und zur Taverne zurückkehren. Oder hatte er so viel Bier getrunken, dass sein benebelter Kopf ihm Engel vorgaukelte, die auf mondbeschienenen Wiesen sangen?

Doch er blieb, wo er war und beobachtete sie. Die sanfte Brise des Nachtwinds zog an ihrem langen, offenen und glänzenden Haar. Es war herrliches Haar, das ihr in dicken Wellen bis zu einer bezaubernd schmalen Taille herabfiel. Das Mondlicht beschien ihren Hals und ergoss sich über die Vertiefungen an ihrem Halsansatz und warf verführerische Schatten unter Brüste, die fest und stolz wirkten. Sie war nicht nur schön und exotisch – sie war so mystisch, ätherisch, geheimnisvoll und herrlich wie das Meer.

Er machte einen Schritt vorwärts, doch dann blieb er argwöhnisch im Schatten einer kleinen Fichte stehen. Was, zum Teufel, ging hier eigentlich vor? Er sollte sich hier mit Prudence treffen und nicht mit einer jungfräulichen Erscheinung, die Lieder zu den Sternen emporsang. Und was, zum Teufel, trieb sie hier allein in der Dunkelheit? Um Mitternacht? Es gab andere, die nicht so ehrenhaft waren wie er, die diesem schönen, dummen Mädchen Böses antun konnten. Indianer ... wilde Tiere ... alles konnte ihr hier draußen begegnen! Und das würde er ihr auch sagen!

Entschlossen trat Sam aus dem Schatten der Fichte heraus und in den Mondschein hinein.

Da war das Geräusch wieder. Das Knacken eines Zweigs, das Rascheln von Blättern. O Gott, er kam. Sam Bellamy – die böse, gottlose Wiedergeburt des Teufels – kam, und es war zu spät, davonzurennen. Wenn er sie nicht tötete, würde Tantchen das

machen, wenn sie entdeckte, dass ihr Bett in der Mansarde leer war!
Jonathan ...
Wer er das wirklich wert? Wenn Bellamy sah, dass sie nicht Prudence war, würde er sich betrogen vorkommen und sicherlich wütend werden. Verzweifelt versuchte sie, sich zu entspannen.
Er war jetzt genau hinter ihr. Maria schluckte ängstlich, atmete tief und zitternd ein, und als sie sich umdrehte, schaute sie in die verworfensten, schwärzesten Augen, die sie je in ihrem Leben gesehen hatte.
Und sie wusste sofort, dass alles, was sie über ihn gehört hatte, stimmte. Der Teufel? O ja. Gut aussehend? O Gott, ja. Trotzdem war er mindestens zehn Jahre älter als sie, und er hatte nichts mehr von einem Jungen an sich.
Und ihn sollte sie küssen?
Doch wenn sie Jonathan haben wollte, musste sie das wohl tun. Als Maria zögernd einen Schritt auf ihn zuging, lief ihr bisheriges Leben vor ihrem geistigen Auge ab, doch seine Worte retteten sie.
»Soll das ein Scherz sein, Mädchen?«
Seine Stimme war tief, volltönend und klang ungeduldig. Hatte er erkannt, was sie war? Ein junges, dummes Mädchen, das sich auf etwas Tollkühnes eingelassen hatte?
»Ein Scherz?«, fragte Maria wie betäubt. »Was meinen Sie, Sir?«
»Ich sollte hier Prudence treffen. Hast du sie gesehen?« Als sie hastig den Kopf schüttelte, zogen sich seine Augen nachdenklich zusammen, und sie kämpfte gegen den Impuls an, sich von seinem durchdringenden Blick abzuwenden. »Na, egal. Aber was, zum Teufel, macht ein so junges Mädchen hier allein?«
»Ich pflücke Blüten ... für den Frühstückstisch.«
Er verschränkte die Arme vor der Brust. »Um Mitternacht?« Seine dunklen Brauen zogen sich zusammen, und sie wusste,

dass er ihr kein Wort glaubte. Doch er sah sie lange und durchdringend an – und plötzlich lächelte er wie ein Wolf. »Ach, jetzt verstehe ich. Vielleicht bist du ja gar nicht so unschuldig, was?«

»Sir?« Sie mochte seinen Blick nicht, mit dem er sie abschätzend betrachtete. »Ich verstehe nicht, was ...«

»Aber ich, meine Liebe. Ich soll glauben, dass du nur ein süßes junges Mädchen bist, doch du bist nicht wirklich unschuldig, oder? Denn kein unschuldiges Mädchen würde hier mitten in der Nacht Blüten pflücken!« Sein kurzes Auflachen ängstigte sie noch mehr. »Deshalb gehe ich dir nicht auf den Leim, Prinzessin. Und auch nicht, weil Prudence hier nicht aufgetaucht ist. Du bist eine tolle Schauspielerin. Ach, ihr Frauen mit eurer ewigen Ränkeschmiederei!«

Maria wurde blass, und ihr Blut pochte so sehr, dass sie es in den Ohren rauschen hören konnte. Dieser Mann war kein dummer, rotwangiger Bursche aus Eastham und auch kein alberner Verehrer. Er war *Sam Bellamy*, um Himmels willen – und er war heute Morgen nicht zur Kirche gegangen.

Wer mit dem Feuer spielt, verbrennt sich die Finger. Die Worte ihrer Tante drängten sich zur denkbar ungünstigsten Zeit in ihre Gedanken.

Reulose Sünder werden in der Hölle schmoren. Reverend Treats liebste Warnung.

Und Thankful: *Du musst ihn ja nur küssen.*

Ihn küssen. Sie würde es tun und fertig! Noch ehe sich seine Verärgerung in Wut verwandelte und bevor ihre Füße von allein davonrannten und sie in Sicherheit brachten. Maria kniff die Augen zu und erhob sich blind auf die Zehenspitzen. Unbeholfen drückte sie die Lippen gegen seine und wich sofort zurück, als hätte sie sich verbrannt. Doch diese kurze Berührung genügte schon, dass sich das Gefühl seines warmen Mundes, seines rauen Kinns und der Geschmack nach Bier für immer in ihre Erinnerung einbrannten.

Wellen heißer Scham und kalter Angst durchfluteten sie, und noch etwas, das sie nicht benennen konnte und das ihr Herz wie einen eingesperrten Schmetterling gegen die Rippen schlagen ließ. Sie senkte verlegen den Blick, doch sein rauer Finger hob ihren Kopf an. Und Maria starrte in Augen, die so dunkel und glitzernd waren wie ein von Sternen übersäter Nachthimmel.
Er sah auf sie herab, und seine Lippen zitterten vor Lachen.
»Was war denn *das?*«
Sie zitterte so sehr, dass er fast ihre Zähne klappern hörte.
»Das … das war … ein Kuss«, piepste sie.
»Das nennst du einen Kuss?« Er warf den dunklen Kopf zurück und lachte. »Du bist wirklich eine gute Schauspielerin. Keine weiteren Spiele mehr, du ›Unschuldslämmchen‹. Lass mich dir zeigen, was ein richtiger Kuss ist.«
»Nein!«
Aber es gab kein Entrinnen. Er neigte sich zu ihr, und als Maria zurückwich, spürte sie, wie die raue und aufgebrochene Borke des Apfelbaums sich durch ihr Kleid in ihren Rücken presste. Krank vor Angst erstarrte sie.
Doch Sam lächelte nur und hob einen Arm, der wie aus Eichenholz geschnitzt aussah. Dann legte er die Hand gegen den knorrigen Stamm hinter ihrem Kopf und hielt sie so gefangen. Die Wärme seines Handgelenks in ihrem Nacken ließ sie erbeben. Er war … viel zu nah …
Lauf!, schrie alles in ihr, doch das konnte sie nicht. Sie fühlte sich so bewegungslos wie ein Hase in den Klauen eines Habichts.
»Was ist los, kleiner Singvogel?« Seine sanften Finger glitten brennend über die samtige Haut ihres Halses. »Wo ist denn diese herrliche Stimme geblieben, die ich gerade noch gehört habe? Ich möchte sie wieder hören.«
»Singen?« Maria schloss die Augen und schluckte ängstlich. »Ich kann nicht.«

»Natürlich kannst du singen. Ich habe es doch gerade gehört.«
»Ich kann nicht vor einem Fremden singen!«
Wieder tauchte das sorglose Lächeln auf. »Aber ich bin doch kein Fremder mehr.« Er streckte die Hand aus und hob ihr blondes Haar an, als wollte er sein Goldgewicht wiegen. »Wenn du weiter die Unschuldige spielen möchtest, solltest du mir deinen Namen verraten.«
Seine sarkastische Miene ließ sie erblassen und nervös schlucken, doch schließlich fand sie ihre Stimme wieder. »Ich heiße M-Maria. Maria ... Hallett.« Sie schluckte ...
»M-Maria?« Wieder das schurkische Lächeln, das starke ebenmäßige Zähne entblößte und ihr Herz in ihrer Brust tanzen ließ. »Nicht so etwas Gewöhnliches wie Mary? Nein, natürlich nicht. Du bist ja alles andere als gewöhnlich. Ein ungewöhnlicher Name, eine herrliche Stimme. Halte dich doch nicht mit dieser angeblichen Angst auf. Ich beiße schon nicht.« Er hob die Hand und strich ihr mit einem rauen Finger über die Wange, das Kinn und die seidige Haut ihres Halses, wo wild der Puls klopfte. »Also sing schon für mich, Maria!«
Sie schloss entsetzt die Augen. »Ich kann nicht!«
»Dann werde ich dich dazu zwingen«, murmelte er, und noch ehe sie merkte, was geschah, senkte sich sein Mund auf ihren herab, sanft und doch bestimmend und so gebieterisch wie sein Blick. Als Maria sich wehrte, spürte sie nur den gnadenlosen Baumstamm hinter sich. Sie riss entsetzt die Augen auf und drehte den Kopf zur Seite, fort von seinen Lippen.
»Sie gehen zu weit, Sir!« Keuchend versuchte sie zu fliehen, doch seine Finger schlossen sich um ihr Handgelenk. Sie kämpfte, und als er sie nicht losließ, wirbelte sie mit trotzig entschlossenem Blick zu ihm herum.
Wenn er sie singen hören wollte, würde sie eben singen! Und danach würde sie nach Hause rennen, wohin sie gehörte und wo sie irgendwann vergessen würde, was hier geschehen war. Doch ihre Stimme verriet sie. »Ich werde für Sie s-singen, Sir,

und dann werden Sie fortgehen und mich niemals wieder beberühren!« Sie öffnete den Mund, doch kaum erklang der erste Ton, pressten sich seine Finger schon sanft auf ihre geöffneten zitternden Lippen.
»Dieses Lied möchte ich nicht hören, Maria.« Seine Stimme war verwirrend ruhig und gelassen. Verängstigt, nervös und den Tränen nahe starrte Maria ihn verzweifelt an. »Aber das ist das Lied, das ich vorhin gesungen habe!«
»Aber nicht das Lied, das ich vorgesungen bekommen möchte.« Sein dunkler Kopf näherte sich ihrem, während seine Hand die zarte Haut ihrer bebenden Brust durch den Vorhang ihrer Haare und die dünne Schranke ihres Kleides hindurch zu versengen schien. Scham und auch etwas anderes durchfuhren ihren Körper, und sie wimmerte wie ein verängstigtes Tier. Doch seine Lippen lagen schon wieder auf ihren, und seine Hand hielt ihr Kinn fest, als sie ihm auszuweichen versuchte. Sein Körper war fest, hart und unnachgiebig und presste sie wieder gegen den Baum. Mit entsetzlicher Zartheit fuhren seine Finger langsam von ihrem zarten Kinn über die sanfte Einbuchtung ihres Halses hinab und über die feine Stickerei des Spitzeneinsatzes ihres Kleides. Der konnte ihm nicht widerstehen. Der Stoff ergab sich seinen dreisten Fingern, und ihre Brüste berührten seine Hand schutzlos und bebten bei seiner Berührung.
Wie gelähmt ließ Maria den Korb fallen. Er landete neben seinem Fuß und rosa und weiße Blüten ergossen sich über seine breite Schuhspitze und wirbelten ins Gras.
»Du bist viel hübscher als Prudence«, murmelte er mit warmer weicher Stimme. Seine Atem kitzelte die empfindliche Haut hinter ihrem Ohr, und in seiner Stimme war nicht ein Hauch von Lachen. »Ich bin froh, dass sie dich geschickt hat. Doch warum spielst du eigentlich die Unschuldige, Maria? Für solche dummen Spielchen bist du doch viel zu schön. Keine Antwort? Na gut, dann spiele doch weiter.« Zitternd wich

Maria zurück, als er mit den Lippen an ihrem Ohrläppchen knabberte. »Ehrlich gesagt langweilen mich Frauen, die glauben, alles über die Liebe zu wissen. Du weißt schon, die schamlosen Frauen, die einen Mann verführen wollen. Es ist richtig erfrischend, mal an eine zu geraten, die das Gegenteil vorgibt ... eine, die möchte, dass *ich* sie verführe.«
Nun ließ er die Finger über die weiche Haut ihres Arms gleiten, bis sich eine Gänsehaut auf ihm bildete. Seine warme schwielige Hand umschloss ihre.
Maria ängstigte sich so, dass ihr ganz schlecht war. Doch das schien er gar nicht zu bemerken. Aber er nahm ja an, dass sie ihm etwas vorspielte! Was denn bloß? Thankful hatte gesagt, dass ihn schon ein Kuss verliebt machen würde. War denn all das Schreckliche, das er mit ihr machte, Liebe? Hatte Thankful gewusst, dass er das tun würde? Lieber Gott, hilf! Und nun hob er ihre Hand an seine warmen Lippen, und sein Atem flüsterte über die Fingergelenke und die Handfläche hinweg.
Auf der Suche nach einem Fluchtweg schaute sie über seine Schulter hinweg. Seine forsche Art, ihre Hand zu nehmen, ängstigte sie, und die seltsamen Schauer, die sie bei seiner Berührung durchliefen, verstärkten ihre Furcht noch mehr. Ihr war auf unverständliche Weise unbehaglich. Gefahr lauerte überall, in den eindringlichen Blicken seiner obsidianschwarzen Augen, unter seinem zögernden und gelassenen Lächeln und in der Berührung seiner Finger. Gefahr ... nicht für ihren lieblichen unberührten Körper, sondern für ihr Herz, das jetzt so laut in ihrer Brust schlug, dass sie nicht einmal mehr ihre eigenen Gedanken hören konnte. Thankful hatte Recht gehabt: Sam Bellamy war attraktiver als Jonathan.
Jonathan?
Nur ein Kuss ...
Du musst nur dafür sorgen, dass er sich in dich verliebt.
Als er sich nun zu ihr beugte, um sie erneut zu küssen, verdeckte sein großer Körper das Mondlicht, und sein Gesicht

wurde zu einem Spiel aus Licht und Schatten. Und Marias Angst verging wie das sich auflösende Kräuseln auf einem Teich. Sie zitterte zwar noch – doch nun in einer köstlichen Mischung aus Angst und Erwartung, aus sinnlicher Freude und Entdeckungslust. Seine Berührung war angenehm, erfreulich und seltsam erregend. Wie konnte sie sich vor ihm fürchten, da er solch wundervolle Gefühle in ihrem Körper heraufbeschwor, die ihre Knie weich werden und sie wünschen ließen, seinen Kuss leidenschaftlich zu erwidern?

Schüchtern berührte Maria seine Wange und war verwundert über seine raue Haut. Sie strich über seine harte Kinnlinie und seine Lippen, die ihre Gefühle mit ihrer sanften, beharrlichen Wärme so durcheinander gebracht hatten. Er lächelte jetzt durchtrieben, was erneut Schauer durch ihren Körper laufen ließ. Sein Arm schlang sich um ihre Taille, und sie wehrte sich nicht dagegen, als er sie an sich zog. Sie hob den Kopf und schloss die Augen; sie fühlte den Druck seiner Daumen an ihren Wangen und spürte, dass er lose herabhängende Haarsträhnen von ihren Lippen schob. Und dann war ihr Mund an seinem, und nichts anderes unter Gottes Himmel hatte sich jemals so gut angefühlt.

Nach einem Moment zog er sich zurück und hielt sie auf Armeslänge von sich weg. Seine dunklen Augen glühten triumphierend: »Das, Maria«, sagte er heiser, »ist das Lied, das ich von dir hören wollte.«

Und dann war sie in seinen Armen, schmiegte sich wieder an seine Brust, während er ihr die Stirn küsste, die flatternden Wimpern und die frischen erhitzten Wangen. O Gott, sie konnte überhaupt nichts denken, doch sie wusste, dass sie davonlaufen musste. Das war nicht recht. Das war das Werk des Teufels. Doch Maria konnte nicht wegrennen. Sie konnte ihm nicht widerstehen. Ja, sie wollte es nicht einmal. Er fand ihren Mund, schaffte es mit sanfter Gewalt, die kleine Perlenreihe ihrer Zähne zu öffnen und ließ die Zunge gegen ihre tanzen und seine Zähne sanft an ihren Lippen knabbern. Dann ergossen sich seine Küsse zuckersüß und warm über ihren Hals und die kitzelige Haut ihrer Kehle. Er schob den Spitzeneinsatz ihres Mieders beiseite, und Maria zuckte zitternd zusammen, als seine Zunge um ihre erregten Brustknospen herumfuhr, und die heftigen Gefühle in ihr wurden zu einem reißenden Strom. Ihr Atem geriet ins Stocken, ihre Haut wurde trotz der kühlen Nachtluft an ihren Brüsten heiß, und das Blut summte – nein, *sang* – durch ihre Adern.

Und sie sang für ihn, mit einer Stimme, mit der nur ihr süßer, mädchenhafter Körper singen konnte, als sie sich an ihn lehnte und in der Art, in der eine Seele singt, wenn sie herausgefunden hat, dass das Glück nur einigen Auserwählten zuteil wird. Als er die winzigen Knöpfe an der Rückseite ihres schlichten Kleides gefunden hatte und sie zu öffnen begann, zitterte sie mit einem fremden Verlangen nach etwas, das sie nicht verstand. Das Kleid öffnete sich unter seinen Fingern, glitt von ihren Schultern herab und weiter hinunter über ihre schmale Taille, bis es vergessen um ihre Knöchel am Boden lag.

Dann trat er zurück und betrachtete sie von Kopf bis Fuß und schien jede kleine Vertiefung, jede süße und anziehende Kurve in sich aufzunehmen. Obwohl sie schüchtern und von der Magie der Nacht befangen vor ihm stand, fühlte Maria sich doch nicht gedemütigt. Ja, sie sündigte, doch sie schämte sich nicht. Sie war unschuldig, doch ihre natürliche Sinnlichkeit umgab sie wie ein Umhang, und sie blickte stolz zu ihm auf. Vertrauen stand in ihren Augen und Sieg in seinen. Mit leisem Stöhnen knöpfte er ihre gesteppten Unterröcke auf und entfernte ihr Spitzenunterkleid. Er küsste sie wieder, drängender jetzt, öffnete sein Hemd, schüttelte es von sich und warf es ungeduldig beiseite. Seine Hose, die Schuhe und Strümpfe folgten, und dann stand er stolz vor ihr in all seiner männlichen Herrlichkeit.

Marias Augen weiteten sich in angemessen mädchenhaftem

Erschrecken. Doch sie hatte keine Zeit zum Nachdenken, denn er kümmerte sich nicht um ihr Staunen. Sein Mund stürzte sich heiß und fordernd auf ihren, und sie dachte an nichts anderes mehr außer an ihn.

Sie spürte nur noch die Hitze ihrer Körper, das Vermischen ihres heißen Atems und presste die Finger in empfindsame Haut und straffe Muskeln, und ihre Nägel hinterließen kaum einen Abdruck auf seinem Arm. Unter der Haut fühlte er sich wie ein Fels an. Für Maria, die in ihrem ganzen Leben das Zarte gefühlt hatte – seidige Stoffe, die Daunen eine Kükens, den Samt eines Blumenblatts – war er der Inbegriff von Härte.

Über ihr seufzten die blühenden Apfelbaumzweige in der Nachtbrise, als er sie langsam und sanft auf ein kühles Bett aus weichem Gras legte, das mit einem Teppich von zarten Blüten bedeckt war. Er ließ die Handfläche über ihre Taille gleiten, liebkoste ihre Hüften und genoss die glatte Weichheit ihrer langen Beine. Nichts ließ er aus und küsste sie dort, wo seine Hand zuvor über ihre zitternde jungfräuliche Haut gestrichen war. Und als seine Finger ihre Bereitschaft fanden und erforschten, schnappte Maria überrascht nach Luft, als die Lust ihren Körper erzittern und sich winden ließ.

Sie hatte alle Vernunft und jeden Gedanken hinter sich gelassen und jede Angst und jede Scham. Nur lustvolle Gefühle überschwemmten sie erst heiß und kalt und dann wieder heiß. Sein Mund bedeckte ihren mit so wilder Heftigkeit, dass er ihr den Atem nahm. Seine Hand glitt zwischen ihre Schenkel und öffnete sie. Sie stöhnte auf, als er sie wieder fortzog, weil sie schon jetzt den süßen, drängenden Schmerz vermisste. Dann war nur noch ein harter Druck zu spüren, als er langsam in sie eindrang. Sterne zerbarsten hinter ihren Augenlidern wie hellste Meteore, und der Schmerz stieg an, schraubte sich höher und höher, bis sie vor brennender Lust aufschrie, die in pulsierenden Wellen durch sie schoss.

Als er ihren Schrei hörte, stieß er in sie und ergoss sich tief in

ihr, was sie erneut aufschreien ließ, weil sein Feuer sie wie ein weiß glühendes Schwert durchfuhr.
Maria sah nicht die plötzliche Erkenntnis in seinen Augen, als er über ihr zusammenbrach. Sie sah nicht seine Bestürzung, sein Bedauern. Sie sah nur seine straffe Schulter und schmeckte das Salz ihrer Tränen. Sein Kopf fiel in die Kurve ihres Halses, und er blieb still liegen und rang heftig nach Luft. Dann ließ er sich mit einem unterdrückten Fluch von ihr herabrollen. »Verflixt noch mal, Weib, warum, zum Teufel, hast du mir nicht gesagt, dass du eine verdammte Jungfrau bist?«
Ihre Unterlippe begann zu zittern. Tränen der Angst, des Schmerzes und des Verrats sammelten sich in ihren Augen und hinterließen silberne, vom Mond beschienene Spuren auf ihren Wangen. Was war geschehen? *O Gott, was hatte sie getan?*
Doch dann hörte sie seine Stimme über sich, die sanft, tröstend und voller Reue war. »Komm schon, Prinzessin, meine Kleine … nicht weinen. Bitte, nicht weinen. Es ist meine Schuld.«
Er griff nach seinem Mantel, und sie spürte das weiche Futter auf sich, als er ihn um ihre zuckenden Schultern wickelte. »Das ist allein meine Schuld. Ich bin ein nichtswürdiger Schuft. Ich hatte keinen Moment lang die Absicht, dir weh zu tun. Ich habe dich für etwas gehalten, was du gar nicht bist.«
Mit gekränktem Blick sah Maria zu ihm auf. Nichts mehr war übrig, keine Angst, kein Zorn, nur die bittere Erkenntnis, dass sie grausam hintergangen worden war von Thankful, von ihm und von ihrer eigenen Naivität. Ach, wie dumm sie doch gewesen war! Nun wusste sie, was es bedeutete, einen Mann in sich verliebt zu machen. Nun wusste sie auch, vor was ihre Tante versucht hatte, sie zu bewahren. Nun war ihr auch klar, was die Mädchen gemeint hatten, wenn sie über Jungfrauen und Jungfräulichkeit getuschelt hatten. Wie sie über sie gelacht hatten, weil sie keine Ahnung hatte, worüber sie sprachen. Und wie sie erst über sie lachen würden, wenn herauskam, dass sie das Unaussprechliche, Schandbare getan hatte, über

das sie geflüstert hatten – und nicht mit einem netten, anständigen Mann aus Eastham, sondern mit einem gottlosen, gemeinen Engländer, der nicht zu ihresgleichen gehörte.

Du musst ihn nur küssen …

Mit einem erstickten Schluchzen stieß Maria seine Hand fort, als er versuchte, sie tröstend in die Arme zu nehmen. Durch ihre Tränen sah sie, dass sein Gesicht voller Reue war und seine Augen, die eben noch so herausfordernd und keck gewesen waren, sie nun mitleidig ansahen. Sie wich wie ein verwundetes Tier vor ihm zurück. »Rühren Sie mich nicht an, Sie Schurke, Sie widerliches, brünstiges Tier!«

Er überging ihren tränenreichen Ausbruch, hob ihr Kleid auf und schüttelte die Apfelblüten ab. Sanft reichte er es ihr. »Zieh dich an, ehe du dir den Tod holst.«

Fast schon hysterisch entriss sie es seinen Händen. »Was geht Sie das denn an? Nach allem, was Sie mir angetan haben! Eine Erkältung! Es wäre besser, wenn ich stürbe, als dass herauskommt, welch entehrte Frau ich bin!« Sie wischte sich die Tränen ab und fuhr wie ein Kind mit der Hand unter ihre feuchten Nase entlang. »Warum sollten Sie sich um irgendeine junge Unschuldige kümmern, die Ihnen nichts bedeutet? Sie haben bekommen, was Sie wollten, und nun scheren Sie sich fort!«

Er rührte sich nicht, sondern musterte sie mit vor Ärger und Misstrauen zusammengezogenen Augen.

»Hat Prudence das ausgeheckt?«

Stumm wandte sie das Gesicht ab und mühte sich damit ab, ihr Kleid anzuziehen, ohne ihm von sich mehr als unbedingt nötig zu zeigen.

»Verdammt noch mal, hat sie das getan?«

Seine donnernde, kalte und wutentbrannte Stimme war zu viel für Maria. Sie gab ihre Bemühungen, sich das Kleid anzuziehen, auf, warf es zu Boden, sank auf die Knie und vergrub den Kopf in den Händen. Tränen flossen zwischen ihren

Fingern hindurch und tropften auf die Apfelblüten, auf denen sie kniete.

»Verdammter Mist«, murmelte Sam. Als er sah, dass er sie nur noch mehr ängstigte, zog er sie wieder in die Arme. Diesmal wehrte sie sich nicht, sondern schmiegte sich an ihn und weinte leise. »Wenn Prudence es nicht war, wer dann? Ein Freund? Ein Feind? Warum hast du es getan, Maria? Warum hast du mich glauben lassen, dass du eine gewiefte Verführerin bist, die ihre Unschuld nur vorspielt?« Mit knirschenden Zähnen wandte er sich ab. »Und warum, zur Hölle, hast du mich nicht aufgehalten?«

Zwischen Schluchzern, ersticktem Schluckauf und Tränenströmen erzählte sie ihm davon, dass sie Jonathan eifersüchtig hatte machen wollen, damit er sie heiratete; dass Thankful ihr versichert hatte, dass nur ein Kuss Sam dazu bringen würde, sich in sie zu verlieben. Sie weinte sich die Augen aus, beweinte den Verlust ihrer Unschuld, benetzte seine Brust mit ihren Tränen und schmiegte sich in den Schutz seiner starken Arme wie das verlorene Kind, als das sie sich fühlte.

Als sie sich schließlich beruhigte, zog sich der Mond zum westlichen Himmel zurück. Und Sam Bellamy, der sich schon immer gern als herzlosen Schuft angesehen hatte, wurde von einem Hauch von Ehrgefühl ergriffen, was er noch vor drei Stunden nicht in seiner niederträchtigen, gottlosen Seele vermutet hätte. Er blickte auf ihren gesenkten Kopf und die nagende Stimme seines Gewissens sagte ihm, dass er jetzt ihrem unschuldigen Charme erneut erliegen und sie noch einmal nehmen würde, falls er wirklich so gemein war, wie er sich gern sah. Doch er unterließ es.

»Mir scheint, als wären wir beide Opfer eines grausamen Scherzes geworden, mein Liebes«, sagte er ruhig. Er zog ein Taschentuch aus seiner Manteltasche hervor und tupfte damit ihre feucht glänzenden Wangen mit einer Zartheit trocken, die er ebenfalls nicht in sich vermutet hatte. Seine Stimme wurde weicher und fast neckend, als er versuchte, sie zu trösten. »Jetzt hör auf zu weinen, kleine Prinzessin. Beschimpfe mich, fluche in einem Dutzend Sprachen über mich, aber bitte, weine nicht mehr. Ich kann alles ertragen außer Tränen. *Alles.* Außerdem«, fügte er hinzu, »ist alles gar nicht so schrecklich.« Er schloss die Augen, weil er wusste, dass er das noch mal bedauern würde. »Ich habe nämlich schon eine Idee.«

Wie versteinert schaute sie auf. Sie fühlte sich tot und leer, missbraucht und beschämt. »Sie können nichts mehr für mich tun.«

Aber ja, da gab es noch etwas, dachte er. Er hatte dieses schüchterne Mädchen ruiniert. Ohne ihre Unschuld würde sie nie einen Ehemann finden. Das ungewohnte Ehrgefühl meldete sich wieder und quälte ihn, während er ganz tief in seinem schwarzen Herzen wünschte, es würde verschwinden und jemand anderen plagen. Eine Frau war das Letzte auf Erden, was er benötigte – oder wollte. Aber was spielte das schon für eine Rolle? Er würde sich schon nicht mit ihr belassen. Bald würde er Eastham verlassen und ihr nur seinen Namen hinterlassen. Aber mehr war ja auch nicht nötig.

Das stellte sowohl sein schwarzes Herz und auch dieses unwillkommene und neu entdeckte Ehrgefühl zufrieden.

»Unsinn, mein Liebes. Es gibt eine ganze Menge, was ich für dich tun kann. Ich bin zwar nicht dein Jonathan, aber ich bin … ein anständiger Mann.« Und dann hob er mit einem spöttischen Blick ihr Kinn und schaute in ihr süßes Engelsgesicht herab. Mit seinem rauen Daumen wischte er ihr die letzten Tränen von den Wangen und zwang sie, ihn anzusehen. »Wir werden heiraten, Maria. Und wenn ich aus den Tropen zurückkehre und der Frachtraum meines Schiffs prall gefüllt ist mit den Schätzen der spanischen Galeonen, werde ich dich mitnehmen und zur Prinzessin einer Westindischen Insel machen. Das würde dir doch gut gefallen, oder?«

Der flüchtige Hoffnungsschimmer verschwand aus ihren Augen. Sie erstarrte in seinen Armen und sah ihn eisig und misstrauisch an. Warum sollte sie ihm glauben? Das waren doch nur noch weitere Lügen. Märchen. Die Leute im Ort hatten gesagt, dass er sehr beredt sei. Und seine schönen Worte sollten sie ja sowieso nur verwirren. Prinzessin, ha! Er war ein Schuft und Halunke. Nur ein Spitzbube konnte ihr das antun, was er ihr angetan hatte, und dann hatte er noch die Stirn, ihr die Ehe anzubieten – und noch dazu, nachdem sie ihm gerade von ihrer Liebe zu Jonathan erzählt hatte!

Sie sah ihn mit angewidertem Blick an. »*Sie* heiraten?« Sie riss sich von ihm los und warf ihm den Mantel vor die Füße, der noch warm war von der Hitze ihres Körpers. »Arrogantes Ekel. Ich würde Sie nicht heiraten, auch wenn Sie der letzte Mann auf Erden wären!«

»Maria, denk doch an deinen Ruf. Ich habe einen guten Namen. Ich möchte dir doch nur die Schande und Demütigung ersparen.«

»Ich weiß, was Sie wollen! Mich bestimmt nicht!« Sie schnappte sich ihr Kleid und zerrte es sich über den Kopf, obwohl sich die Säume protestierend öffneten. »Wenn ich heirate, dann heirate ich aus Liebe und nicht, weil irgendjemand mich bemitleidet. Verschwinden Sie, machen Sie Ihr Vermögen, machen Sie ruhig eine andere zur Ihrer Prinzessin, eine, die schön und clever genug ist, sich nicht missbrauchen und beschmutzen zu lassen. Verstehen Sie mich?« Und als sie aufsprang, schoss ihre Hand vor und versetzte seiner Wange eine brennende Ohrfeige.

Noch ehe die Überraschung aus seinen Augen schwand und sich sein Mund zu einer enttäuschten Linie zusammenpresste, war sie schon geflohen, und ihre leichten Schritte verloren sich in der Nacht. Und dann stand nur noch der vergessene Blumenkorb neben seinen Füßen und erinnerte ihn daran, dass sie hier gewesen war.

Mit einem tiefen Seufzer beugte Sam sich herab und hob ihn

auf. Er musterte ihn einen Moment lang und starrte dann in die Richtung, in die sie verschwunden war. Die Jahre, die er während des Krieges als Kommandant eines Freibeuterschiffs auf See verbracht hatte, hatten ihn nicht umsonst das Überleben gelehrt. Er erkannte eine Gefahr auf Anhieb.
Es wurde höchste Zeit, dass er aus Eastham verschwand.

Drittes Kapitel

Es regnete wieder, als Sam am nächsten Morgen die Augen aufschlug. Seufzend warf er die schwere Wolldecke beiseite. Er sah aus dem Fenster. Der Wind hatte sich nicht geändert: eine der für Cape Cod typischen verkrüppelten Eichen schrammte gegen die Scheiben, und ihre Zweige bogen sich nach Westen. Er begrüßte den neuen Tag mit einem Fluch.

Also würde er einen weiteren Tag in diesem Höllenloch festsitzen. Am liebsten wäre er gleich wieder in sein Bett zurückgekrochen.

Von unten erklangen die Geräusche des zum Leben erwachenden Gasthofs: ein glimmendes Feuer wurde erneut entfacht, der Wirt lachte dröhnend, und ein Eimer schlug scheppernd gegen etwas. Er konnte Essen riechen. Fisch vielleicht? Oder Brot. *Heißes* Brot. Sein Magen gab ein bittendes Knurren von sich.

Doch der wahre Grund, warum er nicht wieder einschlafen wollte, hatte nichts mit dem Frühstück oder diesen Tausenden von Dingen zu tun, die er alle erledigen sollte. Er hatte eine ruhelose Nacht hinter sich, in der ihn Träume gepeinigt hatten, die ihm im Morgengrauen reichlich irreal erschienen.

Träume … von einer ätherischen Frau von silbriger, mondbeschienener Schönheit; eine Frau, deren Haar sich wie Seide zwischen seinen Fingern anfühlte und deren zauberhafte Formen und unschuldige Haut ihn all die Schätze hatten verges-

sen lassen, die sich an Bord spanischer Galeonen befanden, die türkisfarbenen Gewässer, die Goldmünzen und Silberbarren ... eine Frau, die in seinen Armen gelegen und sich weinend an ihn geklammert hatte ...
Er öffnete die Augen. Das war kein Traum gewesen!
Das Zimmer erzitterte unter seinen Flüchen, als er aus dem Bett sprang. Wie durch ein Wunder überlebten die Wangen und das Kinn die heftigen Attacken des Rasiermessers und das wütende Rubbeln mit dem Leinenhandtuch, das jemand – wahrscheinlich diese gottverdammte Prudence – ordentlich gefaltet neben der Schüssel und dem Wasserkrug hinterlassen hatte. *Verdammt noch mal*. Er hatte nicht geträumt. Sie existierte wirklich, und er konnte nur vermuten, was ihn erwartete, wenn er nach unten ging.
Die Polizei sicherlich. Ein rachedurstiger Vater mit geladener Muskete. Maria Hallett selbst, um seinen ach so ehrenhaften Heiratsantrag anzunehmen.
»Verdammt noch mal!«
Doch er war noch nie vor etwas davongerannt. Er zog sich an, unterdrückte ein Gähnen und stieg die enge steile Treppe hinunter.
Doch kein Polizist, kein wütender Vater und auch keine weiß gekleidete Braut erwarteten ihn. Nur ein warmes Feuer in einem Raum, der nach abgestandenem Pfeifenrauch und Ale stank und eine dieser verdammten drallen Bedienungen.
Sie kam mit einladendem Lächeln und glänzenden Augen zu ihm geschlendert. »Frühstück, Kapitän?«
Er ließ sich auf die Bank neben dem Kamin fallen und streckte die Hände zum Feuer, um sie zu wärmen. »Ja, und einen großen Krug Apfelwein, wenn Sie so etwas haben.«
Sie brachte den Apfelwein zuerst. Nach Seemannsart goss er ihn herunter und gab ihr den leeren Krug. Das Feuer wärmte ihm die Haut und der Apfelwein seinen kalten, hungrigen Magen. Doch er sah die Flammen nicht und genoss auch nicht

das erfrischende Getränk, und als das herzhafte Frühstück aus gesalzenem Fisch und gebutterten Eiern, glühend heißem Brot und Bohnenbrei kam, schmeckte er es kaum. Wie konnte er auch, wenn seine Gedanken seinen Körper mit Bildern vom Vorabend quälten, die ein gewisses Körperteil nur zu sichtbar zum Leben erweckten?

Er musste hier raus und frische Luft schnappen. Er schlang eine zweite Portion Brot hinunter, goss noch den Inhalt eines weiteren Apfelweinkrugs nach, knallte sich den Dreispitz auf den Kopf und eilte wie ein mürrischer Wolf zur Tür hinaus.

Sam blieb einen Moment lang im Nieselregen stehen. Über ihm jagten die Wolken dahin, wälzten sich übereinander und zogen dicken, feuchtkalten Nebel hinter sich her. Von diesem Wetter hier am Cape hatte er langsam die Nase voll. Doch der frische Tanggeruch der See bewegte sich wie ein lebendiges Wesen in dem feuchten Wind, und die paar verirrten Regentropfen, die gegen seine Wangen klatschten, klärten ihm den Kopf. Und plötzlich war er froh über den trüben Tag, während er durch den Wald nach Osten ging, Billingsgate und die Bucht hinter sich ließ und dem großen Strand von Eastham am offenen Atlantik zustrebte.

Als er sich dem Strand näherte, wurde der Regen allmählich weniger. Der Wind blies hier heftiger und der Geruch des Meeres war stärker. Er konnte seine graue Linie schon sehen und das Zischen und Brüllen der Brandung hören. Und wieder brachte sein Anblick sein Blut in Wallung und ließ sein Herz vor Verlangen schmerzen.

Unschuldige, ungezähmte Schönheit, genauso unverdorben und jungfräulich wie ... Maria Hallett. Verdammt noch mal! Nun war er hier und dachte schon wieder an sie. Was, in drei Teufels Namen, war denn bloß los mit ihm? Er hatte sich noch nie längere Zeit mit einer Frau abgegeben.

Am Rand der Hochebene hielt er inne. Vor ihm fiel das Land abrupt wie eine zimtfarbige Wand zum Strand hinunter ab.

Der Wind ließ die Dünung wie ein lebendes Wesen pulsieren und trug den Salzgeruch – und den Gestank von etwas Brennendem – seinen bebenden Nasenflügeln zu.
Brandgeruch? Und noch dazu so übel riechend. Als Sam über die Klippe schaute, sah er auch den Grund dafür.
Nein. Nicht schon wieder. Er presste den Ärmel an seine Augen. Damit konnte er sich zwar die Sicht nehmen, nicht aber den Geruch. Es gab keinen Zweifel, dass sie es war, doch was machte sie dort unten am Strand, was verbrannte sie, das Schwefel wie kostbarstes französisches Parfum duften ließ?
Genauso wie in der vergangenen Nacht, wurde er von ihr angezogen, obwohl der Gestank ihn fast quer über die Insel nach Eastham zurückzujagen versuchte. Langsam und vorsichtig kletterte er die Klippe hinab, und das Gebrüll der Brandung übertönte das Geräusch des herabfallenden Sandes.
Sie saß gebeugt mit dem Rücken zu ihm, und er hatte das Vergnügen, ihre verführerischen, leicht gerundeten Hinterbacken zu betrachten, während sie irgendetwas ins Feuer warf. Noch immer bemerkte sie ihn nicht, doch das struppige Pferd neben ihr sah ihn und auch der große braunweiß gefleckte Hund, der sich plötzlich erhob und ihm mit drohender und beschützender Haltung entgegenkam.
Er war ein Pointer, und jeder, der sich nur ein wenig mit Hunden auskannte, wusste, dass Pointer eigentlich nicht bissen. Doch natürlich war dieser hier bissig – und das bewies er ihm, indem er merkwürdig graziös durch die Luft sprang und seine perlweißen Zähne in seine Wade grub.
Sein Schrei vor Schmerz und Wut ließ Marias Kopf herumfahren, und sie presste die Hand auf den Mund, als der Hund glücklich mit einem Stück von Sams guten Seidenstrümpfen zu ihr zurückkam, das ihm wie ein erbeuteter Fasan aus dem Maul hing.
»Lieber Gott«, stieß sie hervor. Scham, Entsetzen und tausend andere Gefühle bedrängten sie, als sie ihn erkannte, denn an

die vergangene Nacht erinnerte sie sich noch schmerzlich. Sam Bellamy – was in aller Welt machte *er* hier? Und er sah richtig mordlüstern aus, vielleicht wegen des armen Gunner, der auf ihren Füßen saß. Sein Hinterteil wärmte ihr die Zehen, und sein Schwanz wischte über den Sand. »O lieber Gott«, murmelte sie wieder.

Als Gunner nicht länger darauf warten wollte, dass sie ihm seine kostbare Beute abnahm, erhob er sich und stolzierte zu Sam zurück. »Lieber Himmel, Mädchen, ruf das verdammte Vieh zurück!«, brüllte Sam, als der Hund ihn zu umkreisen begann. Er zog seine Pistole. »Mein Bein ist mir einiges wert!« Der Anblick der schönen Steinschlosspistole, die auf ihren geliebten Hund zielte, brachte Maria zur Besinnung. »Gunner, komm sofort hierher!« Sie machte den Hund mit Händeklatschen auf sich aufmerksam, und mit einem letzten drohenden Knurren trottete Gunner zu ihr zurück. Sie griff weniger nach seinem Halsband, um ihn zurückzuhalten, sondern vielmehr, um sich selbst Mut zu machen. Der Hund war real, doch sie war sich nicht sicher, ob die vergangene Nacht real gewesen war. Doch der ziehende Schmerz zwischen ihren Schenkeln war real. Und auch der seltsame Herzschlag, der in ihr pochte. Und der Mann, der auf sie zukam und seine Pistole langsam in die Manteltasche schob, war sogar äußerst real.

Sein stets wachsamer Selbsterhaltungstrieb sagte Sam, dass er ein Narr wäre, wenn hier bliebe. Der Hund bedachte ihn mit eisigem Blick, als er auf sie zu humpelte – und sie auch. Sie hielt eine ausgebleichte Muschel in der Hand – eine dürftige und weit weniger wirksame Waffe als dieser schnüffelnde Hund –, und jetzt warf sie sie ins Feuer, wo sie blitzartig genauso schwarz wurde wie die anderen, die schon dort lagen. Ach, daher kam der Gestank. Er kauerte sich mit dem Wind im Rücken in den Sand, streckte das Bein aus und untersuchte die Verletzung.

»Das waren schöne Strümpfe«, murmelte er vor sich hin und

warf ihr dann ein so nachsichtiges Lächeln zu, dass sie verwirrt die Stirn runzelte und den Hund losließ. Sam erstarrte, doch sie griff gerade noch rechtzeitig nach dem Halsband.

»Gunner, das reicht«, sagte sie etwas zittrig. »Verschwinde jetzt!« Sie winkte mit dem Arm, und der Hund nahm gehorsam und schwanzwedelnd ihren Befehl entgegen. Er warf Sam einen letzten drohenden Blick zu und sauste dann zu einem Schwarm Seemöwen davon, die eine knappe Meile entfernt am Strand standen.

Sam entspannte sich sichtbar, als Gunner fort war, und Maria wünschte, dass sie das auch könnte. Wie ein argwöhnischer Vogel kam sie näher, um das Bein zu untersuchen – schließlich war das ja die Schuld ihres Hundes –, doch sie war jederzeit bereit zu fliehen. Verzweifelt versuchte sie, nicht an die letzte Nacht zu denken, und hoffte inständig, dass er die Farbe ihrer Wangen ihrer Verlegenheit darüber zuschrieb, dass Gunner sich so danebenbenommen hatte und nicht dem, was sich vor ein paar Stunden zwischen ihnen abgespielt hatte. »Es tut mir Leid. Er beißt *nie* ... Tut es sehr weh?«

»Höllisch«, log er lächelnd, denn sie ließ ihn schnell den verdammten Hund vergessen und die blutende Wade. Im Mondlicht hatte Maria Hallett atemberaubend ausgesehen. Und jetzt bei Tageslicht war sie keinen Deut weniger schön. Sie war alles andere als gewöhnlich.

Verdammt noch mal!

Er wandte den Blick ab, um nicht länger das entzückende Gesicht und das seidene Haar betrachten zu müssen, doch stattdessen musterte er nun den gepflegten kleinen Körper, und das wirkte weit zerstörerischer auf seine ohnehin schon überstrapazierte Selbstkontrolle.

Er schluckte heftig und fluchte leise vor sich hin, denn Maria Hallett war wie ein Sonnenstrahl in diesem bedrückend düsteren puritanischen Eastham.

Gott möge ihm gnädig sein.

Sie hatte jetzt so viel Mut gefasst, um sich zögernd vorzubeugen, und schuftig wie er war, war es für ihn plötzlich ungeheuer wichtig zu fühlen, wie ihre süße kleine Hand seine Wade untersuchte.
Sam zog die zerrissene Seide beiseite. »Hmm ...« machte er, »hoffentlich entzündet sich das nicht.« Er spannte die Wadenmuskeln an, um noch ein wenig mehr Blut herauszupressen. Doch leider war die Blutung vorbei. Der Biss war gar nicht so schlimm, wie er ihn sich jetzt plötzlich wünschte. »Was denkst du?«
»Ich weiß es nicht«, sagte sie verlegen und beschämt. Sie sah ein wenig genauer hin und bemerkte nicht, dass er sie zwischen seinen dichten schwarzen Wimpern hindurch musterte, während er vorgab, sich nur für sein Bein zu interessieren. »Vielleicht sollte ich es mir anschauen. Ich kenne mich ein wenig mit Medizin aus.«
Ach, wie günstig, dachte Sam. »Würde dir das sehr viel ausmachen? Es wäre entsetzlich für mich, wenn es sich verschlimmern würde ...«
Maria wusste, dass ihr Gesicht nicht nur heiß war, sondern praktisch in Flammen stand. Sie hatte ihr Wissen von indianischer Medizin bisher nur an sich selbst, an ihrer langweiligen alten Tante und ein paar guten Freundinnen ausprobiert. Einen Mann zu untersuchen, und noch dazu einen so gut aussehenden, dem der Ruf eines Schurken vorausgeeilt war – was er ja in der letzten Nacht unter Beweis gestellt hatte –, ließ alle Alarmglocken in ihrem Kopf schrillen.
»Ich glaube nicht, dass Sie sich Sorgen machen müssen«, sagte sie hastig, wich zurück und zog die Schultern hoch. »Es blutet kaum.«
»Aber es brennt wie Feuer.« Er legte den Kopf schräg, und seine Augen sahen sie hypnotisierend an. Sie hätte sich gern in ihrer schwarzen Tiefe verloren. »Du könntest dir das doch wenigstens mal *ansehen* ...«

Maria sah sich hastig um. Wie üblich war der Strand menschenleer. Gunner war in Rufweite, falls Sam versuchte, sie wieder zu bedrängen. Ein Blick konnte wohl nicht schaden.
»Na gut«, stimmte sie zögernd zu. Doch ihr Kopf war anderer Meinung. *Lass es,* schrie er, *denk an letzte Nacht.*
Wie konnte sie das vergessen! Ihr Gesicht glühte, und sie sah sicher wie eine sonnenverbrannte Idiotin aus.
»Strecken Sie das Bein aus«, sagte sie schroffer als gewollt und beugte sich über die Wunde. Der Versuch, sich nur auf die Wunde zu konzentrieren, war vergebliche Liebesmüh.
Und er saß da und war ihr überhaupt keine Hilfe. Aus dem Augenwinkel heraus sah sie seine sonnengebräunte Hand locker über sein angewinkeltes Knie herabhängen. Ihr Gesicht glühte nur noch mehr. Vor lauter Nervosität hörte sie sich losplappern: »Sie wundern sich bestimmt über die Muscheln. Es tut mir Leid, dass das so stinkt. Sie sind für meine Tante. Sie hat diese Beulen auf ihrem ...« Marias Gesicht loderte mehr als der Brennofen eines Töpfers, und ihre Hände flatterten hastig über seine Wade, »... nun, sie hat sie eben. Ich verbrenne die Muscheln, male sie zu Pulver, mische sie mit Fett, mit dem ich dann die Beulen behandele. Das ist das einzige Mittel, das meiner Tante hilft.« Ein Muskel zuckte, als sie eine empfindliche Stelle berührte. »Es tut mir Leid, wie ungeschickt von mir ...«
»Maria.« Er griff nach ihrem Handgelenk und hielt es fest. Überrascht schaute sie ihm ins Gesicht. »Mach dir keine Sorgen um mein Bein. Ich habe schon Schlimmeres erlitten und überlebt. Es tut überhaupt nicht weh. Ich habe nur Spaß gemacht. Sag mir doch einfach, was ich tun kann, und dann mache ich es selbst.«
Dankbar entriss sie ihm die Hand. »Sind Sie sicher?«
»Ganz sicher, Prinzessin.« Er stand auf, wischte sich den Sand von den Kleidern und lächelte sie freundlich an. »Doch wo hast du diese Kunst gelernt?«

»Von den Indianern.« Und als er sie verwirrt darüber anschaute, dass sie sich mit heidnischen Barbaren abgab, erklärte sie hastig und schüchtern: »Ich kann ganz gut weben und auch nähen. Die Wampanoags mögen grelle Farben und schöne Muster, und als sie herausfanden, dass ich Muster in die Decken weben konnte, die sie nicht beherrschten, baten sie mich, welche für sie herzustellen.« Sie war zu bescheiden, ihm zu sagen, dass nicht nur die Indianer ihre Muster nicht nachmachen konnten, sondern dass auch die Frauen im Dorf das trotz aller Versuche nicht schafften. »Und im Tausch für die Decken haben sie mich in ihre medizinischen Kenntnisse eingewiesen.«
Sie verblüffte ihn schon wieder. Sie war eine Frau, die im Mondlicht sang, Decken webte, die die Indianer nicht nachmachen konnten, und jetzt warf sie hier Muschelschalen ins Feuer. Sie war voller Überraschungen. Himmel, vielleicht wäre es doch ganz nett, noch ein paar Tage in Eastham zu bleiben.
»Und was würden diese Indianer Ihnen bei einem Hundebiss empfehlen?«, fragte er.
Sie sah auf, bemerkte seinen Blick und lächelte. »Den Hund zu erschießen, wahrscheinlich.«
Und dann lachten sie beide, er ein tiefes rumpelndes dankbares Lachen und sie ein nervöses kleines Zwitschern. Doch ein wenig von der Spannung zwischen ihnen war verschwunden.
»Sie könnten«, sagte sie wieder ernster, »etwas Pimentbaumrinde sammeln – sie wachsen hier überall auf den Dünen –, sie trocknen, zu Pulver zermahlen und als Packung verwenden. Doch bis Sie das alles gemacht haben, ist die Wunde schon längst verheilt. Oder Sie könnten Wegerichblätter zu einer Paste verrühren und die dann auf Ihr Bein legen. Das verhindert hervorragend Infektionen.«
Der gottlose Schuft in Sam rührte sich erneut auf ärgerliche, altbekannte Weise. »Hast du denn etwas von dieser Pimentbaumrinde?«

»Nun ja ... ja.«
»Vielleicht könnten wir zu dir nach Hause gehen und etwas davon holen. Du hast sie doch zu Hause, oder?«
»Ja, aber du lieber Himmel, wenn ich Sie nach Hause mitbringe, wird Tantchen mich kurz und klein schlagen.«
»Darfst du denn keine Verehrer haben, Prinzessin?«
»Verehrer?« Sie atmete tief aus und zerrte an ihrem Ärmel. »Ich habe noch nie in meinem Leben einen Verehrer gehabt. Tantchen wird das erst erlauben, wenn *sie* mich für alt genug dafür hält. Und wenn das so weit ist, dann wären Sie, Kapitän Bellamy, der letzte Mann, mit dem sie mir den Umgang erlauben würde.«
»Also ... ich kann mir gar nicht vorstellen, wie das sein kann«, sagte er versonnen, strich sich über das hübsche Kinn und sah sie mit einem Blick an, der ihr sagte, dass er den Grund sehr wohl kannte.
»Ich glaube nicht, das ich das erklären muss«, sagte sie, dachte an die vergangene Nacht und fühlte sich sofort wieder unbehaglich – an das Sündhafte, das sie im Mondlicht getan hatten und dessen sie sich auch bei Tageslicht noch schämte. Sie wich seinem Blick aus und wandte sich mit hochrotem Gesicht ab. Seine nächsten Worte bestätigten ihre Befürchtung, dass seine scharfen schwarzen Augen bis hinab in ihr Seele blicken und ihre Gedanken lesen konnten. »Hör zu, meine Liebe«, sagte er und hob ihr zartes kleines Kinn an. Er schaute ihr in die Augen, die sich jetzt angstvoll weiteten ob seiner vertrauten Berührung. »Es tut mir Leid, was letzte Nacht geschah. Wirklich. Was ich dir angetan habe, war unentschuldbar, und ...«
»Bitte, Kapitän Bellamy. Ich möchte nicht darüber reden.«
Die roten Flecken auf ihren cremefarbenen Wangen sprachen für sich. Er nickte verständnisvoll. »Wie du möchtest, Prinzessin«, sagte er und konnte ihre mädchenhafte Verlegenheit nicht übersehen. Armes kleines Ding. Er war wirklich gemein zu ihr gewesen, und er sollte das wirklich wieder gutmachen.

»Und deine ›Freundin‹ Thankful? Du hast ihr doch nicht gesagt, was passiert ist, oder? Ich fürchte, dass das dein Verderben sein würde, meine Liebe.«

War er wirklich besorgt oder redete er nur so daher? Maria rang die Hände und wünschte, er würde das Thema wechseln oder besser noch einfach weggehen und sie in Ruhe lassen. Sie konnte diese Art Trost nicht verkraften. »Nein, ich habe ihr nichts erzählt – obwohl sie schon bei Sonnenaufgang zu mir nach Hause gekommen ist und mich gefragt hat, was ... was geschehen ist. Wahrscheinlich würde sie es überall herumerzählen und sich diebisch darüber freuen, dass sie mich mal wieder zur Zielscheibe allen Spottes gemacht hat.«

»Das war ein verdammt grausamer Scherz! Was hast du ihr erzählt?«

»Ich habe ihr gesagt, dass ihr Plan nicht funktioniert hat. Dass Sie mich nicht küssen wollten, weil ich Ihnen nicht schön genug war.«

Er lachte ungläubig. »Nicht schön genug? Verdammt noch mal!« Und als er sah, dass ihr sein Fluch unbehaglich war, versuchte er zerknirscht auszusehen. »Es tut mir Leid, Maria. Ich bin ein Seemann und die vornehme Gesellschaft eines wohlerzogenen Mädchens nicht gewöhnt. Ich fürchte, dass ich meine Zunge nur sehr schlecht hüten kann. Bitte vergib mir.« Seine dunklen Augen funkelten. »Aber ich muss sagen, wenn deine *Freundin* das glaubt, dann ist sie noch naiver als du.«

»Ich bin nicht naiv!«

Er hob nur eine Braue und sah sie von der Seite an.

»Wirklich nicht!«

»Meinetwegen. Sollen wir uns vielleicht darauf einigen, dass du nicht mehr so naiv bist wie zu dem Zeitpunkt, ehe du mir begegnet bist?«

Er lächelte schmeichelnd und neckend, um sie zu beruhigen.

»In Ordnung«, sagte sie, »und auch nicht mehr so dumm.«

»Nein, meine Liebe, dumm warst du nie.«
Die Art, wie er das sagte, tat ihr wohl, und sie hatte das Gefühl, als fließe plötzlich Honig durch ihre Adern. Sie sah zu ihm auf. Oh, er *sah* gut aus, und falls das überhaupt möglich war, wurde er ihr mit jeder Minute sympathischer. Und ihr dämmerte, dass er vielleicht gar nicht solch ein unzivilisierter Schuft war, als den der gute Reverend ihn hingestellt hatte. Sein Haar war gerade so lockig, dass es leicht zerzaust wirkte, und wenn er den Zopf lösen würde, würde es ihm in glänzenden Wellen auf die breiten Schultern herabfallen, die der Stärke von Atlas Konkurrenz machen konnten. Sein Haar lud geradezu zum Berühren ein, und sie wollte gern mit den Fingern hindurchfahren, um herauszufinden, wie es sich anfühlte.
Doch das Blitzen seiner wundervoll schwarzen Augen und vor allem das Lächeln war es, was sie anzog. Es war ein fast jungenhaftes Lächeln, das den leicht herben Ausdruck seines dunklen Gesichts abmilderte. Solch ein Lächeln passte gar nicht zu einem verruchten Mann, und ein verruchter Mann hätte ihr in der vergangenen Nacht auch nicht die Ehe angeboten. Ein verruchter Mann hätte sie auch nicht umarmt, als sie all ihre Seelenpein herausgeweint hatte.
Jonathan hatte ihr noch nie die Ehe angeboten. Jonathan hatte sie noch nie umarmt, und er war ihr gegenüber auch noch nie höflich gewesen, weil Jonathan noch nie von ihr Notiz genommen hatte.
Doch Sam Bellamy hatte das getan.
Ein wildes Verlangen, ihn zu verteidigen, überkam sie plötzlich, denn dieser Mann war von den »rechtschaffenen« Leuten der Kirchgemeinde unfair verurteilt worden. Die Tiefe dieses Gefühls erschreckte und schockierte sie. Wie kamen sie dazu, solch hässliche Dinge über ihn zu behaupten? Sie würde nicht wie sie sein. Schließlich war sie genauso zu beschuldigen wie er – vielleicht sogar noch mehr, wie ihr jetzt klar wurde. Und nun entpuppte er sich hier als höchst anständiger Gentleman, ent-

schuldigte sich für seine grobe Sprache, machte ihr Komplimente, die sie gar nicht verdiente und schenkte ihr so viel Aufmerksamkeit, dass sie sich angenommen und gewollt fühlte. Sie sollte wirklich etwas für sein Bein tun ...

»Ich kann Sie nicht zu meiner Tante mitnehmen«, sagte sie, »aber wenn Sie möchten, können Sie mir beim Sammeln der Rinde helfen. Ich werde sie für Sie vorbereiten, und Sie können sie anwenden, wenn Sie in die Stadt zurückgekehrt sind.«

»Wirklich? Das würdest du für mich tun, Prinzessin?«

»Ja, aber unter einer Bedingung.«

»Und zwar, meine Liebe?«

»Dass Sie niemandem auch nur ein Sterbenswörtchen davon erzählen.«

»Ich weiß. Deinem Ruf gilt meine größte Sorge.«

»Meinem Ruf?« Sie lachte jetzt ein herrlich glockenreines Lachen, das seinen Blutdruck erhöhte und ihn wünschen ließ, teuflisch genug zu sein, sie genau hier und jetzt auf dem vom Wind leergefegten Sand des Strandes zu nehmen. »Kapitän, mir macht mein Ruf weniger Sorge als meine Haut!«

Denn wenn Tantchen herausfand, dass sie nur in Begleitung eines nicht bissigen braunweißen Hühnerhundes mit dem berüchtigten Kapitän Samuel Bellamy durchs Moor wanderte, hatte sie mehr zu befürchten als ihren Ruf.

Mit einem kleinen mutigen Lächeln reichte sie ihm den Arm, und gemeinsam gingen sie in den Spuren zurück, die seine einsamen Schritte im Sand hinterlassen hatten.

Viertes Kapitel

Der Wind hatte sich gedreht und blies mit steifer frischer Brise, die die LILITH weit aufs Meer hinausgetrieben hätte, wenn ihr Kapitän beschlossen hätte, die alten grauen Segel zu setzen. Doch für die Besatzung der LILITH, die die Stunden in den örtlichen Tavernen verbummelten, und für den Kapitän, der im Moor die schönsten und farbenprächtigsten Wildblumen pflückte, war der Wind unwichtig.

Sam hatte nie zuvor eine Frau umworben. Er hatte immer problemlos eine Frau gefunden, die bereit war, die Nacht mit ihm zu verbringen. Und nun wusste er gar nicht, wie er sein Werben beginnen sollte. Und außerdem: Warum in aller Welt musste solch eine *Krankheit* ihn in dem Moment erfassen, da die LILITH an ihren Ankertauen zerrte und tausend Meilen entfernt spanische Schatzschiffe warteten?

Weil er ein Dummkopf war.

Ein Schatten fiel auf seine Hand, und als er zum Himmel hinaufsah, fluchte er. Dicke schwarze Wolken trieben von der Massachusetts-Bucht auf ihn zu, und es würde mit Sicherheit bald wieder regnen. Er musste sich beeilen, wenn er schneller als die Wolken sein wollte. Und die verdammten Blumen würden völlig zerfleddert sein, wenn er sie ihr brachte.

Der Himmel war pechschwarz, als er den King's Highway erreichte, der in die Stadt zurückführte. Wie dumm musste er aussehen, dass er mit einer Hand voll Blumen durchs Moor stapfte, während sein Schiff und Paul Williams immer ungeduldiger darauf warteten, dass sie in See stachen. Er lächelte. Ach, zum Teufel mit ihnen allen. Sie würden ihm schon nicht davonrennen … wozu, zum Kuckuck, dann die ganze Eile? Schließlich gab es im Leben noch etwas anderes als spanisches Gold.

Seit sie aus der Stadt heimgekehrt war, regnete es, doch das Feuer im großen Herd erwärmte den Raum und warf zuckende Lichtzungen über die gusseisernen Kochtöpfe und die Pflanzen, die von den roh behauenen Dachbalken herabhingen. Maria seufzte, richtete sich von ihrer Arbeit auf und lauschte dem trommelnden Regen auf dem Dach. Mit müden Fingern rieb sie sich den schmerzenden Rücken. Doch immerhin war die Decke, bei der sie sich so besonders viel Mühe gab, fast fertig.

Sie war für Sam Bellamy bestimmt.

Liebevoll fuhr sie mit der Hand darüber, stand dann auf, reckte die steifen Gliedmaßen und knetete sich den Rücken. »Sam Bellamy«, sagte sie laut vor sich hin. Eine Woche war seit der Nacht unter dem Apfelbaum vergangen … eine Woche, in der sie gemeinsam heimlich durch die Dünen gegangen waren, sie etliche Ausreden für die Tante gehabt hatte und in der sie ihn kennen lernte und ihn mehr und mehr … zu schätzen begann. Ach, wem wollte sie denn etwas vormachen? Es war viel mehr als ein bloßes Schätzen.

Sie ging zum Fenster hinüber, presste die heißen Wangen gegen das kühle Glas, bis sich ihr Atem als Dampf auf dem Fenster niederschlug. Mit verstecktem Lächeln schrieb sie mit dem Finger ein kleines, ordentliches S in den Dunst.

Doch was hielt er von ihr? Interessierte er sich überhaupt einen Deut für sie? Er hatte ja in der vergangenen Woche viel Zeit mit ihr verbracht, und als der Wind drehte, hatte er die Gelegenheit, in wärmere Gewässer davonsegeln zu können, nicht wahrgenommen, sondern war in Eastham geblieben. Ihretwegen? Ein leichter Schauer lief ihr bei diesem herrlichen Gedanken über den Rücken. Und er war auch ein perfekter Gentleman gewesen, hatte sie in keiner Weise bedrängt und sich immer nach den Regeln des Anstands verhalten – doch manchmal hatte sie ein heißes, wölfisches Glimmen in seinen Augen gesehen, wenn er sich von ihr unbeobachtet glaubte. Und wenn sie sich manchmal abrupt nach ihm umdrehte, bemerkte sie das gelassene, bewundernde Lächeln um seinen hübschen Mund herum, das sie daran erinnerte, wie er sie in jener Nacht unter dem Apfelbaum angesehen hatte.

Doch er erwähnte das Geschehen auf der Lichtung nicht, sondern sprach über Dinge, die sie nicht verunsicherten. Über seine Pläne, die spanischen Schiffe zu bergen. Über ihre Webkünste, ihr Interesse an der indianischen Medizin …

Ein scharfes Klopfen an der Tür beendete ihr Grübeln. Hastig wischte Maria das verräterische S von der Fensterscheibe und durchquerte eilig den Raum. Das war sicherlich Thankful, die in letzter Zeit ziemlich gereizt war. Vermutlich weil sie annahm, dass sie noch nicht die ganze Wahrheit über Marias »Begegnung« mit Sam Bellamy erfahren hatte. Resolut hob Maria den Riegel, zog die schwere Tür auf – und schnappte überrascht nach Luft.

Sam Bellamy stand dort, und der Regen strömte ihm aus dem schwarzen Haar und tröpfelte von den Augenbrauen und Wimpern auf die Wangen herab. Seine Seemannsjacke tropfte und sein Hemd klebte ihm an der Brust. Er trug Wollstrümpfe, und seine Schuhe waren schlammbedeckt.

»Darf ich hereinkommen?«, fragte er.

»Sam! Was machen Sie denn hier?«

Er lächelte, zog die Hand hinter seinem Rücken hervor und hielt ihr einen bunten und reichlich ramponierten Wildblumenstrauß entgegen. Maria schrie entzückt auf.

»Oh, die sind ja wunderschön!« Sie presste sie an die Brust und sauste auf der Suche nach einer Vase im Zimmer herum.

Es machte Sam nichts aus, dass er dümmlich lächelte, denn es war schön, sie so glücklich wie ein Kind zu Weihnachten zu sehen. Ihr sonniges und strahlendes Gesicht wärmte ihn innerlich. Vielleicht war ja diese Idee, sie zu umwerben, doch nicht so dumm ...

Plötzlich fiel ihr ein, dass er noch in der Tür stand. »Oh, kommen Sie schnell herein!«, rief sie atemlos, und ihre Augen glänzten vor Glück.

»Vielen Dank.« Er schloss die Tür hinter sich und scharrte mit den Schuhen auf dem Läufer herum. »Das ist ein schauderhaftes Wetter, Prinzessin.«

»Ja, und ich kann gar nicht verstehen, was Sie nach draußen getrieben hat. Geben Sie mir Ihren Mantel und setzen Sie sich ans Feuer.«

Seine Jacke war schwer vor Nässe und roch angenehm nach Meersalz und Wolle. Sie hängte sie an den Haken neben der Tür und sah zu, wie er den Raum durchquerte und dabei argwöhnisch in alle schattigen Ecken sah.

»Wo ist der verdammte Hund?«

»Gunner? Tantchen hat ihn zum Reverend mitgenommen.«

»Gott sei Dank. Gibst du dem Tier denn nichts zu essen? Ich glaube, er hält mein armes Bein für einen Brocken Rindfleisch.«

Lachend zupfte Maria eine der Wildblumen aus der Vase und fuhr sich damit liebevoll über die Wange. In ihrer Unschuld ahnte sie nicht, dass diese einfache Geste ihren Gast nur noch mehr quälte. Ein übermütiges Leuchten hellte ihre jungen Augen auf. »Aber Sie sind doch sicher nicht hierhergekommen, um mit mir über den Hund zu sprechen.«

»Nein, tatsächlich nicht.«

Sie ging zum Herd und schöpfte etwas aus einem riesigen schwarzen Topf, dessen pikanter Geruch seine Aufmerksamkeit nicht fesseln konnte, da es weit köstlichere Verlockungen für ihn gab. Ihre straffe Kehrseite. Die schimmernde Schönheit ihres Haars, ihre ungeheuer schmale Taille und das kurze verführerische Aufblitzen ihres Knöchels unter ihren Unterröcken ...

Sie kehrte zu ihm zurück und hielt ihm eine Schale entgegen. Dampf stieg davon auf und kitzelte ihn in der Nase. Er legte die Hände um das heiße, rund geschliffene Holz und wärmte sich die Finger daran. »Lass mich raten«, neckte er sie. »In Wasser gekochte Muschelschalen. Muschelschalen mit Möhren. Muschelschalen ...«

»Wildeintopf«, sagte sie. »Hoffentlich mögen Sie es.«

»Ich habe kein Essen erwartet.« Trotzdem fuhr er wie ein Verhungernder mit dem Löffel in die Schale und sah sie lächelnd und mit einem verwegenen Glanz in den schwarzen Augen an. »Weißt du denn nicht, meine Liebe, dass ein Streuner, den du fütterst, immer wiederkommt?«

Sie zog sich einen Stuhl heran und ordnete ihre Röcke über ihren Knien. »Ja, Sam. Doch dieser Streuner bleibt nur so lange, bis man ihm im nächsten Haus etwas Besseres anbietet.«

Ihr Blicke trafen sich über den Rand der Schale hinweg. »Nun, dieser Streuner ist vollkommen zufrieden damit, dort zu bleiben, wo er ist. Wenn«, er nahm einen weiteren Löffel Suppe zu sich, »du verstehst, was ich meine.«

»Nur zu gut. Doch hoffentlich wird der Streuner nicht so lange bleiben, bis Tantchen ihn an den Ohren an die Luft setzt.«

Der Löffel flog scheppernd in die Schale und er reagierte mit unerwartetem Ärger. »Verflixt noch mal, Maria! Glaubst du wirklich, dass ich mich schon jemals darum gekümmert habe, was deine Tante oder irgendjemand anderer denkt? Es wird Zeit, dass wir diese Heimlichkeiten beenden, meinst du nicht auch? Und dass wir aufhören, uns voreinander zu verstecken!«

Maria biss sich auf die Unterlippe, als er sich auf die Bank neben dem Feuer fallen ließ und den Kopf gegen die Lehne legte. Er streckte die langen Beine den knisternden Flammen entgegen, sah zu ihr hinüber und schwächte seinen Ausbruch mit einem zuversichtlichen und selbstbewussten Lächeln ab.

»Ich denke, ich werde hier auf die Rückkehr deiner Tante warten. Das ist doch wohl das korrekte Benehmen, oder nicht?«

»Das korrekte Benehmen? Für was denn, lieber Himmel?«

»Natürlich, um sie um die Erlaubnis zu bitten, dich umwerben zu dürfen.«

»Mich umwerben?«

»Stört dich diese Vorstellung, Prinzessin?«

»Nein – es ist nur so, dass ...« Sie sah ihn an und rang verzweifelt die Hände. »O Sam, verstehen Sie denn nicht? Ich darf keine Verehrer *haben*. Nicht Jonathan, nicht Ben Nickerson, und ganz *besonders* nicht Sie.«

Sein Seufzer durchbrach die lastende Stille, und er starrte frustriert zu den Dachbalken hinauf. Seine Stimme klang bitter. »Ja, *besonders* nicht mich.« Er sprang auf und begann, in dem kleinen Raum wie ein eingesperrtes Tier hin und her zu laufen. »Ich bin Gift, ja? Ein Vergewaltiger junger Unschuldiger, ein Dieb jungfräulicher Tugenden. Ein Wolf unter Lämmchen.« Er hielt inne und wirbelte herum. »Zum Teufel mit all diesen Heuchlern. Muss ich verurteilt werden, weil ich dich schön finde? Gerät nur mein Blut in Wallung beim Anblick einer so entzückenden Frau? Bin ich so schlimm, dass man mich dafür verdammt, dass ich Gefühle habe, die einfach ... verdammt ... *normal* sind?« Er ging zum Fenster hinüber, lehnte sich mit wütend angespanntem Kinn und harten Augen gegen das Fensterbrett. Er fühlte ihre Blicke in seinen Rücken und wusste, dass seine Wut – wie gerechtfertigt sie auch sein mochte – sie bestimmt zu Tode erschreckte. Er zwang sich zu einem tiefen Atemzug. Er hatte eine ganze Woche harter Arbeit gebraucht, um ihr Vertrauen zu gewinnen und sie davon zu überzeugen, dass er nicht dieser anrüchige Schuft war, für den ihn hier alle hielten. Er musste seine Wut zähmen.

Er drehte sich um, griff sanft nach ihren Schultern und sah in ihre Augen hinab.

»Sam, ich ...«

Er brachte sie damit zum Schweigen, dass er ihr einen Finger auf die Lippen legte. »Nein, hör mir zu, Mädchen. Ich habe diesen Unsinn lange genug mitgemacht. Kein Herumschleichen mehr. Kein Verstecken mehr. Eine so schöne Frau wie du verdient es, umworben zu werden, und das muss deine Tante einfach akzeptieren.« Der Finger glitt unter ihr Kinn, und er zwang sie dazu, seinem Blick standzuhalten. »Wann wird sie heimkehren?«

Maria schluckte heftig. »Ich ... weiß es nicht.«

»Schön. Dann werde ich hier auf sie warten.«

»Sie wird es nicht erlauben, Sam.« Ihre Stimme klang flach und leblos, denn das Wissen um Tantchens Reaktion dämpfte ihre Erregung über seine Worte; eine Erregung, die sie von ganzem Herzen fühlen wollte. Tränen der Verzweiflung stiegen ihr in die Augen, die sie schnell fortblinzelte. »Du kannst so viel reden, wie du willst. Du kannst sie auch bitten, doch sie wird dich abweisen. Ich kenne sie, Sam. Sie ist ...«

»Maria, mach dir keine Sorgen. Ich werde sie versöhnlich stimmen.«

»Meine Tante ist nicht zu beschwichtigen! Du solltest besser überhaupt nichts sagen. Sie wird dich einfach abweisen, und dann wird sie mir gegenüber so misstrauisch sein, dass sie mich nicht mehr aus den Augen lassen wird. Und dann werden wir uns *niemals* mehr sehen können! Lass uns einfach so weitermachen wie bisher. Ich muss nicht umworben werden. Es ist mir egal, wenn sie es nicht weiß ...«

»Aber mir nicht«, sagte er ruhig.

Sie starrte ihn an. »Warum, Sam?«, flüsterte sie. »Warum ist dir das so wichtig?«

Die Worte waren schneller gesprochen, als er denken konnte. »Weil ich dich heiraten möchte, Prinzessin.«

Er bedauerte es nicht, sondern hatte das Gefühl, als sei ihm eine große Last von den Schultern genommen worden.

»Heiraten ...«
»Ja, heiraten.« Er umfasste ihre kleinen Hände mit seinen und rieb mit den Daumen über die weiche Haut ihrer Fingerknöchel. Ihre Augen hatten sich mit Tränen gefüllt – Tränen des Glücks, wie er hoffte. Heiter sagte er: »Und es gehört sich doch nicht für den zukünftigen Ehemann, wie ein kleiner Hund unter dem Tisch nach Krümel zu suchen, oder?«
Sie wandte sich ab und hoffte, dass er ihre Tränen nicht bemerkt hatte.
»Maria?«
Sie fühlte, dass seine starken, wunderbaren Hände ihre Schultern umfassten und drehte sich ihm wieder zu. Sie sah zu ihm auf. Seine Augen waren sorglos und bar jeder Unsicherheit. Sicherlich bedauerte er seinen Antrag schon. Er hatte ihn sicher nur gemacht, weil ihm Leid tat, wie er sie behandelt hatte und nicht, weil er sie liebte. Doch sie liebte ihn. O Gott, sie liebte ihn, und sie würde ihn nicht mit einer Frau belasten, die er nicht wollte.
»Ich ... ich kann dich nicht heiraten, Sam.«
Mit düsterem Blick schaute er auf sie herab.
»Ich ... O Sam, Tantchen wird es niemals erlauben. Und du solltest dir lieber eine andere suchen, eine, die dir ähnlicher ist. Eine, die gerissen und wagemutig und genauso gut aussehend ist wie du.«
»Wer, zur Hölle, hat behauptet, dass du nicht hübsch bist?«, fragte er, schon wieder wütend. »Deine Tante? Um dich vor Männern zu schützen, die sich für dich interessieren könnten? Vor Männern wie mir?«
»Nein ... ich weiß einfach, dass ich es nicht bin.«
Sein Seufzer war voller Wut. »Und wie alt bist du?«
Sie schaute zur Seite. »Fünfzehn ... nächsten Monat werde ich sechzehn.«
»Ah, glaubst du wirklich, dass du alles weißt?«
»Nein! Das habe ich nie behauptet. Aber ich bin auch nicht dumm!«

»Das ist ja schon ein Fortschritt. Wenigstens gibst du eine deiner guten Eigenschaften zu, und ich kann dir versichern, Liebes, dass du viele hast. Und du sollst nicht zu mir passen? Ha!« Er warf den Kopf zurück, und sein tiefes Lachen erfüllte den kleinen Raum. »Das ist wirklich ein Witz. Denn ich habe Angst gehabt, dass du mich nicht gut genug für *dich* halten würdest.«
Sie sagte nichts, sondern starrte auf ihre Füße. Sie wollte ja zu ihm sagen, wollte mehr als alles in der Welt seine Frau sein! Doch das war ein aussichtsloser Traum. Tantchen würde es niemals erlauben.
»Maria«, sagte er sanft. »Erinnerst du dich an die Nacht, nachdem wir uns unter dem Apfelbaum geliebt haben? Nein, wende dich nicht ab«, sagte er, als sie rot anlief und seinen Blicken auswich. »Du hat mir erzählt, dass deine ›*Freundin*‹ behauptet hat, dass ich mich nach einem Kuss in dich verlieben würde. Und du hast ihr geglaubt.«
Sie scharrte mit den Füßen. »Ich war ein Dummkopf«, flüsterte sie.
»Nein, das stimmt nicht, Maria. Hast du jemals daran gedacht, dass das vielleicht wahr sein könnte?«
»Nein. Du hast selbst gesagt, dass sie mich belogen hat.«
»Vielleicht. Aber vielleicht auch nicht.«
Maria schaute ihm in die dunklen Augen. »Willst du damit sagen ...«
»Dass ich dich liebe?« Er lächelte. »Ein grässlicher Gedanke, was? Sich den schlimmsten Schuft geangelt zu haben, der jemals den Boden von Eastham betreten hat. Ein gottloser Sünder, ein gemeiner Hund. Arme, arme Maria. Wie viel glücklicher wäre sie doch, wenn sie sich mit einem dieser weißgesichtigen Schwächlinge zusammentun würde. Guter Gott, allein der Gedanke, dass sie mit einem gottlosen Teufel verbandelt wäre, einem ...«
»Es reicht, Sam«, sagte sie und musste einfach über seinen lockeren und neckenden Ton lächeln.
»Ach, das Leben mit mir würde schrecklich sein, nicht wahr?

Nun ja, ich liebe dich. Zumindest deuten alle Anzeichen darauf hin, dass ich mich mit dieser besonderen Krankheit angesteckt habe. Schlaflose Nächte. Nur noch an dich denken können. Himmel, Blumen pflücken gehen. Kannst du dir das vorstellen? *Ich pflücke Blumen?* Und ich hatte geglaubt, dass mir so etwas nie passieren würde.«

Er ließ sich wieder auf die Sitzbank fallen, schloss die Augen und lächelte zufrieden, denn nun wusste er, was mit ihm in der vergangenen Woche los gewesen war. *Er liebte sie.* Das war die einfache und reine Wahrheit. Zur Hölle mit dem Umwerben. Er würde sie einfach heiraten und Schluss!

Ihrer sanften, melodischen Stimme wollte er für den Rest seines Lebens lauschen. »Mach es dir nicht zu bequem«, sagte sie. »Tantchen wird schon wütend genug sein, dich hier vorzufinden. Mach sie nicht noch wütender damit, dass du hier einschläfst.«

Ein dunkles Auge öffnete sich langsam. »Ich habe nicht vor einzuschlafen, mein Liebes.«

Er zwinkerte ihr zu, schloss das Auge wieder, und sie wollte gern zu ihm gehen und ...

Der Türriegel schepperte und die Tür schwang auf. Tante Helen rauschte mit aufgelöstem Haar ins Zimmer, das sie zu einem Knoten gewunden oben auf dem Kopf trug.

Maria hielt den Atem an und presste sich die Hand auf den Mund. Doch Sam öffnete nur die Augen, lächelte entspannt und richtete sich auf.

»Reverend Treat lässt dir seinen Dank übermitteln für die schöne Decke, die du für ihn gewebt hast«, sagte Tante Helen. »Liebe Güte, hört denn dieser Regen nie mehr auf? Wir brauchen ja Wasser zum Blumengießen, doch wenn es so weitergeht, werden sie alle ertränkt werden!« Sie schüttelte ihren durchweichten Mantel aus, drehte sich um, um ihn an den Haken zu hängen und erstarrte, als sie die Seemannsjacke dort hängen sah.

»Was in aller Welt ...«
Marias Herz setzte einen Schlag aus. »Tantchen ...«
Doch die alte Frau fegte schon ins Zimmer. Als sie Sam ruhig auf der Bank sitzen sah, hielt sie abrupt inne, und ihre Augen traten ihr vor Entsetzen aus den Höhlen.
»Sie!«, keuchte sie, umfasste ihre Kehle und lief gefährlich rot an.
Sam erhob sich und verbeugte sich formvollendet vor dieser wütend aussehenden Medusa. »Kapitän Samuel Charles Bellamy, Madam, zu Ihren Diensten.«
»Was, in Gottes Namen, machen Sie in meinem Haus!« Ihr vogelartiger Hals schwoll an, während sie Maria durchdringend und empört ansah, die zitternd auf ihrem Stuhl saß. »Was soll das alles bedeuten? Erkläre es mir, Maria, oder ich werde Friedensrichter Doane so schnell hierher holen ...«
»Nun, nun«, mischte Sam sich ein, denn Maria hätte dieser verhutzelten alten Hexe bestimmt die Wahrheit gesagt. »Nicht Ihre Nichte hat Ihren Ärger verdient, sondern ich. Sie hat mich gebeten zu gehen, doch ich bestand darauf zu bleiben.«
»Wenn sie Sie schon zu gehen gebeten hat, warum sind Sie dann noch hier?«
Sein entwaffnendes Lächeln machte die alte Frau nur noch rasender. »Weil ich mit Ihnen sprechen wollte«, sagte er freundlich und sah mit seinen dunklen Augen so unverwandt in ihre, bis sogar diese sture Tante Helen Mühe hatte, nicht den Blick zu senken. Das war der Mann, dessen Namen man in der Kirche geflüstert hatte, auf Patience Nickersons Nähparty und beim Nachmittagstee. Sie hatte gewusst, dass er gut aussehend war, doch sie hatte nie zuvor einen Mann gesehen, der so männlich und gut gebaut gewesen war wie dieser hier – und das wusste er wohl auch, dachte sie. Und nie zuvor hatte sie solche Augen gesehen. Augen, die vor Intelligenz, Scharfsinn und sogar einem leichten Lachen blitzten – glühend schwarze

Augen, die ihr geradewegs in die Seele zu blicken schienen. Die Augen eines Schufts. *Die Augen eines Teufels.*

»Scheren Sie sich sofort hier raus!«, schrie sie, »und so wahr mir Gott helfe, wenn Sie sich noch einmal Maria nähern, werden Sie so schnell im Gefängnis landen, dass Sie gar nicht wissen, wie Ihnen geschieht!« Bei diesen Worten griff sie nach der Muskete, die an der Wand hing.

Doch der Hund, der in der geöffneten Tür auftauchte, beunruhigte Sam weit mehr als die Waffe. Trotzdem griff er nach der Mündung und schob sie ruhig nach oben, bis sie auf die dicken Dachbalken zielte.

»Wirklich, Madam, es besteht überhaupt kein Grund für so viel Dramatik. Ich kann Ihnen versichern, dass meine Absichten äußerst ehrenhaft sind.«

»Jemand wie Sie kennt ja nicht einmal die Bedeutung des Wortes *ehrenhaft!* Reverend Treat sagt, dass Sie ein Deserteur der Königlichen Marine seien, und jeder, der den Dienst des Königs verlässt ...«

Genau in diesem Augenblick griff Gunner an und flog wie ein braunweißer Blitz durch die Luft. Maria schrie auf, Sam sprang zurück und stolperte über die Sitzbank – und das Gewehr ging mit einer schrecklichen, ohrenbetäubenden Explosion los.

Doch dieser entsetzliche Lärm rettete Sam vor den Fängen des Tiers. Gunner erstarrte, das Gewehr fiel der alten Frau aus den Händen, und Maria sprang vor und packte das Halsband des Hundes. Und Sam stand mit so viel Würde wie möglich vom Boden auf.

»Nicht einmal der Hund kann Sie leiden.« Die Stimme der alten Frau war nur noch ein Flüstern. »Verschwinden Sie, wenn Sie nicht möchten, dass Maria ihn auf sie loslässt!«

Doch Maria zerrte den noch immer knurrenden Hund zur Tür und schob ihn nach draußen. »Tantchen ... Kapitän Bellamy sagte, dass er mir dir sprechen möchte. Du könntest zumindest höflich genug sein, dir anzuhören, was er zu sagen hat!«

»Mich interessiert nicht, was er zu sagen hat!«
»Ich glaube aber doch«, sagte Sam und wischte sich Holzspäne und Asche von den Kleidern. »Ich kam hierher, um Sie um die Erlaubnis zu bitten, Maria zu umwerben.« Die Augen der alten Frau weiteten sich zornig, doch Sam fuhr unbeeindruckt fort: »Doch in der Zwischenzeit habe ich mich anders besonnen. Ich möchte sie heiraten.«
Tante Helen wurde nur noch röter. »*Sie heiraten!*«
Sam verschränkte die Arm über der Brust. »Mit Ihrer Zustimmung, natürlich.«
Es dauerte zwei Sekunden, bis Tante Helen ihre Stimme wiederfand. »Wie können Sie es wagen«, sagte sie langsam und vor Wut zitternd. »Für wen halten Sie sich eigentlich? Sie kommen in diese Stadt, sorgen überall für Aufruhr mit Ihrem Gerede über die Schatzsuche, und dann kommen Sie hierher und bitten mich um Marias Hand. Nie zuvor in meinem Leben habe ich einen so arroganten Menschen wie Sie getroffen! Sie sind ein Spitzbube, ein Wüstling und ein Schuft. Und was haben Sie mit ihr hinter meinem Rücken gemacht, Sie Teufel? Ich habe Ihresgleichen schon gesehen, äußerlich charmant und innerlich verrottet!«
»Tantchen!«, schrie Maria. »Sam hat nichts getan, was deinen Hass verdient!«
»Halt dich da raus, Maria!«, bellte die alte Frau. »Für dich ist er also schon ›Sam‹?« Furchtlos starrte sie ihm in sein regloses Gesicht. Zu jeder anderen Zeit hätte er ihren Mut amüsant gefunden – doch diesmal nicht. »Ich möchte, dass sie verschwunden sind, wenn ich bis zehn gezählt habe«, sagte sie, »oder ich schieße Ihnen so schnell ein Loch in ihr schwarzes Herz, dass nicht einmal der Satan Zeit genug hat, für Sie eine anständige Begrüßung vorzubereiten!«
Sam hob beschwichtigend die Hände. »Madam, ich bitte doch lediglich um die Hand Ihrer Nichte. Guter Gott, ist das ein Grund für Sie, mich kaltblütig zu ermorden?« Er lachte leise.

»Dann müssen Sie ja jeden Jüngling erschießen, der an Ihre Tür klopft. Maria ist eine einzigartige junge Frau. Warum verachten Sie mich dafür, dass ich sie zur Frau haben möchte?«

Tante Helens Augen zogen sich zu eisblauen Schlitzen zusammen. »Kapitän Bellamy, es interessiert mich nicht, was Sie möchten. Sie werden Maria nicht zur Frau nehmen und Sie werden Sie auch nicht umwerben. *Sie ... sind ... nicht ... gut genug für sie!*«

Diese Worte wurden sorgsam und bedacht ausgesprochen. Und zum ersten Mal sah Maria einen Anflug von Regung in Sams dunklen Augen: Er fühlte sich gekränkt.

»Nicht gut genug?«, fragte er spöttisch. »Bitte, Madam, erklären Sie mir, was Sie damit meinen.«

»Meine Nichte wird nur einen respektablen Mann heiraten. Jemanden, den *ich* billige. Einen ehrlichen Farmer, einen hart arbeitenden Fischer. Einen gottesfürchtigen Mann. Sie, Sir, sind nichts dergleichen. Ich würde sie eher zur alten Jungfer werden lassen, als Sie Ihnen zur Frau zu geben. Was haben Sie ihr denn schon zu bieten? Nichts! Nur Kummer! Oh, ich kenne eine Menge Seemänner. Sie lassen ihre armen Frauen monatelang schwanger allein zu Hause zurück und zechen in jedem Hafen, in den sie einlaufen. Sie huren, spielen und trinken. Das wird meiner Maria nicht passieren! Sie verdient Besseres.«

Zähl bis zehn, dachte Sam, ballte die Hände zu Fäusten und starrte aus dem Fenster, während er verzweifelt darum kämpfte, seine Wut zu beherrschen. Ein zorniger Muskel zuckte in seinem Kiefer. Mit blitzenden Augen wandte er sich wieder an die alte Frau. »Ist das Ihr letztes Wort?«

»Mein einziges! *Nein!*«

»Dann sollten Sie vielleicht die Frau, um die es geht, fragen, was sie möchte.«

»Maria weiß nicht, was sie will! Sie ist erst fünfzehn!«

»Sie ist im heiratsfähigen Alter.«

»Tantchen, du bist unvernünftig«, flehte Maria, während ihr

Blick zwischen den beiden hin und her ging. »Sam wird ein guter Ehemann sein!«
»Kein Seemann ist ein guter Ehemann! Meine Antwort ist nein, Kapitän Bellamy. Ich möchte mich nicht wiederholen!« Sie wog das Gewehr in ihren Händen. »Ich rate Ihnen, Ihren Mantel zu nehmen und zu verschwinden. *Jetzt*. Ich fange an zu zählen!«
Mit düsterem Lächeln durchquerte Sam den Raum. »Na gut«, sagte er mit einem gleichmütigen Achselzucken. »Sie mögen ja diese Schlacht gewonnen haben, aber mit Sicherheit nicht den Krieg.« Marias Augen füllten sich mit Tränen der Hilflosigkeit, als er nach seinem feuchten Mantel griff, ihn anzog und die alte Frau mit mitternachtsschwarzen Augen anschaute. »Sie haben mich nicht zum letzten Mal gesehen, Madam, das verspreche ich Ihnen. Guten Tag.«
Und dann öffnete er die Tür, trat in den Regen hinaus und war verschwunden.

Fünftes Kapitel

Als die Tante ihr barsch befahl, einen Sack Mais zur Mühle zu bringen, war Maria mehr als glücklich, der unangenehmen Spannung zu entrinnen, die seit Sams Besuch vor zwei Tagen zwischen ihnen herrschte. Nachdem sie ihren Auftrag erfüllt hatte, fuhr sie mit der bockenden Stute vom King's Highway ab und westwärts zum Billingsgate-Hafen.

Sie war eine Sünderin – ungehorsam, eigensinnig und böse –, und wenn Tantchen herausfand, dass sie auf dem Weg zu Sam Bellamy war, würde sie weiß Gott was tun. Doch Maria ließ sich nicht beirren. Etwas, das sich so richtig anfühlte, konnte doch keine Sünde sein, oder?

Doch als Jillys rotbraunes Hinterteil sich vor ihr heftig bewegte und der Wagen über das Gras hoppelte, verwandelte sich Marias Trotz in Angst. Nie zuvor hatte sie sich ihrer Tante so offen widersetzt. Doch weit mehr ängstigte sie der Gedanke, was Sam von ihrer Schamlosigkeit halten würde.

Doch schon bald erstreckte sich der Hafen vor ihr, und es gab kein Zurück mehr. Sie mochte vielleicht ein Dummkopf sein, doch ein Feigling war sie nicht.

Als Maria zum Kai kam und die Schiffe musterte, die im Hafen festgemacht waren, klopfte ihr Herz nicht aus Angst vor der Entdeckung ihrer Tante oder vor Sams Meinung, sondern nur aus plötzlichem Entsetzen, dass die LILITH schon davongesegelt sein könnte.

»Mistress Hallett!«

Erschrocken wirbelte Maria bei dem Klang der Männerstimme herum und sah Paul Williams auf sich zukommen. »Was für eine Freude, Sie mal wiederzusehen!«, sagte er freundlich. »Sind Sie gekommen, um sich die Boote anzusehen?«

»Nein, ich ... ich, äh ...«

Was jetzt? Sie konnte ihm doch schlecht den wahren Grund für ihr Kommen nennen. Doch Paul Williams bemerkte ihren gesenkten Blick, ihre nervösen Hände und die Farbe, die sich langsam über dem locker gebundenen Tuch, das ihren Busen bedeckte, auf ihrer Haut ausbreitete. »Dann suchen Sie wohl jemanden?«

»Nein. Ich habe nur eine kleine Fahrt unternommen. Ich sollte hier wirklich nicht bleiben.«

Feigling ...

Seine braunen Augen begannen übermütig zu glitzern. »Nun, ich möchte Sie nicht aufhalten. Ich dachte nur, dass Sie jemanden suchen. Einen Engländer vielleicht?«

Sie fühlte, dass sich ihre Wangen von rosa zu dunkelrot verfärbten. »Nein«, sagte sie ein wenig zu entschieden. »Ich fahre jetzt wieder los.«

»Nein, warten Sie«, sagte er lachend und hielt Jilly am Zaumzeug fest. »Bleiben Sie, und ich hole Sam für Sie. Er wird sich freuen, Sie zu sehen.«

»Nein, wirklich ...«

»Oh, es macht ihm nichts aus. Er arbeitet für zehn und kann eine Pause gebrauchen. Ich sage ihm, dass Sie hier sind.«

»Mr. Williams, bitte!«, rief Maria verzweifelt.

O Gott, sie wäre am liebsten im Boden versunken und hätte gern die Zügel auf Jillys Rücken geschlagen und sie im Galopp davongejagt. Sie wollte nach Hause zurückrasen, ehe ihre Tante alles herausfand. Sie wollte ...

Feigling.

Es war zu spät. Paul war schon auf dem Dock und rief zu der vor Anker liegenden Schaluppe hinüber. O Gott, *warum* habe ich das nur getan? dachte sie.

Und dann sah sie ihn. Er war so weit oben in der Takelage, dass sich ihr Herz entsetzt zusammenzog. Während sie angsterfüllt zusah, griff er nach einem Tau, sprang zum Deck hinunter und landete geschmeidig wie eine Katze. »Paul!« Seine Stimme klang gut gelaunt und spöttisch. »Faule Hände werden uns nicht aus diesem Höllenloch herausbringen. Bin ich der Einzige, der hier arbeitet?«
Als Pauls Stimme sich erhob, wünschte sie sich verzweifelt ein Versteck. »Faule Hände? Na, deine werden gleich auch faul sein. Du hast Besuch, mein Freund.«
Sam drehte den Kopf. Als er sie sah, erhellte sich seine Miene, und er hob grüßend die Hand, doch Maria war zu verlegen und beschämt, um den Gruß zu erwidern. Sie schaute unbehaglich auf ihre Füße.
Als sie kurz aufzusehen wagte, sah sie ihn die Strickleiter zu dem kleinen Boot hinabsteigen, das vor der Lilith schaukelte. Dann trieb er das Boot mit kraftvollen Bewegungen durch die Wellen in Richtung Dock. Seine nackten Füße patschten leise über die ausgeblichenen Planken, er schlenderte an Lattenkisten voll Hühnern und an Wasserfässern vorbei, die für die Fahrt nach Süden noch auf die Lilith gebracht werden sollten. Und dann war er da, direkt vor ihr. »Maria!« Er nahm ihre Hand und jagte funkensprühende Hitzewellen durch sie. Sie errötete heftig, und sein Anblick – so gut aussehend, so offensichtlich glücklich, sie zu sehen – verteilte die Röte bis zu den Haarwurzeln hinauf. »Ist alles in Ordnung?« Er runzelte plötzlich die Stirn. »Deine Tante hat dich doch hoffentlich nicht bestraft, oder?«
»Nein«, sagte Maria und senkte erneut den Blick.
Irgendetwas stimmte nicht. Und als Sam sich umschaute, erkannte er den Grund für ihr Unbehagen. »Weitermachen, Jungs!«, rief er mit dieser tiefen Stimme, die in Marias nervösem Magen Schmetterlinge flattern ließ. »Ihr habt doch wohl genug zu tun, wenn wir mit der Morgenflut lossegeln wollen!«

Mit der Morgenflut? Fuhr er schon so bald davon?
»Ich habe mir Sorgen um dich gemacht, Prinzessin. Du hattest Recht mit deiner Tante. Gott im Himmel! Selbst dein verflixter Hund ist freundlicher als sie!«
Sie schaute mit besorgtem und entschuldigendem Blick auf. »O Sam, ich fühle mich so elend! Sie hatte keinen Grund, so gemein zu dir zu sein. All das, was sie sagte, war so unfreundlich und unverzeihlich ...«
»Warum entschuldigst du dich?« Zärtlich umfasste er ihr Gesicht mit den Händen und hob es an. Er lächelte, und sein unbeschwerter Charme, seine Wärme und das Gefühl seiner rauen Finger auf ihrer zarten Haut ließen ihr Herz dahinschmelzen. »Ach, Maria, meine kleine Besorgte. Du kümmerst dich immer um die Gefühle anderer Menschen.« Er lächelte breit. »Es muss ein wahnsinniger Schock für sie gewesen sein, als sie nach Hause kam und *mich* am Feuer sitzen sah!«
Er nahm ihren Ellbogen und führte sie zu einem nahen Pinienwäldchen hinüber, aus der Sonne hinaus und fort von den neugierigen Blicken seiner Mannschaft. Er setzte sich, lehnte den Rücken gegen einen Baumstamm und streckte die Beine aus. Dann schaute er mit besorgtem Blick zu ihr auf. »Maria, geht es dir auch wirklich gut?«
»Ja. Ich frage mich nur, warum sie dich so hassen muss, nur weil du ein Kapitän bist. Mein Vater – ihr Schwager – hat auch ein Schiff geführt, und er und Mama haben sich sehr geliebt. Ich war noch sehr klein, als er starb, doch ich erinnere mich daran, wie liebevoll sie miteinander umgegangen sind und wie glücklich Mama war, wenn er von seinen Reisen zurückkehrte. Und als er eines Tages nicht mehr wiederkam, hat sie geweint und geweint. Man sagte uns, dass sein Schiff in einem Sturm gekentert sei. Ich kann mich sogar daran erinnern, wie wütend Tantchen war, wie sie Mama umarmt hat in diesen schrecklichen Wochen und auch später noch, als sie krank wurde ...«

»Wütend? Warum denn nur?«
»Nun, erstens war Papa selten zu Hause und nun würde er gar nicht mehr zurückkehren. Und Tantchen hat ihm immer das Schlimmste unterstellt, dass er so viel Zeit auf Reisen verbrachte, weil er in anderen Häfen andere Frauen liebte. Das stimmte gar nicht, wie die Briefe beweisen, die er Mama von seinen Reisen geschrieben hat. Ich habe sie alle. Er war nun mal ein Seemann, und Seemänner sind immer unterwegs. Doch Tantchen glaubt noch immer, dass Mama sich über Papas Verlust zu Tode gegrämt hat.«
»Dann weiß ich ja, warum sie mich hasst«, sagte Sam. »Sie möchte nicht, dass du den gleichen Kummer erleidest wie ihre Schwester.«
»O Sam, sei nicht albern. Du wirst doch nicht wie Papa in einem Schiffswrack sterben!«
Er klopfte auf den weichen Teppich aus Piniennadeln neben sich und lud sie zum Hinsetzen ein. Sie zog die Knie bis zur Brust auf, breitete die Röcke bis über ihre Knöchel aus und war sich dabei seiner Nähe nur zu bewusst.
Einen Moment lang saßen sie schweigend nebeneinander und lauschten den Vögeln, die über ihnen sangen, den Schreien der Möwen und den entfernten Gesprächen der Männer an Bord der Schaluppe. *Ach ja,* dachte Maria traurig. Er würde fortsegeln. Dieser Gedanke machte sie ganz einsam. Sie wich seinem Blick aus, als ob er das bestätigen würde, was sie schon längst wusste. Doch sie musste es genau wissen. Sie nahm ihren Mut zusammen: »Du bereitest dich auf die Abreise vor, nicht wahr?«
Er sah sie überrascht an. Es war eine so einfache Frage, doch sie war zu jung, um ihre Gefühle hinter ihren Worten verstecken zu können. Er betrachtete sie mit einem langen forschenden Blick – und dann nahm er sich, zum ersten Mal seit jener Nacht unter dem Apfelbaum, ihr gegenüber eine Freiheit heraus. Er legte den Arm um ihre herabhängenden Schultern

und zog sie näher zu sich. Nach kurzem Erstarren entspannte sie sich, und er sah einen Schimmer von Tränen, ehe sie schnell fortblickte.
»Ich weiß, was du denkst, Prinzessin.«
Sie schwieg.
»Du glaubst, dass ich fortsegeln werde, ohne dir auf Wiedersehen zu sagen, nicht war?«
Maria nickte und schluckte krampfhaft.
»Ach, Liebes, ich dachte, dass du mehr Vertrauen zu mir haben würdest.«
Sie schniefte und fühlte sich elend, als sie sich ihm zuwandte.
»Aber ich habe gehört, dass du morgen in See stichst.«
»Ja, das werde ich auch. Aber hast du wirklich gedacht, dass ich heute Nacht nicht von dir Abschied nehmen würde?«
»Tantchen wird das nie erlauben.«
»Nein, aber der Baum, der so dicht vor deinem Fenster wächst.«
»Sam!« Ein Lächeln verflüchtigte die Wolken, die ihr Gesicht überschattet hatten, doch er lächelte nur verschmitzt in dieser schelmischen Art, die sie schon so gut kannte. »Du scheinst dich ja wirklich vor gar nichts zu fürchten.«
»Bestimmt nicht vor alten Frauen mit Gewehren. Nur vor herumschnüffelnden Hunden, die nach meinem Blut gieren – und nach meinen Strümpfen.« Er zog sie noch näher, und seine Hand brannte auf der weichen seidenen Haut ihres Arms. Maria zitterte, weil sie nicht wusste, ob sie solch eine Berührung zulassen sollte, doch sie konnte sich die Wonne dieser warmen, sanften Hände nicht versagen.
Morgen um diese Zeit würde er fort sein. Tränen stiegen ihr wieder in die Augen, die sie fortzublinzeln versuchte. Wenn Tantchen doch nur zugestimmt hätte, als er um ihre Hand angehalten hatte. Wenn die Dinge doch nur anders wären. Aber vielleicht konnten sie es ja sein. Zögernd hob Maria den Kopf und betrachtete sein klares, schönes Profil mit plötzlich

hoffnungsvollem Blick. »Sam, ich muss doch nicht den heiraten, den meine Tante aussucht.«

»Mach dir keine Gedanken, mein Liebes, das wirst du auch nicht.«

»Ich meine ...«

»Du wirst mich heiraten«, sagte er auf eine Art, die ihre Vermutung bestätigte: Sam Bellamy war ein Mann, der es gewöhnt war, genau das zu bekommen – und sich auch zu nehmen –, was er haben wollte. Und dieser gut aussehende, verwegene und flotte Mann wollte *sie*. Marias Blut rauschte, und Schauer liefen ihr über den Rücken. Sie sah ihn an, doch er blickte weit auf das Meer hinaus. »Ich werde morgen in See stechen, Maria«, sagte er ruhig. »Die spanischen Schiffe warten. Vor einiger Zeit noch dachte ich, dass das eine tolle Sache wäre, bei der ich ein wenig Spaß haben würde und einen schnellen Gewinn erzielen könnte. Doch jetzt haben diese Wracks eine ganze andere Bedeutung für mich. Einer der Gründe, warum deine Tante mich verabscheut, ist die Tatsache, dass mein Reichtum über diese Schaluppe und die Kleider, die ich trage, nicht hinausgeht. Wenn ich nach Eastham zurückkehre, werde ich ein reicher Mann sein. Reicher als jeder andere im Dorf – reicher sogar als alle Menschen zusammen, die hier leben. Dann wird deine Tante mich nicht mehr abweisen können.«

Er betrachtete ihr liebliches Gesicht, und der Schmerz, der an seinem Herzen gezerrt hatte, wurde so stark, dass er gar nicht wusste, wie er ihn ertragen sollte. Diese Sehnsucht. Dieses alles beherrschende Verlangen, sie zu besitzen. Sie hatte es mit ihrer sanften Unschuld und ihrer so zarten Schönheit fertig gebracht, dass er alle Schutzschichten abgeworfen hatte, die er sich im Lauf der Jahre zugelegt hatte, um sich vor den Klauen anderen Frauen zu schützen. Sie hatte es geschafft, dass er die Ehe nicht mehr als Joch ansah, sondern als Freude. Und wie sie in all ihrer sanften Schönheit neben ihm saß, war sie ein Anblick, an den er sich ewig erinnern wollte – und zumindest so lange, bis er nach Eastham zurückkehrte, um sie zu holen. Er prägte sich jede kleine Einzelheit ein, um sie vor sich zu haben, wenn er weit fort und die Nacht einsam und still war. *Himmel.* Er konnte nicht widerstehen. Selbst ein Gentleman war nur ein Mensch, und Sam fiel auf, dass er sich in den letzten paar quälenden Wochen als solcher verhalten hatte. Und diese Wochen waren wirklich eine Qual gewesen.

Er konnte es nicht länger ertragen. Sanft schlossen sich seine Finger um ihr Handgelenk. Maria schluckte und ließ ihren Blick von seiner Hand über seine Arme bis zu der gebräunten Haut seines Halses gleiten. Und schließlich erreichte er die obsidianschwarzen Augen, in denen sein Verlangen nach ihr so heftig und unübersehbar stand, dass ihr Mund trocken wurde und die kleinen Schmetterlinge wieder in ihrem Magen flatterten.

»Sam?«

Er zog sie an sich, und Maria wehrte sich nicht. »Das ist nur ein Experiment, Prinzessin«, murmelte er heiser, obwohl sie beide wussten, dass dem nicht so war. Sein dunkles Gesicht beugte sich über sie. Seine starken, sehnigen Arme schlangen sich um ihren schmalen Körper, und sie konnte seinen wundervollen, unverwechselbar männlichen Geruch nach Salz und Meer und Seewind riechen. Und so war es für sie nur natürlich, gegen ihn zu sinken und ihren Körper das tun zu lassen, nach dem er sich schon seit der Nacht unter dem Apfelbaum so sehr verzehrt hatte.

Sie hob ihm ihr Gesicht entgegen. Ihre Augen schlossen sich, und dann fühlte sie, dass seine Hand ihren Hinterkopf umfasste und dass seine Lippen sanft, aber hart, süß, aber fordernd sich auf ihre pressten. Ihre Sinne explodierten, ihr Herz schoss hierhin, ihr Gehirn zuckte dorthin, und ihr Körper zerfloss dabei. Sie warf die Arme um seinen felsenharten Hals, und sie protestierte nicht, als er sie auf seinen Schoß zog, wo sie ihn fühlen konnte, hart und unnachgiebig. Und er machte Dinge

mit seiner Zunge, die sie schockierten und erregten. Sie berührte ihre Zähne und bewegte sich tastend in ihrem Mund herum, bis das Kitzeln in ihren Brüsten und zwischen ihren Schenkeln so stark wurde, dass sie sich zu winden begann und damit unwillkürlich seine Leidenschaft so anheizte, bis er es nicht mehr ertrug und den Mund von ihrem löste.
Mit geschlossenen Augen ließ er den Kopf gegen den Baumstamm hinter sich fallen, und sein Atem ging so ruckartig und hart, als wäre er gerade von hier nach Eastham und zurück gerannt.
»Sam?«
»Wenn du so weitermachst, Mädchen, garantiere ich dir, dass das mehr als ein bloßes Experiment werden wird.«
Einen Augenblick lang starrte Maria auf seine sich schnell hebende und senkende Brust. Ihre Handfläche lag auf dem weichen feuchten Haar dort, und darunter konnte sie seinen wilden Herzschlag fühlen. Er sah aus, als ob er Schmerzen hätte! Und dann wurde ihr klar, dass *sie* ihn in diesen Zustand versetzt hatte, *sie*, Maria Hallett. Die Wahrheit lag direkt vor ihr, unter ihren Händen und unter ihrer Hüfte.
Das war kein Schmerz. O nein, ganz bestimmt nicht.
Er begehrte sie.
Er wollte sie.
Und mit dieser Erkenntnis kam das überwältigende, herrliche Gefühl der Macht, das jede Frau empfindet: Sie war fähig, eines Mannes Herz rasen zu lassen, ihn unter ihrer Hüfte anschwellen zu lassen und seine Augen hinter den halb geschlossenen Lidern vor Leidenschaft glühen zu lassen. *Sie* hatte ihn in diese Erregung versetzt. Und sündhaft und verrucht – doch angetrieben von der gleichen neu entdeckten, berauschenden Kraft – trieb Maria das »Experiment« noch einen Schritt weiter.
Langsam berührte sie die tiefschwarzen Augenbrauen, und dann tat sie das, was sie schon zwei Wochen lang hatte tun

wollen – sie glättete die winzigen Krähenfüße in seinen Augenwinkeln, ließ den Finger bis zu seiner Wange gleiten, unter der sie den harten Knochen und die Muskeln in seinem Kiefer fühlen konnte, der jetzt angespannt war, da er sichtbar um Fassung rang.

Sein Atmen beschleunigte sich und wurde unregelmäßig. »Hör auf, Maria ...«

Doch ihre Finger glitten weiter hinab und fuhren die Konturen seiner Lippen nach. Schauer durchfuhren sie, als er aufsah und seine schwarzen Augen ihr einen brodelnden Blick zuwarfen, der ihr eigenes Verlangen widerspiegelte.

Er griff nach ihrer Hand. »Ich sagte stopp, Mädchen.«

»Aber Sam ...«

»*Stopp.*«

»Magst du es denn nicht ... wenn ich dich berühre?«, fragte sie mit verletztem Blick.

Schweiß glänzte auf seiner Stirn. »Ich mag das viel zu sehr.«

Ihr gekränkter Blick verstärkte sich noch, als er mit beiden Händen ihre Taille umfasste, sie von seinem Schoß hob und auf den Piniennadeln neben sich absetzte. Er schloss die Augen und kämpfte darum, den ziehenden Schmerz in seinen Lenden in den Griff zu gekommen, ehe er jegliche Kontrolle verlor.

»Aber ...«

Heiser sagte er: »Maria, erinnerst du dich daran, was ich über den Baum gesagt habe, der vor deinem Fenster wächst?«

Sehnsüchtig betrachtete sie sein wundervolles Gesicht und seine starken Arme. »Ja.«

»Dann schließe dein Fenster heute Nacht nicht, ja?«

Er öffnete die Augen. Sie waren sehr schwarz und sehr verwegen, und es war sehr klar, was er meinte. Maria errötete, als sie seinen Blick erwiderte. Und dann huschte ein scheues und zustimmendes Lächeln über ihre Lippen. Natürlich wollte er nicht hier in vollem Tageslicht mit ihr herumtändeln. Doch in

der Verschwiegenheit ihrer kleinen Kammer im Dachgeschoss …
»Sam«, sagte sie sanft, »ich werde es nicht nur unverschlossen lassen. Ich werde es so weit wie möglich für dich öffnen.«
Ihre Blicke trafen sich in geeintem Verstehen. Er nahm ihre Hand und zog sie hoch. Dann führte er sie durch den Wald zurück zum Strand.
Jilly war noch dort, wo Maria sie zurückgelassen hatte. Maria kletterte in den Wagen. Das Blut summte in ihren Adern, und ihr Herz schlug voller Erwartung der kommenden Nacht entgegen. Der Sitz war sonnengewärmt und der Tag unglaublich schön. Doch die Nacht … würde noch schöner sein.
Mit bebender Hand griff sie nach den Zügeln und sah Sam an. Er stand in der typischen Seemannshaltung da: breitbeinig und mit hinter dem Rücken verschränkten Händen. Er zeigte ein verwegenes Lächeln, das bis zu seinen unergründlichen dunklen Augen reichte.
»Bekomme ich nicht einmal einen Abschiedskuss, damit ich durchhalten kann, Prinzessin?«
Prinzessin. Plötzlich wusste sie, warum er sie so nannte. Prinzessin … einer westindischen Insel. Sie stürzte aus dem Wagen und in seine Arme. Es war egal, dass seine Besatzung mitten in der Arbeit innehielt und höchst interessiert zu ihnen hinüberstarrte. Es war egal, dass sie ein strenges Verhör vor sich hatte, wenn sie nach Hause kam. Es war egal, dass die Sonne den Zenit überschritten und bald zu Sam Bellamys letzter Nacht in Eastham sinken würde. Für sie war nur wichtig, dass sie in seinen Armen lag … Und diese letzte kommende Nacht.
Viel zu schnell war der Kuss vorbei. Mühsam zog Sam sich von ihr zurück und hinterließ dort eine leere Kühle, wo seine Lippen die ihren berührt hatten. Sie schloss die Augen, als er den Handrücken an ihre Wange legte und dann vom Wagen wegging.
»Bis heute Abend?«, murmelte er.

Sie öffnete die Augen und erwiderte seinen fragenden Blick. »Bis heute Abend«, flüsterte sie. Und noch ehe sie sich noch einmal in seine Arme werfen konnte, sprang sie in den Wagen, suchte unter dem Sitz nach der Decke, die sie für ihn gewebt hatte und warf sie ihm zu.

Und als sie die Zügel über Jillys Rücken schlug und die Stute zum Galopp antrieb, konnte sie nicht wissen, dass seine dunklen Augen ihr folgten, bis der Wagen um eine Kurve bog und hinter einem Pinienhain verschwand. Sie wusste nicht, dass er noch lange auf den leeren Fleck auf der Straße starrte. Und sie sah auch nicht den Ausdruck in seinen Augen, als er schließlich auf die herrliche Decke blickte, die er in den Händen hielt.

Und natürlich konnte sie nicht wissen, dass er weder an die Decke dachte noch an die spanischen Schätze – sondern an den Baum, der genau vor ihrem Fenster wuchs.

Er kam eine halbe Stunde vor Mitternacht zu ihr. Er benutzte nicht den Baum, und er machte auch kein Geräusch. Eben saß sie noch auf dem Bett, hatte die Arme um ihren zitternden Körper geschlungen und horchte mit trockenem Mund auf die nächtlichen Geräusche, die alle von dem entfernten Brüllen des Ozeans übertönt wurden. Und im nächsten Moment hörte sie ein leises Kratzen am Fenster.

Sie riss ihren Kopf hoch und sah, dass er sich so über das Fensterbrett hochzog, wie ein Freibeuter ein feindliches Schiff entern würde. Seine Augen strahlten, sein Haar war so schwarz wie die Nacht, und zwischen den Zähnen hielt er eine einzelne duftende Rose.

Leichtfüßig rannte sie zum Fenster, um ihm zu helfen. »Du siehst aus wie ein *Pirat!*«, rief sie aus.

Er stand groß und gut aussehend da, und sein Kopf streifte fast die Dachsparren. »Doch ich fühle mich wie ein Dieb.« Mit einer schwungvollen Geste schenkte er ihr die Rose, und als sich ihre Hände berührten, liefen Schauer durch ihrer beider Körper.

Als sie ihm in die Arme fiel und sich an seine Brust schmiegte, vergrub er das Gesicht in ihrem seidenen Haar und atmete seinen süßen Geruch ein. »Außerdem würde kein anständiger Pirat jemals eine Rose zwischen den Zähnen tragen. Eher schon ein Messer.«

»Gibt es denn keine romantischen Piraten?«

»Nein. Schließlich wachsen ja auch keine Rosen mitten auf dem Ozean.«

»O Sam!«

»Schscht, sonst hört uns deine Tante!«

Sie erstickte ihr Lachen an seiner breiten warmen Brust und berauschte sich an dem Schlag seines Herzens an ihrem Ohr. Seine Nähe, die Verruchtheit dessen, was sie tat und die Gefahr der Entdeckung ließen ihr Herz flattern, und eine Gänsehaut bildete sich auf ihren Armen. Seufzend schob sie den Leinenstoff seines lockeren Hemdes beiseite. »Du hast lange gebraucht, um hierher zu kommen.«

»Ich wollte sichergehen, dass deine Tante im Bett ist.«

»Meine Tante geht eine Stunde nach Sonnenuntergang zu Bett. Du hast eine Menge Zeit verschwendet, Sam.«

»Und ich werde mich auch nicht mit Diskussionen aufhalten, wenn ich die verlorene Zeit auf andere Weise gutmachen kann.«

Seine Stimme war tief und rauchig. Sie fühlte, wie seine Hand über ihren Rücken strich und dort ein Zittern erzeugte, das in ihre Arme und Beine ausstrahlte und hinunter in ihre weiblichen Regionen, bis sie die Schenkel zusammenpressen musste, um dem heißen und brennenden Gefühl Einhalt zu gebieten, das seine Berührung hervorrief. Geschickt öffnete er ihr Kleid, ließ es von ihren vom Mondlicht beschienenen Schultern gleiten und bis zur Taille herabfallen. Seine raue Handfläche glitt versengend über ihre Schultern, ihren Nacken und die zarten Erhöhungen ihrer Wirbelsäule. Der Wind flüsterte durch das offene Fenster, wehte ihr Haar gegen ihre Arme und ließ ihre

Haut prickeln. Sie schloss die Augen und fürchtete, dass ihre Beine sie nicht mehr lange tragen würden. Während sie hin und her schwankte, fühlte sie seine Lippen auf ihren, sanft fordernd erst, dann nicht mehr ganz so sanft, und als er sie langsam rückwärts zum Bett schob, gaben ihre Beine wirklich nach, und er fing sie mit seinen starken, stählernen Armen auf, bevor sie fallen konnte.

»Sam ...«

Als er sie hochhob, schlang sie die Beine um seine Hüften und die Arme um seinen Hals. Sein heißer Blick wanderte über ihr Gesicht, zu ihrem Hals hinab, an dem der Puls wie wild schlug und über ihre cremefarbenen Schultern. Schließlich blieb er an ihren nackten Brüsten und den festen aufgerichteten Knospen mit einer solchen Intensität hängen, dass sie sich noch mehr aufrichteten. Ihr Herzschlag beschleunigte sich, Feuchtigkeit sammelte sich zwischen ihren Schenkeln, und sie presste sie gegen seine harten Hüften und bemühte sich, sich nicht zu winden. Doch sie konnte nicht anders, und als das Blut ihre Adern zu versengen begann und durch ihr Herz brannte, fühlte sie, wie seine Männlichkeit unter ihr wuchs. Sein Blick musterte ihren Körper und berührte ihn so verwegen, wie seine Hände es nicht intensiver hätten vollbringen können.

»Ich will dich ... Maria.«

Er beugte den Kopf und presste den Mund auf ihren, ließ seine Zunge zwischen ihre Zähne und in ihren honigsüßen Mund gleiten. Ein tiefes Stöhnen entrang sich ihrer Kehle, und sie ließ den Kopf so weit zurückfallen, dass ihr Haar über seine Arme fiel und über den Boden fuhr. Ihre Beine legten sich noch fester um seine Hüften und ihre Arme noch fester um seinen Hals. Und noch immer küsste er sie, während eine Hand ihren Rücken hielt und die andere weiter nach unten glitt, ihr Hinterteil umfasste und sie näher an den harten Schaft zog, der den Stoff seiner Hose auf der Suche nach der Nähe ihres begierigen jungen Körpers spannte.

Wieder bewegte er sich quälend langsam auf das Bett zu, während sein Kuss anhielt und anhielt. Benommen spürte sie, wie sie niedergelegt wurde, und sie war sich schwach der Matratze unter ihr und des Geraschels der Maishülsen in ihr bewusst, als sie erst ihr Gewicht aufnahmen und dann seines. Und dann fühlte sie, dass sein heißer, felsenharter Körper ihren zitternden Körper bedeckte. Der Wind flüsterte in den Bäumen vor dem Fenster und wehte das Geräusch des Meeres und seinen Salzgeruch zu ihnen herein. Der Lufthauch fuhr sanft über ihre nackte Haut und durch ihr Haar, wehte durch den Raum und füllte ihn mit der Magie der Nacht. Maria fühlte das alles und nichts von alledem. Sie war nur bei ihm.

»Ach, Prinzessin«, murmelte er an ihrem Hals, »das Wissen, dass du hier auf mich wartest, wird mich schneller zu dir zurückbringen. Du wirst doch warten, oder?«

Seine Lippen liebkosten ihre Schlüsselbeine und die Vertiefungen in ihren Schultern. »Oh, Sam, du darfst nie daran zweifeln, dass ich auf dich warten werde ...«

»Und wenn ich zurückkomme, bringe ich einen Laderaum voller Schätze mit, nur für dich, mein Mädchen – Juwelen, Silber und Gold.« Sie erbebte, als sein Mund über ihren Hals und in Richtung einer ihrer schmerzenden Brüste glitt. »Ich werde dich von hier fortholen und dich zur Prinzessin einer westindischen Insel machen, wo die Sonne immer scheint und der Wind nie kalt ist ... das verspreche ich. So wahr mir Gott helfe, verspreche ich ...«

Sie brachte ihn mit ihren Lippen, ihren Armen und ihrem Körper zum Schweigen. Kleider wurden entfernt und wirbelten zu Boden. Sanfte Küsse wurden drängend und zärtliche Liebkosungen heftig. Ihre Herzen schlugen wild gegeneinander und waren nur von Haut und Knochen und Blut voneinander getrennt und kurz darauf von einer zarten Feuchtigkeit, die sich zwischen ihren heißen Körpern bildete und die Lust verstärkte, als er sich langsam auf sie zubewegte.

»Sam …«
Sein rauer Atem fächelte durch das Haar hinter ihrem Ohr, und seine Lippen verbrannten die zarte Haut dort. Sie stöhnte, als seine Zähne an ihrem Ohrläppchen und ihrem Hals zu knabbern begannen. »O Gott, Maria, du bist schön. So verdammt, verdammt *schön* …« Sie spürte, dass er ihre Schenkel mit dem Knie öffnete und sie erst sanft und dann kräftiger mit der Hand streichelte. Sie keuchte erst und stöhnte dann, als er die weichen feuchten Locken berührte, sie neckte und quälte, bis sie nach Luft schnappte, stöhnte und schluchzte.
»Sam, bitte …«
Sein Finger glitt in ihre Feuchtigkeit hinab.
»O Gott, Sam …«
Sein Mund legte sich auf ihren und dämpfte ihre Schreie. Seine Hände trieben ihren jungen Körper zum Höhepunkt, indem er den schmerzenden Mittelpunkt ihrer Weiblichkeit rieb und zwischen Daumen und Zeigefinger hin und her rollte, bis sie das Gefühl hatte, vor lauter süßer Qual sterben zu müssen. Sie warf sich unter ihm wild hin und her, bis er ihre Arme über ihrem Kopf festhielt und in ihre glatte Hitze eindrang, mit harten langen Stößen, die sie mit einer süßen Qual aufspießten, die in ihrer Stärke den Unterschied zwischen Schmerz und Lust vergessen ließen. Schneller und schneller bewegte er sich und tiefer und tiefer stieß er in sie hinein, bis, bis, bis …
»*Sam!*«
Er explodierte in ihr und vergrub sein Gesicht in ihren feuchten Locken, auch noch, als sie zuckte und sich verkrampfte und sich ihm entgegenbäumte. Sie fühlte seinen Samen heiß in sich pulsieren und das war so schön, so zauberhaft, dass sie das Schluchzen in ihrer Kehle nicht unterdrücken konnte und auch nicht verhindern konnte, dass Tränen über ihr Gesicht liefen und das Haar, das sich fächerförmig auf dem Kissen ausbreitete, benetzten. Sie umarmten sich, rollten gemeinsam auf der kleine Matratze herum und ihrer beider Atem ver-

mischte sich, ihre Lungen hoben und senkten sich und ihre Arme und Beine verfingen sich in feuchten zerknitterten Tüchern und Decken.
Draußen flüsterten die Bäume im Wind.
Unten im Haus schlief Tante Helen fest.
Und im Dachgeschoss lagen sich zwei Liebende in den Armen und fürchteten sich vor der Morgendämmerung und der Trennung, die diese mit sich bringen würde.

Sie stand ganz dicht an der Kante der Klippen, die den weiten Atlantik zurückhielten. Die Sonne wärmte ihr Gesicht, und der Wind war wie eine sanfte Liebkosung. Er kräuselte das Meer, ließ ihr goldenes Haar zu einem Banner werden und trocknete die Tränen auf ihren Wangen. Krampfhaft schluckend sah sie zu, wie die Segel der Lilith immer kleiner und kleiner wurden. Maria hob das Kinn und schlang die Arme in dem nutzlosen Versuch um ihren Körper, die Scherben ihres zerbrechenden Herzens zusammenzuhalten. Ihre Lippen zitterten, als sie langsam die Hand zum Abschied hob.
Und an Bord der Schaluppe sah sie weit entfernt eine Bewegung, als er ihr Winken erwiderte. Augenblicke später war das Schiff nur noch ein Punkt am südlichen Horizont und schließlich ganz verschwunden.
Und er mit ihm. Mit einem zitternden Seufzer wandte Maria sich um, blinzelte gegen die Tränen an und machte sich auf den langen Weg durch das einsame Moor zurück in die Stadt.

Sechstes Kapitel

Im August wusste Maria, das etwas nicht stimmte. Im September vermutete sie, dass sie schwanger war, und im Oktober war sie sich dessen sicher.

Und Tante Helen auch, als sie Marias stärker gewordene Taille sah. Erst fiel sie in Ohnmacht, dann schäumte sie vor Wut, vergoss hysterische Tränen und versank schließlich in trotziges Schweigen.

Doch das war zum Glück alles vorbei. Jetzt gab es nur noch drei Dinge, mit denen sie sich herumschlagen musste: die tägliche Erinnerung an ihre Schlechtigkeit, über die ihre Tante sich heftiger ausließ als Reverend Treat in seinen Predigten; leidenschaftliches Flehen, dass sie keiner Menschenseele von ihrem Zustand berichten solle und nachts die Bittgebete zu Gott, dass er Sam bald zu ihr zurückschicken möge.

Die Gebete waren noch das einfachste. Es war zu traurig, dass Tantchen nicht genauso empfand. Für sie war nur wichtig, dass dieser »Teufelsbraten« zurückkehrte und Maria Gerechtigkeit widerfahren ließ, indem er sie heiratete. So sehr sie Sam auch hasste, klagte sie verzweifelt, wenn sie daran dachte, wie Maria unter der Entwürdigung leiden würde, wenn die Leute von ihrem Zustand erfuhren.

Für Maria schien es ein Jahrhundert her zu sein, dass sie oben auf den Sandklippen gestanden und ihm zum Abschied nachgewinkt hatte. Doch die Erinnerungen an ihn verließen sie nie. Sie konnte seine Hände noch immer spüren, die sich so rau auf

ihrem weichen Bauch, ihren schmerzenden Brüsten, ihren prickelnden Schenkeln angefühlt hatten.
Es war seltsam, dass sie nur an ihn und die verruchten, herrlichen Gefühle denken musste, die sie in diese Lage gebracht hatten und die nun in ihr pochten wie immer währende Schmerzen.
Er würde bald zurückkehren. Jetzt schon füllte er wahrscheinlich den Laderaum der LILITH mit dem spanischen Gold und den Silbermünzen. Jetzt schon lag die LILITH tief im Wasser. Jetzt schon war er auf dem Rückweg nach Eastham und zu ihr.

Maria konnte nicht wissen, dass ihre Vorstellungen meilenweit an der Wahrheit vorbeigingen. Denn Sam Bellamy hatte längst die spanischen Schatzschiffe zugunsten gesetzloserer Dinge aufgegeben. Doch an diesem schönen Oktobermorgen war Maria auf dem Weg ins Dorf und hatte keine Ahnung von all dem. Und das war auch gut so.
Das Baby würde erst in vier Monaten geboren werden. Vier weitere Monate, in denen sie ihre verräterische Figur unter wollenen Umhängen vor den Dorfbewohnern verstecken musste, in denen sie zur Großen Bucht wanderte, wo sie stundenlang dasitzen und den leeren Horizont betrachten würde. Allein, außer den Seufzern des Windes und den einsamen Schreien der Möwen, während sie mit angestrengten Augen darum betete, dass die kleine, verwitterte Schaluppe auftauchte, deren Laderaum Reichtümer enthielt, die ihre wildesten Vorstellungen überstiegen, und auf dessen Deck der bestaussehende Mann der Welt stand …
Es machte ihr nichts aus, dass Tantchen der Ansicht war, dass sie ihre Zeit mit diesen Wanderungen zur Großen Bucht vergeudete, denn Tantchen glaubte unerbittlich, dass Sam niemals zurückkehren würde. Doch Maria klammerte sich daran, dass er kam. Das Versprechen hatte er ihr gegeben.

»O Sam«, sagte sie laut. Doch als einzige Antwort hörte sie, wie sich die ausgeblichenen Maisstangen im Wind schüttelten und dabei wie alte Knochen raschelten.
Es schauderte sie, und sie zog den roten Umhang fest um sich und schmiegte sich in seine Wärme. Wenigstens musste sie nicht mehr weit laufen, denn sie hatte das Versammlungshaus fast erreicht. Tantchen würde einen Wutanfall bekommen, wenn sie erfuhr, dass sie in der Stadt war und jemand sie sehen würde. Doch Maria war das abgeschiedene Leben leid und hatte auch ihre Ausflüge in den Wald und in das wilde, einsame Moor satt, bei denen sie die Zutaten für ihre indianische Medizin sammelte, von Pinienrinde bis zu Meerespflanzen. Allerdings gab es niemanden, den sie damit behandeln konnte. Sie hatte Thankful lange nicht gesehen, dank Tantchens »Entschuldigungen«, sie sei krank oder nicht da oder was sie sich sonst noch einfallen ließ, um mögliche Besucher fern zu halten.
»Maria! Maria, warte!«
Die hohe aufgeregte Stimme riss Maria abrupt aus ihren Gedanken, und befangen wickelte sie den Umhang fest um ihre Körpermitte und hoffte, dass sie ihren Bauch so gut verbarg wie ihre Angst davor, dass jemand ihn sehen könnte. Aber es war nur Thankful, die an den Tieren vorbeirannte, die auf dem ausgeblichenen und nicht sehr grünen Gras des Dorfangers standen. »Maria, ich habe mir Sorgen um dich gemacht! Deine Tante sagte, du seiest krank. Eine Erkältung, doch sie wollte nicht, dass ich mich anstecke und bat mich, fernzubleiben!« Atemlos musterte sie glücklicherweise Marias Gesicht – und nicht ihren Bauch. »Es geht dir doch wieder gut, oder?«
»Viel besser, danke«, versicherte Maria ihr. Sie verschob das Paket in ihrer Hand und hielt es aus reiner Vorsicht vor ihren Bauch.
»Oh, Gott sei Dank. Wir alle waren besorgt. Wir haben dich ja in letzter Zeit so gut wie gar nicht zu Gesicht bekommen.«

»Ich habe Decken gewebt«, sagte Maria und schaute auf ihr Paket herab. »Diese hier ist für Reverend Treat gedacht.«
»Oh, kann ich sie mir ansehen?«
Zögernd gab sie Thankful die Decke, die diese eifrig auseinander schüttelte, hoch hielt und dann vor Entzücken nach Luft schnappte. »O Maria, wie *herrlich* ...« Sie sah mit aufgeregtem und fast ehrfürchtigem Blick auf. »Er wird sie *lieben.* Ich habe schon immer gesagt, dass es nicht gerecht ist, dass Gott dir so viel Begabung für das Weben geschenkt hat und sie uns allen anderen verwehrt hat. Also, sieht dir das an!« Sie deutete auf die sanften Lämmer, die Kälber mit den seelenvollen Blicken, die so lebensecht aussahen, als ob sie gleich aus der Decke heraus laufen und sich zu ihnen auf dem Sandweg gesellen würden. »Sie sehen so *echt* aus. Und das Jesuskind! Oh, du hast wirklich alles eingefangen, jede kleinste Einzelheit ... *a-a-a-ah!*«
Rufe, Schreie und donnernde Hufe erklangen. Als sie herumwirbelten, sahen sie ein reiterloses Pferd mit geweiteten roten Nüstern und wilden Augen, in denen das Weiße zu sehen war. Die Steigbügel schlugen gegen den leeren Sattel, eine Menschenmenge verfolgte es in wilder Jagd – und es kam genau auf sie zu.
»Thankful!« Maria reagierte als Erste, schob das Mädchen vom Weg herunter, doch dann war es zu spät für sie, sich selbst zu retten. Das Pferd änderte die Richtung, um ihr auszuweichen, doch es konnte nicht ahnen, dass Maria das gleiche machen würde. Ein flüchtiger Eindruck wilder Augen, ein prickelnder Schlag mit der fliegenden Mähne, und dann traf die Pferdeschulter sie hart, schlug ihr gegen den Kopf und nahm ihr den Atem. Die Welt begann zu kippen, sie fühlte eine gähnende Leere unter sich, und dann gruben sich Sand und Steine in ihre Wange.
»Maria! Maria, bist du in Ordnung?« Benommen schaute Maria auf. Thankfuls blasses Gesicht drehte sich vor ihren Augen, wurde wieder klar und blieb endlich still stehen. Die Hand, die

sich Maria entgegenstreckte, war weiß. »Oh, was bist du doch für ein mutiges Mädchen! Du hättest getötet werden können.« Thankful schaute zu der sich sammelnden Menge auf, die die Verfolgung des Pferdes aufgegeben hatte und nun besorgt näher kam. »Habt ihr gesehen, was sie getan hat? Sie hat mein Leben gerettet!«

Ihre Schatten fielen auf Maria, und Türen schlugen zu, als weitere Menschen aus ihren Häusern rannten, um zu sehen, was der Aufruhr zu bedeuten hatte. Sie hörte Stimmen, sah vertraute Gesichter und roch einen Hauch von Pfeifentabak, als Richter Joseph Doane sich den Weg durch die Menge bahnte. »Sind Sie verletzt, Mistress Hallett? Kommen Sie, lassen Sie sich aufhelfen.« Er schob die Pfeife in seinen strengen Mund und streckte die Hand nach ihr aus.

»Es geht mir wirklich gut.« Sie fühlte sich durch all die Aufmerksamkeit richtig töricht. Doch Thankful hielt ihre andere Hand, und ihr Schrei fuhr durch Marias benommenen Kopf, als sie ihre Handfläche umfasste und sie nach oben drehte.

»Oh, schau nur, du hast dich verletzt!«

Maria rappelte sich auf und dankte dem lieben Gott dafür, dass sie sich nichts gebrochen hatte. »Das ist nur ein kleiner Kratzer«, sagte sie. »Nichts Schlimmes.« Sie beugte sich herab, um sich den Staub von den Kleidern zu wischen und schnell den Umhang um sich zu ziehen, der sich geöffnet hatte. Doch dazu war es schon zu spät.

Ein Dutzend Gesichter starrte schockiert und entsetzt auf die einstmals schlanke Taille, um die jede Frau in Eastham sie beneidet hatte. Einen Moment lang konnte Maria nur zurückstarren, und dann fühlte sie, wie die Hitze ihr den Hals hinaufkroch, ihr Gesicht übergoss, bis sie sich vom Haaransatz bis zu den Ohrläppchen ausgebreitet hatte. Und genauso abrupt verschwand die Farbe wieder, und sie wurde kalkweiß. Ihre Hände zitterten unkontrollierbar, als sie sie ausstreckte, um die Decke aus Thankfuls plötzlich kraftlosen Händen zu nehmen.

»Danke«, sagte sie hastig mit so viel Gelassenheit, wie sie angesichts der anklagenden und entsetzten Blicke aufbringen konnte. Schon ging das Flüstern los, schon verhärteten sich die Blicke und wurden gehässig und eisig. Sie musste hier weg. *O Gott*, dachte sie. »Ich glaube, ich muss jetzt gehen … ich habe diese Decke für Reverend Treat hergestellt und … ich muss sie ihm bringen.«

Sie kamen wie ein Rudel Wölfe auf sie zu.

»Eine Decke für den Reverend? Mistress Hallett sollte sie besser für sich behalten!«

»Ja, sie ist in anderen Umständen!«

»Schamloses Flittchen!«

»Hure!«

Ihre grässlichen Worte verschmolzen miteinander und schwollen zu einem ohrenbetäubenden Gebrüll an, bis Richter Doanes schroffe Stimme schließlich durch den Lärm drang. »Ich kann nicht zulassen, dass Sie den guten Reverend in Ihrem Zustand aufsuchen.« Er nahm die Pfeife wieder aus dem Mund. »Sie sollten sich schämen, Mädchen, ihn so zu beleidigen. Jemand, der so sauber und heilig ist wie er, sollte nicht mit jemandem, der so schmutzig und sündig ist wie Sie, zusammentreffen.«

Schmutzig? Sündig? Das konnte ihr doch nicht passieren! Verwirrt und erhitzt spürte Maria, wie heiße Tränen sich hinter ihren Augen sammelten. »Aber … aber ich habe ein Geschenk für ihn!«

»Dann sollten Sie es besser verbrennen. Er wird keine Verwendung haben für die Früchte Ihrer besudelten Hände.« Doanes Augen verengten sich zu schmalen Schlitzen, und sein Blick durchbohrte sie anklagend. Hinter ihm drängten sich die anderen und beglotzten sie, als sei sie ein Monstrum oder – noch schlimmer – eine Heimsuchung. »Ach übrigens, Mistress Hallett … wer hat *Sie* denn besudelt?«

»Ich … ich.« Sie biss sich fest auf die Unterlippe und versuchte verzweifelt, nicht zu weinen.

»Heraus damit, Mädchen! Wessen Kind brütest du aus?«
»Ich kann es nicht sagen!«
»Du kannst es nicht sagen …« Er überragte sie drohend, und sein rauchgeschwängerter Atem hüllte ihr Gesicht ein. »Und warum nicht? Weiß deine Tante nichts über deine Verruchtheit?« Er schob sich die Pfeife zwischen die Zähne und starrte sie mit einschüchternder Schärfe an. Entsetzt versuchte Maria, sich umzudrehen und davonzurennen, doch seine Finger gruben sich in ihre Schulter und drehten sie wieder zu sich. Sie schrie vor Empörung und Schmerz auf. »Im Namen Gottes wirst du mir jetzt sagen, wer der Vater ist! Ich werde nicht zulassen, dass irgendjemand in diesem Kirchspiel eine junge Frau besudelt und sie dann die Folgen allein tragen lässt!«
Doch sie konnte es ihm nicht sagen. Was in ihrem Leib wuchs, war etwas Heiliges und ganz Besonderes, etwas, das sie und Sam zusammen hervorgebracht hatten. Und sie konnte sich einfach nicht dazu durchringen, das Kind ihrer Gemeinheit, Missbilligung und ihrem Hass preiszugeben, noch ehe es überhaupt geboren war. Sie würde es ihnen nicht erzählen und würde auch nicht zulassen, dass sie eine Schandtat aus der Liebe machten, die sie für seinen Vater empfand. Und sie würde hier auch nicht stehen bleiben und zuhören, wie sie Sam mit ihren grausamen und schrecklichen Worten in Stücke rissen.
Doane kniff ihr hart in die Schulter, und seine Stimme donnerte ihr im Ohr. »Ich frage nicht noch einmal, Maria Hallett! Wer ist der Vater dieses Kindes?«
»Ich habe Ihnen gesagt, dass ich es nicht verraten kann!« Ihre Worte ertranken in Schluchzern, und ihre Gedanken suchten blindlings nach einer Entschuldigung, einer Antwort, nach irgendetwas. »Ich kann es nicht sagen, weil … weil …«
»Wollt ihr wissen, warum sie den Erzeuger des Kindes nicht nennen kann?« Eine schrille Frauenstimme durchschnitt die Stille. »Ich werde euch sagen, warum! Sie kann ihn nicht

nennen, weil sie ihn nicht *kennt!* Und sie kennt ihn nicht, weil *er der Teufel ist!*«
In der Menge wurde es totenstill. Nach und nach drehten sich die weißen, leichenblassen Gesichter der Frau zu, die gesprochen hatte.
»Ach, ihr blinden Dummköpfe, habt ihr denn keine Augen im Kopf?«, schrie sie jammernd mit einer Stimme, die an Hysterie grenzte. »Sie *weiß* es nicht! Genauso, wie die Mutter Maria, die schönste aller Jungfrauen, Jesus empfangen hat, hat unsere *Maria* hier« – sie hielt inne, damit die Menge die Gleichheit der beiden Namen bemerkte – »das schönste Mädchen in Eastham, ein Kind empfangen, doch vom Satan! Oh, wenn ich daran denke, wie wir sie um ihre Schönheit beneidet haben! Haben wir nicht immer gewusst, dass das ihr Ruin sein würde? *War das nicht offensichtlich?* Ach, habe ich euch das nicht gesagt? Sie ist zu schön, als dass ein normaler Mann sie besitzen kann! Nur der Teufel konnte sie haben!« Ihre wilden Augen schweiften über die Menge. »Und wisst ihr auch, was das aus unserer Maria gemacht hat?«
Stille.
»Es hat sie zur *Hexe* gemacht!«
»Nein. Nein, das ist nicht wahr!«, schrie Maria, doch es war zu spät. Die Frau floh schon die Straße hinunter, und ihre Worte klangen noch in den Ohren aller nach. »*Es ist nicht wahr!* Ihr kennt mich mein Leben lang! Wie könnt ihr solchen Unsinn glauben?« Doch sie wichen schon vor ihr zurück. Eine weitere Frau löste sich aus dem Kreis und floh. Dann noch eine, die ihr schreiendes Kind hinter sich her zerrte.
Und jetzt trat sogar Richter Doane von ihr zurück. »Tochter des Teufels«, flüsterte er. »Im Namen Gottes, weiche von mir!« Er hielt eine zitternde Hand hoch, als sie auf ihn zutaumelte, und ignorierte ihre flehenden Blicke und ihr kalkweißes Gesicht. »Ich sagte, weiche von mir, Hexe!«
»Bitte, Richter Doane, *bitte,* hören Sie mich an! Ich kann es

erklären!« Eine eisige, grässliche Angst ballte sich in ihrem Magen zusammen. Das passierte ihr doch nicht!
Und doch war es so. Und nun wurden sie immer abwehrender.
»Warum sonst gab meine Kuh plötzlich keine Milch mehr?«
»Und ich weiß, warum meine Hühner keine Eier mehr legen. Und kein Wunder, dass meine arme Sarah keinen Ehemann finden kann! Die Hexe hat sie verzaubert!«
»Eine Heidin!«
»Und da ist es ja auch kein Wunder, dass sie so schöne Muster weben kann, die wir nicht beherrschen!«
»Teufelswerk!«
»Vom Teufel besessen!«
»Glaubt ihr, dass ihr Hund ihr Vertrauter ist?«
Alles Mögliche wurde ihr angelastet: die ranzige Butter in Mrs. Knowles Butterfass, Tommy Cotters Fußschmerzen, die Hasen, die Abigail Nickersons Gemüsegarten vor drei Monaten kahl gefressen hatten. Durch einen schrecklichen Schleier der Unwirklichkeit hindurch hörte Maria ihre Gebete, mit denen sie Gott baten, sie zu retten. Und sie sah, wie sie ihre Gesichter schützten, um sie nicht mehr ansehen zu müssen. Und jetzt waren ihre Stimmen nicht mehr anklagend, sondern von Angst erfüllt.
»Lass uns in Frieden, Hexe!«
»Gotteslästerliche Hure!«
»Satansbraut! Gemahlin des Teufels! Du hast unter uns nichts mehr zu suchen!«
Tränen schossen ihr in die Augen, sprudelten über, liefen ihr über die Wangen und hinterließen zwei feuchte Flecken auf ihrem roten Umhang. Verzweifelt starrte Maria zu dem Mädchen hinüber, von dem sie wusste, dass sie zu ihr halten würde – Thankful. Doch das Mädchen kniete sich nieder, wühlte im Staub und stand mit einem Stein in der Hand wieder auf.
»Verschwinde, Maria!«

Ihr erstarrten die Tränen in den Augen. »Thankful, ich bin deine *Freundin!*«
»Nein, nicht mehr. Ich habe keine Hexen als Freunde!«
Aber ich bin doch keine Hexe!
Auch andere hoben Steine auf und wogen sie in den Händen. Und nun wich Maria zurück und drehte sich zur Flucht um, als sie auf sie zukamen.
Der erste Stein prallte von ihrem Arm ab und fiel in den Staub. Ein weiterer grub sich mit einem dumpfen Aufschlag in die Falten ihres Umhangs. Noch einer traf sie schmerzhaft zwischen den Schulterblättern. Sie schrie auf, stolperte und fiel. Ihre Wange schlug auf den festgetretenen Sand auf, und sie schmeckte Blut. Durch den Schleier ihrer Tränen sah sie, dass die schöne Decke, an der sie so hart gearbeitet hatte, auf der Straße lag und von wütenden Absätzen im Schmutz zertreten wurde.
»Hexe! Fort mit dir, Tochter des Teufels! Und wenn dir dein Leben lieb ist, halte dich von Eastham fern!«
Noch mehr Steine. Maria rappelte sich auf und rannte schluchzend vor Schmerz und Angst blindlings davon, während ihr die Schreie und Gebete in den Ohren dröhnten. Sie rannte aus der Stadt hinaus und den King's Highway hinunter und achtete auf nichts anderes als ihr Ziel. Ihre Waden verkrampften sich schmerzhaft, ihre Lungen brannten wie Feuer, und hinter ihren Augen wirbelte eine Schwärze, die kam und ging. Doch sie hielt nicht an.
Schließlich erreichte sie die Große Bucht. Hier fegte der Wind über das Meer, ein Wind, der vielleicht die Segel der LILITH schon gefüllt hatte und tausend Meilen entfernt *seine* Haut berührte, sein Haar, seine Kleidung und der ihn schließlich dorthin brachte, wo sie auf dem Hochplateau aus Sandstein stand und über den weiten Ozean blickte.
Er war hier. Auf irgendeine Weise war er hier.
Maria presste die Arme gegen die Brust, sank auf die zerschun-

denen und blutigen Knie und weinte all ihre Verzweiflung heraus und ihre Angst vor dem, was aus ihr werden würde und über ihre überwältigende, schmerzende Einsamkeit. Sie schluchzte, bis sie keine Tränen mehr hatte. Sie schluchzte, bis sich die Angst und Seelenqual zu einem dicken kalten Lehmklumpen in ihrem Magen zusammenzogen. Sie schluchzte, bis sie nicht mehr darüber weinte, wie die Dorfbewohner sie behandelt hatten, sondern weil der Mann, den sie liebte, der einzige Mann, den sie ewig lieben würde, tausend Meilen entfernt von ihr war.

Und dann hob sie den Kopf, starrte auf die See hinaus und über die endlose Weite tosender Wellen und weißen Schaums hinweg. Die Tränen kehrten zurück – denn der Horizont, der sich kalt und grau bis in die Unendlichkeit ausdehnte, war leer.

Für die Menschen in Eastham war dieser Winter hart, und sie würden sich auch noch lange daran erinnern, weil außergewöhnlich viel Schnee gefallen war. In diesem Winter starb auch der allseits geliebte alte Reverend Treat. Sie mussten Tunnel durch den Schnee schaufeln, nur um zum Friedhof zu kommen, und niemand würde je die Menschenmenge vergessen – die aus Dorfbewohnern und auch Wampanoag-Indianern bestand –, die an dem kalten Wintertag trauernd an seinem Grab stand, als man ihn zur letzten Ruhe bettete.

Und in diesem Winter wurde auch das Baby der Seehexe von Billingsgate geboren.

Maria wurde der Luxus der Anteilnahme nicht zuteil, die Reverend Treat selbst im Tod noch genoss. Sie brachte ihr Kind ganz allein zur Welt, weil ihre Tante das stürmische, schneebedeckte Moor nicht durchqueren konnte, um bei ihr zu sein. Und ihre nächsten Nachbarn – die sowieso Männer waren – lebten zwei Meilen entfernt. Nur Gunner war bei ihr, der an diesem kalten stürmischen Morgen neben dem Feuer lag, als der Schnee sich auf dem Strohdach türmte und sie den kleinen

Charles zur Welt brachte. Nur er hörte ihre qualvollen und angsterfüllten Schreie und dann ihr glückliches Schluchzen, als alles vorbei war und Maria ein kleines Gesicht und weiche lockige Haare sah, die so schwarz waren wie die seines unerschrockenen, schönen Vaters.

Sam ... sie dachte oft an ihn – nein, ständig.

Doch Maria hatte sich an die Einsamkeit gewöhnt, und wenn sie gefragt wurde – was ihre gutmeinende Tante oft tat, da sie längst bedauerte, wie sie ihre Nichte behandelt hatte und wohl selber auch ein wenig einsam war und sie häufig besuchte –, gab sie zu, dass sie gern hier draußen auf den windzerzausten Dünen lebte. Hier konnte sie, mit dem Gesicht zur See gewandt, ganz allein meilenweit an der Küste entlangwandern. Hier konnte sie ständig wachen, beobachten und warten – oben auf der Sandklippe, im flachen Moor des Tafellandes und sogar in ihrer kleinen Hütte, in der sie den Webstuhl ans Fenster gestellt hatte, von dem aus sie einen ungehinderten Blick auf den Ozean hatte. Sie brauchte die Dörfler nicht; sie brauchte niemand anderen als Sam, und hier, am Rand des Meeres, auf dem er davongefahren war, auf dem er auch jetzt noch segelte, fühlte sie sich ihm am nächsten und damit niemals allein.

Maria hatte Eastham seit dem schrecklichen Tag im letzten Herbst nicht mehr betreten, als die Bewohner sie aus dem Dorf gejagt hatten. Oh, man erlaubte ihr, bis zur Dorfgrenze zu kommen, wo sie ihre herrlichen Decken gegen dringend benötigte Lebensmittel eintauschte. Und häufig suchten einige der mutigeren – oder scheinheiligeren – Leute sie in dieser kleinen Hütte auf, die sie mit Hilfe einiger freundlicher Indianer gebaut hatte, um ihre Fähigkeiten als Medizinfrau zu nutzen. Denn da sie eine Hexe war, wusste jedermann, dass sie alles kurieren konnte, von Halsschmerzen bis zur Gicht. Sie war unabhängig und frei, und all jene, die sie auf den Sandklippen herumwandern sahen, die wie Wächter über dem Meer dastanden, fanden sie mit ihrem im Wind wehenden Haar und dem auf den leeren Horizont konzentrierten Blick ein wenig exzentrisch. Doch nur ihre Tante wusste, warum sie dort herumwanderte und warum sie den fernen Horizont mit den Augen absuchte.

Doch in den vergangenen zwei Wochen hatte Maria nicht weiter als bis zu ihrer Eingangstür gehen können. Der kleine Charles forderte all ihre Aufmerksamkeit. Und obwohl Maria Fieber kurieren, einen Bruch richten und ein Pflanzengetränk herstellen konnte, das garantiert Fruchtbarkeit brachte, schaffte sie es nicht, ihn lange genug ruhig zu halten, um selbst auch ein wenig dringend notwendige Ruhe zu finden. Und als sie jetzt aus dem Fenster ihrer kleinen Hütte hinaussah, während Charles in ihren Armen wimmerte, wurde die Idee, Tantchens Rat im verbotenen Eastham einzuholen, immer verlockender. Draußen rieselte noch immer Schnee aus dem bleifarbenen Himmel herab. Der Wind türmte ihn zu hohen Verwehungen auf und häufte ihn auf die Zweige der kleinen Pinie, die an Marias westlichem Fenster stand, bis die Zweige absackten und unter dem Gewicht ächzten. Doch der Frieden war vorbei, als Charles ununterbrochen zu jammern begann und sein Schreien lauter und lauter wurde, bis Gunner den Kopf hob und mit einem tiefen Seufzer zur Tür trottete und den Riegel mit der Nase berührte.

Maria ließ ihn hinaus und sah zu, wie er in den wirbelnden Schneeflocken verschwand. Sie lehnte die Wange an die ihres Kindes, küsste es, wiegte und tröstete es. Sein kleines Gesicht war runzelig und rot vom Schreien, und seine kleinen zusammengepressten Fäuste fuchtelten durch die Luft. Enttäuschung erfasste sie. Sie hatte es gefüttert, es frisch gewickelt, es liebkost, und doch schrie es weiter und weiter, bis ihr ihre Intuition sagte, dass es nicht nur eine Kolik hatte, sondern dass etwas ganz und gar nicht stimmte – und diese Sorge überwog alle Gefahren, die der Sturm oder die feindseligen Dörfler ihr bringen konnten.

Tantchen würde wissen, was zu tun war. Wenn sie den kleinen Charles in mehrere Decken einwickelte und die Kapuze ihres Umhangs tief über ihr Gesicht zog, würde niemand sie erkennen …

Das Baby jammerte ununterbrochen.

Maria traf eine Entscheidung. Sie zog einen schweren, mit Pelz besetzten wollenen Umhang an und griff nach dem Muff, ehe sie es sich anders überlegen konnte. Dann wickelte sie das Baby in die wärmsten Decken, die sie hatte, warf einen letzten Blick durch den einzigen Raum der Hütte und trat entschlossen in die Kälte hinaus.

Hier und dort hatte der Wind das Moor frei geblasen, doch die meisten Flächen der verlassenen winterlichen Dünen waren so hoch mit Schnee bedeckt, dass sie bei jedem Schritt bis zu den Oberschenkeln darin versank. Unerschrocken stapfte Maria voran, eine schmale einsame Gestalt in einem Meer der Leere und über ein Stück Land, das der Winter jetzt noch kärger erscheinen ließ. Eine Stunde ging vorbei, dann legte sich der Sturm.

Sie musste immer wieder anhalten und sich ausruhen. Ihre Füße waren taub vor Kälte, und die Arme schmerzten von dem Gewicht des Kindes. Maria seufzte erleichtert auf, als sie die Dorfgrenze überquerte, denn hier war der Schnee festgetreten und leichter zu begehen. Ihre müden schmerzenden Beine waren dankbar, als sie weiterschritt.

Es war fast dunkel, als sie die Scheune der Knowles vor sich sah. Von hier aus gab es eine Abkürzung durch endlose Weiden, die sie schneller zu Tantchens Haus brachte. Der Weg durch die Felder würde mühsam sein, und sie würde ihr Ziel spät erreichen – doch die Chancen, dass jemand sie sah und erkannte, waren viel geringer, als wenn sie auf dem leichteren Weg weiterging. Es schauderte sie, als sie sich vorstellte, was die Leute tun würden, wenn sie sie sahen. Nicht mit ihr, sondern mit dem kleinen Charles, der noch in ihre

Arme gekuschelt lag und Gott sei Dank im Augenblick nicht schrie.
Der Zaun, der den Pfad markierte, war direkt vor ihr. Maria beschleunigte ihre Schritte und hatte ihn fast erreicht, als sie Stimmen hörte. Ihr Herz setzte einen Schlag aus, und instinktiv presste sie das Baby an die Brust. Um eine Kurve herum kam eine Gruppe von Schuljungen. Sie lachten und schrien und bewarfen sich gegenseitig mit Schneebällen. Ihre in der frostigen Nacht lauten Stimmen verstummten abrupt, als sie sie entdeckten.
Panik trieb ihr die Farbe aus den von der Kälte geröteten Wangen.
»Seht mal! Da ist die Seehexe!« Frostige Atemwolken stiegen in der kalten Luft auf. »Sie darf sich nicht hier aufhalten! Richter Doane hat es gesagt!«
Ein offenes und feindseliges Murmeln erklang. »Bist du sicher, dass sie es ist?«, hörte sie einen von ihnen fragen.
»O ja, sie ist es. Meine Mutter hat mich vor ihr gewarnt und mir gesagt, dass ich mich von ihr fern halten soll. Sie sagte, dass sie mich mit ihrem bösen Blick treffen würde, wenn ich ihr zu nahe käme!«
»Glaubst du *wirklich*, dass sie eine Hexe ist? Sie sieht gar nicht so aus.«
»Was erwartest du denn? Eine Warze auf der Nase und die Hässlichkeit einer alten Vettel? Der Teufel arbeitet auf seltsame Weise, um die von Gott Auserwählten zu täuschen. Das hat Reverend Treat immer gesagt, Friede seiner Seele. Und darum ist sie so schön, um den anderen Menschen vorzumachen, dass sie unschuldig ist. Sie ist eine Hexe, und du solltest dich besser von ihr fern halten!«
Verzweifelt schätzte Maria die Entfernung zum Pfad ab. Ach, es war eine dumme Entscheidung gewesen, hierher zu kommen! Ihre Arme umfassten den kleinen Charles fester. Sollten sie doch mit ihr machen, was sie wollten, doch sie würde nicht

zulassen, dass ihrem Baby etwas geschah! Wenn sie sich unerschrocken zeigte, würden sie sie vielleicht in Ruhe lassen. Sie hob das Kinn und versuchte, weiterzugehen.
»Lasst mich durch«, sagte sie mit fester Stimme. »Ich tue euch nichts.«
Sie traten zurück und beäugten sie misstrauisch, als sie an ihnen vorbeihastete. Sie fühlte ihre Blicke auf sich, hörte ihr Getuschel, und sie musste an sich halten, um nicht zu rennen. *Bitte, Gott,* atmete sie flüsternd aus, *oh, bitte lass sie Charles nicht sehen.* Doch noch ehe sie zu Ende gedacht hatte, durchschnitt das laute, hohe Jammern eines Babys die Stille.
Oh, bitte, nicht jetzt ...
»Habt ihr das gehört? Das ist das Teufelskind!«
»Und sie bringt es ins Dorf! Schnell, haltet sie auf!«
Rufe. Das Knirschen des Schnees hinter ihr. Das Zischen kalten Pulvers, als ein Schneeball über sie hinwegflog und sie knapp verfehlte.
Verzweifelt hob Maria ihre schweren Röcke mit der einen Hand an, presste das schreiende Kind mit der anderen an sich und rannte auf den Pfad zu. Sie hatte keine Zeit, Gott für die Dunkelheit zu danken, denn sie versank bis zu den Knien im Schnee, als sie den Weg verließ. Sie stolperte, stürzte fast, fing sich wieder und kämpfte sich durch die kalten Verwehungen. Die Rufe hinter ihr wurden lauter, als die Jungen aufhörten, schlecht gezielte Schneebälle durch die Dunkelheit zu werfen. Doch nicht alle verfolgten sie. Sie konnte ihre Schreie hören, als die Mehrzahl in die »Sicherheit« des Dorfs rannte. Sie würden Alarm schlagen und ihre Nachbarn warnen, dass die Seehexe von Eastham hergekommen sei, daran zweifelte Maria keinen Moment.
Und sie würden sie zuallererst im Haus ihrer Tante suchen. Sie konnte den kleinen Charles jetzt nicht mehr zu ihr bringen. Oh, wie schrecklich war das alles! Warum war sie denn bloß nach Eastham gegangen?

Doch jetzt konnte sie nicht innehalten. Ihre Lungen brannten, als sie die eiskalte Luft einatmete. Müdigkeit drohte sie zu überwältigen, doch das ständige Schreien des Babys und die Geräusche der Verfolger trieben sie weiter.
Sie musste ein Versteck finden. *Die Scheune.* Maria stieß ein Dankgebet aus und eilte halb rennend, halb stolpernd zu ihr hinüber, riss die Tür auf und schlüpfte lautlos hinein.
Drinnen war es dunkel und kalt. Sie fiel gegen die Tür und versuchte, ihren wilden schmerzenden Atem zu beruhigen. Irgendwo in der Dunkelheit wieherte leise ein Pferd, kehrte dann zu seinem Heu zurück, und das stete mahlende Kauen seiner Zähne war seltsam tröstend für sie. Langsam beruhigte sich Marias Atem wieder, und ihre Augen begannen, sich an die Dunkelheit zu gewöhnen. Und diesmal war Gott mit ihr, denn genau in diesem Augenblick trat der Mond hinter einer Wolke hervor, und in seinem silbrigen Licht entdeckte Maria Sprossen, die zum Heuboden hinaufführten.
Sie drückte das Baby dicht an sich, um sein Wimmern zu dämpfen und kletterte, so schnell es ihre tauben Füße und die steifen vereisten Röcke zuließen, die Sprossen hinauf. Loses Heu lag überall herum, und sie schlurfte hindurch, bis sie die hintere Wand des Dachbodens erreichte. Draußen wurden die Rufe lauter; sie kniff die Augen zu und hielt den Atem so lange an, bis sie sich entfernten und schließlich in der Nacht verschwanden.
Momente vergingen. Stunden. Charles wurde ruhig und schlief schließlich ein. Von unten kamen die friedlichen Geräusche der Pferde und von irgendwo draußen der Schrei einer Schneeeule. Endlich waren sie allein. Und in Sicherheit.
Mit einem dankbaren Seufzer machte Maria es sich in der süßen, duftenden Wärme des Heus bequem, und es war ihr nicht bewusst, dass das schlafende Bündel in ihren Armen nicht nur ruhig war, sondern sich auch nicht bewegte. Nachdem sie das Baby liebevoll geküsst hatte, forderten Müdigkeit

und Sorge ihren Tribut, und sie versank in einen traumlosen, tiefen Schlaf der Erschöpfung.

Sie erwachte eine halbe Stunde später durch den Klang von Stimmen. Schrill und aufgeregt durchdrangen sie ihren Schlummer und störten ihre Träume ... Etwas stach durch ihren Umhang in ihren Rücken, und sie war enttäuscht, als ihr klar wurde, dass es nur Heu war und kein Marschgras. Die Helligkeit vor ihren geschlossenen Augenlidern stammte auch nicht von der Frühlingssonne an der Großen Bucht, sondern von einem Lichtstrahl, der durch ein Fenster in der Scheune hereinfiel ... Und es war auch nicht Sams muskulöser warmer Körper neben ihr, sondern der kleine Körper des Babys ...
Warmer Körper?
Maria riss die Augen auf. Neben ihr war kein warmer Körper – nur eine leere Kühle. Mit schrecklicher Vorahnung schaute sie zu dem Baby herab, das im Heu lag – und sie erstarrte vor Entsetzen.
Dort lag es noch immer in die Decken gewickelt, doch sein kleines Gesicht war verzerrt, reglos und hatte einen unnatürlichen bläulichen Schimmer angenommen.
Sie presste sich die Faust gegen den Mund. Ein erstickter Schrei entwich ihr. Sie wusste, dass es tot war, noch ehe sie es mit einem zitternden Finger befühlte.
Kalt.
Wut stieg ihr in der Kehle hoch, und sie war kurz vor einer Ohnmacht.
»Maria! Maria Hallett! Kommen Sie sofort aus der Scheune heraus. Wir wissen, dass Sie dort drin sind!«
Sie hörte sie nicht. Völlig benommen nahm sie mit hölzernen und starren Bewegungen ganz sacht den leblosen Körper ihrer Babys hoch.
»O ... mein Gott, nein ...«
Die Erkenntnis raubte ihr den Atem.

»Nein ... bitte Gott, nein ...« Ihre Stimme schwoll zu einem hohen Wehklagen an. Sie presste den kleinen Körper an die Brust, ihr Kopf fiel nach vorne und ihr Aufschrei aus reiner Seelenqual durchschnitt die Stille in der Scheune.

»Oh, S-a-a-a-a-a-a-a-m!«

»Maria Hallett! Im Namen Gottes, kommen Sie jetzt heraus!«

Ihr schreckliches, herzzerreißendes Schluchzen und Jammern jagte Richter Doane, Mr. Knowles und den Menschen von Eastham Schauer über den Rücken, als sie ängstlich die Scheune betraten. Und als sie die quietschende alte Leiter zum Dachgeschoss hinaufeilten, sträubte sich ihnen allen das Nackenhaar.

Sie waren nicht auf das vorbereitet, was sie vorfanden. Denn Maria saß einsam im Heu, hielt etwas in ihren Armen, wiegte es hin und her und schrie dabei qualvoll. Von ihrem Schluchzen war ihr Gesicht leuchtend rot, Tränen fielen unablässig auf das Bündel Decken in ihren Armen, und ihr langes goldenes Haar hing ihr wirr und mit Heu gespickt um den Kopf. Und als sie zu ihnen aufschaute, waren ihre Augen starr und rot gerändert, und Richter Doane sah, was sie in den Armen hielt.

»O mein Gott ...«, flüsterte er.

Hinter ihm quietschte und ächzte die Leiter, als andere sich ihm zugesellten, und das Rascheln des Heus klang in der Totenstille wie Gewehrschüsse. Richter Doane nahm all seinen Mut zusammen und trat auf Maria zu.

»Lass uns gehen, Maria. Ich bringe dich ins Gefängnis. Bis alle Beweise erhoben und untersucht sind, mache ich dich persönlich für den Tod dieses Kindes verantwortlich.«

Sie hörte die Worte wie durch einen Nebel. Sie weinte noch heftiger, vergrub das Gesicht in den Decken und schaukelte in ihrem Elend vor und zurück.

»Ach, lasst sie doch in Ruhe«, sagte jemand. »Es war doch sowieso ein Kind des Teufels. In seiner Weisheit und Gnade hat uns Gott von dem Bösen befreit. Das Gute hat gesiegt.«

Zustimmendes Gemurmel erklang. Richter Doane drehte sich um und brachte alle mit scharfem Blick zum Schweigen. »Teufels Kind oder nicht, das spielt keine Rolle. Sie hat sich uns allen widersetzt und ist ins Dorf gekommen, um ihre Gottlosigkeit zu verbreiten!« Er streckte die Hand aus, um Maria hochzuziehen, obwohl er sie nicht berühren wollte, weil sie ja schließlich eine Hexe war. »Komm schon, Maria. Und gib uns das Kind. Ich werde dafür sorgen, dass Mr. Freeman es anständig beerdigt.«
Ihr Kopf fuhr hoch. Mit flammenden Augen presste sie den kleinen Körper schützend an die Brust. »Nein!«, schrie sie. »Ich werde Ihnen meinen Sohn nicht geben und werde auch nicht zulassen, dass Ihre dreckigen Mörderhände ihn berühren! Glauben Sie, ich hätte vergessen, was Sie mir im Herbst angetan haben? Glauben Sie, dass ich das jemals vergessen werde? Es ist Ihre Schuld, dass er tot ist! Wenn Sie nicht gewesen wären, hätte ich mich hier nicht verstecken müssen! Wenn Sie nicht gewesen wären, hätte ich die Gemeinde nicht verlassen müssen!« Sie brach wieder in Tränen aus, und ihre Stimme stieg an, als sie versuchte, ihr Schluchzen zu beherrschen. »Geht alle weg und lasst mich in Frieden! Hört ihr mich! Geht weg und lasst mich in *Frieden!*«
Doane trat vor. Seine Hand packte ihren Arm, und Maria wich mit gefletschten Zähnen vor ihm zurück, wie ein in die Enge getriebenes Tier, das sein Junges verteidigt. Doch er ließ sie nicht los. Wild kämpfte sie erst mit zu Klauen gebogenen Fingern und dann mit Fäusten gegen ihn an. Er ließ sie mit erschrockenem Keuchen los und sah entsetzt zu, wie sie schluchzend durch das Heu davonstolperte und sich in eine dunkle Ecke des Dachbodens zurückzog.
»Die Frau ist verrückt«, flüsterte jemand.
Und als er noch einmal versuchte, sie zu ergreifen, gab es plötzlich einen Aufruhr hinter ihm.
»Lassen Sie das Kind in Ruhe!« Wütend tauchte Tante Helen

auf dem Heuboden auf und durchbohrte Richter Doane mit Augen, die so kalt waren wie die Eiszapfen, die draußen von den Dachsparren hingen. »Sehen Sie denn nicht, dass sie genug durchgemacht hat? Möge Gott euch elende, herzlose Bande verdammen!«

Ihre Stimme durchdrang den Nebel in Marias benommenem Kopf. *Tantchen?* ... Dann war sie ja endlich gekommen. Sie würde alles wieder in Ordnung bringen, würde wissen, was dem kleinen Charles fehlte ... Doch dann hob sich der Nebel gnadenlos, und alles stand deutlich vor ihr. Tantchen konnte dem kleinen Charles nicht helfen. Auch Sam konnte ihm nicht helfen. *Niemand konnte das.* Denn er war ... tot. *Tot!* Maria stolperte durchs Heu, warf sich in die ausgestreckten Arme ihrer Tante und verbarg ihr tränenüberströmtes Gesicht an der zerbrechlichen Schulter der alten Frau. Knorrige Hände glätteten die goldenen Haare, sanfte Finger zupften Strohspelzen aus der verwirrten Mähne, und Tante Helens Kehle bewegte sich krampfhaft, als sie gegen ihre eigenen Tränen ankämpfte.

Richter Doane, der diesen beunruhigenden Anblick unsicher betrachtete, räusperte sich. Die Menge tauschte untereinander nervöse Blicke aus. Die Seehexe hatte ihnen die Schuld am Tod ihres Kindes gegeben ... was hinderte sie daran, sie nicht auch noch mit dem bösen Blick zu verhexen?

Doch ihre Angst war das Letzte, was Maria im Sinn hatte, als sie vertrauensvoll und sanft Sam Bellamys Sohn ihrer Tante in die Arme legte. Sie betrachtete das kleine Gesicht lange und wickelte dann mit bebender Hand die Decke fester um ihn, als ob ihm kalt wäre. Erst dann sah sie die feucht glänzenden Wangen ihrer Tante und das Beben ihrer stolzen Schultern. Sie schluckte krampfhaft und machte mehrere vergebliche Versuche zu sprechen, bis sie sich endlich äußern konnte. »Lass bitte nicht zu, dass sie ihn anfassen, Tantchen. Nimm ihn mit und ... und beerdige ihn ...«

Sie konnte nicht weiter sprechen, drehte sich abrupt um und

weinte neue Tränen in ihre kalten weißen Hände. Da er wusste, dass sie ihre Kampflust verloren hatte, zog Richter Doane ihr die Hände vom Gesicht und band ihre Handgelenke mit einem alten Stück Seil zusammen. Und dann führte er sie von ihrer Tante fort, vom Heuboden hinunter – und weg von der stärksten Erinnerung an Sam Bellamy, die sie besessen hatte. Die Menge der Dörfler teilte sich, um sie durchzulassen. Maria starrte mit leblosen Augen geradeaus und folgte ihm die Leitersprossen hinunter, an der Reihe neugieriger Pferde vorbei und hinaus zu dem Schlitten, der darauf wartete, sie ins Gefängnis zu bringen.

Siebtes Kapitel

Wenn Maria während ihres zweimonatigen Aufenthalts im Gefängnis nicht gelitten hatte, kam das vermutlich daher, dass sie dort nicht sehr viel Zeit verbrachte.

Sie war so wild wie der Wind, sagten die Dörfler, denn die Seehexe war eher auf den Sandklippen am Meer zu finden als in ihrer kleinen Zelle. Dort hielt Maria es nicht aus, weil sie den Gedanken nicht ertragen konnte, dass Sam zurückkehren könnte, während sie eingesperrt war und dass sie ihn nicht begrüßen könnte. Da sie verzweifelt entschlossen war, sich zu befreien, brauchte sie nicht lange, um herauszufinden, dass sie den Schlüssel zur Freiheit längst besaß.

Weibliche List, hatte Thankful einst gesagt. *Wende sie an, und du bekommst, was du möchtest.*

Und sie nutzte sie, erst schüchtern und dann immer mutiger, als sie herausfand, dass sie nur bitten und schluchzen und ihren Aufsehern hilflose Blicke zuwerfen musste, damit sie die große quietschende Tür für sie öffneten. Und dann ging sie auf direktem Weg zur Großen Bucht und wanderte über die wilden Dünen, während sie angestrengt nach einem nahenden Segel Ausschau hielt. Ihr Glaube, dass Sam zurückkehren würde, geriet nie ins Wanken, auch wenn Schiffe, die aus dem Süden kamen, die Nachricht mitbrachten, dass der junge Engländer die Schatzsuche aufgegeben und sich stattdessen der Piraterie verschrieben hatte. Die Neuigkeit schockierte sie erst, doch sie verzweifelte nicht. Natürlich würde sie niemals einen

Piraten heiraten, doch sicherlich konnte sie ihn im Handumdrehen auf den Weg der Tugend zurückbringen. Denn er hatte ja gesagt, dass er sie liebte, und sie war sicher, dass sie ihn ändern konnte.

Im März hatte Richter Doane es so satt, die Gefängnistür ständig offen vorzufinden, sich die lahmen Entschuldigungen seiner Männer anzuhören und zur Großen Bucht hinauswandern zu müssen, um Maria zurückzuholen, dass er die Tür selbst offen stehen ließ. Und ungefähr zur gleichen Zeit drehte Kapitän Samuel Bellamy in weiter Ferne den Bug seines Schiffs nordwärts in Richtung Cape Cod.

Als der Frühling schon an die Hintertür des Winters klopfte, fuhr das Schiff die Küste entlang, vorbei an den Vorgebirgen von Virginia, an New York und schließlich in Richtung der gefährlichen Untiefen, die Cape Cod beschützend umgaben. Doch das Schiff, in dessen Kajüte Sam sich zurückgezogen hatte, war nicht die LILITH. Die Decks über seinem Kopf gehörten zu einem großen Dreimaster-Schiff, das zu Kriegszwecken ausgestattet war und unter dem Gewicht von achtundzwanzig geladenen hungrigen Kanonen ächzte. Doch obwohl die Frachträume des Schiffs beinahe barsten vor spanischem Silber, Gold und all den anderen glitzernden Schätzen, die einem Bettler – und natürlich auch einer Prinzessin – die Tränen in die Augen treiben würden, stammten diese Reichtümer nicht von den versunkenen Schiffen, die zu einer Flotte spanischer Galeonen gehörte, sondern aus den Frachträumen der Schiffe, die noch recht beweglich gewesen waren – englische, französische, holländische und spanische Schiffe.

Denn Kapitän Samuel Bellamy – Kaperer, Deserteur der Königlichen Marine, Abenteurer und nun selbst ernannter Feind der Menschheit – war Pirat geworden.

Er hatte nur ein paar Tage zermürbender und fruchtloser Arbeit gebraucht, um einzusehen, dass die Reichtümer der versunkenen Wracks nur ein Traum gewesen waren. Die Spanier waren ihm zuvorgekommen, und auch die Regierungen von Bermuda und Jamaika, Mengen von wagemutigen Schatzjägern und eine Horde Piraten. Doch der Gedanke, mit leeren Händen nach Eastham zurückzukehren, war ihm unerträglich gewesen. Als dann Benjamin Hornigold, der Anführer dieser herumstreunenden Bande von Seewölfen, in Sam einen Gleichgesinnten erkannte und anbot, ihn und den begierigen Paul Williams in seine Piratenbesatzung aufzunehmen, hatte Sam die LILITH dem Meer überlassen und hatte – über einer Bibel und einer Axt – die Gesetze der Bruderschaft der Schwarzen Flagge unterschrieben.

Der alte Ben Hornigold hatte sich für verdammt clever gehalten, dass er Sam Bellamy in seine Besatzung aufgenommen hatte, weil er in seinem jungen Schützling eine Fülle der Talente entdeckt hatte, die aus einem guten Piraten einen großartigen machten: Seetüchtigkeit, grenzenlose Rücksichtslosigkeit und eine wachsende Missachtung, nein, einen regelrechten Hass auf alle Autoritäten. Doch was er nicht bemerkt oder vielleicht auch falsch gedeutet hatte, waren Sams natürliches Charisma und seine Führungsqualitäten, ein Fehler, für den er zwei Monate später bezahlen musste, als seine Besatzung ihn absetzte und den jungen, freimütigen Mann aus dem Westen an seine Stelle setzte.

Und so hatte Sam Bellamy plötzlich das Kommando über eine enge kleine Schaluppe namens MARY ANNE und eine hungrige Bande rüpelhafter, trinkfester Teerjacken geführt, die nach Silber, Gold und immer auch nach Kampf schrien.

Und während jetzt sein neues Schiff WHYDAH in Richtung Cape Cod fuhr, dachte Sam an Maria. In ein paar Stunden würde Cape Cods öde Küste am Horizont auftauchen, und *sie* läge in seinen Armen, während ihre honigsüßen Lippen sich auf seine pressten mit der Leidenschaft, auf die er ein Jahr lang hatte verzichten müssen. Und ihre seidenweichen Schenkel würden sich um seine Hüften schlingen, wenn er sie mitnahm auf seine lustvolle Reise.

Er lag in seiner Koje und fühlte ein nervöses Flattern dort, wo er sein stolzes schwarzes Herz vermutete. War das die Aufregung? Oder Angst? Was wäre, wenn sie ihn nicht wollte oder jemand anderen gefunden hatte? Der Gedanke, dass sie ihn wegen seiner kürzlichen infamen Verstöße gegen das ehrliche Seefahrervolk ablehnen könnte, kam ihm nicht in den Sinn, denn für ihn waren seine Handlungen mehr als gerechtfertigt. Wenn es Menschen gab, die sich so große Schiffe und wertvolle Ladungen leisten konnten, dann konnten sie es sich auch leisten, sie zu verlieren. Er lächelte und strich sich über das Kinn, das jetzt von einem schwarzen gepflegten Bart verdeckt war. Doch seine Miene verhärtete sich, als er über den *wahren* Grund nachdachte, warum er sich der Piraterie mit so viel Begeisterung verschrieben hatte. Er war immer widerspenstig gewesen, und dieser Charakterzug hatte ihm während seiner Dienste in der Königlichen Marine brutale Prügelstrafen eingebracht, die ihn fast getötet hatten. Die Piraterie bot ihm die Möglichkeit, sich an einem System zu rächen, das seinen Ungehorsam gegenüber Vorgesetzten nicht hingenommen hatte und das die Reichen und Privilegierten schützte und die das verdienten, was ihnen diejenigen antaten, die weder reich noch bevorzugt waren.
Er schob diese dunklen Gedanken beiseite. Die Freude, Maria wiederzusehen, kehrte sofort zurück.
Wie ihre Augen aufleuchten würden, wenn er sie auf dieses wundervolle Schiff mitnehmen würde, und wie entzückt sie aufschreien würde, wenn sie die großen Säcke voll spanischer Silbermünzen, die Truhen voll spanischer Goldmünzen, die riesigen Smaragde und Diamanten sah, die so leuchteten, dass man sie kaum anschauen konnte, wenn die Sonne sie beschien. Indigo, Elfenbein, herrliche Seiden, Satinstoffe, Kleider. Alles war dort unten sicher verstaut, genügend Reichtümer und Pracht, um … eine Prinzessin zu kaufen. Und um eine zänkische Tante zu beschwichtigen.

Er dachte über das vergangene Jahr nach. An das Plündern, an den Aufruhr, an die Gotteslästereien und Flüche, die ihm durch die Karibik gefolgt waren wie das Kielwasser seines stolzen Schiffes. Daran, wie er die alte MARY ANNE an Paul Williams weitergegeben hatte, als er zu größeren und besseren Schiffen übergewechselt war, einschließlich dem, auf dem er nun segelte.

Drei Tage lang hatte er es gejagt und seine genauso gierige Besatzung so lange angefeuert, bis seine Kehle wund war. Und als der Kapitän am dritten Tag die Segel vor seiner Piratenflagge strich, nachdem er einen halbherzigen Schuss auf seine Verfolger abgegeben hatte, war Sam so wild darauf, die WHYDAH unzerstört zu bekommen, dass er dem Mann einen Teil der Ladung überließ, ein Schiff und genügend Geld gab, damit er nach England zurückkehren konnte.

Ja, er war ein Schuft und nun auch ein verdammt guter Bandit, doch niemand sollte behaupten können, dass er, Sam Bellamy, kein großzügiger Mann sei.

Irgendwann fiel er mit Hilfe einer Flasche dunklen Jamaika-Rums, die er von seinem letzten Beuteschiff ergattert hatte, in einen unruhigen Schlaf, der bei Einbruch der Dämmerung unsanft von Schreien vom Krähennest herab unterbrochen wurde, mit denen ein Beuteschiff angekündigt wurde. Doch Sam hatte keine Lust, die kleine Pinke aufzubringen, ein Schiffchen mit einem dicken, gedrungenen Rumpf und einem runden Heck. Und umso weniger, als er erfuhr, dass die Ladung nur aus Wein bestand.

Doch auf seine jungen Wilden warteten keine schönen Mädchen in Eastham, und sie hatten nichts dagegen, ihrer kleinen Flotte noch ein Schiff mit einer vollen Ladung Madeirawein hinzuzufügen, auch wenn es nur eine lecke alte Pinke war. Wie über alle anderen Entscheidungen wurde an Bord des Piratenschiffs darüber abgestimmt.

Wenn es nicht um den Madeira gegangen wäre, hätte er es sich

nicht zweimal überlegt, die Weinpinke zu durchlöchern und zu versenken, da sie so verdammt undicht war, dass sie jetzt schon eine gute Meile hinter ihnen zurückblieb. Es war verdammt schade, dass sie den Madeira nicht hatten herunterholen können, denn die Fässer waren zu dicht gepackt gewesen und die Besatzung hatte gedankenlos das schwere Ankerkabel über der Luke zusammengerollt. Da Sam sich über den Zeitverlust ärgerte und Eastham erreichen wollte, hatte er eine Beutebesatzung zu ihr hinübergebracht mit dem Befehl, der ihnen in den Ohren klang, im Kielwasser der WHYDAH und der in Schottland gebauten ANNE zu folgen. Dann setzte er erneut Segel.
Und als sei das noch nicht genug, um ihn in eine der Stimmungen zu stürzen, die ihm den Spitznamen Schwarzer Sam eingebracht hatten, blieb noch der zusätzliche Ärger mit Andrew Crumpstey, dem Kapitän der Pinke, der dummerweise Sams Steuermann beleidigt hatte und dafür nun unter Deck angekettet lag, bis Sam sich entschieden hatte, was zum Teufel er mit ihm machen sollte. Und die Krönung waren die sieben Piraten, die er als Beutebesatzung auf die Weinpinke gebracht hatte. Wahrscheinlich hatten sie den Laderaum aufgebrochen, noch ehe ihre Marssegel sich mit Wind gefüllt hatten und würden bei Einbruch der Nacht so volltrunken sein, dass er von Glück sagen konnte, wenn er sie überhaupt wiedersah. Und da auch ein Sturm am östlichen Horizont aufzog, konnte er diese Art Störungen gar nicht gebrauchen.
Die Tür wurde aufgerissen. »Käpt'n?«
Er seufzte, öffnete die Augen und starrte zu den Deckbalken hinauf. »Was ist los?«
»Mr. Davis hat eine Schaluppe ausgemacht, die vom Süden her auf uns zukommt, Sir. Vielleicht haben sie uns noch nicht entdeckt. Die Besatzung möchte sie verfolgen, ehe sie abdreht und verschwindet.«
O Gott. Sam schwang die langen Beine aus der Koje. Offenbar sollte er an diesem Nachmittag keine Ruhe bekommen.

»Sollen wir hinter ihr her jagen, Käpt'n?«
»Ist darüber abgestimmt worden?«
»Die Mannschaft wartet auf Sie, Sir.«
»Gut. Ich bin gleich oben.«
Mit einem tiefen Seufzer schnallte Sam Bellamy sich zwei Pistolen um, nahm sein Entermesser und machte sich zum Achterdeck auf, auf dem seine Männer auf ihn warteten.

Die Schaluppe FISHER war klein, gedrungen und gut gebaut, und ihre Segel waren beinahe vollständig in den dicken Nebelschwaden verschwunden, die um ihren einzigen Mast waberten. So meereserprobt und salzzerfressen sie auch war, schien sie nichts Besonderes zu sein, und sie hatte sicherlich auch keine sagenhaft wertvolle Fracht an Bord. Und doch hatte diese majestätische Galeere, die wie ein Geist aus dem Dunst südlich von Cape Cod aufgetaucht war, ein deutliches Interesse an ihr.
Robert Ingols, ihr Kapitän, stand nervös auf dem ausgeblichenen Achterdeck, hielt sich mit einer Hand an einer mit Teer verschmierten Wante fest, während die andere Hand so schwitzte, dass er die Schöße seiner feinen neuen Jacke als Handtuch missbrauchen musste. Sein normalerweise ruhiges Gesicht trug jetzt einen besorgten Ausdruck, der sich noch verstärkte, als eine weitere Flagge zu der schon vorhandenen stolzen englischen am Hauptmast der Galeere emporglitt. Und je höher sie stieg, desto mehr sank sein Herz, bis sich in seiner Brust eine kalte, panische Angst festgesetzt hatte – denn von der schwarzen Flagge starrte ein grinsender weißer Totenkopf über zwei gekreuzten Knochen auf ihn herab. Die Piratenflagge.
»Sie haben Recht gehabt, Sir«, sagte Ralph Merry neben ihm. Die Angst in seiner schwankenden Stimme entsprach der kalkweißen Blässe seines Gesichts. »Piraten. Es wird gemunkelt, dass der Schwarze Bellamy kürzlich in diesen Gewässern

aufgetaucht sei.« Ralph verrenkte sich den dürren Hals, um durch die letzten Dunstfetzen etwas zu erkennen. »Sollen wir die Segel streichen, Sir?«

»Wenn wir nicht von hier zur Hölle geblasen werden wollen, wäre das eine gute Entscheidung«, murmelte Ingols und fuhr sich mit dem Finger unter seinen schweißnassen und plötzlich zu engen Hemdkragen. »Wir können ihnen nicht davonsegeln. Ihre Schießscharten sind offen, und – Himmel! Wie viele Kanonen haben die eigentlich auf diesem Ding?«

Ralph betrachtete die näher kommende Galeere durch den Nebel hindurch. »Guter Gott!«, rief er mit einem leisen Pfiff aus, als er sie gezählt hatte. »Achtundzwanzig? Vielleicht dreißig? Und sehen Sie nur, sie haben auch Drehkanonen angebracht. Das Schiff ist ein einziges verdammtes Waffenarsenal!«

»Es ist ein Wunder, dass sie mit all der Bewaffnung überhaupt noch schwimmen kann. Ja, holt die Flagge ein und möglichst umgehend. Es ist gar nicht abzusehen, was diese Teufel machen werden, wenn wir uns ihnen widersetzen.« Ingols warf einen Blick zu den kleinen Flecken Himmel hinauf, die zwischen den Nebelschwaden sichtbar wurden. Eine dicke Wolkenfront hing über dem südlichen Horizont und über ihnen, und mehrere Möwen flogen zur Küste hinüber. »Das fehlt uns gerade noch, dass ein verdammter Sturm alles noch schlimmer macht«, murmelte er halb zu sich selbst. »Ja, wir werden ihnen geben, was sie haben möchten, und wenn wir verfluchtes Glück haben, kommen wir in den Hafen, noch ehe der Sturm zuschlägt.«

Ingols tippte nervös mit dem Fuß auf das rollende Deck der FISHER, während die Galeere mit majestätischen und stolz geschwellten Segeln näher kam. Sie war ein elegant dahinschwebender Falke, ein Räuber, der herrlich und frei und genauso tödlich war.

Und jetzt war sie so nahe, dass er die Rufe ihrer Besatzung hören konnte, das Rumpeln der Kanonen, als sie in die offenen

Schießscharten geschoben wurden und die entsetzliche Musik der Piraten, die sie mit Pauken und Trompeten erzeugten, um ihn zur Aufgabe zu bewegen. Doch er brauchte keine weitere Aufforderung. Der Anblick dieses eindrucksvollen Kriegsschiffs reichte, dass er vor Angst schlotterte. Und nun tauchten aus den Nebelbank auch noch die Umrisse zweier weiterer Schiffe auf, die im Kielwasser der Galeere fuhren.

Himmel, besaßen diese Piraten etwa eine ganze Flotte?

»Holt endlich die Flagge herunter, verdammt noch mal!«, bellte er.

Die Flagge der FISHER sank langsam zum Zeichen der Aufgabe herab, und die Männer arbeiteten hektisch, um die Segel einzurollen. Die Schaluppe verlor an Fahrt, blieb liegen und schaukelte dann im unruhigen Meer. Hilflos sah Ingols zu, wie das Piratenschiff den Abstand zu ihnen immer mehr verringerte und schließlich beidrehte.

Und die Geräusche, die er jetzt hörte, ließen ihm das Blut in den Adern gefrieren. Ein paar Pistolenschüsse, wildes Gelächter, ein wilder Fluch. Und dann ertönte die knappe Stimme eines Engländers, der mit unzweifelhafter Autorität über das Wasser rief.

»Hallo, Leute! Woher kommt ihr und wohin wollt ihr?«

Ingols suchte nach dem Sprachrohr, während er den Blick über die Horde rüpelhafter und wilder junger Männer gleiten ließ, die sich an der Reling des Piratenschiffs drängten. Und schließlich sah er ihn.

Er stand oben auf einer Kanone und hatte einen Fuß locker auf einen Schandeckel gestellt, doch das ruhelose Schaukeln des Schiffs schien ihn nicht im Geringsten zu stören. Er war groß und gut aussehend und für einen Piraten viel zu gut gekleidet, denn seine Jacke aus weinrotem Samt war üppig mit Goldlitzen besetzt, die offene Vorderseite trug eine stattliche Menge von Messingknöpfen und die steifleinenen Schöße standen modisch von der Taille ab. Doch obwohl er einem Adligen

ähnelte, würde kein pompöser Edelmann in London wie ein Teufel in Menschengestalt aussehen, so wie dieser.
Und dann diese Augen! Sie waren durchdringend, verwegen und schwarz und hatten einen klugen, berechnenden Ausdruck, eine arrogante Selbstsicherheit, die zudem von seiner stolzen Haltung ausging und der lockeren Art, wie er dieses gemein aussehende Entermesser hielt.
Ingols wusste, dass das der legendäre Schwarze Sam Bellamy war, noch ehe die Strömung das Heck des Piratenschiffs zu ihm drehte und der Name seinen Verdacht bestätigte – WHYDAH.
»Gott helfe uns«, betete er, doch er konnte den Mann nicht länger ansehen.
»Herr des Himmels, ich habe Sie nach Ihrem Heimathafen und Ihrem Ziel gefragt! Antworten Sie mir, verdammt noch mal, oder Sie bezahlen Ihr Zaudern mit dem Leben!«
Ingols Stimme klang mitleiderregend dünn im Vergleich zu dem Kommandoton des Piraten. »Ich bin Robert Ingols, Sir, und die Schaluppe ist die FISHER aus Virginia. Wir fahren nach Boston. Unsere Ladung besteht nur aus Tabak und Häuten, die keinen großen Wert haben.«
»Das werde ich selbst zu beurteilen haben. Sind Sie der Kapitän?«
»Ja.«
Der Piratenkapitän lehnte sich vor, stützte einen Ellbogen auf das gebeugte Knie und strich sich nachdenklich über das bärtige Kinn. Seine schwarzen Augen wurden listig. »Nach Boston, ja? Dann wette ich, dass Sie in diesen Gewässern schon häufiger gewesen sind, als Sie zählen können.«
»Ja, so ist es«, sagte Ingols bedächtig und fragte sich, worauf der Pirat hinauswollte. Dass er sich damit sein eigenes Grab schaufelte, sollte allerdings erst Stunden später offenbar werden. Er räusperte sich, wischte sich den Schweiß von der Stirn und raffte all seinen Mut zusammen. »Hören Sie, wenn Sie

unsere Ladung haben möchten, nehmen Sie sie. Ich möchte Ihnen ja nicht zu nahe treten, aber ich habe wirklich keine Zeit für Plaudereien. Ein Sturm zieht auf, und ich möchte gern sicherere Gewässer erreichen, ehe er uns erwischt.«

Der Pirat hob seine schwarzen Augenbrauen. »Lassen Sie mich eines klarstellen, Kapitän Ingols. Ob Sie Zeit zu einem Gespräch haben oder nicht, ist jetzt nur noch meine Sache. Ich möchte auch einen sicheren Hafen erreichen. Und was das *Geplaudere* angeht, wir sprechen hier nicht über das Wetter, von dem wir beide wissen, dass es sich gerade erheblich verschlechtert!«

Ralph Merry näherte sich Ingols' Ohr. »Wenn ich Sie wäre, Sir, würde ich ihn nicht aufbringen«, riet er ihm. »Ich möchte gern morgen früh noch am Leben sein.«

»Ruhe«, sagte Ingols mit erstickter Stimme.

Der Piratenkapitän überging ihren Wortwechsel und betrachtete die Klinge seines Entermessers in einer Weise, die Ingols' Furcht noch verstärken sollte. Er sah auf und lächelte harmlos. »Außerdem bin ich nicht an Ihrer verdammten Ladung interessiert, sondern an Ihrer Schaluppe und an Ihrer Hilfe, meine Flotte durch diese Untiefen bis zum Hafen von Provincetown zu lotsen. Das sollte doch nicht allzu schwierig für Sie sein, oder? Wenn Sie das zu meiner Zufriedenheit machen, werde ich Ihnen vielleicht Ihre Schaluppe zurückgeben.«

»Mehr möchte er nicht?«, flüsterte Ralph eifrig. »Nur, dass Sie ihn und seine Flotte die Küste entlang lotsen? Sagen Sie ja, Käpt'n! Um Himmels willen, *bitte!*«

Mit besorgtem Blick auf die entfernte Wolkenbank atmete Ingols tief durch. »Ich habe ja wohl keine andere Wahl als zuzustimmen.«

»Nicht, wenn Sie nicht als Futter für die Haie enden möchten, die unter Ihrem Kiel lauern«, erwiderte der Pirat, und seine Worte straften sein verbindliches Lächeln Lügen.

»Ja, ja, natürlich denke ich nicht mal daran, das zurückzuwei-

sen«, sprudelte Ingols hervor. »Es wird mir eine Ehre sein, Sir, Ihnen in jeder Weise zu helfen.«
»Eine weise Entscheidung, Mann. Lassen Sie Ihr Langboot zu Wasser, Ingols, und kommen Sie herüber, ehe die See noch rauer wird. Vielleicht möchten Sie und Ihr Steuermann mit mir einen Schluck trinken, während wir alles besprechen.«
Das war keine Frage, sondern ein Befehl. Ein Schuft, ein Verbrecher, ein *Pirat* mit dem Benehmen eines Edelmanns. Und auch mit der entsprechenden Arroganz.
Ingols schrie nach dem Langboot, das aber schon zu Wasser gelassen wurde. Er schluckte krampfhaft und schaute zurück zur WHYDAH, auf der der Piratenkapitän – nein, der Piratenprinz, korrigierte er sich selbst, denn so wirkte dieser Mann – von seinem Kanonenthron gesprungen war und durch seine Bande von Verbrechern schlenderte wie ein Herrscher durch seine Untertanen.
Mit böser Vorahnung machte Ingols kehrt, kletterte über den Schandeckel und stieg die Jakobsleiter zu dem Langboot hinunter, das im unruhigen Wasser auf ihn wartete.

Als Ingols das schimmernde Teakdeck der WHYDAH betrat, war sein Hemd schweißnass. Er wurde von einem Piraten in zerlumptem Hemd und blauweiß gestreiften Baumwollhosen begrüßt, der ihm eine Weinflasche entgegenhielt. Die braunen Augen des Piraten glitzerten übermütig, sein kurz geschorenes Haar war schokoladenbraun und sein sonnenverbranntes Gesicht war jung und nicht unattraktiv. »Kein Grund, dass Sie so erschrocken aussehen«, sagte er und zog die Flasche zurück, als Ingols sie zurückwies. »Der Käpt'n steht zu seinem Wort. Er wird Ihnen Ihr Schiff zurückgeben, wenn Sie seine Wünsche erfüllen.«
Widerwillig ließ Ingols seinen Steuermann an Deck zurück und folgte seinem Begleiter durch die Menge der Männer, die nicht nur Wolken von Wein- und Rumgeruch ausströmten, sondern auch eine ziemliche Streitlust.

Sie gingen über Decks, die angesichts der Tatsache, dass die WHYDAH ein Piratenschiff war, einen erstaunlich ordentlichen Eindruck machten. Ingols Hemd klebte ihm vor kaltem Schweiß am Rücken. Er war kurz davor, einen Drink mit dem berüchtigten Schwarzen Sam Bellamy zu nehmen, und ob er die Piratenkajüte in der gleichen Verfassung verlassen würde, wie er sie betrat, wussten nur die Götter und der Schwarze Sam selbst.

Vor der Kajütentür drehte sich Stripes, sein Begleiter, um. »Unterlassen Sie alles, was den Schwarzen Sam wütend macht. Er war in letzter Zeit nicht sehr gut gelaunt.«

Ingols schluckte.

»Na, dann hinein in die Höhle des Löwen!«

Der Schwarze Sam saß an einem zerschrammten Schreibtisch, hielt einen Federkiel in der einen Hand und hatte neben der anderen eine halb leere Flasche Wein stehen. Über seinem Kopf schwang eine Laterne mit dem Rollen des Schiffes hin und her und warf einen warmen Schein über sein schwarzes Haar und unheimliche Schatten auf die Papiere, an denen er schrieb. Selbst im Sitzen war er nicht weniger beängstigend als an Deck stehend.

»Ingols, mein Freund! Machen Sie es sich bequem.« Er warf den Federkiel beiseite, schob die Flasche über den Tisch, lehnte sich zurück und verschränkte die Arme hinter dem Kopf. »Wir haben kürzlich ein Schiff voll Madeira übernommen, und ich konnte nicht widerstehen, mir eine kleine Probe zu genehmigen. Trinken Sie.«

Die »kleine Probe« bestand aus zwei leeren Flaschen und einer dritten, die mehr als halb geleert war.

Ingols beäugte die Flasche unsicher. »Nein, danke«, sagte er und fragte sich, ob der Pirat sie vielleicht vergiftet hatte.

»Na gut.« Der Schwarze Sam schien es gewöhnt zu sein, Gefangene zu bewirten, denn er war ganz der huldvolle Gastgeber, als er Tee in einen von zwei Zinnbechern goss und den

restlichen Wein in den anderen. Er schob Ingols den ersten Becher über den Tisch hinweg zu. »Bitte schön. Auf Ihre Gesundheit.« Er trank schwungvoll von dem Wein und sah, wie kalkweiß Ingols' Gesicht war. »Vermute ich richtig, dass Stripes Ihnen erzählt hat, was für ein Bösewicht ich bin?«
»Im Gegenteil, Sir. Er hat sich nur lobend über Sie geäußert.«
»Ach?« Das Lächeln des Schwarzen Sam war ein wenig kläglich. »Das ist ja seltsam ... das sieht ihm gar nicht ähnlich.« Er zog seinen Stuhl zurück, setzte sich darauf und legte, zum Entsetzen seines Gastes, seine nackten Füße auf den Tisch. »Hat er Ihnen die Ohren vollgequatscht?«
»Ja, Sir, das hat er.«
»Das sieht ihm ähnlicher. Lassen Sie sich von mir warnen, ihm irgendetwas zu erzählen. Er ist ein harmloser Kerl, doch seine Zunge ist lockerer als die einer Hure aus New Providence. Ich kann schon nicht mehr zählen, wie oft mein armer Steuermann Streitereien schlichten musste, die auf die Klatschsucht dieses Mannes zurückgingen.«
Ingols runzelte verwirrt die Stirn. An Deck war der Schwarze Sam arrogant und kaltschnäuzig gewesen, doch hier in der Abgeschiedenheit seiner Kajüte war er liebenswürdig und sogar angenehm. Ingols fragte sich, ob er diese Arroganz nur seiner Besatzung gegenüber hervorgekehrte.
»Wie schmeckt der Tee?«
Ingols setzte den Becher ab. »Sehr gut, Sir.«
»Wie wäre es mit einem Schuss Rum?« Er grinste. »Der würde den Geschmack des Giftes gut überdecken, wissen Sie.«
Ingols schaute überrascht auf. Konnte der Schwarze Sam auch Gedanken lesen? Er starrte seinen Gastgeber einen Moment lang an. Er hätte nie gedacht, dass solch schwarze Augen auch humorvoll wirken konnten. »Danke, nein«, sagte er reichlich dümmlich. »Ich gebe ungern zu, dass mein Magen Alkohol in rauer See nicht gut verträgt. Ich wäre wenig nützlich für Sie, wenn ich seekrank würde.«

Sams Zähne leuchteten weiß auf gegen die Schwärze seines Bartes. »Ganz wie Sie möchten.« Er erhob sich unerwartet und stürmte durch seine Kajüte, und Ingols erkannte, dass er ein Mann war, der seine Stimmungen gut kaschieren konnte, wenn die Lage es erforderte. Der Schwarze Sam hatte ihn glauben lassen, dass ihm die Bequemlichkeit seines Gefangenen am Herzen liege. Doch nun zeigte sich, dass dem nicht so war.

Er duckte sich auf seinem Stuhl, als der Pirat die Tür öffnete und zu seinen Männern hinaufschrie: »Ihr verdammtes verantwortungsloses Pack! Wo, zum Teufel, bleiben Julian und Lambeth? Glaubt ihr, ich sitze hier den ganzen Tag herum und warte auf sie?«

Ingols schwieg und versuchte, den Mut nicht zu verlieren, als der Schwarze Sam zurückkehrte und sich wieder auf seinen Stuhl fallen ließ. »Die beiden sind verdammte Plagen«, sagte er. »Ich muss verrückt gewesen sein, sie als Lotsen anzuheuern. Der eine ist ständig betrunken und der andere ist ein Indianer, der noch nicht lange aus den Windeln herausgekommen ist. Er hat gesagt, dass er die Küste hier wie seine Westentasche kennt, da er hier am Cape Cod aufgewachsen ist. Ha! Das bleibt abzuwarten, und das muss er mir erst noch beweisen!«

»Deshalb möchten Sie also mich als Lotsen haben.«

»Ja.« Seufzend kippte er seinen Stuhl zurück und warf Ingols einen müden, freudlosen Blick zu. »Ich müsste verdammt sein, wenn ich mein Schiff oder meine Männer in Gefahr brächte.«

Wie ein ruheloser Panther erhob er sich, lief in seiner Kajüte auf und ab und lehnte sich schließlich gegen eine der großen Kanonen, die am Schott befestigt waren. Ingols fiel auf, dass die Kajüte des Schwarzen Sam nicht der Bequemlichkeit diente, sondern dem Krieg: Sie enthielt lediglich einen zerschrammten Tisch, Stühle und Schreibtisch und eine Koje, die mit einer herrlichen Decke bedeckt war, die sich seltsam ausmachte in dieser kargen Ausstattung. Ein Entermesser hing an

einem Haken an der Wand, und die beiden Heckgeschütze beherrschten einsatzbereit den Raum.
»Da Stripes heute so auskunftsfreudig war, hat er Ihnen wohl auch gesagt, wie großzügig ich sein kann, wenn mir jemand zu Gefallen ist?«
»Ich fürchte nein, Sir. Aber Sie sagten mir, dass Sie mich freilassen würden, wenn ich Sie in den Hafen von Provincetown lotse ...«
»Und das werde ich auch tun. Zweifeln Sie an meinem Wort, Ingols, weil ich ein Pirat bin?« Er grinste, als Ingols den Blick abwandte. »Und ich hatte auch gehofft, dass Sie unser Leben weit ... nun ja, *einträglicher* finden würden als das eines einfachen Handelskapitäns.«
Ingols entging nicht der schlaue Blick in diesen schwarzen Augen. »Wollen Sie mich etwa dazu zwingen, mich Ihrer Besatzung anzuschließen?«
»Ich Sie *zwingen?* Bilden Sie sich bloß nichts ein, das steht Ihnen nicht. Wir zwingen niemanden. Wir geben Ihnen einen Vorgeschmack dessen, was Sie erwartet, wenn Sie mit uns segeln, und die meisten sind gern bereit, unsere Gesetze zu unterzeichnen.«
»Ich bin mir nicht sicher, ob mir das gefallen würde«, sagte Ingols nervös.
»Aber ich bin sicher, dass es Ihnen gefallen wird. Die Piraterie hat in Wahrheit mehr zu bieten als Reichtum und ein leichtes Leben. Das ist nur die materielle Seite des Ganzen.« Er verschränkte die Arme vor der Brust. »Wir sind keinem Gesetz eines Landes unterworfen. Die einzigen Regeln, die wir befolgen, sind unsere eigenen. Wir geloben keiner Nation Loyalität, sondern nur uns selbst. Und wenn Sie an meinen Worten zweifeln, dann fragen Sie jedes einzelne Mitglied meiner Besatzung, woher es stammt. Niemand wird England, Irland oder sogar Schottland nennen. Wissen Sie, was man Ihnen sagen wird?«

Ingols schüttelte den Kopf.
»Man wird Ihnen sagen ›von der See‹! Denn nur *ihre* Gesetze achten wir. Kein Dienst mehr an Bord der Schiffe Seiner Majestät. Keine tyrannischen Kapitäne mehr, die nicht Anführer sind, sondern Diktatoren. Wir dienen niemand anderem als uns selbst! Unsere Geliebte ist die See, unser Gebieter nur unsere eigenen Wünsche und Bedürfnisse. Glauben Sie, dass mir die Reichtümer, die Schätze, die in den Lagerräumen verstaut sind, etwas bedeuten? Pah, da steckt viel mehr dahinter!«
Ingols schaute dem Piratenkapitän in dessen herausfordernde schwarze Augen. »Und das wäre?«
»Freiheit!«, erklärte Sam und ging wieder auf und ab. »Und ich, mein Freund, bin ihr treuester Verfechter!« Er nahm sich eine Flasche Madeira und holte sein Entermesser von der Wand. »Also, lassen Sie uns jetzt zur Sache kommen.« Ingols spürte, wie sich ihm die Nackenhaare sträubten, als er die grässliche Klinge sah. Ein boshaftes Glitzern tauchte in den Augen des Schwarzen Sam auf, als er die Hand hob, als das Entermesser das Laternenlicht einfing und reflektierte, als er damit zuschlug …
Ingols erstickter Schrei erfüllte den Raum. Seine Augen öffneten sich in dem Moment, als der Hals der Weinflasche davonflog, den der Schwarze Sam geschickt abgeschlagen hatte. Lachend hängte der Piratenkapitän das Entermesser mit vornehmer Lässigkeit zurück an den Haken.
»Ich bin doch ein richtiger Teufel, nicht wahr?«, fragte er noch immer kichernd über Ingols' Reaktion.
Ingols lehnte sich zurück und schloss die Augen.
Wieder ernst geworden, schob Sam eine vergilbte Karte unter Ingols' Nase. »Bitte schön, mein Freund«, sagte er locker. »Ich weiß, dass Sie sich in diesen Gewässern auskennen, doch ich möchte trotzdem, dass Sie diese Karte studieren. Und zwar gründlich, wenn ich bitten darf. Ein Fehler, und ich werde mich statt mit der Weinflasche mit Ihrem Hals befassen.«

Und damit stand er auf, nahm die Flasche und ging zur Tür. Dort drehte er sich um und sah Ingols mit einem harmlosen Lächeln an, das diesen allerdings nicht täuschen konnte. »Und wenn Sie sich diese Karte eingeprägt haben, kommen Sie doch bitte zu mir nach oben. Ich werde am Ruder sein. Und das, mein Freund« … das Lächeln vertiefte sich … »ist ein *Befehl.*«

Achtes Kapitel

Ingols studierte die Karte tatsächlich, obwohl er mehr als vertraut war mit den Untiefen und Sandbänken, die Cape Cod umgaben – und auch mit den Brechern, die ein Schiff zerschmettern konnten, wenn sie zu nahe kamen. Er wartete so lange, bis er sicher sein konnte, dass der Piratenkapitän wirklich fort war, und schob dann mit dem Blick eines Verräters, den er vor den scharfen Augen des Schwarzen Bellamy zu keinem Zeitpunkt hatte verstecken können, die Karte von sich. Er musste sich nicht länger damit beschäftigen. Denn Ingols, der durch und durch gesetzestreu und entschlossen war, nicht nur Provincetown vor den Verheerungen der Piraten zu schützen, sondern auch, wenn nötig, den Märtyrertod zu sterben, hatte schon die Route der WHYDAH ausgetüftelt – geradewegs auf die hafenlose Küste von Cape Cods großer Äußerer Bucht zu. Und wenn der Sturm so stark wie erwartet wurde, würden die Piraten den Betrug erst bemerken, wenn es zu spät war.

Oben auf dem Deck läutete die Glocke der WHYDAH traurig, als die Wache beendet war. Vor dem Backbordbug tauchte die dünne Linie von Cape Cod auf, verschwand in der hohen Dünung und tauchte wieder auf. Nach Osten hin zogen schwarze Gewitterwolken über dem Horizont empor.

Als die Dunkelheit hereinbrach und der auffrischende Wind die See hochpeitschte, stand eine Gestalt ruhig am Ruder. Sams dunkle Augen glänzten von Erregung und Erwartung,

als weit vor ihm die lange dunkle Silhouette des Bugspriets der WHYDAH sich hob und senkte, sich hob und senkte …
Sam Bellamy machte sich keine Sorgen über den Sturm. Er machte sich über gar nichts Sorgen. Denn in ein paar Stunden war er wieder mit Maria vereint.

In der Nacht erreichte der Wind volle Sturmstärke.
Sie hörten es schon kommen, als es noch gut zehn Meilen entfernt war – das tiefe Grummeln des Donners, das über das Wasser rollte, das entfernte Zucken der Blitze über dem Horizont, und dann das unselige ohrenbetäubende Röhren, als der Regen explosionsartig vom Himmel herabstürzte, sofort die Segel verdunkelte und von den riesigen schwarzen Rohren der Kanonen wie Kartätschenmunition abprallte.
Sam stand zusammen mit dem zitternden Lotsen Lambeth am Ruder, als das Meer anstieg und die WHYDAH hinten wie ein ungebärdiges Füllen ausschlug und es ihnen kaum möglich machte, auf dem Deck stehen zu bleiben, das bereits mit gefrorener Gischt und Seewasser bedeckt war. Der Wind wurde noch stärker, riss die Flaggen am Masttopp hin und her, bis sie über das Geheule des Windes und des Regens hinweg wie Gewehrfeuer knallten. Die Nacht wurde pechschwarz, erstickte die Lichter der drei Schiffe, die in ihrem Kielwasser fuhren und gab sie der Dunkelheit preis. Eine Laterne schwang wie verrückt in den Wanten der WHYDAH hin und her und eine weitere am Heck. Doch weder die beiden noch das rote Glühen am Kompasshaus konnten die Dunkelheit der stürmischen Nacht durchdringen.
Die nervöse Besatzung der WHYDAH hingegen brauchte kein Licht, um den schwarzen wütenden Ozean um sich und unter sich wüten und brodeln zu erkennen. Der Sturm nahm weiter zu, brüllte wie verrückt und ließ die Wellen so hoch ansteigen, bis sie an der Großrahe rissen. Der Wind schlug gegen wunde Wangen und in Augen, die vom Salz, Graupeln und dem

stürmischen Regen schon halb blind waren. Jacken wurden schwer und nass und gefroren auf vor Kälte tauben Körpern. Hände wurden rot und wund, und Eis bildete sich auf Augenbrauen, Koteletten und Haaren.
Mit einem Becher Kaffee in der Hand stand Sam knietief in dem eisigen schwarzen Seewasser, das mit jedem Eintauchen des Schiffs über die Decks schwappte, verfluchte den Sturm, die Götter und nun auch noch die Unfähigkeit seiner Besatzung. Seine scharfen Augen entdeckten eine Kanone, die nicht richtig befestigt worden war und durch deren offene Schießscharte nun Seewasser in Strömen eindrang. Schlagartig verlor er die Geduld.
Eine Gruppe Männer, die sich um den Hauptmast drängten, bekam die volle Wucht seiner Wut zu spüren. »Ihr da! Habt ihr nichts Besseres zu tun, als wie eine Herde blökender Schafe herumzustehen? Verdammt noch mal, seht zu, dass ihr die Kanone festbindet, ehe sie losbricht und jemanden tötet!«
Neben ihm drängte Lambeth seine aufsteigende Übelkeit so weit zurück, um mit klappernden Zähnen rufen zu können: »Sie bockt, Sir! Ich glaube, ich kann sie nicht länger halten!«
»Drück das Ruder einfach runter und achte verdammt noch mal darauf, dass sie gegen den Wind fährt!« Sam griff eilig nach einem Tau, als die WHYDAH plötzlich mit der Nase eintauchte, ihn fast von den Füßen riss und sich der kochend heiße Kaffee über Jacke und Hose ergoss. Seine Tasse verschwand und seine Geduld dazu.
»Madigan!«
Der sommersprossige Junge kämpfte sich über das wogende Deck, und sein rotes Haar stand ihm im Wind vom Kopf weg.
»Käpt'n?«
»Wo, zum Kuckuck, ist Julian?«
»Unter Deck, Sir!«
»Himmel noch mal, das weiß ich auch! Ich möchte, dass er jetzt an Deck kommt! Was macht er denn dort, verflixt und zugenäht?«

»Als ich ihn das letzte Mal sah, war er in der Offiziersmesse.«
»Und was hat er dort gemacht?«
Die Whydah bockte wie wild und warf Sam wieder auf die Knie. Salzwasser strömte ihm in die Nase, und er riss sich wieder hoch.
»Hhm, er hat einem der schwarzen Sklaven, die Sie befreit haben, Messertricks beigebracht ...«
Hustend und spuckend brüllte Sam: »Du kannst Mr. Julian ausrichten, wenn er nicht möchte, dass ich sie an ihm demonstriere, soll er sein Gerippe sofort hochbringen!«
Faule Hunde! Sam wollte gerade selbst nach dem Lotsen sehen, als Julian mit einer Flasche Rum in der Hand aus der Dunkelheit auftauchte.
»Wenn ich einen Befehl erteile, erwarte ich, dass er befolgt wird, verstanden? Übernehmen Sie das Ruder, *Mr.* Julian! Und Sie, Lambeth, machen sich los und verschwinden in Ihre Koje!« Doch der Lotse konnte sich nicht bewegen, weil seine Hände am Ruder festgefroren waren. Fluchend entriss Sam Julian die Flasche und kippte Rum über Lambeths gefrorene Finger. Der Lotse schrie vor Schmerz auf. Er schob ihn Madigan entgehen und schrie: »Bring ihn runter und bade die Hände so lange in Rum, bis sie aufgetaut sind!«
»Aye, Käpt'n!«
Er hatte die beiden Lotsen abwechselnd eingeteilt, damit sich immer einer unter Deck ausruhen konnte. Doch für ihn würde es keine Ruhe, keinen Schutz und weder eine warme Koje noch ein Bett geben, bis sie den Hafen erreichten. Der Sturm, der ein letztes Aufbegehren des vergangenen harten Winters war, verstärkte sich noch mehr. Doch obwohl die Gischt hart über die Reling hinwegbrandete und ihm durch seinen schweren Umhang, seine Kleidung, seine klamme Haut bis in die Knochen drang, wagte Sam nicht, seinen Platz am Ruder zu verlassen. Zu viel stand auf dem Spiel. Er wollte sein Schiff und die Besatzung nicht einem Trunkenbold, einem Halbwilden

oder einem Mann anvertrauen, den er erst vor ein paar Stunden kennen gelernt hatte. Doch sie waren seine einzige Hoffnung. *Bring uns nur nach Provincetown,* dachte er, *und ich werde mich um den Rest kümmern.*

Doch Lambeth war zu krank, um zu helfen, Julian zu unerfahren und Ingols, dessen Gesicht weißer war als ausgeblichene Knochen, schien noch ängstlicher als sonst. Sam strich sich das windgepeitschte Haar aus den Augen und schrie: »Sind Sie sicher, dass Sie wissen, wohin Sie fahren, Ingols?«

»Wenn wir den Kurs halten, sollten wir um Mitternacht den Hafen erreichen!«

»Vielleicht sollten Sie unsere Peilung nicht aus den Augen lassen! Ich habe keine Lust, als ein weiteres Wrack an der Äußeren Sandbank zu stranden!«

»Aye, Sir!«, schrie Ingols und wurde noch eine Spur weißer.

Irgendwo dort draußen in der Dunkelheit jenseits der leeseitigen Reling befand sich Cape Cod mit seinen gefährlichen Untiefen, seiner hafenlosen Küstenlinie – und Maria Hallett. Über ihnen zischte das Elmsfeuer zwischen Haupt- und Mittelmast hin und her und tauchte das Deck in pulsierendes purpurfarbenes Licht. Donner krachte um sie herum, und die See zitterte ehrfürchtig. Die WHYDAH legte sich so sehr auf die Seite, dass ihre Reling in dem schäumenden schwarzen Wasser verschwand, das über sie hinwegrauschte, und die Spitze der Großrahe berührte die riesigen Sturzwellen, die über sie hereinbrachen.

Stripes stolperte aus der Dunkelheit, presste einen Krug mit heißem gebutterten Rum in dem Moment in Sams Hand, als ein schrecklicher Blitz den Himmel zerriss und nur ein paar hundert Meter vor dem Backbordbug im Meer einschlug. Ingols schrie erschrocken auf. Stripes ging in Deckung, Julian schloss die Augen und schrie etwas in seiner Muttersprache. Und dann kam der Donner und krachte mit solch schrecklicher Kraft vom Himmel herunter, dass er ihnen allen die Sinne lähmte und ihre Schreie erstickte. Und als der letzte Knall verklang und in das Geheule des Regens und Windes überging, hörten sie die Stimme ihres Kapitäns.

Und er lachte. Er *lachte!*

Entsetzt starrten sie auf die wilde schwarze Mähne, die ihm über den Rücken fiel und sein lachendes Gesicht umrahmte – und in die dunklen Augen, die jetzt heiter blitzten. Der Schwarze Sam, dachten sie, musste verrückt geworden sein.

»Ihr feigen Hunde, was habt ihr denn bloß? Das ist doch nur ein bisschen Geblitze und ein wenig Donner. Das sind die Götter, die sich betrunken haben und sich einen kleinen Spaß erlauben!« Donner krachte über ihnen, und er hob den Krug dem Himmel entgegen und brüllte jetzt, um über das ohrenbetäubende Krachen gehört zu werden. »Seht ihr, Jungs! Auch sie zeigen uns ihre Hochachtung! Schade, dass ich der rauen See wegen nicht meine eigenen Kanonen ausfahren kann, um den Salut zu erwidern!«

Schwungvoll stürzte er den Rum herunter und schleuderte den Krug in die wütende See. Doch einen Augenblick später verging ihm das Lachen, als sich die ersten Anzeichen bemerkbar machten, dass irgendetwas schrecklich schief ging – ein entfernter, rhythmischer Schlag, der ganz gewiss kein Donner war. Alarmiert riss er den Kopf herum, und die Nackenhaare sträubten sich ihm. Und genau in dem Moment, als sein Verstand das Geräusch registrierte, trug der Wind den entsetzten Schrei vom Großmars zu dem wild stampfenden Deck hinunter.

»*Brecher!* Direkt vor dem Backbordbug!«

Und dann hörten es die anderen auch über das Heulen des Windes hinweg, den schrecklichen Donner, der die See unter ihnen durchrüttelte – das Geräusch riesiger Wellen, die sich an einer versteckten Sandbank brachen. Der Sturm hatte sie zu dicht an die Küste getrieben.

Mit plötzlicher und grässlicher Klarheit erkannte Sam, warum sein Gefangener so nervös geworden war. »*Ingols!* Du gottverdammter Verräter!«

Doch bevor er diesen Verräter töten würde, musste er sein Schiff retten – denn das Einlaufen der WHYDAH würde nun alles andere als prächtig sein.

Er stolperte, rutschte, versank in den Wasserfluten und riss sich immer wieder hoch, raste über das Deck und schrie sich heiser, als er verzweifelt versuchte, seine Männer um sich zu scharen. Er griff nach einer gefrorenen Wante, an der er zum schieren Überleben hing, als das Deck kippte und eine gigantische Sturzwelle über das Vorderdeck brach, aufs Deck krachte und ihn unter einer Wand aus Wasser fast ertränkte, und das so kalt war, dass ihm der Atem stockte. Würgend und hustend sah er, dass seine Männer erst verwirrt aus dem Frachtraum stolperten und dann mit entsetzt aufgerissenen Augen zu ihm blickten, als ob er ein Gott sei, der sie ganz allein aus diesem Chaos herausholen konnte.

Er würde sie nicht enttäuschen! Er zerrte sich auf die Füße und brüllte zum Himmel hinauf: »Ihr wollt kämpfen? Verdammt und zugenäht, das könnt ihr haben! Holt die Buganker raus, Jungs! Und bewegt euch, sonst sitzen wir um Mitternacht trinkend an Luzifers Tisch!«

Seine Gedanken rasten.

Ich muss die Buganker rausholen.

Ich muss sie aufhalten.

Ich muss die Männer in Bewegung bringen.

Zeig ja keine Angst.

Um Himmels willen, zeig keine Angst und lass sie nicht merken, dass du genauso viel Angst hast wie sie …

»Bewegung, verdammt noch mal!«, brüllte er, so laut er konnte. Sie reagierten, denn seine Wut war das Einzige, was ihren von Rum getränkten und von Angst vernebelten Verstand durchdringen konnte. Zweitausend Pfund Gusseisen fielen vom Bug der WHYDAH herab, verschwanden in der riesigen schwarzen

Dünung und sanken hinab in die Tiefe. Die gewaltigen Ankerflügel schlugen am Boden auf, griffen zu und versuchten, im losen Sand Halt zu finden. Die WHYDAH schwang zum Sturm herum, zerrte an ihren Tauen und neigte den Bug vor den Höllengewalten. Große Wassersäulen erhoben sich und stürzten sich auf ihren Bugspriet und ihr Vorderdeck. Sie schwankte, kämpfte, erstickte in den Fluten und konnte mit der festgezurrten Nase nicht mehr das Wasser vom Bug schleudern. Und jetzt ...

O Gott, schoss es Sam durch den Kopf. *Die Anker halten nicht. Jesus, sie halten nicht!*

Eine Tonne Eisen – und diese Wand aus Schaum, die mehrere hundert Meter hinter dem Heck donnerte und brodelte und immer näher und näher kam ...

»Käpt'n! Käpt'n, retten Sie uns, um Gottes willen!«

»Sie rutscht, Sir!«

Doch er schrie sich schon heiser. »Schneidet sie los, Männer! Kappt die Taue! Löst die Stagsegel in der Mitte und am Hauptmast! Wir müssen sie zurück aufs Meer bringen!«

Doch mit einem hilflosen Gefühl von Schicksalsergebenheit und Vorahnung wusste er, dass es keinen Platz gab, um das Schiff zu drehen und es in die Sicherheit des tiefen Wassers zurückzubringen. Er sah zu, wie die Entermesser gefrorene Hanftaue durchschlugen, sah die Stagsegel fallen, von denen einige in dem Hurrikan wie Gewehrschüsse knallten und andere von panischen Händen eilig gesichert wurden. Die WHYDAH fing den Wind ein und versuchte, mit dem kleinen Stückchen Segel, das ihr Kapitän ihr angeboten hatte, voranzukrabbeln, doch der Sturm war zu stark für sie.

Sie wurde immer weiter zurückgedrängt ...

Sam donnerte über das Deck, griff nach dem Ruder und presste es hart herunter, als die Ankertaue nachgaben und die WHYDAH einen großen bebenden Sprung machte. Er fühlte nicht das Tau, mit dem Julian ihn am Ruder festband, hörte nicht das Schreien, das Schluchzen und die Gebete seiner Männer. All seine Kraft und jede Faser seines Willens drückten sich durch seine Arme, seine Finger auf das vereiste, bebende Ruder und in das Herz des Schiffs hinab. *Komm schon, Liebling, du kannst es,* murmelte er leise und kam damit dem Beten so nahe wie nie zuvor. *Gut so, Mädchen. Nur für mich. Ja, prima ... Gutes Mädchen. Langsam jetzt ... langsam ...*

Doch die herrliche Galeere hatte nie eine Chance gehabt. Der Sturm packte sie, schleuderte sie den Brechern entgegen, und als sie mit dem Heck zuerst ihrer drohenden Vernichtung entgegentrieb, färbte ein greller Blitz den Himmel purpurfarben und erhellte die Umrisse der langen, von Klippen eingefassten Küstenlinie direkt vor ihnen.

So grausam konnte das Schicksal doch nicht sein!

»Nein! Um Gottes willen, *ne-e-e-ein!*«, brüllte er und schlug mit der Faust auf das nutzlose Ruder. Doch vor ihnen hoben sich unverkennbar die weißen Sandklippen von Eastham gegen den erst purpurnen und dann schwarzen Himmel ab.

Gischt löste sich von den Brechern und regnete auf sie herab. Männer kreischten, fielen auf die Knie, schrien und schluchzten wie Kinder. Und durch das schreckliche Brüllen des Sturms und das Donnern der sich brechenden Brandung erklang die Stimme ihres Kapitäns, der die Faust gegen die wütenden Kräfte schüttelte und aus voller Kehle brüllte: »So wahr mir Gott helfe, ich werde dich wiedersehen, Maria, und wenn ich dieses verdammte Schiff über die verfluchten Dünen steuern muss!«

Und dann waren sie mitten in den Brechern, deren Gebrüll alle anderen Geräusche erstickten. Mit einem Grauen erregenden knirschenden Schlag lief die WHYDAH auf die Sandbank auf.

Ihr Heck traf als Erstes auf, und alle, die diesen Alptraum überleben sollten, würden niemals mehr ihre Schreie vergessen, als die See sie in den Sand trieb und ihr mit schrecklicher Wut das Rückgrat brach.

Männer hangelten sich über dem gekippten Deck hoch und krochen über die Schandeckel, um den zehn Meter hohen Wellen zu entkommen, die sich drohend über ihnen auftürmten und sie in den Tod rissen. Andere klammerten sich an Spieren und waren dennoch verloren, als eine Sturzwelle nach der nächsten aus dem Meer heranraste und sie von ihrem letzten unsicheren Halt fortriss. Die Männer, die noch übrig waren, fürchteten sich so sehr vor dem Ertrinken, dass sie begannen, nach unten zu gehen, sich an den Luken drängten und schrien, fluchten und mit Messern und Enterhaken aufeinander losgingen in ihrer wahnsinnigen Eile, der wütenden See zu entkommen. Andere hingen erbärmlich an den Wanten, die nicht mehr das Gewicht der Masten tragen konnten, als die WHYDAH stöhnte und sich dem Wind zuzudrehen begann. Dann begannen die Decks zu beben und zu vibrieren, und ein schreckliches, unseliges Brüllen stieg aus den Tiefen des Schiffes empor, als eine Kanone, die sich aus ihrer Verankerung gelöst hatte, auf tödlichen Rädern quer über das Deck raste, Männer zermalmte, das Schiff ausweidete, indem sie Streben und Spanten wegriss und große Löcher in ihren Rumpf schlug, ehe sie schließlich in die wütende See hinabstürzte.

Oben auf dem Deck wiederholte sich die gleiche Szene. Festgebunden am Ruder und an dem eisigem Seewasser würgend, sah Sam in dem Moment auf, als eine Sechspfünder sich losriss und das Achterdeck hinunterraste und in Richtung von ...

»*Madigan!*«, schrie er wie verrückt, doch es war zu spät. Entsetzt wandte er den Kopf ab, doch er sah noch, dass der Junge unter die riesige Kanone fiel, sah ihn weiß unter der Mündung liegen, sah seinen leblosen Körper gegen das Schanzkleid schlagen und in dem offenen Loch verschwinden, in dem die See darunter wühlte.

Ihm blieb nichts anderes mehr übrig, als zu versuchen, sein eigenes Leben zu retten.

Seine tauben Fingern fanden den Dolch und zerrten ihn aus dem Gürtel. Wieder und wieder schlug sein Arm zu und sägte und schnitt an dem gefrorenen Tau, das ihn an das Ruder fesselte. Das Schiff neigte sich jetzt noch mehr. *»Gib schon nach, verdammt noch mal! Um Gottes willen, gib nach!«* Er spürte einen unerträglichen Schmerz, als das Tau in seinen Bauch schnitt und sah dann nur noch Dunkelheit, als eine riesige Sturzwelle den purpurfarbenen Himmel auslöschte und Tonnen von Wasser auf ihn herabstürzten. Hustend und würgend tauchte er wieder auf, seine Füße glitten auf dem geneigten Deck aus, und seine Finger suchten verzweifelt nach einem Halt. Splitter bohrten sich tief unter seine Nägel. Seine Lunge schmerzte und drohte zu explodieren.

Er erstarrte und umklammerte das Messer, als er zu einem dreißig Meter hohen, wild hin und her schwankenden Mast emporsah. Die Geräusche wurden immer heftiger. Streben zerbrachen wie Streichhölzer und wanden sich wie Schlangen dem purpurfarbenen Himmel entgegen. Segel zerrissen zu Fetzen. Mit unerträglicher Langsamkeit kippte der Hauptmast und zerrte ein Gewirr aus Segeln, Spieren und Takelwerk mit sich herab.

Rasend versuchte Sam, sich mit einem Sprung in Sicherheit zu bringen, doch die letzten Fäden des Taus, mit dem er am Ruder festgezurrt war, hielten stand. Sein verzweifelter Sprung warf ihn auf die Knie. Ein herabfallender Rollkloben krachte auf seinen Rücken, nahm ihm den Atem und schleuderte ihn mit dem Gesicht nach unten ins Wasser und auf die Planken. Spieren und Stücke gefrorener Taue regneten aus der Dunkelheit auf ihn herab. Nach Luft ringend rappelte er sich in dem Moment auf die Knie, als die Spitze der Besanrahe auf dem Ruder aufschlug, es völlig zertrümmerte, und dicke Holz- und Eisstücke in einem leuchtenden Schauer um ihn herum zerbarsten. Und dann explodierte ein Schmerz hinter seinen Augen, als irgendetwas seitlich gegen seinen Kopf krachte.

Er taumelte und fiel. Da war nichts mehr als ein summendes Brüllen, das lauter und lauter wurde ... Keine Schreie seiner sterbenden Männer, kein trauriges Läuten der Schiffsglocke, kein Donner ... Nur Blitze in einem strahlenden Lichtwirbel. Taubheit. Wärme an seiner Wange, die über sein Kinn herablief ... Mit schwindendem Bewusstsein wusste er, dass dies sein eigenes Blut war.

Vernichtet sank er gegen das zersplitterte Ruder. *Es tut mir so Leid, Maria ... so furchtbar ... furcht ...*

Der Dolch entglitt seiner leblosen Hand und wurde vom Meer fortgerissen. Die Galeere bebte, ein letztes, verzweifeltes Mal. Und dann kam das riesige Hauptsegel wie ein Leichentuch herunter und begrub die Überreste der WHYDAH und den Körper ihres besiegten Kapitäns unter sich.

Neuntes Kapitel

Es war eine stürmische Nacht gewesen, und als Maria endlich einnickte, war ihr Schlaf unterbrochen und ruhelos. Der Regen hämmerte gegen das Fenster, die Blitze tauchten den Raum in taghelles Licht, und das Dröhnen des Donners hatte sie aus dem Bett gerissen. Und dann der Wind! Es schauderte sie in der Erinnerung. Draußen in dieser schrecklichen Dunkelheit hatte der Sturm wie menschliche Schreie geklungen. Selbst Gunner war nervös gewesen, hatte ein paar Zentimeter von ihrer Nase entfernt gestanden und ihr seinen heißen Atem ins Gesicht gehechelt, als sie wach dagelegen und das Zucken der Blitze jenseits ihres Fensters beobachtet hatte.

Irgendwann nach Mitternacht hatte sie ihn endlich in ihr Bett gelassen und sich selbst gesagt, dass sie an seiner Stelle auch lieber auf einer mit Maishülsen gefüllten Matratze gelegen hätte als auf einer Brücke neben einem Kamin, in dem das Feuer seit Stunden erloschen war. Und ihre Bemühungen waren nicht umsonst gewesen. Gunner hatte sich beruhigt und ihr mit seinem großen schweren Körper die Füße gewärmt. Schließlich war sie eingeschlafen.

Jetzt hatte sich der Sturm gelegt. Graues Morgenlicht kroch durch das Fenster, das noch immer mit Wasser besprenkelt war. Der Wind blies um die Wände der Hütte, warf Regen gegen die Scheiben und stöhnte unheimlich. Mit müdem Gähnen verließ Gunner das Bett, schüttelte sich und ging zur Tür.

Maria betrachtete ihn unwillig. Es war zu kalt, um unter der warmen Decke hervorzukrabbeln, und da sie so übermüdet war, blieb sie gern liegen. Doch der hartnäckige Gunner stupste mit der Nase an das Schnappschloss und begann zu winseln. Bibbernd stand sie auf, patschte durch den Raum, um ihn hinauszulassen und rieb sich auf dem Weg zur Tür die schmerzenden Augen. Der Holzboden fühlte sich rau und kalt unter ihren Füßen an, und die Luft war nasskalt. Sie freute sich nicht darauf, hinauszugehen, um Holz für das Feuer zu holen.
Doch Tantchen sagte immer, dass untätige Hände nichts vollbrachten, und nun hatte sie schon den halben Morgen verschlafen, statt an der Decke zu arbeiten, die auf dem Webstuhl auf sie wartete. Jetzt würde sie sie bis zum Nachmittag nicht mehr fertigstellen können und weiter auf Maismehl, Mehl, Eier und Schinken warten müssen, die sie dafür hatte eintauschen wollen. Und wollte nicht Mr. Harding, ihrer nächster Nachbar, der zwei Meilen von ihr entfernt wohnte, heute bei ihr vorbeikommen, um sich die Traubenkirschen-Medizin für seinen entzündeten Hals zu holen? Sie hatte versprochen, sie für ihn zuzubereiten.
Seufzend zog Maria ein schweres Wollkleid an, schlüpfte in ihre Mokassins, nahm den roten Wollumhang, den die Tante ihr zum letzten Geburtstag geschenkt hatte, zog sich die Kapuze über den Kopf und ging nach draußen.
Der Wind riss ihr die Tür aus den Händen und zwang sie dazu, mit ihrem ganzen Körpergewicht dagegenzudrücken, um sie zu schließen. »Lieber Himmel«, sagte sie, und dann schaute sie wie jeden Morgen zum Meer hinüber.
Keine Segel am dunstigen Horizont. Aber, so stellte sie mit Schrecken fest, ein weiteres Schiff war an dieser grausamen Küste gestrandet. Und so, wie dieses hier aussah, das zerschmettert auf der Sandbank kurz vor der Küste lag, war es eines entsetzlichen Todes gestorben. Seine angespülten Überreste bedeckten den Strand, so weit sie sehen konnte. Maria

lehnte sich gegen die Tür und atmete tief aus. Arme, arme Seelen. Dann waren also die Schreie, die sie in der Nacht gehört hatte, doch nicht vom Wind gekommen …

Sie ließ das Holz Holz sein, machte kehrt und ging wieder nach drinnen. Die Decke konnte warten und die Traubenkirschen-Medizin ebenfalls. Wenn jemand dieses grauenvolle Schiffsunglück überlebt hatte, würde er ihre Hilfe dringender benötigen als Mr. Harding seinen Gurgelsaft und sie ihr Maismehl. Sie griff sich einen Stapel Decken und eilte wieder nach draußen.

Nur wenige Meter zerzaustes Dünenland trennte Marias Hütte von der ausgezackten Kante der Sandklippen. Hier blieb sie zögernd stehen, eine gertenschlanke Gestalt vor einem Himmel, an dem sich die Wolken zusammenballten. Ein paar goldene Haarsträhnen stahlen sich unter ihrer Kapuze hervor und schlugen ihr über das vom Wind gerötete Gesicht. Die Dörfler. Sie hätte es wissen müssen. Sie waren bereits unten am Strand und stocherten wie ein Schwarm Geier in den Trümmern herum. Das waren die gleichen Menschen, die sie mit Steinen beworfen und aus dem Kirchspiel vertrieben hatten, die gleichen Menschen, deren Misstrauen zum Tod ihres Babys geführt hatte und die sie wie eine gewöhnliche Verbrecherin ins Gefängnis geworfen hatten. Und auch die gleichen Menschen, die nachts vor ihrer Tür auftauchten und Medizin für ihre Krankheiten erbaten, nachdem sie herausgefunden hatten, dass sie eine Medizinfrau war. Und dabei hofften sie, dass ihre Nachbarn nicht dahinterkamen, wie sie die Dienste der Seehexe in Anspruch nahmen.

Die Seehexe … Maria lachte auf, doch es war ein sehr bitteres Lachen. Wenn sie zu den Sandklippen blicken und sehen würden, wie der Wind die Kleider an ihre schmale Gestalt presste und sich ihr goldenes Haar leuchtend von der roten Kapuze abhob, würden sie das wirklich glauben. Sollten sie doch. Man hatte sie zwar aus der Gemeinde verbannt, doch

nicht aus ihrem eigenen Hof. Ihr Kinn hob sich herausfordernd, und resolut begann sie, sich den Weg die steilen Sandklippe zum Strand hinunter zu suchen.
Die Dörfler verstummten, als sie sich näherte, und so, wie sie ihr gelegentlich wachsame Blicke über die Schulter zuwarfen, kamen sie ihr vor wie ein Rudel Hunde, die ihr Futter bewachten. Sie arbeiteten eilig, und jeder hoffte, bessere Wrackteile als sein Nachbar zu ergattern. Zersplitterte Holzstücke und Spieren, Tauenden, zerfetzte Lumpen, die einst stolze Segel gewesen waren – alles wurde achtlos auf Karren geworfen, in denen sich bereits das Treibgut stapelte.
Der Wind blies so eisig, dass die Kälte ihr bis in die Knochen fuhr. Zitternd ignorierte Maria die Dörfler und bahnte sich einen Weg zum Strand. Wie warm musste es in den Tropen sein, wo Sam sich befand. *Denk nicht an ihn,* befahl sie sich selbst, *denke nie wieder an ihn.* Gerüchten zufolge war er jetzt Pirat, und nachdem sie ein langes Jahr mit Warten und unerhörten Gebeten verbracht hatte, hatte sie schließlich zu akzeptieren begonnen, was Tantchen immer schon für wahr gehalten hatte – dass Sam Bellamy ihretwegen niemals zurückkehren würde.
Maria schluckte heftig und ging weiter, während der bitterkalte Wind durch ihre Kleider drang. Der Sand stach wie Nadeln in ihr Gesicht und zwang sie dazu, ihr Gesicht immer wieder in die Decken zu vergraben, um ihre Augen davor zu schützen. Regen schlug ihr gegen die Wangen, Gischt schmolz auf ihren Lippen, und der Salzgeschmack brannte scharf auf ihrer Zunge. Sie zog die Bänder an ihrer Kapuze fest, zog den Fellrand über ihr Gesicht, senkte den Kopf und ging weiter.
In einiger Entfernung unten am Strand sah sie Gunner, der aufgeregt wedelte und die Aufmerksamkeit eines Dorfbewohners auf sich zog. Neben ihm standen zwei ruhige, gut genährte Pferde unerschütterlich im Wind, der ihre dicken Mähnen und Schweife nach vorn wehte. Sie waren ihr vertraut. Sie

gehörten Timothy Hingham, einem der jungen Aufpasser, der während ihres kurzen Aufenthalts im Gefängnis so sehr von ihr angetan gewesen war. Und als Gunner wegrannte und Tim sich aufrichtete, um an einer anderen Stelle weiterzusuchen, sah sie, dass er sich eingehend mit Richter Doane unterhielt und einem großen, sehr schlaksigen Mann, von dem sie wusste, dass er der Leichenbeschauer war.

Das ständige Brüllen der Brandung verhinderte, dass ihre Unterhaltung mit angehört werden konnte. Würde Richter Doane versuchen, sie zu verhaften? Vielleicht sollte sie doch lieber einen anderen Weg nehmen. Maria hielt inne und nagte an ihrer Unterlippe. Aber nein, ermahnte sie sich, diese wilde Küste war ihr Zuhause. Sie würden sie nicht von hier vertreiben können.

Sie ging weiter und hasste sich selbst dafür, dass sie noch immer zum Horizont hinüberschaute, als der Wind lange genug nachließ, damit sie den Kopf heben konnte. Der stürmische Ozean war atemberaubend: riesige wütende Wellen jagten sich gegenseitig zur Küste und krachten donnernd auf den Strand. Der Wind riss die Kronen von ihren Kämmen und trieb Schaum und Gischt vor sich her. Die Schaumkronen auf den Brechern waren dick wie Schnee und weiter draußen genauso weiß. An der Küste jedoch wirkten sie schmutzig und waren mit Wrackteilen durchsetzt.

Doch zwischen den zerbrochenen Muscheln, den Kieselsteinen und den Seetangflecken, die sich am ganzen Strand entlangzogen, lagen die traurigen Beweisstücke dafür, zu was das Meer fähig war. Ein ungefähr fünfzehn Meter langer Mast war wie ein Zweig zerbrochen, war noch immer mit Segeltuch umwickelt und mit verdrehten Webeleinen und Takelwerk verknotet. Zerrissene Stücke von Hanftauen, Lumpen, die zu den Kleidern eines Menschen gehört hatten. Dort drüben lag einsam und trostlos der Nähbeutel eines Seemanns im Sand. Ein Lederschuh, eine zerbrochene Seekiste …

Sie schaute weg. Eine Gruppe Kinder spielte in den Trümmern, und manche von ihnen wickelten sich Segeltuchstücke um die kleinen Körper und spielten Geister. Ihre Spiele entlockten Maria ein leises Lächeln und vertrieben etwas von der Melancholie, die sie angesichts des Schiffswracks erfasst hatte. Doch dann wurde ihr Lächeln traurig, als sie an den kleinen Charles dachte. Wenn alles anders gekommen wäre, hätte er eines Tages auch hier am Strand gespielt und darauf gewartet, dass sein Vater vom Meer zurückkehrte. Maria blinzelte die alten, so schmerzlich vertrauten Tränen fort. Charles war nicht mehr bei ihr. Sie konnte nichts mehr für ihn tun.

Doch sie konnte noch immer den Lebenden helfen. Die kleinen Kinder konnten vor ihr fliehen, die Dörfler konnten vor ihr als Hexe zurückweichen, doch die Überlebenden dieses Schiffbruchs würden das nicht tun.

Wenn es überhaupt Überlebende gab.

Sie entdeckte den ersten Toten. Seine Augen starrten ins Leere, sein Bauch war schrecklich aufgedunsen, und er lag in einem Bett aus Seetang gleich hinter der donnernden Brandung. Ein weiterer in zerfetzter Seemannskleidung lag zerschmettert mit dem Gesicht nach unten im Sand. Maria wandte sich ab und kämpfte gegen den bitteren Geschmack an, der sich in ihrer Kehle sammelte. Überall waren Tote. Sie trieben in der Brandung, wirbelten in den Wellen, wurden vom Meer auf den Strand geworfen und wieder besitzergreifend zurückgezerrt ... Tote mit klaffenden Wunden, die das wütende Meer ihnen geschlagen hatte ... Tote, die halb verdeckt im Sand lagen, manche mit aufgerissenen Mündern von dem ewigen Schrei angesichts eines schrecklichen Todes, manche, die sie mit leeren Augen anstarrten, als sie an ihnen vorbeiging.

Sie fühlte sich unfähig, hilflos ... und elend. Schiffbrüche waren leider nichts Ungewöhnliches am Cape Cod und besonders in dieser Gegend. Maria war ihren grässlichen Anblick gewöhnt. Doch nie zuvor hatte sie ein Wrack gesehen, in dem

so viele Männer gestorben waren. Sie musste verrückt gewesen sein zu glauben, dass es Überlebende gab. Schon begann der Leichenbeschauer, einen Graben am Fuß der Sandklippen zur Beerdigung der Toten auszuheben.
Mitleidige Tränen für diese unbekannten Männer und ihre Familien brannten ihr in der Kehle. Doch was würde es schon nützen, über sie zu weinen? Sie konnte nur still für ihre Seelen beten und hoffen, dass sie wenigstens im Tod ihren Frieden gefunden hatten. Nachdem sie das getan hatte, wischte sie sich mit dem Handrücken über die Augen, atmete tief ein und ging dorthin, wo Tim kniete und unter den Blicken von Richter Doane etwas aus dem Sand buddelte.
Bei dem Wind, dem Zischen des fliegenden Sandes und dem Donnern der wütenden Brandung hörte sie keiner von beiden näher kommen. Als sie hinter sie trat, zog Tim etwas aus dem Sand, wischte es ab und gab es Richter Doane.
»Was meinst du, Joe? Ein hübsches Ding, was?«
Neugierig reckte Maria den Hals, um es zu sehen. Es war eine Art langes Schwert – vielleicht ein Rapier? Oder vielleicht ein Entermesser. Sie sah, dass Doane die Waffe am Griff nahm, die Klinge prüfend umdrehte und ein leises, bewunderndes Pfeifen ausstieß.
»Schön?«, wiederholte Tim.
»Ja, wirklich hübsch. Viel zu schön für Piraten. Gott allein weiß, wem sie es gestohlen haben.«
Piraten? Sagte er ... *Piraten?*
»Lass es mich noch mal ansehen.«
Hinter ihnen verlor Marias Gesicht alle Farbe. Hatte sie Doane richtig verstanden? War das zerbrochene, ausgeschlachtete Schiff, das in den Brechern und am ganzen Strand verstreut lag, ein *Piratenschiff?*
Und wessen Piratenschiff war es gewesen?
Ihr Blick flog zu dem zerschlagenen und gekenterten Rumpf hinüber, der dicht vor der Küste lag. Sie musste es nicht in

seinem früheren Zustand gesehen haben, um zu wissen, dass diese zermalmten Hölzer einst Teile eines schlanken herrlichen Schiffs gewesen waren – und Tim hatte ihr erzählt, dass *sein* Schiff wundervoll gewesen war …

Ihre Hand zitterte, als sie Tims Schulter berührte.

»Maria!«

Sie ignorierte Doane, die starren Blicke der Dörfler, alles andere außer der Angst, die ihr Herz umklammerte. »Tim … Ich habe gehört, dass Sie Piraten erwähnten. War das hier …« – sie schluckte krampfhaft – »… ein Piratenschiff?«

Er nickte begeistert. »Mit Sicherheit!« Seine Stimme senkte sich zu einem Flüstern, damit Richter Doane ihn nicht verstehen konnte. »Können Sie sich vorstellen, wie reich wir alle sein werden, wenn es uns gelingt, all diese Sachen vom Strand zu holen, bevor die Behörden das herausfinden? Sehen Sie sich nur dieses Rapier an. Sehen Sie diese Smaragde, mit denen der Griff verziert ist? Und diese Handarbeit! Ist das nicht herrlich?« Lächelnd hielt er es ihr hin, doch sie beachtete es nicht.

»Tim«, flüsterte sie, musterte sein Gesicht und presste die Decken an ihr Herz, als ob sie es schützen müsste vor dem, was sie als Wahrheit befürchtete. »Was für ein Piratenschiff war es denn? Und … und wer …« – sie atmete tief und zittern ein – »… wer war der Kapitän?«

Und als Tim in ihr süßes Gesicht blickte und in ihren Augen unterdrückte Tränen glitzern und ihre bebenden Lippen sah, wusste er es plötzlich alles.

Wie bestürzt sie an jenem Tag im Gefängnis gewesen war, als er ihr erzählte, dass der Engländer, der seit seinem Aufenthalt in der Stadt noch immer Gegenstand des Klatsches war, Pirat geworden sei. Die bildschöne, süße Maria, die ein Kind der Liebe zur Welt gebracht hatte und niemals den Namen des Vaters preisgegeben hatte. Maria, die an dieser kahlen einsamen Bucht aus Gründen Wache gehalten hatte, die nur sie kannte. Maria, die als einsame kleine Gestalt vor ihm stand und sich an ihr Dasein klammerte, während sie mit gequälten, angstvollen Blicken zu ihm aufsah …

Sie waren alle Dummköpfe gewesen. Die Wahrheit hatte direkt vor ihren Augen gelegen und keiner von ihnen hatte sie erkannt. Diese Tränen, die über ihre blassen Wangen strömten, galten nicht irgendeinem unbekannten Seemann. Jetzt erst begriff er, warum sie seine Annäherungen zurückgewiesen hatte und warum sie hier auf diesen kahlen Klippen wie eine Einsiedlerin lebte … denn Maria liebte …

»Sam Bellamy«, verkündete Richter Doane blasiert, als Tim nicht antwortete. Er zog an seiner Pfeife und starrte hochnäsig auf Marias verzweifeltes Gesicht. »Dieser verrückte Engländer. Das war sein Schiff WHYDAH, und es geschieht ihm ganz recht, nachdem er die Frechheit besaß, einfach hier zu unseren Küsten zu segeln! Können Sie sich das vorstellen? Was ist bloß aus unserer Welt geworden?« Er schüttelte den Kopf. »Und jetzt erfahre ich, dass er ausgerechnet nach Provincetown fahren wollte! Haben Sie eine Ahnung, was er all diesen armen Menschen dort angetan hätte? Er hätte sie wahrscheinlich kaltblütig ermordet! Zum Glück hat Gott Mitleid mit uns gehabt und diesen Sturm geschickt, um ihn aufzuhalten und uns vor ihm und seinen bösen Absichten zu bewahren!« Er zerrte die Pfeife aus dem Mund und war angewidert von ihrem gequälten Blick. »Sie werden doch wohl kein Mitleid haben mit diesen Kerlen und auch nicht mit Bellamy. Der Hass sitzt tief. Meiner Meinung nach hat er bekommen, was er verdient!«

Doch Maria hörte diese letzten Worte nur noch durch einen sich verdichtenden und sie würgenden Nebel. Ihr brach der kalte Schweiß aus, die Welt drehte sich vor ihren Augen, und sie wusste, nur eine Ohnmacht würde sie jetzt von ihrem Schmerz erlösen können. Sie spürte Tims Hand auf ihrem Arm und hörte seine Stimme aus weiter Ferne.

»Maria, geht es Ihnen gut?«

Und dann löste sich der Nebel auf, und die Schockwellen

trafen sie und zerschlugen die gesegnete Benommenheit ihres entsetzten Verstandes. »Nein ...«, flüsterte sie kopfschüttelnd. Und dann stieg ihre Stimme abwehrend an. »*Nein!* Sie lügen! *Sie lügen, Doane, das weiß ich!* Tim, sagen Sie mir, dass er lügt!«
Richter Doane wich vor ihr zurück. »Guter Gott, was ist mit ihr los?«, schrie er. »Maria Hallett! Wagen Sie es nicht, uns mit dem bösen Blick anzuschauen!«
»*Sie lügen!*«, schrie sie.
Tim versuchte, sie vor dem Anblick des Wracks und der Toten abzuschirmen. »Nein, Maria«, sagte er sanft. »Er lügt nicht.« Und als sie in Tränen ausbrach, schaute er auf das Rapier herab, das er noch in der Hand hielt und schleuderte es mit hilfloser Geste in den Sand. »Es tut mir so Leid. Wenn ich es nur gewusst hätte.«
»Was gewusst?«, schnappte Doane, während er sich die Pfeife aus dem Mund riss.
Maria stieß sich von Tim ab, und ihre Augen flackerten wild hinter den Tränen. »Gewusst, dass er der Vater meines Kindes war!«, schrie sie ihn an. »*Er* war es, verstehen Sie? *Der Vater meines Babys!* Der Mann, den ich heiraten wollte!«
Sie wirbelte herum und floh.
»Also was in drei Teufels Namen ...« Doane riss den Blick von Marias sich entfernender Gestalt los und runzelte die Stirn. »Was hat sie da gebrabbelt?«
Doch Tim nickte in Richtung des Wracks vor der Küste. »Ich denke, das ist deutlich geworden«, sagte er ruhig.
»Er?«, rief Doane aus. »Bellamy?« Und als die Erkenntnis ihn überfiel, nickte er weise, verschränkte die Arme über der Brust und begann zu lächeln. Er rammte die Pfeife wieder zwischen die Zähne und sagte blasiert: »Dann sieht es ja so aus, als hätte ich von Anfang an Recht gehabt, nicht wahr?«
»Über was?«
»Über den Erzeuger des Babys«, sagte er kichernd und schaute über die Wellen hinweg zu dem traurigen Wrack hinüber.

»Ich habe euch gesagt, dass der Vater der Teufel war, nicht wahr?«
»Und der Teufel hat seine gerechte Strafe bekommen«, sagte der Leichenbeschauer, der sich zu ihnen gesellt hatte. »Amen.«

Maria sah zu, wie der seifige Schaum am Ufer trocknete. Sie hörte das hohle Röhren der Brandung und dann das Zischen der Kieselsteine, als der Sog sie wieder zurück ins Meer riss. Einsame Geräusche, traurige Geräusche. Eine einzige Welle kam zu ihr, um sie zu trösten, umspülte ihre Mokassins und küsste ihre Zehen, ehe sie wieder in die Brandung zurückfiel. Er war ihretwegen zurückgekehrt. Genauso, wie er es ihr vor so langer Zeit versprochen hatte.
O Gott ... Sie verbarg das Gesicht in den Decken, rieb sich die verweinten Augen, hob den Kopf und flehte den grauen Himmel an. Der Regen vermischte sich mit ihren Tränen. »*Sam ...*«, schluchzte sie. »O Sam, es tut mir so Leid, dass ich jemals an dir gezweifelt habe.« Schuld überkam sie, weil sie sich irgendwie für dies hier verantwortlich fühlte. Der Schwarze Bellamy war nicht nach Provincetown gefahren, um es auszuplündern, wie die Dörfler meinten. *Er war zurückgekommen, um sie zu holen.*
Sie brach wieder in Tränen aus und weinte so sehr, dass sie den Sand, auf dem sie ging, nicht mehr sehen konnte. Gunner kam zu ihr, trottete neben ihr her und leckte ihr die Hand. Sie ging weiter und weiter am Strand entlang und von den Menschen fort. *Lumpensammler,* dachte sie bitter. Diebe. Grabräuber, die das Grab der WHYDAH schändeten ... *sein* Grab. Und jedem Toten, an dem sie vorbeikam, blickte sie nur zögernd ins Gesicht, aus Angst, *ihn* zu finden.
Sie wanderte eine Meile mit starren und blicklosen Augen wie ein Schlafwandler weiter. Aus Gewohnheit schaute sie über das Meer. *Wach auf, Maria,* sagte eine leise Stimme in ihrem Kopf. *Wach auf und sieh dich um. Er wird niemals zurückkommen. Sam Bellamy ist tot.*

»Nein!«
Tot, tot, tot. Sie floh schreiend und versuchte, dieser Stimme zu entkommen, bis sie mit dem Fuß über etwas stolperte und lang hinschlug. Schluchzend ging sie auf die Knie. Sie war über einen großen Berg Trümmer gefallen, ohne dass die Dörfler das bemerkt hatten, und der vom Wind verwehte Sand um ihn herum war weich und weiß. Er bestand nur aus einem Durcheinander von zerfetztem Segeltuch, Hanf und Planken – und einem flatternden Stück schwarzen Stoffs, der von einer abgebrochenen Spiere fest gehalten wurde.
Die Piratenflagge.
Maria erstarrte. Sie presste die Hände an den Mund und biss sich heftig auf die Fingerspitzen. Und dann streckte sie zitternd eine Hand aus und zog das verschmutzte Banner ehrfürchtig von dem Trümmerhaufen herunter, legte es auf die Decken, die sie noch immer umklammerte und vergrub das Gesicht hinein. »Warum?«, schluchzte sie. »Warum, Sam?« Sie schaukelte vor und zurück und ihre Stimme brach. »Warum, in Gottes Namen, bist du nicht einfach im Indischen Ozean geblieben, verdammt noch mal? Du hättest niemals zu mir zurückkehren sollen!« Und dann ließ sie ihre Last fallen, brach zusammen und schlug mit den Fäusten auf den Sand ein. Ihr Haar wehte ihr über das Gesicht, schlug ihr die Tränen von den Wangen und schleuderte sie in den Wind.
Er war tot. Tot, tot, tot, und er lag irgendwo dort draußen unter den Wellen, und es gab keine Möglichkeit für sie, ohne ihn weiterzumachen. Es war schon hart genug gewesen, sein Kind zu verlieren. Doch zu wissen, dass *er* tot war – und nirgendwo mehr auf diese Erde leben würde –, war einfach zu viel.
Sie nahm die Piratenflagge und die Decken wieder auf, erhob sich und starrte über die donnernde Brandung und die endlose wogende Wasserfläche hinweg bis zum Horizont, von dem sie niemals mehr etwas zu erhoffen hatte. Das Meer. Mächtig, Furcht einflößend, rastlos – und ewig. Sie fühlte seine Anzie-

hungskraft, hörte ihren Namen in dem Krachen der Brecher am Strand. Es rief sie, wollte sie. *Er* wollte sie.
Und diesmal würde sie sich ihm nicht widersetzen.
Wie in Trance ging sie los. Ihre Füße bewegten sich. Ihre Beine folgten, als sie sich der donnernden Brandung immer mehr näherte. Loser Sand. Harter Sand. Nasser Sand. Die Piratenflagge fiel herab und wurde vom Wind fortgerissen; die Decken folgten. Ihre Füße versanken im Wasser. Noch ein Schritt, und es würde ihr bis zu den Knöcheln gehen. Bis zu ihren Waden, bis zu ihren Knien. Ein weiterer Schritt – und genau in diesem Moment drängte sich am Himmel ein kleiner Fleck durch die Wolken. Sonnenlicht – wässrig, schwach und doch voll göttlicher Hoffnung – beschien die Bucht. Maria hielt inne, drehte sich zu einem letzten Blick auf die Welt um, in der sie nur einen kurzen Augenblick lang ein seliges Glück erfahren hatte.
Es war klein, nicht mehr als ein Farbspritzer unter einer Plane, dem Sand und der zerbrochenen Spiere, doch es erregte ihre Aufmerksamkeit. Langsam und benommen ging sie zurück.
Es war nur ein Stück weinroter Samt, der mit getrocknetem Salz und Sandkörnern bestäubt war – doch ihr Herz begann gegen die Rippen zu schlagen. Ihr Verstand erwachte und schrie ihr eine Warnung zu. Der Himmel verdunkelte sich wieder, und mit einem Gefühl von Vorahnung zog sie an dem Segeltuch. Es bewegte sich nicht, und ihr wurde plötzlich klar, dass es von etwas Schwerem festgehalten wurde.
Einem Arm.
Sie schob jetzt wie wild weiteren Sand fort.
Ein weiterer Toter lag dort unter dem Schutthaufen begraben. Sie sprang zurück und sträubte sich, ihn zu berühren.
Doch was war, wenn …
Der Samt war fein. Die Spitze am Handgelenk erlesen und üppig. »*Nein!*«, schrie sie, doch ihre Hände arbeiteten ungeachtet der Warnung fieberhaft weiter. Die Planke wurde fortge-

nommen und auf den Sand geschleudert. Sie riss an dem zerfetzten Segeltuch und warf es in den Wind. Und dann sah sie Haar – schwarzes Haar –, das das Handgelenk und den Rücken der gebräunten Hand dünn bedeckte.
Mit einem herzzerreißenden Schrei zog Maria das letzte bisschen Stoff beiseite, schob das nasse, zerzauste Haar von der Stirn und schaute hinab in das bärtige, stille Gesicht von Sam Bellamy.

Zehntes Kapitel

Die Zeit blieb stehen und die Welt mit ihr.
Lange konnte Maria ihn nur reglos anstarren.
Er lag ausgestreckt auf der Seite, den einen Arm unter den Rippen, die blasse Wange auf Sand und Kieselsteinen, und die vom Meer zerrissenen Überreste einer ehemals edlen Jacke bedeckten ihn halb. Der vom Wind herbeigetriebene Sand bepuderte seine Haut und Wimpern und zog sich durch das Haar, das feucht auf seiner Wange und Stirn klebte und auch den salzverkrusteten Bart, der sein Kinn verbarg.
Maria schloss die Augen und atmete tief und zitternd ein.
Sam …
Bebend berührte sie seine kalten, leicht geöffneten Lippen, die salzverkrusteten Haare seines Bartes. *Sam.* Sie schluckte. *Oh, Sam …* Niemals würden diese Lippen mehr ihren Namen aussprechen, sie auch niemals mehr mit dieser Leidenschaft küssen, die ihr Leben für immer verändert hatte. Niemals wieder würden sich diese lachenden dunklen Augen über sie lustig machen, und nie mehr würde er mit diesem trägen, verschlagenen Lächeln auf sie herabschauen, an das sie sich so gut erinnerte …
S-A-A-AAAAM!
Ihr Kummer entlud sich in einer Flut von Tränen und einem einsamen Schrei bitterer Seelenqual und machte die Grenze dessen deutlich, was eine menschliche Seele ertragen konnte. Sie hatte ihn genauso getötet wie den kleinen Charles. Nur

ihretwegen war er zurückgekehrt, und nur ihretwegen lag er jetzt tot unter einem Sarg aus zersplittertem Holz. Sein Leichentuch war die schwarze Flagge, unter der er gesegelt war, und sein Grabstein waren die imposanten Sandklippen, und sein Totengeläut war das ewige Krachen der Wellen gegen den Strand.

Tränen strömten ihr über das Gesicht und fielen auf das zerrissene Schulterstück seiner schönen Samtjacke. »O Gott, nicht du! Bitte, nicht du …« Doch an der Wahrheit war nicht zu rütteln. Voller Hysterie zerrte sie den schweren Körper auf ihren Schoß. Und als sein Kopf gegen ihren Arm fiel, sah sie etwas, das an einer Goldkette an seinem Hals hing, etwas silbrig Glänzendes, etwas, das aussah wie … eine Münze.

Spanische Schätze.

»*O Gott!*«, jammerte sie und verbarg ihr Gesicht an seiner Brust. An ihren Lippen fühlte sie die raue Litze der Knopflöcher. An ihrer Wange die Knochen und Muskeln seines Brustkorbs und scharfe Sandkörner, die ihr in die Haut schnitten.

Und an ihrem Ohr fühlte sie seinen schwachen Herzschlag.

Schwach, vage, aber regelmäßig.

Er lebte.

Sie riss den Kopf hoch. *Er lebte?* Sehr langsam streckte Maria die Hand aus und fuhr ihm ehrfürchtig mit den Fingern über die Wange. Dann hob sie vorsichtig sein schlaffes Handgelenk an und presste einen bebenden Finger gegen die Unterseite.

Sie hatte es sich nicht nur eingebildet. Der Pulsschlag war da.

Ihr Herz schlug wie wild vor schwindelerregender Freude! Ihre Seele erhob sich und schwebte hoch über dem Wrack, dem Strand, dem Meer. Er lebte! Lebte, lebte, *lebte!*

Ach, wie dumm war sie doch gewesen. Hatte sie denn nicht gesehen, dass seine Haut nicht die Todeskälte hatte, sondern wie die Haut eines zu lange im Freien liegenden Menschen aussah? Diese dunklen Augen waren nicht offen und starr wie bei den anderen Toten – sie waren friedvoll geschlossen. Nein, er war tatsächlich nicht tot! Sie brach wieder in Tränen aus, doch diesmal waren es Tränen der Freunde und Dankbarkeit.

»O Gott, ich danke dir, ich danke dir, ich *danke* dir«, schluchzte sie wieder und wieder, während sie seine kalte, leblose Hand in ihre nahm und sie hemmungslos küsste. Ihre Tränen wuschen seine Haut, liefen in die Vertiefungen zwischen seinen Fingergelenken und rannen an seinem Arm herab. Es war nur seine Hand, doch sie betete sie an. Sanft presste sie sich die Hand an die Wange und rieb sie hin und her. *Er lebte!* Er war hier bei ihr. Und für diesen Moment reichte es ihr aus, den Pulsschlag an seinem Handgelenk zu fühlen und zu wissen, dass nach all diesen Monaten, nach all diesem Schmerz, sein Blut nur eine Haaresbreite von ihr entfernt durch seinen Körper floss.

Nun waren ihre Decken doch noch von Nutzen. Sie griff nach ihnen, ohne ihn loszulassen, zog sie über den Sand und schob sie unter seine Schultern, seinen Rücken und um seine Rippen und zog seinen großen Körper dicht an sich, um ihn zu wärmen.

Als sie sanft das getrocknete Salz von seinem Gesicht wischte, hörte sie Stimmen. Ängstlich blickte sie auf. O Gott, was sollte sie tun? Was *konnte* sie tun? Wenn Doane sah, dass Sam noch lebte, würde er ihn liebend gern gesund pflegen lassen, um ihn danach mit großem Tamtam hängen zu sehen. Noch schlimmer wäre es, wenn er dachte, dass Sam tot sei, denn dann würde er ihn lebend begraben! Schnell und verzweifelt traf Maria ihre Entscheidung. Wie durch ein Wunder hatte er überlebt. Sie konnte ihn nicht an die von Menschen gemachten Gesetze verlieren!

»Vergib mir, Liebster«, murmelte sie, als sie ihn langsam auf den Sand zurückgleiten ließ und ihm eine der Decken über das Gesicht zog. Ein Schauer lief ihr über den Rücken, als sie ihn so

zugedeckt sah, als ob er tot wäre. Abergläubisch betete sie darum, dass das kein schlechtes Omen sei. Sollte sie ihn einfach liegen lassen und die Aufmerksamkeit der anderen auf sich selbst ziehen? Oder sollte sie bei ihm bleiben und ihn zu schützen versuchen?
Sie blieb.

Als die anderen sie erreichten, bot Maria ein überzeugendes Bild des Jammers. Ihre bewusst geweinten Tränen kamen ihr leicht, nach allem, was sie durchgemacht hatte, und ihr Haar bauschte sich wie ein von der Sonne ausgebleichtes Segel um ihr Gesicht. Sie hörte Richter Doanes Stimme über sich sagen: »Hör auf mit dem Jammern, Hexe. Das geht mir auf die Nerven. Sehen Sie sich doch nur an, wie sie sich die Augen ausheult über einen gewöhnlichen Schurken, der nur bekommen hat, was er verdiente. Wenn man nur daran denkt, wie sie ihre Zeit ver...«
Er hatte den zugedeckten Körper entdeckt.
»Ach, ach! Wen haben wir denn hier, he?«
»Lass sie in Ruhe, Joe«, sagte Tim ruhig. Er hielt den Richter am Arm fest. »Es ist doch wohl klar, wer das ist.«
»Ja, schon, aber ich denke, ich sollte mir diesen Halunken anschauen, der die ganze Küste hier in Aufruhr versetzt hat«, sagte Doane höhnisch zu Maria. Und dann beugte er sich herab und zog die Decke von Sams reglosem Körper.
Maria stockte der Atem. Sie wurde totenstill. *Bitte, Gott, bitte, Gott, bitte, Gott,* dachte sie. Doch die Lippen des Richters kräuselten sich zu einem zufriedenen Lächeln, als er sich aufrichtete und die Decke auf das Gesicht des Piratenkapitäns fallen ließ. »Und *den* beweinst du? Diesen Teufel, diesen Schurken?« Er schüttelte ungläubig den Kopf. »Aber schließlich bist du ja auch eine Hexe, nicht wahr, Maria Hallett? Warum sollte mich das überraschen?« Er drehte Tim den Kopf zu und trat mit dem Stiefel auf Sams Rippen, beugte sich herab und packte

grob seine Handgelenke. »Komm, Tim, lass ihn uns wegbringen. Er ist nur ein Pirat. Kapitän oder nicht, er verdient kein besseres Begräbnis als der Rest dieser Diebesbande.«
»*Nein!*« Fauchend und kratzend wie eine Wildkatze kam Maria zur Besinnung. Doane sprang zurück, als hätte er sich am Höllenfeuer verbrannt, und ließ die Handgelenke des Piratenkapitäns in den Sand fallen.
Marias Stimme war schrill, ihre Augen wild und ihr Haar eine wirre zerzauste Mähne, die im Wind wehte. »Wagen Sie es nicht, ihn anzufassen!«, schrie sie und schützte Sams Körper mit dem ihren. »Er war zu gut für euch! So wahr mir Gott helfe – wenn Sie Hand an ihn legen, kratze ich Ihnen die Augen aus und werfe sie den Möwen zum Fraß vor. *Haben Sie mich verstanden?*«
Doane sah auf Sam hinunter und trat einen Schritt zurück.
Ihre Stimme wurde leise und drohend. »Berühren Sie ihn, Richter, und ich werde ... ich werde Sie so verzaubern, dass Sie vorzeitig altern werden! Los, versuchen Sie es. Und denken Sie an mich, wenn Ihre Zähne ausfallen, Ihre Haut wie ein vertrockneter Apfel verschrumpelt und Ihr Bein voller Gicht ist ...«
»Genug!«, brüllte er und zog sich ängstlich weiter zurück. »Ich wollte ihn ja nur anständig bestatten! Dafür sollten Sie mir danken und mich nicht verfluchen! Sie möchten ihn? Sie können ihn behalten! Lassen Sie ihn hier meinetwegen als Möwenfutter verrotten! Mich kümmert das nicht!«
»*Ich* werde ihn beerdigen!«, stieß sie mühsam mit blitzenden Augen hervor.
Sie konnte das Glimmen nicht leiden, das in seinen Augen auftauchte. »Wenn ich es recht bedenke, werden Sie das nicht tun. Das ist Sache des Leichenbeschauers. Morgen früh wird er ein Loch graben lassen, das groß genug sein wird für all diese Kerle. Und ob es Ihnen passt oder nicht, dann wird auch ihr kostbarer Kapitän mit den anderen begraben werden!« Er warf

ihr einen letzten, angeekelten Blick zu, machte auf dem Absatz kehrt und stürmte auf dem Strand davon.
Tim blieb noch einen Augenblick stehen. »Machen Sie sich keine Sorgen, Maria«, sagte er leise. »Er wird Ihnen nicht nahe kommen – und die anderen auch nicht. Trotz allem hier haben sie noch immer Angst vor Ihnen.« Er sah auf den Piraten hinab. »Begraben Sie Ihren Kapitän, und ich werde die anderen von Ihnen fern halten, bis sie das im Geheimen erledigt haben.« Er beugte sich herab und zog die Decke wieder über Sams Gesicht.
»Er war wirklich ein gut aussehender Schuft«, gab er zu, als er sich aufrichtete. »Kein Wunder, dass ich keine Chance hatte. Es wird schwer sein, mit einem solchen Mann zu konkurrieren, selbst wenn er ...«
»... tot ist«, beendete Maria seinen Satz mit gerade dem rechten Maß an Kummer in der Stimme. Und das würde er auch bald sein, wenn sie ihn nicht vom Strand und aus dieser feuchten Kälte weg bekam. Doch nicht einmal ihrem Freund gegenüber wagte sie zuzugeben, dass Sam noch lebte. »Ich danke Ihnen, Tim.« Sie fuhr sich mit dem Finger über ihre unteren Wimpern und wischte eine Träne fort. »Danke, dass Sie mir die Zeit geben, mit ihm allein zu sein.«
Mit einem schwachen Lächeln berührte er ihre Wange, wandte sich ab und folgte dem Richter zu den anderen zurück.

Der Tag schien kein Ende nehmen zu wollen, doch sie hielt ihn dicht an ihren Körper, an ihr Herz gedrückt. Die Sonne blinzelte immer wieder zögernd durch die Wolken, während der Morgen langsam zum Nachmittag wurde und schließlich zum Abend. Maria wusste, dass Sams Überlebenschancen sich mit jeder weiteren Stunde verringerten, die er auf dem kalten Strand und in dem beißenden Wind lag. Doch in Anwesenheit der Dörfler wagte sie es nicht, ihn zu bewegen und konnte nur im Sand sitzen, ihn an sich drücken und vor der Kälte mit allen den Decken, die sie hatte, schützen.

Sie musste ihn heute Nacht noch irgendwie in die Sicherheit ihrer kleinen Hütte oben auf den Klippen bringen – doch wie? Voller Zweifel beäugte sie die riesigen Wände, die sich fast senkrecht über dem Strand erhoben. Sie wusste, dass es keinen anderen Weg gab.

Sie würde es tun müssen, wenn sie ihn nicht hier liegen und sterben lassen wollte. Sie musste es schaffen. Sobald die Dunkelheit ihr Schutz bot, würde sie es tun.

Schon begann die Sonne, hinter diesen anscheinend unüberwindlichen Steilhängen zu sinken. Der Wind wurde jetzt kälter und trocknete Sams Haar, das nun in dichten Wellen über ihren Arm fielen. Wenn er nur erwachen und mit eigener Kraft diese Klippen hinaufsteigen könnte. Indem er diesen Schiffbruch überlebt hatte, war ihm das Unmögliche gelungen, doch sie hatte Zweifel, dass sie auch ein ähnliches Wunder vollbringen konnte. Und ihn diese Sandklippen hinaufzubringen war von einem Wunder nicht weit entfernt.

Allmählich zerstreuten sich die Leute und schleppten so viel von den Wrackteilen der WHYDAH davon, wie sie mit ihren ächzenden Karren mitnehmen konnten. Im Osten war der Himmel rosa und lila und die großen Wolken waren schiefergrau und purpurn.

Und im Westen versank die Sonne schließlich hinter den Klippen.

Maria schluckte. Es war fast so weit.

Sie ignorierte das Klagen ihres hungrigen Magens und das Bitten ihres Körpers um trockene Kleidung und Wärme. Sam war das Wichtigste. Sie kämpfte mit seinem Gewicht, während sie sich aufsetzte, zog ihn zu sich hoch und presste seinen herumbaumelnden Kopf an ihre Brust, um sein Gesicht vor dem vom Wind aufgewirbelten Sand zu schützen. Sie schloss die Augen, drückte die Wange auf seinen Scheitel, und so, wie sie es damals mit dem kleinen Charles gemacht hatte, wiegte sie ihn langsam vor und zurück.

Endlich führte der letzte Dorfbewohner sein Pferd vom Strand fort und verschwand im Zwielicht. Das Meer wurde zinnfarben, und der Mond ging am Horizont in den Wolken auf. Nun war sie endlich allein.
Sie blieb lange sitzen, lauschte, wie die Brecher auf dem Strand aufschlugen und versuchte, all ihren Mut zusammenzunehmen und zuversichtlich zu werden.
Mit großer Mühe gelang es ihr, ihn auf eine der Decken zu rollen. Sie nahm die Ecken der Decke in die eine Hand, seine Handgelenke in die andere, grub die Absätze in den Sand und zog.
Anfangs kam sie keinen Zentimeter voran. Sie musste kämpfen, und Maria war fest dazu entschlossen. Vor einem weiteren Versuch holte sie tief Luft und zog mit aller Kraft.
Er bewegte sich. Ein paar Zentimeter. Ein paar weitere. Und dann, als sie in Schwung gekommen war, glitt die Decke wie ein Schlitten über den Sand. Heftig atmend stapfte Maria zum Fuß der Sandklippen.
Dort hielt sie inne und schaute an ihnen hinauf. In der Dunkelheit wirkten sie noch steiler. Ihr Brustkorb hob sich erschöpft, und trotz der Kälte lief ihr der Schweiß von der Stirn in die Augen. Sie hatte es geschafft, ihn gute hundert Meter zu ziehen. Die Mühe hatte ihre ganze Kraft gekostet, und als sie ohne Hoffnung an diesen Wänden aus Sand emporblickte, wusste sie, dass es keine andere Möglichkeit gab, als ihn diese Klippen hinaufzubringen.
Er hatte wie durch ein Wunder den Schiffbruch überlebt. Und hatte Gott ihn am Leben erhalten, nur dass er auf diesem einsamen Strand starb? Mit zusammengebissenen Zähnen umfasste Maria erneut seine Handgelenke. Sie brachte ihn wieder in Bewegung, und mit entschlossen zusammengepresstem Kiefer begann sie den Aufstieg. Doch keiner ihrer quälenden Schritte brachte sie voran. Ihre Füße fanden im losen Sand keinen Halt, und er rieselte herunter und bedeckte ihre Schuhe und Knöchel.

Maria blinzelte ihre Tränen der Enttäuschung weg, sank auf die Knie und sah zu, wie der gelockerte Sand zum Strand hinunterrann. Ihre Hände waren rutschig vor Schweiß und Meersalz. Verbissen wischte sie mit den Handflächen über ihren wollenen Umhang, um sie zu trocknen.
Die Wellen, die in ihrem ewigen Rhythmus auf dem Strand schlugen, verspotteten sie. *Du kannst es nicht, Maria ... Du kannst es nicht ...*
»Ich *kann es!*«, schrie sie in die Nacht hinein, und ihr Haar wehte ihr wild über das Gesicht. »Ich kann und will es! Ich habe ihn nicht vor euch gerettet, um ihn euch nun doch zu überlassen! Er gehört mir, hört ihr?« Sie griff erneut nach seinen Handgelenken. *»Mir!«* Sie stemmte die Füße in den erbarmungslosen Sand, zog einmal kräftig und dann so stark sie konnte.
Sie machte nur qualvoll langsame Fortschritte. Nach drei oder fünf Zentimetern musste sie sich ausruhen. Klettern und ausruhen, klettern und ausruhen. Ihre Arme schrien vor Schmerz. Der Sand füllte ihre Schuhe und klumpte unter der Wölbung ihrer Füße. Ihre Hände waren taub vor Kälte, und ihr Atem gefror in der Luft – und noch immer kletterte sie irgendwie weiter, entschlossen und bestimmt, und vielleicht half eine freundliche Hand von Gott selbst, dass Sam sich bewegte.
Ein Viertel der Strecke ... die halbe Strecke ... Drei Meter unter dem Gipfel hielt sie inne. Ihre Lunge brannte bei jedem Atemzug, und das Blut dröhnte ihr in den Ohren. Der Strand lag jetzt weit unter ihnen, und die Klippe war hier nahezu senkrecht. Sie wischte sich über die Stirn und griff erneut nach Sams Handgelenken. Seine Haut war jetzt genauso feucht und heiß wie ihre. Maria konnte fühlen, dass das Fieber in seinem Körper wütete. Sie schaffte es, ihn weitere fünf Zentimeter fortzubewegen, hielt inne, um ihren Herzschlag zu beruhigen, begann wieder, schaffte weitere drei Zentimeter. Sie machte

noch einen Schritt. Noch einen. Und nun weinte sie vor Erwartung und Hoffnung, denn sie konnte die Anhöhe nun schon fast sehen. Noch ein paar Zentimeter, und sie hätten es geschafft!

Und dann gab der Sand unter ihren schmerzenden Füßen nach, warf sie auf den Rücken und trieb sie beide wieder nach unten. Wie wild presste Maria die Absätze in die Klippe und schrie, bis sie es endlich schaffte, ihren Sturz zu stoppen.

Sie hörte den Wind leise seufzen und die Brise durch das Seegras rascheln. Und auch wieder die Wellen, die sich über sie lustig machten.

Haben wir doch gesagt … haben wir doch gesagt. Du kannst es nicht.

Ihre Arme schmerzten vor Müdigkeit, ihre Muskeln zogen sich krampfartig zusammen, Tränen strömten aus ihren fest zusammengekniffenen Augen, Maria warf den Kopf zurück und flehte den Nachthimmel über ihr an.

»Oh, bitte, bitte, Gott, hilf mir!«

Und diesmal fand sie das letzte bisschen Kraft, das sie nicht mehr in sich vermutet hatte. Nun kämpfte sie sich mit grimmigem Gesicht nach oben. Fieberhaft geäußerte Gebete sprudelten von ihren Lippen. Ihr Kopf fiel nach vorn, als sie die Schräge erneut hinaufkroch. Hinter ihr hinterließen Sams Stiefelabsätze zwei dünne Linien im Sand und schickten einen Sandschauer zum Strand hinunter.

Doch sie kamen voran.

Höher und höher kletterte sie, während ihr Atem krampfhaft ging und ihr Herz sich so weit zu den Rippen ausdehnte, dass sie dachte, es würde gleich explodieren. Sie schluchzte triumphierend, weil sich die Anhöhe mittlerweile in ihrem Blickfeld befand, und dann machte Maria den letzten quälenden Schritt. Ihre Hand griff in die Dunkelheit und schloss sich um ein raues Büschel dürren Grases. Mit einem verzweifelten Sprung, der ihr den letzten Rest ihrer Kraft nahm, zog sie sich selbst und

Sams schweren Körper auf den festen Sand hinauf, der die Klippe bedeckte. Dort blieb sie nach Luft schnappend liegen, und ihre Brust hob und senkte sich.

Sie hatte es geschafft.

Elftes Kapitel

Du bist schuld. Du bist schuld. Du bist schuld …

»Nei-ei-ei-n!«

Madigan kam mit seinem zerschmetterten Körper wie ein Scheintoter aus den Wellen auf ihn zu. Andrew Crumpstey, der ehemalige Kapitän der Weinpinke, der noch immer unter Deck angekettet war und dem steigenden Wasser nicht entfliehen konnte, verfluchte ihn, bis die Fluten über seinem Kopf zusammenschlugen und seine gurgelnden Schreie erstickten. Lambeths anklagende und kalte Augen in einem aufgedunsenen, schrecklich alptraumartigen purpurfarbenen Gesicht …

Du bist schuld … Du bist schuld …

Er schrie jetzt, sein Kopf wippte im Wasser vor und zurück. Seetang füllte ihm den Mund und würgte ihn mit feuchten widerlichen Ranken, die an seinem Gesicht entlangglitten. Und wieder kamen sie auf ihn zu. Sie waren nicht mehr seine treue Mannschaft, sondern eine rachsüchtige Bande von Dämonen mit toten Augen und Händen, die sich nach ihm ausstreckten.

Und jetzt packten diese Arme seine Schultern, hielten ihn fest und drückten ihn zurück in das entsetzliche eisige Meerwasser. Wild kämpfte er gegen sie an und schrie entsetzt auf, als er bemerkte, dass er zu schwach war, sich ihrer zu erwehren.

Du bist schuld …

Erneut entfuhr ein Schrei seinen Lippen. O Gott, das Wasser

stieg ihm über den Kopf, er konnte nicht mehr atmen – und sie waren alle in dem Wasser, blutleere, grauenvolle Tote …
»Sam!«
Er kämpfte noch heftiger und wurde fast verrückt, als er ihr Fleisch an seiner Haut spürte, als ihre Hände ihn hinunterdrückten und versuchten, ihn zu ertränken …
»Sam! Sam, wach auf. Ich bin es!«
Er war tot. So musste es sein. Die Dämonen verschwanden in der trüben Dunkelheit. Die WHYDAH sank anmutig außer Sicht, tiefer, tiefer, tiefer … Friede erfüllte ihn, und eine Meerjungfrau stieg aus der Tiefe empor, und ihr gelbes Haar wallte in der Strömung wie Seetang um sie herum. Ihre Hände umfassten sanft seine Schulter, ihre meergrünen Augen waren vor Sorge geweitet, als sie seine Hand nahm und ihn zu diesem herrlichen hellen Licht zog. Ihre Arme umschlossen ihn. Ihr Haar strich über seine Wangen. Und dann durchstieß er mit letzter Kraft die Wasseroberfläche.
Seine Augen öffneten sich ruckartig. Da waren keine Toten, keine versunkenen Schiffe. Keine Meerjungfrauen. Nur Maria Hallett, die die Arme mit sanfter Kraft um seine Schultern gelegt hatte und deren Haarspitzen feucht waren von seinem Schweiß und ihren Tränen.
»Es war nur ein Alptraum, Sam«, sagte sie liebevoll. Und als sie ihm das feuchte Haar aus der Stirn strich, wusste er, dass nichts auf dieser Seite des Himmels schöner war als diese sanfte Berührung, dass Gott nichts Schöneres erschaffen hatte als dieses zauberhafte Gesicht mit den sanft geschwungenen Lippen und der kecken Nase, den exotisch geschnittenen Augen, die nun in zwei Seen aus Tränen zu schwimmen schienen. Und als er sie verwirrt anstarrte und sich fragte, warum er im Himmel und nicht in der Hölle war, wohin er doch eigentlich gehörte, floss eine Träne aus einem Augenwinkel, tropfte auf ihre Wange und fiel auf die Haut an seinem Hals.
»Sam«, flüsterte sie. »Oh, Sam …«

Er versuchte zu sprechen, doch seine Zunge war geschwollen und trocken und schien seinen Mund ganz und gar auszufüllen. Ihre Finger berührten seine ausgedörrten Lippen. »Schsch, mein Liebling«, flüsterte sie. »Du wirst wieder gesund werden. Ruh dich jetzt aus. Du warst sehr, sehr krank.«

»Meine Besatzung …«, stieß er hervor.

Sanfte Finger streichelten über seine bärtige Wange. Ihre Stimme war besänftigend und tröstend. Er schloss die Augen und lehnte seinen schmerzenden Kopf wieder gegen ihre Arme. Es war seltsam, aber sie schien die ganze Zeit hier gewesen zu sein. Er hatte natürlich geträumt. Doch die Empfindungen in seinem Körper waren schmerzhaft wirklich und wurden mit jeder Minute schlimmer. Der Salzgeschmack, als seine Zunge über die aufgeplatzten Lippen fuhr. Der starke brennende Schmerz in jedem Muskel seiner Gliedmaßen. Der schreckliche Schmerz in seinem Kopf, die Übelkeit in seinem Magen, die Kälte, die seinen Körper im Meerwasser zittern ließ …

Meerwasser?

Wieder öffneten sich seine Augen, und mit plötzlicher Klarheit wusste er, dass er nicht träumte. Er saß in einer verdammten Wanne voll eisigem Meerwasser, das ihm bis zur nackten Brust reichte! Und als er die letzten Reste seiner Benommenheit abschüttelte, spürte er, dass wirklich etwas Unbekanntes in seinem Mund war, etwas Bitteres und faulig Schmeckendes …

Fluchend spuckte er aus und wollte aufspringen.

»Sam!« Ihre Hände, die gar nicht so zart waren, wie sie aussahen, drückten ihn wieder in die Wanne zurück. Das eisige Wasser schwappte gegen seinen Hals und ließ seine Zähne klappern. War sie so stark, oder war er so schwach geworden? Er und *schwach?* Niemals!

»Was, zur verdammten Hölle, mache ich in einer Wanne voll Meerwasser?«

Das war nicht die Art von Wiedervereinigung, die sie sich beide vorgestellt hatten – weder so herrlich, wie Sam sie sich

gedacht hatte, noch so voller süßer Romantik, von der Maria geträumt hatte. »Ich habe dir gesagt, dass du krank gewesen bist«, sagte sie, während sie die Hand gegen seine Brust presste, um ihn unten zu halten.
»Krank? Himmel, ich frage mich, wieso!«
Ihr ruhiges Lächeln war von einer Weisheit, die normalerweise Menschen vorbehalten war, die viel älter waren als sie. »Du hattest Fieber, Sam, und wenn es nicht das Meerwasser gegeben hätte, würdest du jetzt nicht mehr leben und könntest dich nicht beschweren. Also, bleib jetzt sitzen und verhalte dich ruhig.«
»Ruhig? Hast du den Verstand verloren? Kein Wunder, dass ich Fieber hatte! Jeder normale Mann hätte es, wenn er in Eiswasser getunkt wird, nachdem er fast darin ertrunken ist.« Er spuckte den letzten Rest dieses fauligen Zeugs in seinem Mund aus. »Und was, zur Hölle, hast du mir zu essen gegeben?«
»Tee.«
»Tee? Jesus, ich wette, dass Fischpisse besser schmeckt als dieser gottverdammte ...«
»Sam, bitte. Deine Sprache.« Sie berührte seine Stirn und war erleichtert, dass das Fieber dank des Bads in dem kalten Wasser, über das er so wetterte, endlich zurückging und dass sich seine Haut angenehm kühl anfühlte. Seine Augen fielen schon wieder zu
»Mit Sicherheit habe ich noch nie solchen Tee getrunken.«
»Ich habe ihn aus den Blättern und Stängeln des Gagelbusches gemacht.«
»*Gagel?*«
Ein dunkles Auge öffnete sich angewidert.
»Ist es so schlimm?« Das Auge schloss sich wieder und sein schwaches Nicken kräuselte das Wasser dort, wo sein starker Hals aus dem Wasser herausragte. Sein gut aussehender, männlicher Körper lag in kristallener Klarheit unter der Was-

seroberfläche. An diesem Körper hatte sie eine Woche lang in dem verzweifelten Versuch gearbeitet, das Leben zu bewahren, das sich aus ihm zu entfernen drohte. Ein Körper, der ihr blasses, müdes Gesicht in diesem Moment feuerrot anlaufen ließ, da er gerade erwachte.

»Ich könnte wieder zu Goldrute übergehen«, sagte sie nachdenklich.

Das Auge öffnete sich wieder. »Goldrute?«

»Ja, ich habe gestern Tee daraus gemacht. Du warst wirklich sehr krank. Ich glaube nicht, dass du dich daran erinnern kannst.«

Beide Augen waren jetzt offen und starrten sie an.

»Oder vielleicht möchtest du ja etwas anderes haben«, sagte sie hastig. »Ich habe auch Tee aus Eichenrinde, und einen aus Birken ...«

»Maria.«

»Ich könnte es auch mit Holunderbeeren versuchen ...«

»*Maria.*« Glühende Augen straften die Geduld in seiner Stimme Lügen. »Ich möchte nicht wissen, was du mir alles eingeflößt hast, was dieser fettige Mist ist, der auf meiner Brust klebt, welcher verkrustete Kram unter den Verbänden an meinen Fingern ist, und ich möchte wirklich nicht ...«

»Das ist eine Packung. Ich habe sie aus Wegerich-Blättern hergestellt, damit die Splitter herauskommen. Sam, sie waren so tief im Fleisch unter deinen Nägeln, dass ich sie nicht herausziehen konnte!«

In seiner Stimme lag Ungeduld. »Und ich möchte auch nicht wissen, was vorhin an meiner Wange entlanggestrichen ist, kurz bevor ich die Augen öffnete ...«

Genau in diesem Augenblick sah er den Hund, der auf dem Vorleger vor dem Kamin lag und ihn mit freudiger Zufriedenheit aus braunen Hundeaugen ansah.

Das brachte das Fass zum Überlaufen. »Gott im Himmel!«, explodierte Sam und sprang aus der Wanne. »Du hast dieses verdammte Biest in meine Nähe gelassen?« Überall war jetzt Wasser. Doch als Sam stand, musste er feststellen, dass er wirklich schwächer war als ein neugeborenes Kätzchen. Hilflos kippte er nach vorn, fiel fluchend zu Boden und blieb dort nackt wie ein Neugeborenes in einer Pfütze kalten Wassers liegen.

»*Gr-r-r-r!*«

Er riss die Augen auf. Knapp zehn Zentimeter von seinem Gesicht entfernt stand der Hund – mit gehobenen Lefzen, entblößten riesigen Zähnen und eisigen Augen voller unmissverständlicher Tücke.

Er erstarrte.

»Also, Gunner«, sagte Maria und ließ ihn dort gedemütigt liegen, während sie zum Feuer ging und etwas aus dem Kochtopf herauslöffelte, der von einer Stange herab über dem Feuer hing. Guter Gott, dachte er, wollte sie ihm eine Lektion erteilen? Wenn ja, dann war die verdammt wirkungsvoll! Mit rollenden Augen sah er zu dem Hund hinüber. Der rührte sich nicht, sondern senkte nur den Kopf, um ihn noch mehr einzuschüchtern. »Also, Gunner, komm jetzt hierher und sei brav. Gunner, hörst du mich nicht?«

O Gott, dachte Sam. Hatte er ein Jahr als Pirat, einen Schiffbruch und Marias »Heilversuche« überlebt, nur um sich von einem übergroßen Welpen die Kehle aufreißen zu lassen?

»Gunner!«

Zögernd trottete der Hund zurück zum Feuer, und sein langer Schwanz wackelte beschwichtigend, aber ohne jede Reue.

Sam atmete erleichtert aus. Er versuchte, sich aufzusetzen, doch auch das überstieg seine Kräfte. Er schloss die Augen und spürte, wie er zurück in die Bewusstlosigkeit sank. Diesmal wehrte er sich nicht dagegen. Doch dann glitten ihre sanften Hände unter seinen Nacken und hoben ihn hoch. Ihre Arme umfassten seinen Kopf, und ihr duftendes Haar kitzelte ihn an der Nase. Er brauchte alle Kraft, um seine Augen wieder zu öffnen.

»Komm schon, mein furchtloser Seemann«, sagte sie nicht unfreundlich. »Das hier ist kein Schiff, und wir können dich nicht an Deck schlafen lassen.« Seine Sinne verwirrten sich, als sie ihn aufsetzte. Er verfluchte seine Schwäche und ließ den Kopf gegen ihre Brust sacken. Ihre Finger streichelten sanft sein Haar und wichen sorgsam der schmerzenden Stelle hinter seinem Ohr aus. »Glaubst du, dass du aufstehen kannst?«

»Ja«, stöhnte er und war sich dessen gar nicht sicher. Ihre weiche Brust unter seiner Wange war viel angenehmer. Geradezu köstlich …

Doch sie hatte anderes im Sinn. Ihre Arme glitten unter seine Schultern, zogen an ihm und rutschten auf seiner feuchten Haut aus. Da er fürchtete, dass sie sich ihren zarten Rücken brechen könnte, gab Sam sein Bestes, um ihr zu helfen, schaffte es aufzustehen und lehnte sich schwer gegen sie, als sie ihn trocken rieb und durch den Raum führte. Dankbar sank er auf eine Matratze, die mit Maishülsen und Stroh gefüllt war und seufzte, als sie die dicken, warmen Decken über seine Brust zog und ihn wie ein Baby einpackte.

»Ich verzeihe dir alles«, flüsterte er.

»Was denn?«

»Dass du mich mit Unkraut voll gestopft und in Eiswasser ertränkt hast. Dass du mich mit klebrigem Zeug und stinkendem Fett zugekleistert hast. Aber nicht, dass du meine Finger mit zwei Pfund Binden eingewickelt hast …«

Auch ohne die Augen zu öffnen wusste er, dass sie lächelte. »Und warum das nicht, Sam?«

»Weil du mir eine meiner größten Freude geraubt hast … dich zu berühren.«

Sie saß auf dem Bett neben ihm, und die Wärme ihres Körpers drang durch die Decken und erwärmte seine kalte Haut. »Vielleicht«, sagte sie sanft und errötend, »kann das ja ein Gutenachtkuss wieder wettmachen …«

Sie nahm seine Hand und streichelte über die Handfläche.

Und die süße Berührung ihrer Lippen auf seinen war das Letzte, was er fühlte, ehe er in einen friedvollen Schlaf hinabglitt.

Als Sam mehrere Stunden später erwachte, fühlte er sich gut genug, um zu bemerken, was ihm zuvor entgangen war: die unbekannte Umgebung, das rhythmische Brüllen des Meeres draußen, und natürlich Maria.

Er suchte sich eine bequemere Stellung auf der Matratze und beobachtete sie aus zusammengekniffenen Augen. Sie wuselte herum, räumte auf, rührte irgendetwas in dem großen Topf um, der über dem Feuer hing (Gott schütze ihn) und kam immer wieder zu ihm und legte ihm prüfend die Hand auf die Stirn. Er ertrug das mit einem innerlichen Lächeln, täuschte Schlaf vor, und sie ging offensichtlich zufrieden an ihre Arbeit zurück und summte gelegentlich, während er sie weiter heimlich beobachtete.

O Prinzessin, dachte er und wünschte, er könnte in diesem Bett etwas anderes tun, als krank herumzuliegen. Denn Maria hatte ihre kindliche Figur verloren und hatte weiblich geformte Hüften unterhalb ihrer schmalen Taille. Ihr Haar floss in sanften Wellen bis zur Taille herab, und es sah im Licht golden aus. Solch ein süß geformter Hintern, so entzückende zarte Knöchel …

Dann drehte sie sich um und entdeckte seinen heißen Blick – und da bemerkte er, dass sie sich insgesamt verändert hatte. In ihren klaren, exotischen Augen war keine Unschuld mehr, sondern ein Hauch von Schmerz, den ein Mensch durch die Anforderungen des Lebens erlitten hatte – durch tiefe Trauer, Verrat und Leiden.

Er wollte sie schon fragen, was sich in seiner Abwesenheit ereignet hatte, doch ihre fröhlichen Worte verhinderten das. »Ach, gut, dass du wach bist«, sagte sie, lächelte süß und ging sofort zum Topf hinüber.

»*Nein!*«

Sie drehte sich stirnrunzelnd um. »Was ist los?«

»Ich bin nicht hungrig.«

»O Sam, das ist nur Reisschleimsuppe. Die wird dich schon nicht umbringen.«

Ach, was sollte das alles? Da sie ja offenbar gnadenlos geworden war, würde sie ihm das Zeug wahrscheinlich durch die Nase einflößen, wenn er den Mund nicht öffnete.

Er machte sich auf das Schlimmste gefasst, als sie sich neben ihn aufs Bett setzte, ihm beim Aufsetzen half und ihm die Decken um die zerkratzten und blutunterlaufenen Schultern zog. »Sitzt du bequem?«, fragte sie.

»Für den Moment ja.«

Er schloss die Augen, und sein Magen krampfte sich in Abwehr zusammen, als sie den Löffel erst in den Teller tauchte und dann seine Lippen damit berührte. Doch sie hatte Recht, es war kein Gift, nur Reisschleimsuppe, und sie hatte sie vorsorglich mit ein wenig Sirup gesüßt. »Na siehst du«, sagte sie sanft und mit glänzenden Augen, »das ist doch gar nicht so schlimm, oder?«

Der eine Löffel hatte seinen Hunger geweckt. »Nein, Prinzessin«, meinte er grinsend. »Ich glaube, dass ich sogar einen zweiten Löffel überleben werde.«

Sie war glücklich, dass er aß. Wenn die Behörden nicht herausfanden, dass er bei ihr war, konnte sie ihn vielleicht wirklich retten. Sie dachte an das schreckliche Fieber, das in ihm gewütet hatte, und daran, wie sie ihn vergeblich mit einer Medizin nach der anderen behandelt hatte. An ihre Enttäuschung und die bitteren Tränen über ihre Niederlage, bis sie aus dem Fenster auf die Überbleibsel seines Todesschiffs blickte und auf das Meer, das er so sehr liebte und das sich so bemüht hatte, ihn zu bekommen – und das schließlich das einzige Mittel zu seiner Rettung darstellte. Eimer um Eimer voll Meerwasser schleppte sie die Klippen hinauf, füllte die Wanne damit, zerrte seinen fiebrigen, schweißbedeckten Körper aus dem Bett, legte ihn in die Wanne und goss ungezählte Stunden lang das kalte Wasser über seine abgeschürfte wunde Haut. Und ihre Gebete waren erhört worden.

Nun, da er wach war und nicht mehr todkrank, konnte sie voller Mitleid seinen zerschundenen Körper betrachten und daran denken, wie dicht davor sie gewesen war, ihn für immer zu verlieren.

»O Sam«, sagte sie mit einem plötzlichen Aufschluchzer. Er sah sie verwirrt an und schlang dann die Arme um sie, nachdem sie die Schüssel abgestellt hatte, gegen ihn fiel und ihren Tränen freien Lauf ließ.

»Maria, Mädchen, was ist los?«

Diese tiefe, geliebte Stimme. Diese rauen Hände, die über ihren Rücken streichelten. »O Sam ... du lebst ...«

»Sieht ganz so aus«, sagte er und presste sie an sich. Sie war so köstlich warm und ihr Körper so weich und anschmiegsam. »Doch darüber muss man doch nicht weinen, oder?«

»Hör auf, mich zu necken«, schluchzte sie und hob ihr tränenüberströmtes Gesicht. »Kannst du dir vorstellen, was ich empfunden habe, als ich vom Fenster aus das Wrack sah? Weißt du, was ich fühlte, als ich herausfand, dass es *dein* Schiff war? Du warst so gut wie tot, als ich dich diese Klippen hinaufzog. Und in der letzten Woche bist du fast gestorben. Und nun sitzt du hier, machst dich über mich lustig, lachst ...«

»Ach, Prinzessin, ich lache doch nur, weil ich dankbar dafür bin, dass du mich nicht dort sterbend zurückgelassen hast.« Das Streicheln strengte ihn so an, dass er damit aufhören musste. »Jeder andere hätte mich dort liegen lassen.«

»Und wenn jemand herausfindet, dass du hier bist, wird dich das gleiche Schicksal ereilen.«

»Ach ja«, sagte er nachdenklich, »das erinnert mich an etwas.« Er schaute sich in dem unbekannten Raum um. »Wo ist ›hier‹, Maria? Ich meine mich zu erinnern, dass du im Dorf gelebt

hast, nicht am Meer. Ich kann es draußen hören, und in diesem Zimmer ist mir alles fremd.«
»Ich lebe jetzt hier, Sam.«
»Du lebst hier? Wo? Warum?«
»Ich werde es dir erzählen … wenn es dir besser geht.«
Er runzelte die Stirn. Was sollte diese Geheimniskrämerei? »Es geht mir besser, und ich möchte es jetzt wissen, Maria.«
»Es ist einfach mein Zuhause, Sam. Eine Hütte mit Lehmwänden und einem Strohdach, die hier über der Großen Bucht am Meer steht. Was sonst möchtest du wissen?«
Ihm gefiel die Zurückhaltung in ihre Stimme nicht. »Warum lebst du hier?«
»Wenn es dir besser geht, erzähle ich es dir.« Sie setzte sich auf, nahm die Schale und fütterte ihn wieder. Um ihren Mund lag eine Spannung und in ihren herrlichen Augen ein Hauch von Schmerz. Doch seine Neugierde war jetzt geweckt, und sie hatte die ersten Funken seines heftigen Temperaments entfacht.
»Verdammt noch mal, Maria, ich kann Geheimnisse nicht leiden!«
»Nein? Nun, wenn du nicht Goldrutenbrei essen möchtest, dann sei ruhig und stell keine Fragen.«
»Um mich zum Schweigen zu bringen, musst du dir schon schlimmere Drohungen ausdenken.«
»Sam, *bitte.* Merkst du denn nicht, dass ich nicht darüber sprechen möchte?«
»Ich kann dir versichern, dass meine angegriffene Gesundheit das aushalten kann!«
»Aber meine vielleicht nicht!«
Er wollte etwas erwidern, doch er blieb ruhig und fragte sich, was zum Teufel sie vor ihm verbarg. Doch nun füllten sich ihre Augen wieder mit Tränen, und er wollte nicht, dass sie weinte. Doch er würde dem großen Geheimnis schon noch auf die Spur kommen!

»Wie geht es dir?«, fragte sie noch einmal verlegen.
»Ganz gut, mein Liebes.«
»Wie fühlst du dich?«
»Als ob mich ein ganzes Gespann stampfender Hengste mit der Kutsche überrollt hätten.«
Seine heitere Art und sein teuflisches Lächeln schafften es, die Tränen aus ihren Augen zu vertreiben. Sie stellte die Schleimsuppe beiseite und untersuchte vorsichtig die Schrammen, Risse und Blutergüsse mit sanften Fingern. »Das muss schrecklich wehtun«, murmelte sie.
»Ja.«
Ihre Berührung erwärmte sein Blut, trotz seiner Schwäche, trotz der Schmerzen, die in seinem Kopf, seinen Zehen und in jedem Muskel seiner Gliedmaßen tobten. Er betrachtete anerkennend ihre gepflegte Erscheinung. »Vielleicht sollte ich etwas Salbe auf diese Schnitte geben, damit sie nicht zu eitern beginnen«, sagte sie.
»So schlimm sind sie gar nicht, Maria.«
»O Sam, es ist doch nur eine Salbe.«
»Ich weiß. Ich möchte ja nur nicht, dass du mich verlässt. Du müsstest aufstehen, und das will ich nicht. Ich möchte, dass du hier sitzen bleibst und dich ein wenig ausruhst.« Er nahm ihre Hand in seine. »Du siehst erschöpft aus, mein Liebes. Du hast dich völlig verausgabt, nicht wahr?«
Sie wich seinem Blick aus.
»Du kannst mir nichts vormachen. Außerdem«, fügte er mit einem Anflug seines alten, wölfischen Lächeln hinzu, »ist das Gefühl deiner Hände auf meiner Haut sehr, sehr angenehm.« Er hob ihre Hand und presste die Lippen auf die Knöchel, während er ihren Blick mit seinen schwarzen Augen festhielt. »Und ich würde gern deine Lippen auf meinen fühlen, wenn du nichts dagegen hast, meine Liebe ...«
Sie lächelte auf ihn herab, spielerisch jetzt, und alle Tränen waren vergessen.

»Also los. Einen Kuss für deinen zukünftigen Ehemann, ja?«
Er musste sie nicht zweimal bitten. Sie beugte sich hinab, schloss die Augen, während ihre Lippen die Vertrautheit der seinen suchten, denn in der vergangenen Woche hatte sie diese leblosen fiebrigen Lippen geküsst, hatte mit zitternden Fingern ihre Konturen nachgefahren, hatte sie gewaltsam geöffnet, um ihm Tee und Fleischbrühe einzuflößen. Doch nun waren sie herrlich lebendig, sanft fordernd und von der Wärme des Lebens erfüllt. Jetzt suchten sie ihre Lippen mit der Leidenschaft, die ihr ein Jahr lang verwehrt gewesen war, und Maria war verloren. Sie schmolz dahin, als seine Hände durch ihr Haar fuhren und sich seine verbundenen Finger in den goldenen Strähnen so verfingen, dass es sie ziepte. Ihre Sinne verschwammen. Wärme durchströmte sie. Und unter ihr beschleunigte sich sein Atem, als seine Leidenschaft lebendig und viel stärker auf sie reagierte, als sein geschwächter Körper vermuten ließ.
Zögernd zog Maria sich zurück, weil sie Sorge hatte, ihm wehzutun.
»Prinzessin?«
»Du bist noch nicht kräftig genug, Sam.«
»Ach bitte, nicht das schon wieder.«
»Nein, ich möchte, dass du dich ausruhst, damit du wieder zu Kräften kommst.«
»Liebst du mich nicht mehr, Liebling?«
»Lieben?« Seine Worte waren leicht dahin gesagt, doch sie spürte dahinter sein Bedürfnis nach Wahrheit. Zweifelte er an ihren Gefühlen? Glaubte er, dass sie ihn hasste, nur weil er sich in einen der niederträchtigsten Schufte verwandelt hatte, die diese Küste je gesehen hatte? Oh, sie war wütend auf ihn, sogar zornig – aber hasste sie ihn? Sie stieß ein kurzes ablehnendes Lachen aus. »Ja, Pirat, ich liebe dich.« Und dann sanfter: »Ich habe nie damit aufgehört.«
»Dann sag mir, warum du hier so ganz allein lebst.«

»Du kannst einfach nicht aufgeben, was?«
Er lächelte dieses charmante, träge Lächeln, an das sie sich so gut erinnerte. »Nein. Sag es mir.«
»Später.«
»Nein, Maria. *Jetzt*.«
Sie betrachtete ihn, wie er abwartend dalag, mit über der Brust verschränkten Armen und schwarzen Augen, die vor Ungeduld zu blitzen begannen. Trotz seines geschwächten Zustands war er fordernd wie ein König. Kein Wunder, dass er so ein fähiger Anführer und Kapitän gewesen war. Und Gott allein wusste, dass sie ihm alles erzählen wollte, doch sie konnte ihm noch nichts über den kleinen Charles sagen. Wie würde er reagieren, wenn er erfuhr, dass er Vater eines Kindes geworden war? Was würde er denken, wenn er hörte, dass man sie zur Hexe abgestempelt hatte? Und noch schlimmer: Was würde sie tun, wenn er sich wie alle anderen von ihr abwandte?
Denn Maria wagte nicht mehr, seine Reaktionen vorherzusagen. Sie war sich nicht einmal mehr sicher, ob sie ihn überhaupt kannte, denn dieser Mann war ganz anders als derjenige, den sie vor einem Jahr geliebt hatte. Das lag nicht an der unordentlichen schwarzen Mähne, die ihm bis auf die Schultern reichte und auch nicht an dem Bart, der sein ohnehin schon dunkelhäutiges Gesicht noch dunkler erscheinen ließ. Es war auch nicht der Ohrring aus spanischem Gold und nicht einmal die königliche Kleidung, was ihn verriet. Sie sah ihm in die glänzenden schwarzen Augen und wusste plötzlich, was es war. Eine innere Wildheit. Es war sein unbezähmbares Wesen, das keine Grenzen kannte. Maria wurde klar, dass die Piraterie ihn gefunden hätte, wenn er nicht zu ihr gefunden hätte.
Hass sitzt tief. Die Worte von Richter Doane dröhnten echoartig durch ihren Kopf.
Und auch Tims Urteil war nicht weniger scharf gewesen: *Er war ein wilder Mann, dieser Sam Bellamy ...*

Sie griff nach dem Salbentopf. »Wir werden später darüber sprechen.«
»Nein, Frau, wir werden *jetzt* darüber sprechen!«
Maria reckte empört den Kopf. »Glaub nicht, dass du bei mir den Piratenkapitän spielen kannst, Sam! Du kannst mich nicht einschüchtern, hörst du? Überhaupt nicht! Ich werde dir alles erzählen, wenn du wieder ganz gesund bist und wenn ich dazu bereit bin, und keinen Augenblick früher!«
Er reagierte, als hätte sie ihn geschlagen. Seine Miene war erst überrascht und dann schockiert. Auf seinen Platz verwiesen zu werden, stellte sie fest, war er *nicht* gewöhnt. Und Sam fragte sich, was aus dem scheuen kleinen Mädchen geworden war, das er vor einem Jahr kennen gelernt hatte. Das hübsche Mädchen war verschwunden, und stattdessen stand vor ihm eine Frau von lupenreiner Schönheit, deren Augen trotzig aufglühten und die ihm untersagte, sie herauszufordern.
Er stützte sich auf einem Ellbogen ab und starrte sie mit tief gerunzelter Stirn an. »Maria, verhätschele mich nicht«, warnte er.
»Und du, *Schwarzer* Sam«, sagte sie, während sie ihn auf die Kissen zurückdrückte, »versuche nicht, mir zu drohen! Ich habe dir gesagt, dass ich keine Angst vor dir und deinem Getöse habe, und muss ich dich daran erinnern, dass Gunner keinen Aufruhr mag? Jetzt leg dich hin und benimm dich. Du hast sowieso schon die Salbe ganz verschmiert.«
Er kochte mit wütend zusammengepresstem Kiefer still vor sich hin, während er tat, was sie von ihm verlangte. Doch die Salbe fühlte sich herrlich auf seinen Wunden an und ihre kleine Hand noch mehr. Er entspannte sich und ließ es zu, dass sie die Salbe in seine Schrammen und Risse einrieb. Doch in seinem Kopf brannten Fragen, auf die er *sofort* eine Antwort haben wollte. Er dachte nicht im Traum daran, zuzulassen, dass sie ihren Willen durchsetzte! Doch es war offensichtlich, dass Zwang und Einschüchterung, mit denen er harte Seekapi-

täne in die Knie gezwungen hatte, bei diesem Mädchen nichts nutzten. Er musste sich eine andere Taktik überlegen ...

Ruhig betrachtete er die farbenfrohen Wandbehänge, die die graubraunen Lehmwände schmückten. »Hast du in letzter Zeit viel gewebt, Maria?«

»Ein bisschen«, sagte sie verhalten, während sie sich seines Herzschlags und der Wärme seines Körper unter ihrer Handfläche bewusst war.

»Hmm. Ich sehe, dass dein Kleid reich bestickt ist ... Ich mag so etwas. Das hat etwas Exotisches, ja sogar Ungewöhnliches. Ich hasse alles Gewöhnliche, weißt du.«

»Ich weiß. Das hast du als Pirat ja bewiesen.«

»Ja, nicht wahr?« Er zog es vor, die leichte Gereiztheit in ihrer Stimme zu übergehen. »Ich kann das Meer von hier aus hören. Sind wir weit vom Strand entfernt?«

»Nein, er ist gleich dort draußen. Warum?«

»Ich habe eben an mein Schiff gedacht.«

Sie hatte gerade einen großen Klecks Salbe aus dem Topf genommen und ihre Hand blieb nun reglos ein paar Zentimeter von seiner Brust entfernt in der Luft hängen. »Sam, ich glaube nicht, dass du es jetzt schon sehen willst.«

Seine vorgespielte Freundlichkeit verschwand augenblicklich. »Und warum nicht? Hältst du mich etwa für ein zimperliches Hündchen? Verdammt noch mal, ich habe dich gebeten, mich nicht zu verhätscheln!«

»Aber Sam ...«

Ungeduld glitzerte in seinen Augen. Er setzte sich auf, schob ihren Arm zur Seite und feuerte eine Salve von Fragen auf sie ab. »Was ist aus meinen Männern geworden? Gibt es Überlebende? Und was ist aus den anderen Schiffen meiner Flotte geworden?«

»Wir werden über alles sprechen, wenn es dir besser geht.«

»Verflixt noch mal, Maria!«, fluchte er, schwang die Beine aus dem Bett und zog die Decke mit sich. »Ich bin das hier alles verdammt leid! Du behandelst mich wie einen genesenden Kranken und hast Geheimnisse vor mir!« Er stand jetzt, sein großer Körper schwankte, und es sah so aus, als ob er jeden Augenblick zusammenbrechen würde, doch er taumelte durch den Raum, stieß gegen den Tisch, hielt sich an der Lehne eines Stuhls fest, bis er endlich die Tür erreichte und sie aufstieß.

Der Anblick war für ihn wie ein Schlag vor die Brust, und ihm stockte der Atem. Die WHYDAH, sein herrliches, wunderschönes Schiff, lag zerschmettert in der brodelnden Brandung, und von ihrem graziösen Rumpf waren nur die geteerte Unterseite und der zerbrochene Kiel übrig geblieben. Er sackte geschwächt gegen den Türrahmen. Die Wirklichkeit, der Anblick dessen, was ihr geschehen war, war weit schlimmer als das, was er von jener schrecklichen Nacht in Erinnerung behalten hatte.

Als ihm schwindelig wurde, lehnte er das Gesicht an das raue Holz des Türrahmens. Und dann war Maria da, legte die Arme um ihn und führte ihn schnell von der Tür fort und zurück zum Bett, noch ehe die anderen ihn entdecken konnten. Schweigend zog sie ihm die Decken bis über die Schultern. Und jetzt kam sein Alptraum mit grässlicher Klarheit zu ihm zurück. »Es ist alles meine Schuld«, stöhnte er. »Alle sind tot, und es ist meine Schuld!«

Sie nahm seine Hand und drückte sie. »Es war nicht deine Schuld, Sam.«

Er zitterte und seine Augen starrten entsetzt zu den getrockneten Pflanzen und Kräutern hinauf, die von den Balken über seinem Kopf hingen. »Es *war* meine Schuld! Ich selbst habe einen weiteren Lotsen an Bord genommen, von dem ich hoffte, dass er uns sicher nach Provincetown bringen würde. Ich habe ihm vertraut und geglaubt. Ich habe ihm die Freiheit versprochen, wenn er das schafft! Was war ich doch für ein Idiot! Er hatte nie sein Wort halten wollen! Er hat uns geradewegs auf diese Küste zugesteuert und wusste genau, dass das Schiff vom Sturm in Stücke geschlagen würde ...«

»Dann war es sein Fehler, Sam, und nicht deiner.«
»Versteh mich doch, Maria! Das Leben all meiner Männer lag in meinen Händen. Ich war für sie verantwortlich, und ich vertraute sie jemandem an, den ich nicht einmal kannte!«
Tanzende Blitze auf den Spieren des Masts ...
Die Kanone, die den Brustkorb des armen kleinen Madigan wie trockenes Feuerholz zerquetschte ...
Die Schreie der Ertrinkenden, der Sterbenden ...
Das alles geschah so heftig und schnell ...
Und der arme Kapitän Crumpstey – er hatte nicht einmal die Möglichkeit gehabt, ihn von den Ketten zu befreien, ehe das Schiff versank ...
Alles dein Fehler ... Alles dein Fehler ...
Als er die Augen schloss, lief erneut ein Zittern durch seinen langen, hageren Körper, und die Realität kam ihm einmal mehr abhanden. Er hörte nicht, dass Maria aufstand und zum Schrank eilte. Er spürte nicht, dass ihre Finger hastig seine verkrampften Kiefer auseinanderstemmten. Und als sie ihm diesmal ein heißes, seltsam schmeckendes Gebräu einflößte, protestierte er nicht, sondern kämpfte nur bebend gegen die Alpträume an, bis die Medizin endlich wirkte und die grauenvollen Visionen unter dem gnädigen dunklen Mantel der Vergessenheit verschwanden.

Zwölftes Kapitel

Sam Bellamy war nicht nur der am schwersten erkrankte Patient, den sie je behandelt hatte, er erwies sich auch als der schwierigste, reizbarste und undankbarste. Er beschwerte sich lauthals, ob Maria ihn nun mit Apfelschalentee oder mit Goldrutenbrei traktierte. Nach mehreren Tagen voller Klagen, Murren und schlechter Laune warf er die Schüssel schließlich quer durch den Raum und schrie stattdessen nach Rum.

»Herr des Himmels, Weib, ich habe all diese Kräuter satt! Hältst du mich für einen verdammten Garten?« Er sprang aus dem Bett, stieß sich den Zeh am Tisch, heulte vor Schmerzen auf und hüpfte auf einem nackten Fuß herum. Sofort war Gunner zur Stelle, zog die Lefzen zurück und zeigte seine sehr funktionstüchtigen strahlend weißen Zähne.

»Lass mich in Frieden, du verdammter Köter! Verdammt noch mal, ich kann das nicht mehr ertragen! Ich möchte anständiges Essen haben! Kartoffeln! Fleisch! Brot und Butter! Hühnerpastete ...«

»Sam, iss deine Fleischbrühe. Dann wirst du dich besser fühlen.«

»Ich denke nicht daran. Das ganze Zeug wird mich noch umbringen!«

»*Ich* werde dich umbringen, wenn du nicht sofort ins Bett zurückgehst und dich ausruhst!«

»Wenn ich in dieses Bett zurückkehre, dann nicht zum Ausruhen, das schwöre ich dir!«

Er dachte gerade über *diese* Idee nach, als die Tür aufgestoßen wurde und so heftig gegen die Wand schlug, dass das Holz splitterte. Maria schrie auf, Sam griff nach einem Messer, das auf dem Tisch lag, und Gunner, dieser Feigling, tauchte unter das Bett.

Da Maria gerade ihre Muskete aus der Halterung über dem Herd nahm, sah sie nicht, dass Sam das Messer senkte, die Arme vor der Brust verschränkte und sie mit amüsiertem Lächeln anschaute. Sie hörte auch nicht das schwache Winseln, das unter dem Bett erklang. Sie sah nur die Silhouette eines Mannes in der Türöffnung stehen und fürchtete das Schlimmste.

Ihr zitterten die Hände, als sie die Waffe hob. »Was wollen Sie?«

»Also, Mistress Hallett, begrüßt man so einen Freund?«

»Freund? Keiner meiner Freunde reißt mir fast die Tür aus den Angeln! Wer sind Sie, und was wollen Sie?«

Er betrat den Raum und zog schwungvoll den Hut vom Kopf. Marias Herz setzte einen Schlag aus, und sie senkte das Gewehr mit zitternder Erleichterung. »Paul Williams«, flüsterte sie und wusste nicht, ob sie lachen oder weinen sollte. Einen Augenblick lang hatte sie gedacht, dass einer der Männer des Königs gekommen sei, um Sam abzuholen. Aus den Augenwinkeln heraus sah sie, dass Sam sich die Hand auf den Mund presste, um ein Lachen zu unterdrücken, und dass der mutige Gunner wie ein weißer Blitz den Raum durchquerte und zur Tür hinausschoss.

»Verzeihen Sie mir, dass ich hier so in Ihre Gemütlichkeit eingedrungen bin«, sagte Paul, der Sams ärgerlich erhobene Stimme gehört hatte, bevor er hereingestürmt war. Als er sich im Zimmer umschaute, sah er auf dem Tisch etliche Tontöpfe stehen, manche fast leer, andere mit trockenen Blättern und Blumen gefüllt. Etwas Nasses und Schleimiges glitt an der Wand herab und tropfte auf die rohen Dielenbretter des Fußbodens und die Unterseite einer umgedrehten Schüssel. Seine Stirn runzelte sich überrascht.

»Ja, sehr gemütlich, was?«, erwiderte Sam. »Mein Frühstück verziert diese Wand dort!«

Pauls Lippen verzogen sich angewidert. *»Frühstück?«* Doch sein ungläubiger Blick ruhte auf seinem Freund, den verblassten Blutergüssen, die seine breite Brust und die Arme bedeckten und auf den Schrammen und Rissen, auf seiner gebräunten Haut. Der »Schwarze« Sam war schlanker, als er ihn je gesehen hatte, und seine Hose hing ihm nur noch lose am Körper. »Kein Wunder, dass du so verdammt dünn bist. Verzeih mir, wenn ich sage, dass du schrecklich aussiehst, mein Freund.«

»Du würdest genauso aussehen, wenn du fast zwei Wochen lang nur Beeren, Äste und Zweige zu essen bekommen hättest!«

»Undankbarer Kerl«, sagte Maria lachend.

»Ja, das bin ich. Sie hat mir das Leben nur gerettet, um mich mit einem Essen zu quälen, das sogar ein Karnickel verweigern würde! Himmel, Paul, weißt du, wie lange ich mich schon nach einer Kartoffel sehne? Nach einem Stück Brot? Im Moment würde ich mich sogar um ein Stück Pökelfleisch vom Schiff reißen!«

»Hmm … dann muss es dir ja wirklich ganz schön schlecht gehen.«

Statt einer Antwort fluchte Sam nur und begann auf und ab zu gehen.

Pauls Lachen füllte den Raum. »Guter Gott, Maria, warum haben Sie sich so viel Mühe gemacht? Ich hätte ihn sterben lassen, wenn ich so viel Anerkennung für meine Mühe bekommen würde!« Er zog sich einen Stuhl heran, warf den Dreispitz mit der roten Feder auf den Tisch, lehnte sich zurück und verschränkte die Hände hinter dem elegant mit einer Perücke bedeckten und gepuderten Kopf. »Sie hätten lieber die Schätze retten sollen, für die wir alle so hart gearbeitet haben!« Er wandte sich Sam zu, dessen Blick sich verhärtet hatte, als er an das erinnert wurde, was er als die größte Niederlage seines Lebens empfand. »Was ist überhaupt passiert, verdammt noch mal? Du bist doch der Letzte, der sein Schiff in einem Sturm auf Grund setzt. Man erzählt sich, dass du an jenem Tag ein Weinschiff aufgebracht hast ... zu viel Alkohol, mein Freund?«

»Nein, verflixt noch mal«, grollte Sam, dessen Schuldgefühle über das Geschehene an ihm nagten. »Ein schlechter Lotse.«

»Tja, ich bin sowieso der Ansicht, dass man alles selbst machen muss, wenn es richtig gemacht werden soll. Maria, haben Sie etwas zu trinken? Ich bin ein bisschen durstig.«

»Du hast die Wahl«, sagte Sam bissig. »Birkenrinden-Brühe, Kieferzapfensuppe ...«

Doch obwohl Paul ihr fast die Tür zerstört hatte, stand er bei Maria in genügend Gunst, dass er einen Krug mit köstlichem kalten Apfelwein ergatterte. Sam beäugte ihn neidisch. »Sag mir, wie du mich gefunden hast«, bat er.

»Das war schwierig. Ich ging zum Haus von Marias Tante, weil ich Maria zu ihrem Verlust kondolieren wollte.« Er blinzelte ihr verstohlen zu. »Ich wusste, dass sie für dich etwas übrig hatte. Aber ich fand dort nur ein verhutzeltes altes Frauchen, das mir mit einem Gewehr nachgerannt ist! Sie hat mir eine seltsame Geschichte über Hexen und Teufel erzählt, und über einen Piraten, der genügend Würde hatte, vor ihrer Tür tot angeschwemmt zu werden. Gut, dass sie nicht weiß, dass du lebst, mein Freund. Ich möchte nicht auf der falschen Seite dieser Waffe sein.«

»Es überrascht mich, dass Tantchen Ihnen gesagt hat, dass ich hier draußen wohne.«

»Das hat sie nicht. Ich habe ein paar Erkundigungen eingezogen, doch seltsamerweise wollte mir keiner der Dörfler zeigen, wo Sie leben. Sie scheinen sich vor Ihnen zu fürchten. Für mich sind sie nur eine Bande von Snobs.«

»Ich bekomme nicht viele Besuche«, sagte Maria und flehte Paul mit Blicken an, nichts von dem zu sagen, was er von den Leuten erfahren hatte. Jetzt war nicht die Zeit, um über diese Hexenangelegenheit zu sprechen, über den kleinen Charles und all die anderen Dinge, die mit jedem weiteren Tag immer schwerer zur Sprache zu bringen waren. Und Sam hatte sie auch nicht mehr unter Druck gesetzt. Aber er hatte ja genügend damit zu tun, sich selbst für den Schiffbruch zu beschuldigen und zu quälen, dass er an kaum etwas anderes dachte. Nicht einmal an sie, nicht einmal daran, das Bett mit ihr zu teilen ... Seine Zurückweisung schmerzte sie.
»Weißt du«, meinte Sam, der sich ebenfalls Apfelwein nahm und Maria mit einem schwarzäugigen Blick warnte, ihm das ja nicht zu verwehren, »du bist ein dummes Risiko eingegangen, hierher zu kommen. Dieser Strand wimmelt nur so von Königstreuen. Wenn sie dich sehen, kannst du selbst den Hals in die Schlinge legen.«
»Also, ich bitte dich, sehe ich etwa wie ein Piratenkapitän aus?«, fragte Paul unschuldig. Und als Maria seine Kleidung betrachtete, hätte sie ihn nie mit den Schurken in Verbindung gebracht, die in letzter Zeit diese Küste hier terrorisiert hatten. Nein, er sah ganz und gar nicht wie ein Piratenkapitän aus ... allerdings kannte sie ja auch nur einen – und er und Paul waren so unterschiedlich wie Tag und Nacht.
»Du hast meine Frage noch nicht beantwortet«, sagte Sam gereizt.
»Ja, warum ich hier bin. Meine Männer haben sich so über den Schiffbruch aufgeregt, dass ich zu dem Schluss gekommen bin, sie nur damit zum Schweigen bringen zu können, hierher zu kommen, damit sie sich alles selbst ansehen. Ich dachte, dass wir vielleicht etwas von der Beute retten könnten, doch das ist unmöglich. Das Meer ist so rau, dass man sich dem Wrack nicht einmal nähern kann.«
»Und auch Southack kann das nicht«, sagte Sam grinsend.

»Southack ... Wieso kommt mir der Name so bekannt vor?«
»Kapitän *Cyprian* Southack? Seiner Majestät Aufrichtigster Diener? Der Beschützer dieser Küste, der seine Leute vor den schrecklichen Missetaten der Piraten bewahrt und früher die PROVINCE GALLEY kommandiert hat ...«
»Ach, dieser Southack«, sagte Paul und nickte verstehend. »Lieber Gott, ich hoffe, er findet nicht heraus, dass du hier bist!«
»Das wird er nicht«, erklärte Maria, die sich sehr darüber wunderte, dass sich die Seeleute alle kannten, ganz gleich, auf welcher Seite des Gesetzes sie segelten.
Sam ging zum Fenster und schaute hinaus. »Ich bin froh, dass du klug genug warst, mit der MARY ANNE anderswo vor Anker zu gehen.«
»Ja, sie liegt ein wenig weiter die Küste hinauf.« Paul ließ sich von Maria seinen Krug noch einmal füllen. »Doch ich hoffe, du nimmt es mir nicht übel, wenn ich nicht lange bleibe.«
»Keine Sorge.«
Paul trank den Apfelwein mit ein paar hastigen Schlucken aus. »Gut, dann bin ich auch schon wieder weg. Ich habe gesehen, was ich sehen wollte. Ach ja, ich lasse dir die hier da. Da Southack hier überall herumschnüffelt, brauchst du sie vielleicht.«
Grinsend zog er zwei Pistolen aus dem Gurt und legte sie auf den Tisch. Es waren wundervolle Waffen, deren Wappenschilde aus Messing jeweils das erhabene Relief eines brüllenden Löwen zierten. »Die habe ich einem Marineoffizier abgenommen«, sagte Paul grinsend. »Es entbehrt nicht einer gewissen Ironie, dass sie nun in den Händen des legendärsten Piraten gelandet sind, der seit Kidd vor diesen Küsten gekreuzt ist.«
Sam stimmte in Pauls Lachen ein, nahm eine der Pistolen auf und fuhr mit dem Finger über den Löwen, das Symbol für die Macht Englands. Ach, wie gern er sich doch über die Autoritäten mokierte und vor allem über die Angehörigen der engli-

schen Regierung, die für niemanden sonst etwas taten, sondern nur zusahen, dass die Mitglieder ihre Schatztruhen noch weiter füllten. »Ja, das stimmt wirklich«, sagte er. »Obwohl sie einem Piraten wenig nützlich sind, wenn er nicht die passende Munition dafür hat.«

»Lieber Gott, bist du ein gieriger Kerl. Nimm dir, was du brauchst.« Paul gluckste, warf seine Patronentasche auf den Tisch und einen Degen gleich noch hinterher, dessen Griff reich mit Smaragden verziert war. »Hier, nimm den auch. Was möchtest du sonst noch? Mein Entermesser? Mein Schiff? Die Kleider, die ich am Leib trage?«

Sam legte den Degen auf den Tisch und grinste. »Deine affigen Kleider? Nein danke, mein Freund. Und was die Mary Anne angeht, vergiss nicht, dass ich sie unter meinem Kommando hatte, bis ich sie dir so großzügig geschenkt habe. Oh, und behalte bitte das Entermesser. Ich möchte nicht, dass du völlig wehrlos auf dem Rückweg zu ihr bist.«

»Ist er nicht ein zuvorkommender Mistkerl?«, klagte Paul.

»Und auch ein höchst undankbarer«, fügte Maria hinzu und überging Pauls raue Sprache genauso wie bei Sam. »Danke, Paul. Wir werden Ihnen Ihre Freundlichkeit nicht vergessen.«

Er nahm seinen Hut und ließ ihn auf einem Finger kreisen, als er zur Tür ging. »Es war mir ein Vergnügen. Einen guten Tag, Maria. Und Sam? Ich bin sicher, dass ich dich wiedersehen werde … bald.«

Sam hob die Pistole zu einem lässigen Salut. »Darauf kannst du wetten, Freundchen.«

Danach öffnete Paul die Tür, schlüpfte hinaus und ließ Sam zurück, der über die Pistolen strich und Maria, die sich misstrauisch fragte, was er mit seiner letzten Bemerkung gemeint hatte.

Man sagte, dass in dunklen stürmischen Nächten der Geist des Kapitäns der Whydah *auf der Suche nach seiner Hexengeliebten über die Dünen der Großen Bucht wanderte … Wenn der blasse Mond aufging und als goldene Kugel über dem Meer hing, konnte man seine dunkle Gestalt flüchtig erkennen, wie er durch die silbrigen Wellen schlenderte, die sich an der endlosen Küste brachen und darauf wartete, dass ihm die Knochenhände seiner ertrunkenen Besatzungsmitglieder eine oder zwei der verlorenen Münzen aus der Tiefe zuwarfen. Und wenn man sehr genau horchte, konnte man sein tiefes, rollendes Lachen im Nachtwind hören, während dieser seufzend über die weiten, öden Moore und verlassenen Klippen der Großen Bucht strich …*

Diese Legenden waren nicht ganz unwahr. Kapitän Bellamy ging tatsächlich nachts zum Strand. Doch nicht als geisterhafte Erscheinung, sondern in Fleisch und Blut, und das Gelächter, das die Dörfler im Wind hörten, war nur eine Ausgeburt ihrer leicht zu erschreckenden, überaktiven Fantasie. Denn der Piratenkapitän hatte nicht viel zu lachen, wenn er über die Dünen wanderte und zu dem hinüberblickte, was von seinem einst so stolzen Schiff übrig geblieben war.

Es dauerte nicht lange, bis die Menschen in Eastham begannen, nachts ihre Türen zu verschließen und versuchten, die Dunkelheit mit hellem flackernden Feuer in ihren Öfen zu verscheuchen. Und wenn die Seehexe zum Dorfrand kam, um ein oder zwei Decken gegen Nahrungsmittel einzutauschen oder die eine oder andere Medizin zu verkaufen, dann wagte niemand, sie auf den Geist anzusprechen, der in der Nähe der Großen Bucht umherstreifte. Und niemand machte sich mehr auf den langen Weg zu ihrer kleinen Hütte, um sie um medizinischen Rat zu bitten oder sich Heilmittel von ihr zu holen.

Maria war das nur recht. Sie unternahm keinen Versuch, das Gerede über den »Geist« zu stoppen, denn das verschaffte Sam das, was er am dringendsten brauchte: Sicherheit, Schutz und Zeit, um wieder zu Kräften zu kommen.

Obwohl sie entsetzt darüber war, dass seine Schuldgefühle über den Verlust der WHYDAH alle seine Gedanken und auch seine Launen beherrschten, tat Maria ihr Bestes, um ihn glücklich zu machen. Sie ging von ihren Allheilmitteln zu gehaltvollerer Nahrung über, die Sams hageren und vom Fieber angegriffenen Körper kräftigte: Bratäpfel mit Zimt, Maispudding mit Sirup, wilde Erdbeeren, getrocknete Kürbisscheiben, Schellfisch und so viel Apfelwein, wie er wollte. Den trank er krügeweise – wenn er morgens aufstand, als Erfrischung bei seinem endlosen Herumtigern in dem kleinen Raum und spät in der Nacht, wenn er am Strand entlangmarschierte. Sie konnte sich nicht daran erinnern, dass er so viel getrunken hatte, als er im vergangenen Jahr nach Eastham gekommen war, doch Sam Bellamy hatte viel zu grübeln – und viel zu vergessen.

Sie wünschte sich nur, dass er *sie* nicht vergessen hätte, denn sie musste ja nur seinen stolzen, zu Kräften kommenden Körper betrachten, und schon raubte ihr Verlangen nach ihm ihr den Verstand. Doch er blieb zurückhaltend, und ihr Herz sehnte sich weiter nach ihm. Er gehörte nicht hier an Land; er gehörte auf das Achterdeck eines großen Schiffes, denn ihr Piratenkapitän war auf See so in seinem Element wie die Haie, die Möwen und die riesigen Wale, die an der Großen Bucht manchmal vorbeizogen. Das war eine schmerzliche Wahrheit, die ihr immer wieder bewusst wurde, wenn sie ihn reglos an der Tür stehen sah und seine Blicke sehnsüchtig über die weite, schimmernde Oberfläche des Ozeans wanderten.

Mit jedem Tag, der verging, versank er mehr in seiner Hölle aus Kummer und Schuldgefühlen, und die Spannung zwischen ihnen wurde so groß, dass Maria es immer unerträglicher fand, sich mit ihm im selben Raum aufzuhalten. Und es war undenkbar für sie, ihm ihre vergangenen Nöte und ihren noch immer spürbaren Kummer über den kleinen Charles anzuvertrauen. In seinem grüblerischen, leicht verärgerten Zustand war das ein Thema, das sie lieber nicht anschnitt.

Doch wenigstens erwähnte er seine Rückkehr zur Piraterie nicht mehr, und das Wissen, dass seine gesetzlosen Tage Ver-

gangenheit waren, machte sie ein wenig glücklich. Und als sie in dieser milden Nacht am Feuer saß und eine neue Jacke aus feinem blauen Wollstoff für ihn nähte, während er am Strand entlanglief, war sie dafür dankbar.
Sie nähte gerade den letzten Knopf an, als das ungeduldige Rattern an der Tür sie aufschreckte. Hastig versteckte sie die Jacke, die eine Überraschung sein sollte, hinter sich. Die Tür öffnete sich, und Sam kam in einer Wolke aus salziger und kühler Seeluft herein, die das Feuer anfachte, das sich erst wieder beruhigte, nachdem er die Tür geschlossen hatte.
Doch sie hätte sich keine Sorgen machen müssen, dass er die Jacke entdecken könnte. Seine Augen hatten einen abwesenden und verschlossenen Ausdruck. Offensichtlich war er heute Nacht in keiner besseren Stimmung als in den vergangenen zwei Wochen. In sich gekehrt. Unerreichbar. Er brauchte Trost, doch er wollte nicht darum bitten.
Desinteressiert deutete er auf den blauen Stoff, den sie zu verbergen versuchte. »Was machst du da?«
Er war weit scharfsichtiger, als sie gedacht hatte. »Ein ... neues Kleid.«
»Oh, schön.«
Er wollte es nicht sehen. Maria schluckte krampfhaft und war gleichzeitig erleichtert und verletzt. »Du warst wieder unten am Wrack«, stellte sie leise fest.
»Ja.«
Maria seufzte enttäuscht. »Warum quälst du dich so? Du kannst sie nicht zurückholen.«
»Nein. Aber ich wünschte, ich könnte es, verdammt noch mal!« Er begann wieder, im Raum auf und ab zu gehen, was sie langsam verrückt machte. »Diese verfluchten Dörfler«, knurrte er, während seine Wut mit der Geschwindigkeit seines Herumlaufens anstieg. »Ich würde sie alle am liebsten in Stücke reißen! Hast du gesehen, was sie mit meinem Schiff gemacht haben? Sie haben es ausgeraubt und geschändet! Und dieser

verfluchte Southack hat sogar ihre Masten verbrannt, um an das Eisen zu kommen, mit dem sie befestigt waren!«
Sie wand sich unter dem donnernden Klang seiner Stimme. »Sam, bitte. Wir können von Glück sagen, dass du lebst.«
»Das nennst du Glück?«, explodierte er. »Dass ich den ganzen Tag über in diesem verdammten Raum eingesperrt bin, nur damit mich dieser elende Idiot nicht sieht, den der verfluchte Gouverneur geschickt hat? Dass ich ohne Schiff hier gestrandet bin? Und wie lange, glaubst du, wird es dauern, bis Doane hier auftaucht, um die Gerüchte über meinen Geist zu untersuchen? Ich kann diese Gefangenschaft nicht mehr ertragen! Ich muss hier raus!«
Hilflos sah Maria zu, wie er weiter hin und her ging, hin und her. »Sam, bitte komm her und setz dich. Ich mag es nicht, wenn du so bist.«
»Wie denn?«
»So wütend.«
»Und warum sollte ich nicht wütend sein?«
»Weil es mir Angst macht.«
Das entrang ihm wenigstens ein kleines Lächeln. Doch er wurde wieder mürrisch, als er sich neben ihr fallen ließ, sich vor dem Feuer ausstreckte, den Kopf an ihre Knie lehnte und frustriert an die Decke starrte.
»Es tut mir Leid, Prinzessin«, sagte er betrübt. »Ich möchte dich nicht ängstigen.«
Stille breitete sich aus, das Feuer beruhigte ihn und besänftigte auch seine Wut. Schließlich murmelte Maria: »Es tut mir auch Leid.«
»Was denn?«
»Dass du hier in diesem kleinen Zimmer den ganzen Tag über bleiben musst, nirgendwohin gehen kannst und nichts zu tun hast. Dass ich dir all diese Kräuter aufgezwungen habe. Alles tut mir eigentlich Leid.«
»Das ist doch nicht deine Schuld«, sagte er nach einer Weile.

»Ich möchte nicht, dass du dir die Schuld gibst. Wenn du mit deinen Kräuter nicht gewesen wärst«, fügte er lächelnd hinzu, »wäre ich jetzt tot. Außerdem wird Paul bald zurückkommen. Heute oder morgen – wer weiß.«
Maria erstarrte. »Bedeutet das, dass du fortgehen wirst?« Tränen schossen ihr in die Augen, denn sie musste keine Prophetin oder Wahrsagerin und nicht einmal eine Hexe sein, um seine Antwort vorauszuahnen.
»Ja, ich werde mit ihm fortgehen.«
Die Stille wurde lastend. Sie schloss die Augen, und ihre Träume lösten sich auf. Er hatte nicht vor, mit ihr zu leben. Er wollte auch kein ehrbarer Mann sein. Sie hatte sich in ihm geirrt. Sam Bellamy war ein Pirat und würde es immer bleiben. Ihre Hand, die noch immer mit seiner verschränkt war, begann zu zittern, und dann hörte sie seine sanfte, leise und bezwingende Stimme.
»Ich möchte, dass du mit mir kommst, Prinzessin.«
Sie öffnete die Augen und starrte auf ihn herab, keines Gedankens fähig und sprachlos. Mit ihm gehen? An Bord eines … *Piratenschiffs?* O Gott, das konnte sie nicht. *Bitte mich nicht darum,* dachte sie. *Bitte, Sam, tu mir das nicht an.* Sie wollte immer zu ihm stehen und ihm auch überallhin folgen, doch nicht auf ein Piratenschiff.
»Magst du Schiffe nicht, Maria?«, fragte er mit gerunzelter Stirn, als er ihr angespanntes Gesicht sah.
»Ich mag sie sogar sehr.«
»Hast du Angst, all das hier zurückzulassen?«
»Nein, das ist es auch nicht. Hier gibt es nichts für mich.«
»Willst du mich nicht mehr?«
Sie sah ihn hilflos an. »O Sam, was muss ich denn noch tun, um dir zu beweisen, dass ich dich liebe? Verstehst du mich denn nicht? Es geht nicht um dich, sondern um das Schiff. Es geht um deinen Lebenswandel.«
»Aha. Es geht um das Piratenleben, nicht wahr?«

Maria nickte.
»Stört es dich denn wirklich so sehr?« Und als sie nicht antwortete, lächelte er, als ob das das geringste Problem wäre. Er setzte sich auf, griff nach dem Apfelwein und sagte: »Ob ich nun Pirat bin oder nicht, Maria, ich bleibe doch noch immer der alte Sam. Der gleiche Sam, der dich heiraten wird.«
»Nein, Sam, das stimmt nicht«, sagte sie angespannt.
»Ich gebe ja zu, dass ich in letzter Zeit etwas durcheinander war, doch das ist vorbei, sobald ich wieder ein Deck unter den Füßen habe und ein Schiff führe.«
Ihre Verzweiflung wuchs und die Tatsache, dass er ihre Träume zerstörte, ließ sie ihre Zurückhaltung vergessen. »Nein, du hast dich verändert. Früher hast du gelächelt, mich geneckt, gelacht. So freundlich, wie du einmal warst, bist du nicht mehr. Jetzt bist du launisch und unberechenbar geworden. Du erinnerst mich an einen Hai, den man in ein Bassin gesperrt hat.«
Er lachte auf, denn genauso fühlte er sich. »Das kannst du mir kaum vorwerfen, Maria. Wie würdest du dich an meiner Stelle fühlen?«
»Es hat eine Zeit gegeben, da hast du mich in die Arme genommen und mich geliebt, bis ich nicht mehr klar denken konnte, doch das ist vorbei!«, rief sie wütend. »Du hast keinen Annäherungsversuch unternommen, seit du zurückgekehrt bist, und sag mir nicht, dass du noch nicht kräftig genug dafür bist! Lieber läufst du jede Nacht am Strand entlang.«
»*Was?*«
»Du interessierst dich nur noch für ein totes Schiff, tote Männer und *Alkohol!* Ich hasse es, Sam! Ich hasse es!«
Sein Kiefer verspannte sich, denn er hasste es selbst, dass seine Schuldgefühle ihn so beherrschten. Doch der Verlust der WHYDAH nagte an ihm, und das Letzte, was er jetzt brauchte, war, dass sie seine Schuldgefühle damit verstärkte, ihn daran zu erinnern und ihn auch noch dafür zu tadeln. »Ich weiß, dass mich das ganz in Anspruch genommen hat«, sagte er gepresst,

»doch ich habe dir ja eben gesagt, dass es mir wieder gut gehen wird, wenn ich an Deck eines Schiffes zurückkehre.«

»An Deck eines *Piratenschiffs*, nicht wahr?«

Er ballte die Hände zu Fäusten.

»Die Piraterie! *Du kannst ja an nichts anderes mehr denken!* Du bist besessen davon, und sieh dir doch an, was das aus dir, aus *uns* gemacht hat! Wir reden nicht miteinander, wir berühren uns nicht, und alles, was ich sage, macht dich wütend! Ich kann schon kaum noch mit dir hier zusammen sein! Du kümmerst dich überhaupt nicht um uns! Du wirst dich noch in Apfelwein ertränken und läufst bald Löcher in den Boden mit diesem entsetzlichen Hin- und Hergerenne. Und was immer ich auch sage, ändert gar nichts. Du hattest Träume und Ziele – und nun kannst du nur noch an das denken, was gewesen ist und was gewesen sein könnte. Sie sind alle verschwunden, Sam! Die WHYDAH, deine Besatzung, die Piraterie – alles!«

»Nein, nicht die Piraterie«, sagte er mit einem bösen Glitzern in den Augen.

»Warum musst du zu diesem diebischen Leben zurückkehren?«

»Und was ist dir daran so zuwider, meine Liebe?«

»Zuwider?«, schrie sie, sprang auf, und es machte ihr nichts mehr aus, dass er die Jacke sah, mit der sie ihn hatte überraschen wollen. »Du lieber Himmel, ein Pirat ist der schlimmste Verbrecher, den der Teufel je hervorgebracht hat! Feind der Krone, Bedrohung für den ehrlichen Handel, Gegner einer vernünftigen und rechtmäßigen Regierung und Dieb, Mörder und Schänder all dessen, für das Gott steht! Erwartest du von mir, dass ich das *verzeihe?*«

»Also wirklich, Maria. Glaubst du wirklich, das wir herumsegeln und Leute töten?«

»Habt ihr das denn nicht getan?«

»Nein, zur Hölle! Wir haben sie ausgeraubt, verdammt noch

mal. Und wenn sie uns ihre Schiffe kampflos überlassen haben, gab es keinen Grund für uns, ihnen etwas anzutun.«

»Das interessiert mich nicht! Was hat es dir gebracht? Dein gesamtes Vermögen liegt dort draußen auf dem Meeresgrund, nur zwei Männer deiner Besatzung haben überlebt, und du möchtest zu all dem zurückkehren?«

Er runzelte die Stirn und starrte sie an. Was hatte sie gerade gesagt? Dass nicht alle umgekommen waren? Doch sie war jetzt so zornig, dass sie mit ihren Anschuldigungen auf seine angespannten Nerven und seine nachlassende Geduld einschlug. »Daran findest du nichts Falsches, ja?«, wütete sie. »Glaubst du das wirklich? Hast du dir jemals Gedanken über die armen Menschen gemacht, die du bestohlen hast? Es ist falsch, Sam! Völlig falsch!«

»Du solltest wissen, Maria, dass diejenigen, die wir beraubt haben, alles andere als arm waren.« Seine Stimme war kalt und ausdruckslos. »Das sind alles Halunken, die keinen Pfifferling auf die Menschen geben, die auf den Straßen hungern, solange sich ihre eigenen Tische unter den Speisen biegen. Sie sind Männer, die die Augen vor den Misshandlungen derer verschließen, die ihre stinkenden Schiffe segeln. Sie erlassen Gesetze zum Schutz ihrer eigenen Interessen und dann erlassen sie weitere Gesetze, um die zu bestrafen, die mutig genug sind, diese Gesetze zu brechen! Wenn jemand ›arm‹ ist, dann sind das die Jungs, die an Bord dieser Schiffe arbeiten! Ich war einer von ihnen, Maria! Ich weiß, wie es zugeht! *Und, bei Gott, ich werde niemals wieder diesen hundsgemeinen, verrotteten Mistkerlen dienen!*«

Mit einem wilden Fluch schleuderte er den Krug davon. Er krachte gegen die Wand und fiel scheppernd zu Boden. »Und alle Menschen glauben, dass Männer nur der Reichtümer wegen Piraten werden? Ha! Verdammter Reichtum! Wenigstens behandeln wir Unseresgleichen ordentlich!«

»Nur weil jemand reich ist, hast du nicht das Recht, ihn zu

bestehlen! Es tut mir Leid, Sam, doch nichts, was du mir sagst, kann meine Gefühle ändern!«

»Und nichts, was du mir sagst, kann meine ändern! Kommst du nun mit mir oder nicht?«

»Nein! Ich werde nicht mitkommen und bei so etwas Verwerflichem mitmachen!«

»Verdammt, Maria! Muss ich dir ein Schiff voller misshandelter armer Teufel zeigen, um dir meinen Standpunkt klar zu machen? England behandelt seine Seeleute schlimmer als alle anderen Länder, und ich habe genügend Narben auf dem Rücken, um das zu beweisen!«

»Die habe ich gesehen«, sagte sie trocken. »Und warum hast du sie bekommen? Als Strafe für Diebstahl? Wegen Auflehnung?«

»Nein, verdammt noch mal! Wegen Gehorsamsverweigerung!«

»Das überrascht mich nicht«, sagte sie mit süßer Schärfe.

Er drehte sich um und schlug mit der Faust so hart gegen die Tür, dass sie das Holz unter dem Aufprall splittern hörte, dann legte er die Unterarme dagegen und starrte zu Boden in dem letzten, verzweifelten Versuch, seine Wut in Schach zu halten. Sie erinnerte sich an den sauber rasierten, leicht verrufenen – aber ehrlichen – Mann, den sie vor einem Jahr kennen gelernt hatte. Einen Mann, der versprochen hatte, zu ihr zurückzukehren und das auch getan hatte: mit einem goldenen Ring im Ohr.

Er murmelte etwas, was sie nicht verstehen konnte, etwas, das sie vielleicht auch gar nicht hören wollte.

»Wie bitte?«

»Ich sagte, dass ich es für dich getan habe.«

Nachdenklich schaute sie ihn an, bis er sich schließlich aufrichtete und sie mit gequältem Blick ansah. Es kam ihr gar nicht in den Sinn, dass seine Qual nur der Tatsache entsprang, dass sie ihn nicht so annahm, wie er war – und nicht, dass er ihr seinen Standpunkt nicht klar machen konnte. »Ich habe das alles für dich getan«, fuhr er fort, öffnete damit sein Herz und offenbarte ihr seine mittlerweile zerstörten Träume. »Mit jedem Schiff, das wir aufbrachten, habe ich daran gedacht, wie deine Augen leuchten würden, wenn ich dir meinen Anteil an der Beute geben würde. Wie glücklich du sein würdest, wie aufgeregt, und wie sehr du mich ... dafür lieben würdest.« Er wandte sich von ihrem anklagenden Blick ab. »Ich habe dir doch versprochen, dass ich zu dir mit so viel Silber und Gold zurückkehren würde, dass ich dich damit zu einer Prinzessin machen kann, oder? Und es hätte alles dir gehört, jedes einzelne verdammte Beutestück.«

Er sah sie an, wie sie so still dasaß und der lange, locker geflochtene Zopf ihres Haares sich auf ihrem Schoß ringelte. Ihre Wimpern waren gesenkt, und er sah Tränen daran glitzern. Doch als sie zu ihm aufsah, war ihr Blick gerade heraus, fest und entschlossen.

»Ich hätte es nicht haben wollen, Sam.«

»*Was?*«

»Ich sagte, ich hätte es nicht haben wollen.«

Nichts hätte ihn mehr verletzen können. Ihre Worte waren für ihn wie eine Ohrfeige. »Wie meinst du das? Ich habe ein ganzes Jahr damit verbracht, all diese Schätze zusammenzutragen!« Blinde Wut durchfuhr ihn. »Ein ganzes verdammtes Jahr, und ist das der Dank dafür?«

»Ich habe dir gerade gesagt, dass ich für die Piraterie nichts übrig habe«, sagte sie traurig. »Wie konntest du annehmen, dass ich die unrechtmäßig erworbenen Beutestücke angenommen hätte?«

»Weil ich vergessen habe, was für ein ekelhaftes Beispiel an Tugendhaftigkeit du bist!«, explodierte er, und der donnernde Ton seiner Stimme ließ sie vor Angst erzittern. »Und wenn ich mich daran erinnert hätte, wäre ich mit Sicherheit nicht hierher zurückgekommen, um alles zu verlieren, wofür ich so hart gearbeitet habe und mir alles von einem undankbaren Weibsbild vor die Füße werfen zu lassen, das mich fast mit Birkenrin-

de vergiftet hat! Mach nur weiter so, lebe nach deinen dummen, rechtschaffenen Regeln, aber eher wird die Hölle gefrieren, ehe ich es dir gleichtue!«
Er stürmte zum Bett, warf die Kissen beiseite und schnappte sich die beiden Pistolen, die Paul ihm gegeben hatte. Maria sah entsetzt, wie er den Raum verwüstete. Die Schranktüren flogen auf. Flaschen mit Kräutern und Pflanzen fielen splitternd zu Boden. Fluchend schlug er die Türen wieder zu und ging dann auf die Truhe los, die am Fußende des Bettes stand.
Maria sprang auf. »Was machst du denn?«
»Ich suche etwas!«
»Was denn? Wenn du mich fragen würdest, ehe du mein ganzes Haus auseinander nimmst, würde ich es dir vielleicht sagen!«
»So, wie du mir alles andere auch gesagt hast, was ich wissen wollte?« Er wirbelte zu ihr herum, und sein Gesicht war dunkelrot vor Wut. »Meinen Degen, Frau! Den Paul mir gegeben hat! Wo ist er?«
»Welchen Degen?«, fragte sie mit einer Unschuld, die ihn nicht täuschen konnte.
Seine dunklen Augen zogen sich zusammen. Er packte ihren Arm, und seine Finger pressten sich schmerzhaft in ihre zarte Haut. Zorn brannte in seinen schwarzen, glanzlosen Augen. War das der Piratenkapitän, der auf dem Deck der WHYDAH herumgegangen war? Der wahre »Schwarze« Sam?
Unerschrocken fragte sie: »Schüchterst du so die ein, die sich dir widersetzen, *Kapitän?*«
Er zerrte sie am Mieder ihres Kleides zu sich. »*Wo ... ist ... mein ... Degen?*«
Sie würde einen Teufel tun und ihm das sagen. »Und wozu brauchst du ihn denn so dringend?«
Ihr süßlicher Ton machte ihn nur noch wütender. »Ich werde meine Männer retten gehen!«
»Welche Männer?«

»Die beiden, die deinen Worten nach den Schiffbruch überlebt haben! Mit Sicherheit werden sie in irgendeinem verfluchten Gefängnis festgehalten, und wenn ich sie nicht heraushole, wird es niemand tun! Wo, zur Hölle, ist nun mein Degen, verdammt noch mal?«

Doch Maria rührte sich nicht. Wütend erwiderte sie seinen harten Blick. »Deine Männer willst du retten? Dann solltest du aber mehr mitnehmen als nur zwei Pistolen und einen Degen! Es gibt mehr als zwei Männer, die deine *großherzigen* Dienste benötigen!«

Drohend überragte er sie. »Was soll das heißen?«

»Ich meine dieses Schiff, dessen Namen du in deinem Delirium gerufen hast, als du dich im Fieber in meinem Bett hin und her geworfen hast.«

»Was ist damit?«, knurrte er.

»Nur, dass die sieben Piraten, die du dort an Bord gebracht hast, auch überlebt haben!« Und als er sie weiter anstarrte, fuhr sie mit für sie untypischer Bosheit fort, und der Verlust ihrer Träume ließ sie Dinge sagen, von denen sie schon jetzt wusste, dass sie sie bedauern würde. »Dieses Weinschiff, diese Pinke, ist in der gleichen Nacht, als die WHYDAH sank, auch gesunken, doch im Gegensatz zu dir hatten *diese* Dummköpfe wenigstens eine Entschuldigung für den Verlust ihres Schiffes! Sie hatten sich mit Madeira-Wein betrunken!«

Er wurde totenstill. Die Knöchel an seinen Händen wurden um die Pistolen herum weiß. Seine Nasenflügel bebten über dem schwarzen Schnurrbart. Niemals zuvor hatte Maria ihn so Furcht erregend gesehen. Da sie jetzt Angst bekam, begann sie, vor ihm zurückzuweichen.

Sehr ruhig und mit gefährlich leiser Stimme fragte er: »Und wo, meine Liebe, werden diese Männer festgehalten?«

»Im Gefängnis von ... Boston.«

»Und wo«, fuhr er in dem gleichen erschreckend drohenden Ton fort, »wurden sie vorher festgesetzt?«

»Im Gefängnis von Barnstable«, sagte sie mit kleiner Stimme.
»*Und das hast du mir nicht gesagt?*«
»Das wäre nicht gut gewesen! Du warst nicht in dem Zustand, sie dort herausholen zu können!«
»Was für eine hinterhältige kleine Hexe du doch bist!«, wetterte er. »Wenn du mir das früher gesagt hättest, hätte ich sie herausholen können! Aber nein, du musstest ja so lange warten, bis es, verdammt noch mal, zu spät für mich war, hier etwas zu unternehmen! Nun muss ich mich nach Boston aufmachen!« Sein Fuß schoss vor und schleuderte einen Stuhl gegen die Wand, und mit einem weiteren Tritt ließ er ihre Deckentruhe durch den halben Raum schlittern. Der Deckel sprang auf und die Decken fielen heraus. Und dann stürzte er sich auf sie, schüttelte sie, während Flüche und wütende Drohungen die Luft über ihrem Kopf erfüllten.
Und diesmal fürchtete sie sich wirklich.
»Hör auf damit, Sam!«, schrie sie voller Panik angesichts solcher Gewalttätigkeit.
»Meinen Degen, Frau!«
Unwillkürlich schoss ihr Blick zu der Deckentruhe. Seiner folgte, und ein bösartig wissender Glanz trat in seine schwarzen Augen. Sie spürte, wie alles Blut aus ihrem Gesicht wich, denn nicht nur der Degen war in dieser Truhe, sondern auch die Kleidung des kleinen Charles. Verzweifelt versuchte sie, sich aus seinem schmerzhaften Griff zu befreien. »Lass mich los, du ... du Wüstling! Du tust mir weh!«
Er ließ sie nicht los, sondern zerrte sie nur zu sich, bis sie gegen seine harte Brust prallte. Er starrte mit wilden Augen auf sie herab. »Du hättest mir sagen sollen, wo er ist, Maria, und ich hätte dich weniger hart angefasst! Ich elender, stinkender Pirat belohne immer die, die sich mir nicht widersetzen! Ein wenig Gold, eine Truhe voll Silber – das bedeutet mir nichts!« Er zerrte sie noch näher an sich, bis seine Augen nur noch ein paar Zentimeter von ihren entfernt waren. »Aber solche Sachen

willst du ja nicht haben, nicht wahr? Nicht, wenn sie durch die Piraterie erworben wurden! Was sonst willst du dann? Ach, keine Antwort? Wenn du mir gesagt hättest, wo der verdammte Degen ist, hätte ich dir etwas viel Wertvolleres gegeben als einen Beutel verdammter Münzen! Etwas, um das du schon die ganze Zeit bettelst!« Sein schwarzer Blick bohrte sich in ihren. »Etwas, worum du noch immer bettelst!«

Und sie wusste mit einem Blick in seine glühenden Augen, dass er nicht Silber und Gold anzubieten hatte. Sie erinnerte sich gut an diesen heißen, brodelnden Blick – und sie machte sich keine Illusionen darüber, was er meinte.

»Verdammt noch mal, Sam Bellamy! Du bist nur ein Schurke, ein Schuft, ein unerzogener ...«

Er ließ sie nicht weitersprechen. Sein tiefes, spöttisches Lachen erfüllte die Luft, und noch ehe sie den Kopf wegdrehen konnte, stürzte sich sein Mund auf ihren, presste sich auf ihre Lippen und erregte heftige pulsierende Gefühle in ihrem ganzen Körper, trotz ihrer Panik und trotz ihrer eigenen Wut. Er drückte ihren Kopf nach hinten, stieß mit der Zunge in ihren Mund, nahm ihre Lippen, ihren Mund und auch ihr Herz so, wie er jede Beute genommen hatte, die er haben wollte: rücksichtslos, gnadenlos und schonungslos.

»Du hältst mich nicht für stark genug, ja?«

»Nein! Nein, Sam, bitte – lass es! Nicht so!« Sie drehte das Gesicht zur Seite, doch er war ihren Bitten gegenüber taub. Er drängte sie rückwärts zum Bett, und seine Finger rissen an den Knöpfen, die ihr Kleid zusammenhielten, während sein Mund sich wieder brutal auf ihren presste. Das war keine Liebe und keine Zartheit. Das war nur Lust, die der Wut entsprungen war. Ihre Kniekehlen stießen gegen das Bett, und sie fiel und drehte sich in dem Versuch, ihm zu entkommen. Doch sein Körper fiel auf sie, nagelte sie fest, und seine stahlharten Arme umklammerten sie so, dass sie sich zu jeder anderen Zeit niemals dagegen gewehrt hätte. Vergeblich trat sie, wand sie sich und schlug mit nutzlosen Fäusten auf seine harte Brust ein.

Hör auf. O bitte, hör um Gottes willen auf . . . Tränen der Verzweiflung, Angst und des Kummers über den Verlust des Mannes, den sie geliebt hatte, liefen ihr über die Wangen. Die letzten Knöpfe, die ihr Kleid noch zusammengehalten hatten, gaben nach, und dann lagen seine heißen Hände auf ihrer Haut.

Sie fühlte sich aufgespießt wie ein Schmetterling. Ein Schluchzer saß ihr in der Kehle. Sie biss sich auf die Unterlippe und kniff die Augen zusammen, um den Anblick seines dunklen Kopfes nicht mehr sehen zu müssen, als er sich über eine ihrer Brüste hermachte.

»Nein, Sam«, schluchzte sie. »Nicht so, bitte. Ich flehe dich an, bitte nicht so . . .«

Doch er öffnete schon seine Hose, und sie sah, dass er hart aufgerichtet und bereit war. Weinend presste sie sich beide Handflächen auf die Augen und wünschte, sie könnte diese abscheuliche schreckliche Tat verhindern, die er gleich vollbringen würde. Doch der Stoß kam nicht. Ein Augenblick verging und auch ein zweiter. Langsam öffnete sie die Augen und starrte unter Tränen zu ihm auf. Sein Gesicht war bleich, und seine Augen waren entsetzt geweitet über das, was er gerade hatte tun wollen. Mit einem bitteren Fluch rollte er sich von ihr herunter, und sein heftiges Atmen und ihr leises Schluchzen waren die einzigen Geräusche in dem totenstillen Raum.

»O Gott«, jammerte er, als Scham und Ekel über den Verlust seiner Kontrolle ihn durchfluteten. Diesmal hatte sein Zorn ihn zu weit getrieben. Er senkte den Kopf, stützte die Stirn in beide Hände, während er darauf wartete, dass sich sein Blut wieder abkühlte. Hinter ihm lag Maria reglos da, und das Kissen war zu beiden Seiten ihres weißen Gesichts feucht von ihren Tränen. Die Zeit verging in unbehaglicher Stille. Schließlich stand er auf, zog sich die Hose wieder an und drehte sich ihr zu. Wo

zuvor Gewalt in seinen Augen war, war jetzt nur noch Kummer und eine verzweifelte Bitte um Vergebung.
Er beugte sich herab und berührte ihre feuchte Wange mit einem Finger. Doch Maria zuckte zurück, als ob er sie verbrannt hätte und kniff ihre von Tränen überfluteten Augen zu, weil sie zu verletzt und zu angeekelt war von dem, was er getan hatte, um ihn anzusehen.
Seine Finger fühlten sich warm an ihrer Wange an. Sanft verfolgte er ihre Tränenspuren, wischte sie fort und trocknete sie mit einer weichen Ecke der Decke. Sie spürte, wie sich das Bett bewegte, als er sich neben sie setzte, hörte seinen tiefen Seufzer, als sie nicht reagierte, und dann fühlte sie keine Berührung mehr.
»Es tut mir Leid. So furchtbar Leid, meine kleine Prinzessin.«
Sie öffnete die Augen. Er saß auf der Bettkante und starrte verdrießlich zu Boden. Seine Ellbogen waren auf seine Knie gestützt, sein Kopf war gesenkt, und seine Hände umfassten seinen Nacken. Das schwarze Haar hing über seine Finger herab. Keine Spur von Triumph war in seiner Haltung, nur Bedauern.
»Es tut mir Leid, Maria. Es gibt keine Entschuldigung, nur dass deine Schönheit mich auch in der Wut noch fasziniert und dass deine scharfe Zunge mich zu Dingen getrieben hat, die mir auch in weniger … kritischen Situationen nie eingefallen wären.« Er hob den Kopf mit großer Mühe, und seine Augen waren von Schmerz erfüllt. »Maria, Liebes. Was habe ich bloß getan?«
Sie erhob sich und stand vom Bett auf. Er brauchte sie – o Gott, er brauchte ihre Liebe, ihren Trost –, doch sie ging nicht zu ihm. Wie erstarrt schloss sie die verbliebenen Knöpfe in ihrem Nacken und nahm ihren Umhang vom Haken neben dem Kamin. Mit steifen, achtlosen Bewegungen legte sie ihn sich um.
»Maria?«

Sie schaute erst zurück, als sie die Tür erreicht hatte. »Es geht nicht um das, was du getan hast, Sam. *Es geht darum, was aus dir geworden ist.*«
Die Tür öffnete sich, schloss sich hinter ihr, und dann war sie fort. Sie ließ ihn zurück, und nur das Heulen des düsteren Windes leistete ihm Gesellschaft.
Angewidert betrachtete er die Verwüstung, die er in ihrem Haus angerichtet hatte. Sie hatte ihn einen Wüstling genannt, ein Scheusal ... und so wahr ihm Gott half, sie hatte Recht damit.
Er hätte sie beinahe vergewaltigt.
Sam Bellamy, der Piratenkapitän, verbarg das Gesicht in seinen Händen, als lautlose Tränen des Bedauerns, des Selbstekels und der Reue durch seine kräftigen Finger liefen und sanft auf den Boden tropften.

Dreizehntes Kapitel

Maria hatte nur ein Ziel vor Augen, und es war ihr egal, dass sie quer durch Eastham gehen musste, um es zu erreichen. Sie wollte zu dem Apfelbaum, bei dem sie Sam zum ersten Mal gesehen hatte. Warum sie dorthin ging, warum sie überhaupt dorthin gehen *wollte,* wusste sie nicht. Sie wollte kein Salz in die Wunde streuen. Doch als sie über das dunkle, einsame Moor stürmte, konnte sie diese Selbstqual nur so deuten, dass sie diesen Rohling ein für alle Mal aus ihrem Herzen vertreiben wollte.

Ich werde seinetwegen nicht weinen. Dieser stille Schwur wurde mit jedem Schritt, den sie machte, zu ihrem Marschlied. *Ich werde seinetwegen nicht weinen.* Er hatte ihr in der Vergangenheit schon so viel Kummer zugefügt, dass es für ein ganzes Leben reichte. Doch der Entschluss, nicht zu weinen, war leichter getroffen als getan. Wo ihr Herz gewesen war, saß jetzt nur noch ein leeres schmerzendes Loch voll Kummer, denn der Sam Bellamy, den sie einst gekannt und geliebt hatte, war so tot, als wäre er tatsächlich mit diesem Schiff untergegangen. Und seinen Platz hatte ein Monstrum eingenommen.

Welchen Übeltäter hatte sie denn von der WHYDAH gerettet? Hatte sie den Verstand verloren? Sie hätte ihn genauso gut dort sterbend zurücklassen können!

Aber nein, niemals! Niemals, niemals, *niemals!* Selbst in ihrem Schmerz rebellierte ihr Herz heftig gegen diese Vorstellung. Denn was immer Sam ihr angetan hatte, was auch immer aus

ihm geworden war, es gab etwas, das sie nicht leugnen konnte: Sie liebte ihn noch immer. Hatte ihn immer geliebt und würde ihn auch immer lieben.
»Hol dich der Teufel, Sam Bellamy!«, rief sie zu den Wolken hinauf, die am blauen Himmel dahinsegelten.
Sie war verrückt gewesen, ihn ins Leben zurückzuholen! Verrückt! Doch sie wusste, dass sie einem Wolf, der hinkend an ihre Tür käme, das Bein verbinden würde. Und wenn ein Hai hilflos in der Brandung läge, würde sie ihn zum Meer zurückbringen und ihn so lange halten, bis seine mächtigen Kiemen flatterten und er in einem Schaumwirbel verschwand.
Sie bot einen überwältigenden Anblick, als sie die Dorfgrenze überschritt und unerschrocken in Eastham einmarschierte. Nie zuvor hatte sie der Hexe, für die alle sie hielten, mehr geglichen – des Teufels widerspenstige Tochter, die sich um den Teufel selbst grämte. Ihr goldenes Haar wehte triumphierend um ihr Gesicht, und ihr Blick wirkte gehetzt. Die Menschen starrten sie an, manche flohen mit ihren Kindern in ihre Häuser, andere bestaunten sie mit offenem Mund, als sie vorbeiging. Doch niemand machte Anstalten, sie aufzuhalten.
Sie ging an Higgins Taverne vorbei, bog von der Straße ab und marschierte durch das alte raschelnde Laub des Vorjahres. Sonnenlicht fiel durch die Bäume, und der Boden war unter der Lage von Piniennadeln weich und nachgiebig. Die Bäume lichteten sich, der Weg führte leicht nach unten, und dort stand der Baum. Seine Zweige trugen frühlingsgrüne Blätter und kleine Äpfel.
Sie sank nieder und lehnte sich gegen seinen tröstenden, kräftigen alten Stamm. Hier, wo sie sich von ihrem Kummer hatte befreien wollen, triumphierte der Friede der Wiese und glättete die scharfen Kanten ihres Schmerzes.
Sie zupfte einen Grashalm aus und rollte ihn zwischen Daumen und Zeigefinger hin und her. Gelassenheit, Friede … oh, wenn sie doch bloß die schrecklichen, alptraumartigen Erinne-

rungen auslöschen könnte! Sam. Er war nur ein Pirat, ein Beutejäger, der ihr nur Kummer und ein Leben voller Schmerzen bieten konnte. Tantchen hatte schon immer Recht gehabt. Ohne ihn ging es ihr besser! Sie brauchte ihn nicht!
Es war nur zu schade, dass sie ihren eigenen Reden nicht glauben konnte – denn der Gedanke an ein Leben ohne ihn trieb ihr brennendere Tränen als zuvor in die Augen. Und plötzlich war die Wiese auch nicht mehr friedlich, sondern einsam und traurig und voller Erinnerungen, die nie vergehen würden.

Als Maria erwachte, war sie von langen Schatten umgeben und saß unter einem brennend roten, stillen Himmel. Erschöpft fiel ihr ein, dass etwas Schlimmes geschehen war – und dann überfielen sie die Erinnerungen an die vergangene Nacht und rüttelten sie wach.
Sam.
Doch sie war nicht mehr traurig. Während sie geschlafen hatte, hatte sich in ihr etwas entwickelt, das sie jetzt stärkte. Wut. Sie stand auf und erinnerte sich an das letzte Mal, als sie sich unter diesem Apfelbaum aufgehalten hatte. Wie jetzt war sie auch damals verletzt und wütend gewesen. Und damals wie jetzt war Sam der Grund dafür gewesen.
Doch damals war sie ein verängstigtes Kind. Doch nachdem sie so viel durchgemacht hatte, beschloss sie nun, sich nicht länger wie ein kleines Mädchen zu verhalten, ihr Selbstmitleid abzustellen und nach Hause zurückzukehren. Die Vorstellung allein, dass Sam sie von dort vertrieben hatte! Und dass sie ihn hatte gewähren lassen! Oh, sie hoffte, dass er noch dort war, wenn sie zurückkehrte, weil sie ihm dann nämlich genau sagen würde, was sie von ihm hielt!
Er mochte anmaßend und gebieterisch sein, doch er würde sie nicht länger einschüchtern! Sie würde seiner schrecklichen Gereiztheit mit unerschütterlicher Ruhe begegnen und sich

gegen sein Lob auf die Piraterie mit Gott, der Bibel und ihren aufrichtigen Ansichten wappnen. Mit entschiedenem Blick marschierte sie im letzten Licht des Tages über die sich verdunkelnden Wiesen und durch die schattigen Waldstücke.

Lange bevor die Umrisse der Taverne sichtbar wurden, sah sie schon Kerzen in den Fenstern flackern. Schallendes Gelächter, das Klirren von Gläsern und Wolken von Tabakrauch strömten aus der offenen Tür. Ein Gefühl von Einsamkeit stieg in ihr auf. Neiderfüllt horchte sie auf die glücklichen Laute, und plötzlich wünschte sie, sie könnte zur Kirche gehen und dort den Predigten des Pfarrers lauschen oder mit anderen Frauen zusammensitzen und nähen oder mit den Dörflern im Herbst bei kaltem Apfelwein zusammensein. Sie wünschte, sie hätte eine Freundin. Doch das waren alles müßige Wünsche. Sie war eine Ausgestoßene.

Danke, Sam …

Ihr Kinn hob sich wieder zornig, und ihr langes goldenes Haar schlug rhythmisch bei jedem wütenden Schritt gegen ihre Kehrseite. Im Handumdrehen erreichte sie die Straße, die sich als von Sternenlicht beleuchteter Pfad durch die Bäume zu dem flachen einsamen Moor zog, wo sie lebte.

Maria war so beschäftigt mit dem, was sie diesem *Barbaren* alles sagen wollte, dass sie die Schritte hinter sich gar nicht wahrnahm. Erst als sie eine Stimme in der Dunkelheit rufen hörte, bemerkte sie, dass man sie verfolgte.

»Ach, das ist ja die Seehexe von Eastham auf einem Nachtspaziergang! Haben Sie es eilig, Mistress Hallett?«

Die Stimme war belegt und von trunkener Verschwommenheit, und das Lachen nicht minder. Maria drehte sich mit unbehaglichem Gefühl um. Trotz der Dunkelheit erkannte sie die beiden Männer sofort. Adam und Freddie Morse. Sie waren vor zwei Jahren aus Boston hierher gekommen, und wo sie zuvor gelebt hatten, konnte man nur ahnen. Wenn sie nicht in der Bucht fischten – was selten vorkam, weil sie harte Arbeit

scheuten und gerne tranken –, waren sie in der Taverne zu finden. Niemand in Eastham mochte sie, und selbst Prudence hatte sich über sie beklagt, weil sie ihr niemals ein Trinkgeld für ihre Mühe gaben.
Und nun waren sie hier. Die Taverne lag gut vierhundert Meter hinter ihr, und die leere Straße vor ihr führte in die Dunkelheit hinein. Ihr Herzschlag beschleunigte sich, und sie ging schneller.
Hinter ihr passten sich die Schritte ihrer Geschwindigkeit an. »Möchtest du nicht mit uns reden, Maria? Wir haben dich vorbeieilen sehen, als wir aus der Taverne kamen und dachten, dass du vielleicht Gesellschaft haben möchtest. Die Straßen hier sind für jemand so jungen wie dich nachts nicht sehr sicher!«
»Ja«, fügte Freddie hinzu. »Er hat Recht. Sie sind nicht sicher – vor allem nicht für eine … *Dame.*«
»Sie sind für niemanden sicher, zur Hölle! Auch nicht für so arme und harmlose Seelen wie uns! Du weißt nie, wem du begegnest – Indianern, wilden Tieren –, vielleicht sogar einer Hexe, wenn du Pech hast.«
»Oder Glück«, sagte Freddie hinterhältig.
Schallendes Gelächter folgte. Maria unterdrückte die aufsteigende Panik und den Drang davonzurennen. Das wäre unklug, und damit würde sie ihre Angst vor ihnen zeigen und sie dazu anreizen, sie zu jagen. Mutig blieb sie stehen, hob das Kinn und sah sie an. »Ja, Adam, du hast Recht. Da ich eine Hexe bin, brauche ich euren … Schutz nicht. Also lasst mich in Ruhe, oder ihr werdet es bedauern.«
Der saure Geruch nach Ale waberte wie eine durchdringende Wolke um sie. Ihre ungewaschenen Körper stanken nach toten Fischen und Salzlake, und ihre Haare klebten fettig an ihren Köpfen. Doch zu ihrem Entsetzen wichen sie nicht zurück, sondern lachten nur.
»Ach, Maria«, sagte Adam und entblößte seine schwarz ver-

färbten Zähne mit einem anzüglichen Grinsen. »Du erwartest doch nicht, dass wir diese Ammenmärchen glauben. Eine Hexe! Wir sind nicht so dumm wie die anderen!«
»Ach wirklich?« Ihr sarkastisch gemeintes Schnurren klang wie das Miauen eines verängstigten Kätzchens. »Und warum habt ihr dann mit den anderen Steine nach mir geworfen?«
»Steine? Was für Steine?«
Freddie stieß ihm den Ellbogen in die Rippen und beugte sich ihm zu. »Sie meint diesen Tag im letzten Herbst.«
»Ach, das!« Wieder erschien das grauenvolle Grinsen und das betrunkene Lachen, das sie nur noch mehr ängstigte. »Wie konnte ich das vergessen! Sag ihr, warum wir es getan haben, Freddie.«
»Nein, du!«
»Ich? Wir haben es nur getan, weil es Spaß gemacht hat!«
»*Spaß?*« Unwillkürlich wich Maria einen Schritt zurück. Es war schon schlimm genug gewesen, dass die Dörfler ihres Aberglaubens wegen Steine nach ihr geworfen hatten, doch diese beiden hatten es aus einem so grässlichen und schrecklichen Grund getan, dass sie die Boshaftigkeit gar nicht begreifen konnte. Sie hatten es aus Spaß gemacht? *Nur weil sie ihr wehtun und sie leiden sehen wollten?*
Lieber Gott, was würden sie ihr denn jetzt antun?
Sie brauchte all ihre Kraft, um nicht in Panik zu geraten und all ihren Mut, um ihr Kinn hoch und ihre Stimme fest zu halten. »Ich glaube, ihr habt gerade bewiesen, dass ihr genau das seid, für das ich euch immer gehalten habe – für ein Paar verrückte, Ekel erregende Tiere!« Und als sie sich umdrehte, dröhnte ihr das Lachen in den Ohren, und eine fette, fleischige Hand griff nach ihrem Arm.
»Warum zeigen wir der *Dame* nicht, wie verrückt wir wirklich sind, Adam?«
»Nein!« Maria kämpfte wie wild darum, sich aus Freddies Arm zu befreien. »Lass mich sofort los! Lass mich los!«, schrie sie. Sie

sah, dass Adams Finger nach seinem Hosenbund griffen und fühlte, wie grausame Hände ihr Kinn umfassten und sie zwangen zuzusehen. Völlig außer sich holte sie aus und schlug ihm mit der Kraft der Verzweiflung quer über sein dreckiges schwitzendes Gesicht.

Ohne auf eine Reaktion zu warten, machte sie einen Sprung davon. Schmerz durchfuhr ihre Schulter, als Finger ihren Arm packten und sie bösartig zurückrissen. Sie sah, dass Adam eine Hand an die Wange hielt und mit der anderen seine Hose am Bund hochhielt. Seine Augen waren boshaft zusammengezogen, und als sie sich panisch in Freddies Griff wand, machte er einen drohenden Schritt auf sie zu.

Als sie den Mund zum Schreien öffnete, erklang eine kalte, drohende Stimme hinter ihnen, die ihr vertraut war.

»Fass sie an, und ich schlitze dir die Kehle von der Brust bis zum Kinn auf.«

Adam erstarrte. Langsam sah er auf, und sein Gesicht verlor alle Farbe. »Lieber Himmel«, flüsterte er und starrte an ihr vorbei.

Maria folgte seinem Blick. Und keine drei Meter von ihnen entfernt stand Sam ganz ruhig da.

Sein Gesicht war drohend, seine Lippen nur eine schmale wütende Linie und seine Augen schwärzer als der Tod und vielleicht sogar noch kälter. Das Mondlicht schimmerte auf den Pistolen, die ihm um den Hals hingen. Er trug nicht nur die Jacke, die sie ihm als Überraschung genäht hatte, sondern er hatte auch den Degen gefunden und hielt ihn nun in der Hand. Doch Sam brauchte keine Waffe, um Angst zu erzeugen – die wilde mörderische Wut, die er ausstrahlte, genügte bereits.

»Himmel, Freddie, *das ist der Geist!*«

Schreiend sauste er in die Dunkelheit hinein und ließ Adam zurück, der verzweifelt versuchte, seine Hose wieder zuzumachen.

Sams Stimme war kalt und ausdruckslos. »Einen Schritt, und du bist ein toter Mann.«
Doch der plötzlich wieder nüchterne und vor Angst erstarrte Adam hätte sich auch nicht bewegen können, wenn sein Leben davon abgehangen hätte. Und nun tauchte ein hochmütiges und irgendwie amüsiertes Flackern in diesen kalten schwarzen Augen auf, als sie zusahen, wie Adam sich ungeschickt bemühte, die Hose zu schließen.
Doch es war unübersehbar, dass Sam Bellamy diese Situation überhaupt nicht komisch fand. Ein Muskel zuckte in seinem grimmig zusammengepressten Kiefer, und Maria wich angsterfüllt zurück.
Er zerrte sie mit einer plötzlichen Bewegung hinter sich, ohne Adam dabei aus den Augen zu lassen. Seine Lippen kräuselten sich angewidert, als er Adams mitleidsvollen Versuche mit seiner Hose beobachtete. »Bemüh dich nicht«, sagte er gefühllos. »Die wirst du nicht mehr brauchen.«
»Bitte, Sir, tun Sie mir nichts! Ich habe es nicht so gemeint! Wirklich, ich schwöre ...«
»Halt's Maul, verdammt noch mal!«
Zusammengekrümmt bemühte sich Adam, die Hose hochzuhalten und wimmerte wie ein Kind, als der Piratenkapitän ihn langsam umrundete und ihm das Gefühl gab, ein Schwein auf dem Markt zu sein, das gleich geschlachtet werden sollte. Tränen liefen ihm über die schmutzigen Wangen, er schloss die Augen und atmete den Gestank seiner Angst ein. Und dann hörte er das entfernte Geräusch von Stimmen. Die sicherlich von den Schreien seines Bruders aufgescheuchten Helfer kamen aus der Taverne und die Straße entlang. Der Pirat hatte sie auch gehört, und so, wie er lächelte, war es klar, dass er im Gegensatz zu Adam das Näherkommen der Dörfler schon früher gehört hatte.
»Tja, sieht so aus, als ob wir bald Gesellschaft bekommen werden, was, Bursche?« Die schwarzen Augen bohrten sich

wie Nägel in die des anderen, und die Finger liebkosten beinahe den mit Juwelen verzierten Griff des Degens. »Und da du dich ja so dringend zur Schau stellen wolltest, wirst du ja jetzt deine Talente offenbaren können. Deine Nachbarn werden sie weit mehr zu schätzen wissen als Mistress Hallett, meinst du nicht auch?« Wieder tauchte das kalte Lächeln und der gnadenlose Humor in den teuflischen Augen auf. »Und ich«, er verschränkte die Arme und strich sich über den Bart, »werde das genießen, was eine sehr amüsante Vorstellung zu werden verspricht.« Sein Lächeln wurde breiter und zeigte gerade und ungeheuer weiße Zähne, die das einzig Helle in einem Gesicht waren, das nur noch dunkler wirkte, da der Mond sich plötzlich und klugerweise hinter eine Wolke verzogen hatte.

Da er die Andeutungen des Piraten nicht verstand, konnte Adam nur die sehnigen, strammen Arme des Seemanns anstarren, die so locker über der breiten Brust verschränkt waren und diesen Degen, der unter einem angewinkelten Ellbogen hervorschaute. Schweißtropfen bildeten sich auf Adams Stirn, liefen ihm über die Schläfen herab und vermischten sich mit den schmutzigen Spuren, die seine Tränen hinterlassen hatten.

»Zieh jetzt die Hose aus.«

»*Was?*«

»Du hast mich verstanden.« Sam gestikulierte mit dem Messer. »Zieh sie aus.«

Und nun verstand Adam. Sein blutleeres Gesicht wurde aschfahl. »Sir, nein. Bitte, *o bitte,* ich flehe Sie an ...«

»Maria, Liebes, dreh dich bitte um.« Sams Stimme war zu ruhig und zu gleichgültig. Und dann explodierte er unerwartet: »Ich sagte, runter mit ihr, du verdammter, stinkender Köter!«

Hinter ihm schlich Maria mit weichen Knien und zitternden Händen ins Gehölz. Sie hörte Adam schluchzen und das leise Kratzen von Stoff auf seinen Beinen. Sie wartete auf den verzweifelten Schrei – doch nur Sams höhnisches Lachen erklang und die Stimmen der Dorfbewohner, die lärmend auf der Straße näher kamen.

»Oh, hör doch … deine Freunde kommen.« Wieder diese nervenaufreibende tödliche Ruhe. »Es wäre doch schandbar, sie warten zu lassen, nicht wahr? Nun geh und zeig *ihnen,* und nicht einer unschuldigen jungen Frau, was für ein bedauerliches Teil du hast!«

»Sir, *bitte …!*«

»Los, verdammt noch mal, ehe ich die Geduld verliere und dich sofort kastriere!«

Das Messer blitzte im Licht der Sterne auf, doch Adam floh bereits. Sein grauenhaftes Geschrei war so schrecklich, dass es Tote hätte wecken können, und seine Hemdschöße flatterten um seinen blanken Hintern wie ein loses Segel.

Ein leichtes Grinsen flog über Sams strenge Miene. Verdammter, elender, dreckiger, stinkender Köter! Einigermaßen zufrieden drehte er sich um und schob den Degen zurück in die Scheide. »Maria?«, rief er. Doch die Straße hinter ihm war leer. »Maria, wo bist du, Mädchen?« Und dann hörte er ein Knacken im Unterholz, einen scharfen Schrei – und Stille.

Als er sie fand, lag sie mit tränenüberströmtem Gesicht auf der Seite und hielt sich den Knöchel mit der Hand fest. Sie sah zu ihm auf. Ihre Lippen waren weiß vor Schmerz, und in ihren aufgerissenen Augen sah er Besorgnis, Angst und tiefes Elend.

»Oh, Sam …« schluchzte sie. »Sie … sie … er wollte mich …«

»Ich weiß, Liebste.« Wortlos beugte er sich herab und hob sie hoch. Sie war ein Federgewicht, das nur aus Beinen, einem Kleid und nicht viel mehr bestand, abgesehen von dem Haargewirr, das ihr Gesicht umrahmte. Er zog eine feuchte Strähne von ihren Augen fort, küsste ihre Augenlider und drückte ihr Gesicht an seine Brust. »Kleiner Dummkopf«, murmelte er, wiegte sie hin und her, und seine Worte waren wie Liebkosungen und gleichzeitig unausgesprochene Bitten um Vergebung.

Doch er musste nicht darum bitten. Wie ein Kind schmiegte sie sich an seine Brust, als er sie davontrug. Sie fragte ihn nicht, wohin er sie bringen wollte. Es war ihr egal. Wichtig war nur, dass er da war. Sie war in Sicherheit, und die Arme, die sie vor dem Grauen der Welt schützten, waren wieder sanft und zart.

Vierzehntes Kapitel

Er trug sie zum Strand hinunter und auf direktem Weg zum Kai, der mit der Dunkelheit verschmolz, die die Bucht einhüllte. Vorbei an Booten, die ruhig im Hafen lagen und sacht gegen den Kai stießen. Das Licht der Sterne beleuchtete schwach die dunklen Rümpfe, und die Flut schwappte um sie herum, zwischen ihnen und an die Pfähle, die den Pier abstützten. Die dunkle Stille wurde von dem scharfen rhythmischen Geräusch unterbrochen, das Sams Stiefel auf den ausgeblichenen Planken verursachten. Sein Gesicht leuchtete in der Dunkelheit und hatte einen entschlossenen Ausdruck. Schließlich hielt er inne, und alles war wieder still.

Seine Arme umfassten sie fester. Sie hörte, wie mühsam sein Atem ging, fühlte die Feuchtigkeit seiner Brust, als sie sich an ihrer Wange entlang hob und senkte. Der lange Weg durch den Wald und über die Marsch war zu viel für ihn. Doch das würde er niemals zugeben, und sie würde ihn nicht damit provozieren, ihn daran zu erinnern, dass er noch nicht völlig genesen war. Doch während sie darauf wartete, dass er sie absetzte, stabilisierte sich seine Atmung wieder, sein Herzschlag an ihrem Ohr wurde gleichmäßig und sie fühlte das Gewicht seines Kinns auf ihrem Kopf.

Er hielt sie so, bis die Stille zwischen ihnen schließlich lauter zu sein schien als sie sanften Geräusche der Nacht. Er vergrub seine Lippen in ihrem weichen, duftenden Haar und sagte leise: »Möchtest du mich nicht zu Hölle wünschen? Mich

anschreien oder beschimpfen? Ich verdiene das und alles andere mehr als dein Schweigen.«
»Was möchtest du denn von mir hören?«
»Ach, ich weiß es nicht. Dir müssen doch ein paar ganz schön garstige Dinge über mich im Kopf herumgehen. Sag sie. Lass sie heraus. Ich kann das ertragen.«
»Ich fürchte, dass das, was ich im Augenblick über dich denke, deinen Stolz nur noch mehr aufblasen würde, also behalte ich es lieber für mich.«
»Ist mein Stolz denn schon so aufgeblasen, dass er platzen würde, wenn er noch ein wenig Zuspruch bekäme?«
»Nein. Aber du hast Recht, du verdienst es kaum.«
Wenn ihr Tonfall nicht so sanft gewesen wäre, hätte sie ihn damit tief getroffen, denn sie hatte Recht: Er verdiente ihre Wut, ihren Abscheu und noch vieles mehr. Ja, er wollte geradezu, dass sie auf ihn einschlug, ihn verletzte. Vielleicht würde das die Schuldgefühle lindern, die er wegen seines Verhaltens ihr gegenüber empfand. Doch als sie den Kopf in den Nacken legte, sah er nur Dankbarkeit, Liebe und eine Bitte um Verzeihung in ihren Augen.
»Es tut mir Leid …«, begannen sie beide gleichzeitig und bemerkten auch gleichzeitig, wie komisch das war. Sie brachen in ein unsicheres, nervöses und doch erholsames Lachen aus, das sowohl Marias Verletztheit als auch die Schuldgefühle linderte, die Sams Gewissen so schwer belastet hatten. Es wusch all die schlechten Gefühle fort und glättete alle rauen Kanten. Es war etwas, das sie nicht mehr geteilt hatten, seit Sam vor über einem Jahr nach Eastham gekommen war. Nun überließen sie sich ihrem Lachen, bis sie sich aus lauter Freude darüber aneinander klammerten. Sie schlang die Arme um seinen Hals, und er schwang sie umher, bis ihnen beiden schwindelig wurde und sie fast vom Pier hinunter in das dunkle Gewässer der Bucht gefallen wären.
Schließlich setzte er sie ab. »Hast du Adams Gesicht gesehen?«,

fragte sie atemlos und noch immer kichernd. »Ich habe gedacht, dass er gleich tot umfallen würde! O Sam, wenn du dich bloß selbst hättest sehen können! Du schienst schrecklicher als der Teufel selbst zu sein!«
»Wirklich?«, fragte er offensichtlich erfreut mit einem hinterhältigen Lächeln.
»Aber ja. Lieber Himmel, es war kein Wunder, dass der arme Adam dich für einen Geist gehalten hat. Das wird die ganzen Geschichten über dich noch mehr nähren.«
Er wurde etwas ernster. »Zu schade, dass ich nicht lange genug bleiben kann, um das herauszufinden.«
Ihr Lachen erstarb schlagartig. Das Glück verließ ihr Herz mit einem Schwindel erregenden Ruck und hinterließ ein Vakuum, das ihr den Atem nahm. Entsetzen packte sie stattdessen. »Du gehst fort? Was meinst du damit?«
»Sei vernünftig, Maria. Nach heute Abend glaubst du doch nicht, dass ich noch bleiben kann, oder? Sie durchsuchen wahrscheinlich schon deine Hütte. Und du hast doch auch die Bekanntmachung des Gouverneurs gelesen – jeder, der einen Überlebenden der WHYDAH versteckt, beherbergt oder gesund pflegt, wird wie sie bestraft werden. Wenn sie schon die Piraten hängen – und ich kann dir versichern, meine Liebe, dass sie das tun werden –, was werden sie dann erst mit ihrem Kapitän machen? Nette Vorstellungen, was?« Er stieß ein kurzes Lachen über ihr unwillkürliches Schaudern aus. »Tut mir Leid, Mädchen, doch dieses Risiko möchte ich nicht eingehen. Ich liebe dich, doch welche Strafe sie auch immer für mich vorgesehen haben mögen, ich lege keinen Wert darauf, sie kennen zu lernen.«
Dieser Schock war etwas Gnädiges – er brachte noch keinen Schmerz, kein Leid oder Tränen. Nur eine sich ausbreitende Benommenheit sog die Wärme aus ihren Knochen, ihrem Blut, ihrer Haut und ihrem Herzen. Eine Gänsehaut bildete sich auf ihren Armen. Von ferne hörte sie ihre eigene klägliche und

zitternde Stimme. »Aber sie wissen doch nicht, dass du lebst ...«

»Nein, aber sie werden es erfahren, wenn ich lange genug hier bleibe. Eine einzige Gewehrkugel wird beweisen, dass der ›Geist‹ aus Fleisch und Blut besteht.«

Sie starrte ihn an. Er hatte natürlich Recht. Und die Dörfler würden ihre Hütte wie ein Hornissenschwarm überfallen. Sie konnten nicht zurückgehen, nicht einmal wegen Gunner. Wenn man Sam fing, würde man ihm in Boston den Prozess machen und ihn mit Sicherheit hängen, und sie, die ihn gesund gepflegt hatte und nun bei ihm war, würde mit ihm vor Gericht gestellt werden. Eastham war für sie beide nicht mehr sicher. Sie mussten einfach fortgehen.

Und nun hörten sie die Rufe und das Geschrei der Dörfler, die in der Dunkelheit näher kamen.

»Lass uns gehen«, sagte er und nahm ihren Arm.

Doch Maria zögerte. Was wurde aus Gunner? Was wurde aus Tantchen? Was wurde aus den Erinnerungsstücken an den kleinen Charles, an ihre Eltern, ihre Kindheit, an ...

»Komm schon, Maria, wir haben keine Zeit mehr!«

Was war mit der Tatsache, dass Sam ein Pirat war?

»Aber Sam ...«

»Was, verdammt noch mal?«

»Ich ... ich kann nicht!«

Er fluchte leise in sich hinein und starrte über sie hinweg in Richtung Wald. Die Dörfler kamen näher. Und immer näher.

»Verdammt noch mal, wir können hier nicht länger herumstehen und reden. *Komm jetzt!*«

»Ich werde nirgends mit dir hingehen, solange du ein Pirat bist!«

Wieder fluchte er, diesmal schärfer. Laternen leuchteten jetzt durch die Bäume, und die Stimmen wurden lauter. Jeden Augenblick würden die Dörfler sie entdecken. Verzweifelt wählte Sam den einzigen Weg, der ihm blieb – er belog sie und

rechtfertigte sich damit, dass es zu ihrem Besten sei. »Verdammt, Maria, ich werde hier nicht herumstehen und mit dir streiten! Wenn dich die Piraterie so stört, werde ich sie eben aufgeben! Und jetzt lass uns um Himmels willen gehen!«
»Du wirst sie aufgeben? Wirklich?«
Er biss die Zähne zusammen. *»Ja!«*
Und als er sie wieder hochnahm und mit ihr den Pier entlangeilte, dankte er den Göttern dafür, dass sie seine *wirklichen* Pläne nicht kannte. Würde sie sie kennen, würde sie ihm höchstens bis zur Kante des verzogenen und verwitterten Piers folgen und keinen Schritt weiter. Oder ihn davon herunterstoßen. Als er die Kante erreichte, musterte er die Fischerboote, die ruhig im Hafen lagen, bis er eines entdeckte, das für seine Zwecke passend erschien. »Jetzt wisch dir die Tränen fort«, sagte er liebevoll. »Ich werde keine triefnasigen Gören in meiner Besatzung dulden!«
Und genau in diesem Moment raste Gunner aus dem Wald, quer über den Strand und auf den Pier.
»Gunner!«, schrie Maria.
»Ach du lieber Himmel!«
»Sam, wir müssen ihn mitnehmen!«
Fluchend sprang er in das kleine Boot hinab. Ein verdammter Hund fehlte ihm gerade noch! Eine Frau an Bord war schon schlimm genug, aber ein Hund ...
Ach, zur Hölle damit.
Ungeduldig streckte er die Arme nach ihr aus, während er mühelos die Balance in dem kleinen Fahrzeug hielt.
»Ruf den schnüffelnden Kerl und lass uns losfahren!«
»Ich kann nicht!«
»Verdammt, ich habe keine Zeit, hier herumzuplänkeln. Hast du Angst, Eastham zu verlassen, oder Angst vor mir?«
»Nein.«
»Wovor, zur Hölle, hast du dann Angst?«
»Vor dem Boot«, sagte sie leise und verlegen.

»Als Mädchen von der Küste hast du Angst vor einem verdammten Boot?«

»Ja.«

»Sag mir, wovor du dich mehr fürchtest, vor dem Boot oder vor der Schlinge des Henkers?«

»Vor beidem gleichermaßen«, sagte sie.

»Nun, wenn du noch länger wartest, brauchst du nicht mehr zu wählen. Gib mir deine Hände.« Er umfasste ihre Handgelenke und schob ihre Arme um seinen Hals, wo sich diese festklammerten wie Entenmuscheln an einem Schiffskiel. »Das war's.« Und noch ehe sie weiter protestierten konnte, lagen seine Hände um ihre Taille und hoben sie hoch.

»Sam, ich bin kein Seemann!«

»Aber ich. Entspann dich. Ich halte dich fest.«

Sie schluckte krampfhaft, kniff die Augen zusammen und erdrosselte ihn fast, als er sie mit einer einzigen fließenden Bewegung vom Pier hob und in dem Boot absetzte. Dort blieb sie vor Angst reglos stehen, bis Sam sie sanft auf den Sitz drückte. »Setz dich«, befahl er, »und beweg nicht dich.«

Gunner raste heran und sprang im letzten Moment ins Boot, bevor Sam die Halteleine losband, ein Ruder gegen das Dock drückte und das Boot in einem gurgelnden Schaumwirbel in das Gewässer der Bucht stieß.

»Sam ...«, sagte sie ängstlich.

Doch er war in seinem Element, sicher und entspannt und Herr der Lage. Er ging geschickt mit dem Boot um, ließ die Segelstange frei in der sanften Brise herumschwingen, als er das Segel setzte. Und er summte – mein Gott, er *summte* vor sich hin. Dann lächelte er teuflisch, als er zur Ruderpinne griff. »Hast du noch immer Angst?«

»Du findest das komisch, was?«

»Tut mir Leid, Prinzessin, aber so wie du dasitzt, bleich und wie eine Qualle schlotternd, kann ich mich nur mühsam beherrschen!«

»Wir werden ertrinken, ich weiß es einfach!«
»Nein, Mädchen«, versicherte er ihr so ruhig und überzeugt, dass sie ihm fast glauben konnte. »Wir werden nicht ertrinken.« Denn er hatte das Meer noch nie so ruhig und glatt gesehen, als sei es zerknirscht darüber, wie es ihn in der Nacht der WHYDAH-Katastrophe behandelt hatte. Nein, heute Nacht bat das Meer ihn um Verzeihung. Sie würden nicht ertrinken.
Sie hörte Sams neckende Stimme durch ihre von Angst erfüllte Benommenheit. »Du kannst dich neben mich setzen, wenn du möchtest.«
Sie ließ sich das nicht zweimal sagen. Mit zitternden Beinen ging Maria halb in die Hocke, legte die kurze Strecke wie eine arthritische alte Frau zurück und ließ sich dankbar neben ihm nieder.
»Besser?«
»Ja, viel«, sagte sie, schmiegte sich an ihn und verbarg das Gesicht in den Falten seines Ärmels, um den Anblick des an ihnen vorbeirauschenden schwarzen Wassers nicht mehr sehen zu müssen. Doch als sein Arm sich um ihre Schultern legte und er sie an die tröstende Wärme seines Körpers zog, wagte sie schließlich, die Augen zu öffnen.
Feigling, beschimpfte sie sich selbst. Und dann dachte sie an die WHYDAH, als sie noch stark gewesen war, fast zweihundert Seeleute auf ihren Decks herumgingen und die Totenkopfflagge in der Brise flatterte und die weißen Segel in den Himmel aufragten. Sie dachte daran, wie sie über das nächtliche Meer wie dieses dahinglitt und wie dessen Oberfläche die gleichen Sterne reflektierte, während die Besatzung mit betrunkener Hemmungslosigkeit unflätige Lieder sang. Und dann schwoll ihr Herz vor Stolz, als sie daran dachte, wie der Mann neben ihr auf dem Achterdeck ausgesehen haben mochte, stolz und gut aussehend und nicht nur Herr über dieses schöne Schiff, sondern über die ganze See. Ja ... sie nannten ihn ja den freien

Prinzen des Meeres. Und plötzlich wollte sie unbedingt wissen, wie dieses Leben ausgesehen hatte.

»Sam?«

»Hmm?« Seine Stimme klang fast schläfrig.

»Wie war das Piratenleben?«

»Ich dachte, du wolltest nichts darüber hören.«

»Da du es ja jetzt hinter dir hast, glaube ich, dass ich es ertragen kann.«

»Was möchtest du denn wissen?«

Sie schmiegte sich dichter an ihn und war sich glücklich bewusst, dass er ihren Arm durch den dünnen Stoff ihres Ärmel abwesend streichelte. »Wie es gewesen ist. Wie du gelebt hast und welche Abenteuer du zu bestehen hattest ... War deine Mannschaft wirklich so blutrünstig und grausam, wie behauptet wurde?«

»Nicht mehr als ich«, sagte er ausweichend.

»Erzähl mir von ihnen.«

Mit einem glücklichen Lächeln der Erinnerung folgte er ihrer Aufforderung.

Sie hörte zu, fragte nach, und schließlich erreichten seine quälenden Erinnerungen auch sie. Plötzlich wollte sie die Hand ausstrecken und sein Gesicht berühren. Sie wollte seinen Schmerz teilen, ihn trösten und seine Schuldgefühle und Trauer über den Schiffbruch für alle Zeiten vertreiben. Sie begann schon, sich aufzusetzen, als das Segel plötzlich leblos herabsank, da die Brise plötzlich verging.

»Verdammt«, murmelte Sam und wartete darauf, dass der Wind wieder auffrischte. Doch er fluchte nicht nur über die untreue Brise. Maria, die so vertrauensvoll und unschuldig an seiner Brust lag, war verführerischer, als gut für sie war.

Irritiert davon, dass er so wenig Kontrolle über seine eigenen Bedürfnisse hatte – und von der Reaktion, die er von ihr mit Sicherheit erhalten würde, wenn er ihnen nachgab –, hob er sie von seinem Schoß fort und stand auf. Wenn er sich nur ein

paar Minuten von ihr löste, ging es ihm vielleicht wieder besser. Unter dem Vorwand, sich um das Segel zu kümmern, entfernte er sich von ihr.
»Was machst du?«, fragte sie unschuldig und stützte sich auf dem Ellbogen ab.
»Ich hole das Segel ein. Wir können gut eine Weile treiben. Der Wind hat sich sowieso gelegt.«
Die Schroffheit in seiner Stimme verwirrte sie. Maria fragte sich, was sie falsch gemacht hatte, setzte sich auf, versteckte die Füße unter den Röcken und schlang die Arme um die Knie. Sie blickte ihn mit schmerzlichem Blick an. Trotz der Schnelligkeit seiner Bewegungen schien es ungewöhnlich lange zu dauern, das Boot klar zu machen. Und mittlerweile war ihr klar, dass er ihr bewusst auswich. Doch warum? Sie konnte es nicht länger ertragen.
»Sam?«
»Was?«
Sie überlegte kurz. »Mir ist ... kalt.«
Er seufzte tief und verärgert auf, kehrte zu ihr zurück und merkte nicht, dass sie bei weitem nicht so arglos war, wie er dachte. Maria war überhaupt nicht kalt. Sie wollte ihm nahe sein, wollte von ihm in die Arme genommen und geliebt werden, ohne dass die Schatten der WHYDAH-Tragödie über ihnen hing. Doch sie schwor sich, dass sie sich ihm nicht aufdrängen würde. Und so sah sie enttäuscht zu, wie er seine Jacke auszog, sie ihr um die Schultern legte und sich setzte, doch nicht neben sie, sondern ihr gegenüber.
»Besser?«, fragte er irgendwie gereizt.
»Nein. Mir ist noch immer ... kalt.«
»Soll ich etwa ein verdammtes Feuer machen?«
Sofort glitt ein Schatten über ihr hübsches Gesicht, und er verfluchte sich selbst für seine Schroffheit. Doch unerschrocken sah sie ihn an. »Ich ... möchte, dass du zu mir zurückkommst und mich festhältst.«

»Himmel.« Er zog sich zum Bug zurück, zerrte und riss an dem Bündel aus Segeltuch und Netzen, das dort lag. Er schüttelte alles aus, bis alles aussah wie ein Bett am Boden des Rumpfs. Mit verärgertem Knurren stand Gunner auf, sprang zum Heck und legte sich wieder schlafen.

»Sam ...«

»Hör zu, Maria, ich habe keine Lust zum Herumtändeln. Entweder sagst du mir, was dich stört oder du lässt es – aber ich habe keine Lust dazu, hier herumzusitzen und es dir aus der Nase zu ziehen. Ich habe zwei Tage nicht geschlafen und bin erschöpft. Gute Nacht.«

Verzweifelt starrte sie ihn an. »Aber Sam, was ist denn, wenn etwas passiert?«

»Zum Beispiel?«

»Nun, wenn Wind aufkommt. Oder wenn wir zu nahe zur Küste treiben. Was ist ...«

Wieder erklang der übertriebene Seufzer. »Maria, ich schlafe ja nicht wie ein Toter. Man kann mich wecken. Wenn es nötig ist, wecke mich einfach.«

Hilflos sah sie zu, wie er sich auf dem Segeltuchberg ausstreckte, die Arme hinter dem Kopf verschränkte und reglos und steif wie ein Toter liegen blieb. Wie konnte er so grausam sein? Wie konnte er sie so gedankenlos ignorieren? Und als die Zeit verging und sein Atmen nicht schwer und rhythmisch wurde, sondern aus schlaflosen Seufzern und Flüchen bestand, wurde ihr die einfache Wahrheit klar: Er wollte ihr einfach nicht nahe sein.

Ihr Blick wanderte voll Verlangen über das gut aussehende Gesicht, den schmalen harten Körper und hinunter zu ... Plötzlich drängte sich ihr die Antwort so deutlich auf, zu der sie ihre Intuition nicht lange bemühen musste. *Maria, du Dummchen!*, dachte sie. Das Problem war, dass er sie wollte! Und er war zu sehr Gentleman, um ihr noch mehr Schmerz und Verdruss zuzufügen, als er ohnehin schon getan hatte. Es war geradezu lachhaft.

»Sam?«
»Was, Maria?«, fragte er wachsam.
»Wenn du nicht hierher kommen möchtest, kann ich dann zu dir kommen? Mir ist noch immer kalt.«
Ein weiterer Seufzer. »Ja.«
Sie erreichte ihn problemlos, und er stöhnte innerlich auf, als sie sich neben ihm niederließ und ihre süßen jungen Brüste an seinen feuchten Oberkörper schmiegte.
»Maria, musst du so liegen? So ... nah?«
»Ich habe dir doch gesagt, dass ich friere.«
»Dann nimm mein Hemd auch noch.« Er stützte sich auf einem Ellbogen ab und hatte das Hemd schon fast auszogen, als ihre kleine Hand ihn aufhielt.
»Sam, ich brauche dein Hemd nicht«, sagte sie sanft.
»Ich denke, du frierst.«
»Nein, nicht wirklich. Ich wollte dir nur nahe sein.«
Vorsichtig fuhr sie mit der Hand über sein Schlüsselbein, dann hinunter zu seinen winzigen Brustwarzen und bis zur Mitte seines Oberkörpers, wo die spanische Münze noch immer auf seinem Brustbein lag. Erst dann wagte sie es, ihm in die Augen zu sehen. Sie waren von Liebe erfüllt, so weich wie schwarzer Samt, und sie glaubte, fast in ihren Tiefen zu ertrinken.
»Maria?«
Sie flüsterte verführerisch: »Ich habe dir doch gesagt, dass ich dir nahe sein möchte, Sam.«
»Himmel, Frau, wie nahe denn noch?«
»Nahe genug, dass ich deinen Herzschlag hören kann«, sagte sie mit weicher melodischer Stimme, die voller Versprechen war. »Nahe genug, um das Blut durch deine Adern rauschen zu hören. *So* nahe.« Und damit senkte sie den Kopf, presste die Lippen auf seine warme Brust und betete im Stillen, dass er sie nicht fortschob. Und als sie sich an sein weiches Brusthaar schmiegte, wusste sie, dass es niemals falsch sein konnte, diesem starken wundervollen Mann ihre Liebe zu schenken.

Seine Stimme klang angespannt und heiser. »Oh, Prinzessin, quäl mich nicht so ... ich kann es nicht ertragen.« Er schloss die Augen, als habe er Schmerzen. Doch sie hatte ihn jetzt in ihrer Gewalt, und das war das aufregendste Gefühl, das sie je empfunden hatte. Sie nahm seine Hand und legte ihre raue Handfläche auf ihre verlangende, schmerzende Brust.

»Ich bin nicht mehr wütend auf dich ... Was muss ich tun, damit du mir glaubst?«

»Himmel ...«, krächzte er. »Wenn du vorhast, mir das so zu beweisen ...« Doch seine restlichen Worte gingen verloren, als er sich im Bug zurücklegte und sie auf sich herabzog und sie vor der Feuchtigkeit im Boot mit seinem langen sehnigen Körper schützte. Seine eine Hand streichelte ihren Nacken, und die andere knetete ihre straffe Brustwarze durch den dünnen Stoff ihres Kleides.

Flammen loderten in ihrer Brust, und glühend heißes Blut lief ihr durch die Adern. Seine Stimme war angespannt: »Möchtest du das haben, Mädchen? Bist du sicher?«

»Was meinst du damit?«

»Nach letzter Nacht ...«

»Bitte vergiss die letzte Nacht!« Ihre Lippen hauchten über seinen Hals und sein Ohr. »Wenn du das Ungeheuer wärst, für das du dich hältst, hättest du keine Schuldgefühle.« Ihre Hand glitt über seinen strammen flachen Bauch, und er vergaß tatsächlich die Nacht, und auch den Schiffbruch, einfach alles außer ihr und diesen Herrlichkeiten, die sie mit ihm machte.

»Zeig mir, dass du noch immer der Mann bist, in den ich mich vor einem Jahr verliebt habe. Zeig mir, dass der wahre Sam Bellamy nicht mit seinem Schiff gestorben ist, sondern noch immer lebendig und kraftvoll ist ... zeig mir, dass er kein Traum ist, aus dem ich irgendwann erwache, sondern wirklich hier ist ...«

Und dann waren seine Lippen überall.

»Sam ...«, hauchte sie. Sie war überwältigt von seiner herrlichen Nähe, ungeduldig, zu spüren, dass er ihre Seele erfüllte, wild darauf, sich um ihn zu schlingen und ihn an sich zu pressen mit all der wilden Hemmungslosigkeit, die ihr Körper und ihr Herz verlangten. Sie spürte eine Bewegung, als er seine Hose öffnete, und dann lagen seine Hände heiß auf ihren Hüften. Langsam drückte er sie nieder, und seine pralle Männlichkeit war wie ein mit Samt bedeckter Fels, als er in sie eindrang.

Er wuchs in ihr, füllte sie so sehr aus, bis ihr der Kopf schwirrte und sie sich benommen fragte, ob sie diese köstliche Qual überhaupt ertragen konnte. Doch seine starken Hände umfassten noch immer ihre Hüften, hielten sie auf ihm fest, und nun forderte sein Mund ihren mit wilder, hungriger Besitzgier. Und sie spürte in ihm ein verzweifeltes Drängen, in dem sie ihr eigenes wiedererkannte, und langsam und quälend begann er, sie auf und ab zu bewegen, auf und ab, bis sie glaubte, sterben zu müssen an den Gefühlen, die in ihrem Körper aufschrien und gegen ihre heiße, von Tau bedeckte Haut hämmerten.

Schneller und schneller bewegte er sie, bewegte sie auf und ab und auf und ab, bis das Feuer in ihrem Blut zu Fieber wurde und sich ihre Finger in die Haut seiner feuchten und heißen Brust krallten. Ihr Kopf fiel zurück, sie flehte den Nachthimmel an, und dann explodierten die Sterne über ihr zu einer Million sich drehender Lichter, als eine Welle der Lust nach der anderen über sie hinwegrauschte. Ihre Schenkel zogen sich krampfhaft um ihn zusammen, und er keuchte ihren Namen, als er ebenfalls zu zittern begann. Dann zog er sie ein letztes Mal herab und trieb sich tief in sie hinein.

Fünfzehntes Kapitel

Während der Nacht kehrte der Wind zurück, erst als sanftes Flüstern und im Morgengrauen als frische Brise, die die ruhige Oberfläche des Meeres aufwühlte, Marias seidenes Haar anhob und Sam weckte, als die weichen, maisgelben Haarsträhnen seine Wange kitzelten und sich in seinem Bart verfingen. Er unterdrückte ein Gähnen, setzte sich auf und zog Maria vorsichtig an seine Brust, um sie nicht zu wecken.

Sanft rieb er die Wange an ihrem Haar und wünschte, er hätte das Herz, sie aufzuwecken und den Mut, um ihr das zu sagen, was er ihr verschwiegen hatte – dass seine Tage als Pirat noch längst nicht gezählt waren.

Denn direkt gegenüber dieser sanften Bucht war Boston, wo der klägliche Rest der WHYDAH-Besatzung im Gefängnis verrottete, bis jemand sich ihrer erbarmte und ihnen ein Seil um den Hals legte, um ihr Elend zu beenden. Da er die Dinge noch nie dem Schicksal überlassen hatte, wenn er es ändern konnte, hatte Sam vor, sie zu retten, bevor jemand ihn daran hinderte. Doch wie?

Grimmig schätzte er seine gegenwärtige Lage ein. Sein Kriegsschiff: ein winziges Boot, das nach Salzlake stank. Seine Besatzung: ein wertloser Hund und ein vertrauensvolles Mädchen, das unschuldig in seinen Armen schlief und wahrscheinlich meutern würde, wenn es die Pläne ihres Kapitäns herausfand. Seine Bewaffnung: zwei Pistolen und ein Messer. Der Schwar-

ze Sam Bellamy, der Fluch des gesamten Atlantiks, der freie Prinz des Meeres. So Furcht erregend wie immer, oder?
Er fluchte und wünschte, Paul, Louis Lebous oder sogar Ned Teach würden ihm zur Seite stehen ...
Doch er war schon früher in hoffnungsloser Lage gewesen. Und solange er lebte, war er nicht machtlos. Natürlich wusste jedermann, dass der überhebliche Kapitän der WHYDAH mit seinem Schiff untergegangen war, und diesen Glauben würde er nicht zerstören, wenn auch nur im Interesse von Marias Wohlergehen, falls sein Rettungsversuch fehlschlug. Nein, es würde besser sein, die alte Flagge unter einem neuen Namen zu hissen, der Übles versprach und versteckt die Idioten verspottete, die nie herausfinden würden, wer er *wirklich* war. Er ließ sich ein paar Namen durch den Kopf gehen, bis er den richtigen fand. Black Sam hatten ihn seine Männer genannt. Warum nicht Sam Black? *Sam Black.* Er lächelte. Das war der perfekte Hohn! Und wenn seine Pläne scheitern sollten, würde Maria vor den Konsequenzen seiner wahren Identität geschützt sein, denn Sam Black hatte sich keinerlei Verbrechen gegen die Krone schuldig gemacht ... bis jetzt.
Plötzlich schoss ihm ein Gedanke durch den Kopf und ließ ein hinterhältiges Lächeln über seine düstere Miene huschen. Der Teufel sollte ihn holen! Warum hatte er nicht schon früher daran gedacht? In jener schrecklichen Nacht hatten drei Schiffe die WHYDAH begleitet, und von diesen war nur die Weinpinke verloren gegangen. Doch was war mit den beiden anderen geschehen – mit der Schaluppe FISHER von Ingols und ANNE, der zweimastigen Brigantine, die sie Anfang April aufgebracht hatten?
Mit Sicherheit hatten die Beutebesatzungen seine Befehle befolgt und waren nach Monhegan weiter gesegelt, einer kahlen und weitgehend unbewohnten Insel elf Meilen vor der Küste von Maine, wo sie sich alle treffen wollten, falls der Sturm sie trennte. Mit ein wenig Glück waren sie alle noch dort, wenn

die Nachricht vom Untergang der WHYDAH vor einem Monat nicht zu ihnen gedrungen war. Er musste nur die beiden Schiffe finden, ihr Kommando übernehmen, nach Boston segeln und das Gefängnis stürmen.

Er wurde wieder vernünftig. *Maria*. Er konnte kaum erwarten, dass sie solch einen Plan unterstützte. Doch davon konnte er ihr ja später erzählen und seine Pläne vorerst für sich behalten. Wenn sie erst richtig Vertrauen zu ihm gefasst hatte und ihre Liebe stark genug war, würde er ihr alles erklären und Gott bitten, dass sie es verstand.

Aber würde sie es verstehen? Ihre starren Moralvorstellungen hatte sie in einem puritanischen Dorf erworben, und sie war sehr streng erzogen worden. Unschuldig wie ein Lamm und so rein wie frisch gefallener Schnee. Sie hatte *ihn* in ihr Leben aufgenommen und in ihren reinen, zierlichen Körper. Er blickte erneut auf ihr süßes Gesicht herab, das so vertrauensvoll und so verdammt unschuldig war, und zog ihr die Jacke über die Schultern. Selbst wenn sie schlief, konnte er nicht die Finger von ihr lassen.

Lass sie schlafen. Wenigstens im Schlaf lag Unschuld – und Unwissenheit. Und dann gefror ihm das Lächeln auf den Lippen, und all seine Gedanken wurden ausgelöscht. Er reckte das Kinn und starrte mit dem festen Blick eines Wolfes. Alles um ihn geriet in Vergessenheit, als er seine Beute entdeckte …

Sie war eine schmucke, schlanke kleine Schaluppe, deren verlängerter Bugspriet zwei Drittel ihrer Rumpflänge umfasste und deren einziger Mast die Sterne berührte. Sie hatte ein riesiges Hauptsegel und ein Marssegel, in dem sich die Farben der Morgendämmerung fingen. Die Flagge Englands flatterte an ihrem Masttopp. Sie war vielleicht eine Meile entfernt, doch die schmerzend nostalgischen Geräusche eines Schiffs, das vor Leben pulsierte, klangen deutlich herüber und brachten sein Blut in Wallung.

Seine Handflächen wurden feucht vor nervöser Aufregung.

Offenbar hatte jemand – höchstwahrscheinlich der Teufel – seine verzweifelten Gedanken gehört und ihm etwas geschenkt, was er sich nicht in seinen wildesten Vorstellungen erträumt hätte. Die Schaluppe war zu schön und makellos, um ein Piratenschiff zu sein, und sie war zu anmutig, um ein Jagdhund der Königlichen Marine zu sein, der zum Aufstöbern von Seewölfen seiner Sorte ausgeschickt war. Sie sah so aus, als hätte sie noch nie einen Kampf gesehen; ihr Klüver war weiß und mit Gischt bedeckt, und an ihrem Rumpf glänzte der frische schwarze Farbanstrich im Morgenlicht.
Zum Glück war Maria noch nicht wach und konnte so weder Sams gerissenes Lächeln sehen noch den hungrigen Glanz in seinen Augen. Denn hier war die Antwort auf die Frage, wie er seine Männer aus dem Gefängnis holen könnte. Hier war die Gelegenheit, nach Boston zu kommen, in die offene See, zu Paul Williams, Monhegan oder wohin auch immer er wollte. Hier war die Rückkehr in die Freiheit, die ihm durch den Untergang der Whydah so grausam genommen worden war.
Denn dieses behände süße kleine Schiff würde die Untiefen, die der Whydah zum Verhängnis geworden waren, mit Leichtigkeit umfahren. Mit dem quadratischen Marssegel würde sie vor dem Wind dahinfliegen. Sie war temperamentvoll, lebendig und bequem, und Sam sah in ihr ein Piratenschiff.
»Maria, Mädchen, wach auf!«, flüsterte er und schüttelte sie an der Schulter, ohne den Blick von dieser vor ihm liegenden Schönheit abzuwenden.
Maria öffnete die Augen. Da sie sich ungern der Kühle des Morgens aussetzen wollte, zog sie Sams schwere Jacke fest um sich und schmiegte sich wieder in ihre herrliche Wärme. Doch die Hand an ihrer Schulter gab nicht nach. Schlaftrunken murmelnd streckte sie sich, rieb sich die Augen und öffnete sie. Über sich sah sie Sams Profil und dass auf den schwarzen Wellen seines glänzenden Haars die goldenen, orangefarbe-

nen und roten Schattierungen der Dämmerung lagen. Vor dem glühenden Leuchten des Himmels sah er wie eine Statue aus. Er starrte eindringlich auf etwas hinter ihr. Als sie sich auf einem Arm aufstützte und seinem Blick folgte, sah sie eine entfernte, aber näher kommende weiße Wolke.

Sie presste eine Hand auf den Mund. »Sie haben uns gefunden!«

Er gab ein kurzes Lachen von sich, das selbstsicher und triumphierend klang. Ohne das Schiff aus den Augen zu lassen, sagte er: »Niemand hat uns gefunden, Prinzessin. Oder glaubst du, dass einer deiner ehemaligen Nachbarn sich etwas so Feines leisten könnte? Nein, wahrscheinlich gehört sie jemandem, der viel reicher ist als jeder einzelne deiner früheren Nachbarn.«

»Woher kommt sie?«

»Schau dir genau ihre Farben an! Aus England.«

»Doch wohl kein Marineschiff!«, schrie Maria in wildem Entsetzen auf. »O Sam, wenn das so ist, dann würden sie sich nicht mit einem Prozess abgeben, sondern dich gleich am Bugspriet aufhängen ...«

»An der Rahnock«, korrigierte er sie mit blasiertem Lächeln.

»Rahnock, Bugspriet, egal! Ich kenne mich zwar mit Schiffen nicht aus, aber ich weiß genau, wie die Marine mit Piraten umgeht!«

Doch Sam blieb erfreulich gleichgültig. »Sie ist kein Piratenjäger, Mädchen. Ich kann ihre Kanonen an einer Hand abzählen. Ich vermute, dass ihr Kapitän sie für irgendetwas Zwielichtiges verwendet – zum Schmuggeln vielleicht. Schnell genug ist sie auf jeden Fall.« Er strich sich über den Bart. »Aber ich kann mich auch irren. Vielleicht ist sie völlig unschuldig. Das kann man nie wissen.«

»Vielleicht ist sie ein Piratenschiff«, vermutete sie mit deutlichem Abscheu.

»Nein.« Und zu sich selbst: *Aber das wird sie bald sein.*

Der Ausguck der Schaluppe hatte ihr Boot entdeckt, und Maria sah, wie das frühe Sonnenlicht von seinem Fernrohr reflektiert wurde, während Rufe über das Wasser klangen. Nervös sah sie, dass das Schiff sich in ihre Richtung drehte. Da Maria eine Bewegung neben sich spürte, drehte sie sich um. Sam nahm den Seidenschal mit den Pistolen, lud sie mit einer Geschwindigkeit und einem Geschick, die sie gleichzeitig faszinierte und erschreckte. Er schlang sie sich um den Hals, schulterte den Munitionsbeutel, zog seine Jacke an und verbarg darunter beide Waffen und den Beutel. Abschließend nahm er den Goldring aus dem Ohr und ließ ihn in eine seiner Taschen gleiten. Doch nicht das und auch nicht die Art, wie er seinen Degen streichelte, verriet ihn, sondern sein berechnendes Lächeln.

»Was hast du vor?«, rief sie.

»Es tut mir Leid, Mädchen. Ich habe dir nicht die ganze Wahrheit gesagt. Für dich, Prinzessin, werde ich die Piraterie aufgeben, das schwöre ich dir – aber erst, wenn ich meine Männer aus dem Gefängnis befreit habe.«

»Aber Sam!«

»Hör zu, Maria, ich habe den Tod von fast hundertfünfzig Männern auf dem Gewissen. Ich kann sie nicht wieder lebendig machen, doch ich kann etwas für die tun, die im Gefängnis von Boston sitzen. Wenn die Piraterie die einzige Möglichkeit dazu ist, dann soll es so sein!«

Seine Stimme war entschlossen, und sein Ton endgültig. Dann erhob er sich und sah der näher kommenden Schaluppe entgegen.

Sprachlos vor Unglauben und überwältigender, rot glühender Wut sah Maria die Schaluppe näher kommen. Ihr riesiges Hauptsegel versperrte den Blick auf alles, was sich hinter ihr befand, und das Sonnenlicht beleuchtete nun den fünfundzwanzig Meter hohen Mast bis hinauf zum Flaggenknopf, an dem ein Wimpel in stolzer Unschuld flatterte. Sie passierte sie in einem Schwall schäumenden Wassers, das ihr kleines Boot so sehr zum Schwanken brachte, dass Maria sich an den Dollborden festklammern musste, doch – leider – brachte sie damit Sam keinen Moment lang aus dem Gleichgewicht. Flüchtig ging ihr durch den Kopf, ihn über Bord zu stoßen. Doch sie ließ diese Idee wieder fallen, als ein glückloser Seemann den Befehl zum Beidrehen gab. Wusste er denn nicht, auf was er sich einließ? Wusste er nicht, dass Sam ein *Pirat* war? Und nun drehte das ahnungslose Schiff seine elegante Nase in den Wind, und seine großen Segel luvten, als es in der sanften Dünung verharrte.

Wütend wirbelte Maria mit rebellischem Blick zu Sam herum. »Wie kannst du überhaupt nur daran denken, solch etwas Scheußliches und Ekelhaftes zu tun? Diese Männer haben uns nichts getan!«

»Bitte, Maria, halte mir keine Predigt«, sagte er mit aufreizender Sorglosigkeit. Sein Blick, der so scharf war wie ein frisch geschliffenes Messer, sog alles ein, von der schimmernden Galionsfigur – einem springenden Delfin – bis zu den Vergoldungen, die die Gilling verzierten. Achtzehn Meter von vorn bis achtern, vielleicht eine Idee mehr, bei einer Breite von ungefähr sechs Metern. *Perfekt*, dachte er. Er ignorierte Marias weiße Lippen, die Wut in ihren Augen und verdrängte vorsorglich den Kampf, der mit Sicherheit bevorstand. »Jetzt setz dich einfach wie ein braves Mädchen hin und verhalte dich ruhig«, befahl er. »Und überlass mir das Reden.«

»Das werde ich nicht tun! Das ist verrückt, hörst du? Das ist absolut …« – sie suchte wie wild nach dem passenden Wort – »… *obszön!* Du könntest ein neues Leben beginnen, und was tust du? Du wirfst es weg! Wie kannst du überhaupt auf die Idee kommen …«

Er fiel ihr einfach ins Wort. »Sprich leise, Prinzessin. Geräusche werden weit über das Wasser getragen.«

»Ich werde hier nicht untätig herumstehen und zusehen, wie du jemanden tötest!«

»Ich sagte *Ruhe!*« Ihre Schimpfkanonade raubte ihm den letzte Rest an Geduld. »Denk, was du willst, aber du wirst an Bord dieses Schiffs gehen, und ich möchte keine weiteren Kommentare von dir hören. Ist das klar?«

»Du kannst mich nicht einschüchtern!«

»Nein?« Sein Ton war warnend, und seine Miene verbat ihr jede Gegenrede. »Nun hör auf, Zeit zu verschwenden. Leg dich im Bug hin und tu so, als seist du krank.«

»Ich denk nicht dran!«

»Mach schon!«, sagte er sanft. »Oder möchtest du, dass sie mich töten?«

Mit zusammengebissenen Zähnen tat sie, was er wollte und hasste ihn für das, was er von ihr verlangte und auch dafür, dass er ihr vorgemacht hatte, etwas anderes zu sein, als er war – ein Schuft, ein Halunke, ein Lump. Ein *Pirat!* Was für eine glückselige Idiotin war sie doch gewesen, als sie glaubte, dass er sich nur für sie geändert hatte. Wütende Tränen brannten in ihren Augen. Sie bohrte sich die Fingernägel in die Handflächen, zog ihre Röcke von der Feuchtigkeit fort, die sich unten im Boot befand und starrte ihn durch den Vorhang ihrer Haare an. »Wenn du glaubst, dass ich ...«

Er unterbrach sie mit leiser, drängender und herrischer Stimme. »So nicht. Leg dir die Hand auf den Bauch. Und schließ die Augen. Du musst krank aussehen, aber nicht tot.«

»Ich werde bei dieser Verrücktheit nicht mitmachen!«

»Verdammt noch mal, Maria, du strapazierst meine Geduld!«

»Was habe ich damit zu schaffen! Sie hat mir nur Kummer, Schmerzen und Seelenpein gebracht! Ekel! Barbar! *Schmarotzer!*«

Er umfasste ihr Kinn mit festem Griff und versengte sie fast mit dem wütenden Blitz aus seinen obsidianschwarzen Augen. Für die Leute auf dem Schiff wirkte die Geste wie das besorgte

Überprüfen eines Liebenden, für Maria alles andere als das. »Ich warne dich«, sagte er gefährlich. »Nur weiter so, Liebes. Nur weiter so.« Er ließ sie ruckartig los und schaute zu den Männern hinauf, die sich an der Reling der Schaluppe drängten.

Sie blinzelte die wütenden und verzweifelten Tränen fort, presste sich eine Hand auf den Bauch und schloss die Augen. Sie würde bei diesem ... diesem Wahnsinn mitmachen, aber nur, um sein Leben zu schützen!

»Hol dich der Teufel, Sam Bellamy«, flüsterte sie mit zusammengebissenen Zähnen.

Doch er lachte nur leise, nahm die Ruder auf und fuhr das kleine Boot in den dunklen Schatten der wartenden Schaluppe. Durch schmale Schlitze hindurch sah sie ihn mit vorgetäuschtem Unbehagen aufstehen, das Dollbord zögernd loslassen und sich bereithalten, gleich wieder danach zu greifen, wenn er das Gleichgewicht verlieren sollte. Sein Körper überragte sie, während er den Gruß des Bootes erwiderte. *Oh, was für ein Schauspieler,* dachte sie bitter.

Sam schirmte die Augen ab, schaute an der Wand aus schwarzen, von Seewasser feuchten Planken bis zur Reling hinauf, über die die Männer neugierig hingen. »Hallo, hallo dort!«, rief er mit der Stimme eines Fremden, die keinen Hauch des Tonfalls aus dem Westen hatte, der Maria so vertraut geworden war. Sie war kurz davor, sich die Backenzähne zu zermahlen. Sein Unbehagen im Boot war nicht das Einzige, was er vortäuschte. »Gott sei Dank habt ihr uns entdeckt! Ich bin ganz durcheinander und nur ein armer Teufel, der mit seiner Braut und ihrem jungen Hund einen Tag auf dem Meer verbringen wollte. Zum Seemann bin ich wohl nicht geboren, was? Und jetzt ist das arme Mädchen auch noch seekrank geworden. Es wäre doch fürchterlich, wenn sie sich den Tod holt, denn das kleine Boot ist nämlich undicht. Würdet ihr so nett sein und uns an Bord lassen?«

»Sam«, zischte Maria angewidert.
Ein älterer Mann tauchte an der Reling auf und schob die anderen grob beiseite. Sein stahlgraues Haar war zu einem festen Zopf zusammengebunden, und sein von tiefen Falten durchzogenes Gesicht wurde von einem Dreispitz beschattet. Seine Blicke glitten über Maria, und in ihnen sah sie Härte, Grausamkeit und etwas, das sie sehr schnell als Lust erkannte. Plötzlich hatte sie nicht mehr Angst um die Besatzung dieser schönen kleinen Schaluppe, sondern um sich selbst und Sam. War ihm klar, in was er sie da verwickelte? Und um die Dinge noch schlimmer zu machen, tauchte noch ein weiterer Mann an der Reling auf, ein junger Mann in modischer Kleidung und mit braunen Augen, die freundlich hätten aussehen sollen, was sie jedoch nicht waren. Einen Moment lang unterhielten sich die beiden leise miteinander.
Sams Flüstern war drängend. »Verdammt noch mal, Mädchen, stöhne! Du bist doch angeblich seekrank!«
Eine Stimme von der Reling herab unterband ihre Antwort. Sie gehörte dem älteren Mann, und Marias Annahme, dass er der Kapitän war, erwies sich als richtig. »Ich denke, wir können Ihnen und Ihrer Braut helfen, Sir. Ich bin Kapitän John Smuttynose, Eigentümer der Freihandels-Schaluppe DOLPHIN, und das ist, hm ... mein erster Offizier Malcolm Hastings. Und Sie, Sir? Woher kommen Sie?«
»Vor kurzem aus London«, antwortete Sam ohne zu zögern. »Vor zwei Wochen bin ich erst nach Boston gekommen. Ich dachte, ich suche mir ein Stück Land und baue mir eine Farm auf oder so was. Wahrscheinlich hätte ich dort bleiben sollen, was?« Sein Lachen hätte auch den Teufel selbst überzeugt. »Ich habe keine Ahnung vom Segeln, aber es sah so leicht aus, dass ich dachte, ich versuche es einfach mal. Das kleine Mädchen hat so sehr darum gebettelt. Also habe ich mir ein Boot gemietet, habe es in die Bucht gebracht, aber wie konnte ich ahnen, dass dieser verdammte Wind aufkommen würde? Und im

Handumdrehen waren wir hier mitten auf dem Meer. Wir müssen wohl ein bisschen abgetrieben sein, was?« Er kratzte sich am Kinn und schaute auf die leere See um sie herum. »Wie weit sind wir denn von Boston entfernt?«

»Vielleicht vierzig Meilen«, sagte Smuttynose so herablassend, dass es Sam juckte, seine wahre Identität zu offenbaren. Doch ihre Sicherheit, ja, ihrer beider Leben konnten davon abhängen, wie gut er diesen Kerl mit dem kalten Blick und den gut gekleideten Stutzer neben ihm täuschte.

»Nun, ich sagte ja schon, dass ich kein Seemann bin. Das nächste Mal, wenn die kleine Dame mal wieder auf Besichtigungstour gehen will, werde ich ein Pferd und eine Kutsche mieten!« Er beugte sich zu ihr herab und tat so, als könne er sein Gleichgewicht nur mit viel Glück halten. »Geht es dir gut, mein Liebes?«, fragte er bewusst so laut, dass man seine Stimme an Bord des Schiffes hören konnte.

Seine Sorge hatte den gewünschten Effekt. »In Ordnung, kommt meinetwegen an Bord«, sagte Smuttynose und winkte seine Männer fast ärgerlich zurück. »Sie können das Boot am Achterschiff festmachen, und wir nehmen es bis Boston in Schlepp. Beeilen Sie sich. Wegen dieser unfähigen Besatzung bin ich schon zwei Tage hinter meinem Zeitplan.«

»Vielen Dank auch, Sir«, sagte Sam mit dankbarem Lächeln. »Ich habe Sie schon verstanden. Wir werden Sie nicht aufhalten.« Und als er zu Smuttynoses harten Augen hinaufsah und die verdrossenen Mienen seiner Besatzung sah, erfassten sein scharfer Blick und sein flinker Geist die Situation sofort. Er hatte es mit einem harten Bootseigner zu tun, mit einer Besatzung, die aus misshandelten Männern bestand und die ihren Kapitän offensichtlich hassten, und mit einem schnellen Schiff, das für etwas benutzt wurde, was angesichts ihrer scharfen, räuberischen Linie etwas Ungesetzliches zu sein schien. O ja, er verstand nur zu gut. Unter diesen Umständen würde es leicht sein, den Besitzer zu überwältigen und das Kommando zu übernehmen. Auf vorgeblich wackligen Beinen griff Sam nach dem Befestigungstau des Boots und warf es zu einem wartenden Seemann hinauf. Dabei war er sich nur zu bewusst, dass Marias meergrüne Augen ihn alles andere als krank anstarrten.

»Gib mir deine Hand, mein Liebes«, sagte er und nahm ihre steife Hand in seine große.

»Mir gegenüber kannst du diesen Unsinn lassen, *Kapitän*«, zischte sie, und ihre Blicke sprachen von Betrug und Verletztheit, was ihm das Herz zerriss. Er versuchte es zu ignorieren. Jetzt war keine Zeit dafür.

»Leg deine Arme um meinem Nacken«, befahl er, zog sie auf die Füße und griff nach der Strickleiter, die ihnen heruntergeworfen worden war.

»Oh, glaub mir, dass ich das tun werde, doch pass bloß auf, dass ich dich dabei nicht erwürge!« Doch Maria begriff den Ernst der Lage und tat wie ihr geheißen. Sein harter Rücken presste sich wie eine Steinplatte gegen ihren Bauch und erinnerte sie nur zu sehr an das Glück, das sie vor ein paar Stunden miteinander geteilt hatten; ein Glück, das durch dieses hinterhältige Lächeln verdrängt worden war und durch die Erinnerung daran, wozu die Pistolen, die er unter seiner Jacke versteckt hatte, wirklich gedacht waren. Sein langes Haar strich über ihren Arm, und sie fühlte die Stärke und Entschlossenheit seines harten, bärtigen Kinns über ihren ineinander verschränkten Fingern. Ohne jede Angst begann er zu klettern, doch nichts an der Art seines Aufstiegs, Hand über Hand die schwingende wackelige Leiter hinauf, verriet auch nur das Geringste von seiner List. Als Maria die Augen öffnete, sah sie, wie die schwarzen Planken unter ihr zurückblieben, und dann beging sie den Fehler, nach unten zu blicken.

Als sie das Deck der Schaluppe erreichten, musste sie ihre Krankheit nicht länger vortäuschen. Der Anblick des kleinen

Boots, das so weit unten auf den Wellen hüpfte, hatte ihrem Magen Schlimmes angetan, und das sanfte Rollen der Schaluppe erinnerte sie nur daran, wie grausam das Meer sein konnte, wenn es wollte. Doch für Sam war ein gutes solides Deck unter seinen Füßen belebend, und mit der Rückversicherung der Pistolen, die unter seiner Jacke versteckt waren, fühlte er sich, als könnte er die ganze Welt erobern.

Nachdem er Maria an Deck abgesetzt hatte, trat er vor. Und als seine Augen den Blick des Kapitän fanden und festhielten, verschwanden all seine Zweifel, die er vielleicht gehabt hatte. Niedertracht und Grausamkeit glitzerten in den blassen, wässrigen Augen, und seine Besatzung stand wie ein Rudel geschlagener Hunde eingeschüchtert hinter ihm.

So unauffällig wie möglich zog Sam Maria hinter sich. Interessiert und dann mit misstrauischem Stirnrunzeln beäugte Smuttynose Sams feine Stiefel aus spanischem Leder, die an seiner Brust hängende Goldmünze, den Smaragdring an seinem Finger, der so viel Geld bringen würde, dass davon diese Schaluppe und zehn weitere bezahlt werden könnten. Sam sah sofort den hungrigen Schimmer in diesen gemeinen kleinen Augen, als sie vom Ring zurück zur Goldmünze huschten. Schließlich war die Münze ein königlicher Anblick, der nur den Adligen von Spanien vorbehalten (und aus den Truhen einer ihrer Galeonen gestohlen worden war) und allein schon ein Vermögen darstellte.

Als er sicher war, dass der Mann nicht zu genau hinschaute, griff Sam unter seine Jacke, nahm eine kalte tödliche Pistole und zielte damit lässig auf Smuttynose.

Luft pfiff durch die Lücke in den gelben Zähnen des Mannes, als er einatmete. »Sie … Sie haben mich belogen!«, knurrte er, und sein Blick wanderte von der Münze zur schwarzen Mündung der Pistole. »Sie sind gar keine Landratte aus Boston!«

»Wie Recht Sie doch haben, Freundchen«, sagte Sam mit

freundlichem Lächeln. »Das bin ich nicht. Aber vielen Dank für Ihre Hilfe. Vielleicht werden Sie es sich in Zukunft zweimal überlegen, wen Sie als Gast an Bord lassen.« Das Lächeln verschwand und wurde von einem kalten, harten Blick ersetzt, den die WHYDAH-Jungs gut gekannt hatten. »Nun rufen Sie Ihre Männer zusammen.«

Der zornig dreinschauende Smuttynose rührte sich nicht.

»Wenn ich mich wiederholen muss, wird die Pistole sprechen«, sagte Sam kurz angebunden, »und ich hasse die Vorstellung, Ihre Eingeweide über dieses blitzsaubere Deck zu verspritzen.« Lächelnd, als fände er Vergnügen daran, genau das zu tun, spannte er die Steinschlosspistole und hob sie langsam an, bis sie nur ein paar Zentimeter von Smuttynoses schwerem Überrock entfernt war.

Solche Einschüchterungstricks, die ersten, die ein Pirat erlernt, verfehlten selten die gewünschte Wirkung, und bei Smuttynose war das nicht anders. Mit dem Blick auf der Waffe erteilte er den Männern, die sich in entsetzter Verwirrung hinter ihm zusammendrängten, einen krächzenden Befehl. »Macht, was der Schuft sagt, ihr Bande von schniefenden Hunden! Und beeilt euch! Er ist kurz davor, mir eine Kugel in die Brust zu jagen!«

Langsam und unsicher kamen ein paar Männer mit aufgerissenen und ängstlichen Augen näher. Wie verängstigte Schafe liefen sie umher, und Sam fragte sich, mit welchen Grausamkeiten dieser harte Gebieter sie traktiert und ihnen allen Mut genommen hatte.

»Wisst ihr«, sagte er versonnen, während er mit der Pistole weiter auf Smuttynose zielte und gleichzeitig diese zimperliche Besatzung beobachtete, dass sie zu zittern begannen, »als ich noch Pirat war – vor langer Zeit, da ich solch gewissenlose Beschäftigungen mittlerweile aufgegeben habe« – er kicherte, weil er genau wusste, dass Maria ihn hinter seinem Rücken mit Blicken erdolchte –, »war es Brauch, der Mannschaft eines

neuen Beuteschiffs eine Frage zu stellen.« Er packte Smuttynoses Arm, rammte ihm die Pistole in die Rippen, ging zwischen ihnen umher und schaute mit unschuldigem Lächeln in jedes angsterfüllte Gesicht, in jedes verschreckte Augenpaar. »Wir gingen zu jedem einzelnen Mann, so wie ich jetzt« – er streckte die Hand aus, fasste unter das Kinn eines Jungen, der höchstens zehn Jahre alt sein konnte und zwang ihn, ihn anzuschauen –, »und haben ihn gefragt: ›Was für ein Kerl ist dein Herr? Ist er ein guter Kapitän, freundlich und fair und selbstlos bei den Essensrationen, der Heuer und vor allem‹« – wieder kicherte er – »›beim Grog?‹« Er schob das Kinn des Jungen nicht unsanft von sich und ging gemessenen Schrittes weiter. »Oder« – er hielt inne und starrte einem anderen in die einfältigen Augen, bis dieser den Blick senkte – »›ist er ein harter Mann, der schnell zur Neunschwänzigen Katze greift und euch für geringste Vergehen die Haut vom Rücken reißt?‹« Als er fühlte, dass sich Smuttynoses Arm unter seinem festen Griff anspannte, lächelte er. »Und nun, meine Jungs, stelle ich euch diese Frage. Was für ein Mann ist unser Freund Smuttynose denn nun?«
Maria, die wütend auf Sams Rücken starrte, konnte eine gewisse Anerkennung für seine Taktik nicht leugnen. Er war zu schlau und zu durchtrieben. Er konnte kaum mit nur zwei Pistolen und einem Degen ein Schiff aufbringen, wie sie es gedacht hatte. Doch Sam war ein Meister der Überredungskunst und Einschüchterung. Er war ein Pirat. Er war von den Besten ausgebildet worden, hatte sich das Beste widerrechtlich angeeignet und war der Beste geworden. Er wusste genau, was er tat. Wenn er die Besatzung der Schaluppe für sich gewinnen konnte – und so, wie Smuttynose sie offensichtlich behandelt hatte, sollte das nicht sonderlich schwierig sein –, stand ihm nichts mehr im Weg.
Doch in diesem Augenblick veranlassten sie ein leises Geräusch und ein aus dem Augenwinkel auftauchender Farb-

blitz, sich umzudrehen. Sie wirbelte herum und sah einen Mann die Kajütstreppe herunterspringen und auf sie zustampfen. Zu spät sah sie die erhobene Pistole und das glänzende Entermesser in der sonnengebräunten Hand.
»*Sam!*«, schrie sie auf, und dann geschah alles gleichzeitig.

Sechzehntes Kapitel

Aus reinem Reflex drehte Sam sich ohne nachzudenken um, und in diesem kurzen Moment riss Smuttynose sein Rapier aus der Scheide und stürzte sich auf seine ungeschützten Rippen. Maria schrie, eine Pistole bellte hinter ihr, und benommen sah sie, wie Smuttynose einen gutturalen Schmerzensschrei ausstieß, sein Schwert fallen ließ und sich die zerschmetterte blutende Hand hielt.

Alle drehten sich nach der sich nähernden schmächtigen Gestalt um, die nicht mehr rannte, sondern anstolziert kam und die noch rauchende Pistole um den Abzugsbügel kreisen ließ. Sein dunkelbraunes Haar wippte, und an Deck wurde es vor angespannter Erwartung ganz still, weil die Männer beklommen abwarteten, wie der Pirat mit ihrem neuesten Besatzungsmitglied umgehen würde. Doch nachdem sie zwei Tage lang mit ihm zusammen gesegelt waren, hätten sie wissen müssen, dass er sich das erste Wort nicht nehmen lassen würde.

»Heilige Mutter Gottes!«, rief er aus. »Ich werde verrückt, wenn das nicht der Schwarze Sam höchstpersönlich ist! Jesus, Käpt'n, ich habe gedacht, dass Sie tot sind! Als ich Sie zuletzt sah, haben Sie platt wie eine Flunder dagelegen. Ich hab noch versucht, Ihnen zu helfen, aber eine Welle hat mich weggerissen. Und ich dachte, dass ich Sie nie wiedersehen würde!«

»Wir sollten uns alle glücklich schätzen«, murmelte Maria bissig. Sam ignorierte sie. »Stripes.« Er grinste vor echter Freude. »Wie, in Gottes Namen, kommst du hierher?«

»Wie Sie, schätze ich mal. Jemand dort oben«, er deutete zum Himmel hinauf, »oder vielleicht eher dort unten hat auf mich aufgepasst.« Er räusperte sich und warf Smuttynose einen hasserfüllten Blick zu, der mit schmerzverzerrtem Gesicht noch immer seine verletzte Hand hielt und Sam anstarrte. »Ich blieb ein bisschen auf dem Cape, schlug mich dann nach Rhode Island durch und heuerte vor zwei Tagen bei diesem Hund hier an. Ich sage Ihnen, Käpt'n, wenn diese Besatzung hier wie unsere alte wäre, hätten sie diesen Kerl hier längst fertig gemacht. Das ist ein richtiger Miesling, sage ich Ihnen.«

Smuttynose platzte vor Wut, was ihm ängstliche Blicke von seiner Besatzung einbrachte und den drohenden Blick von Sams Pistole. »Heißt das, dass du auch ein Pirat bist?« Und als Stripes nickte, knurrte er: »Geht beide zum Teufel! Wenn die Behörden davon erfahren ...«

»Die *Behörden?*«, spottete Stripes mit in die Seite gestemmten Armen. »Es wird mir ein Vergnügen sein, ihnen alles zu erzählen, Käpt'n. Ach, gucken Sie doch nicht so überrascht. Ich weiß alles über Ihre Geschäftchen. Zum Beispiel über diesen Rum, den Sie unten versteckt haben, weil er geschmuggelt ist und Sie ihn nicht als Fracht deklarieren werden. Schmuggeln ist ebenso ein Verbrechen wie die Piraterie! Und ich weiß noch von vielen anderen Dingen. Nur zu, gehen Sie zu den Behörden, wenn Sie wollen. Doch ich werde neben Ihnen sitzen und denen alles erzählen, was ich weiß!«

Maria befürchtete, dass Smuttynose eine Art Anfall hatte, denn sein Gesicht hatte jetzt die Farbe von Radieschen angenommen, und seine Kehle hüpfte wie ein sterbender Fisch auf und ab. Sam teilte ihre Sorge nicht. Ganz bewusst lehnte er sich entspannt an die Reling, zielte weiterhin auf Smuttynoses Brust und ließ die Männer hinter sich nicht aus den Augen. Einer von ihnen hatte bereits Gunner an Bord gebracht, und nun stand der Hund verwirrt zwischen ihnen. »Hmm, wie interessant«, sagte Sam. »Schmuggel. Das ist ja wohl das Verachtungswürdigste, was, Stripes?«

»Ja, wirklich, Käpt'n. Aber ich werde ...«

»Verachtungswürdig? Ihr habt die verdammte Frechheit, über verachtungswürdige Gewerbe zu sprechen?«

Wortlos drückte Sam ab, und eine Bleikugel grub fünf Zentimeter neben der Spitze von Smuttynoses Schuhen eine Furche ins Deck. »Ich kann es gar nicht leiden«, sagte Sam ironisch, »wenn jemand einem Mann ins Wort fällt. Sprich weiter, Stripes.«

»Ach, Sie haben ja noch gar nicht alles gehört, Käpt'n! Ich könnte Ihnen Geschichten erzählen ...«

»Woher weißt du eigentlich so viel? Du bist doch erst seit zwei Tagen auf diesem Schiff!«, fauchte Smuttynose unvorsichtig. Doch als Sam unerwartet eine zweite Pistole unter seiner Jacke hervorzog, sprang er zurück.

»Ich habe meine Mittel und Wege«, sagte Stripes listig. »Was, Käpt'n?«

»Ja, Bursche, so ist es.« Sam lächelte sarkastisch. »Du bist der schlimmste Wichtigtuer, den ich je gesehen habe.« Sein Blick glitt über die Männer und ihre verängstigten Gesichter, er bemerkte Marias Unsicherheit und die Abwesenheit des geckenhaften Ersten Offiziers, der noch vor kurzem an Deck gewesen war. Er wandte sich Smuttynose wieder zu. »Wo ist die Ratte geblieben, die Ihr Vertrauen genießt? Hastings heißt er, glaube ich.«

»Das weiß ich nicht.«

Einer der Männer löste sich aus der Menge. »Der ist unter Deck und säuft dort wahrscheinlich Wein in der Kajüte und versteckt sich unter dem Tisch. Das ist ein richtiger Waschlappen. Der soll ja ein hochwohlgeborener Lord oder so was sein.«

»Ach, wirklich.« Sam ließ Smuttynose einen kurzen Blick zukommen. »Sagen Sie mir doch bloß, was ihn dazu gebracht hat, sich bei solch hohem Rang dazu zu erniedrigen, als Maat zu dienen, mein Freund? Der Geschmack illegalen Rums?« Mit der Pistole wedelte er Smuttynoses eilige Rechtfertigungen beiseite. »Bemühen Sie sich nicht. Ich habe Ihre Lügen satt.« Er wandte sich dem Seemann zu, der gesprochen hatte. »Wie heißen Sie, Mann?«

»Flanagan, Sir. Billy Flanagan.«

Sam nickte. »Mr. Flanagan, warum gehen Sie nicht mit Stripes hinunter und holen Seine Verfluchte Lordschaft herauf? Wir möchten doch nicht, dass ihm irgendetwas entgeht.«

»Aye, Sir.«

»Damit werden Sie nicht durchkommen«, grollte Smuttynose.

»Ach nein?« Sam hob eine dunkle Braue. Mit der Pistole dirigierte er Smuttynose zur Reling. »Dort ist die Leiter«, sagte er. »Trotz Ihrer kleinen Verletzung glaube ich, dass Sie sie hinunterklettern können. Ich gebe Ihnen genau fünf Minuten dafür.«

»*Was?* Das ist *mein* Schiff, Sie verdammter ...«

»Warten Sie, Sir!« Mutiger als seine Kameraden trat ein anderer Mann vor, dessen kahler Kopf sonnenverbrannt und von einem Halbkreis dünner Haare eingefasst war. »Was wollen Sie mit dem Kapitän machen?«

»Er ist nicht mehr Ihr Kapitän«, sagte Sam, »es sei denn, Sie möchten ihn begleiten. Wenn nicht, dann sollten Sie mich mit diesem Titel ansprechen. Also, wer von euch treuen Hündchen möchte sich diesem alten ...?«

»Mistkerl«, rief eine hohe schüchterne Stimme hinten aus der Menge, und Sam musste sich ein Lachen verbeißen, als er den gleichen jungen Burschen ausmachte, den er vorhin herausgepickt hatte.

»Ach ja, *Mistkerl*«, wiederholte er mit zuckenden Lippen und amüsiertem Blick. Er beobachtete die Besatzung. »Ich denke, ihr habt noch *vier* Minuten Zeit für eure Entscheidung, ehe unser guter Mann sich verabschiedet.«

Mehrere Männer sahen sich argwöhnisch an, und der Rest

blickte nur zu Boden. Die Stille dehnte sich, und die Spannung stieg. Schließlich trat der Glatzkopf vor. »Ich werde nicht bei ihm bleiben«, erklärte er und warf seinem ehemaligen Kapitän einen hasserfüllten Blick zu, »und ich glaube, dass ich für uns alle spreche. Ihre Frage, Pirat, möchte ich auch beantworten. Smuttynose ist ein harter Mann und ein Betrüger dazu. Er hat uns gutes Geld versprochen, doch davon haben wir nichts zu sehen bekommen. Für einen Anteil an dem Rum und eine faire Behandlung werden die meisten von uns gern bei Ihnen bleiben.«

»Faire Behandlung?«, wiederholte Sam. »Gutes Geld?« Er warf den Kopf zurück und stieß ein tiefes rumpelndes Lachen aus. Als er sie wieder anschaute, leuchteten seine Augen gut gelaunt. »Was soll ich euch denn *bezahlen?* Himmel, Bursche, es gibt keine Heuer auf einem Piratenschiff. Es wird einfach alles, was da ist, unter allen aufgeteilt. Je mehr Beute wir machen, desto reicher werdet ihr, und mehr ist nicht drin. Und wenn ihr glaubt, dass ein Piratenkapitän wie ein verdammter König über sein Schiff herrscht, dann solltet ihr doch mal nachdenken. Die Piraterie ist eine Demokratie und keine Monarchie. Jeder ist sein eigener Herr und kann tun und lassen, was er möchte. Ihr wollt würfeln und trinken, bis die Glocke euch zur Wache ruft? Seid meine Gäste. Ihr wollt den Nachmittag in betrunkenem Schlummer vergehen lassen? Niemand wird euch aufhalten.« Seine Zähne leuchteten in seinem dunklen Gesicht auf. »Gibt es eine fairere Behandlung? Und was mich betrifft, so werdet ihr herausfinden« – er sah zu Stripes hinüber, der mit einem verängstigten Hastings im Schlepptau an Deck gekommen war –, »dass ich wirklich ein fairer Mann bin. Ihr braucht nur mein ehemaliges Besatzungsmitglied zu fragen.«

»Ja, der Schwarze Sam sagt die Wahrheit. Und er ist nicht nur fair, sondern wird euch auch die Taschen mit Gold füllen, wenn ihr mit ihm segelt. Er ist der Beste, wisst ihr.«

»Da hört ihr es.« Da er ihnen keine Zeit mehr zum Überlegen geben wollte, verlegte sich Sam wieder auf die Einschüchterung. Unbekümmert sah er zur Spiere des großen Hauptsegels der Schaluppe hinauf und rief: »Drei Minuten.«
»Warten Sie!« Das war wieder der Glatzkopf. »Da gibt es nichts zu entscheiden. Wir bleiben bei Ihnen. Smuttynose ist ein mieser alter Bastard, und ich lasse mich lieber hängen, als noch einen Tag länger für ihn zu arbeiten!«
»Ich auch«, schloss sich Flanagan heftig nickend an.
Sam verschränkte die Arme vor der Brust und hatte gute Lust, vor Freude und Triumph über sein Glück zu lachen. Doch er musste einfach seine kühle Gleichgültigkeit beibehalten, vor allem auch, weil Maria ihn beobachtete. »Und der Rest von euch? Bleibt ihr bei mir oder geht ihr mit Smuttynose?«
»Bei Ihnen, Sir«, sagte einer der Männer, und mehrere andere nickten zustimmend. Und dann kam der kleine Junge nach vorn und schaute Sam mit vor Ehrfurcht aufgerissenen Augen an. »Sind Sie wirklich ein Pirat, Sir? Ein echter, richtiger Pirat?«
Stille trat ein. Und dann sagte Marias klare und süße Stimme voller Verachtung: »Ja, er ist ein richtiger Pirat. Schaut ihn euch nur genau an, ehe er am Ende eines Seils herumbaumelt!«
Lachend wischte Sam ihre Bemerkung beiseite. »Diese jungen Bräute ... Ihr wisst, wie sie sind. Es braucht eine ganze Weile, um ihnen gute Manieren beizubringen.« Wieder ignorierte er sie, schaute Smuttynose an und sagte: »*Zwei* Minuten.«
»Ich möchte auch bleiben.«
Hastings stand in seinen feinen Kleidern, den glänzend geputzten Stiefeln, den Seidenstrümpfen und Spitzen um die Handgelenke da und sah aus, als hätte er noch keinen Tag in seinem Leben gearbeitet. »*Du?*« Sam brach in Gelächter aus. »Tut mir Leid, mein Junge, aber ich möchte keine geckenhaften Lords auf meinem Schiff haben.« Er wandte sich Smuttynose zu. »Ich glaube, ihre fünf Minuten sind um. Gute Fahrt, Freund. Und ehe Sie mich zur Hölle schicken, denken sie

daran: Wir haben es Ihnen leicht gemacht, obwohl Sie so ein harter Knochen sind. Doch ich bin heute gnädig. Jetzt verschwinden Sie, ehe ich es mir anders überlege.«

Hastings war die Leiter schon hinuntergeklettert und wartete im Boot. Fluchend und qualvoll langsam folgte Smuttynose, weil er nur eine Hand benutzen konnte. Sam stützte die Ellbogen auf das glatte Holz der Reling und das Kinn in die Hände und sah ihm mit boshaftem Lächeln nach. »O verdammt, das hätte ich ja fast vergessen. Passen Sie bei der letzten Sprosse auf, Freund. Sie ist ein bisschen rutschig!«

Ein Fluch erklang, ein Schrei und dann das Geräusch eines Körpers, der in einen leeren Bootsrumpf fällt. Stille erst, und dann weitere Flüche, die schnell vergingen, als Smuttynose emporschaute und sah, dass der Piratenkapitän ruhig nach unten zielte. Der scharfe Knall der Pistole übertönte den erstickten Schrei des alten Mannes, und das Tau zwischen dem kleinen Boot und der Schaluppe fiel sauber unter Sams präzisem Schuss auseinander. Auf dem Schiff erklang wildes Hohngelächter, als die Männer sich gegenseitig auf die Schultern klopften. Und einen Augenblick später kletterten Seeleute in die Wanten, und die Schaluppe drehte sich und nahm wieder die Brise mit ihren großen Segeln auf.

Langsam fuhr sie davon. Die beiden Männer im Boot hörten das tiefe, rollende Lachen des Piratenkapitäns über das Wasser schallen. Und dann griff er sich Smuttynoses Rapier mit einer letzten arroganten Geste und hob es zu einem höhnischen Salut in die aufgehende Sonne hinauf.

Mit dem auffrischenden Wind im Rücken glitt die Schaluppe aus den ruhigen Gewässern der Cape-Cod-Bucht hinaus, an der gekrümmten Spitze von Cape Cod und dem Hafen von Provincetown vorbei, den Sam vor nur ein paar Wochen so verzweifelt zu erreichen versucht hatte und hinaus in den Wind der offenen See.

»Nord bis Nordwest, Mr. Flanagan!«, rief er dem Burschen mit dem lohfarbenen Haar am Steuer zu, und die Schaluppe drehte sich mit einer engen Halse in den Wind. Ihr Bugspriet stieß weit hinein in die langen, schaumbedeckten Wellen, die ihr aus der offenen See entgegenrollten, und Sam schwelgte in dem Gefühl, die Gischt auf seiner Haut und den Wind in seinem Gesicht zu spüren. Ah, wie hatte er je ohne ein Deck unter seinen Füßen überleben können, ohne den Gesang der Wanten und der Takelage über sich und ohne das berauschende Gefühl absoluter Freiheit?

»Halten Sie sie ruhig, Mr. Flanagan!« Hier draußen waren die Wellen höher und der Wind stärker. Doch als sich ihr riesiges Hauptsegel und der Klüver strafften, reagierte die Schaluppe wie ein alter Hase, und Sam fragte sich, wie dicht sie vor dem Wind zu segeln war. »Drehen Sie sie einen Strich nach Backbord«, fügte er hinzu und rieb sich nachdenklich das Kinn.

»Aye, Sir!« Flanagan drehte die Ruderpinne, und die Schaluppe reagierte. Gischt zischte durch die Luft, doch das kleine Schiff verlangsamte sich nicht, sondern nahm Geschwindigkeit auf und kämpfte um mehr. Sams Lächeln wurde zu einem begeisterten jungenhaften Grinsen. Die LILITH?, die MARY ANNE?, und sogar die WHYDAH? – sie alle würden jetzt schon nicht mehr mithalten können! Keines dieser schönen Schiffe war so robust gewesen wie diese kleine Schaluppe! Er warf den Kopf aus schierer Freude in den Nacken und ließ sich von dem Gischtnebel die sonnenerwärmten Wangen kühlen. *Ach, das Leben war großartig!* »Lassen Sie sie zwei Strich nach Steuerbord gleiten!«, rief er und dann wandte er sich zögernd von der Reling ab und ging zu der Besatzung hinüber, die sich um den Mast versammelt hatte.

Stripes stand barfüßig auf einer umgedrehten Tonne und unterhielt ein Publikum, dessen Aufmerksamkeit er – entweder mit seiner leidenschaftlichen Rede oder dem Gegenstand seiner Rede – mühelos zu fesseln vermochte. »... und dann sah er gerade in dem Moment nach oben, als dieser furchtbare Blitz vom Himmel fuhr, und wisst ihr, was er sagte? Dass es schade sei, dass er die Kanonen nicht ausfahren und den Salut von oben nicht erwidern könne!«

Sam seufzte verärgert. »Bitte, Stripes«, sagte er, »lass es erst einmal gut sein. Es gibt einiges zu regeln.«

»Aye, Sir! Ich habe ihnen nur gerade von dem Unwetter erzählt und wie Sie den Göttern da oben die Stirn geboten haben ...«

»Ich weiß. Aber es müssen Statuten aufgesetzt, Offiziere gewählt und Kurse ausgearbeitet werden. Später kannst du sie noch mit genügend Geschichten ergötzen.«

»Haben Sie das wirklich gesagt?«, fragte der Junge, dessen Augen riesig in seinem blassen jungen Gesicht wirkten.

Statt einer Antwort warf Sam Stripes nur einen wütenden Blick zu, schlenderte hinüber zu einer der wenigen Kanonen der Schaluppe, einer glänzenden Vierpfünder. Er lehnte sich gegen ihr langes, eisernes Rohr und musterte besorgt, grübelnd und amüsiert seine neue Mannschaft.

Sie waren eine ungewöhnliche Truppe. Stripes, dünner, zäher, doch mit noch loserer Zunge denn je. Der junge Johnnie starrte Sam fast mit Heldenverehrung an. Billy Flanagan, dessen gelbbraunes Haar wie eine Löwenmähne sein sonnengebräuntes Gesicht umrahmte, stand mit Silas West an der Ruderpinne, der sich einen roten Schal um den vorzeitig kahlen und von Brandblasen bedeckten Kopf gewickelt hatte. Sam musterte ihre jungen Gesichter: Es waren alles Seemannsgesichter, von denen einige schon von Salz und Sonne verwittert waren und manche Narben von lange zurückliegenden Kneipenschlägereien trugen, doch alle leuchteten lebhaft und aufgeregt. Nathaniel Paige hatte eine Narbe genau unter einem seiner lachenden haselnussfarbenen Augen; er gehörte zu denen, die sofort unter Deck geeilt waren und ein großes Fass des geschmuggelten Rums hochgebracht hatten, und da er auch der

Erste gewesen war, der seinen Krug unter den Zapfhahn geschoben hatte, machte sich Sam keine Illusionen darüber, wie er zu seiner Narbe gekommen war. Und dann war da Phil Stewart, der mit seiner dunklen Haut, dem langen Schnurrbart und dem lockigen schwarzen Haar wie ein Spanier aussah. Phil hatte sich sorgsam eine Pistole aus der Waffentruhe ausgesucht, und seine vormals ausdruckslosen Augen erstrahlten aus Freude über die schöne Waffe. Jetzt hatte er ein paar weitere an einer Schärpe um seinen Hals hängen und zwei Degen im Gürtel, und damit erinnerte er Sam an Ned Teach, seinen Kumpel an Bord von Hornigolds Schaluppe, den weniger die Qualität seiner Bewaffnung interessiert hatte, sondern eher die Menge.

Und dort drüben, gleich neben dieser zusammengewürfelten Mannschaft, stand das unmöglichste Besatzungsmitglied von allen – Maria. Ihre Blicke waren anklagend und ihre Miene verriet, wie gekränkt und betrogen sie sich fühlte. *Himmel,* dachte Sam, der sich schon vor dem Moment fürchtete, da alles geregelt sein würde und er sich mit ihr auseinander setzen musste.

Doch eins nach dem anderen. Er wandte sich an West und unterdrückte ein Lächeln über den komischen Anblick des roten Halstuches um seinen sonnengebräunten Kopf. »Wie viel Rum ist denn unten, Mr. West?«

»Jede Menge Fässer, Sir.«

»Gut. Dann holen Sie bitte noch ein oder zwei Fässer herauf. Ich fürchte, dass das eine hier nicht die ganze Nacht reichen wird.«

»Meinen Sie damit, dass wir uneingeschränkt davon trinken können? Gibt es keine Zuteilungen?«, fragte Phil Stewart und schaute von einer seiner Pistolen auf, die er mit einem Leinenlappen polierte.

»Zuteilungen? Wir sind Piraten, Junge, und nicht bei der Marine. Nehmt euch, so viel ihr wollt.« Und als mehrere Männer sich kurz anschauten, ehe sie nach unten rannten, um mehr Rum zu holen, suchte Sams Blick wieder nach Maria. Sie war zur Reling gegangen und schaute über das Meer, das im Sonnenlicht glänzte. Ihre schmale Figur und das goldene Haar ließen sein Herz wild in der Brust schlagen. Als sie seinen Blick auf sich spürte, drehte sie sich um, doch der Blick, den sie ihm zuwarf, war so eisig, dass sie damit das Feuer in der Hölle hätte löschen können. Sie hob ihr kleines Kinn und drehte sich wieder dem Meer zu.

»Verdammt«, fluchte Sam leise und konnte dennoch nicht den Blick von den goldenen Haaren lösen, die in der frischen Brise flatterten und um ihre vom Wind geröteten Wangen schlugen. Der Wind presste ihr Kleid eng an den Körper, und er brauchte seine Fantasie nicht groß zu bemühen, um sich die üppigen Formen darunter vorzustellen. Gott im Himmel. Er hoffte, dass er bald ihre Differenzen klären konnte. Er würde diese Art von Qual nicht lange aushalten können. Sein Ärger wuchs, als er bemerkte, dass mehrere Männer sie mit dem gleichen Verlangen anstarrten.

Stripes heimliches Flüstern durchdrang plötzlich Sams schlechte Laune. »Sieht sie nicht toll aus? Ich habe dem kleinen Johnnie erzählt, dass sie Maria heißt. Ihretwegen hat der Schwarze Sam die WHYDAH verloren. Heilige Mutter Gottes, jetzt weiß ich auch, warum er so wild darauf war, zu ihr zurückzukehren.«

Phil Stewart hob den Kopf. »Er hat ihretwegen ein Schiff verloren?« Unsicherheit schwang in seiner Stimme mit, als sein Blick zu der schmalen Gestalt an der Reling ging. Langsam sagte er: »Vielleicht wären wir alle doch besser mit Smuttynose fortgegangen. Jeder weiß, dass es Unglück bringt, wenn eine Frau an Bord ist. Kein Wunder, dass es untergegangen ist.«

Stripes hob eine Hand. »Moment mal, Stu. Du hast mich falsch verstanden.« Er fing Sams Blick auf, wusste, dass sein Kapitän kurz davor war, ihn zu erwürgen und redete schnell weiter, ehe es dazu kam. »Wir haben das Schiff verloren, weil die Dame *an Land* war. Wisst ihr«, sagte er mit lautem Flüstern, »es geht das Gerücht um, dass sie eine Hexe ist. Das haben mir einige Leute in Eastham erzählt, und die müssen es ja wissen. Außer mir und zwei anderen hat der Käpt'n als Einziger den Schiffbruch überlebt. Und wisst ihr auch, warum?«

Maria erstarrte an der Reling. Ihr Herzschlag setzte aus, und ihr gefror das Blut in den Adern. Langsam drehte sie sich mit weißem Gesicht um. Alle Männer starrten sie an. Auch Sam. Schock und Erstaunen standen in seinen schwarzen Augen, ehe sich die dunklen Wimpern senkten, um das zu kaschieren. Er warf Stripes einen harten Blick zu. O Gott, sie hatte nicht gewollt, dass er das so herausfand! Bitte, Gott, nicht so! Eine Angst, die der ähnelte, die sie empfunden hatte, als die Dörfler sie mit Steinwürfen aus Eastham verjagt hatten, packte sie, doch diesmal gab es kein Entfliehen für sie.

»Der Käpt'n starb deshalb nicht, weil sie es nicht wollte. *Sie* hat den Sturm verursacht, aber nur, um den Käpt'n zu ihr zurückzubringen. Sie hatte nie die Absicht, ihn sterben zu lassen.«

»Wie können Sie es wagen!«, schrie Maria den Tränen nahe. Alle starrten sie argwöhnisch, misstrauisch und angsterfüllt an. Und Sam? Seine Stirn bewölkte sich, und seine Augen begannen zu glühen. Er lehnte nicht mehr an der Kanone. »Was zum Teufel brabbelst du denn da, Bursche? Hexerei?«

»Ich habe es in einer Taverne in Eastham gehört. Alle haben sich vor ihr zu Tode gefürchtet!«

Sam wandte sich zu Maria um. »Ist das wahr?«, fragte er und griff nach ihrem Arm.

»Sam, wie kannst du glauben, dass ich eine Hexe bin!«

»Verdammt, Mädchen, das glaube ich doch nicht, ich möchte nur wissen, ob sie dich dessen beschuldigt haben!«

»Ja! Und wenn du nicht so sehr mit deinen eigenen Problemen beschäftigt gewesen wärst, hättest du bemerkt, dass einiges in Eastham nicht in Ordnung gewesen ist! Doch du hast ja nur an deine Piraterie gedacht! Ich habe dir gesagt, dass ich hier nicht mitmachen will, doch trotzdem hast du mich auf diese … diese *Badewanne* gezerrt! Du bist ein Schurke, und ich bereue den Tag, an dem ich dich kennen gelernt habe!« Dann brach sie in Tränen aus, riss sich von ihm los und floh die Kajütstreppe hinunter.

»Ach, jetzt ist sie auch noch verrückt«, sagte Stripes.

»Hör mit dem Geschwafel auf!«, ereiferte sich Sam. »Ich habe dich und deine verdammten Quatschereien satt! So einen Mist habe ich noch nie gehört! Eine Hexe!« Doch die Teile des Puzzles fügten sich langsam zu einem Bild zusammen – die einsame kleine Hütte auf den Sandklippen, die fehlenden Besucher, der Schmerz in ihren Augen, wenn sie sich unbeobachtet gefühlt hatte. Mehr denn je wäre Sam ihr gern gefolgt und hätte ihr alle Einzelheiten entrissen, und wenn es ihn umgebracht hätte. Doch einem Rock nachzujagen würde ihm als Schwäche ausgelegt werden, und Schwäche durfte ein Piratenkapitän nicht zeigen. »Die *Dame*«, sagte er mit kalter Endgültigkeit, »geht dorthin, wohin ich gehe, und mehr ist dazu nicht mehr zu sagen. Und wenn euch das nicht passt, dann stimmt ab, und ich werde sofort verschwinden.«

Der kleine Johnnie erhob sich. »Ist sie *wirklich* eine Hexe?«

Ein Arm zerrte den Jungen zurück, ehe Sam die Beherrschung verlor.

»Also«, sagte er mit harter Stimme. »Wer von euch bleibt hier, verdammt noch mal?«

Einen Moment lang blieb alles still. Jemand kicherte, dann noch einer, und schließlich lachten alle.

»Da wir diesen Unsinn nun hinter uns haben, können wir jetzt zur Sache kommen«, sagte Sam. Und so war es dann. Am Schluss blieb nur die Position des Arztes offen.

»Wie wär's denn mit Maria?«, fragte Stripes in die Stille.

»In Cape Cod hatte sie nämlich eine kleine medizinische Praxis.«

»Stripes, das reicht!«, brüllte Sam.
»Na, ich würde meinen rechten Arm hergeben, wenn sie mich gesund pflegen würde«, fügte Stripes hinzu.
»Wenn du so weitermachst, kann das geregelt werden«, meinte Sam mit zusammengepressten Lippen und keineswegs amüsiert. »Außerdem würde sie es sowieso nicht tun.«
So ließen sie diesen Posten offen und schworen schließlich auf die alte staubige Bibel von Smuttynose, dass sie der Gemeinschaft die Treue halten wollten. Die Sterne waren gerade aufgegangen, als Sam ihnen allen eine gute Nacht wünschte, ihnen befahl, die Laternen um acht zu löschen und langsam unter Deck ging.
Als er die Kajütstreppe hinabstieg, verschwand das Lächeln von seinem Gesicht, sein Blick wurde sehr ernst, und seine Hand umschloss die kleinen Stoffstücke, die er in seiner Tasche hatte.
Es wurde Zeit, dass Maria und er miteinander sprachen.

Siebzehntes Kapitel

Maria war von schwachen Gerüchen nach Teer, Pech und feuchtem Holz umgeben. Deckstützen und Balken umschlossen sie. Ein schachbrettartiger Lichtstrahl schien durch die Luke und wurde mit dem sich neigenden Tag schwächer. Maria, die elend in dem dunkler werdenden Frachtraum zwischen Fässern mit Lebensmitteln, Wasser und Rum kauerte, verfluchte schon zum hundertsten Mal Kapitän Samuel Bellamy als bösartiges Untier.

Ich hasse dich, Sam Bellamy!

Die Geräusche lärmender Festlichkeit drangen gedämpft von oben. Sie hörte gut gelaunte Flüche, die ihr das Blut in die Wangen trieben, das Klirren zerbrechender Gläser und darauf folgend betrunkenes, heiseres Gelächter.

Und was machte *er?* Lehnte er mit dem Rücken zur See an der Reling und beobachtete sie alle mit der Belustigung eines stolzen Vaters, der sein übermütiges Kind betrachtet? Gratulierte er sich selbst für das Glück und natürlich auch die Fähigkeit, ein Schiff ganz allein aufzubringen? Oder trank er mit den anderen und vergnügte sich, während er hinter diesen dunklen, leidenschaftslosen Augen hinterhältige Pläne schmiedete?

Sie zog die Beine bis zur Brust hoch, legte die Stirn auf die Knie und versuchte, ihre Gedanken zu unterdrücken, ihren Kopfschmerz zu vergessen sowie den Gestank nach Salzlake, der von den zusammengerollten Hanftauen in der Nähe zu ihr drang. Unter ihr schlingerte das Deck plötzlich, und nur ihr ausgestreckter Arm verhinderte, dass sie zur Seite fiel. Dann kippte das Deck wieder, und diesmal schlug sie mit dem Ellbogen gegen eine Tonne. Schmerz schoss ihr durch den Arm. Und als sie mit den Tränen kämpfend aufsah, sah sie, dass das letzte Licht von der Gräting verschwunden war und sie in völliger Dunkelheit saß.

»Maria?«

Sie versteifte sich und starrte in die Dunkelheit.

»Maria, Mädchen? Bist du hier unten?«

Ein verräterisches Flattern ihres Herzens, ein Schauer, der ihr Rückgrat hinauflief. Sie schluckte krampfhaft, und ihr Inneres zerschmolz beim Klang dieser tiefen, volltönenden Stimme. Maria hielt den Atem an und presste sich gegen eine Tonne. Sie wollte nicht, dass er ihre Tränen und ihren Schmerz sah. Sollte er doch sonstwo suchen. Sollte er doch seine kostbare Zeit damit vergeuden, sie in diesem ganzen stinkenden Schiff zu suchen.

»Maria, Mädchen, ich weiß, dass du hier irgendwo bist. Bitte komm heraus. Ich möchte mit dir sprechen.«

Er war ihr nahe, zu nahe. Maria biss sich auf die Unterlippe und verbarg das Gesicht an ihrem Arm. In der lastenden Stille war selbst ihr flüsternder Atem wie das Heulen eines Sturms.

Ich hasse dich. Hasse dich!

»Prinzessin, bitte«, sagte er. Ein zögernder Schritt erklang in der Dunkelheit, dann noch einer; und dann ein Schlag, ein Krachen und Geräusche von etwas, das über das Deck rollte.

»Verflixt und zugenäht!«, hörte sie ihn fluchen. »Welcher verdammte Idiot hat ein verfluchtes Fass mitten in dem gottverdammten ... *Maria?*«

Das geschah ihm recht, wenn er keine Laterne mitbrachte! Maria wartete in der schmerzlichen Stille, hielt den Atem an und zählte die wilden Schläge ihres Herzens. Allmählich fand sie sich unglaublich töricht, doch ihr Stolz gewann die Ober-

hand, und sie rührte sich nicht. Es dauerte geraume Zeit, bis er schließlich etwas vor sich hin murmelte, was sie nicht verstand. Dann hörte sie ihn in der Dunkelheit fortgehen. Langsam atmete sie erleichtert aus und war trotzdem auf absurde Weise verzweifelt darüber, dass er sie nicht gefunden hatte.
Sie war enttäuscht, obwohl sie doch hätte triumphieren sollen. Früher oder später würde Sam sie finden, und dann würde er wirklich wütend sein. Und plötzlich wurde ihr klar, dass ihr Hass seine Schärfe verloren hatte, denn es war schwer, jemanden zu hassen, der ihr gerade den Grund für den Hass genommen hatte. Als sie sich gerade selbst bedauert hatte, dass er sie nicht suchen kam, war er gekommen. Oh ... *zum Teufel mit ihm!* Warum hatte er sie nicht einfach mit ihrer Wut allein gelassen? Ihre Wut und ihr Hass waren die einzigen Waffen, die sie gegen ihn hatte, und wenn sie sich gegen weiteren Kummer schützen wollte, brauchte sie alle nur verfügbaren Mittel.
Aber nein. Sie konnte ihn ja noch für so *vieles* verachten. Er hatte sie doch zu einen widerwilligen Partner in seinen Plänen gemacht. Und da sie sich irgendwie auch siegreich fühlte, lächelte Maria in die Dunkelheit hinein und schwor sich, dass sie ihn weiter hassen würde.
Natürlich war es bedauerlich, dass sie nicht wusste, was Sam in diesem Augenblick vorhatte – denn wenn sie es gewusst hätte, wäre ihr das Lächeln vergangen.

»Sie haben mich gerufen, Sir?«
Johnnie Taylor starrte andächtig zu dem großen Furcht erregenden Mann empor, der mit einem Krug in einer Hand und einer Flasche von Smuttynoses erbeutetem Madeira-Wein in der anderen vor den dunklen Heckfenstern stand.
Sams tiefer Seufzer durchbrach die Stille im Raum. Er war müde und verärgert, und wie immer war es Maria, die ihn an den Rand seiner Geduld brachte. Er wandte sich vom Fenster

ab und setzte sich auf einen Stuhl. »Ja, ich habe dich gerufen«, sagte er, lehnte sich zurück und stellte den Krug und den Wein auf den Tisch, der am Schott befestigt war. »Setz dich, bitte.«
Der Junge kam der Aufforderung hastig nach und sah mit aufgerissenen Augen zu, wie der Piratenkapitän das Gewirr aus Messing-Stichzirkeln, Karten, Quadrant und Teleskop beiseite schob, um für seine in Stiefeln steckenden Füße Platz zu schaffen. Er legte sie ein paar Zentimeter von einer Schüssel mit unberührtem Labskaus und einem Teller mit Zwieback und Käse auf die Tischplatte. Da er zu müde für Nettigkeiten war, kam Sam sofort zur Sache. »Ich habe eine Aufgabe für dich, die nicht allzu schwierig für dich sein dürfte.« Er schnitt sich ein Stück Käse ab, lehnte sich wieder auf dem Stuhl zurück und beobachtete Johnnie mit ruhigem prüfenden Blick, während er den Käse kaute. »Wie lange bist du jetzt schon auf See, Junge?«
Der Junge begann unter dem durchdringenden schwarzen Blick zu zittern, doch antwortete er mit fester Stimme. »Ungefähr drei Jahre, Sir.«
Sam spülte den Käse mit einem ordentlichen Schluck Madeira hinunter. »Hmm. Du bist noch ziemlich jung, was?«
»Ich bin zehn, Sir. Das ist nicht sehr jung.« Nicht ganz so unauffällig, wie Sam ihn musterte, schaute der Junge seinen neuen Kapitän mit ehrerbietigen und bewundernden Blicken an. Pirat oder nicht, er hatte mit ihm nicht die Geduld verloren und auch nicht, wie Smuttynose, die Hand gegen ihn erhoben. Johnnies strahlender Blick heftete sich auf den Goldring im Ohr des Kapitäns und auf die glänzenden Wellen seines dicken, schwarzen Haars, das ordentlich mit einem Lederband im Nacken zusammengebunden war. Ein paar Locken hatten sich gelöst, fielen ihm über die Stirn, ringelten sich um seine Schläfen und verliehen ihm ein verwegenes Aussehen, das ihn, zusammen mit dem Bart, teuflisch und fast unheimlich wirken ließ. Allerdings, dachte Johnnie, war der Schwarze

Sam ein Piratenkapitän und daher hatte er das Recht, so auszusehen.
Wichtigtuerisch hob Johnnie sein kleines bartloses Kinn an. »Außerdem kann ich schon ein Segel setzen, und Stripes wird mir zeigen, wie man eine Kanone abfeuert. Er hat gesagt, dass Sie ...«
»Kümmer dich nicht darum, was Stripes erzählt. Er hat immer irgendwelche Geschichten auf Lager, und du tust gut daran, nur die Hälfte davon zu glauben.«
»Aber haben Sie wirklich mehr als fünfzig Schiffe in nicht mal einem Jahr aufgebracht?«
»Ja, ich glaube schon.«
»Warum soll ich dann nicht glauben, was Stripes sagt? Er ist ein netter Mann und wird mir das Abfeuern der Kanonen beibringen, damit ich ...«
Sam donnerte den Krug auf den Tisch. »Ich möchte dich nicht bei den Kanonen sehen.« Sein Ton war endgültig und unerbittlich.
Der Junge ließ den Kopf hängen.
»Nicht, bis *ich* dir den Umgang mit den Kanonen gezeigt habe.«
Johnnie hob ruckartig den Kopf. »*Sie* werden es mir zeigen?«
Sam grinste und verdammte sich selbst insgeheim, dass er die Verehrung des Jungen noch mehr angeheizt hatte. »Ja. Aber vorher musst du mir einen kleinen Gefallen tun.«
»Ja, Sir! Jeden!«, rief der Junge begeistert, und Sam wünschte von Herzen, dass Maria ihn so achten würde. Doch das konnte er sich im Augenblick schenken.
Sam nahm seinen Krug wieder auf. »Ich möchte, dass du das Schiff von vorn bis achtern so lange durchsuchst, bis du die Dame gefunden hast.«
Johnnies Augen weiteten sich. »Sie meinen die Hexe?«
»Sie ist *keine* Hexe, und wenn noch jemand hier an Bord sie so nennt, lasse ich ihn auspeitschen!«

Vor Schreck füllten sich die Augen des Jungen mit Tränen, und Sam ärgerte sich, dass er so barsch gewesen war. »Siehst du?«, sagte er sanfter. »Was habe ich dir über Stripes gesagt? Das ist nur eine seiner verfluchten Geschichten. Kümmere dich nicht darum. Suche einfach Maria und bring sie hierher zu mir.«
Johnnie sprang auf und war glücklich, dass er bei seinem Helden nicht in Ungnade gefallen war.
»Und wenn sie dir irgendeine Frechheit erzählt, dann sage ihr, dass ich dir mit der Peitsche gedroht hätte, wenn sie nicht mitkommen würde.« Er lächelte. »Das wird sie herbringen.«
»Aye, Sir!«, rief Johnnie aus. »Sofort!« Er berührte die Stirn mit den Fingern und stapfte aus der Kajüte.
Als Sam wieder allein war, spielte er mit dem Henkel seines Krugs herum und starrte ungläubig zur Tür. Er lächelte. Er gluckste. Und dann warf er den Kopf zurück und begann schallend zu lachen, bis er den Krug absetzen musste, um sich nicht den Wein über das feine Leinenhemd zu schütten, das er in einer von Smuttynoses Seekisten gefunden hatte. Bei allen Göttern, der Junge hatte doch tatsächlich vor ihm *salutiert!* Vor ihm, einem Piratenkapitän! Niemand – weder an Bord der LILITH, der MARY ANNE noch der WHYDAH – hatte das je zuvor getan.
Er fand die Vorstellung sehr reizvoll.
Bei zwei Schlägen der Mittelwache strömte Mondlicht durch die salzverkrusteten Heckfensterscheiben der DOLPHIN, und Maria Hallett wurde von einem zwar schüchternen, aber sehr stolzen Johnnie in die große Kajüte geführt.
Mit wildem Blick und zerzaustem Haar marschierte sie quer durch den Raum dorthin, wo der Grund für ihren Ärger über einer vergilbten Karte saß, die Stirn in eine Hand gestützt hatte und einen Federkiel locker in der anderen hielt. Er sah nur kurz auf, als sie die Kajütentür krachend gegen das Schott warf, und in seinem gut aussehenden, dunklen Gesicht war die Müdigkeit zu lesen. Die kleinen Lachfältchen um seine

Augen waren deutlicher als sonst zu sehen, und er lächelte sie schwach an, schien aber alles andere als glücklich zu sein. Maria hatte kein Erbarmen mit ihm. »Was soll denn das bedeuten, du …«

»Danke, Johnnie«, sagte er gelassen. »Das war dann alles.«

»Aye, Sir.« Demütig wandte sich Johnnie zum Gehen und warf noch einen letzten ehrfürchtigen Blick auf den dunklen, imposanten Mann, der selbst über den Tisch gebeugt noch Autorität ausstrahlte und Respekt forderte.

»Ach, und Johnnie?«

Der Junge drehte sich gespannt und mit einem hoffnungsvollen, aber vorsichtigen Blick um.

»Sir?«

»Ich glaube, wir müssen eine Kanone abfeuern.«

»Ja, Sir!«

Nach eifrigem Salutieren rannte der Junge aus der Kajüte. Maria wartete, bis seine Schritte nicht mehr zu hören waren. »Ihn auspeitschen, ja? Du würdest keine Hand gegen dieses Kind erheben, und wenn man dir eine Pistole an den Kopf halten würde! Wie alle anderen auf diesem Schiff hast du auch ihn schon dazu gebracht, dir aus der Hand zu fressen!« Sie fauchte die Worte mit all dem Abscheu heraus, dessen sie fähig war. »Du bist der gemeinste und abscheulichste Schmarotzer, den ich je kennen gelernt habe. Ich hasse dich aus tiefstem Herzen!«

»Setz dich, Maria.«

»Wenn ich daran denke, dass ich dir vertraut habe!«, schrie sie, hatte die Hände zu Fäusten geballt und sah ihn mit lodernden Augen wie eine wütende Löwin an. »Oh, warum habe ich geglaubt, dass du dich ändern würdest? Mach ruhig weiter damit, raube, morde, doch ohne mich, verstehst du? Ich möchte damit nichts zu tun haben. *Und ich möchte auch mit dir nichts mehr zu tun haben!*«

Er hörte sie schweigend an, ließ zu, dass sie ihren Gefühlen

Luft machte, legte die Beine auf den Tisch und betrachtete sie mit ausdruckslosen schwarzen Augen, die nicht preisgaben, wie sehr ihre Worte ihn trafen.

Und auf der Suche nach etwas Grundlegendem trieb sie das Messer noch tiefer in seine Wunde. »Du machst mich krank, ist dir das eigentlich klar? Ich hätte dich dort am Strand sterben lassen sollen! Wenn ich gewusst hätte, wen ich auf die Welt loslassen würde, hätte ich es getan! Nun bin ich schuld daran, dass diese Männer dir geradewegs in die Hölle folgen. Ich bin schuld, dass du unschuldige Menschen, die das gar nicht verdienen, ausraubst und tötest. Und es ist auch meine Schuld, dass sogar ein kleiner Junge schon von der Verdorbenheit deiner verfluchten schwarzen Seele angesteckt worden ist!«

Noch immer schwieg er und musterte sie nur mit seltsamem Blick, statt wütend zu werden. Sein Schweigen ließ sie nervös werden, und in der spannungsgeladenen Stille verging ihre eigene Wut und ließ nur Scham und Schuldgefühle in ihr zurück. Aber er hatte sie doch provoziert! Er verdiente jedes der Worte, die sie ihm entgegengeschleudert hatte! Nun, fast jedes. Sie hätte nicht sagen sollen, dass sie ihn hätte sterben lassen sollen, denn das war etwas ganz Schreckliches, und wenn sie noch so wütend auf ihn war. Es verdross sie, kribbelte auf ihrem Gewissen wie Wolle auf nackter Haut, bis sie schließlich den Mund öffnete, um sich zu entschuldigen. Doch sie brachte kein Wort heraus. Stattdessen wandte sie sich ab, damit er die Lücke in ihrer Verteidigung nicht bemerkte, und in einer mürrischen und weit weniger feindseligen Stimme fragte sie, wohin sie fahren würden.

Er saß nur da und tippte mit dem Federkiel auf seinen Daumen, als ob ihre hasserfüllten Worte ihn überhaupt nicht getroffen hätten. Schließlich warf er den Federkiel auf den Tisch, streckte seine muskulösen Arme über dem Kopf aus und sank gegen die Stuhllehne. »Monhegan.«

»Monhegan? Was oder wo ist denn das, um Himmels willen?«

Sam seufzte tief. »Eine kleine Insel vor der Küste von Maine. Wild und praktisch unbewohnt.«
»Oh, wie nett«, meinte sie sarkastisch. »Rate ich richtig, dass es dort weitere Piraten geben wird?«
Er lächelte sie amüsiert an. »Dein Scharfsinn überrascht mich, Prinzessin.«
»Zum Teufel mit dir!«, schrie sie und drehte sich ruckartig von ihm fort. »Warum wage ich überhaupt, etwas anderes zu hoffen? Du kümmerst dich überhaupt nicht um mich und meine Gefühle! Du stopfst mir den Kopf nur mit Lügen und leeren Versprechungen voll! Erst mit deinem Gerede, dass du mich zur ›Prinzessin‹ irgendeiner dummen Insel machen wolltest, dann mit der Lüge, dass du mich heiraten und das Piratendasein aufgeben wolltest! Also, ich habe deine Märchen satt, Sam! Und dich habe ich ebenfalls satt! Ich hasse dich, verstehst du? *Ich hasse dich!*«
Er schien nichts dagegen zu haben, dass sie ihre Wut wie eine Sturmbö auf See hinausblies, schien seine Segel zu reffen und seine Kanonen gegen den Ansturm ihres Zorns zu befestigen, doch sein lässiges, nüchternes Verhalten ließ sie nur noch wütender werden. Rote Flecken zeichneten sich in den Vertiefungen unter ihren Wangenknochen ab, ihre Augen glänzten unnatürlich, und um ihren Mund war sie so weiß, wie er es noch nie bei ihr gesehen hatte. Mit unergründlichem Blick wartete Sam geduldig darauf, dass sie zum Schluss kam, und dann griff er ruhig in seine Tasche, zog etwas hervor und warf es auf den Tisch vor sie hin.
»Könntest du mir das erklären, Maria?«
Ihr Wutausbruch legte sich, ihre Segel wurden schlaff, und sie wurde so bleich, dass Sam sich instinktiv auf seinem Stuhl aufrichtete, um sie aufzufangen, falls sie ohnmächtig werden sollte. »Stripes hat dich einiger ernster Dinge beschuldigt, Prinzessin. Vor allem der Hexerei. Das ist bestimmt nicht das, was ich von einem gottesfürchtigen Mädchen wie dir erwartet

hätte.« Er musterte ihr Gesicht aufmerksam, lehnte sich erneut auf seinem Stuhl zurück und verschränkte die Arme hinter dem Kopf. »Und was mir am meisten zu schaffen macht, ist, dass du es nicht bestritten hast.«

Sie blickte völlig gebannt auf die Dinge, die vor ihr auf dem Tisch lagen. Sie überging seine Frage und fasste sich an die Kehle. »Wo hast du das gefunden?«

»Oh, das war in derselben Truhe wie mein Degen. Hübsch ordentlich gefaltet und am Boden versteckt. Ich dachte, du würdest mir gern etwas darüber erzählen.«

Maria starrte diese zarten Stoffteile durch einen sich verdichtenden Tränenschleier an. Charles' Kleidchen. Seine Bettdecke. *Oh, warum tat er ihr das an?* Die Erinnerungen kehrten zu ihr zurück, und mit ihnen eine Seelenpein, die sie überwältigte und überschwemmte, bis Übelkeit von ihrem Magen aufstieg und ihr das letzte bisschen Farbe aus den Wangen raubte. Sie hatte nicht gedacht, dass sie diese kleinen Kleidungsstücke jemals wiedersehen würde, und sie war hin und her gerissen zwischen dem wilden Impuls, ihre Arme um Sams Nacken zu schlingen und ihm dafür zu danken, dass er sie ihr mitgebracht hatte; und gleichzeitig wollte sie sich ihrer bemächtigen, ehe seine schmutzigen Diebeshände sie noch einmal berühren konnten.

Mit einer lockeren Bewegung zog er sie aus ihrer Reichweite und betrachtete sie nachdenklich, während er sie immer und immer wieder in seinen großen, von der Seeluft aufgerauten Händen hin und her wendete. »Hexerei«, sagte er versonnen, und seine Augen schossen einen Blick in ihre. »Bestreitest du es jetzt?«

Sie antwortete nicht.

Sie starrte das kleine Kleid an. Eine Träne quoll aus ihrem Auge und lief an ihrer blutleeren Wange herab. »Sam, bitte ...«

»Lieber Himmel, Mädchen, ich habe dir eine Frage gestellt!«

Sie fand ihre Stimme wieder. »Und ich möchte sie nicht beantworten!«

Seine wohlberechnete Wut hatte den erwünschten Effekt, sie schockartig zurück in die Gegenwart zu holen, und da ihm das nun gelungen war, wollte Sam nicht nachlassen. »O doch, das wirst du. Du wirst mir sogar jede verdammte Einzelheit dessen berichten, was während meiner Abwesenheit geschehen ist, und wenn wir hier noch die ganze verfluchte Nacht sitzen bleiben müssen!«

»Warum sollte ich dir das erzählen? Warum sollte ich dir überhaupt irgendetwas erzählen?«, flüsterte sie, wandte sich ab und starrte aus den Heckfenstern. Eines der Fenster war offen und ließ den Tanggeruch des Meeres herein. Sie durchquerte den Raum, stützte die Hände auf dem Fensterbrett ab und holte tief und beruhigend Atem und versuchte, daraus Kraft zu ziehen. Ihre Stimme war ausdruckslos und kühl, und obwohl Sam aufmerksam zuhörte, musste er sich anstrengen, sie zu verstehen. »Dich interessiert das doch nicht«, sagte sie. »Es hat dich nie interessiert und wird dich auch nie interessieren. Du kümmerst dich nur um dich selbst. Du bist nicht nach Florida gefahren, um den Schatz zu bergen, damit wir heiraten konnten. Du hast das für dich und für das Geld gemacht. Und als du ihn nicht entdecken konntest, hast du dich für das Piratenleben entschieden. Du bist nicht meinetwegen nach Eastham zurückgekehrt. Und in Eastham hättest du auch nicht deine Tage verbracht, wenn es den Sturm nicht gegeben hätte.« Als Beweis für ihr Gekränktsein und ihre Verbitterung begann ihre Stimme zu zittern. »Du kannst mir nichts vormachen, Sam.« Sie drehte sich vom Fenster weg und schaute ihn ruhig an. »Ich weiß, wer du bist.«

»Ach wirklich?«, fragte er leise und kam quer durch den Raum zu ihr. Mit einem Finger hob er ihr Kinn an und begegnete ihrem resoluten Blick mit rätselhafter Miene. Gegen ihren Willen ließ seine Berührung sie erschauern. »Und wer bin ich denn? Ein egoistischer Unmensch?« Sie wandte sich ab, weil sie seine neue Taktik nicht ertragen konnte, und ihr Blick

wanderte zu den Babysachen in seiner Hand. »Nein, Prinzessin, ich glaube nicht, dass du mich kennst.«
Unbekümmert ließ er ihr zitterndes Kinn los und bekam sehr genau mit, wie ängstlich ihr Blick wurde, als er die winzigen Kleidungsstücke beiläufig betrachtete.
Er musste sie ihr geben. Wenn auch unbewusst, unternahm sie einen tapferen Versuch, ihn von dieser Hexerei abzulenken. Doch sie hätte es besser wissen sollen, dass sie ihn nicht von seinem vorgegebenen Kurs abbringen konnte. Wenn er sich auf etwas versteift hatte, ließ er sich von nichts davon abbringen – und schon gar nicht von den unerfahrenen Versuchen eines jungen Mädchens, ihn von der Wahrheit abzulenken. Denn im Augenblick zählte für ihn nur die Wahrheit.
Er hielt die kleinen, mit Spitze und Stickereien verzierten Kleidungsstücke hoch. »Die hast du gemacht, nicht wahr?«
Ängstlich wie ein in die Enge getriebener Hase sah sie ihn an. »Ja.«
»Und darf ich fragen, warum?«
Sie drehte sich um und sah wieder aus dem Fenster. »Das geht dich nichts an.«
»Da bin ich aber ganz anderer Meinung, Maria.« Sie konnte sein Spiegelbild in der Fensterscheibe sehen und sah auch, wie sein Daumen über den weichen Leinenstoff des kleinen Kleides glitt. Sie wirbelte herum, weil sie Angst hatte, er könnte es kaputtmachen, doch stattdessen warf er ihr die winzigen Kleider achtlos zu. Maria fing sie in der Luft, und wenn er es nicht schon gewusst hätte, hätte ihre besitzergreifende und schützende Art, mit der sie sie an die Brust presste, sie verraten. »Weißt du, Prinzessin«, sagte er sanft, »während du dich unten im Frachtraum schmollend vor mir versteckt hast, habe ich mich mit Stripes, meinem früheren Besatzungsmitglied, ein wenig unterhalten. Das ist der, der seine Zunge nicht im Zaum halten kann und der kurz nach dem Schiffbruch der WHYDAH in Higgins Taverne war.«

O Gott, wusste er es? *Wusste* er es?
»Sam, bitte …«, flüsterte sie, hob den Kopf und presste die zarten Kleidungsstücke weiter an die Brust. Ihre Augen sahen ihn forschend an. »Ich … ich möchte nicht darüber sprechen. Ich bitte dich von ganzem Herzen, nicht jetzt, bitte.«
»Ja, aber ich möchte darüber sprechen. Und ja, ich weiß alles«, sagte er wie ein Gedankenleser. »Hast du geglaubt, dass du das ewig vor mir verbergen könntest? Aber ich höre die Geschichte lieber von dir als von Stripes. Er neigt dazu, die Wahrheit manchmal ein wenig zurechtzubiegen.« Seine Stimme wurde leise und unerträglich sanft. »Ich hoffe, dass er das auch in deinem Fall getan hat, Maria.«
Ihre Lider senkten sich über ihre feuchten Augen, und sie war unfähig zu sprechen, aus Angst, sie könnte die Kontrolle über die Tränen verlieren, die sie so verzweifelt zurückzuhalten versuchte.
»Du weißt, Prinzessin, dass du es dir nur noch schwerer machst.«
Er sah die Bewegung ihrer Kehle, sah ihre kleine Hand zittern, als sie zum Tisch kam und dort erbarmungswürdig mit dem Babykleid an ihrer Brust stehen blieb, als könnte dieses Kleidchen all ihren Herzenskummer zurückhalten. Er kam sich wie ein Scheusal vor, als er sie so in die Enge trieb. Doch da er ihr Geheimnis nun kannte, würde er nicht zulassen, dass sie es weiter für sich behielt und die Qual ganz allein ertrug. Ja, sie hasste ihn, und nach diesem Erlebnis hier würde sie ihn sogar noch mehr hassen, doch das kümmerte ihn nicht. Ihr Glück war für ihn das Wichtigste. Mit diesem Gedanken im Hinterkopf sagte er das, von dem er wusste, dass es die Tränenflut losbrechen würde, die sie so heftig zurückzuhalten versuchte.
»Maria«, sagte er sanft. »Ich weiß von dem Baby.«
Sie kniff die Augen zusammen. Seine Worte blieben in der Stille hängen und kehrten wie ein Echo immer wieder zu ihr zurück: *Ich weiß von dem Baby … dem Baby … dem Baby …* Sie

starrte auf den Tisch herab, sah, wie seine Umrisse verschwammen, und dann hoben sich ihre Hände, bedeckten ihre Augen, und sie brach in Tränen aus.
Darauf hatte Sam gewartet. Sie hörte seinen Stuhl schrammen, als er aufstand und seine Schritte, als er zu ihr kam. Und dann stand er hinter ihr, drehte sie zu sich, und seine Hände legten sich sanft und warm auf ihre Schultern.
»Ach, mein Liebes. Jetzt ist alles in Ordnung ...«
Sie verbarg das Gesicht an seiner breiten Brust und schluchzte herzzerreißend.
»O Sam ... O Gott ...«
»Ich weiß. Es ist ja gut ... Beruhige dich ...«
»Aber es ist wahr!« Sie sah mit tränenüberströmten Augen, zitterndem Kinn und nassen Wangen zu ihm auf. »So wahr mir Gott helfe, alles, alles ist wahr!«
Seine Arme zogen sie in seine Wärme. Seine Brust war eine starke tröstende Wand, und seine Stimme über ihrem Kopf war sanft, zart und fragend. »Erzähl mir alles, Mädchen. Sag mir, was geschehen ist, als ich fort war.«
Und damit schaffte er es, die Geschichte von ihr zu hören, eine Geschichte, die schon schrecklich genug gewesen war, als er sie von Stripes gehört hatte, eine Geschichte, die ihn krank vor Kummer machte, als er sie mit Marias gequälten Worten zu hören bekam. Und als sie fertig war, zitternd und mit roten Augen, war die Nacht kalt, das Schiff ruhig, und der Hass, den sie Sam gegenüber empfunden hatte, verschwunden. Schniefend zog sie sich zurück und sah zu ihm auf. Sein Kinn war hart, sein Mund eine schmale Linie, doch nie zuvor hatte sie einen derart unverhüllten Schmerz in seinen Augen gesehen, nicht einmal damals, als er sich über den Tod seiner Besatzungsmitglieder so gequält hatte.
Lange, lange blieb es still. Schließlich brach Sams ruhige Stimme das Schweigen.
»Wie hast du ihn genannt, Maria? Unseren ... Sohn?«

Ihre Tränen liefen wieder, als sie den Klang des Namens ihres Kindes hörte. »Ch– Charles«, sagte sie mit gebrochener Stimme. »Nach deinem zweiten Vornamen.«
»Ach, Liebes«, sagte er leise murmelnd, als sie wieder in erstickte, jämmerliche Schluchzer ausbrach. Er zog sie an sich, schloss sie in die Arme, und seine Hände legten sich um ihren Hinterkopf. Sie fühlte die Stärke seiner Arme und hörte den Schlag seines Herzens. Doch er starrte aus den Heckfenstern und sah nur die qualvollen Bilder vor sich, die ihre Worte heraufbeschworen hatten.
»O Sam, du kannst dir nicht vorstellen, wie weh es getan hat, wie weh es noch immer tut«, schluchzte sie. Seine von ihren Tränen feuchte Brust dämpfte ihre Stimme. »Ich habe ihn so sehr geliebt ... Ich dachte, dass ich darüber hinweg sei, doch das stimmt nicht. Ich dachte, ich könnte ihn vergessen, aber das kann ich nicht. Jeden Tag sehe ich sein kleines Gesicht vor mir, höre seine Schreie – ach, wann, *wann* hört dieser Schmerz denn bloß auf?«
Sam hatte sich noch nie zuvor in seinem Leben so entmutigend hilflos gefühlt. Er hielt sie fest an sich gepresst und versuchte, sie mit sanftem Streicheln über ihre Haare und ihren Rücken zu trösten. »Es wird immer schmerzen, Maria«, sagte er leise. »Das beweist ja nur, wie sehr du ihn geliebt hast. Du musst aufhören, dir die Schuld an seinem Tod zu geben. Es war nicht dein Fehler.«
»Doch! Ich hätte ihn nicht in die Stadt mitnehmen sollen!« Sie klammerte sich an ihn. »Und als er« – es war auch jetzt noch schwer, es auszusprechen –, »als er starb, war mein einziger Trost, dass du irgendwann zu mir zurückkehren würdest. Dafür habe ich gelebt, darum habe ich gebetet, weil ich wusste, dass du alles in Ordnung bringen würdest und dass dann alles wieder gut werden würde. Deinetwegen habe ich diese Hütte am Strand gebaut, damit ich jeden Tag nach dir Ausschau halten konnte. O Sam, du warst alles, was mir geblieben war,

und nun …« – sie hob den Kopf, und ihre Augen waren voller Schmerz – »… nun habe ich selbst dich nicht mehr!«
»Aber nein. Natürlich hast du mich noch, Prinzessin.«
»Nein, Sam«, rief sie aus. »Das Piratenleben hat dich völlig vereinnahmt, und wenn es mit dir fertig sein wird, wird dich der Henker bekommen!«
Mit hilflosem Seufzen hob er sie hoch und trug sie zum Tisch. Dort zog er sich einen Stuhl heraus, setzte sie auf seinen Schoß und schlang die Arme um sie. Die Flasche Madeira war in Reichweite, und Sam hatte keine Vorbehalte, einen kräftigen Schluck davon in seinen Krug zu gießen. »Hier«, sagte er mit fester Sanftheit, während er ihn an ihre geschwollenen Lippen hielt. »Trink das. Dann fühlst du dich gleich besser.«
Er wusste nicht, wie er sie sonst hätte beruhigen können und erwartete, dass sie den Wein zurückweisen würde, doch sie überraschte ihn damit, dass sie den Krug in beide zitternden Hände nahm, ihn an ihr tränennasses Gesicht hob und ihn wie ein erfahrener Seemann leerte. Er sagte nichts dazu, sondern betrachtete sie nur so lange, bis sie das leere Gefäß auf den Tisch zurückstellte.
»Ich glaube, Prinzessin, wir müssen mal ein paar Dinge klarstellen.« Er rückte sich zurecht und zog sie an seine Brust. »Erstens habe ich dich nie belogen. Es stimmt zwar, dass ich ursprünglich geplant habe, die spanische Schatzflotte ganz für mich selbst zu bergen – doch nachdem ich dich kennen gelernt hatte, hatte sich alles verändert. Erinnerst du dich an den Tag, als ich im Haus deiner Tante um deine Hand angehalten habe?« Maria nickte. »Und du erinnerst dich sicher auch, dass sie mich abgewiesen hat. Damals schwor ich mir, dass ich dich zur Frau bekommen würde, koste es, was es wolle, und ich habe das Haus verlassen und mir den Kopf zerbrochen über eine Möglichkeit, dich zu bekommen. Damals fiel mir der Wert des Schatzes ein. Himmel, dachte ich, wenn ich als reicher Mann nach Eastham zurückkehren würde, könnte deine Tante mich nicht mehr zu-

rückweisen. Und erst, als es mir nicht gelang, den Schatz zu heben, habe ich mich der Piraterie zugewandt. Zweitens ...« – er griff hinter sie, goss noch einmal Wein in den Krug und hielt ihn ihr an die Lippen, während sie davon trank – »... habe ich weder vorgehabt, dich in so etwas wie das hier hineinzuziehen, noch dich einer Horde von versoffenen Teerjacken auszusetzen, die sich leider weit mehr darum bemühen werden, deine Gunst zu erlangen, als ihre Arbeit auf diesem Schiff zu leisten. Das fehlt mir gerade noch zu meinen anderen Sorgen. Und drittens habe ich den Wunsch, dich zu heiraten, nie aufgegeben, und ich halte noch immer daran fest. Für mich hat sich überhaupt nichts zwischen uns geändert.« Er hielt inne und hob ihr Kinn an, bis ihre Blicke sich trafen. »Ich habe immer nur dich gewollt, Prinzessin. Und ich sage dir aus tiefstem Herzen, dass ich dich niemals verletzen wollte.«

Sie rieb sich die Augen mit ihren Fingerknöcheln und fragte mit leiser und kläglicher Stimme: »Und warum hast du dann dieses Schiff gekapert, obwohl du genau wusstest, was ich davon hielt? Warum kannst du das Piratenleben nicht einfach aufgeben?«

»Vor der WHYDAH-Katastrophe hatte ich das ja vorgehabt«, erklärte er. Seine Stimme klang traurig. »Doch der Schiffbruch hat natürlich alles geändert.«

»Warum?«, fragte sie mit vor Erschöpfung und dem Weingenuss schläfriger Stimme.

»Warum? Weil zwei Männer den Schiffbruch überlebt haben, Maria, und auch die Beutebesatzung, die ich an Bord der Weinpinke geschickt habe. Sie sind meine Männer, Mädchen. Sie haben mir ihr Leben anvertraut. Und jetzt brauchen sie mich mehr denn je. Ich kann sie nicht einfach im Stich lassen. Wie soll ich weiterleben können, wenn ich sie dem Schicksal überlasse, niemals Hoffnung auf Rettung zu haben?«

»Aber sie wissen doch nicht, dass du überlebt hast. Sie rechnen gar nicht mehr mit dir! Du musst sie nicht retten!«

»Das ist eine Ausflucht für Feiglinge, und ich würde mich nie so weit erniedrigen, mich so zu verhalten.«
»Warum fahren wir denn dann zu dieser Insel?«
»Um uns mit den beiden anderen Schiffen zu treffen, die zu meiner Flotte gehörten. Ehe der Sturm losbrach, haben wir uns versammelt und vereinbart, dass wir uns dort treffen werden, falls wir getrennt würden. Es besteht eine geringe Chance, dass sie noch immer dort sind und auf uns warten; wenn ja, dann werden wir uns zusammenschließen und die arme Kerle aus dem Bostoner Gefängnis holen . . .«
Seine Stimme hatte sich zu einem angenehm tröstenden Summen gesenkt, und die Anstrengung, ihm zuzuhören und ihn zu verstehen, überstieg rasch Marias Kräfte. Der Wein floss durch ihren Körper und dämpfte ihre Sinne und den wieder erwachten Schmerz um Charles' Tod. Sie trank noch einen Schluck, schloss die Augen und legte den Kopf an Sams Schulter. Seine Stimme drang wellenartig durch einen angenehmen, sich verdichtenden Nebel.
»Mach dir keine Sorgen, Mädchen«, sagte er leise. »Ich werde nicht mehr lange dabei mitmachen. Wenn ich meine Männer herausgeholt habe, verspreche ich dir, dass ich das Kommando über dieses Schiff dem Steuermann übertragen werde. Ich werde meine Flagge senken und niemals wieder unter dem Totenkopf segeln. Wir werden eine herrliche tropische Insel finden, auf der wir uns niederlassen können – Himmel, vielleicht baue ich sogar Zuckerrohr an oder irgendetwas anderes, das dich glücklich machen wird. Wir werden ein großes hübsches Haus haben, durch das die Passatwinde streichen werden und wo es niemals kalt sein wird. Ich werde sogar zulassen, dass du deinen grässlichen Hund mitnimmst . . . Maria?«
Sie schlief fest an seiner Schulter. Sie hatte nichts von dem gehört, was er gesagt hatte.
Er lächelte darüber, dass seine kleine Maria offenbar nichts stärkeres als Milch oder Wasser gewöhnt war. Doch da der

Wein ihr Ruhe gebracht hatte, bedauerte er es nicht, dass er ihn ihr zu trinken gegeben hatte. Wenigstens würde sie sich erholen können. Er dagegen würde nicht so viel Glück haben. Er war so verdammt müde, dass er kaum noch die Augen offen halten konnte, doch wie konnte er schlafen nach all dem, was er heute Abend erfahren hatte? Hexerei, Ächtung – und ein Baby. O Gott, ein Baby. *Sein* Baby.

Er stand auf und trug ihren schlaffen Körper zu seiner Koje hinüber. Sie war leicht wie eine Feder in seinen Armen und schien aus kaum mehr als ein wenig weicher Haut und seidenem Haar zu bestehen und aus einem Gewirr von Rüschenunterröcken und einem schmutzigen Kleid. Er legte sie so vorsichtig in seine Koje, als wäre sie aus Porzellan und zog die Bettdecke über ihre Schultern.

Lange blieb er stehen und blickte auf sie herab, und seine dunklen Augen waren voller Liebe und seine Miene betrübt. Dann beugte er sich nieder, drückte ihr einen Kuss auf die Stirn und ging zur Tür. Auf dem Weg nach draußen hielt er nur inne, um die Weinflasche mitzunehmen. Das würde zwar seine sorgenvollen Gedanken nicht erleichtern, aber es konnte nichts schaden, es zu versuchen. Nach kurzer Überlegung griff er sich – für alle Fälle – noch eine zweite Flasche, und mit einem letzten Blick auf die in seiner Koje schlafende Kindfrau schloss er leise die Tür hinter sich.

Achtzehntes Kapitel

Ein ohrenbetäubendes Donnerkrachen ließ Maria aus dem Schlaf schrecken. Sie sah sich einen Moment lang verwirrt in der fremden Umgebung um, und dann beruhigte sich ihr Herz wieder, als das donnernde Echo verklang und laute Begeisterungsschreie zu ihr herunterschallten.
Natürlich – sie war auf einem Piratenschiff, dessen Besatzung sich die Seele aus dem Hals schrie und dessen Kapitän einem Zehnjährigen das Abfeuern einer Kanone beibrachte.
Als sie die Beine aus dem Bett schwang, ließ sie der Kopfschmerz aufstöhnen, und vergeblich presste sie sich die Fingerspitzen auf die Schläfen, um ihn zu mildern. Ihr Mund fühlte sich an, als ob er mit Baumwolle ausgekleidet wäre, ihr Magen war so sauer wie eine Woche alte Milch, und ihr Haar fiel ihr in einem wilden Gewirr über die Augen. Die Knitter in ihren grünen Röcken zeugten davon, dass sie völlig angekleidet eingeschlafen war.
Mithilfe der Kojenkante schaffte sie es aufzustehen, und sie hatte das Gefühl, als hätte jemand ihre Stirn abgenommen und heiße Kohlen hinter ihre Augen gelegt. Wie um alles in der Welt sollte sie bloß an Bord dieses Schiffes überleben? Eine Nacht erst, und sie fühlte sich schon sterbenskrank. Und das Essen … sie mochte nicht einmal daran denken, wie das Essen sein würde …
Eine Schüssel und eine Kanne mit kaltem Wasser standen auf dem Tisch, und Maria fühlte sich etwas besser, nachdem sie

sich das Gesicht gewaschen hatte. Sie entwirrte ihr Haar, glättete es, warf den Zopf über die Schulter und ließ sich auf der Koje nieder, um ihre Lage zu überdenken.

Sie vermutete, dass Sam in der vergangenen Nacht oben an Bord unter freiem Himmel geschlafen hatte, eine Vorstellung, die ihr ein leeres, dumpfes Gefühl bereitete und sie gleichzeitig verärgerte. Doch die vergangene Nacht mit ihren turbulenten und dann zarten Erinnerungen stand ihr noch lebhaft vor Augen. Widersprüchliche Empfindungen setzten ihr zu. Sie wusste nicht, ob sie Sam dankbar sein sollte, dass er sie dazu gebracht hatte, alles aufzudecken oder ob sie erleichtert darüber sein sollte, dass sie ihm alles erzählt hatte oder wütend darüber, dass er ungeachtet ihrer Wünsche die Schaluppe aufgebracht hatte.

Oh, es war himmlisch gewesen, von seinen starken Armen so zart gehalten zu werden und ihm all ihren Kummer des vergangenen Jahres auf die starken Schultern abladen zu können. Doch wie sah er diese ganze Sache? Er hatte eine ganze Nacht Zeit gehabt, über all das nachzudenken, was sie ihm erzählt hatte – Dinge, die sie ihm gegenüber noch angreifbarer machten und die er gegen sie verwenden konnte, wenn ihm danach war.

Sie sah die Seiten seines geöffneten Logbuchs in der salzigen Brise flattern. Die Wut darüber, dass sie die Kontrolle verloren hatte, die Unsicherheit wegen seiner Überredungskunst, die Angst aufgrund des Wissens, das er nun besaß und der Kopfschmerz, den sie ihm zu verdanken hatte – all das ließ sie immer übellauniger werden. Mit einem neuerlichen ohrenbetäubenden Krachen und dem anschließenden Donnergrollen riss schließlich ihr Geduldsfaden. Ihr Zorn gewann die Oberhand. Sie glättete die Falten in ihren Röcken und marschierte aus der Kajüte.

Oben an Deck wälzte sich das Wasser um das Schiff herum, rollte nach Norden, nach Süden davon, wurde im Westen zu einem tiefen Azurblau und war so gleißend hell im Osten, dass ihre Augen und ihr Kopf schmerzten, als sie dorthin schaute. Dennoch war sie ein charmanter Anblick, als sie auf dem sonnenüberfluteten Deck auftauchte. Ihr Gesicht war noch immer vom Schlaf gerötet, und ihr Haar glänzte wie ägyptisches Gold. Wie immer war sich Maria ihrer Wirkung auf Männer nicht bewusst, und diese Wirkung war bei dieser Bande rauer Seebären nicht anders als bei den dummen Jungs in Eastham. Sie missverstand das gut gelaunte Anstoßen mit den Ellbogen, das schalkhafte Grinsen und die erhobenen Rumkrüge als Spott und nicht als Kompliment. Und wenn sie schon beim Verlassen der Kajüte übellaunig gewesen war, so wurde sie nun wirklich zornig.

Zweifellos vermuteten alle, dass sie und Sam die Nacht zusammen verbracht hatten – im Bett. Und wo hatte er denn dann geschlafen? Ihr Gesicht wurde flammend rot, und sie wich ihren Blicken aus, als sie über das Deck wankte, fast über einen Berg aufgerollter Taue stolperte und wie betrunken torkelte, als das Deck weiter unter ihren Füßen rollte.

Oh, sie hielten sie wahrscheinlich für eine Hure, wenn nicht sogar für eine Hexe, dank des aufdringlichen Wichtigtuers ... wie hieß er noch gleich? Spot? Stripes? Doch als sie nun aufschaute, sah sie, dass keiner dieser rauen Seeleute sie missbilligend betrachtete. Manche hoben sogar in einer seltsam respektvollen Geste ihre Krüge in ihre Richtung, als sie vorbeiging.

Doch ihr scheinbar gutes Benehmen würde nicht lange vorhalten. Sie waren ja erst seit gestern Piraten. Wenn sie erst ein paar Tage mit Sam zusammen waren und wenn mehrere Beutestücke ihren Blutdurst geweckt hatten und das Goldfieber sie ergriffen hatte, würden sie nicht mehr die Gleichen sein.

Als ob das Schiff sie wegen ihrer schlechten Meinung über ihrem Kapitän bestrafen wollte, erklomm es eine Dünung und schleuderte seinen Bugspriet himmelwärts. Maria verlor das

Gleichgewicht, griff nach einem Tau und riss fast die Hand zurück, als sie sah, dass es steif war von einer frischen Schicht schwarzen Teers. Sie hing dort auf dem windumtosten offenen Deck, während das Schiff durch die schäumende See pflügte und ihr Gischt ins Gesicht schleuderte. Ihr Magen verkrampfte sich, und sie versuchte, sich auf eine Möwe zu konzentrieren, die direkt vor dem Bug herabsauste, um ein Stück Fisch aus den Abfällen des gestrigen Abendessens zu ergattern, die der Koch über die Reling kippte.

Sie wollte sich gerade entspannen, als ihre Nerven von einer weiteren Detonation zerfetzt wurden. Eine dicke Wolke beißenden, gelbschwarzen Rauches zog vorbei, und als er sich verzogen hatte, sah sie, dass sich eine Gruppe Männer um eine Kanone an der Backbordseite des Achterdecks versammelt hatte. In ihrer Mitte hielt der Junge Johnnie einen Zündstab in der Hand. Sein Haar war zerzaust, seine Hände mit Schwarzpulver bedeckt, und er hörte mit verzückter Aufmerksamkeit auf die geduldigen Worten seines Kapitäns, der neben ihm stand.

»Also, versuch es noch mal, Junge. Wisch sie aus und schieb die Pulverpatrone hinein. Jetzt die Kugel. Das war's.« Entsetzt sah Maria zu, wie der Junge Sams Anweisungen schwungvoll befolgte und dann einen langen Spieß durch das kleine Zündungsloch der Kanone schob, um damit die Patrone anzustechen. Zwei stämmige Männer packten die seitlichen Taue der Kanone und zerrten sie nach vorn. »Schau jetzt am Rohr entlang – vorsichtig jetzt! Und halte den verdammten Zündstab leewärts, wenn du nicht möchtest, dass ein Funke sie entzündet, noch ehe du fertig bist. Bleib seitlich stehen, sie hat einen harten Rückschlag. So ist es besser. Jetzt warte, bis das Schiff sich mit der nächste Welle hebt, und feuere beim Heranrollen ...«

Maria presste sich die Hände gerade noch rechtzeitig auf die klingelnden Ohren. Die Kanone stieß Rauch aus und sauste rückwärts gegen die schweren Verschlusstaue. Die Deckplanken bebten unter ihren Füßen. Ein tiefer Nachhall fuhr ihr durch den Kopf, die Brust und jeden Körperteil. Eine halbe Meile jenseits der Schandeckel verschluckte der Ozean die Kugel und spuckte eine Gischtfontäne aus. Als der Wind den dicken Rauch leewärts über das Meer davontrieb, sah Maria, dass Johnnies Publikum lachte und ihm auf den Rücken schlug. Gunner war auch dort und bellte wie wild. Jemand schob dem Jungen einen Krug in die Hand, und Sam ließ ihn ein- oder zweimal trinken, ehe er ihn schnell an Stripes weiterreichte, der auf einer umgedrehten Tonne saß und die nackten Füße hin und her baumeln ließ.

Sam stand mit einem zufriedenen Lächeln da. Seine blitzenden Zähne wirkten gegen das Schwarzpulver, das sein Gesicht bedeckte, nur noch weißer und ließen ihn wie einen grinsenden Teufel erscheinen, der geradewegs aus der Hölle gekommen war. Seine Augen waren müde und rot gerändert, und die kleinen Fältchen, die sich weiß gegen den Pulverruß abhoben, waren tief vor Müdigkeit. Sein Haar war noch immer zu einem Zopf zusammengebunden, doch es blieb rebellisch. Wie sein Besitzer mochte es keine Einschränkung, und nun hatte das Lederband im Nacken seine Bemühungen beinahe aufgegeben, die glänzenden schwarzen Wellen zusammenzuhalten. Während sie ihn anstarrte, sah er zufällig in ihre Richtung und bemerkte, dass sie ihn beobachtete.

»Maria, Mädchen!«, rief er. Seine Augen strahlten und sahen plötzlich gar nicht mehr so müde aus. »Wie nett von dir, dass du zu uns kommst! Ich habe Johnnie gerade gezeigt, wie man eine Kanone abfeuert.«

»Das ist mir nicht entgangen.«

Eine seiner schwarzen Brauen hob sich ob ihrer unerwarteten Gereiztheit. Was, zum Teufel, hatte er nun schon wieder verbrochen?, dachte er. Er beschloss, es leicht zu nehmen, ging zu ihr und griff nach ihrer Hand. Sein Lächeln war aufreizend,

und seine dunklen Augen glitzerten, als er ihr Gesicht zu sich emporhob. »Was hast du denn? Zu viel Wein gestern Nacht?«
Sie zuckte zurück, als hätte seine Berührung sie verbrannt. »Zu viel Wein? Ja, und das habe ich dir zu verdanken! Wahrscheinlich hältst du das alles für einen großen Spaß!«
Das aufreizende Leuchten verschwand aus seinen Augen. Er lächelte auch nicht mehr. »Ich kann dir versichern, Prinzessin, dass das kein Spaß ist.«
»Natürlich nicht. Es ist ja auch kein Spaß, wenn ein Zehnjähriger durch die Boshaftigkeit Älterer verdorben wird. Und es ist auch kein Spaß, wenn jemand gefangen genommen und wegen Piraterie gehängt wird!«
Eine unnatürliche Stille senkte sich über das Schiff bei diesem unverschämten Ton dem Kapitän gegenüber. Selbst die Schaluppe schien zuzuhören, denn das Knirschen des Mastes und der Spieren hörte so lange auf, bis nur noch das Seufzen des Windes im Takelwerk zu hören war. Hinter ihr spitzte Stripes die Ohren und verfolgte diese neue Entwicklung wie ein Verhungernder, der ein Stück Brot vor sich sieht. Und mehrere Männer verbargen ihr amüsiertes Lächeln hinter den Händen und tauschten fragende Blicke untereinander aus, wie wohl ihr Kapitän auf diese Standpauke einer Frau reagieren mochte. Nur Johnnie, der gehofft hatte, noch ein paar Mal die Kanone zünden zu können, sah ängstlich drein.
Sam unternahm einen letzten Versuch, höflich zu bleiben, ehe er die Geduld verlor. Offenbar hatte der Wein sie nicht nur gereizt, sondern auch ihre Erinnerung an all das vernebelt, was er ihr versprochen hatte. Mit zusammengepresstem Kiefer nahm er ein Stück Stangenkugeln hoch und schlug sich damit mehrmals in die Hand. »Maria, warum gehst du nicht in die Kajüte zurück und schläfst noch ein wenig?«, schlug er vor, und obwohl seine Stimme täuschend freundlich war, stand in seinen Augen eine deutliche Warnung. »Vielleicht fühlst du dich besser, wenn du wieder wach wirst.«

Er rollte seine Hemdsärmel auf, kniete vor einem Eimer mit Meerwasser nieder, tauchte die Arme bis zu den Ellbogen hinein und begann, sich den Ruß vom Gesicht zu reiben. Maria biss sich auf die Unterlippe. Warum ließ sie sich von ihm so reizen und bewunderte gleichzeitig sein gutes Aussehen? Und als er aufstand und sich das Gesicht heftig mit einem Stück Segeltuch abrieb, ahnte sie nicht, dass die Wut in ihren Augen von einem Blick verdrängt worden war, der nur als verlangend zu beschreiben war ... wie bei einem Kind, dem ein Bonbon so hingelegt worden war, dass es unerreichbar war. Sie verschlang ihn förmlich mit Blicken.
Sam wischte sich die Stirn mit seinem Taschentuch ab, hob den Kopf und erwischte sie dabei, wie sie ihn anstarrte. Er lächelte durchtrieben. »Wenn du mich weiter so anschaust, Prinzessin, werde ich dich höchstpersönlich in die Kajüte zurückbringen. Und wenn das geschehen sollte, glaub nur ja nicht, dass du vor Einbruch der Nacht wieder an Deck zurückkehren wirst.« Sofort stand Marias Gesicht wieder in Flammen, denn sie verstand ihn mühelos, und das Lachen einiger Männer bewies, dass es ihnen nicht anders ging. Erniedrigt und verlegen riss sie den Blick von der gut aussehenden Erscheinung los, die er vor dem Hintergrund des blauen Ozeans machte und schaute stattdessen zu dem weit entfernten Horizont hinüber.
Maria war sich unangenehm bewusst, dass sich die Besatzung wie Zuschauer bei einem Hahnenkampf um sie beide versammelt hatte. Sie flüsterten, lachten und stießen sich gegenseitig die Ellbogen in die Rippen, allerdings sah sie nicht, dass Münzen weitergegeben wurden. Doch Sam bemerkte es. Typisch für die Teerjacken, die auf alles wetteten, ob es nun um den Ausgang eines Würfelspiels oder eines Streits unter Liebenden ging. Na schön, sollten sie wetten. Der Ausgang *dieses* Kampfes würde nicht öffentlich sein.
Er suchte sich eine weitere Kanonenkugel aus, wog sie in der Hand und warf sie seinem Kanonier zu. »Hier, Phil. Lass den

Jungen noch ein- oder zweimal an der Kanone üben.« Johnnies Gesicht erstrahlte wie Sonnenschein nach einem Regenguss. »Und sieh zu, dass sie ausgewischt, geladen und schussbereit ist, wenn ihr damit fertig seid. Ich möchte nicht unvorbereitet sein, falls Mr. Tozier ein Segel am Horizont ausmachen sollte.«
Er ging zu Maria hinüber, die breitbeinig dastand und sich an der Reling festklammerte, um das Gleichgewicht nicht zu verlieren. Sie wurde steif, als er ihren Arm nahm, sie zu sich zerrte und sie außer Hörweite von Stripes zog. Das Deck war von der Gischt nass und glitschig, und er wollte nicht, dass sie aus lauter verdammtem dummem Stolz ausrutschte und hinfiel. Er zog sie zur Steuerbordreling hinüber. Hier auf der Wetterseite gab es viel weniger Gischt, die ihre ohnehin schon traurig aussehenden Röcke noch nasser machen konnte. Dass ihr Kleid im Nacken offen war, verringerte seinen Ärger nicht. Nicht nur zeigte es ein verführerisches Stück cremefarbener Haut, sondern es erinnerte ihn auch schmerzlich daran, wie schlecht er sie behandelt hatte.
Er ließ ihren Arm los und lehnte sich breitbeinig und mit verschränkten Armen gegen eine Kanone. »Da wir hier etwas ungestörter sind, würde ich gern wissen, meine Liebe, was dir heute Morgen über die Leber gelaufen ist.«
»Du«, zischte sie und warf ihren Zopf über die Schulter. »Du hast mich gegen meinen Willen auf dieses Schiff gebracht, hast mich mit Wein voll gefüllt, und nun hast du mich vor all diesen Männern wie ein schamloses Flittchen aussehen lassen!«
»Nun, das hast du auch verdient.«
»Ach, das ist ja auch unwichtig! Möchtest du wissen, was mich wirklich ärgert?«
»Ja, bitte.«
»Dass du einem Zehnjährigen beibringst, wie man eine Kanone abfeuert!«
»Ach, das hat dich gekränkt? Das tut mir aber schrecklich Leid.

Möchtest du, dass ich ihm lieber den Gebrauch eines Steinschlossgewehrs beibringe? Oder eines Entermessers?«

»Warum machst du dich lustig über mich?« Sie drehte sich mit hilfloser Geste von ihm fort. »Du warst früher so liebenswert, doch jetzt bist du unausstehlich!«

»Lass mich eines klarstellen, meine Liebe. Wenn du mich weiter vor meiner gesamten Mannschaft so respektlos behandelst, werde ich mich revanchieren.« Er lächelte, doch das betonte nur die Härte seiner Worte. »Ich kenne Kapitäne, die ihre Männer für weniger auspeitschen lassen würden. Und ehrlich gesagt geht mir dein Gemecker über den von mir gewählten Beruf langsam auf die Nerven. Wenn du damit so weitermachst, schwöre ich dir, dass ich dich in der Kajüte einschließen werde, bis diese ganze Sache erledigt ist. Ich habe dir letzte Nacht gesagt, dass ich eine Aufgabe zu erledigen habe, und ob es dir nun gefällt oder nicht, ich bin ein Pirat, und ich werde auch so lange ein Pirat bleiben, bis ich meine Männer aus diesem Gefängnis befreit habe!«

»Und dann wirst du mit ihnen zusammen hängen!«

»Halt mir keine Predigten, Maria.« Er rieb sich das Kinn, schaute hinauf zu dem flatternden Wimpel und sah sie dann mit spöttischen schwarzen Augen an. »Übrigens, was steht noch in der Bibel? Etwas über ... Unkeuschheit?«

Zwei rote Flecken tauchten auf ihren Wangen auf. »Wie kannst du es wagen, mich der Unkeuschheit zu bezichtigen, wenn du selbst mich vergewaltigt hast, wenn du selbst mir die Ehe versprochen hast und das jetzt zugunsten anderer Dinge beiseite schiebst ... wegen Reichtümer, der Piraterie und der Rettung einer Horde Wölfe, ohne die die Welt weit besser klar käme!«

»Vergewaltigung?«, fragte er leise. »Hab ich mich da eben verhört?« Mit wütend erhobener Braue starrte er sie so hitzig an, dass ihr Herz zu rasen begann. »Ich glaube kaum, dass das, was sich vor zwei Nächten zwischen uns abgespielt hat, eine

›Vergewaltigung‹ war. Bitte korrigiere mich, falls ich mich nicht richtig erinnere – aber hast nicht du damit angefangen, meine Liebe?«

Marias Mund öffnete sich empört, doch noch ehe sie etwas erwidern konnte, krängte ein Windstoß das Schiff so weit, dass sie plötzlich knapp sechs Meter Deck vor sich hatte und ein nutzloses Stückchen Reling und in schwarzes, von Schaum bedecktes Wasser hinabschaute, das an den Schandeckeln vorbeibrauste. Ein Schrei blanken Entsetzens entwich ihrer Kehle, und dann packte sie der eiserne Griff von Sams Hand und gab ihr Halt.

»Mach dir keine Sorgen, Prinzessin«, sagte er mit amüsiertem Lächeln und einer Ruhe, die sie nur noch rasender machte. »Du wirst sehr bald schon seefest werden.«

»Nur zu deiner Information: Ich habe nicht die Absicht, so lange auf diesem Schiff zu bleiben, bis ich seefest, seekrank oder irgendetwas anderes werde!« Sie entriss ihm ihren Arm, als das Schiff sich erneut aufrichtete und umfasste die Reling so fest, dass ihre Knöchel weiß wurden. Und als sie herumwirbelte, um zu flüchten, hielten seine Worte sie auf.

»Dir ist doch klar, Maria, wenn das Schiff wieder krängt – und das wird es mit Sicherheit –, dass du höchstwahrscheinlich das Gleichgewicht verlieren und über Bord rutschen wirst. Ich weiß nicht, ob du schwimmen kannst, aber ich kann dir versichern, dass die meisten meiner Matrosen das nicht können. Und so kurz nach meinem letzten Schwimmfest habe ich keine Lust, noch einmal in den eisigen Nordatlantik zu springen. Denk darüber nach, meine Liebe, ehe du so übereilt davonstampfst und dich von mir entfernst.«

Sie wandte sich ihm mit glühendem Blick zu. »Wenn das der einzige Weg ist, dieses Schiff und dich zu verlassen, dann werde ich ihn mit Freuden gehen!«

»Nun mach aber mal halblang. So schrecklich kannst du doch meine Gesellschaft nicht finden.« Sein träges Lächeln ließ sie wünschen, ihm all die Schimpfwörter, die sie je gehört hatte und auch die, die sie erst kürzlich gelernt hatte, an den Kopf zu werfen. »Außerdem«, fuhr er nachdenklich fort, »ich wette, dass du gar nicht wütend auf mich bist. Auf einem Piratenschiff gibt es für eine junge Dame nicht sehr viel zu tun. Ich schätze, dass du dich langweilst, was ich gut verstehen kann, nachdem du deine kleine medizinische Praxis hattest und Eastham mit so vielen Decken versorgt hast, dass man damit einen Elefanten hätte wärmen können.«

»Ich langweile mich nicht«, knurrte sie.

»Und ich muss dafür sorgen, dass es auch nicht dazu kommt«, erklärte er. Und angesichts seines breiter werdenden Lächelns fragte sie sich, welchen finsteren Plan er nun schon wieder ausheckte. In ihrem Kopf begannen die Alarmglocken zu läuten. »Du musst nicht verzweifeln, meine Liebe. Langeweile ist etwas ganz Natürliches. Alle Seeleute leiden gelegentlich darunter. Manche von uns begegnen ihr damit, dass sie ein- oder zweimal eine Kanone abfeuern, um den Klang zu hören, andere würfeln und wieder andere ertränken sie mit ein wenig Grog. Doch wir alle arbeiten zum Wohle der Gemeinschaft – schließlich sind Schießübungen wichtig, das Würfeln erinnert uns an den Wert des Geldes, und der Rum ist natürlich ein hervorragendes Mittel, um den Mut zu schöpfen, der für den Kampf nötig ist. Ich denke allerdings nicht, dass all diese Dinge für dich geeignet sind. Deshalb ...«

»Ich habe absolut keine Lust zum Trinken und Würfeln, und ich möchte mich auch nicht einer deiner kostbaren Kanonen nähern! Und wie oft muss ich dir noch sagen, *dass ich mich nicht langweile!*«

»Aber du tust auch nichts für die Gemeinschaft«, meinte er unbekümmert, obwohl er wusste, dass er damit ihren Zorn noch mehr entfachte. Er lächelte und sagte: »Du musst dich nützlich machen, meine Liebe, um dir deine Verpflegung hier an Bord zu verdienen.«

Ihre Augen wurden schmal. »Ich habe nicht vor, *irgendetwas* zu tun, um mir meinen Unterhalt auf diesem Schiff zu verdienen, weil ich das Schiff bei der erstbesten Gelegenheit verlassen werde!«
Er tat so, als hätte sie gar nichts gesagt, obwohl das Feuer, das ihr aus den Augen schoss, ihn hätte verbrennen können. »Ich möchte, dass du über einen Vorschlag einer meiner Männer nachdenkst. Es geht um den Schiffsarzt. Männer werden krank oder verletzen sich. Stripes – verflucht sei seine klatschsüchtige Seele, aber es war eine verdammt gute Idee – ist der Meinung, dass du der beste Anwärter dafür bist. Ich habe mein Einverständnis gegeben, und die Gemeinschaft hat natürlich zugestimmt.«
»Es interessiert mich nicht, was diese verdammte Gemeinschaft denkt! Sie fahren sowieso alle zur Hölle, also warum ...«
»He, he, he, was ist das für eine Sprache, Prinzessin.«
»Du bist ein verdammter unerträglicher Bastard!«, schrie sie, stampfte mit dem Fuß auf, dehnte das »verdammt« und wünschte, sie wüsste hundert weitere Schimpfwörter, die sie ihm entgegenschleudern könnte. »Glaub nur ja nicht, dass ich auch nur im Traum daran denke, für eine Horde unerzogener Rüpel den Arzt zu spielen!«
»Ach? Und haben denn die Leute in Eastham dein Erbarmen mehr verdient und auch deine scheußlichen, aber wirksamen Packungen, deine übelriechenden Gebräue aus Muschelschalen und Bärenfett? Diese Leute, die dich mit Steinwürfen aus der Stadt getrieben haben und ... dir all das andere angetan haben?«
Das war ein sehr unfairer Angriff. Sie wandte sich ab und biss die Zähne zusammen, als ihr die Tränen in die Augen schossen. »Ich *wusste,* dass du das, was in Eastham geschehen ist, gegen mich verwenden würdest, und du wirst es immer wieder tun, wenn du mich verletzen möchtest.«
Sofort wurde seine Stimme sanft, und seine Hände umfassten

ihre Schultern. Er zwang sie, ihn anzublicken. »Maria, ich wollte dich niemals verletzen.«
Sie weigerte sich, ihn anzusehen. »Aber das hast du getan, und es scheint auch kein Ende zu nehmen. Es macht dir Vergnügen, mich zu quälen, obwohl du genau weißt, dass ich niemals einen Finger rühren werde, um dieser ›Gemeinschaft‹ zu helfen, und doch befiehlst du es mir, um mich von meinen Überzeugungen abzubringen. Warum bemühst du dich so sehr, mich genauso gesetzlos und gottlos werden zu lassen, wie du es bist? Warum versuchst du, mich zu ändern?«
»Nein, meine Liebe, ich will dich nicht ändern, sondern ich versuche nur, dir die Augen zu öffnen für das, was über deine eigene Selbstgerechtigkeit hinausgeht. Außerdem ist es doch umgekehrt. Ich liebe dich so, wie du bist – aber du versuchst, mich in das zu verwandeln, was ich für dich sein soll. In jemand Anständigen, in jemanden, den du zu deiner Tante nach Hause bringen kannst, in jemanden, der genauso denkt, sieht und atmet wie du.«
»Liebe? Wenn du mich liebtest, würdest du dich für mich ändern.«
»Und wenn du mich liebtest, würdest du aufhören, das von mir zu verlangen.«
»Ich liebe dich nicht mehr.«
»Ach Prinzessin, deine Worte strafen die Wahrheit Lügen, die in deinen Augen steht, die deine Wangen rötet, die dich hier bleiben und dich mit Klauen und Zähnen gegen mich kämpfen lässt. Streite es nicht ab. Du liebst mich ebenso, wie ich dich liebe. Wie leicht du das vergessen kannst, wenn es dir gerade in den Kram passt.«
»Ich habe Sam Bellamy geliebt, nicht den Schwarzen Sam, den Piratenkapitän, den Geächteten und die Wiedergeburt des Teufels.«
Er neigte den Kopf zur Seite und betrachtete sie nachdenklich. »Würdest du anders empfinden, wenn ich noch der Mann

wäre, der vor langer Zeit nach Eastham gekommen ist? Würdest du mich mehr lieben, wenn ich ein Fischer wäre, ein Kaufmann, ein Mitglied der Geistlichkeit?«

»Ja. Und wenn du so etwas wärst, würde ich jetzt hier nicht mit dir streiten müssen.«

»Gehen denn Streit und Liebe nicht Hand in Hand?«

»Ach, was weißt du denn schon von der Liebe?« Mit hilfloser Geste wandte Maria sich ab und schaute auf das glitzernde Meer hinaus. »Das Einzige, was du liebst, ist dieses Schiff, die Piraterie und dich selbst. Ich bin nur eine Annehmlichkeit. Ein Zeitvertreib!«

»Was weißt du schon von der Liebe …«, wiederholte er leise, legte die Unterarme auf die Reling, ließ die Hände locker herabhängen und schaute in das schäumende Wasser hinunter. »Oh, ich weiß eine ganze Menge darüber, Maria. Ich weiß, dass Lieben bedeutet, einen Menschen so zu akzeptieren, wie er ist, so wie ich dich akzeptiert habe. Glaubst du, dass ich dich nicht liebe, nur weil ich ein Pirat bin? Himmel, ich habe deinetwegen die WHYDAH, mein Vermögen und fast mein Leben verloren. Hätte ich das alles für einen ›Zeitvertreib‹ aufs Spiel gesetzt? Selbst jetzt muss ich an mich halten, um dich nicht in meine Kajüte zu tragen und dich dort zu lieben. Sag mir nicht, dass ich dich nicht liebe.«

»Du sprichst von Lust, Kapitän, nicht von Liebe. Noch eine Sünde, glaube ich.«

Er stieß sich von der Reling ab und reckte enttäuscht die Hände. »Zur Hölle mit der Sünde! Es ist nicht Lust, sondern Liebe, und das weißt du ganz genau! Was, zum Teufel, soll ich denn noch tun, damit du mir glaubst? Dieses Schiff auch noch verlieren? Muss ich mich auf die höchste Rahnock stellen und es so laut herausschreien, dass es die gesamte Mannschaft hört? Meine Liebe zu dir ist größer als die Lust, Maria!« Und als Beweis dafür riss er sie an sich und presste ihren zappelnden Körper an seine Brust, während sein Mund sich auf ihren

stürzte und er sie nach hinten drückte, bis sie über seinem Arm hing und sich alles in ihrem Kopf zu drehen begann.
Vergeblich drückte sie ihre Handflächen gegen seine noch immer feuchte Brust. Er raubte ihr den Atem, den Willen, ja, ihre Seele. Sie würde seinen Kuss nicht erwidern! Sie versuchte, seinem harten Mund zu entkommen und fürchtete, dass er ihre Schwäche bemerkte, doch seine Hand griff in ihr Haar und zog ihren Kopf wieder zu sich, während seine Zunge in die Weichheit ihres Mundes hinabglitt, ihn mit ihrer Hitze verbrühte und dabei ungeahnte berauschende Gefühle durch ihren Körper jagte. Ihre Abwehr wurde schwächer, und erst als sie seinen Kuss zu erwidern begann, zog er sich zurück.
Ihre Augen öffneten sich, und direkt vor sich sah sie die spanische Münze, die noch immer als überdeutliche Erinnerung daran an seinem Hals hing, wie ihr Besitzer sie erlangt hatte.
Das war die letzte, sie verspottende Beleidigung für sie. Marias Hand hob sich, und ihre Handfläche knallte kräftig gegen seine bärtige Wange.
Der Schlag tat ihrer Hand mehr weh als ihm, doch das Verlangen und die Liebe, die vorübergehend seine Gesichtszüge weicher gemacht hatten, verschwanden wie die Sonne hinter Sturmwolken. Seine dunklen Augen zogen sich gefährlich zusammen.
»So erwiderst du also die Zuneigungen desjenigen, der dich liebt? Vielleicht wird es Zeit, dass du und ich uns darüber unterhalten, wie dem Kapitän der Respekt gezollt wird, den er verdient.« Maria zuckte zusammen, als er ihren Arm packte, seine Finger sich in ihre Haut gruben und er sie zu sich zerrte, bis seine Augen nur noch wenige Zentimeter von ihren entfernt waren. Und dann stieß er sie von sich, als ob ihn ihr Anblick anwiderte. »Geh zurück in die Kajüte, Maria. Und wenn du nicht dort unten bist, wenn ich herunterkomme, dann wirst du an mir eine Seite kennen lernen, die du nie bei mir vermutet hättest!«

Ohne sich umzusehen, stürmte er davon. Sein Rapier schlug ihm gegen die Hüfte, seine Schultern waren steif vor Wut und seine Miene wie versteinert. Maria wartete so lange, bis er die Kajütstreppe hinunterging, ehe sie ihre Röcke raffte und sich von der Reling abwandte. Oh, sie würde natürlich in seiner Kajüte auf ihn warten! Aber das würde das letzte Mal sein, denn sie schwor sich, dass sie dieses Schiff verlassen und sich aus den Fängen des Wolfes befreien würde, noch ehe die Sonne an einem weiteren Tag unterging.

Neunzehntes Kapitel

Das Schiff zu verlassen war natürlich reines Wunschdenken von Maria. An diesem Nachmittag veranstalteten die Piraten die feuchtfröhliche Taufe des Schiffs, und Sam selbst zerrte sie an Deck, damit sie an der Feier teilnahm. Die Vorschläge für einen anständigen Namen flogen wie eine Salve von Kartätschen von vorn bis achtern, und als sie an Deck kam, gegen die Sonne anblinzelte und von Minute zu Minute wütender wurde, umringten alle sie und wollten von ihr wissen, was ihr dazu einfiel. Nat Paige drückte ihr eine Flasche Madeira in die Hand, und sie stand am Bug und verkündete, dass sie so etwas »Schändlichem« keinen Namen geben könne. Und damit hatte sie ihnen ungewollt zu dem Namen verholfen, der ihnen am besten gefiel. »Aye, NEFARIOUS!«, rief jemand, und Nat Paige ergriff ihr Handgelenk, zog ihr den Arm zurück und zwang sie, die Flasche zu werfen. Die Flasche zerbarst am Schiffsrumpf, und der Wein lief wie Blut herab, bis die Wellen ihn fortwuschen.

Sie erreichten Monhegan am folgenden Nachmittag. Auf den ersten Blick sah die Insel wie ein riesiger Wal aus, der sich im Bett des Horizonts sonnte, doch als sie näher kamen, vergaß Maria all ihre Bitterkeit angesichts der atemberaubenden Schönheit, die sich ihrem Blick bot. Die Brandung donnerte gegen mächtige Granitwände, die sich aus dem Ozean erhoben, und die Gischt glitzerte wie Diamanten auf den steilen,

kargen Felsen, als sie in Rinnsalen zurück ins Meer lief. Hoch über der Klippe zog ein Adler seine langsamen Kreise, ließ sich von der warmen Luft treiben, bis er schließlich hinter der hohen Spitze einer Fichte verschwand.
Monhegan war wild, einsam und erschien Maria ohne die vertrauten Sandstrände von Cape Cod sehr fremdartig. Und sie war, wie Sam bereits befürchtet hatte, auch verwaist.
Mit locker aufgerollten Segeln lag die NEFARIOUS geduldig vor Anker, während ihr Kapitän und ein paar Männer mit der Barkasse ans Ufer fuhren. Am frühen Abend kehrten sie – ausgerechnet – mit mehreren langen Baumstämmen und der Nachricht zurück, dass das Schiff ANNE tatsächlich zur Insel Monhegan gekommen war, um dort auf ihre Kameraden zu warten. Doch nachdem sie den Einheimischen mehrere Schiffe abgeluchst und so viel Ärger gemacht hatten, dass die wenigen Bewohner der Insel und des Festlandhafens Pemaquid Angst hatten, selbst zum Fischen hinauszufahren, war die unangenehme Besatzung auf eines der Beuteschiffe umgestiegen, hatte die ANNE zurückgelassen und war schließlich in See gestochen und seither nicht mehr gesehen worden.
Doch ein Blick auf Sams grimmige Miene sagte Maria alles, was sie wissen musste, als sie an der Reling des Vorderdecks stand und zusah, wie die Barkasse sich durch die Brandung kämpfte. Vielleicht hatte er seinen leichtsinnigen Plan nun doch aufgegeben.
Doch ihre Hoffnungen waren umsonst, denn Sam rief schon Befehle, noch ehe seine nackten Füße das Deck betraten und bevor die Besatzung das noch immer tropfnasse Boot am Bootskran befestigen konnte.
Und es dauerte nicht lange, bis eine Triade von Segeln über NEFARIOUS' Nase zum Himmel hinauf stieg und das Deck sich danach scharf neigte, als sie mit der Grazie einer Tänzerin leewärts krängte und wie ein Rennpferd nach Norden davonsprang.

Maria ignorierte Sam und wanderte über das Deck, bis sie Stripes fand. Er lümmelte sich mit dem Rücken zum Schanzkleid, hielt locker einen Krug in der Hand und hatte sich den Hut tief über die Augen gezogen. Er schien zu schlafen, doch mittlerweile kannte Maria ihn gut genug, um zu wissen, dass das nicht der Fall war. Mit verkrampftem Lächeln schwankte sie mit noch immer unsicherem, aber sich täglich verbesserndem Gleichgewicht zu ihm. »Ich weiß, dass Sie nicht schlafen«, sagte sie, als sie ihn vorsichtig mit dem Fuß anstieß. »Wir wissen beide, dass Sie zu viel verpassen würden, wenn Sie schliefen.«

Er war Schauspieler genug, um ein Gähnen vorzutäuschen, als er aufschaute, die Augen zusammenkniff und sie dann mit seiner nussbraunen Hand abschirmte. »Ach, es gibt ja nichts zu verpassen, Maria.«

»Ach nein?«, fragte sie. »Sie haben sich so dicht neben mir niedergelassen, um mitzubekommen, was sich zwischen Ihrem Kapitän und mir abgespielt hat.«

Er sah schuldbewusster aus als ein Hund, der das Essen vom Tisch seines Herrn gestohlen hatte. »Sie sind ganz schön gerissen, Maria«, sagte er, und wenn sie auf ihn wütend gewesen wäre – was nicht der Fall war –, hätten seine glitzernden braunen Augen und das schelmische Lächeln ihre Wut schnell vertrieben.

»Vielleicht. Aber da Sie nicht mehr behauptet haben, dass ich eine Hexe bin, kann ich über Ihre ... Neugierde hinwegsehen.«

»Es tut mir Leid, dass ich den Jungs davon erzählt habe«, sagte er. »Doch das war nur zu Ihrem Besten. Hätte ich nichts gesagt, hätten sie nicht zugelassen, dass Sie an Bord blieben. Eine Frau an Bord bringt Unglück, verstehen Sie. Doch vor einer Hexe haben sie Respekt.«

Maria ging in die Hocke, damit er nicht mehr in die Sonne blinzeln musste. »Wenn das Ihre Absicht war, dann bin ich Ihnen dankbar. Doch wenn Sie damit nur auf sich aufmerksam machen wollten, haben Sie mein ganzes Mitleid, denn ihre lockere Zunge wird Sie irgendwann in so große Schwierigkeiten bringen, dass Sie sich nicht mehr daraus befreien können. Und es ist Ihr Glück ...« – sie erwiderte sein Lächeln –, »... dass ich Ihnen vergeben habe. Denn sonst hätte ich Sie vielleicht in eine Entenmuschel verwandelt, und dann hätten Sie am Rumpf des Schiffes kleben und dort nach Herzenslust alles mithören können!«

Er fing an zu lachen. Zum Teufel, was war denn bloß mit dem Käpt'n los? Ging herum und verfluchte den Tag, an dem er dieses süße Mädchen kennen gelernt hatte! Wusste er denn nicht, was für ein Gewinn sie war? Maria war mehr wert als all das Gold auf der WHYDAH. Er musste dem Schwarzen Sam unbedingt sagen, dass er sie besser behandeln solle.

»Also, wenn Sie mich schon in irgendetwas verwandeln müssen, dann bitte nicht in eine Entenmuschel. Es würde mir doch nichts nützen, wenn ich irgendetwas erfahren würde und niemandem davon erzählen könnte!« Er setzte sich auf, sah sich vorsichtig um, um sicherzustellen, dass der Schwarze Sam nicht in Hörweite war, und senkte die Stimme zu einem verschwörerischen Flüstern. »Der Käpt'n ist heute ziemlich schlecht gelaunt. Irgendetwas geht zwischen euch vor, was nicht ganz astrein ist.«

Maria seufzte, und es kümmerte sie nicht, dass er sie auszuhorchen versuchte. Wenigstens war er ein Gesprächspartner. »Und das ist wahrscheinlich allein meine Schuld, doch ich kann einfach nicht das Leben akzeptieren, das er sich gewählt hat und auch nicht den Gedanken ertragen, dass er unschuldige Menschen überfällt und ihnen die Dinge raubt, für die sie so hart gearbeitet haben. Es ist einfach nicht recht! Und wissen Sie, was noch schlimmer ist? Früher oder später werden die Behörden ihn schnappen und ... und ...« Sie wrang die Hände und konnte nicht aussprechen, was ihr durch den Kopf ging. »O Stripes – ich möchte ihn nicht sterben sehen!«

»Na, na«, sagte er und tätschelte ihre Hand, als er Tränen in ihren Augen sah. »Sie können dem Schwarzen Sam vertrauen! Ihm wird nichts geschehen! Glauben Sie, er wäre so weit gekommen, wenn er leichtsinnig wäre? Nein, der Käpt'n ist ein schlauer Mann, ein Gauner unter Gaunern. Und diese kleine Schaluppe hier ist schnell wie der Wind. Niemand kann sie fangen, wenn sie die Flügel ausbreitet und davonfliegt.«
Maria dachte an die Schiffe des Königs, die sie so oft von der Großen Bucht aus gesehen hatte. Erbarmungslose Kriegsschiffe, die keine Gnade mit ihrer Beute kannten. »Selbst ein flinker Spatz kann von einem Habicht geschlagen werden.«
»Ja, aber ein Spatz kann sich dort verstecken, wohin kein Habicht gelangen kann!«
»Und dann wird der Fuchs ihn sich holen!«
Stripes lachte nur, doch sein Vertrauen in die Fähigkeiten seines Käpt'ns als Pirat konnten ihre Ängste nicht beschwichtigen. »Ich glaube, Sie machen sich zu viele Sorgen, Maria. Das ist nicht gesund. Hier.« Er hielt ihr eine Flasche Rum entgegen. »Vielleicht kann ein Schluck Rum Sie ein wenig beruhigen.«
Sie wich zurück. »Danke, aber ich habe gelernt, dass der Alkohol die Probleme nur noch größer macht, als sie ohnehin schon sind. Bis zu meinem Lebensende möchte ich keinen Tropfen mehr trinken.«
Er grinste. »Also, wir können doch nicht zulassen, dass Sie ständig mit hängendem Kopf herumlaufen, als ob das Ende der Welt nahe wäre. Ach, da fällt mir ein, dass der Käpt'n mich gebeten hat, Sie etwas zu fragen.«
»Die Wünsche Seiner Majestät sind mir Befehl«, erwiderte sie giftig.
»Er möchte wissen, ob Sie heute Abend an Land gehen wollen, wenn wir anlegen. Er sagte, dass Sie vielleicht Pflanzen sammeln möchten.« Stripes sah sie neugierig an. »Heißt das, dass Sie nun doch unser Schiffsarzt sein werden?«
Ihre gute Laune verschwand augenblicklich. »Mit Sicherheit

nicht! Ich bin eine Gefangene auf diesem Schiff und kein Mitglied der Besatzung!«
»Deswegen müssen Sie doch nicht gleich eingeschnappt sein. Der Käpt'n versucht nur, nett zu sein.«
»Nett? Er bemüht sich nur, mich zu verspotten, wütend zu machen und zu etwas zu bringen, von dem er genau weiß, dass ich es auf den Tod nicht ausstehen kann! Piraterie!«
Sonnenlicht wurde von Metall reflektiert, als Johnnie mit Gunner neben sich an ihnen vorbeiging. »Der Tag, an dem ich einen Finger krümme, um seinen bösartigen Taten Vorschub zu leisten, wird der Tag sein ...«
Sie erstarrte, als ihr klar wurde, was dieses metallische Blitzen gewesen war. Stripes sah ihren Gesichtsausdruck und hob die Hand. »Nun schieben Sie das nicht gleich wieder dem Käpt'n in die Schuhe«, sagte er. »Der kleine Johnnie hat Gillespie gebeten, ihm das Ohr zu durchstechen, weil es genauso aussehen sollte wie das des Schwarzen Sams. Und ich kann Ihnen sagen, dass der Käpt'n einen Wutanfall bekommen hat, als er das gesehen hat! Er sagte, dass der Junge nicht alt genug sei, um Gold im Ohr zu tragen, und dass sie ihn mit uns allen zusammen hängen würden, wenn wir geschnappt werden!«
»Ach wirklich? Nun, würde es ihn nicht geben, würde Johnnie es nicht tragen wollen und auch nicht auf einem Piratenschiff dienen! Und außerdem übersteigt es mein Begriffsvermögen, dass er sich über ein Schmuckstück aufregt und sich gleichzeitig nichts dabei denkt, dem Kind beizubringen, wie man eine Kanone abfeuert!«
»Ach, das müssen Sie verstehen«, sagte Stripes, während er sich auf eine verwitterte Tonne schwang und seine von Teer geschwärzten Füße hin und her baumeln ließ. »Der Käpt'n wollte dem Jungen nur eine Freude machen. Der Schwarze Sam hat ein Herz aus Gold, auch wenn er das zu verbergen versucht. Das ist nicht schlimmer, als würde eine Mutter ihre kleine Tochter ihren Freundinnen Tee servieren lassen. Das

hat dem Jungen das Gefühl gegeben, erwachsen und wichtig zu sein.« Zum ersten Mal waren seine Augen ernst. »Wenn es jemals zu einem Gefecht kommen sollte, wird der Käpt'n ihn nicht in die Nähe der Kanonen lassen. Darauf gehe ich jede Wette ein. Oh! Und da wir gerade von Kanonen sprechen – was halten Sie denn von dem neuesten Trick des Käpt'ns? Ganz schön gerissen, was?«

»Welchen Trick?«, fragte Maria argwöhnisch.

»Heißt das, dass er Ihnen nichts über die Attrappen erzählt hat?«

»Darf ich fragen«, meinte sie kühl, »was eine Attrappe ist?«

Stripes deutete auf die Holzstämme, die mittschiffs aufgestapelt lagen. »Sehen Sie diese Baumstämme dort? Das sind Geschütze.«

»Geschütze, ha! Sie und Ihr Kapitän müssen volltrunken sein, wenn Sie beide ein Stück Feuerholz nicht von einer Kanone unterscheiden können.«

»Aber die Männer, die die Stämme vom Deck eines anderen Schiffs aus sehen, können sie nicht unterscheiden«, sagte eine tiefe, kühle Stimme hinter ihr.

Als Maria herumwirbelte, fing sie Sams amüsierten Blick auf. »Und wie lange hast du schon zugehört?«, stieß sie hervor. »Du bist ja schlimmer als Stripes! Und wenn du ehrlich erwartest, dass ich glaube, du wolltest einen Stapel Holzstämme als Geschütze ausgeben ...«

»Hab ich nicht gesagt, dass er ganz schön schlau ist?«, bemerkte Stripes.

»Schlau? Ein Mensch muss blind und dumm sein, um solch einen Schwindel zu glauben!«

»Aber das wird leicht zu glauben sein, Prinzessin. Diese Stämme werden Kanonen sehr ähnlich sehen, wenn wir sie erst mit dem Breitbeil bearbeitet, mit Teer geschwärzt und aus den neuen Schießöffnungen ausgefahren haben. Aus der Entfernung sehen sie ziemlich einschüchternd aus. Und Einschüch-

terung, mein Liebes ...« – wieder erschien dieses aufreizend träge Lächeln – »... ist der Name des Spiels.«
»Aber du hast doch schon genug Kanonen!«, fauchte sie und dachte dabei, dass auch nur eine Kanone, die zu solch bösartigen Zwecken benutzt wurde, eine zu viel war.
»Genug?« Die Fältchen um Sams Augen vertieften sich. »Piraten haben nie genug Kanonen, was, Stripes?« Sie wurde starr, als er den Arm um ihre Taille legte. »Wenn unsere Decks vor Kanonen starren und unsere Schanzkleider von Männern wimmeln, glaubst du nicht auch, dass ein Beuteschiff dann viel eher ohne Widerstand die Segel vor uns streicht – bei solch einer Demonstration unserer Stärke? Natürlich wird es das tun«, beantwortete er seine Frage selbst, als sie schwieg. »Doch wenn ein Piratenschiff gleich stark aussieht oder sogar schwächer, dann wird die Mannschaft des Beuteschiffes lieber kämpfen wollen. Ich bin zwar kein Feigling, doch ein Dummkopf bin ich auch nicht. Ein Gefecht kann ihnen Tod und Zerstörung bringen und mir natürlich auch, und mir liegt ganz besonders daran, meine Männer – *und* meine Frau unverletzt zu behalten.«
»Ich bin nicht deine Frau«, sagte sie scharf und versuchte sich zu befreien, doch sein Unterarm, der um ihre Taille lag, verhinderte das. Ihr Ärger über ihn – und über sich selbst – wuchs, denn das Gefühl seines Arms so dicht unter ihrer Brust wirkte sich seltsam auf ihren Pulsschlag aus. »Dem hast du ein vorzeitiges Ende bereitet, als du dieses Schiff geentert hast. Und deine Arroganz überrascht mich. Glaubst du wirklich, dass niemand sich gegen dich stellen wird, wenn du den Tyrannen spielst?«
»Genau.« Er ließ sie los, lehnte sich gegen das Schanzkleid und betrachtete die Wellen, die um sie herum tanzten, so weit das Auge reichte. »Im Augenblick sind wir so schwach bewaffnet, dass wir niemanden damit erschrecken können. Doch das werde ich ändern. Du siehst, dass ich keinen Widerstand mag.« Er wandte sich ihr zu. »Von *keinem* Beutestück.«

Maria warf ihm einen Seitenblick zu. »Vielleicht ist es besser, wenn man einige Beutestücke ihren eigenen Kurs segeln lässt.«
»Ach, dann würden ja die besten entwischen. Und das können wir doch nicht zulassen, oder?« Er trat näher zu ihr, legte den Arm um ihren Rücken und zog sie von Stripes fort, dessen Augen heller zu leuchten begannen als Sirius in einer Winternacht.
»Habe ich dir nicht klar genug zu verstehen gegeben, dass du deine Hände bei dir behalten sollst?« Sie löste sich aus seiner Umarmung.
»Doch, das hast du, mein Liebes.« Er beugte sich zu ihr herab, bis seine Augen nur Zentimeter von ihren entfernt waren, wog ihren dicken Zopf in der Hand und ließ seine Knöchel ganz bewusst über ihren Nacken, ihre Schultern und ihren Rücken gleiten, bis sie unkontrollierbar zu zittern begann. »Es ist nur so, dass ich deine Wünsche lieber ignoriere.«
»Was du ja auch von Anfang an getan hast!«
»Ja, und das war auch gut so. Einer von uns musste schließlich die Initiative ergreifen.«
Er war jetzt damit beschäftigt, ihren Zopf zu öffnen, bis seine Enden schließlich in gewellten Strähnen herabhingen. Seine Hände waren sanft, doch sie wusste, dass er sie nicht gehen lassen wollte. Da sie nicht wollte, dass ihr die Haare ausgerissen wurden, blieb Maria stehen und erduldete seine Berührung. Und das Schlimmste dabei war, dass sie überhaupt nicht litt. Der sanfte Zug ihrer Haare an der Kopfhaut war angenehm und das Gefühl, wie seine Finger die Flechten öffnete, war sinnlich …
Nein! Sie würde sich von ihm nicht ihre Wut abschwächen und sich auch nicht ihre Vergebung für seine Missetaten abschwatzen lassen! »Ich habe dir gesagt, dass du deine Hände von …« – sie fasste zu und entriss seinen Fingern das, was von dem Zopf noch übrig war –, »… meinem Haar lassen sollst!«
»Aber ich mag dein Haar«, sagte er weich, »besonders, wenn es

nicht geflochten ist, sondern locker über deinen Rücken fließt. Warum trägst du es nicht öfter so, Prinzessin? Einfach nur für mich?«
»Weil ich es nicht möchte! Warum rasierst du dir nicht diesen scheußlichen Bart ab? ›Einfach nur für mich?‹«
»Stört er dich wirklich so sehr?«, fragte er grinsend.
»Alles an dir stört mich. Ich wünschte, ich hätte dich nie kennen gelernt!«
»Ein Gefühl, dem andere bald zustimmen werden, denke ich mal.«
Sie wirbelte herum und sah ihn an. »Was für ein Komplott heckst du denn nun schon wieder aus?«
Er sah sie mit der schelmischen Unschuld eines Kindes und einem täuschend arglosen Lächeln an. »Ein Komplott, Prinzessin? Also, nachdem du doch so deutlich gemacht hast, dass du lieber irgendwo anders sein möchtest, interessierst du dich doch wirklich erstaunlich heftig für meine Pläne.«
»Da ich unfreiwillig daran teilnehmen muss, habe ich das Recht zu erfahren, welches Schicksal mich erwartet!«
»Dein Schicksal?« Er trat zurück und bewunderte ihr Haar, das jetzt im Wind wehte und ihr zauberhaftes Gesicht umrahmte. »Habe ich mich so unklar ausgedrückt, Prinzessin? Du wirst meine Frau werden. Ich dachte, dass das abgemacht sei!«
»*Du* hast das festgelegt, nicht *wir*. Ich hatte dabei nie etwas zu sagen. Und was für eine Ehe würde das schon sein? Mit Sicherheit keine, die sich auf Vertrauen gründet. Du hast ja jetzt schon Geheimnisse vor mir!«
»Welche Geheimnisse meinst du, Mädchen? Meine Pläne sind nicht geheim. Als Erstes suchen wir uns eine verschwiegene Bucht und verwandeln diesen kleinen Vogel hier in einen Jagdfalken. Wir entfernen die Deckhäuser und die Relings, schneiden neue Öffnungen für die Kanonen und montieren die Attrappen.« Er sah sie nachdenklich an. »Und dann gehen wir auf die Jagd. Das Meer ist voller Beuteschiffe, Maria. Du

kannst mich dafür hassen, aber ich werde mir diese Beutestücke unter den Nagel reißen, neue Männer anheuern und eine so verdammt starke Flotte aufbauen, dass diejenige, die ich bei Eastham verloren habe, dagegen nur eine kleine Ansammlung von Vergnügungsbooten war. Nur diesmal wird mein Flaggschiff kein großer Rahsegler sein, sondern eine flinke kleine Schaluppe.« Er lehnte sich mit beiden Ellbogen auf die Reling und schaute mit träumerischem Blick und wehmütigem Lächeln übers Meer. »Es wird sich nicht vermeiden lassen, dass wir Paul Williams begegnen und vielleicht auch Louis Lebous, einem meiner alten Mitstreiter. Himmel, und mit ein wenig Glück finden wir sogar Ned Teach. Ich habe gehört, dass er jetzt ein eigenes Schiff hat. Mit diesen wackeren Gefährten an meiner Seite kann mich nichts mehr aufhalten. Und was werde ich, deiner Ansicht nach, mit solch einem hervorragenden Geschwader machen, Maria?«
Sie sah auf ihre Hände herab. »Boston angreifen und deine Männer aus dem Gefängnis befreien«, sagte sie freudlos.
»Ja. Und was mache ich, wenn ich das erreicht habe?«
»Hängen«, sagte sie nur noch trübsinniger.
Er lachte nur, denn der Galgen gehörte ganz sicher nicht zu seinen Plänen. »Nein. Wenn meine Männer frei sind, werde ich das Kommando über die NEFARIOUS meinem Steuermann übergeben und das Piratenleben beenden. Nur noch diese eine Mission, das habe ich mir selbst geschworen. Und ich schwöre beim Grab meiner Mutter ...«
»Sam, verschone mich damit.«
»Ehrlich, Maria. Ich werde es aufgeben. Ich *werde* der Mann sein, den du haben willst. Und wir werden miteinander glücklich sein.« Er nahm ihr Gesicht zwischen seine rauen Handflächen und suchte ihren Blick. »Oder nicht?«
Sie sah ihm in seine samtigen Augen, die voller Liebe waren, doch dann schüttelte sie seine Hände mit einer einzigen Bewegung ab. »Ja, Sam«, sagte sie dumpf. »Das können wir, aber

nur, wenn du kein Pirat mehr bist. Nur glaube ich nicht, dass das jemals geschehen wird.«

»Was soll das heißen?«, fragte er scharf. »Lieber Gott, Mädchen, bedeuten dir meine Worte denn überhaupt nichts?«

»Sie bedeuten mir alles, Sam. Und ich glaube auch, dass du es wirklich aufgeben möchtest.« Ihr Kinn hob sich, und sein Bild verschwamm hinter einem Tränenschleier. »Ich glaube nur nicht, dass du lange genug leben wirst, um dein Versprechen einzulösen.«

Dann wandte sie sich ab, schluckte den trockenen Kloß in ihrer brennenden Kehle hinunter und ließ ihn verwirrt an der Reling stehen.

Zwanzigstes Kapitel

»Diese letzte Mission« bereitete Sam mit schonungsloser Besessenheit vor. Nicht nur mit den vorgetäuschten Kanonen machte er die NEFARIOUS zu dem Piratenschiff, wie er sie haben wollte. Er brachte der Besatzung auch bei, wie man Stinktöpfe herstellte – Ekel erregende Bomben, die aus mit Salpeter, Kalkstein, vergammeltem Fisch und Harz gefüllten leeren Weinflaschen bestanden. Diese angezündet und auf das Deck des Feindes geschleudert brachen auch den stärksten Widerstand. Er ließ sie Sprengladungen aus Kartätschen, Kettengliedern und Stangenkugeln herstellen, bis selbst der kleine Johnnie es leid war, sie unter Deck zu schleppen. Er trainierte die Geschwindigkeit und Genauigkeit der Kanoniere, indem er Wettbewerbe zwischen ihnen veranstaltete und drohte allen Strafen an, wenn sie ihre Kanonen nicht jederzeit geladen und schussbereit hielten. Und er machte Stichproben an diesen stabilen schwarzen Monstren, während den Männern der Schweiß herablief, weil keiner ihn verärgern wollte. Doch im Allgemeinen war er zufrieden mit ihnen, und wenn er sie auch manchmal ein wenig zu hart herannahm, dann nur deshalb, weil all diese Fähigkeiten ihnen eines Tages vielleicht das Leben retten konnten.

Die Piraten schufen sich ihre eigene kleine Welt, in der alle Männer ebenbürtig waren. Sie waren ihre eigenen Herren, konnten tun, was sie wollten und mussten sich nicht länger den Launen derer unterordnen, die zufälligerweise durch Geburt, Reichtum oder die Umstände höher auf der sozialen Rangleiter standen. Sie genossen die Selbstachtung und Würde, die man ihnen in der zivilisierten, aber unfairen und in Klassen unterteilten Welt vorenthalten hatte. Sam sagte ihnen, dass das Wichtigste die persönliche Freiheit sei. Und im Lauf der Zeit begann Maria zu verstehen, warum seine Männer ihn »den freien Prinzen des Meeres« nannten. Manchmal fand sie seine Ansichten beinahe sinnvoll. Beinahe ... aber nicht ganz. Und dieses *beinahe* ängstigte sie.

In einer ruhigen Nacht stand Maria allein in Sams Kajüte. Die Sonne ging unter, und die Besatzung war oben beim Abendessen. Gunner kam zur ihr an die Heckfenster, schob ihr die Nase in die Hand und leckte ihr die Finger, bis sie ihm gedankenverloren den Kopf streichelte. Sie dachte an das, was sie an diesem Nachmittag gehört hatte, als sie unter der Deckgräting hindurchgegangen war, auf der Stripes sich direkt über ihr mit Nat Paige leise unterhalten hatte.

»Hast du schon das Neueste gehört?«

Sie hatte innegehalten und zugehört.

»Was denn?«, hatte Nat gefragt.

»Der Schwarze Sam hat vor, ein Piratenkönigreich in der Wildnis von Maine zu schaffen. So etwas wie unser eigenes New Providence.«

»Ein Piratenkönigreich?«

»Aye!« Und dann: »Ich sag dir, wenn du glaubst, dass das Mädchen jetzt schon verärgert ist, dann warte mal, bis sie das erfährt.«

Verärgert? Fuchsteufelswild war viel treffender.

Vielleicht hatte das den Ausschlag gegeben und sie in ihrem Entschluss, ihn zu verlassen, noch bestärkt. Doch nicht unbedingt ihre Wut ließ Maria wünschen, Sam zu verlassen, sondern die Anziehungskraft, die er auf sie ausübte. Es war eine reine Tortur für sie, diesem gut aussehenden Mann auf dem Achterdeck auszuweichen. Doch nachts ging es ihr noch schlechter, denn dann warf sie sich in der Koje hin und her, und ihr Körper sehnte sich nach seinen starken Armen und schwelgte in der Erinnerung an seinen harten Körper. Er war die Verbotene Frucht. Nein, er war die Schlange – tödlich, unheimlich und unwiderstehlich. Und während Maria zwischen ihrem Verlangen nach ihm und dem Festhalten an ihren eigenen tief in ihr verwurzelten Werten hin und her schwankte, fühlte sie sich wie zweigeteilt: Kopf gegen Herz, Körper gegen Seele. Und das Schlimmste war, dass es keinen Gewinner geben würde.

Die Sonne war mittlerweile verschwunden, und die Kajüte war in graues Licht getaucht. Bald würde es ganz dunkel sein, und sie würde eine Laterne anzünden müssen. Schon blinkten die Lichter von einer Ansiedlung an der Küste herüber. Stripes hatte beiläufig erwähnt, dass einige der rastloseren Männer nach dem Ende der Wache mit einem Boot dorthin fahren und ein wenig Ärger machen wollten. Gut verkleidet konnte sie sich mit ihnen zusammen fortschleichen. Niemand würde sie erkennen – und niemandem würde es auffallen, wenn ein Besatzungsmitglied fehlte, wenn sie zur Nefarious zurückkehrten.

Verlass ihn … heute Nacht, solange du noch kannst …

Von oben drang wildes Gelächter zu ihr herab, das Geräusch zersplitternden Glases, als ein Matrose seine Weinflasche an einer Kanone zerschlug. Flüche, die ihr nicht mehr das Blut ins Gesicht trieben, ein Pistolenschuss und noch mehr Gelächter. Das waren jetzt alles vertraute Geräusche für Maria, die genauso Teil des Schiffes waren wie die Segel, die Takelage und die Deckplanken.

Was sie nicht hatte akzeptieren können, war das wilde Geschrei, die Hurra-Rufe und der donnernde Salut der Kanonen der Nefarious, als die Piratenflagge zum ersten Mal gehisst wurde.

Verlass ihn …

Sie ging zu Sams überhäuftem Tisch hinüber. Ein paar Stangenkugeln verhinderten, dass sich eine ausgebreitete Karte wieder zusammenrollte. Als Maria auf sie herabblickte, flammte ihre Wut erneut auf. Maine. Ein Piratenkönigreich, ja? Und vielleicht mit ihr als Königin auf dem Thron? Nicht, wenn sie es verhindern konnte. Sie fuhr die zerklüftete Küstenlinie von New England mit dem Finger nach – Pemaquid, Portsmouth, Newbury, Boston, Plymouth ... Cape Cod.

Cape Cod. Dort blühten jetzt die Rosen, und Tante Helen würde auf allen vieren im Gemüsegarten arbeiten, und hinter ihrem verwitterten Haus und hinter dem grünen Rasen würde das vertraute Rotkehlchen einen letzten Wurm vor der Nacht aufpicken. Und unter dem Apfelbaum am Rand der Weide stand ein kleiner Stein auf einem kleinen Grab ...

Eine brennende Träne löste sich aus Marias Auge, lief ihr über die Wange und fiel lautlos auf ihre Brust. Kindheitserinnerungen, Tante Helen, der kleine Charles – sie waren alle in Eastham, doch sie konnte niemals dorthin zurückkehren und würde es auch ohne Sam nicht wollen.

Sie kniete nieder, senkte den Kopf und ließ ihre Tränen von Gunners Ohren auffangen. Sie würde den Hund vermissen, doch er würde ja von Johnnie geliebt und gut versorgt werden. Und Sam? Konnte sie *ihn* verlassen? Würde die Einsamkeit schlimmer sein als die Bitterkeit, die ihr Herz jetzt erfüllte?

Jemand hatte eine Laterne am Heck aufgehängt, und ihre Strahlen schienen über den dunklen Ozean hinweg, bis sie mit der Nacht verschmolzen. Maria starrte lange dorthin. Sie waren wie der Pfad ihres Lebens, von dem Gott allein wusste, wohin er sie führen würde.

Schließlich hob sie entschlossen den Kopf. Das hatte sie von Sam gelernt. Sie würde heute Nacht fortgehen, solange noch die Möglichkeit bestand, und die mondlose Nacht würde ihr zum Vorteil gereichen. Sie blinzelte die Tränen fort, wandte sich ab und ging leise durch die Kajüte, zog sich einen Stuhl heran und griff nach Schreibfeder und Tinte.

Der Kapitän hatte seine Besatzung an diesem Tag besonders hart herangenommen. Sie mussten die Decks rot anstreichen, damit das Blut, das bei möglichen Gefechten vergossen wurde, nicht zu sehen war. Und sie hatten die Deckhäuser abgeschlagen, um die Gefahr herumfliegender Splitter in einem Gefecht zu verringern. Das Holz war der Kombüse zur Verfügung gestellt worden, und der Koch hatte es tatsächlich geschafft, eine genießbare Fischsuppe zuzubereiten. Nun schlürften die Männer sie laut in sich hinein und vergnügten sich mit ihrem nächtlichen Ritual: dem Erzählen von Geschichten.

Jede wilde Geschichte war übertriebener und fantastischer als die vorherige. Doch aus Respekt vor Maria, die heute Nacht auffallend still dasaß und Gunners Samtohren streichelte, zügelten sie ihre Sprache. Vielleicht schämte sie sich, dass sie sich heute endlich von Johnnie ein Hemd und eine Hose erbeten hatte, die sie mit einem tapferen kleine Lächeln und erhobenem Kinn angenommen hatte. Doch ihr Kleid, das zerknautscht und sowieso untauglich für ein Piratenschiff war, hatte wirklich bessere Tage gesehen.

Maria lachte über die Geschichten, und sie war dankbar dafür, dass die Dunkelheit das Elend verbarg, das ihr ins Gesicht geschrieben sein musste. Sie sah auf, und ihr Schmerz verstärkte sich noch, als ihr Blick auf die Gestalt des Mannes im Schatten fiel, der in einiger Entfernung an einer Kanone lehnte.

Sam.

Dachte er über die beiden Schiffe nach, die er auf Monhegan zu finden gehofft hatte?, fragte sich Maria. Überlegte er sich gerade, wie er genügend Piraten rekrutieren könnte, um mit ihnen zusammen seine Männer aus dem Gefängnis in Boston zu befreien? Oder durchlebte er noch einmal die Tragödie der WHYDAH?

Denk nicht an ihn.

Ihre Hand umschloss Gunners Halsband.

Denk nicht an ihn! Schau ihn auch nicht an! Sie schloss die Augen und zitterte. *Nein, nicht, NICHT. Du wirst ihn … heute Nacht verlassen.*

Sie versuchte, sich auf die Geschichten zu konzentrieren. Stripes beschrieb gerade zum zwanzigsten Mal in dieser Woche seine Begegnung mit einer Meerjungfrau vor der Küste von Saba.

Aus dem Schatten heraus hörte sie Sam leise fluchen, und eine Weile später richtete er sich an der Reling auf.

»Käpt'n, wohin wollen Sie denn? Ich wollte gerade erzählen, wie ich ihr über die Reling nachgesprungen bin!«

»Tut mir Leid, Bursche, aber ich muss noch ein paar Eintragungen ins Logbuch machen. Erzähl ruhig weiter.«

Als er nach achtern davonging und die Dunkelheit ihn verschluckte, wusste er nicht, dass ein Paar gehetzt aussehender türkisfarbener Augen ihm nachblickte.

Plötzlich fühlte Maria sich unsicher und ängstlich und von einem entsetzlichen Gefühl des Verrats erfasst. Sie streichelte Gunner ein letztes Mal und stand auf. Da sein Kapitän sich zur Nacht zurückgezogen hatte, trank Johnnie ganz schnell noch so viel Rum, wie er konnte. Als er sah, dass Maria ihn anschaute, setzte er den Becher ab und stand auch auf, um sie nach unten zu begleiten.

Stripes war enttäuscht, dass er seine wichtigste Zuhörerin verlor. »Wo gehen Sie hin, Maria? Hat Ihnen meine Geschichte denn nicht gefallen?«

»Gefallen schon, aber glauben kann ich sie nicht.« Maria lächelte schwach und gehetzt, was einige in ihrer Nähe, die das sahen, seufzen und stöhnen ließ. »Aber ich glaube, dass wir alle an Märchen glauben sollten. Gute Nacht euch allen.«

Ihre Stimmen erhoben sich zu einem betrunkenen Chor.

»Gute Nacht, Maria!«

»Bis morgen!«
»Johnnie, pass auf, dass sie auf dem Deck nicht ausrutscht und hinfällt! Der Käpt'n würde dir das Fell gerben!«
»Ach was, ich werde ihm das Fell gerben!«
Sie würde diese raue, trinkfeste Matrosenbande vermissen. Und Sam? O Gott, sie konnte erst wieder an ihn denken, wenn sie alles hinter sich hatte, denn würde sie jetzt an ihn denken, würde ihr das den Mut nehmen, den sie sich so hart erkämpft hatte. Schweren Herzens griff sie nach Johnnies Hand und ließ sich von ihm nach achtern führen.

Er brachte sie bis zur Tür der Kajüte, und ohne anzuklopfen, schob Maria sie leise auf.
Sie hatte erwartet, dass Sam bei der Arbeit sei, doch im schwachen Licht der Sterne sah sie, dass das in Leder gebundene Logbuch geschlossen, das Tintenfass verschlossen und der Stuhl unter den Tisch geschoben waren. Offenbar hatte er gar nicht vorgehabt, irgendwelche Eintragungen zu machen oder überhaupt etwas zu arbeiten, denn die Kajüte war dunkel und voller Schatten. Sie ließ den Blick umherschweifen und entdeckte seine große Silhouette mit auf dem Rücken verschränkten Händen reglos an den offenen Heckfenstern stehen. Die Niedergeschlagenheit und Trauer, die von ihm ausging, war fast mit Händen greifbar. Maria schluckte krampfhaft, denn es war schwer genug, ihn verlassen zu wollen, wenn er grob war, doch es war noch schwerer, wenn er so offensichtlich unglücklich war.
»Sam?«
Er zuckte zusammen, drehte sich um und sah sie als Schatten unter der Tür stehen. »Maria. Entschuldige, aber ich habe dich nicht kommen hören.« Seine Stimme war frei von Wut, Bitterkeit oder Spott. Nur eine große Leere schwang in ihr mit, und dieses Fehlen jeglicher Gefühle zerrte an Marias Herz.
Sie schloss die Tür leise hinter sich, und als er sich noch immer

nicht vom Fenster fortbewegte, machte sie einen Schritt vorwärts. *Tu es nicht*, schrie es in ihrem Kopf, *nicht so*. Doch sie drängte diese Stimme zurück. Sie *musste* es so machen, musste ihm die Wahrheit sagen – dass sie ihn liebte. Und wenn es ihn morgen früh auch zerreißen würde, wenn er erwachte und feststellte, dass sie fort war, würde sein Schmerz irgendwann vergehen, und ihm würde klar werden, dass das ihr letzter Liebesdienst gewesen war.

Ihr Gewissen war jedoch anderer Ansicht. *Hinterhältiges Flittchen*, klagte es sie an, so dass Maria zauderte und ihn fast mit seinem Grübeln allein gelassen hätte. Doch tief in sich fand sie die Kraft zu bleiben. Sie trat vor, und ihre Hand schloss sich um eine Flasche von Smuttynoses Madeirawein. »Es tut mir Leid um deine Männer«, sagte sie, als er weiter aufs Meer schaute. »Du musst dich sehr schlecht fühlen, weil sie nicht auf Monhegan waren.«

»Ich habe sie nicht wirklich dort erwartet.« Sie sah, dass seine mächtigen Schultern in der Dunkelheit zuckten, doch selbst in dieser Düsternis war nicht zu übersehen, dass sie unnatürlich herabhingen und so müde wirkten, als trüge er auf ihnen das Gewicht aller Probleme der Welt. »Schließlich ging die WHYDAH schon vor Wochen unter. Kein vernünftiger Pirat würde so lange am gleichen Ort bleiben. Es war nur eine schwache Hoffnung, vermute ich.«

Maria lehnte sich wieder an die Tür und biss sich auf die Unterlippe. Wenn er doch bloß so wütend auf sie wäre wie früher oder aber eine hässliche Bemerkung fallen lassen würde. Aber nein, er blieb einfach dort stehen und wirkte fast … *verletzlich*. Das machte alles nur noch schwieriger für sie.

»Warum bist du mir hier nach unten nachgekommen, Maria?«, fragte er müde. »Ich dachte, dass du von mir mehr als genug hast.«

Sie konnte ihm nicht sagen, dass sie sich nur von ihm verabschieden wollte und auch nicht, dass sie jetzt zum letzten

Mal zusammen sein würden. Aber belügen konnte sie ihn auch nicht, also sagte sie ihm die halbe Wahrheit.

»Ich wollte mich entschuldigen.«

»Für was denn?«

»Für all das Schreckliche, was ich zu dir in letzter Zeit gesagt habe. Dafür, dass ich dich so respektlos vor deiner Mannschaft behandelt habe und dass ich dir so auf die Nerven gegangen bin und mich verhalten habe wie die Hexe, zu der man mich seinerzeit gemacht hat. Du kannst mir die Schuld daran geben, dass wir nicht mehr zusammen im Bett gewesen sind, seit wir an Bord dieses Schiffes gegangen sind. Es ist alles meine Schuld gewesen.« Langsam durchquerte sie den Raum und unter ihrem leichten Schritten quietschten leise die Deckplanken.

»Du musst dich nicht entschuldigen. Du hast allen Grund, mich zu hassen. Wenn du nicht auf mich wütend wärst, würde ich an deiner Rechtschaffenheit zweifeln.«

»Aber ich bin nicht mehr wütend, Sam.« Sie schluckte und hasste sich selbst für das, was sie vorhatte. »Und ich … ich möchte es dir auch beweisen.« Als sie seine Hand in der Dunkelheit fand, gab sie ihm die Weinflasche. »Vielleicht könnten wir ein Glas Wein miteinander trinken.«

Seine Stimme klang streng. »Maria, nur weil ich dir einmal Wein zu trinken gegeben habe, heißt das doch nicht, dass du ihn ständig trinken musst.«

»Also wirklich, Sam. Ich bin eine erwachsene Frau und kein Kind mehr. Außerdem biete ich dir das als eine Art … Waffenstillstand an. Und nachdem wir ihn getrunken haben …« – sie drängte sich vielsagend an ihn – »… werde ich dir beweisen, dass ich wirklich nicht mehr wütend bin.«

Die Dunkelheit verbarg den verwirrten Ausdruck in seinen Augen. Warum hatte sie ihm plötzlich vergeben, nachdem sie geschworen hatte, dass sie ihn nie akzeptieren würde, solange er Pirat war? Und nun hieß sie ihn nicht nur in ihrem Bett willkommen, sondern lud ihn auch noch dazu ein – und das, nachdem sie schmerzhaft deutlich gemacht hatte, dass sie ihn nicht mehr wollte? Das ergab überhaupt keinen verdammten Sinn. Doch in diesem Augenblick wollte Sam sie nicht dazu befragen, er wollte einfach nur ihren Waffenstillstand annehmen und es dabei belassen.

»Na gut, dann werde ich mal die Laterne anzünden«, sagte er ein wenig fröhlicher, während er in der Dunkelheit nach einem Feuerstein suchte. Sofort erhellte ein gedämpftes Licht die Kajüte und warf lange unheimliche Schatten über das Schott. Er brachte sie zu einem Stuhl, setzte sich auf einen zweiten und goss Wein in zwei Zinnbecher. Mit schwachem Lächeln schob er ihr einen über den Tisch zu.

»Es tut mir auch Leid.« Er berührte ihren Becher mit seinem, ehe er ihn an die Lippen nahm und ihn mit mehreren Schlucken austrank. »Ich war in letzter Zeit wirklich widerlich. Ich hatte kein Recht, dich so zu behandeln.«

»Aber wie du mir schon gesagt hast, hattest auch du sicher deine Gründe.« Sie streckte die Hand über den Tisch aus und legte sie über seine. »Lass uns das alles vergessen, Sam, und nur an heute Nacht denken.«

Im Lampenlicht sah Maria Hoffnung in seinen Augen auftauchen und auch etwas, das einer Erleichterung nahe kam. Er hielt ihren Blick fest und lächelte. Wärme durchflutete ihr Herz, und plötzlich war es ganz einfach für sie, zu vergessen, dass er ein berüchtigter Pirat war, den man für tot hielt. Ja, in diesem Augenblick sah er fast wie der eifrige junge Abenteurer aus, in den sie sich vor so langer Zeit verliebt hatte.

Sie stellte den Becher ab und berührte seine Wange. Sein bärtiger Kiefer war drahtig, aber weich, und sie streichelte ihn, weil sie sich das Gefühl einprägen wollte, damit sie es immer wieder hervorholen und in Ehren halten konnte. Er schloss die Augen, und sie sah, dass sich seine Brust zu einem tiefen Seufzer hob. Er nahm ihre Hand, zog ihre Finger an den Mund

und presste sie liebevoll an seine Lippen. Ihre Weichheit und das Kitzeln seines Bartes an ihren Fingern ließen Schauer durch sie laufen. Wieder war sie fast bereit, ihren Entschluss aufzugeben, ihn zu verlassen. »Ach, Maria, meine süße Prinzessin«, flüsterte er heiser. Seine dunklen Augen öffneten sich und enthüllten seine gequälte Seele. »Ich glaube nicht, dass ich noch viele Tage wie die vergangenen ertragen hätte.«

Sein Atem hauchte warm gegen ihre Finger. Der Widerhall seiner Stimme löste ihr Inneres auf. »Ich auch nicht«, sagte sie, »doch lass uns das beiseite schieben, Sam. Ich möchte nicht mehr darüber nachdenken.« Sie zog die Hand von seinen Lippen fort und nahm die Flasche hoch. »Komm, trink noch ein wenig Wein.«

Die Menge, die sie ihm einschenkte, war großzügig bemessen, doch er trank sie zügig aus. Und dann nahm er wieder ihre Hand, rieb ihre weiche Handfläche über seine stoppelige Wange und umfasste ihre Finger so fest, als wollte er sie nie mehr loslassen.

»Du kannst dir gar nicht vorstellen, wie viel mir das hier bedeutet, Mädchen.«

Plötzlich ging Maria auf, dass Sam ihr zum ersten Mal sein Herz öffnete. Er erlaubte ihr, seine Liebe unverhüllt in seinen Augen zu sehen, und plötzlich traf es sie wie ein Schlag gegen die Brust, dass diese Liebe vielleicht sein Untergang sein könnte.

Guter Gott ... warum war ihr das bisher nicht klar geworden? *Ihre bloße Anwesenheit* auf der NEFARIOUS war eine Gefahr für ihn, denn er würde all seine Fähigkeiten benötigen, um zu überleben und seine Schaluppe außer Reichweite der Kriegsschiffe zu halten, die an der Küste entlangstreiften. Was er überhaupt nicht gebrauchen konnte, war ihre Anwesenheit und seine Sorge um sie ...

Das war eine wunderbare Entschuldigung, mit der sie ihr schlechtes Gewissen über ihren Verrat erleichtern konnte. Viel-

leicht würde ja ihre Entscheidung, ihn zu verlassen, ihm irgendwann einmal das Leben retten.
»Wir müssen dir ein paar ordentliche Kleider besorgen«, sagte er mit nachdenklichem Blick. »Diese Hose schickt sich nicht für eine Dame. Sie ist unanständig.«
»Ach?« Sie warf ihm einen listigen Blick zu. »Seit wann hast du dich auch nur einen Deut um Anstand gekümmert?«
»Seit ich mitbekommen habe, dass du innerhalb von nur einer Woche angefangen hast zu fluchen, zu trinken und zu würfeln.« Er lächelte. »Ich kann doch nicht zulassen, dass man dich völlig verdirbt.«
Sie stand auf, kam um den Tisch herum und setzte sich sehr freizügig auf seinen Schoß. Seine Oberschenkel fühlten sich unter ihr kräftig und hart an, und sein Körper war herrlich stark. Es war für sie ein schieres Entzücken, ihre Wange an seine muskulöse Brust zu legen, und es war himmlisch, mit ihren Lippen über die feinen, seidenen Haare dort zu streichen. Er schmeckte nach Salz, Wind und der Freiheit der offenen See. »Also, Sam, ich glaube, dass du der Erste warst, der mich verdorben hat.« Ihre Finger folgten den Konturen seiner sinnlichen Lippen, der Linie seines Kiefers unter dem dicken, ordentlich geschnittenen Bart. Sie strichen leicht über seine Schultern, über die straffen Sehnen seines Unterarms, glitten um seinen Ellbogen herum und kehrten zurück zu seiner starken warmen Hand. Sie ergriff sie und schob sie unter den Verschluss des Hemdes, das er so unanständig gefunden hatte. Wie ein Kätzchen rieb sie die Wange an seiner Brust, als seine Finger ihre Brüste zu streicheln begannen.
»Maria?«
»O Sam, ich habe dich so vermisst ...«
»Himmel, Mädchen, ich habe dich auch so vermisst, aber ...« Er hielt den Atem an, als ihre federleichte Berührung wieder seinen Arm hinaufwanderte und sanfte Kreise in seinem dunk-

len Brusthaar zu ziehen begann. »Mein Gott, was, zum Teufel, ist denn in dich gefahren?«
»Nichts anderes, als das, was schon vor über einem Jahr in mir gewesen ist«, schnurrte sie. »Komm, Käpt'n, trink noch ein bisschen Wein.« Sie schaute ihn mit Katzenaugen an, ihre Handfläche lag heiß auf seinem Bauch, seinen Rippen und berührte neckend den Bund seiner Hose. »Das erhöht doch das Vergnügen, findest du nicht?«
»Maria, ich bin völlig ausgelaugt. Noch mehr Alkohol, und ich schlafe sofort ein.«
Das war genau das, was sie wollte, doch Sam konnte nicht wissen, dass das Teil eines Fluchtplans war, von dem er nie annehmen würde, sie könnte teuflisch genug sein, ihn sich auszudenken und auch nicht mutig genug, um ihn auszuführen. Und selbst wenn er das gewusst hätte, hätte ihm ihr Herumhantieren an den Knöpfen seiner Hose solche absurden Vorstellungen aus dem Kopf vertrieben. Ihre Lippen lagen schmerzlich süß auf seiner Brust, ihre Stimme war sanft und einladend. »Einschlafen, Sam? Findest du mich denn so ... langweilig?«
»O Gott«, murmelte er und schnappte nach Luft, als ihre Hand seine bereits erregte Männlichkeit fand. Sein Kopf fiel gegen die obere Sprosse seiner Stuhllehne zurück, und er schloss die Augen in seligem Schmerz. Er war hart unter ihrem sanften Griff, und während sie ihn noch hielt und mit ihren weichen Fingern reizte, ließ die sie andere Hand um seinen Nacken gleiten, zog seinen Kopf hoch und dann in ihre Armbeuge, und ihre Lippen drückten sich sanft auf seine.
Wenn er müde sein sollte, so war davon nichts zu spüren, als er ihren Kuss mit wildem Hunger erwiderte, ihre Lippen wie ein Ertrinkender nahm und gleichzeitig ihre Hemd aufknöpfte. Er schob das weiche Leinen von ihren cremefarbenen Schultern, um ihre Brüste besser erreichen zu können, und seine schwieligen Hände ließen ihre Haut prickeln, und köstli-

che Gefühle brodelten durch ihren Körper und ließen ihr Blut kochen. Mit sanften Fingern liebkoste er ihre schmerzenden Brustknospen und rieb ihre festen Spitzen, bis sie aufblühten und sich unter seiner Berührung entfalteten. Glühende Hitze pulsierte durch ihre Adern, erfüllte sie mit ihm und nichts anderem und schob ihre Gründe für ihr Tun in eine weit entfernte, vergessene Ecke ihres Verstandes.

Sie entzog sich ihm nur so lange, bis sie ihren glänzenden Zopf gelöst hatte. Gebannt sah er zu, wie sie die Finger durch die dicken seidenen Flechten zog, bis ihre herrliche Mähne in einer Flut von Locken über ihren Rücken fiel.

»O Gott, Prinzessin«, stöhnte er, und dann schoben sich seine Arme unter ihre Kniekehlen und umschlangen ihre Schultern. Mühelos hob er sie hoch und trug sie zur Koje. Sie lag in seinem Arm und fühlte sich schwerelos und schwindelig. Ihre Augen waren von Leidenschaft erfüllt und ihre leicht geöffneten Lippen einladend. Er legte sie sacht ab und stützte ihren Rücken dabei mit seinem muskulösen Arm. Und sie spürte, wie das Bett sich senkte, als er zu ihr kam, ihre Schultern umfasste und den Kopf neigte, um sie noch einmal zu küssen. Eine Hexe hatte man sie genannt, und er war so hilflos gefangen in ihrem Bann wie eine Fliege in einem Spinnennetz. Die Kleidung flog davon, und seine Lippen berührten nackte Haut. Die Leidenschaft steigerte sich, und die feuchte Haut glänzte sanft im Laternenlicht. Sam zitterte, und Maria fühlte, wie sich ihr Herzschlag unter seinen Fingerspitzen beschleunigte. Sie schloss die Augen, damit er nicht die Wahrheit in ihnen lesen konnte und verbarg ihr Gesicht in ihrem Haar, das sich auf dem Kissen fächerförmig ausbreitete. Das würde das letzte Mal sein, dass sie ihn an sich zog, seine innigen Küsse spürte und ihn in sich aufnahm. Sie presste die Lippen auf seinen Unterarm, küsste ihn und bewegte die Lippen über die weichen Haare dort, und sein Geschmack vermischte sich mit ihren salzigen Tränen.

Sie öffnete die Augen und sah durch einen verschwommenen Schleier seinen dunklen Scheitel, während seine Lippen zart über ihren Hals, ihre Schultern und ihren Pulsschlag glitten, der wie verrückt in der Vertiefung ihres Halses schlug. Mit einer Hand griff er nach ein paar der goldenen Locken, drückte sie zusammen und küsste an ihrem Halsansatz entlang, über ihr Schlüsselbein und bis zu ihrer Schulterwölbung. Sie zitterte am ganzen Leib, atmete ruckartig und hörbar.

Maria ... O Maria ... Seine Gedanken überschlugen sich. Sie war die schönste Blume, die weichste Seide und Stripes' lebendig gewordene Meerjungfrau. Ihre sanften und doch kräftigen, ihre unschuldigen und doch erfahrenen Hände ließen seinen Körper in Flammen aufgehen, und er wusste, dass er diese Qual nicht mehr lange ertragen konnte. Hungrig umfasste er nacheinander ihre schwellenden Brüste mit seinem Mund, fuhr mit der Zunge über die Spitzen, saugte an ihren Knospen, bis sie sich unter ihm aufbäumte und ihn bat, sie zu nehmen.

Doch erst bemächtigte er sich noch einmal ihrer Lippen, trieb die Zunge tief in ihren Mund, bis sie sich unter ihm in herrlicher Qual zu winden begann. Sie bestand nur aus Weichheit, seidiger Haut und seidenem Haar, sanften Kurven und langen Beinen, die sich nun hoben, sich um seinen Rücken schlangen und ihn an sich fesselten. Er vergrub das Gesicht in ihren duftenden Locken und verlor sich in der dicken Seidenflut. Er knabberte an ihrem Kinn und ließ die Finger über die Sehnen ihrer blassen Kehle gleiten. Seine Hand umfasste eine schmerzende Brust, und sein schwieliger Daumen glitt neckend über die rosige Spitze. Langsam durchwanderte seine warme Handfläche das Tal zwischen den weichen Erhöhungen, glitt über ihren flachen Bauch hinab und verlor sich schließlich in den seidenen Locken, die ihre Weiblichkeit umrahmten.

»Ah, Maria ... Wenn ich morgen sterben sollte, werde ich als glücklicher Mann in mein Grab steigen. Gott, ich liebe dich.«

Sie zitterte, zog ihn zu sich herab und umarmte ihn mit wilder Verzweiflung, die er als Verlangen missdeutete. Doch er hatte es nicht eilig. Er wollte sie, begehrte sie. Doch er wollte sie in höchste Höhen heben und ihr das ganze Ausmaß seiner Liebe zeigen. Er ließ sich Zeit. Und er ließ keinen Zentimeter ihres Körper unerforscht. Seine großen warmen Hände waren überall, auf den weichen Erhöhungen ihrer Brüste, den sanften Kämmen ihrer Rippen, in den Vertiefungen, die den Übergang zwischen ihrem Oberkörper und ihren Hüften bildeten und in der feuchten Hitze zwischen ihren samtigen Schenkeln. Sein Mund lag heiß auf ihrem, verlangend, begehrend und jede Erwiderung fordernd, derer sie fähig war – und die sie gab, denn sie wollte ja, dass diese Nacht sich für alle Zeit in ihrer beider Gedächtnis einprägte.
Ihre Finger griffen in seine feuchten Nackenhaare und pressten sich auf seine Kopfhaut, als ob sie ihn für immer auf ihren Lippen festhalten wollte. Sie spürte seine starken Nackenmuskeln, die feinen daunenzarten Haare dort und die seidenen schwarzen Locken, die ihr über die Hand fielen. Er war der freie Prinz der Meere, ein Kind der See. Deren Geschmack lag wie Tau auf seiner Haut ... und dessen Sog war in seinen Händen, seinen Lippen und der schieren Kraft seines Körpers, als er sie wie eine Ripptide ins tiefe Wasser zog, in wirbelnde Strömungen und unergründliche Tiefen hinab ... und dann ertrank sie, als er so zeitlos, rhythmisch, so wogend und herrlich wie das Meer selbst in sie eindrang.
»Sam ... o Sam, vergib mir«, schluchzte sie, doch nur sie allein wusste, wofür sie ihn um Vergebung bat. Ihrer beider heißer Atem vermischte sich und wurde eins. Stürmische Fluten schlugen über ihr zusammen. Ihre Finger glitten über seinen Nacken hinweg, gruben sich in seine angespannten, mächtigen Schultern, wo sich die Muskeln unter der Haut bewegten. Schneller und schneller nahm er sie, bis sie unter dem schlingernden Zucken der Erfüllung aufschrie, die sie mit quälender,

gnadenloser Süße durchdrangen. Er stieß ein letztes Mal tief in sie hinein und wurde starr, während ihr Name von seinen Lippen herab in die feuchten Locken tropfte, die auf dem Kissen lagen.

Lange Zeit hielten sie sich einfach nur umfasst und vergaßen alles um sich herum. Er hob sich an und stützte sein Gewicht mit den Unterarmen ab, als er den Kopf in die Kurve ihrer cremefarbenen Schulter schmiegte und seine Finger gedankenverloren mit einer Locke spielten, die auf dem Kissen wie Gold glänzte. Er sah nicht die Tränen, die ihre Wangen befeuchteten, sah nicht die Qual in ihren Augen, als er zärtlich ihr Ohr küsste und ihr wieder und immer wieder sagte, wie sehr er sie liebte.

Er war schlank und warm und stark, und sein Gewicht war tröstend und sicher. Maria umarmte ihn, drückte ihn an sich, und ihre schlanken Arme lagen noch immer fest um seinen Rücken, auch als er schläfrig wurde und mehr und mehr Zeit zwischen den einzelnen Küssen und den leisen Worten verging. Langsam entspannte er sich und wurde auf ihr schwer. Doch noch immer hielt sie ihn fest, drückte die Lippen an seine Schulter, streichelte über sein Haar. Sie wollte ihn nicht loslassen und fürchtete sich vor dem Moment, da die Glocke auf dem Vorderdeck das Ende der Wache verkündete und sie gehen musste. Und als er schließlich bleischwer auf ihr lag, sein Herz regelmäßig an ihrem schlug und sein Atem gleichmäßig an ihrem Ohr vorbeistrich, wand sie sich vorsichtig unter ihm hervor.

Tränen waren in ihren Augen, als sie sich das Hemd und die Hose wieder anzog und auf ihn hinabblickte, um sich für immer sein schönes Gesicht und seinen kräftigen Körper einzuprägen und sein Haar, das so schwarz auf dem Kissen lag, seine geöffneten sinnlichen Lippen und die Linien der Erschöpfung und Müdigkeit – und vielleicht auch des Bedauerns –, die der Schlaf schon zu glätten begann. Sie wischte sich eine Träne fort und zog dann die Bettdecke über seinen narbigen Rücken, seine muskulösen Schultern und die starken Seemannsarme, die sie so sehr liebte.

Erschöpfung, Abgeklärtheit, Liebe und Vergebung. Sie hatte Recht behalten. Es hatte nicht lange gedauert. Eine ihrer Tränen fiel auf seine dunkle Wange und lief in seine glänzenden und festen Barthaare hinunter. Sie wischte sie nicht fort. Stattdessen beugte sie sich herab, drückte ihre Lippen auf seine Stirn und wandte sich ab.

»Ich liebe dich, Sam. Was auch immer geschehen mag, ich werde dich immer lieben.«

Sie löschte die Laterne. Dann zog sie den Brief hervor, dessen Schrift von ihren Tränen verwischt war, und legte ihn auf seinem Schreibtisch unter eine der Stangenkugeln. Und schließlich verließ sie mit schwerem und schmerzendem Herzen die Kajüte.

Einundzwanzigstes Kapitel

Auf dem Vorderdeck schrillte die Glocke, als Maria in einem abgewetzten Mantel, der mehrere Nummern zu groß für sie war, auf dem düsteren mondlosen Deck auftauchte.

Sie hielt inne und blickte zum Himmel empor, als könnte sie dort die göttliche Beruhigung für das finden, was sie getan hatte und noch tun wollte.

Doch von oben erklang keine göttliche Stimme, um sie zu beraten und zu beruhigen.

Ihr nervöser Blick glitt über das dunkle Deck. Sie war gerade rechtzeitig gekommen. Im Laternenlicht hoben schon ein paar Männer das Boot aus der Halterung hinter dem Mast. Sie redeten, lachten und rissen Witze. Maria zögerte, sich ihnen anzuschließen. Was würde geschehen, wenn man sie erkannte? Ach was. Sie waren zu beschäftigt und zu betrunken, um sich um einen weiteren Matrosen zu kümmern.

Und in ihrer groben Baumwollhose, dem übergroßen Mantel aus abgetragenem schwarzen Wollstoff und dem breitkrempigen Filzhut, unter den sie ihr langes Haar gestopft hatte, war sie nur ein weiterer Matrose; von etwas schmaler Statur vielleicht und mit weicheren Gesichtszügen, aber mehr auch nicht.

Maria sah sich nervös um und hoffte insgeheim, dass Sam auftauchte und sie zurückhielt. Doch als sie ihn verlassen hatte, war er fest eingeschlafen gewesen und hatte nichts von ihrem Plan gemerkt. Wusste er von der Fahrt zur Küste?

Sicherlich, denn Sam wusste immer alles, was an Bord seiner Schaluppe vor sich ging.
Alles, nur nicht das, was sie vorhatte.
Sie fühlte sich elend, als sie daran dachte, wie sehr sie Sams Liebe und Vertrauen hinterging. Er würde zum ersten Mal seit Wochen gut schlafen, doch wie würde er sich fühlen, wenn er am Morgen erwachte und feststellte, dass sie verschwunden war? Sie schluckte und versuchte, nicht zu weinen, als sie über das Wasser hinweg zu den Lichtern der Ansiedlung schaute, die wie Glühwürmchen in der Dunkelheit leuchteten.
Nein, sie durfte nicht weiter nachdenken. Sie *musste* fortgehen. Es war das Beste für sie selbst und auch für Sam. Ihr blieb jetzt ohnehin keine Zeit mehr, darüber zu grübeln. Schon machten sich die Männer bereit, die Leiter hinabzusteigen, ließen eine Flasche Madeira kreisen, rissen obszöne Witze und lachten, als sie sich wie Affen über die Reling schwangen.
Maria atmete tief ein, trat aus dem Schatten und schlenderte so unauffällig wie möglich zur Reling. Das Boot tanzte in der sanften Dünung weit unten und stieß gegen die NEFARIOUS. Der Kopf des letzten Matrosen verschwand über dem Schandeckel, und mit sinkendem Mut stellte sie fest, dass nur noch sie fehlte. Sie würden alle auf sie warten.
Doch oben auf dem Schandeckel erstarrte sie. Weit, weit unter ihr hielt Silas West die Laterne hoch, einen winzigen Lichtpunkt auf dem riesigen dunklen Meer. Ihr schwaches Licht beleuchtete die nach oben gedrehten Gesichter der Männer und wurde von den Wellen reflektiert, die sie gnadenlos verschlingen würden, wenn sie das Gleichgewicht verlor und hinabstürzte.
»Komm schon, Bursche!«, schrie jemand. »Was machst du denn so lange?«
»Der Junge hat Angst. Was hast du denn gedacht? Der sieht doch sowieso aus, als wäre er noch nicht lange aus den Windeln heraus!«

»Wenn er nicht alt genug ist, kann er auch nicht an Land gehen. Das ist nur was für Männer!« – »Komm schon, Bursche. Wir können nicht die ganze Nacht warten!«
Zitternd umfasste Maria den oberen Teil des Schandeckels, schob vorsichtig ein Bein über Bord, zitterte, als ihr Fuß in der Luft hing und schließlich doch die erste Sprosse der hin und her schwingenden Strickleiter fand. Steif vor Angst begann sie langsam, nach unten zu klettern.
»Verdammt noch mal, beeil dich!«
Einen Schritt, noch einen. Das Oberteil des Schandeckels befand sich jetzt in Augenhöhe, und da sie Angst hatte, diesen letzten Halt zu verlieren, klammerte sie sich mit den Händen daran fest, die in der Dunkelheit ganz weiß aussahen. *Was, um alles in der Welt, machte sie eigentlich?* Angst ließ sie erstarren. Kalter Schweiß machte ihre Handflächen glitschig. Sie fühlte sich krank, schwindelig und kurz vor einer Ohnmacht. *O Gott*, dachte sie, *bitte hilf mir*, und sie machte den nächsten unsicheren Schritt nach unten.
Und dann schloss sich eine Hand um ihr Handgelenk.
»Wo soll's denn hingehen, Prinzessin?«
Sie riss den Kopf hoch, der Atem stockte ihr und alles Blut wich ihr aus dem Gesicht. Vor dem nächtlichen Himmel sah er aus wie ein wütender Rachegott. Er trug nur Segeltuchhosen, die er sich eilig angezogen haben musste, ehe er sie suchen ging. Obwohl seine Stimme täuschend sanft klang, war seine Miene wütend, und der Griff um ihr zartes Handgelenk fast brutal.
»Du scheinst vergessen zu haben, dass ich einen sehr leichten Schlaf habe, Maria. Sonst hättest du drastischere Maßnahmen getroffen, um sicherzustellen, dass ich nicht vorzeitig aufwache!«
»Sam, ich ...«
»Hör auf, Prinzessin. Du hast noch die ganze Nacht Zeit, alles zu erklären.« Er schaute an ihr vorbei zum Boot hinunter, von dem aus die Männer neugierig zu ihnen hinaufschauten.

»Fahrt los, Jungs!«, rief er ihnen zu und bewies damit, dass er von dem kleinen Ausflug gewusst hatte. »Wenn ihr bei Morgengrauen nicht zurück seid, fahren wir ohne euch ab.«
»Bleibt der kleine Kerl bei Ihnen, Sir?«
»Der kleine Kerl?« Sam stieß ein kaltes humorloses Lachen aus. »Ja, der bleibt bei mir.«
Maria biss sich auf die zitternde Unterlippe und bemühte sich, nicht zu weinen. Ihr donnernder Herzschlag machte sie fast taub, und kalter Schweiß brach ihr erneut aus allen Poren.
Sie machte einen schrecklichen Fehler, noch einmal zum Boot hinunterzuschauen, denn unter ihren Schuhen war nur leerer Raum, Dunkelheit und das schwarze Meer.
Sie geriet in Panik. Doch dann zerrte Sam sie unter ständigem Fluchen nach oben und von der Leitersprosse weg, hielt sie in der Luft fest und zog die Leiter an Deck. Er ließ sie mit angespannten Armmuskeln etwas sinken, und ihre Füße baumelten frei herum und stießen gegen den feuchten Rumpf der Schaluppe. Maria schrie entsetzt auf, und der Hut fiel ihr vom Kopf und trudelte in die Dunkelheit hinab.
»Sam, bitte!« Verzweifelt suchte sie nach etwas, an dem sie sich festhalten konnte. Doch er ließ sie nur noch weiter hinunter, bis sein Arm ganz ausgestreckt war, und sie spürte, wie die kalte Nässe des Rumpfes durch ihre Kleider drang und ihre Brust, ihr Bauch und die Vorderseite ihrer Beine nass wurden.
»›Sam, bitte‹ was?«, fragte er unwirsch. »›Sam, bitte lass mich los, damit ich zur Küste hinüberschwimmen kann‹? ›Sam, bitte vergib mir, dass ich dich hintergangen habe‹? oder ›Sam, bitte nimm mich in die Kajüte mit und mach mit mir, was du willst‹?« Nie zuvor waren seine Augen so entsetzlich schwarz und kalt gewesen. Sie begann Mitleid erregend zu weinen, und die Angst raubte ihr auch noch den letzten Rest der Würde, die sie sich gern erhalten hätte. »Oh, keine Bange, Maria, ich werde dich schon zurück in die Kajüte bringen, so wahr mir Gott helfe.«

»Sam, nein! Bitte lass mich erklären ...«
Er überhörte ihr Schluchzen. »Ich habe dir vertraut«, stieß er mühsam aus. »Und ich habe geglaubt, dass wir all unsere Meinungsverschiedenheiten bereinigt hätten. Doch nun sieht es so aus, als würden die gerade erst beginnen.« Seine Augen funkelten zornig, als er sie ansah. »Oder soll ich besser sagen, dass *deine* Schwierigkeiten gerade anfangen, Maria?«
»Sam, bitte lass mich nicht los. O Gott, bitte, Sam.«
»Und warum, zur Hölle, nicht, Prinzessin? Es würde so aussehen, als hättest du mich höchst eilig verlassen wollen. Hast du deine Meinung geändert, du launisches Weib?«
»Sam, biiiiiiiiiiiitte!«
Sein Griff um ihr Handgelenk verrutschte um eine Winzigkeit. Laut schreiend packte Maria mit der freien Hand verzweifelt zu, wollte seinen Arm umfassen, doch hinterließ auf ihm nur lange blutige Kratzer von ihren Fingernägeln. Dunkle Flecken tauchten vor ihren Augen auf, ihr wurde schwindelig, und durch das tosende Rauschen in ihren Ohren hörte sie seine Stimme.
»Du verdienst keine Nachsicht!«, knurrte er. »Du bist kaltblütiger als alle anderen. Selbst die Piraten, die du so verachtest, sind loyaler als du! Ja, ich glaube, ich werde dich jetzt loslassen und mit dir Schluss machen! Schwimm doch nach Eastham zurück!«
In diesem Augenblick hob sich die Schaluppe auf eine verirrte Dünung, der Mast drehte sich Schwindel erregend – und Maria wurde schwarz vor Augen.
Sam spürte, dass sie erschlaffte. Stirnrunzelnd schaute er auf sie herab. Doch seine Bestürzung ging schnell in Wut über, auf sie und auf sich selbst. Fluchend zog er sie in einer einzigen fließenden Bewegung hoch und gleichzeitig auf das Schiff. Ihr Kopf fiel zurück, und ihr langes Haar strich ihm über die nackten Zehen. Mühelos nahm er sie auf den Arm, starrte auf ihr schönes unschuldiges Gesicht herab und fragte sich ge-

quält, wie solch eine Verräterin sich hinter dem Gesicht eines Engels verbergen konnte.
Er hatte natürlich überhaupt nicht vorgehabt, sie fallen zu lassen. Er wollte sie nur erschrecken und ihr eine Lektion erteilen, die sie nie vergessen sollte. Er hatte nicht gedacht, dass sie *ohnmächtig* werden könnte! Nun fühlte er sich wirklich wie ein Scheusal. Doch was hatte sie ihm angetan?
»Warum, Prinzessin?«, fragte er mit ersticktem, gepeinigtem Flüstern. Er zog sie an die nackte Brust, und sein Herz brach ihm fast, als er das Gesicht in ihr Haar vergrub. »Warum so? Hasst du mich so sehr, dass du sogar dein Leben aufs Spiel setzt, um mir zu entkommen?«
Er kannte die Antwort nicht. Als er sich fluchend umdrehte, stieß er mit einer dicken Mauer aus Körpern zusammen. Stripes reckte neugierig den Hals, um Marias regloses Gesicht zu sehen. Nat Paiges Gesicht war vor Besorgnis verzerrt. Selbst der kleine Johnnie war da, der sich hinter Bill Flanagan versteckte, und auch Jake Gillespie, dessen Hand das Halsband des knurrenden Gunner fest umfasste.
»Was glotzt ihr denn, verdammt noch mal?«, knurrte Sam und hielt Maria dicht an die Brust gedrückt, um sie vor ihren Blicken zu schützen. »Geht schlafen, ihr Bande!«
»Aber Käpt'n, wir haben uns Sorgen um das Mädchen gemacht«, sagte Stripes ziemlich demütig. »Mit ihrem Schrei hätte sie ja Tote aufwecken können …«
»Geht mir aus dem Weg und lasst mich durch!« Wütend und verlegen darüber, dass sie seine Zärtlichkeit gesehen und seine gequälten Worte gehört hatten, stürmte er mit langen Schritten an ihnen vorbei. Hinter ihm tauschten die Männer nervöse Blicke aus und folgten ihm dann zögernd zur Kajüte hinunter.
»Kapitän, ich glaube …«
Mit einem zornigen Tritt schlug er ihnen die Tür vor der Nase zu, eilte zur Koje hinüber und warf Maria ohne sich umzusehen auf die blauweiße Bettdecke. Verdammte, übereifrige

Wichtigtuer! Lästiges, treuloses Weib! Verflucht und zugenäht! Er holte eine Flasche Wein und schlug ihr mit einem einzigen gekonnten Schlag mit seinem Entermesser den Hals ab. Und mit dem Krug in der Hand, mit steifem Rücken und finsterer Miene sah Maria ihn aus den Heckfenstern hinausstarren, als sie zu sich kam.

Langsam verzog sich der Nebel aus ihrem Kopf, und sie sah reglos zu, wie er den Krug immer wieder an die Lippen nahm, mit der gleichen Präzision, mit der seine Männer ihre Kanonen luden. Und dann drehte er sich um und sah, dass sie wieder bei Bewusstsein war. Seine schwarzen Augen hielten ihren Blick fest.

Er stellte den Krug mit einem Knall ab. »Du kannst dich glücklich schätzen, Prinzessin, dass ich dich verschont habe.« Seine Stimme war ausdruckslos, kalt und gefühllos. »Es ist nicht meine Art, diejenigen davonkommen zu lassen, die mich betrügen.«

Von draußen drangen Stimmen herein, Gunner bellte wütend, und dann wurde ein vorsichtiges Klopfen an der schweren, massiven Tür zu einem andauernden Hämmern, als Sam das Klopfen ignorierte. »Käpt'n? Geht es ihr gut?«

»Antworte ihnen«, befahl er und bohrte seinen Blick in ihren. »Sie glauben, dass ich dich ermordet habe, was ich vielleicht auch tun werde, wenn ich nicht ein paar gottverdammte Antworten bekomme!«

Maria schaute von Sam zur Tür und zu ihm zurück. »Es geht mir gut«, brachte sie heraus. »Nur ein bisschen wackelig. Macht euch keine Sorgen um mich.«

»Stimmt das auch, Miss Hallett?«

»Ja. Das ... stimmt.«

Sam stakste von den Fenstern herüber und setzte sich auf das Fußende der Koje. Seine dunklen Augen sahen sie verärgert, verletzt und verwirrt an, und hätte sie in diesem Moment nicht so viel Angst vor ihm gehabt, hätte sie dem Drang nachgegeben, ihn zu trösten. Doch nichts an ihm ermutigte sie zu irgendeiner Annäherung. Statt seiner hätte sie auch versuchen können, einen verletzten Wolf zu trösten. »Zufrieden, Jungs?«, fragte er gedehnt mit dem Rücken zur Tür. »Lieber Himmel, wenn ihr euch um eure eigene Haut genauso sorgen würdet wie um ihre, würdet ihr aufhören, an dieser Tür herumzulungern wie ein Schwarm Haie um einen Fischköder!«

»Aye, Käpt'n. Wir gehen jetzt. Wir wollten nur sicher sein, dass der Dame nichts geschehen ist.«

Weiteres Knurren und das Geräusch von Gunners Krallen, die über das Deck kratzten, als sie ihn gewaltsam mit sich fortzerrten. Gedämpfte Gespräche. Und schwere, sich entfernende Schritte.

Und dann war sie dem Zorn des Teufels allein ausgeliefert.

Abwartend starrte er auf sie herab. Sein Kiefer war verkrampft, doch in seinen Augen sah Maria den Schmerz über den Verrat und etwas, das aussah wie der Blick eines verlassenen, einsamen Kindes. Sie wollte zu sprechen beginnen, doch sie wusste nicht, was sie sagen und wie sie ihr Handeln erklären sollte. Oh, warum hatte sie ihm nur auf diese Weise entkommen wollen? Offener Widerstand wäre besser gewesen – was sie getan hatte, war entsetzlich. Selbst ein Pirat verdiente Besseres.

Angewidert erhob er sich, als könnte er ihren Anblick nicht länger ertragen. Mit müdem Schritt ging er zum Tisch, umfasste die Kante und blieb mit gesenktem Kopf und dem Rücken zu ihr lange dort so stehen. »Was soll ich bloß mit dir tun, verflucht noch mal?«, fragte er schließlich mit seltsam ruhiger Stimme. »Wie oft muss ich den Kopf gegen die Wand schlagen? Ich bin einer der größten Idioten, nicht wahr? Aber nicht länger. Wenn du gehen willst, dann geh. Aber nimm wenigstens einen sicheren Weg.« Er hob den Kopf. »Morgen werde ich nach Provincetown einlaufen und dich dort an Land bringen. Es wird dir keine Mühe bereiten, nach Hause zurückzufinden.«

Maria schluckte krampfhaft. »Aber Sam ...«
»Nein, kein ›Aber‹ mehr, Maria. Ich bin es leid, mit dir zu kämpfen. Mein Entschluss steht fest: Wir werden uns morgen trennen.« Er füllte den Krug, trank ihn mit einem einzigen Schluck aus und begann, auf und ab zu gehen.
»Aber Sam ... ich möchte jetzt nicht mehr fort.«
»Du möchtest nicht ...« Und dann durchquerte er aus einem Impuls heraus plötzlich den Raum und riss die Tür auf.
Stripes stolperte in die Kajüte. »Oh! Käpt'n! Ich bin nur zurückgekommen, um zu hören, ob Sie etwas brauchen!«
»In Ordnung.« Sams Stimme war angespannt von kaum verhohlener Wut. »Und ich glaube auch, dass Schweine fliegen können.«
»Ehrlich! Ich schwöre auf einen Stapel Bibeln, dass ...«
»Verflucht noch mal, Mann!«, explodierte er so heftig, dass die Kajüte bebte. »Hast du nichts Besseres zu tun, als hinter meinem Privatleben herzuspionieren? Wo, zur Hölle, bist du gewesen, als sie ihr Verschwinden ausgeheckt hat? Hast du nicht gewusst, in welche Gefahr sie sich gebracht hätte? Und steh hier nicht mit offenem Mund herum, sondern antworte mir!«
»Ich ...«
Sam knallte den Krug auf den Tisch. Wein spritzte wie Blut über die Papiere und Karten, die Navigationsinstrumente und Marias Brief, der unbemerkt und ungelesen unter der Stangenkugel lag. Er wirbelte zu ihr herum. »Ich möchte ein paar Antworten haben, Mädchen, und zwar jetzt. Und als Erstes möchte ich wissen, woher du diese verdammten Kleider hast!«
»Ich habe sie gefunden.«
Er stürmte durch die Kajüte, riss ihr die Bettdecke fort und zerrte sie an ihrem Hemd hoch. »Belüg mich nicht, Maria! Wenn ich noch einmal fragen muss, wird deine Kehrseite so wund sein, dass du sie mit nichts mehr bedecken möchtest, weder mit einer Hose noch mit einem Rock!«
»Ich habe es eben gesagt. Ich habe sie gefunden!«

»Wo … zur … verfluchten … Hölle …« Er zerrte sie zu sich, bis ihre verängstigten Augen nur noch Zentimeter von seinen entfernt waren. » … *hast du sie gefunden?*«
»Ach, Käpt'n, ich glaube, sie hat den kleinen Johnnie gebeten, ein paar wärmere Sachen als das alte Kleid für sie ausfindig zu machen«, sagte Stripes.
Sam lächelte kalt. Er schob Maria zurück auf die Koje, wo sie liegen blieb und mit den Tränen kämpfte. »Dankeschön, Stripes. Ich bin froh, dass irgendjemand in diesem Raum unserer Sprache mächtig ist. Doch nun sag mir, was du sonst noch … bemerkt hast?«
Da Stripes den Schwarzen Sam gut kannte, ließ er sich von dessen plötzlich ruhigem Ton nicht irreleiten. Verzweifelt wünschte er sich sonstwohin. »Nun, ich, na ja, ich glaube, sie hat Nat Paige gefragt, was es mit den Berechnungen auf dieser Karte dort auf Ihrem Tisch auf sich hat.«
»*Glaubst* du?«
»Nun ja, Sir, ich weiß es.«
»Ja, das überrascht mich nicht.« Wieder wandte er sich Maria zu. »Stimmt das, *Prinzessin?* Hast du den Navigator aufgesucht, um eine Karte lesen zu lernen? Und hast du etwas gelernt, was du gern mit ihm geteilt hättest?«
»Ja! Und was wäre schon dabei, wenn es so wäre? Schließlich habe ich nicht sehr viele Freunde an Bord dieses Boots, mit denen ich mich unterhalten kann!«
»Schiff«, korrigierte er. »Für mich sieht es allerdings ganz so aus, liebe Dame, als hättest du zu viele Freunde hier an Bord! Weißt du was? Ich hätte dich mit diesen Männern heute Nacht mitgehen lassen sollen, einfach, um dir eine verdammt gute Lektion zu erteilen!«
Sie starrte ihn verwirrt an.
»Das hast du nicht gewusst, was? Nun, ich wette, du dachtest, dass sie an Land gegangen sind, um sich ein wenig zu amüsieren, was?«

»Ich ...«
»Hast du das gedacht?«
»Das hat Stripes mir gesagt!«
»Hab ich es nicht gesagt? Naives, leichtgläubiges, dummes Kind! Dort drüben liegt ein Fischerboot in Küstennähe. Es ist schlecht bewacht und reif zum Ausplündern. Mach dir selbst einen Reim darauf, Prinzessin, was sie vorhaben!«
Und wie zur Bestätigung seiner Worte zerriss der entfernte Schuss einer Pistole die plötzliche Stille.
»Du arroganter Bastard, du!«
»Stripes, bitte geh.«
»Aber Käpt'n, vielleicht ...«
»Himmel noch mal, ich sagte geh jetzt, Mann!«
»Aye, Käpt'n. Wie Sie wünschen.« Stripes eilte davon.
Sam wartete so lange, bis er sicher sein konnte, das er wirklich fort war, ehe er sich ihr wieder zuwandte, ihre Handgelenke ergriff und sie an seine Brust zerrte. »Könntest du mir bitte mal sagen, was, zur Hölle, du beweisen willst, Maria!«
»Gar nichts!«, schrie sie und versuchte, sich zu befreien. »Ich wollte dich nur verlassen!«
»Mich verlassen.« Er stieß sie fort. »Mehr nicht? Himmel, warum hast du denn nicht einfach gefragt? Glaubst du, ich hätte das abgelehnt?«
»Nicht nur geglaubt, ich hätte mein Leben darauf verwettet!«
»Verdammt noch mal, für was für ein Monster hältst du mich eigentlich? Und was habe ich Widerwärtiges an mir, dass du keine weitere Nacht mit mir verbringen kannst?«
»Es geht nicht um deine Anwesenheit, Sam!«
»Um was denn sonst, verflucht noch mal?«
»Vieles!«, schrie sie und brach in Tränen aus. »Ich hatte Angst um dich! Ich dachte, dass du dich ohne mich besser konzentrieren könntest! Ich konnte es nicht ertragen, an solch gottlosen Dingen teilzuhaben! Und ich mag mich nicht so *hilflos* fühlen! Glaubst du denn, ich möchte einfach zusehen, wie

man dich hängt oder du dir dein eigenes Grab gräbst? Glaubst du, es macht mich glücklich, zu wissen, dass dich der Weg, den du gewählt hat, geradewegs zu einem einzigen Platz führen wird – in die Nachbarzelle deiner Männer im Gefängnis? O Sam, glaub doch bloß nicht, dass ich dich nicht liebe! Ich liebe dich mit jeder Faser meines Herzens und mit ganzer Seele. Aber ich kann nicht einfach dasitzen und zusehen, wie du stirbst!«

»Ich kann dir versichern, Maria, dass ich noch längst nicht tot bin!«

»Aber du wirst es sein, wenn du so weitermachst!«

»Ich werde so lange weitermachen, bis meine Männer aus dem Gefängnis befreit sind!«

»Und du an ihrer Stelle gehängt wirst!«

»Was soll das alles?«, fragte er und ging erneut auf und ab. »Hältst du mich für ein Kind, auf das man ständig aufpassen muss? Glaubst du, ich könnte nicht für mich selbst, meine Männer und mein Schiff sorgen? Ich habe deine dumme, weibliche Fürsorge gründlich satt!«

»Ich machte mir Sorgen um dich, weil ich dich liebe! Du willst das ja nicht verstehen!«

»Wenn du mich so sehr liebtest, wie du behauptest, hättest du niemals zu solchen ... Listen ... gegriffen wie heute Nacht. Und wenn du mich liebtest, würdest du nicht dasitzen und mich schamlos belügen!«

»Aber ich lüge ja nicht!«, wandte sie mit verzweifeltem Blick ein. »Das musst du mir glauben, Sam!« Schluchzend warf sie die Bettdecke beiseite, stand auf und versuchte ihn aufzuhalten, als er an ihr vorbeiging.

Er stieß ihre Hand mit kalter Zurückweisung fort und hielt in seinem wütenden Lauf keinen Moment inne. »Und woher soll ich das wissen? Erwartest du wirklich, dass ich dir nach deiner kleinen Vorstellung heute Nacht noch glauben kann? Ha! Ich habe dich einmal für eine blendende Schauspielerin gehalten,

Maria. Und nun sieht es ganz so aus, als hätte ich damit gar nicht so falsch gelegen!«

»Verflixt noch mal, ich habe dir gesagt, dass ich nicht lüge!«

»Na schön, und ich habe dir gesagt, dass ich dir nicht glaube. Und nun möchte ich zu Bett gehen, wenn du nichts dagegen hast.« Seine Augen glitzerten, bekamen einen listigen Ausdruck, und dann tauchte ein teuflisches Lächeln auf seinem Gesicht auf. »Doch vorher hätte ich gern eine sehr überzeugende Demonstration dieser ... so genannten *Liebe*.«

Sie starrte ihn entsetzt an. Glaubte er, dass er so etwas befehlen konnte? Er war wie ein verzehrendes Feuer, das so heiß war, dass sie sich ihm nicht zu nähern wagte. Er war wie Schnee und hatte die Kälte eines Winters in Eastham in den Augen. Und er war nicht nur verärgert, sondern wirklich fuchsteufelswild. Und er verlangte Unmögliches.

»Und du kannst zur Hölle fahren, Kapitän Bellamy.«

»Ein Schicksal, das mir schon vor langer Zeit beschieden wurde, aber nicht von dir. Also komm jetzt her, Prinzessin. Muss ich dich daran erinnern, dass ich keine Geduld habe?«

»Es gibt viele Dinge, an die du mich nicht erinnern musst, und der Mangel an Geduld ist dabei das Geringste!«

»Ich sagte, komm her.«

Sie blieb wie festgewachsen stehen, und ihre Augen wurden hinter glitzernden Tränen wütend.

»*Jetzt*.«

Sie atmete tief ein und hielt seinem Blick stand. »Ich werde dir nicht wie eine gekaufte Hure zu Gefallen sein! Wenn wir zusammenkommen, dann aus Liebe. Alles andere wäre abscheulich!«

»Mich würde es jetzt sehr glücklich machen, und ich kann dir versichern, dass du es noch abscheulicher finden wirst, wenn du dich weiter weigerst. Also komm jetzt her, ehe ich meine Geduld verliere, verdammt noch mal!«

»Mach schon, verliere sie doch!«, schrie sie, während sie ihm

weiter in die Augen sah. »Wirf Sachen um dich, zerstöre sie, brülle ruhig herum! Es ist deine Kajüte! Wenn du sie zerschlagen willst, mach es doch. Ich werde dich nicht aufhalten!«
Mit in die Hüften gestemmten Armen stand sie da. Ihr Haar ergoss sich über ihren Rücken, ihr Gesicht war gerötet, und in ihren Augen loderte es. Sein Blick wanderte anerkennend über sie und blieb schließlich an der Erhöhung ihrer Brüste und der verlockenden Vertiefung zwischen ihnen hängen. Seine Stimme verlor die Schärfe und wurde heiser. »Muss ich kommen und dich holen, Maria?«
»Von mir aus. Du wirst es ja sowieso tun!«
»Ja … das werde ich. Wie gut du mich kennst, Prinzessin.« Er machte einen Schritt auf sie zu. Und noch einen. »Möchtest du mich auch anders kennen lernen?«
»Geh zum Teufel!«, schrie sie und sprang vor ihm zurück. Doch noch ehe sie zur Tür hechten konnte, wurde sie zurückgerissen und an seine harte Brust gezerrt. Sein Lachen kitzelte über die zarten Härchen hinter ihrem Ohr, und seine Fingerspitzen brannten an ihrem Hals. »Was muss ich tun, um eine Wildkatze zu zähmen?«, murmelte er. »Sie einfach nehmen …«
Er griff gerade nach dem Bund seiner Hose, als an die Tür geklopft wurde.
»Käpt'n?«
Sein Kiefer verwandelte sich von Granit zu einem Eisfelsen.
»*Was ist los*, Stripes?«
»Also, der kleine Johnnie ist oben auf den Quersalings und sagt, dass nach Steuerbord einige Lichter zu sehen sind. Ich dachte, dass Sie das wissen sollten, Sir.«
»*Herrgott noch mal.*« Er stützte einen angewinkelten Arm gegen das Schanzkleid und verbarg sein Gesicht in der Armbeuge.
»Wie weit nach Steuerbord hinüber, Stripes?«
»Vielleicht zwei Meilen.«
»Gut. Feuert eines der Buggeschütze ab, um dem Boot zu

signalisieren, dass es sofort zurückkehren soll. Es kann sein, dass wir es holen müssen. Die Männer können in irgendeiner anderen Nacht an Land gehen.«

»Sie werden nicht erfreut sein, Sir.«

»Und ich werde nicht sehr erfreut sein, wenn ich sie hierlassen muss, und die Gemeinschaft wird nicht erfreut sein, wenn wir von einem Marinejäger geschnappt werden oder eine gute Beute einbüßen, nur damit ein paar elende Kerle auf einem wertlosen Fischerboot Pirat spielen! Gebt ihnen sofort das Signal!«

»Aye, Sir.«

Er drehte sich Maria zu. »Zieh dich an.«

»Aber ...«

»Ich sagte, zieh dich an. Und dann kannst du auch gleich deine Sachen packen. In meiner Seekiste findest du einen Seesack.«

»Meine Sachen packen?«

Er hatte jetzt den resoluten Gang eines Generals, der, wie er wusste, in sein letztes Gefecht ging. An der Tür drehte er sich um. »Ja, deine Sachen. Erinnerst du dich nicht? Du wolltest doch fort. Sieh dich noch einmal genau auf dem Schiff um, Maria, denn das wird deine letzte Gelegenheit sein. Wir werden Provincetown gegen sechs erreichen.«

»Aber *Sam!*«

»Du hast mich doch verstanden.« Und damit knallte er die Tür zu und war fort.

Maria starrte lange auf die geschlossene Tür. *Weggehen?* Aber ... aber sie *wollte* doch jetzt nicht mehr weggehen. Jetzt hatte sie die Möglichkeit dazu, und plötzlich war es das Allerletzte, was sie tun wollte. Sie stand auf und ging zu den dunklen Heckfenstern hinüber. Sie hob seinen Krug hoch, rümpfte die Nase und stellte ihn wieder ab. *Weggehen?* O Gott, sie wusste gar nicht, *was* sie wollte!

Sie ging nicht zur Seekiste, um seinen Seesack zu holen. Sie legte auch nicht die Jungenkleidung ab, um das Kleid anzuziehen, das sie sich aus dem Stoff genäht hatte, den sie von einem spanischen Handelsschiff ergattert hatten, das sie vor zwei Tagen aufgebracht hatten. Stattdessen durchquerte sie den Raum auf tauben Füßen, verließ die Kajüte und machte sich blind auf den Weg nach oben.

Zweiundzwanzigstes Kapitel

Verdammtes übereifriges Balg«, murmelte Sam vor sich hin, als er in seine Kajüte zurückstolzierte. Aber nein, er mochte den Jungen ja. Nur schade, dass nicht die ganze verdammte Besatzung so scharfäugig war. Ja, es würde noch ein Beuteschiff geben, versicherte er ihnen. Nein, erst morgen. Warum? Weil es ihn störte, ein Beuteschiff bei Nacht aufzubringen. Zu verstohlen und irgendwie feige. Die Beute konnte bis morgen warten!

Morgen. Entsetzen packte ihn, denn bis morgen waren es nur noch ein paar Stunden. Und dann musste er Maria an Land bringen. *Himmel,* dachte er. *Warum, um Gottes willen, habe ich das bloß gesagt? Ich möchte nicht, dass sie fortgeht. Aber sie hasst mich. Ich muss sie gehen lassen. Ich kann sie hier nicht gegen ihren Willen, ihre Prinzipien und ihre Anschauungen festhalten.*

Er war nicht überrascht darüber, dass die Kajüte leer war. Erst dachte er daran, die Schaluppe nach ihr zu durchsuchen, doch was für einen Zweck hätte das? Sie würde ihn nicht weniger hassen. Nein, es war besser, sie gehen zu lassen und ihr die Freiheit zu geben. Sollte sie doch zurück nach Eastham gehen und eine verfluchte Puritanerin sein. Sollte sie doch irgendeinen Bauern oder Fischer heiraten. Er ließ sich auf einen Stuhl fallen und stützte die Stirn in die Hand. Sollte sie doch ihr Leben ohne ihn leben.

Er hatte wenigstens noch seinen Alkohol. Die Natur ging ihren Gang. Er griff sich eine Flasche und ließ den Wein durch seine

Kehle laufen. Leider konnte er damit nicht den Schmerz aus seinem Herzen vertreiben. Immer wieder hob er die Flasche, zog das Logbuch durch all die Unordnung heran, fand eine Schreibfeder und begann zu schreiben. »Ostwind.« *Noch zwei Stunden.* »Leichter Seegang, hohe Wolken im Norden.« *Noch zwei Stunden, und dann war sie fort.* »Beute windwärts gesichtet in einer halben Meile Entfernung. Verfolgung morgen früh.« *Himmel, kann ich sie wirklich gehen lassen?*

Er bemerkte nicht den Lichtschein zwischen Tür und Schott. Er hörte auch nicht das Kratzen einer Pfote, das Schnüffeln einer nassen Nase und auch nicht den Hund, der mit tödlicher Absicht die Kajüte durchquerte.

Mit wildem Knurren fiel Gunner über ihn her.

Himmel! Siebzig Pfund harte Muskeln krachten gegen seine Brust, fegten ihn vom Stuhl und schleuderten ihn so hart gegen das Schott, dass seine Zähne zusammenschlugen und seine Zunge zu bluten begann. Die Flasche flog ihm aus der Hand und explodierte an der Wand. Er ging hart zwischen Glasscherben und Wein zu Boden und fluchte wild, als er den heißen Atem und die schnappenden Zähne an seinem Hals fühlte.

»Verdammter elender Köter, das ist das letzte Mal, dass du mich in die Enge getrieben hast!«

Da Sam Bellamy der geborene Kämpfer war und sich durchs Leben gekämpft hatte, würde er auch als Kämpfer sterben. Brüllend sprang er auf und warf sich mit vollem Gewicht auf den Hund. Gunners Blick wandelte sich in dem kurzen Moment, in dem Sam ihn zu Boden gerungen und einen sehnigen Arm um seinen weichen weißen Hals geschlungen hatte, von Erstaunen über Verwirrung und schließlich zu Angst.

»Jetzt bist du nicht mehr so obenauf, was?« Gunner begann zu zappeln und verdrehte vor Angst die Augen so sehr, dass das Weiße zu sehen war. Sam verstärkte den Griff um den Hundehals und umfasste die Lefzen, die dieses unfreundliche

Maul umgaben. »Verdammter schnüffelnder Köter. Ich sollte dir die Leber herausschneiden und sie den Haien zum Fraß vorwerfen. Ich sollte dich an deinem Halsband aufknüpfen und von der Rahnock herabbaumeln lassen. Ich sollte ...« Er verstärkte den Griff noch mehr, als der Hund wieder zu zappeln begann, wild diesmal und sich so lange rückwärts windend, bis sein braunweißer Schwanz gegen das Schott stieß und seinen Rückzug aufhielt, »... dir die Zähne einzeln aus dem Maul schlagen und daraus eine gottverdammte Kette machen!«

Und dann fühlte Sam ein Beben und noch eins, bis die gesamte Innenseite seines Arms wie von selbst zu vibrieren schien. Er schaute herab, und wenn er es nicht mit eigenen Augen gesehen und nicht mit eigener Haut gefühlt hätte, hätte er es nie geglaubt.

Bei allen Göttern, das Biest zitterte.

Und als Sam vorsichtig den Arm wegnahm, stand Gunner auf, schlich durch den Raum und drängte sich gegen die Tür.

Mit triumphierendem Lachen stand Sam ebenfalls auf, wischte sich die Glasstücke von seinem zerrissenen Hemd und beschmierte es dabei mit Wein, der wie Blut aussah. »Jetzt ist dir deine Unverschämtheit vergangen, was? Verdammter schnüffelnder Feigling. Ich habe schon immer geahnt, dass du nur aus Milch und Wasser bestehst.«

Und als hätte er die Worte verstanden, sank Gunner zu Boden und sah ihn mit gebührender Demut an.

»Ja, kriech du nur zu Kreuze. Deine Sorte kenne ich.«

Gunner zog den Schwanz ein, rollte sich herum, bot ihm in klassischer Demutsgeste seinen weichen Bauch an und wackelte mit den Pfoten. Einen Moment lang konnte Sam diese Kreatur nur anstarren, die ihn mehr geängstigt hatte als die Königliche Marine, ein mörderischer Nordostwind und die verrückten Allheilmittel einer angeblichen Hexe. Und mit einer Mischung aus Bestürzung und Belustigung wandte er sich

ab, denn für solche Demutsgesten, ob von Menschen oder Tieren, hatte er nichts übrig.
Er ging zu seinem Tisch hinüber, der überhäuft war mit Navigationsinstrumenten, Munition, verstreuten Papieren und mehr oder weniger gefüllten Weinflaschen, und ließ sich auf ihm nieder. Etwas drückte gegen seinen Oberschenkel. Es war seine Pistole. Als er sie achtlos über all die Papiere wegschob, sah er ein ihm nicht vertrautes Stück Papier, das mit der zarten Schrift einer Frau beschrieben war. Stirnrunzelnd griff er nach einer halb leeren Weinflasche, hob sie an die Lippen, entfaltete das Pergamentpapier und begann zu lesen.
Er überflog es zunächst und las es dann ein zweites Mal gründlicher. Er legte es zur Seite und starrte abwesend aus dem Fenster, nahm es wieder auf und las es ein drittes Mal, um sicherzustellen, dass er seinen Augen wirklich trauen konnte. Was, zur Hölle, sollte all dieser Unsinn, dass sein Leben in Gefahr sei, wenn sie auf dem Schiff blieb? Warum glaubte sie, das er sterben würde, verdammt noch mal? Und wie war sie auf die dumme Idee gekommen, dass er sich nicht genügend konzentrieren konnte, wenn sie an Bord war? *Du lieber Himmel.*
Die Weinflasche hing vergessen von seiner Hand herab. Und dann spürte er einen sanften Stupser an seinem Handrücken. Gunner stand vor ihm, drückte die nasse Nase gegen die Innenseite seines Handgelenks und sah ihn hoffnungsvoll, wenn nicht sogar bettelnd an.
»Was willst du denn, zur Hölle?«
Wieder stupste der Hund ihn an und kräftiger als zuvor.
Ein Schwall roter Flüssigkeit schwappte aus der Flasche heraus. Wie Blut floss es von seinem Handrücken auf die Hose, rann zu seinen nackten Unterschenkeln herab und tropfte auf den Boden.
»Lieber Gott noch mal, nun sieh dir doch bloß mal an, was du getan hast! Jetzt scher dich ja hier raus, du verdammter elender Fischköder. Das Letzte, was ich gebrauchen kann ...«

Sein Unterkiefer sank herab. Und als Gunner gierig begann, die rote Pfütze des verschütteten Weins aufzuschlecken, begann ein ungläubiges Lächeln Sams versteinerte Miene aufzuweichen, und in diesem Augenblick wurde die Freundschaft mit seinem alten Rachegott für immer besiegelt.
»Also, da werd ich doch verrückt ...«
Gunner sah auf und beleckte sich die rosaweißen Lefzen. Aus einem Impuls heraus nahm Sam einen Zinnteller und goss einen ordentlichen Schluck Wein hinein. Mit seinen nackten Zehen schob er ihn in Richtung Hund, und was bisher nur ein Lächeln gewesen war, wurde zu einem lauten Gelächter ehrlich empfundenen Vergnügens.
»Meine Güte!«, rief er noch immer lachend aus. »Vielleicht bist du ja doch nicht ganz so nutzlos, Bursche!« Und damit ihn ein Hund nicht ausstach, leerte er vehement den Rest aus der Flasche.
Doch obwohl der Wein seinen Kummer über Marias Zurückweisung milderte, konnte er ihn nicht beseitigen. Mit baumelnden Beinen saß er mitten auf seinem unordentlichen Tisch, nahm das Pergament noch einmal zur Hand und warf es schließlich verzweifelt beiseite. »Himmel, ich werde daraus nicht schlau. Eben sagt sie, dass sie mich liebt, und im nächsten Moment hasst sie mich. Sie zieht auf eine gottverdammte Klippe, um dort auf mich zu warten, und nun sind wir endlich wieder zusammen, und sie kann es kaum erwarten, mich zu verlassen. Frauen! Warum müssen sie denn so verflixt schwierig sein? Ich werde sie nie verstehen!«
Gunner reinigte mit seiner Zunge den Boden, hob den Kopf und beäugte erneut die Flasche.
»Ich kann dir sagen, das Letzte, womit ich gerechnet habe, ist das Bravourstückchen, das sie sich geleistet hat. Wenn ich nur daran denke, wie sie von Bord gehen wollte. Wenn sie den Halt verloren hätte! Und was wäre gewesen, wenn sie ohnmächtig geworden wäre, bevor ich sie festhalten konnte?

Großer Gott, und was wäre gewesen, wenn sie wirklich an Land gekommen wäre?« Er stöhnte auf, als er sich Messer schwingende Indianer, hungrige Wölfe und dunkle Wälder vorstellte.

Er goss noch mehr Wein in seinen Krug. »Da gesteht sie mir, dass sie mich liebt, doch seit wir auf diesem Schiff sind, zeigt sie nur noch ihre Verachtung. Was habe ich denn bloß getan? Ich habe sie doch gut behandelt. Gut, meine Sprache ist ein wenig rau, aber ich bemühe mich doch darum, verflucht noch mal. Ich habe sogar versprochen, mit der Piraterie aufzuhören! Mein Gott, Bursche, was, zur Hölle, möchte sie denn noch?«

Er glitt vom Tisch hinunter, schwankte und brach auf dem Boden zusammen. Während seines Selbstgesprächs waren seine Beine eingeschlafen. Doch Gunner war zu großmütig – oder auch zu sehr mit dem Wein beschäftigt –, um Sams Erniedrigung zu bemerken, als dieser sich an der Tischkante wieder hochzog und abwartete, bis das Kribbeln in seinen Schenkeln nachließ. Grinsend schaute er an sich herunter. Mit seinem zerrissenen und von Weinflecken bedeckten Hemd und der von Wein durchtränkten Seite seiner Hose sah er aus, als sei er gerade einer Schlacht entkommen. Und natürlich wurde genau in diesem Moment die Tür aufgestoßen, und ein verblüffter Stripes sah ihn mit entsetzt geöffnetem Mund an.

»Heilige Mutter Gottes, Käpt'n! Was ist denn mit Ihnen passiert?«

Sams Blick löste sich von dem Hund, der nun so selbstverständlich in die Koje krabbelte, als gehöre sie ihm, glitt zu den zerbrochenen Weinflaschen auf dem Boden und zurück zu Stripes. »Lass gut sein, das ist eine lange Geschichte!«

»Was?«

»Ich sagte, das ist ein lange Geschichte. Und glotz mich nicht so an. Was hast du denn hier mitten in der Nacht überhaupt zu suchen?«

»Mitten in der Nacht? Es ist fast Morgen, Käpt'n. Ich wollte

Ihnen nur sagen, dass das Schiff nach Steuerbord wie eine Brigg aussieht. Es entfernt sich von uns. Vielleicht haben sie uns als Piraten erkannt.«
»Schiff?« Sam schüttelte den Kopf, um seinen Geist zu klären.
»Aye, erinnern Sie sich denn nicht? Das Schiff, das Johnnie entdeckt hat, als ...«
»Ja, ja, natürlich. Ich bin gleich oben. Bereite das Schiff in der Zwischenzeit zum Gefecht vor. Wenn wir in Schussweite sind, werden wir das Schiff begrüßen und hoffen, dass sie es uns leicht machen werden.«
Stripes Augen zogen sich zusammen. »Geht es Ihnen auch gut, Käpt'n? Sie sehen nicht so aus.«
»Mir geht's gut. Hör auf, mich auszuhorchen. Himmel, wo ist meine Pistole, verdammt noch mal? Eben war sie doch noch hier.« Er suchte in der Unordnung auf dem Tisch herum, fand sie und knotete sie kühl und sachlich in ein Seidentuch.
Stripes sah ihn an, als hätte er den Verstand verloren. »Wollen Sie wirklich so an Deck gehen, Käpt'n?«
»Warum denn nicht, zur Hölle? Bin ich ein Pirat oder irgendein verfluchter Adliger? Also los jetzt, lass uns gehen. Ich habe schon genug Zeit in dieser verdammten Kajüte vertrödelt.«
»Aber Käpt'n ...«
»Kommst du jetzt oder nicht?«
Sam sah ungeduldig zu, wie Stripes die Achseln zuckte und sich dann den Hut auf die schokoladenfarbenen Haare setzte. Er hatte das Beuteschiff vergessen. Das war genau das, was er brauchte, um sich Maria aus dem Kopf zu schlagen. Die Dämmerung vergoldete inzwischen den Horizont, doch er würde nicht darüber nachdenken, was das bedeutete, was dieser Tag bringen würde. Er schnappte sich seine Axt und einen Degen, der so lang war wie sein Unterarm und verließ die Kajüte – als prachtvoll aussehendes Schreckgespenst in zerrissenem Hemd und rot befleckten Hosen.
Hinter ihm erhob sich der Hund mit grenzenloser Müdigkeit

und trottete treu ergeben hinter Sam her. Doch dieser bemerkte ihn gar nicht.

Maria hatte eine einsame, schlaflose Nacht damit verbracht, auf die dunklen Wellen hinauszublicken. Doch die Einsamkeit kann zu einem wahren Teufel werden und das Grübeln sein bester Diener. Und in den langen Stunden seit ihrem Fluchtversuch hatte sie mehr als genug Zeit gehabt, über das nachzudenken, was sie getan hatte. Erst mit einem Gefühl berechtigter Rechtschaffenheit, dann mit einer nagenden Unsicherheit und mittlerweile nur noch mit einem tief empfundenen Bedauern.

Oben bereiteten die Männer das Schiff zum Gefecht vor, und die ruhelose Spannung ähnelte der aufgeladenen Luft vor einem Gewittersturm. Über ihr stampften Füße, rumpelten Räder über das Deck, als die Kanonen ausgefahren wurden, und über all den Lärm hinweg war Sams tiefe, resonante und befehlende Stimme zu hören. Wie immer bewunderte sie ihn dafür, dass er seine Gefühle vor seiner Besatzung und sogar vor Stripes verheimlichen konnte, der ihn gut kannte. Doch wie sehr musste er innerlich leiden nach dem, was sie ihm angetan hatte.

Sie betrat die Kajüte, war entsetzt über den Anblick der roten Pfützen auf dem Boden, der zerbrochenen Flaschen und der offensichtlichen Spuren eines Kampfes. Gunner war hinter ihm hergetrabt, als er nach oben ging, um das Kommando zu übernehmen. Es war offensichtlich, dass er und Sam alles zwischen ihnen bereinigt hatten, doch wer gewonnen hatte, musste sie erst noch herausfinden. Auf Sams Hemd waren furchtbar viele rote Flecken gewesen, die nur Blut sein konnten. Sie versuchte, nicht darüber nachzudenken, ging um einen Glasscherbenhaufen herum und zu seinem Tisch. Und dort lag mitten in all der Unordnung ihre Nachricht an ihn.

Sie nahm sie hoch. Sam hatte sie gelesen, da war sie ganz

sicher. Das Pergament war zerknittert, hatte Eselsohren und trug einen großen und scheinbar blutigen Fingerabdruck. Maria zerknüllte es in der Faust und sank auf einen Stuhl. *O Gott.* Am liebsten hätte sie sich in die Koje geworfen und sich die Augen ausgeweint über ihre frustrierende und sinnlose Lage. Und nun hörte sie seine vielgeliebte Stimme, die sie nur noch mehr quälte, diese tiefe akzentuierte Stimme ihres wunderbaren gut aussehenden Kapitäns. Nicht nur ihr liefen kleine Schauer über den Rücken. Auch das Schiff bebte und erwachte unter seinem Kommando zum Leben, und die Decks neigten sich scharf, als es zu einem neuen Gang krängte.

Ja, das Schiff beeilte sich, ihm zu gehorchen, der kleine Johnnie verehrte den Boden, auf dem er ging und selbst seine abgerissene Bande von Seebären empfand nur Respekt und Bewunderung für ihn. Und nun auch noch Gunner. Was stimmte denn nun *bei ihr* nicht?

Alles.

Sie war eine Närrin. Und plötzlich wurde ihr klar, dass seine lockeren neckenden Worte ihr gegenüber nur eine Maske waren, hinter der er seine Seelenpein verbarg. Wie sorgsam er sich hinter den dicken Mauern aus Gelassenheit, Boshaftigkeit und Prahlerei schützte. Doch diese Mauern waren nur kalte trügerische Schutzwälle für die Seele eines Mannes, der weder sorglos noch boshaft und schon gar nicht überheblich war. Die Seele eines Mannes, den sie mehr als jeden anderen Menschen auf dieser Welt liebte.

Doch sie war nicht nur eine Närrin, sondern auch feige, dass sie ihm eine herzlose Nachricht hinterlassen hatte, wenn sie ihm doch hätte beweisen können, wie sehr sie ihn wirklich liebte, statt die Nacht auf dem Vorderdeck zu vergeuden.

Was machte es schon, dass er ein Pirat war.

So, nun war es heraus. Das konnte nichts daran ändern, dass sie ihn liebte. Nein, das bewies nur, *wie sehr* sie ihn liebte, denn was immer er auch war, ihr Herzschlag beschleunigte sich schon beim Klang seiner Stimme, ihr Wille löste sich bei seiner Berührung auf und sie verbrachte jeden wachen Moment damit, an ihn und an nichts anderes zu denken. Er könnte der schlimmste Verbrecher sein, und *noch immer* würde sie ihn lieben – so einfach war das.

Ein widerhallendes Rumpeln erfüllte die Kajüte, als eine Kanone oben an Deck in Position gezogen wurde, doch Maria achtete nicht darauf. Während sie so dasaß und vor sich hin grübelte, versuchte sie sich selbst so zu sehen, wie andere sie wahrnehmen mussten: als einen verwöhnten Fratz, ja. Als eine Hexe, eine Scheinheilige, ein selbstsüchtiges, missgelauntes kleines zänkisches Weib.

Und dennoch liebte Sam sie.

Und wie hatte sie ihm diese Liebe vergolten? Er hatte niemals etwas getan, das ihre Handlungsweisen ihm gegenüber gerechtfertigt hätte. Er hatte sie nie bewusst verletzt oder misshandelt. Oh, er hatte sie manchmal zum Weinen gebracht, aber im Rückblick wusste Maria mit noch größerem Schuldgefühl, dass sie nicht mehr hatte hinnehmen müssen, als sie verdiente. Wenn er *sie* verletzt hatte, dann hatte sie ihn dazu provoziert – manchmal in voller Absicht. Und anschließend war er voller Reue und Bedauern gewesen. Vielleicht könnte sie sich ja dazu durchringen, von ihm etwas über Werte und Menschenwürde zu lernen, von ihm, der ironischerweise ein *Pirat* war.

Das, was er getan hatte, war einem einzigen, edlen Zweck entsprungen – um die Männer zu retten, für die er sich verantwortlich fühlte. Er war nicht zur Piraterie zurückgekehrt, um sie zu verärgern, sich ihr zu entfremden oder sie bewusst zu verletzen. Und sie? Sie hatte ihn bewusst verletzt und hatte sich nicht einmal gesagt, dass es ihr Leid tue.

Tränen brannten ihr in den Augen und wurden zu einem Kloß in ihrer trockenen Kehle. Kein Trotz mehr, kein Hass mehr, und auch kein Verurteilen mehr. Das war die Aufgabe Gottes und nicht ihre. Statt ihn zu verdammen, würde sie das tun, was sie schon längst hätte tun sollen: für seine Seele beten und Gott bitten, ihm seine Verfehlungen gegen die Menschheit, die Gesellschaft und gegen Ihn zu verzeihen. Und sie würde auch für ihre eigene Seele beten. Er hatte sie so angenommen, wie sie war, nun war es an ihr, *ihn* zu akzeptieren. Und wenn sie ihn wirklich so sehr liebte, wie sie es in sich fühlte, dürfte das nicht einmal schwer sein.

Sie reckte ihr Kinn, und im Licht des Morgens glänzten ihre Augen entschlossen. Er war ein Pirat, und es könnte sein, dass er immer ein Pirat bleiben würde. Doch er war sanft und geduldig und freundlich. Verständnisvoll, stark und mutig. Und er verdiente ihre Verachtung nicht.

Die NEFARIOUS machte sich gefechtsbereit, und ihr Kapitän sollte entsprechend aussehen. Er war der freie Prinz der Meere, und die ganze Welt sollte das wissen!

Maria ging zu seiner Seekiste hinüber, hob den schweren Deckel und wühlte so lange darin herum, bis sie fand, was sie suchte. Die Jacke aus blauem feinem Wollstoff, die sie in Eastham genäht hatte und die so üppig mit Goldstickerei verziert war, dass sie einem Adligen, aber auch einem Piratenkapitän gut zu Gesicht stand. Vom Haken am Schott nahm sie den mit Goldtressen besetzten Hut, schlug den weichen Rand hoch und steckte die drei Seiten mit Silbernadeln auf. Sie fand seine Stiefel neben der Lafette des Heckgeschützes und nahm sein Entermesser von der Wand. So beladen verließ sie mit hoch erhobenem Kopf und stolz leuchtenden Augen die Kajüte.

Entschlossen wie Johanna von Orleans überquerte sie das Deck. Johnnie sah sie und erstarrte. Den Männern, die sich hinter dem Schanzkleid vor der ahnungslosen Brigg versteckten, fiel die Kinnlade bei ihrem Anblick hinunter. Selbst die Flagge des britischen Königreichs wehte stolz am Mast, als sie seinen Schatten durchschritt.

Die Jacke hing schwer über ihrem Arm, die Stiefel drückten an

ihrer Brust und das Schwert baumelte an ihrem Handgelenk. Sie marschierte über das mit Sand bestreute Deck, an den Kanonen und den verblüfften Piraten vorbei. Sie stieg die Leiter zum Achterdeck empor, vorbei an einer Vierpfünder und ihrer erstaunten Besatzung und geradewegs zu Sam, der ahnungslos die NEFARIOUS auf engem Kurs hielt.
»Ich habe dir etwas gebracht!«, rief sie ihm zu.
Er zuckte zusammen, drehte sich um und starrte sie an. »Maria! Lieber Gott, Mädchen, du solltest nicht hier oben sein!«
»Und du auch nicht – in diesen Lumpen. Bitte.« Sie streckte ihm ihre voll beladenen Arme entgegen. Ihre Blicke trafen sich, und in ihren Augen sah er eine so starke Bitte um Vergebung, die Worte nie hätten ausdrücken können. »Ich finde, dass ein Piratenkapitän auch wie einer aussehen sollte.« Sie schluckte krampfhaft. »Zumindest, wenn er in ein Gefecht geht.«
Er konnte sie nur bestürzt ansehen. Hatte sie den Verstand verloren, oder war das nur wieder einer ihrer Tricks? Seine Augen zogen sich zusammen, und zögernd nahm er das saubere, strahlend weiße Hemd, das sie ihm entgegenhielt. »Nun, danke schön … Mädchen.« Er zog das zerfetzte Hemd aus, warf es über die Reling und zog sich das frische über den Kopf, während er sie misstrauisch betrachtete. Dann nahm er die Stiefel und zerrte sie über die nackten Füße. Es war so still, dass er einen aus dem Wasser springenden Fisch hätte hören können. Aus dem Augenwinkel heraus sah er, dass seine Männer ihn mit erstarrtem Schweigen beobachteten. Neben ihm räusperte sich Silas West nervös. Und Maria? Er starrte sie an und konnte seinen Augen kaum trauen. Sie lächelte und sah ihn an, als sei sie wirklich *stolz* auf ihn und nicht mehr beschämt. Ihre Augen in ihrem süßen, schönen Gesicht waren so sanft wie die eines Rehs und glänzten von Tränen, die nichts mit List und Tücke zu tun hatten.
Sein Herz begann zu hämmern, als er die Jacke nahm, die Arme in die Ärmel schob und die plissierten Rockschöße über

den Hüften glatt zog, um die mit Weinflecken verunzierte Hose zu verdecken. Und als sie ihm sein Entermesser reichte, hörte er ein heiseres Geräusch, das aus dem Schatten des Schanzkleids zu ihm herüber klang.

Seine Männer jubelten.

Stripes tauchte breit grinsend neben ihm auf. »Also, was soll man dazu sagen. Wurde ja auch Zeit, dass ihr beiden eure Meinungsverschiedenheiten beilegt. Ich kann Ihnen sagen, dass die Jungs reichlich nervös wurden, als Sie mit der Hexe über Kreuz waren. Man weiß ja nie, was uns geschehen wäre, solange sie so verärgert war.«

Sam wandte sich ihm zu und wollte ihn schon wegen seiner Worte rüffeln, doch er konnte gar nicht ärgerlich sein. Maria hatte ihm vergeben! Bei allen Göttern, sie hatte ihm wirklich *vergeben!* Und jetzt, da er sie am dringendsten brauchte – und es am wenigsten erwartet hatte –, zeigte sie deutlich, dass sie ihn liebte und verkündete es vor aller Welt. Seine scheue, sanfte Maria zitterte nicht mehr unter den spitzbübischen Blicken seiner Mannschaft und wurde auch nicht mehr rot bei den Bemerkungen, die ein anderes Mädchen hätten in Ohnmacht fallen lassen. Nein, seine Maria war an Deck gekommen, hatte sich gegen das Geflüster der Besatzung taub gestellt und bot ihm nun ihre ganze Unterstützung und Liebe an. Wie konnte er angesichts dieses kolossalen Ereignisses auf Stripes wütend sein?

Er schlug seinem geschwätzigen jungen Offizier auf den Rücken. »Du bist der einzige Kerl auf diesem verdammten Schiff, den ich nicht für diesen Unsinn auspeitschen lasse, den er redet!« Breit grinsend nahm er Maria den schicken Dreispitz ab und setzte ihn sich leicht schräg und keck auf den Kopf. »Und wenn du dir dieses Privileg erhalten möchtest, dann bringst du sie besser in der Kajüte in Sicherheit!«

»Keine Bange, Sir«, versicherte Stripes ihm, während er nach Marias Ellbogen griff. »Sie ist in sicheren Händen.«

Doch Maria hatte andere Vorstellungen. Unter Deck gehen? O nein. Sie hatte dort unten schon viel zu viele einsame und elende Stunden verbracht. Sie wollte dort sein, wo sie ihn sehen und hören und vor allem auch würdigen konnte. Und kein drohendes Gefecht würde sie von ihm wegbringen. Sie berührte sein Handgelenk. »Sam, bitte, lass mich hierbleiben.« Ihre Augen waren klar, leuchtend und arglos. »Ich werde keine Schwierigkeiten machen.«

»Klar *wirst* du keine Schwierigkeiten machen.« Lächelnd nahm er das Entermesser und schlug damit durch die Luft, um seine Muskeln zu lockern. »Weil du nämlich in der Kajüte bleiben wirst, Maria. Und jetzt ab mit dir, bevor die Männer vergessen, was uns bevorsteht.«

»Aber ich werde sie nicht ablenken.«

Eine überwältigende Liebe überflutete sein Herz. »Die Männer? Pah! Geh unter Deck, Mädchen, damit du *mich* nicht ablenkst!«

Mit bebender Unterlippe und ungeachtet des sehr aufmerksamen Publikums schlang Maria ihm die Arme um den Hals und vergrub ihr Gesicht in seinem seidenen Haar. Seine Arme umfingen sie, hoben sie hoch, und dann schwang er sie einmal wild im Kreis herum, während er sie mit einer Kraft an die Brust drückte, die ihre Rippen hätte zerbrechen können. Er setzte sie wieder ab, und sie lief beschwingt über das Deck davon. Und er blieb benommen zurück und wusste nicht genau, was gerade geschehen war.

»Also, das kann man ja wirklich nur Glück nennen, Käpt'n«, meinte Stripes kopfschüttelnd.

»Ja, die Segnungen der Seehexe«, murmelte Silas West. Die Hände seines Kapitäns schienen völlig erstarrt zu sein, und so übernahm der gelassene Steuermann das Steuerrad, ehe die NEFARIOUS in Schwierigkeiten geriet. »Mehr Glück können wir uns doch gar nicht wünschen.«

Doch der Schwarze Sam starrte noch immer zur Kajütstreppe

hinüber, die Maria hinuntergegangen war. Ein schwaches Lächeln lag um seine Lippen, und in seinen Augen lag der abwesende Blick eines verwirrten Mannes. Dann sah er auf und übernahm wieder das Steuerrad. »Ja, genau, Mr. West, mehr können wir uns nicht wünschen.« Er wurde wieder lebendig und sachlich. Dann drehte er sich um, legte die Hände an den Mund und rief einen Befehl, der für alle gedacht war.

»Hisst die Flagge, Burschen! Bei allen Göttern, wir müssen Beute machen!«

Dreiundzwanzigstes Kapitel

»Ihr Glas bitte, Mr. Paige.«
Sie waren gut fünfzig Meilen von der New Yorker Küste entfernt und fuhren nach Süden. Mehrere Tage waren seit Marias Fluchtversuch und ihrem abrupten – und für alle Beteiligten willkommenen – Gesinnungswandel vergangen. Es waren friedvolle Tage gewesen, die sie hinter sich hatten. Vielleicht ein wenig zu friedvoll, dachte Nat Paige.
In der Nacht hatte es leicht geregnet. Der Schwarze Sam stand neben ihm an der Reling, barhäuptig und barfüßig. Mit einer bronzefarbenen Hand schützte er die Augen vor der Sonne, die gerade am entfernten Horizont aufging.
»Ein Segel, Sir?«, fragte Nat und gab ihm sein Fernrohr.
»Aye, vielleicht.« Sam zog es auseinander und hob es ans Auge. Er schwenkte das Glas nach links. Da war er, der entfernte Fleck, der seine Aufmerksamkeit erregt hatte. Doch durch das Fernrohr waren die Marssegel, die allein über dem Horizont sichtbar waren, weit mehr als nur ein Fleck.
»Aah ...« Ein leichtes Lächeln glitt über sein sonnengebräuntes Gesicht. »Eine Brigantine, glaube ich. Ziemlich weit entfernt und französische Beflaggung.« Er senkte das Glas, schlug sich damit in die Handfläche und gab es Nat zurück. »Ihr Jungs solltet euren Job besser machen. Welcher Pirat lässt denn seinen Kapitän die Beute zuerst entdecken, was?«
In diesem Augenblick erklang ein aufgeregter Schrei hoch über ihren Köpfen. »Segel voraus!«

Sam warf seinem Navigator eine schrägen Blick zu. »Was habe ich gerade gesagt?« Er sah, dass seine Besatzung an Deck schwärmte. Manche rieben sich noch die verschlafenen Augen und andere stopften sich die letzten Bissen des Frühstücks in den Mund, während sie zur Reling rannten, um einen ersten Blick auf das noch weit entfernte Schiff zu werfen. Silas West schlenderte heran, zog sich den verknautschten Hut über den Kopf, um ihn vor der stärker werdenden Sonne zu schützen.
»Sagt nicht, dass das unser mysteriöser Verfolger ist«, meinte er, als er zum Horizont hinüberblinzelte.
Sam stützte die Ellbogen auf die Reling, rieb sich das Kinn und musterte die entfernte Pyramide aus Segeln. »Nein, bestimmt nicht. Wir müssen sie in der Nacht verloren haben. Verfluchter Feigling, ich wünschte, er würde sich zu erkennen geben. Ich hasse Überraschungen.«
»Ich auch«, murmelte West und drückte damit die Gefühle der kleinen Gruppe an der Reling aus. Zwei Tage lang hatten sich die Segel einer unbekannten Schaluppe über den Horizont erhoben. Sie war nie so nahe gekommen, um eine wirkliche Gefahr zu sein, folgte ihnen aber dennoch.
»Wenn es bis zum Mittag auftauchen sollte«, sagte Sam, »werden wir kehrtmachen und ihm zeigen, wie es ist, wenn man verfolgt wird. Behalten Sie diese Brigantine im Auge, Mr. West. Ich gehe hinunter zum Frühstücken.« Er richtete sich auf und ging nach achtern davon.
Er fand Maria in seiner Kajüte. Sie saß im Bett, hatte einen Berg aus geblümtem Stoff auf dem Schoß, eine eingefädelte Nadel in der Hand und ein halbfertiges Kleid auf den Knien ausgebreitet. Sein Magen knurrte, doch ihr morgenfrischer Anblick mit der Sonne im Rücken, die ihr Haar beleuchtete, und diese gekräuselten Locken, die sich über dem Kissen ausbreiteten und über die Bettkante herab hingen, ließen ihn das Frühstück vergessen. Sie sah auf und lächelte ihn ganz bezaubernd an. »Hungrig?«

Er warf seine Pistole auf den Tisch und durchquerte die Kabine mit zwei langen Schritten. »Unersättlich«, sagte er und meinte damit nicht seinen Magen.
Sie sah die Glut in seinen schwarzen Augen. »Ich habe Johnnie gesagt, dass er dein Frühstück um sieben Uhr bringen soll.« Sie legte das Kleid zur Seite.
Er setzte sich neben sie und zog sie in die Arme.
»Es gibt in Butter gebratene Eier ...«
»Ich will keine in Butter gebratenen Eier«, murmelte er, während seine Zähne an ihrem Hals knabberten und sein warmer Atem über ihren Nacken, ihr Ohr, ihre Kehle hauchte.
Sie erbebte vor Entzücken. »Und Maisbrot mit Marmelade ...«
»Das will ich auch nicht.« Seine warmen Lippen fanden ihre, fanden ihr Ohr und spielten daran herum, bis Maria vor Wonne kicherte. »Verdammtes Frühstück. Ach, mein Mädchen, du fühlst dich so gut an ...«
Selig glitt sie zurück auf die Kissen, die noch warm waren vom Morgenduft und Sonnenschein. Ihre Augen schlossen sich, und sie stöhnte leise über die herrlichen Gefühle, die seine Lippen auf der empfindlichen Haut hinter ihrem Ohr, in den Vertiefungen ihres Halses und auf ihren Schultern in ihr erregten. Seine Daumen hoben ihr Kinn an, und er küsste sie hungrig und tief und mit all der Inbrunst eines hungrigen Mannes, der über den hoch gefüllten Teller herfiel, den Johnnie, der vor der Tür stehen geblieben war, in der Hand trug.
»Ä-hem«, sagte der Junge, scharrte mit den Füßen und schaute auf den dampfenden Teller mit Eiern, gebratenem Schinken und Maisbrot herab. Maria errötete, Sam gluckste und erhob sich gut gelaunt, um Johnnie von seiner Last zu befreien.
»Mmmm«, machte er, als er den Teller nahm. »Der Koch scheint sich heute selbst übertroffen zu haben. Himmel, wenn man mich weiter so füttert, werde ich niemals mehr an Land zurückkehren wollen.«
»Das wirst du doch sowieso nicht wollen, ganz gleich, was man

dir vorsetzen wird«, meinte Maria ohne jeden Groll. Nachdem Johnnie sich eilig entfernt hatte, krabbelte sie aus dem Bett und wollte gerade die verhasste Hose anziehen.

»Was machst du denn da?«, fragte Sam. Er stellte den Teller auf den Tisch, nahm die Hose und schleuderte sie über seine Schulter fort. Sein anerkennender Blick glitt über ihre schmale Figur. »Kann ich denn nicht den Körper meiner Zukünftigen genussvoll betrachten, während ich frühstücke?«

»Sam, das ist nicht anständig …«

»Zur Hölle mit dem Anstand. Setz dich und iss deine Eier.«

Sie wurde rot, setzte sich, nahm die Gabel und begann vornehm zu essen.

»Also wirklich, Mädchen, hör doch auf, ständig zur Tür zu sehen. Niemand wird uns stören. Ich habe sie abgeschlossen.«

Trotzdem nahm sie sich eines seiner feinen Leinenhemden, zog es sich über den Kopf und zerrte es über ihre Hüften hinunter. Befangen schlug sie die Beine übereinander. Es war ungeheuer schwer, angesichts seiner bewundernden Blicke zu essen und noch schwerer, als seine Hand unter dem Tisch begann, ihre Unter- und Oberschenkel zu erforschen. Als sie aufschaute, sah sie das träge Lächeln in seinen dunklen Augen.

»Danke, mein Mädchen.«

»Für was denn?«

»Dass du mich nicht mehr verachtest.«

»Ich habe dich nie verachtet. Ich war nur wütend auf dich.«

Seine Hand glitt unendlich langsam weiter hinauf und berührte die weichen Locken, die ihre Weiblichkeit umgaben. Maria atmete ruckartig ein. »Weißt du«, sagte er mit schalkhaftem Lächeln, »ich glaube, ich kenne den *wahren* Grund, aus dem du mich verlassen wolltest.«

Sie ergriff seine Hand und strich über die zarten Haare, die auf dem Handrücken wuchsen. »Ich habe dir gesagt, warum.«

»Nein, ich meine den *wahren* Grund. Das hat nichts damit zu tun, dass du wütend auf mich warst, dir Sorgen um mich

gemacht hast oder dich an mir rächen wolltest. Ich glaube ...«, seine Finger zogen kleine Kreis über die Innenseite ihrer Schenkel, bis sie zu zittern begann, »... dass es eher etwas mit diesem hier zu tun hat.«
»Fleischeslust«, hauchte sie und schloss die Augen.
»Was?«
»Ach, das war das Thema, das die Predigten des alten Reverends Treat beherrscht hat, nachdem *du* nach Eastham gekommen bist. Das kannst du natürlich nicht wissen, weil du die Kirche ja nie betreten hast.«
»Und ich wäre dort auch nicht sehr willkommen gewesen.«
»Beim Pastor sicherlich nicht.« Sie öffnete die Augen und lächelte ihn listig an. »Doch die Damen wären entzückt gewesen.«
»Ach, die Damen ...« Er lächelte sie an und streichelte dabei über ihr Knie, bis sie erneut zu beben begann.
»Das kitzelt!« Kichernd schlug sie seine Hand fort. »Solltest du dich nicht oben an Deck um alles kümmern und das Entern dieser Brigantine planen?« Sie lachte, als er ihre Kniekehle streichelte. »Es wäre doch schrecklich, wenn deine Männer dich entthronen würden. Ich möchte nicht, dass du ein neuer Ben Hornigold wirst.«
»Das wird nie geschehen, mein Liebes«, sagte er, grinste und schob den Teller beiseite. »Aber sag mir doch bitte, was dich dazu gebracht hat, mir so überraschend zu vergeben.« Er reckte sich und beobachtete sie, als sie die Teller beiseite räumte.
Lächelnd zuckte sie die Achseln. »Ich habe endlich über einige Dinge, die du gesagt hast, nachgedacht. Doch eigentlich ...«, sie kam auf nackten Füßen durch die Kajüte zu ihm, ihr Haar schwang sanft um ihre Kehrseite, und dann zog sie sanft den Schwung seiner Lippe unter dem schwarzen Schnauzbart nach, »... ist mir nur klar geworden, wie sehr ich dich liebe.«
»Und das war ausreichend, um einige meiner Charaktereigen-

schaften, die dir nicht so gut gefallen haben, übersehen zu können.«

»Sie gefallen mir noch immer nicht. Doch ehrlich gesagt sind das genau die Dinge, derentwegen ich mich damals in dich verliebt habe. Deine Widerspenstigkeit. Deine ... Würde. Deine ...«

»Ich und Würde?« Eine dunkle Braue hob sich.

»Ja, Würde! Und Tapferkeit und dein Mitgefühl ...«

Seine Mundwinkel begannen, sich amüsiert zu kräuseln.

»Wenn du mich auslachst, werde ich dir auf die Zehen treten!«

Er lachte und riss seinen Fuß weg, als sie mit nackter Ferse auf den Holzfußboden stampfte.

»Und deine Arroganz«, schloss sie.

»Arroganz?«

Sie lächelte ihn süß an. »Du glaubst, dass du unbesiegbar bist, dass du die Welt erobern kannst, nicht wahr? Stripes hat mir erzählt, was du zu einem dieser armen Kapitäne gesagt hast, dessen Schiff du kurz vor dem Schiffbruch der WHYDAH gekapert hast ...«

»Also *bitte.*« Er verbarg seine Stirn in seiner Hand.

»Du möchtest dich wohl nicht daran erinnern? Nun, dann werde ich dein Erinnerungsvermögen auffrischen. Du hast gesagt: ›Ich bin ein freier Prinz, und ich habe genauso viel Macht ...‹«

»› ... wie der, der hundert Schiffe auf See befehligt und hunderttausend Männer auf dem Feld‹«, beendete er den Satz und lächelte verstohlen, während er verlegen mit der Gabel gegen die Tischkante schlug. »Ja, das habe ich gesagt. Na und, Mädchen? Ich habe doch diese Macht. Ich kann gegen Boston in den Krieg ziehen und auch gegen König Georges verdammtes England, wenn mir danach ist. Nenne mir einen Menschen, der mich davon abhalten könnte.«

»Erstens, die gesamte Königliche Marine. Und dann auch diese Schaluppe, die uns verfolgt hat.«

»Was, diese kleine Plage? Das glaube ich kaum.«
»Sie ist ja gar nicht nahe genug gekommen, dass du behaupten kannst, ob sie wirklich so klein war.«
»Ach um Gottes willen, Maria, hörst du bitte auf, dir Sorgen zu machen!«
»In Ordnung«, sagte sie viel zu fröhlich.
Er sah sie argwöhnisch an. »Was?«
»Nun, du bist der Kapitän«, sagte sie freundlich, »und ich denke nicht daran, mich dir zu widersetzen. Also werde ich mir keine Sorgen machen, doch nur ...«, sie kam zu ihm, legte ihm die Arme um den Hals und schaute ihm in die dunklen Augen, »... wenn du zurück an Deck gehst. Ich werde mich viel besser fühlen, wenn ich weiß, dass du dort oben das Kommando hast.«
Er starrte hungrig auf ihre schwellenden Brüste. »Ich werde gleich gehen.«
»Ich glaube wirklich, dass du jetzt gehen solltest, Sam.«
Sie schmiegte sich an ihn und ließ ihr schlankes Bein an seinem Knie und seinem gesamten Oberschenkel hoch gleiten, bis sie seine Erregung spürte.
Feuer glühte in seinen schwarzen Augen. »Du siehst reizend in meinem Hemd aus«, murmelte er und strich mit einem rauen Finger über ihre weiche Wange und ihren Hals.
»Mehr nicht? Nur reizend?«
»Na gut, verführerisch.«
»Du siehst aber gar nicht sehr verführt aus, Sam«, neckte sie ihn. »Wenn das deine ganze Reaktion auf meine Verführung ist, muss ich mich wohl noch mehr ins Zeug legen.«
Heiser sagte er: »Was willst du denn nun, Prinzessin? Soll ich jetzt mein Schiff kommandieren oder dir das Hemd vom Leib reißen und dich wild und leidenschaftlich lieben?«
Durch ihre dichten Wimpern hindurch sah Maria lächelnd zu ihm auf: »Natürlich das Hemd herunterreißen und mich wild und leidenschaftlich lieben.«

»Das möchtest du, ja?«, fragte er, verschränkte die Hände hinter dem Rücken und begann, nachdenklich um sie herum zu gehen. »Und was möchtest du noch, meine liebe kleine Hexe?«
»Ich möchte, dass du mit dem Hin- und Hergerenne aufhörst, mich zum Bett trägst und mich liebst, bis die Sonne im Osten untergeht!«
»Ich renne nicht herum.«
»Doch.«
Er hielt inne und musterte sie mit einem Blick, der ihr das Gefühl gab, als trüge sie lediglich den Umhang ihrer Haare.
»Siehst du, Prinzessin? Nun stehe ich still. Und ich denke, dass ich auch deine zweite Bitte leicht erfüllen kann.«
Ohne Vorwarnung hob er sie hoch, hielt sie fest an die Brust gedrückt und sah ihr in die herrlichen Augen, während er sie entschlossen zur Koje trug. Ihre Arme schlangen sich um seinen Hals, ihre Hände schoben sich unter sein Haar und zogen seinen Kopf zu ihr hinunter.
Warme sinnliche Lippen berührten ihre mit wilder Sanftheit. Dieses seltsam vertraute Flattern und die feuchte Hitze in ihren verborgenen weiblichen Regionen! Sie zerschmolz an ihm, und nichts zählte mehr: nicht das Schiff, nicht der Angriff auf Boston und auch nicht die Piraterie. Nur noch seine wunderbare überwältigende Nähe und das schwindelige schwebende Gefühl, als er die letzten paar Schritte zum Bett ging. Ihre Wangen waren nun pfirsichfarben und ihre Lippen bereits sinnlich geschwollen und einladend geöffnet. Sie lächelte, und als sie sprach, hatte ihre Stimme das weiche, kehlige Schnurren einer Katze.
»Und mein dritter Wunsch?«
»Ach, Prinzessin ... du bist ein gieriges ungeduldiges Frauenzimmer.«
»Lass mich hinunter, mein kühner Pirat, und ich werde dir zeigen, wie gierig ich wirklich bin.«

Er ließ sie sanft und sinnlich an sich herabgleiten, bis ihre Füße den Boden berührten. Ihre Handflächen legten sich leicht auf die raue Haut seines Halses und erhitzten die straffen Sehnen und Muskeln. Sie fühlte seinen Pulsschlag unter ihrem Daumen und hörte sein scharfes Einatmen. Langsam ließ sie die Hände tiefer und unter den lockeren Besatz seines Hemdes gleiten.

»Prinzessin …« murmelte er heiser und bebte, als sie ihm das Hemd über den Kopf zog und sacht mit den Nägeln über sein Rückgrat und die Erhebungen seines vernarbten Rückens fuhr. »Gott, dabei kann ich ja nicht mehr klar denken.«

»Du brauchst ja auch nicht zu denken, mein Liebling«, hauchte sie. »Nur *fühlen.*« Sie berührte seine Lippen und fuhr dann mit dem Finger über die bärtige Kante seines harten Kiefers, über die schattige stoppelige Haut seines Halses, über sein Schlüsselbein und über die Vertiefung seines Brustbeins. Sein Herz pulsierte unter ihrer Handfläche, und Feuchtigkeit bedeckte seine Haut. Die spanische Münze, die er immer trug, glühte in ihrer Hand, und sie ließ ihre Finger über die harten erhabenen Muskeln und durch die Haare auf seiner Brust gleiten und rieb mit ihren Daumen sanft über die winzigen Brustwarzen. Seine Augenlider wurden schwer und schlossen sich in stummer Qual über seinen obsidianfarbenen Augen. Sein Atem ging rau und stoßweise. Er war alles, was eine Frau sich erträumen konnte – und mehr. Und als ihr Blick dem dunklen Pfad seiner Haare folgte, der sich über seinen straffen Bauch und unter den Bund seiner Hose zog, sah sie, was ihre Hände ihr schon längst mitgeteilt hatten – dass er verzweifelt nach ihr verlangte. Seine scharfen schwarzen Augen öffneten sich und sahen sie durch den Nebel seiner Leidenschaft an. »Musst du mich so quälen, Mädchen? Diese weichen Hände, diese herrliche Haut. Lieber Himmel …«

»Ich habe doch noch gar nicht mit dem Quälen begonnen.« Marias Hände wanderten zu seinem Degenkoppel hinab. Sie öffnete ihn und ließ ihn und die grausam aussehende Waffe mit einem dumpfen, metallischen Klappern zu Boden fallen. Sie presste die Lippen auf seine Brust und umfasste seine schmalen, schlanken Hüften, bis sie die Knöpfe fand, die den Stoff zusammenhielten. Sie war geschickt und dennoch quälend langsam. Sie war selbstsicher, und doch hatte sie den letzten Rest der Unschuld noch nicht verloren, mit der sie schon immer seine Zuneigung gewonnen hatte. Ihre Hände reizten seinen pochenden harten Körper, bis er vor Verlangen fast verrückt wurde. Ihr Daumen schob langsam die Knöpfe durch die Knopflöcher – erst einen und dann den zweiten. Und dann war er entblößt und seine heiße und harte Männlichkeit in ihren weichen kleinen Händen, und seine Hose glitt an seinen starken Beinen herab und blieb um seine Knöcheln liegen.

Und für Maria war es plötzlich die natürlichste Sache der Welt, seinen samtweichen Schaft an ihre Wange zu drücken, ihn mit den Lippen zu erkunden und das schnelle Hämmern seines Pulses in diesem herrlichen und männlichsten Körperteil zu spüren. Er erschauerte und stöhnte tief auf. Mit in süßer Qual zurückgeworfenem Kopf grub er die Finger in ihre Schultern und durchbrach die Stille im Raum mit der heiseren Schärfe seines Atems. Er ließ die Qual so lange zu, bis er sie nicht länger ertragen konnte. Schließlich zog er sie zu sich hoch, presste den Mund auf ihren und zwang sie auf die Koje hinunter. Ihre Arme schlangen sich um seinen Rücken, als er sich, auf seine muskulösen Arme gestützt, zu ihr niederbeugte. Seine Hand verbrannte die seidene Haut ihres Knöchels, ihrer Wade und schließlich die Nische zwischen ihren feuchten Schenkeln, bis sie sich wand und schließlich aufbäumte, als er sie bis zum Höhepunkt streichelte.

Die kühle Seeluft wehte durch die Heckfenster herein und küsste ihre heiße Haut. Sie drehte den Kopf und presste die Wange in das Gewirr ihrer goldenen Locken, die sich auf dem

Kissen ausbreiteten. Ihre Brüste brannten, und als erst seine Hände und dann sein Mund sie fanden, schrie sie in eigener süßer Qual auf.

»O Gott, Sam – liebe mich jetzt! *Bitte . . .*«

Und mit einem tiefen Eintauchen, das diesen süßen Schmerz zerriss und ihn zu den Sternen schleuderte, erfüllte er ihr ihren dritten Wunsch.

Eine Stunde später wurden sie erneut gestört.

»Äh, Käpt'n?«

Sam lag in der Koje, und Maria lag dösend neben ihm. Sie öffnete ein schläfriges Auge beim Klang von Stripes' Stimme. Sam fluchte über die Störung und zog die Bettdecken über ihre Schultern. »Was ist denn los, Mann? Lieber Himmel, kann man denn hier nicht mal ein wenig Ruhe haben?«

Grinsend hob Stripes seine Weinflasche. Seine braunen Augen glänzten schelmisch. »Ich dachte nur, dass Sie vielleicht nach oben kommen sollten, Käpt'n. Diese Brigantine ist in Rufweite und rennt wie ein Hund mit eingeklemmtem Schwanz davon.«

»O Gott.«

»Soll das heißen, dass Sie sie nicht kapern wollen?«, fragte Stripes und verbarg sein Lächeln hinter der Flasche.

»Mit Sicherheit nicht! Bereite die NEFARIOUS zum Angriff vor und behalte das Schiff im Auge. Ich bin . . . gleich oben.«

»Aye, Käpt'n.«

Mit finsterer Miene verließ Sam das Bett und zog sich die Hose an. Maria verkniff sich ein Lächeln. Es sah ganz so aus, als würde die Piraterie bei ihm nun erst an zweiter Stelle kommen; *sie* kam zuerst. Schweigend sah sie von der Koje aus zu, wie er die Jacke anzog, die Stiefel aus dem Weg kickte, sich den Hut schnappte und die Pistolen nahm. Nachdem er sein Entermesser von der Wand genommen hatte, drehte er sich ihr zu: »Ich komme zurück«, sagte er und sein Blick ruhte auf ihrem

verführerischen Busen. »Und ich möchte gern, dass du hier unten bleibst. Die Sache kann dort oben ein bisschen brenzlig werden, wenn es zu einem Gefecht kommen sollte. Ich würde es mir nie verzeihen, wenn dir etwas geschieht.«
Sie stand auf, ging zu ihm, lächelte liebevoll und presste die Brüste an sein Hemd. Stöhnend nahm er sie in die Arme und fühlte sich zwischen Wunsch und Pflicht hin und her gerissen. Seine Hände fuhren in die verwuschelten Flechten ihres Haars, und dann verschränkten sich seine harten sehnigen Arme auf ihrem Rücken.
»Geh, Sam«, sagte sie leise und sah mit rückwärts geneigtem Kopf zu ihm auf. Ihre Blicke trafen sich. »Ich werde noch immer hier sein, wenn du zurückkommst.«
Zögernd schob er sie ein Stück von sich fort. Er starrte auf ihre cremefarbenen Brüste und ihre anmutigen Schultern. Dann nahm er eine ihrer Haarsträhnen in die Hand, drückte die seidene Locke und rieb mit ihr über seine Lippen. »Versprochen?«
»Versprochen.«
Er lächelte versonnen. Und dann ließ er ihr Haar abrupt los, straffte die Schultern und eilte aus der Kajüte.

Marias Einladung brachte Sam die gute Laune zurück. Als er auf das Deck trat, wirkte er fröhlich und ganz wie der Teufelskerl, der er war. Die Sonne glitzerte auf dem endlosen Meer, und die Brigantine befand sich nur noch eine Meile vom Bug der Nefarious entfernt. Sams nackte Füße und sein munterer Schritt führten ihn direkt zur Reling, wo Silas West sich aufgeregt über seine mit Blasen bedeckte Glatze rieb.
»Also, worauf warten wir noch, Bursche?« Er wandte sich an Billy Flanagan, der leise eine unzüchtige Melodie vor sich hin summte und die Schaluppe locker auf Verfolgungskurs hielt. »Mr. Flanagan, ändern Sie den Kurs um zwei Strich windwärts. Wir nehmen Fahrt auf, machen kehrt und stoßen wie

ein Falke auf ein Kaninchen auf sie nieder.« Er grinste jungenhaft. »Sie ist schnell und tüchtig, Männer. Es wird Zeit, dass wir herausfinden, was unser kleines Schiff mit einer *echten* Beute zuwege bringt!«

»Und diese Mannschaft auch«, brummte Stripes, der zu ihm getreten war. »Bei solchen Gelegenheiten wünschte ich, ich hätte Simon Van Vorst bei mir oder Paul Williams oder sogar ...«

Sam brachte ihn mit einem scharfen Blick zum Schweigen. »Du hast Mr. West, der ein fähiger Offizier ist, du hast Phil Stewart, der gerade die Halterungen von den Steuerbord-Geschützen entfernt, und du hast mich. Also hör auf, dich zu beklagen und mach das Schiff zum Angriff klar. Ich möchte kein sorgenvolles Gejammere von dir hören, Stripes!«

Solch eine Begeisterung war ansteckend, und Stripes eilte davon, um die Besatzung zusammenzutrommeln. Gott sei Dank hatten der Käpt'n und seine Frau endlich ihre Meinungsverschiedenheiten bereinigt. Es wurde Zeit, dass der Schwarze Sam zur Sache kam und für sie fette Beute machte, wie er es in den guten alten Zeiten so oft getan hatte, an Bord der WHYDAH und davor auf der MARY ANNE, die jetzt unter dem Kommando von Paul Williams fuhr.

Und genauso wie früher marschierte er kühn auf dem Deck hin und her, hatte dieses breite, sorglose Grinsen im Gesicht, während er mit einem zufriedenen Leuchten in diesen teuflisch schwarzen Augen die Arbeit seiner Besatzung überwachte.

Doch ob der Schwarze Sam seine Zweifel an den Fähigkeiten der jungen, unerfahrenen Besatzung teilte, sollte Stripes nicht erfahren, denn sein Kapitän behielt solche Dinge ganz für sich. Selbst jetzt war seine Stimme energisch und gebieterisch, als sie über die von der Sonne ausgeblichenen Decks schallte.

Näher und immer näher kamen sie der Brigantine.

Die Männer krochen unter das Schanzkleid. Die Kanoniere

hielten Zündstäbe bereit. Die Marsposten warteten mit Musketen und Stinktöpfen in der Takelage. Alle Augen blickten zum Kapitän, alle warteten auf sein Kommando. Die Spannung stieg und verstärkte sich, bis sie auf dem Schiff lastete, durch Sams Blut summte und in seinen Fingerspitzen kribbelte. Er zählte die Sekunden. Zehn ... fünfzehn ... *Weit genug.* »Drück jetzt das Ruder hoch, Bursche!«

Scharf krängend glitt die NEFARIOUS in die sich nähernden Wellen und schleuderte Gischtschleier hoch über ihre Decks. Mit bebenden Segeln zauderte sie verwirrt, als die Piraten ihr Gewicht auf ihre Schoten warfen. Ihre große Spiere schwang herum und ihre Segel zogen noch einmal an. Langsam und graziös drehte sich ihr Bugspriet gegen den Wind, wurde schneller und schneller, legte einen Halbkreis zurück, bis sie schließlich mit der Genauigkeit eines Meisterschützen neben ihrer unvorsichtigen Beute aufschloss.

»Hisst die Farben, Jungs!«

Klarer, salziger Wind füllte das riesige Hauptsegel und bauschte das Marssegel. Die NEFARIOUS gewann an Geschwindigkeit und bedrängte das französische Schiff mit ihrer sich hoch am Mast wölbenden Totenkopf-Flagge und ihren geöffneten Schießscharten, die den Blick auf eine strotzende Reihe Vierpfünder freigaben. Gischt sprang fauchend über ihren Bug, ihre Segel donnerten und brausten, und im Nu war sie längsseits der Brigantine.

Sams Finger umfassten den mit Draht umwickelten Griff seines Entermessers. Verdammt, warum hatten die Narren nicht die Segel gestrichen? Himmel, wenn sie einen Kampf wollten, würden sie ihn verdammt noch mal bekommen! Er verschränkte die Arme vor der Brust und wandte sich an seinen Steuermann. »Sehen Sie sich das an, Mr. West. Sie fahren noch immer. Mir scheint, dass sie gar nicht wissen, dass wir hier sind!«

»Dann wird es ja Zeit, dass ihnen das klar wird, was?«

»Ganz meine Meinung.« Sam drehte sich um und brüllte ein Kommando zu seinem Oberkanonier hinüber. »Mr. Stewart, schießen Sie auf ihren Bug! Wenn sie nicht beidreht, laden Sie mit Kettenschuss und putzen Sie ihre Takelage weg!«

Er lächelte verschlagen und seine Augen glänzten, als er an seinem Bart zog. Aus dem Augenwinkel heraus sah er, dass Johnnie ihn mit offenkundiger Bewunderung beobachtete. Er sah, dass seine Männer schreiend, brüllend und johlend unter dem Schanzkleid hervorsprangen. Und er sah Stewarts leichtes Lächeln, als er sich duckte, an dem langen Mündungsrohr der Kanone entlangzielte und den Zündstab zum Zündloch senkte.

Die schreckliche Explosion machte ihn taub und donnerte durch seinen Kopf. Das Deck bebte unter seinen Füßen, und eine dicke Rauchwolke blähte sich in seine Richtung, stach ihm in die Augen und nahm ihm den Atem. Doch als sie sich verzog, sah er, dass die französische Flagge hastig vom Hauptmast gezogen wurde.

»Sie hat die Segel gestrichen, Jungs!« Er hob seine Machete und sprang die Kajütstreppe mit einem einzigen Satz hinunter. »Fertigmachen zum Entern!«

Große Eisenklauen flogen singend über die sich rasch verringernde Entfernung zwischen der Schaluppe und der glücklosen Brigantine hinweg. Die Muskeln spannten sich auf den nackten Rücken der Piraten, als sie sich mit ihrem Gewicht auf die Enterhakentaue warfen und die beiden Schiffe Rumpf an Rumpf zusammenbrachten. Manche übersprangen schon den Abstand zwischen ihnen, noch ehe die Taue straff gezogen worden waren und überwältigten die entsetzte französische Besatzung, noch ehe die auf den Gedanken kam, Widerstand zu leisten. Mit einer Pistole in der einen Hand und dem hoch erhobenen Entermesser in der anderen sprang Sam auf den Verschluss einer Kanone, verfehlte jedoch sein Ziel und landete leichtfüßig auf dem blank gescheuerten Deck der Brigantine.

Aufruhr und Chaos umgaben ihn. Seine Männer rasten durch den wirbelnden Rauch. Manche stießen Schlachtrufe aus, andere umrundeten die französische Besatzung mit schwingenden Macheten, deren Bedeutung ihnen nicht übersetzt zu werden brauchte. Tosender Lärm war um ihn herum, die Schreie verängstigter Männer, ein paar Pistolenschüsse und gotteslästerliche Flüche, und die Piraten stampften in alle Richtungen an ihm vorbei.
Sam schritt wie ein siegreicher General durch das Gewühl, und ein leichtes Lächeln huschte ihm über das dunkle Gesicht. Das Lächeln verstärkte sich, als er bewusst langsam zum Achterdeck der Brigantine ging, wo der französische Kapitän, dem der rußgeschwärzte Schweiß von den Schläfen rann, erschüttert in seinen mit Silberschnallen verzierten Schuhen dastand. Die Hand des Mannes zitterte, als er sein Schwert zum Zeichen seiner Niederlage darbot.
»Bonjour, Capitaine!«, sagte Sam, nahm das Schwert entgegen, zog den Hut vom Kopf und machte eine höfliche Verbeugung. *»Nous sommes de la mer!«*
Das Gesicht des französischen Kapitäns nahm die Farbe von Hafermehl an, und er wich unwillkürlich einen Schritt zurück. Sams Lächeln wurde zu einem amüsierten Grinsen. *»Oui, pirates«*, bestätigte er und schaute dabei zu Silas West hinüber, der mit kraftvollen Schwüngen seiner Axt auf einen Lukendeckel einschlug. Piraten drängten sich schon in den Frachtraum hinein, noch ehe die letzten Splitter herausgezogen werden konnten. »Also, wenn Sie uns keine Schwierigkeiten machen, *mon capitaine*«, fuhr Sam fort, »werden wir diese hässliche Sache hier im Handumdrehen hinter uns bringen. Ansonsten ...« Ganz bewusst ließ er die Worte in der Luft hängen, drehte sich um und schrie: »Mr. West! Stellen Sie die Jungs in einer Reihe auf und fragen Sie sie, ob ihr Kapitän ein guter Herr gewesen ist. Und dann stellen Sie fest, wer von ihnen sich uns anschließen möchte. Und die bringen

Sie bitte auf die Schaluppe hinüber und zeigen ihnen die Statuten!«
»Aye, Käpt'n!«
Sam ignorierte die Verwirrung und den Aufruhr um sich herum und wandte sich wieder an den Franzosen. *»Parlez-vous anglais?«*, fragte er.
»Non . . .«
Er schlug sein Entermesser auf die Reling und stieß wütend aus: »Sie verdammter Lügner! Glauben Sie, ich hätte nicht gesehen, wie blass sie geworden sind, als ich meinem Steuermann befahl, Ihre Männer über Ihre Behandlung zu befragen?«
»Es . . . es tut mir Leid, *Capitaine* Lebous.«
»Lebous? Ich bin nicht Lebous, Sie Vollidiot, doch ich kenne ihn gut. Und sparen Sie sich Ihre Entschuldigung für Ihre Männer auf, denn sie werden über Ihr Schicksal entscheiden, nicht ich!« Er deutete mit der Muskete in Richtung Horizont, wo sein scharfes Auge den Fleck entdeckt hatte, der die Linie zwischen Meer und Himmel unterbrach. »Was wissen Sie über dieses Schiff?«
»We. . . welches Schiff, *Capitaine?*«
»Halten Sie mich nicht zum Narren«, warnte Sam. *»Das dort.«*
»Ich weiß nur, dass es mich seit dem Sonnenaufgang verfolgt hat«, sagte der Franzose achselzuckend. »Aber, *Capitaine,* wenn Sie nicht der Pirat Lebous sind, wer sind Sie dann?«
»Wer ich bin, spielt keine Rolle. Sie können mich Kapitän . . . *Black* nennen.«
So etwas wie ein Erkennen huschte über das Gesicht des Franzosen. Sams Augen zogen sich zusammen. »Haben Sie etwas von mir gehört?«
»Ihre Heldentaten eilen Ihnen voraus, *Capitaine.*« Verzweifelt drehte sich der Franzose um und sah zu, wie der Steuermann der Piraten vor seinen aufgereihten Männern auf und ab ging und ihnen die Pistolen, Schwerter und feinere Schmuckstücke abnahm.

Sams Neugierde war geweckt. »Und was wird über mich gesagt?«
»Dass Sie ein blutrünstiger Mörder seien. Dass Ihr Schiff Flügel habe und nach Belieben im Nebel verschwinden könne. Dass Sie ein Meister des Degens und der Pistole seien, was ich beides nicht auf die Probe stellen möchte. Aber *Capitaine,* ich möchte Sie trotzdem warnen.«
Sams Blick konzentrierte sich auf eine Gruppe Männer, die gerade die Frachtkisten der Brigantine mit Äxten zerschlugen. »Und wovor?«
»Vor einem Mann, der geschworen hat, Sie zu töten. Er sagt, dass Sie seinen Cousin vor ein paar Monaten ermordet haben …«
»*Was?*«
»Ja, das ist wahr. Als wir miteinander sprachen, haben er und der Gouverneur ein Schiff in Boston ausgerüstet. Wenn Sie klug sind, *Capitaine,* dann sollten Sie sich von diesen Gewässern fern halten.«
»Und wenn diese Männer klug sind, dann sollten sie sich darüber im Klaren sein, dass ich diese Gewässer beherrsche.« Er lächelte, schob den Hut in den Nacken und warf dem Franzosen einen nachdenklichen Blick zu. »Und bitte sagen Sie mir, wer dieser Schwachsinnige ist.«
»Sein Name«, sagte der Franzose ruhig, »ist Ingols.«

Vierundzwanzigstes Kapitel

»Wissen Sie, Maria, ich habe über diesen Ingols nachgedacht«, sagte Stripes am nächsten Morgen, nachdem die Brigantine gekapert, ausgeplündert und davongejagt worden war. Sie saßen im Schatten der sanft schwingenden Spiere. »Und was ich noch immer nicht verstehen kann, ist, woher er weiß, dass unser Käpt'n der Schwarze Bellamy ist. Hat denn nicht jeder gedacht, dass er auf der WHYDAH umgekommen ist?«

»Offenbar nicht«, sagte Maria. Der Wind strich ihr durch das leuchtende Haar, sodass es wie die aufgehende Sonne erschien. »Doch es bereitet mir Sorgen, dass dieser Mann die Unverfrorenheit besitzt, Sam einen Mörder zu nennen. Hat denn nicht sein Cousin die WHYDAH bewusst im Sturm vom Kurs abkommen und in die Brecher fahren lassen?«

»Aye, doch das ändert nichts an der Tatsache, dass er noch auf dem Schiff war«, betonte Stripes, »und wenn er nicht dort war, dann vermute ich, dass er noch lebt.« Er betrachtete sie, wie sie mit dem Rücken gegen den Mast lehnte, und dachte, dass der Schwarze Sam der glücklichste Mann der Welt sei, Maria Hallett erobert zu haben. »Ich möchte ja bloß wissen, wie sein Cousin wissen kann, dass unser Sam die NEFARIOUS befehligt.«

»Das ist doch leicht zu verstehen.«

»Wie meinen Sie das?«

»Nun, wie viele Piratenkapitäne gibt es denn, die ihren Gefangenen ständig von der persönlichen Freiheit erzählen?«

Stripes kicherte und zupfte an einer ausgefransten Kante seines Ärmels herum. »Wissen Sie, wir machen uns wahrscheinlich umsonst verrückt. Sie haben den Käpt'n doch gehört. Sagte, dass er sich schon über schlimmere Dinge halb totgelacht habe als über irgendeinen Kerl und seine kleinen Rachegelüste.«

»Wie der Sturm, der ihn fast getötet hat?«

»Aye, ich glaube, er hat das ziemlich lustig gefunden, zumindest, bis wir diese Brecher hörten ...«

»Das überrascht mich nicht. Das klingt ganz nach ihm. Aber sicherlich findet er diese Schaluppe dort hinter uns alles andere als amüsant.«

»Wahrscheinlich nicht. Und wenn *Sie* nicht an Bord wären, würde er kehrtmachen und ihr eine ordentliche Abreibung mit unseren Kanonen verpassen. In den alten Zeiten war er nie so vorsichtig ...«

Morgennebel hing im Westen noch über dem Meer, die glitzernden Wellen tanzten zum silbernen Horizont, und dort nahmen die Segel des mysteriösen Schiffs Gestalt an.

»Nun machen Sie sich mal keine Sorgen«, riet Stripes. »Der Käpt'n sagte selbst, dass sie nicht zur Königlichen Marine gehört.«

»Doch wohin dann? Und weshalb bleiben sie so weit zurück? Warum kommen sie nicht zu uns und geben uns zu verstehen, was sie wollen?«

»Wenn ich das wüsste, verflixt noch mal. Ich bin doch kein Gedankenleser. Sie werden doch für eine Hexe gehalten, nicht ich. Was glauben Sie denn, das sie wollen?«

»Das weiß ich auch nicht. Doch wenn ich eine Hexe wäre, würde ich meinen Zauberstab schwingen und sie verschwinden lassen.«

»Oh, die Schaluppe wird noch schnell genug verschwinden. Der Käpt'n hat keine Lust mehr, mit ihr Katz und Maus zu spielen. Er wird sie heute Nacht zwischen diesen Inseln dort hinten abhängen, denken Sie an meine Worte.« Stripes folgte Marias Blick zum Bugspriet, wo Sam mit dem Fernglas an den Augen weit draußen auf dem Klüverbaum stand. Jetzt schob er das Glas in seine Schärpe, drehte sich um, schritt entschlossen das abschüssige Rundholz entlang und kümmerte sich nicht um das Meer, das so tief unter seinen nackten Füßen glitzerte und tanzte. »Wenn nicht sogar früher …«, fügte Stripes hinzu.

»Auf, auf, Jungs! Es wird allmählich Zeit, dass wir uns aus dem Staub machen, oder?«, sagte Sam, griff nach einem Tau und schwang sich aufs Vorderdeck. »Also, packen wir's an!«

Doch nachdem sie das Kapern der Brigantine bis in die Morgenstunden gefeiert hatte, lag die Mannschaft wie im Koma auf dem Deck herum. Niemand rührte sich, nicht einmal Johnnie, der mit einem Arm um Gunner zusammengerollt in der Barkasse lag. Nur der Hund sah träge auf und ließ den Kopf gleich wieder gegen den Rumpf fallen.

Mit in die Seiten gestemmten Armen blieb Sam stehen und betrachtete alle der Reihe nach. »Ich habe gesagt, dass ihr aufstehen sollt, ihr faule Bande betrunkener Köter!«

Nichts.

Ganz ruhig griff er nach unten, zog seine Pistolen und feuerte sie himmelwärts ab.

Eine Möwe schrie, Gunner sprang auf, und auf dem Deck wurde es lebendig, als hätte eine Breitseite das Schiff getroffen.

»Heilige Mutter Gottes, was war das, zur Hölle?«

»Wir werden angegriffen! Alle an die Plätze, sage ich!«

Wilde Augen. Hektische Suche nach Musketen, Messern, Pistolen. Und dann sahen sie, dass ihr Kapitän mit verschränkten Armen gebieterisch auf dem Rohr einer Kanone stand und zwei rauchende Pistolen in den Händen hielt. Er grinste breit.

»Guten Morgen, Jungs.«

Einen Moment lang rührte sich keiner. Und dann stöhnte Nat auf und rieb sich mit schmutziger Faust über die dunklen

Ringe unter den Augen. »Guter Gott, der Kapitän hat den Verstand verloren.«

»Ich habe den Verstand verloren? Vielleicht, weil ich mir solch eine faule Bande nichtsnutziger Hunde aufgehalst habe!« Sam deutete mit der Pistole zum östlichen Horizont hinüber. »Seht ihr diese Segel dort? Also, ich habe ihren Anblick satt. Was würdet ihr dazu sagen, wenn wir ihnen zeigten, was in unserer kleinen Schaluppe steckt? Setzen sie das Hauptsegel, Mr. Paige, und wenn Sie schon dabei sind, dann auch gleich noch Fock- und Marssegel. Hissen Sie alles an Segeln, was sie tragen kann.«

Maria fühlte Stripes' Ellbogen an ihren Rippen. »Ich glaube, er weiß etwas, das wir nicht wissen. Er grinst ja wie der Teufel!«

»Das bedeutet nicht, dass er es uns sagen wird. Und wenn ich mich nicht ganz täusche, würde er auch grinsen, wenn das dort drüben die Königliche Marine wäre, dieser Ingols oder nur ein Fischerboot.« Sie runzelte die Stirn, als Stripes aufsprang. »Warten Sie, wohin gehen Sie?«

»Ich will nur herausfinden, was er weiß und uns vorenthält!«

Sam war ganz bei der Sache und gab seine Befehle. Er betrachtete angewidert die unordentlichen Decks, das anluvende Focksegel und die langsamen und ungeschickten Bewegungen seiner Besatzung. »Schüttelt das Marssegel und den Klüver aus und ein bisschen plötzlich, verdammt noch mal! Das hier ist ein Kampfschiff und keine verfluchte Bierkneipe!«

Es dauerte nicht lange, und die Nefarious gab ihrem Verfolger Fersengeld wie ein rassiges Vollblut. Gegen Mittag war der Horizont zum ersten Mal seit Tagen leer. Die Befehle ihres Kapitäns dirigierten sie genau nach Westen zu einer ausgezackten Küstenlinie, die aus Buchten, Inseln und versteckten länglichen Sandbänken bestand – ins Land der Piraten, wo sie sich tage- oder sogar wochenlang verstecken konnten. Und als die Nefarious in die Untiefen fuhr, schickte Sam einen Handloter nach vorne, um die Wassertiefe auszuloten, übernahm das Steuer und brachte sie mit dem Klüver über die heimtückischen Treibbänke. Und dort, abgeschirmt von einer kleinen Insel und einer Wand hoher Pinien, ging sie schließlich vor Anker.

Sie lagen still nebeneinander und achteten gar nicht auf den Trubel, den die Besatzung an dem Strand veranstaltete, der etwas über eine halbe Meile entfernt war. Eine weiche Brise flüsterte durch die Bäume und kühlte ihre nackten Körper. Die Nachtluft war erfüllt von den Gerüchen nach gebratenem Wildbret, Pinien und dem Meer, und durch die Bäume hindurch glitzerten die Lichter der NEFARIOUS auf dem dunklen und stillen Wasser.

Doch Maria interessierte sich weder für die Schaluppe noch für die Feier am Strand. Ihre ganze Aufmerksamkeit galt nur dem dunklen, wunderbaren Piratenkapitän, der lang ausgestreckt neben ihr im Sand lag.

In der Nähe lagen ihre verstreuten Kleider wie farblose Schatten in der Dunkelheit. Ein Schwert war in den Sand gerammt, und das Mondlicht beschien die Pistolen daneben. Der Pirat lag bequem auf dem Rücken und hatte die Arme hinter dem Kopf verschränkt.

Er sah sie träge lächelnd an, mit Augen, die vor Liebe, Zufriedenheit und einer Art teuflischem Charme glühten, der nie seine Wirkung auf sie verfehlte.

»Hexe«, sagte er so leise, dass seine Stimme kaum die Luft um sie bewegte.

»Das muss ich ja sein, wenn ich hier neben dem Teufel selbst liege.«

»Ach, Prinzessin, wir sind schon ein Paar, was?«

Sie lachte leise und ließ ihren Finger über seinen Mundwinkel gleiten. Sam lag still da und genoss ihre Berührung. Und als Maria mit den Fingern über seine Unterlippe fuhr und seine festen, starken Zähne darunter fühlte, knabberte er sanft an ihrem Zeigefinger und hielt ihren Blick mit seinen wie glühende wirkenden Augen fest. Seine Finger schlossen sich um ihr Handgelenk.

»Kannst du nie genug bekommen, meine kleine Prinzessin?«, fragte er zärtlich.

Ihr Lachen war so sanft wie das Wasser, das gegen den Strand plätscherte. »Nein, nie, du Gauner. Nicht, wenn es um dich geht.« Sie legte die Handfläche auf seine Brust und suchte seinen Herzschlag. Und dann erhellte ein leicht triumphierendes Lächeln, wie Sam es empfand, ihre Augen, und er wusste, dass sie gefunden hatte, wonach sie suchte.

Erst jetzt? Himmel, sein Herz schlug ihm gegen die Rippen und jagte das Blut so schnell durch seinen Kopf, dass das Geräusch klang wie sintflutartige Regengüsse auf einem leeren Deck. Durch diesen Tumult hindurch fand er seine Stimme: »Du weißt, dass du es bist.«

»Was denn?«

»Eine *Hexe*«, murmelte er. »Eine Zauberin, eine Sirene. Gott, Maria, schau doch nur, was du mir antust ...«

Sie lächelte in katzenhafter Zufriedenheit, während ihr Blick hungrig seinen Körper betrachtete. Ihre streichelnden Blicke heizten sein Verlangen ebenso an, als glitten ihre Finger wirklich über diese prächtige Brust, über den flachen Bauch und den harten Schaft seiner Männlichkeit. Weil er es nicht länger ertragen konnte, schlang er einen Arm um ihren Nacken und zog sie zu sich herunter, bis sie ganz zart und klein auf seiner breiten Brust lag, ihr Kinn auf ihre Handgelenke gelegt hatte und ihr offenes Haar sich mit seinem wie Sahne und schwarzer Kaffee vermischte. Sie schaute ihm in die glühenden Augen, die nur Zentimeter von ihren entfernt waren. »Weißt du was?«, fragte sie. Ihre Stimme war weich, verführerisch und ganz und gar nicht unschuldig.

»Mmmm ... was denn, Prinzessin?«

Sie schob sich vorwärts, und ihre Brüste pressten sich auf seine

Brust. Er war Wachs in ihren Händen, und sie wusste es. Sie machte ihn verrückt, und auch das wusste sie. Sie *war* eine Hexe, und er war noch genauso von ihr gebannt wie bei ihrer ersten Begegnung vor so langer Zeit. Er konnte nicht genug von ihr bekommen. Er würde nie genug bekommen. Er konnte ihren schönen Körper wieder und immer wieder nehmen und sich in ihrer süßen erregten Wärme verlieren, und doch würde das niemals die Sehnsucht nach ihr stillen; diese Sehnsucht, die weit über die körperlichen Freuden hinausging und die in den tiefsten Tiefen seines Herzens verankert war.

»Gott, ich liebe dich«, sagte er.

Sie rieb sich jetzt an ihm, trieb ihn weiter voran, bis seine Hände mit wachsendem Drängen über die samtigen Kurven ihres Rückens und ihre feste Kehrseite streichelten. Sie reizte ihn mit ihren blütenweichen Lippen und dem Kitzeln ihrer Haare an seinen Wangen. Seine Augen schlossen sich. Er schluckte mühsam. Und dann hörte er ihre seidene Stimme flüstern: »Und ich liebe dich auch, Sam.«

Er konnte es nicht mehr aushalten. Mit einem wilden Grollen rollte er sich herum, warf sie auf den Sand, der noch immer warm von der Sonne war und den Abdruck seines großen Körpers trug. Ihr Herz flog davon, ihre Augen füllten sich mit Tränen des Glücks, als seine mächtigen Schultern und sein dunkles, schönes Gesicht ihr die Sicht auf den Nachthimmel nahmen.

»O Sam«, flüsterte sie, weil er sich zurückgezogen hatte. Ihm war plötzlich klar geworden war, dass er ihr in seinem Verlangen wehtun könnte. »Hör nicht auf. Nimm mich, mein wilder Piratenkapitän. Schone mich nicht.«

Sein Lächeln leuchtete im Mondlicht auf. »Dann streichst du also die Flagge, Mädchen?«

»Ja ... ich streiche sie.«

Er rieb eine harte, pochende Brustwarze zwischen Daumen und Zeigefinger, strich mit seiner schwieligen Handfläche über ihre glatten Brüste, ließ sie über ihre kurvigen Hüften gleiten, um ihre schlanken Schenkel und schließlich zwischen sie, wo seine Finger das Zentrum ihres Verlangens fanden. Sie atmete laut aus und bäumte sich gegen seine Hand auf. »Da siehst du, was du mir antust, Prinzessin. Keine Schonung? Bei Gott, du wirst keine bekommen!«

Sie kicherte hilflos, und dann wurde er wieder herrlich wild und verlangte von ihr genau die Leidenschaft, die sie in ihm erregt hatte. Sie hörte seinen ruckartigen Atem, fühlte die versengende Hitze seiner Lippen, die jetzt über ihre Stirn, ihre Augenlider, ihre Wangen und schließlich über ihren geöffneten Mund glitten. Sie nahm ihn gierig, schlang die Arme um seinen Hals und zog seinen Kopf zu sich hinunter. Seine Haut war wie eine heiße Decke über ihr. Und ihr Blut brauste so wild, dass sie sich wie im Fieber fühlte.

Er war ein kühner Piratenkapitän. Er war der freie Prinz der Meere ... und er gehörte ihr.

Sie konnte nicht länger warten, und er auch nicht. Sie spürte seinen harten Schaft an ihren Schenkeln, und ihr Innerstes bestand nur noch aus feuchter zuckender Hitze. Sie öffnete sich ihm, zog ihn in diese schmerzende Hitze hinein, schlang die Beine um seine schlanke Taille und drängte sich ihm in dem wilden Verlangen entgegen, ihm näher zu sein. Er begann, sich in ihr zu bewegen, langsam erst, dann wild, und mit jedem weiteren Stoß seiner kraftvollen Hüften drückte er ihre Kehrseite immer tiefer in den weichen, warmen Sand.

Ihre Nägel gruben sich in die narbige Haut auf seinen Schultern. Sie schrie seinen Namen. Höher und höher riss er sie beide empor, bis er mit einem letzten, mächtigen Stoß in sie eintauchte und sie beide über die Klippe der Vergessenheit schleuderte.

Tränen der Verzückung strömten über ihre geröteten Wangen. Sie presste seinen bebenden Körper wild an sich, als die Schauer der Erregung sie durchrüttelten, die langsam abebbten, bis

sie wieder sein Herz an ihren kribbelnden Brüsten schlagen spürte, die friedlichen Geräusche der Nacht und erneut den nicht so friedlichen Lärm unten am Strand wieder vernahm.
Plötzlich zerfetzte ein heftiger Donnerschlag die Nacht. Verängstigtes und verwirrtes Geschrei, scharfe Schüsse einer Pistole und Gunners wildes Bellen drangen vom Strand zu ihnen. Maria griff nach ihren Kleidern.
»Käpt'n! Käpt'n, kommen Sie schnell! Wir werden angegriffen!«
Doch Sam war schon aufgesprungen, zog sich die Hose an und griff nach seinen Pistolen, dem Entermesser und dem Schwertgürtel. Er musste Maria nicht sagen, dass sie sich anziehen solle, denn auch sie war bereits in ihre Kleider geschlüpft. Und sie hatte gerade noch rechtzeitig ihre Hose gefunden und ihr Hemd über den Kopf gezogen, als Billy Flanagan durch die Bäume brach und sich die Seele aus dem Leib schrie.
Er war zu sehr außer sich, um zu bemerken, womit sein Kapitän eben noch beschäftigt war. »O Sir, beeilen Sie sich! Ein Schiff kommt über die Sandbänke und feuert seine Kanonen ...«
»Ich weiß, Mr. Flanagan. Halten Sie mich für taub?« Er sah das Entsetzen in den Augen seines Steuermanns. »Beruhigen Sie sich. Sie haben doch die Schaluppe nicht getroffen, oder?«
»Nein, ich hätte sogar gedacht, dass sie Salut schießen würden, wenn sie sich nicht so schnell genähert hätten! Sir, nur ein Wahnsinniger würde es wagen, nachts mit einem so großen Schiff über die Sandbänke zu fahren!«
»Hmm. Ein Verrückter, ja?« Sam strich sich nachdenklich über den Bart. Er hatte keinen Zweifel daran, dass der Donnerknall tatsächlich ein Salutschuss gewesen war. »Dann muss das unser kleiner Freund sein. Hört sich an, als hätte er seine Scheu überwunden.«
»Oh, natürlich ist er es! O Sir, bitte beeilen Sie sich!«
Flanagan warf sich wie ein in Panik geratenes Tier durch die Bäume. Sam fand sein Messer, wischte die Klinge ruhig an

seiner Hose ab und schob sich die Waffe in den Gürtel. Und dann lächelte er, nahm Marias Hand und führte sie mit nervenaufreibendem Gleichmut durch das Waldstück zum Strand, wo die NEFARIOUS ungeschützt vor Anker lag.

Hier herrschte Chaos: Männer schrien, löschten die Feuer, fluchten und wühlten panisch im Sand nach den Waffen, die sie achtlos beiseite geworfen hatten. Gunner raste am Strand entlang. Sein wildes Bellen erfüllte die Luft, und einen Moment lang konnte Maria sich nicht bewegen, als Sam in der Menge verschwand. Dann ergriff auch sie die Angst und brachte sie in Bewegung. Guter Gott, dachte sie, steh hier doch nicht herum! Und dann kroch *sie* auf allen vieren herum und suchte wie verrückt nach einer Pistole, einem Messer, nach irgendetwas! Und als sich endlich ihre Finger um den Griff eines halb vergrabenen Degens schlossen, reckte sie den Kopf, und ihr verängstigter Blick schoss über den Strand hinaus, über das Wasser und zum Meer hin.

Der Atem stockte ihr. Ihr Herz blieb stehen. Und das Blut gefror ihr in den Adern.

Denn dort auf den Sandbänken war ein riesiges Schiff, dessen Lichter aus den geöffneten Luken wie schreckliche Höllenaugen glühten, dessen riesige Segel die Sterne verdeckten und von dessen Decks ein unheimlicher, grässlicher Lärm herüberklang, der aus dem Tiefen der Hölle aufzusteigen schien.

Und von dem Schiff glitt ein Boot fort, in dessen Bug der Satan mit wirrem Haar und von flackerndem orangefarbenem Licht umgeben stand.

Die Welt verdunkelte sich, und Maria griff sich an die Kehle, um nicht ohnmächtig zu werden. Die Schreie, die Schüsse und Gunners wildes Bellen vermischten sich zu einem ohrenbetäubenden Lärm. Sie stolperte rückwärts und konnte sich nicht von diesem grauenvollen Anblick losreißen. Und dann durchstach Johnnies Schrei die Nacht, schrillte durch ihren Kopf und brachte sie wieder zur Besinnung.

Am Ufer stand Sam breitbeinig, mit erhobenem Kopf und über der nackten Brust gebieterisch verschränkten Armen. Er versuchte nicht, sie alle zu schützen und auch nicht sich selbst, sondern sah nur zu, wie dieses Schreckgespenst näher und näher kam.
Mit einem scharfen Schrei sprang Maria vor, doch sie wurde von Stripes' Hand zurückgerissen. »Lass mich los! Sam! *Steh* dort nicht herum, sondern renn los!« Wie wild trat sie nach Stripes' Fuß und kämpfte mit ihm. »*Sa-a-a-am!*«
»Ruhig, Maria!«, drängte Stripes und verstärkte seinen Griff.
Sam blieb weiter reglos stehen. Und das schreckliche Boot mit seinem Grauen erregenden Passagier kam immer näher. So nah, dass sie den beißenden Rauch der glühenden Kohlen in seinem Haar riechen konnte. So nah, dass sie das stete Schlagen der Ruder und das böse Lachen der dämonischen Besatzung hören konnte. So nah, dass sie in die Tiefen seiner seelenlosen schwarzen Augen blicken konnte …
Und dann drehte er sein grässliches Gesicht ihrem geliebten Sam zu.
Maria stieg ein Schrei in die Kehle. Schluchzend verbarg sie das Gesicht an Stripes' Brust, doch es war zu spät, um das, was sie schon gesehen hatte, ungeschehen zu machen.
Maria riskierte einen weiteren Blick. Die eisigen Augen glitten jetzt über sie, die verängstigte Besatzung der NEFARIOUS und Sam hinweg, dessen breite, nackte Schultern keine Angst zeigten und dessen stolze Haltung diesem Dämon nicht den Respekt zollte wie seine Männer. Er rührte sich auch nicht, als sich der Mund dieses Dämons zu einem schrecklichen Grinsen verzog, wich auch nicht zurück, als das Boot auf den Strand glitt, sagte kein Wort, als das grausige Wesen in die Brandung sprang, den bösartigen Stahl zog und langsam aus dem Wasser auf ihn zu watete.
Alles war still. Die schreckliche Kreatur kam näher. Noch immer bewegte Sam sich nicht, und einige seiner Männer

begannen zu wimmern, weil sie das gnadenlose Abschlachten ihres Kapitäns erwarteten. Seine Augen waren wie schwarzer Marmor und eisig – und dann hob er mit beiden Händen die Machete und sprang direkt vor Sam.

Alle Männer der NEFARIOUS hielten den Atem an, Johnnie verbarg das Gesicht hinter seinen Händen, und Marias kehliger Schrei unterbrach die bleierne Stille.

»*Ne-i-i-i-i-n!*«

Und als ihr Schrei verklang, hörte sie das tiefe Dröhnen von Sams Lachen.

»Teach«, sagte er und hob seine eigene Machete ebenfalls zur Begrüßung. »Hast du es nicht ein wenig übertrieben?«

Ihr Mund klappte zu. Sie war verwirrt. Er *kannte* diese schreckliche Erscheinung, diesen unseligen, grässlichen Teufel?

Die Stimme dieser Kreatur stieg ratternd aus der Tiefe seiner Brust. Sie klang fast wie das Gebrüll eines Wesens, das gewöhnt war, die Legionen der Hölle zu kommandieren.

»Bellamy, du alter Gauner! Donner und Doria, dann stimmen die Gerüchte also! Seht ihn euch an, Jungs! Das ist mein alter Schiffskamerad Bellamy, der gerade erst dem Teufel selbst entronnen ist!«

Schiffskamerad? dachte Maria ebenso verwirrt wie alle Besatzungsmitglieder der NEFARIOUS außer Stripes, der sie in diesem Moment losließ.

Sams Lächeln war sarkastisch, doch sein erfreuter Blick war unmissverständlich. »Und das Gleiche könnte ich von dir sagen, alter Freund.« Er wandte sich an seine Männer. »Entspannt euch, Jungs. Das ist mein alter Freund Ned Teach aus Bristol. Wir haben zusammen auf Hornigolds Schaluppe gedient …«

»Bis du sie ihm unter dem Hintern weggeklaut hast, du hinterhältiger junger Fuchs!« Teach schlug Sam so kräftig auf den Rücken, dass dieser fast in die Knie ging. »Und der alte Hornigold hat dir das noch immer nicht verziehen! Er war stinksauer

auf dich, Bellamy! Hat beim Teufel und all seinen Engeln geschworen, dass er dich aus dem Wasser blasen würde, wenn du deine Flagge jemals wieder in New Providence zeigen würdest, auch wenn du ein Blutsbruder wärst!«
Sam warf nur den Kopf in den Nacken und lachte. »Er hat sich ja noch nie gern helfen lassen, was?«
»Und du dir auch nicht, mein Junge! Es war kein Wunder, dass du ihm sein Schiff und die Besatzung abgenommen hast. Ich jedenfalls habe so lange gewartet, bis er mir ein Schiff gab. Er sagte, dass ich es verdiene und dass ich der verdammt beste Schüler gewesen sei, den er je gehabt habe. Ich habe es ihm nicht gestohlen wie du! Also, ich glaube, sie nennen das ... Piraterie!« Erfreut über seinen eigenen Scherz schlug Teach sich auf die Schenkel und stieß ein brüllendes Lachen aus.
Doch Stripes schien das einzige Mitglied der Besatzung der NEFARIOUS zu sein, der froh – wenn nicht sogar erleichtert – war über diesen Furcht erregenden Besucher. »Käpt'n!«, rief er aus und sah von Teach zu Sam, »Sie wussten, wer uns die ganze Zeit verfolgt hat, nicht wahr?«
»Ja, Bursche, ich wusste es.«
»Aber woher?«
»Genauso wie ich wusste, dass der Schwarze Sam diese hübsche kleine Schaluppe dort geführt hat!«, brüllte Teach an Sams Stelle. »Der alte Hornigold hat uns Segeltechniken beigebracht, die unverkennbar sind, stimmt's nicht, mein Junge? Aber Bellamy, du hast mir eine ganz schöne Verfolgungsjagd geliefert. Ich wusste, dass du hier an unserem alten Treffpunkt warten würdest!«
Maria verfolgte diese Unterhaltung mit einer Mischung aus Scheu, Erleichterung und dem wachsenden Drang, Sam das selbstgefällige Grinsen dafür aus dem Gesicht zu schlagen, dass er sie alle das Schlimmste hatte befürchten lassen. Allein der Gedanke, dass er gar nicht geflohen war, sondern nur ein Spielchen gespielt hatte, um die Segelfähigkeiten seines alten

Schiffskameraden auf die Probe zu stellen! Und nun schüttelte er langsam den Kopf und grinste, als ob er das alles hier unerträglich komisch fände – was er wirklich tat.
Er musterte seinen Freund von Kopf bis Fuß. »Ich muss schon sagen, Ned, dass du reichlich teuflisch aussiehst. Also allein die Zündschnur, die du unter deinem Hut befestigt und angezündet hast. Die Wirkung ist höchst ekelhaft. Und stinkend, sollte ich noch erwähnen. Du hast selbst mich fast zum Narren gehalten, aber nicht ganz.« Er streckte die Hand aus und schnipste grinsend eines der brennenden Hanfseile aus. »Das muss doch deine Opfer vor Angst zum Schreien gebracht haben, noch ehe du deine Farben gehisst hast, was? Wie, zur Hölle, bist du denn auf diese Idee verfallen? Na, egal. Das kannst du mir bei einem Humpen Rum erzählen. Komm mit mir mit und finde heraus, ob du mich noch immer unter den Tisch trinken kannst, alter Freund!«
»Rum? Ich habe noch nie einen guten Schluck mit einem alten Freund zurückgewiesen, und noch dazu mit einem, der dem Tod entronnen ist! Du musst mir erzählen, wie dir das gelungen ist!«
Er wollte schon Sam folgen, doch seine scharfen Augen entdeckten Maria und sein Blick heftete sich auf sie.
»Nanu! Was ist das denn, Bellamy? Bist du verrückt, diese kleine Zuckermaus in Hemd und Hose zu stecken?« Er streckte Maria eine massige Pranke entgegen, vor der sie ängstlich zurückwich. »Komm her, Mädchen! Der alte Ned Teach aus Bristol hat einer Dame noch nie etwas angetan!«
»Scher dich weg, Ned.« Sam nahm Marias Ellbogen und zog sie zu sich heran. »Sie ist meine zukünftige Ehefrau – Maria Hallett.«
»Ah, die berühmte Hexe von Eastham höchstselbst!« Maria erstarrte, als er ihre Hand mit erstaunlicher Sanftheit nahm und sich galant verbeugte, eine Bewegung, die seltsam deplatziert wirkte bei einem so wilden und barbarischen Mann.

»Erfreut, Sie kennen zu lernen, Mistress! Die Geschichten Ihrer Taten machen von New Hampshire bis New Providence die Runde. Und wenn ich meinen Augen trauen soll, dann sind sie wohl alle wahr! Also, Sie sind ja hübscher als das Gold der Piraten!«
»Sei vorsichtig, Teach«, warnte Sam und berührte den Griff seiner Machete. »Ich habe Männer schon für weniger herausgefordert.«
Teachs hageres Gesicht sah wie vom Blitz getroffen aus. »Da soll mich doch der Teufel holen! Der Schwarze Sam ist *eifersüchtig!*« Sein schallendes Gelächter zerriss die Luft, und dann wandte er sich an einen der Matrosen und brüllte: »Hol mir etwas zu trinken! Ich muss etwas haben, um auf die bevorstehende Hochzeit meines Freundes zu trinken!« Seine glitzernden Augen musterten Maria erneut von Kopf bis Fuß. »Sie sind doch nicht wirklich eine Hexe, oder?«
Maria hatte den Eindruck, dass Teach nichts mehr freuen würde, als wenn sie es tatsächlich wäre. Sams Arm versteifte sich unter ihren Fingern, und sein Mund wurde hart. »Ich wünsche dir die Pest an den Hals, Bellamy! Ich mache doch nur Spaß. Reg dich doch darüber nicht auf. Außerdem schaue ich sie mir ja nur an. Hast du kein Herz, mein Junge?«
»Maria ist genauso wenig eine Hexe, wie du der Satan bist. Ich lasse nicht zu, dass ihr Name beschmutzt wird, alter Freund.«
»Ich werde sie schon nicht an den Galgen bringen, zur Hölle noch mal! Steck deine Waffen ein, um Himmels willen! Und wo, zum Teufel, bleibt mein Rum! Jungs! Ich habe Durst, verdammt noch mal!«
Und als er auf der Suche nach Rum davonschlenderte, hörte Maria Teile der Unterhaltung zwischen den Männern mit, die sich um das Feuer geschart hatten.
»Teach hat ein Auge auf sie geworfen, und er bekommt immer, was er möchte. Wie ich meinen Käpt'n kenne, wird er sie noch vor dem Morgengrauen bekommen!«

»Und wenn ich *meinen* kenne, wird Teach bei Sonnenaufgang tot sein, wenn er es auch nur versucht!«
Marias Gesicht wurde flammend rot. Sie schaute zu Sam auf, der so aussah, als hätte er die Worte auch gehört. Er lachte ihr zu. »Hör nicht auf sie, Prinzessin. Männer sind Männer und Piraten sind Piraten. Viel Lärm um nichts, doch eigentlich sind sie wie alle anderen. Kümmere dich nicht um sie.«
»Nicht die Männer stören mich, sondern ihr Kapitän.«
»Was, Teach? Ach, der ist der größte Schaumschläger von allen. Komm, lächele. Er soll doch nicht glauben, dass du ein schüchternes kleines Rehlein bist, oder?«
»Und welches kleine Reh wäre angesichts eines hungrigen Rudels Wölfe nicht ängstlich?«
Sam zog einen knorrigen alten Baumstamm dicht ans Feuer, zog sie auf den Schoß und stützte sie, indem er ihr den Arm um die Schultern legte. »Das Reh, das dem Anführer dieses Rudels gehört, mein Liebes.«
»Aber du hast sie doch gehört. Sie sagten, dass er mich haben will!«
»Nur über meine Leiche.«
»Aber was ist, wenn – o lieber Himmel, da kommt er ja.«
»Mit genügend Alkohol, um ein Schiff des König ein ganzes Jahr lang zu versorgen. Ich fürchte, das wird eine lange Nacht werden, mein Schatz.«
Doch Teach hielt bei einer Gruppe von Männern, die mit zwei schmutzigen vergilbten Würfeln wetteten, die aus den Knochen eines Wals geschnitzt worden waren. Als er in die Hocke ging und nach den Würfeln griff, verstummten sie.
»Was spielt ihr denn da, Jungs?«, fragte er dröhnend. Die Männer sahen ihn unbehaglich an, doch Teach schüttelte die Würfel nur und warf sie auf ein Stück Planke, die sie als Spielbrett auf den Sand gelegt hatten. Seinem wütenden Blick nach zu urteilen, war er von dem Wurf nicht begeistert. Er verfluchte die Würfel, griff sich eine Flasche, die in der Nähe

lag und schleuderte sie wild gegen die Planke. Sie zerbarst, und Glas, Wein und Holzstücke regneten auf die Unglücklichen herab, die am nächsten waren. Einer von ihnen sprang schreiend auf und schlug sich die Hand vors Gesicht.
»Oh, Gnade, Sir, ich glaube, Sie haben mich blind gemacht!«, heulte er. »Sie haben mein Auge getroffen, um Gottes willen!«
Doch Teach lachte nur laut auf und nahm die Krüge – alle sechs – die er im Sand abgestellt hatte. »Mach dir keine Sorgen, Henderson! Du hast ja noch das andere!«
Empört sprang Maria auf. »Der arme Mann!«
»Setz dich, Prinzessin.«
»Aber er hat Glassplitter im Auge!«
»Ich sagte, *setz dich.*« Sam griff fluchend nach ihr und ließ dann den Arm fallen, als Maria ungehalten an dem grinsenden Teach vorbeimarschierte und dem Mann zur Hilfe eilte.
»Lass sie doch, Bellamy. Ich finde, dass das Mädchen gut auf sich selbst aufpassen kann!« Er schob einen Krug in Sams Hand. »Trink einen Schluck. Auf deine Gesundheit!«
»Ja, auf dein Wohl«, murmelte Sam und hob den Krug an die Lippen. Doch er verfolgte aufmerksam, wie Maria sich über den verletzten Mann beugte und ihm die Hand vom Auge zog. Fluchend schüttete er den Alkohol viel zu schnell hinunter und fing an zu husten und zu spucken.
»Guter Stoff, was?«, dröhnte Teach, der schon nach seinem zweiten Krug griff. »Ich habe den Jungs gesagt, sie sollten ordentlich Schießpulver hineingeben! Raubt einem ganz schön den Atem, was?«
»Aye«, krächzte Sam und wischte sich mit der Hand über die tränenden Augen. »Du hast einen ungewöhnlichen Humor, mein Freund.«
Teach lachte nur. »Sag, stimmt es, dass deine Männer in Boston im Gefängnis sind?«
»Ja«, erwiderte Sam.
»Verflucht noch mal, weiß du denn nicht, dass Boston noch nie

mit unserer Bruderschaft hat Gnade walten lassen? Sollten wir uns nicht etwas ausdenken, um sie dort herauszuholen?«

»Was glaubst du denn, was ich in den letzten zwei Monaten gemacht habe? Eine Besichtigungstour die verdammte Küste hinauf und hinunter? Ich warte darauf, dass der verdammte Paul Williams endlich auftaucht. Schließlich kann ich die Männer nicht allein herausholen.«

»Aber du hast doch jetzt *mich.*«

»Dich? Und was hast du davon? Sie waren Pauls und meine Männer, nicht deine.«

»Na, Ansehen! Denk doch nur, wie mich das aufwerten wird! Ich werde der größte Schurke aller Zeiten sein.«

Sam schüttelte nur den Kopf.

»Also hast du nichts dagegen, wenn ich dir helfe? Ich möchte dich nicht um Ruhm und Ehre bringen!«

»Ich kann jede Hilfe gebrauchen, die ich bekommen kann, zur Hölle.« Sein Blick glitt zu Maria hinüber, die sich noch immer über den verletzten Mann beugte und vorsichtig sein Auge untersuchte.

»Also dann, worauf warten wir noch?«

Sam grinste und fühlte sich, als sei ihm gerade eine schwere Last von den Schultern genommen worden. Mit Teach musste er Paul nicht mehr suchen. Mit Teach musste er auch keine Flotte mehr aufbauen. Mit Teach hatte er alle Hilfe, die er brauchte.

Und mit Teach konnte er endlich den letzten Geistern der WHYDAH zur Ruhe verhelfen, seine Flagge einholen und – sein Herz machte einen Freudensprung – seine süße Maria heiraten.

»Auf nichts«, sagte er. »Auf absolut nichts. Lass uns die Sache morgen früh in Angriff nehmen. Ich werde eine kleine Spritztour nach Boston machen, um die Lage zu prüfen, und wir werden uns am Sonntag vor den Isles of Shoals treffen.«

»Ein verdammt guter Plan! Aber pass in Boston auf dich auf,

mein Junge. Auch wenn alle Welt meint, dass du tot bist, gibt es einen Kerl, der das nicht glaubt. Und der wird dir einen verdammt heißen Empfang bereiten, wenn er erfährt, dass du deine Jungs direkt vor seiner Nase besuchst.«

»Ach ja, mein Freund Ingols.« Sam winkte ab. »Das habe ich schon gehört. Ach, da kommt Maria. Erwähne ihn nicht, ja? Sie macht sich sowieso schon zu viele Sorgen.«

»Mistress Hallett«, rief Teach, »kommen Sie und setzen Sie sich zu uns. Ich wollte gerade einen Toast ausbringen!«

»Einen Toast?« Sie sah ihn argwöhnisch an.

»Aye, einen Toast! Auf die beiden gottlosesten Schurken, die je das Meer befahren haben – auf den Schwarzen Sam und den Schwarzbart!«

Als alle in den Toast einstimmten, sah Maria unsicher zu Sam und spürte seine Begeisterung. Zum ersten Mal konnte sie seine Gedanken lesen, und sie wusste, dass Teach, zum Guten oder Schlechten, ihnen bei ihrem Rettungsversuch helfen würde.

Doch Teach sah ihren Blick zu seinem ehemaligen Schiffskameraden. »Und was hält die Seehexe davon?«, rief er laut, während er sich ein Stück Wildbret vom Teller eines Matrosen nahm.

Maria hob das Kinn und sah Teach in die glitzernden dämonischen Augen. Sie dachte an die NEFARIOUS, die ein Stück entfernt vor Anker lag und an Teachs Verrücktheit, sein Teufelsschiff über die Sandbank zu steuern.

»Nun?«

Sie dachte an Sams Entschlossenheit und sein rücksichtsloses Verhalten und an Teachs brutale Kraft und sein höllisches Temperament.

»Gott helfe Boston«, sagte sie leise.

Fünfundzwanzigstes Kapitel

»Kapitän Ingols, ich hoffe doch, dass Sie sich über das Ausmaß Ihrer Forderung im Klaren sind.«

Samuel Shute, der kürzlich ernannte Gouverneur von Massachusetts Bay und New Hampshire, lehnte sich auf seinem Stuhl zurück, verschränkte die Finger über der Brokatweste, die die kleine Wölbung seines Bauchs bedeckte, und betrachtete den Mann jenseits des Tisches mit milder Ungeduld.

»Aber ja, Euer Exzellenz, dessen bin ich mir sehr wohl bewusst.« James Ingols nahm sein Glas mit Portwein und schwenkte es geistesabwesend. Er zeigte ein kaltes Lächeln, dem jedes Gefühl und jeder Humor fehlten und das der gütige Gouverneur überhaupt nicht schätzte. »Genauso, wie Sie sich über die Belohnung klar sein sollten, die ein Erfolg einer solchen Unternehmung Ihnen bringen wird.«

»Belohnung? Wie oft haben wir das schon besprochen, Ingols? Und wie oft müssen wir noch darüber sprechen, bis Sie endlich Ihre dummen Versuche aufgeben, mich davon zu überzeugen, dass Bellamy lebt und wohlauf ist?« Er zerknüllte seine Serviette, warf sie neben seinen Teller und machte Anstalten, sich zu erheben. »Wenn Sie mich jetzt entschuldigen wollen. Ich muss mich um andere Dinge kümmern. Die Jagd nach toten Piraten steht nicht sehr weit oben auf meiner Prioritätenliste.«

»Euer Exzellenz, ich bitte Sie, sich alles anzuhören! Ich verstehe Ihr Widerstreben gegen diese Angelegenheit, doch ich kann Ihnen versichern, dass der Pirat Bellamy nicht tot ist!«

»Ich habe Southacks Bestätigung, dass er tot ist, und das genügt mir.«

»Aber Sie haben doch von Kapitän Beer gehört ...«

»Nur weil Beer ein paar Stunden an Bord der WHYDAH als Bellamys Gefangener verbracht hat, macht ihn das nicht zum Experten für diesen Mann. Nur weil Bellamy ihn gezwungen hat, sich eine ermüdende Rede anzuhören, in der er mit hochfliegenden Ideen die Piraterie gerühmt hat, bedeutet das nicht, dass er mit Sicherheit sagen kann, dass er noch immer lebt. Nur weil er zufälligerweise diesen Kapitän auf der – wie hieß sie noch gleich? – ach ja, die NEFARIOUS – gesehen hat, heißt das nicht, dass er bestätigen kann, er sei mit Bellamy identisch. Seien wir doch ehrlich, Ingols, alle Piraten sehen gleich aus. Teuflisch, dunkelhäutig und unglaublich arrogant. Da ist es doch ganz einfach, einen mit dem anderen zu verwechseln. Und außerdem kann man nicht darauf vertrauen, dass ein Mann, der ein paar Stunden in der Gesellschaft einer Besatzung wie der von Bellamy verbracht hat, sich an jede Einzelheit über das Aussehen des Mannes erinnern kann. Beer war wahrscheinlich halb besinnungslos vor Angst. Wer kann es ihm übelnehmen, dass er jeden Piraten, den er sieht, für den hält, der ihn so erschreckt hat?«

»In Ordnung. Angenommen, Bellamy ist tot – Ihre Annahme, nicht meine –: können Sie bestreiten, dass dieser Black ein Dorn in Ihrem Fleisch ist? Wenn Sie ihn gewähren lassen, wird er schlimmer sein, als Bellamy je war. Die Küste von solch einer Pest zu befreien kann nur zu unserem Vorteil sein. Und denken Sie auch daran, was für einen günstigen Eindruck das auf den König machen würde.«

Mit einem tiefen Seufzer schob der Gouverneur seinen Stuhl zurück und trommelte nachdenklich mit den Fingern auf den Tisch. »Tja, das würde wohl so sein«, murmelte er. Er fixierte seinen Gast mit ernstem Blick. Wenn er Ingols erlaubte, sich mit seinem Schiff auf die Jagd nach dem Piraten zu machen,

würde er Ingols vom Hals haben und sich auf andere und weit frustrierendere Probleme konzentrieren können: seine Probleme mit den Indianern zum Beispiel; seine Akzeptanz durch seine Vorgesetzten. Und egal, welchen Toten Ingols schließlich mitbrachte, würde er dennoch keinen Augenblick glauben, dass Bellamy den verdammten Schiffbruch überlebt hatte, der ihm und seinem Bevollmächtigten Southack, den er nach Eastham geschickt hatte, um die Ladung zu bergen, so viel Kopfzerbrechen bereitet hatte. Fast sah er es vor sich, wie Bellamys Geist ihn mit Sicherheit von seinem Thron in der Hölle auslachte, sie alle auslachte. Und er musste auch vor Lachen von diesem Thron heruntergefallen sein, als dank des Windes, der Wellen, der eigensinnigen Bewohner von Cape Cod und eines gewissen Piraten namens Paul Williams Southack außer ein paar wertlosen Stücken gar nichts von diesem verdammten Schiff hatte retten können.
Williams war der Mann, um den er sich wirklich Sorgen machen sollte, statt über diesen anderen Schurken Black. Vielleicht sollte er Ingols auf dessen Fährte schicken, wie es Gouverneur Cranston von Rhode Island vor einigen Monaten schon vergeblich versucht hatte. Doch er würde beim Einfangen von Williams mehr Glück haben als der glücklose Cranston. Und wenn er gleichzeitig mit Black *und* diesem neuen Teufel Teach zurückkehren sollte, würde *das* mit Sicherheit den König beeindrucken, nicht wahr? Er lächelte. In *dieser* Hinsicht hatte Ingols durchaus Recht.
»Kapitän Ingols, ich verstehe Ihren Wunsch, den Tod Ihres Cousins zu rächen, doch ich glaube wirklich, dass der Mann, der dafür verantwortlich war, viel zu tot ist, um den Preis zu bezahlen. Stattdessen sollten Sie sich vielleicht überlegen, ob Sie Ihre Aufmerksamkeit nicht seinem alten Gefährten Paul Williams schenken möchten. Nicht vom Gesichtspunkt der Rache aus, doch die beiden waren immerhin Partner gewesen. Oder wie steht es denn um diesen neuen Halunken Teach, der

sich … Schwarzbart nennt? Der ist wirklich ein Problem. Ich fürchte, dass er ein weit größeres Ärgernis sein wird, als Bellamy je war.« Shute hielt inne und erlaubte Ingols, seinen Vorschlag zu überdenken. Die rostbraunen Augen des Mannes begannen zu leuchten. Zufrieden setzte er ihn weiter unter Druck. »Es würde mir sehr gefallen – wenn sie mir Williams *und* Teach brächten. Und Sie könnten sich im Einzugsbereich der Isles of Shoals nach ihnen umschauen. Ich habe gehört, dass sie zu Teachs liebsten Schlupfwinkeln gehören. Er hat die armen Inselbewohner dort zu Tode erschreckt.«
Ingols lehnte sich zurück und drehte den Stiel seines Weinglases zwischen den Fingern. »Euer Exzellenz, das ist eine großartige Idee«, sagte er schließlich. »Wenn ich mich schon nicht an Bellamy rächen kann, dann an Williams, der ja vermutlich bis zu einem gewissen Grad auch für den Tod meines Cousins verantwortlich ist. Und natürlich besteht auch noch die Chance, Black zusammen mit Williams und Teach zu finden.«
»Ja, eine sehr gute Chance, kann ich mir vorstellen. Also gut dann.« Er lehnte sich zurück und wies einen Diener an, ihm Papier und Feder zu bringen. »Als Kapitän des königlichen Schiffs MAJESTIC werden Sie zusammen mit Kapitän Thorndike der Schaluppe PORPOISE zu den Isles of Shoals fahren. Dort werden Sie auf Teachs Ankunft warten. Er wird dort wohl schon erwartet, schätze ich mal. Sie kennen doch Thorndike, oder? Ein ganz annehmbarer Mann, obwohl er mitunter etwas übereifrig ist. Na, egal. Ich bin sicher, dass Sie beide gut miteinander auskommen werden.« Er nahm die Feder, kritzelte etwas auf das Papier und schob es Ingols über den Tisch zu. »Hier haben Sie Ihre persönlichen Befehle. Sind Sie jetzt zufrieden, Ingols?«
Ingols nahm das Schriftstück. »Danke, Euer Exzellenz. Ich verspreche Ihnen, Sie nicht zu enttäuschen.«
»Das will ich nach all diesem Hin und Her auch hoffen. Machen Sie sich bereit, mit der Morgenflut auszulaufen. Ich

werde Kapitän Thorndike von der Mission unterrichten, und Sie beide können die Ihnen passend erscheinende Strategie zusammen ausarbeiten.« Der Gouverneur gähnte und stand auf. »Nun entschuldigen Sie mich bitte, Kapitän, denn ich muss Ihnen nun eine gute Nacht wünschen. Es war ein langer und ermüdender Tag für mich.«
»Ja, selbstverständlich, Euer Exzellenz. Vielen Dank für das angenehme Abendessen und natürlich auch für ...«, er hielt das Schriftstück hoch, »... meine neue Order. Ich verspreche Ihnen, dass Sie keinen Grund finden werden, sie zu bedauern.«
Mit triumphierendem Lächeln verabschiedete sich Ingols.

Hufe klapperten über Kopfsteinpflaster. Kutschen und Karren rollten mit müdem Quietschen durch die Straßen. Gelächter erklang, erhobene Stimmen feilschten heftig miteinander, ein Händler schrie, als ein Kind eine Orange stahl und durch die Menge davonrannte: Boston war eine lebendige Stadt, und Maria hatte so etwas noch nicht gesehen.
Sie hing an Stripes' Arm, als sie sich um Lattenkisten mit Obst und Gemüse herum einen Weg bahnten, um Käfige mit kreischenden Hühnern und gelegentliche Haufen dampfenden Pferdemists, die den Marktplatz verunzierten, der sich an den Hafen von Boston anschloss.
»Ich spüre, dass Sie zittern, Maria«, sagte der Pirat leise. »Jetzt hören Sie mal auf, sich Sorgen zu machen, um Gottes willen. Wie oft soll ich Ihnen das noch sagen? Der Käpt'n kann gut auf sich aufpassen.«
Maria hob den Saum ihres geblümten Kleides, das sie endlich fertig genäht hatte und schritt schwungvoll über einen Berg verdorbenen Gemüses hinweg. Sie war ganz Dame, obwohl der Mann an ihrer Seite unverkennbar ein Seemann war. Ihr geflochtenes und gelocktes Haar trug sie hochgesteckt und von einer feinen Spitzenhaube bedeckt.

»Das weiß ich doch«, erwiderte sie seufzend, während sie mit großen Augen die Betriebsamkeit um sich herum betrachtete. Zwischen den Docks und einer der vielen Inseln, die den Bostoner Hafen übersäten, lag ruhig die NEFARIOUS, die nun leicht verändert NEBULOUS hieß.

Doch ihre Gedanken waren bei Sam. »Und wenn jemand ihn erkennt? Und wenn man misstrauisch wird, weil er die Piraten im Gefängnis sehen will?« Sie stellte sich auf die Zehenspitzen und suchte die Menge nach ihm ab. »Oh, Stripes, er müsste schon längst zurück sein!«

»Unsinn«, versicherte der Pirat ihr. »Der Schwarze Sam hat Grund genug, die armen Kerle zu sehen. Würden Sie einem Gefangenen das Recht verwehren, mit seinem Bruder zu sprechen? Und noch dazu, wenn der Bruder ein Anwalt ist?«

»Will er so erreichen, sie zu sehen? Indem er behauptet, einer ihrer Brüder zu sein?«

»Aye, Tom Bakers Bruder. Na sehen Sie, alle Sorgen waren umsonst gewesen. Dort kommt der Käpt'n ja schon.«

Marias Kopf fuhr hoch. Sie brauchte einen Moment, um ihn zu entdecken, denn instinktiv hatte sie nach dem forschen Rebell gesucht, der das Piratenschiff NEFARIOUS kommandierte. Doch eine lange Perücke verbarg sein schwarzes Haar, das markante Kinn war glatt rasiert, und er sah in dem mit goldenen Tressen besetzten, königsblauen Rock alles andere als rebellisch aus. Doch unter der weißen Perücke waren seine Brauen so schwarz und seine Augen so kühn wie immer und jetzt von einem wütenden Glitzern erfüllt.

Maria legte die Hand beruhigend auf Sams Arm. »War es so schlimm?«

»Aye, entsetzlich. Sie sind wie Hunde angekettet und werden noch schlechter behandelt.« Er rieb sich die Augen in dem Versuch, die Erinnerung an seine Männer fortzuwischen, die ihm seit dem Verlassen des Gefängnisses zusetzte. »Stripes, ich möchte so bald wie möglich etwas unternehmen. Hier ist nicht der Ort und der Zeitpunkt, um darüber zu sprechen. Lass uns in drei Stunden auf der Schaluppe unsere Pläne noch einmal durchgehen.«

»Aye, Käpt'n. Und wo werden Sie bis dahin sein?«

»In der Stadt natürlich«, sagte er. »Ich werde dafür sorgen, dass das Mädchen etwas zu essen bekommt, ob sie das nun will oder nicht. Sie ist so verdammt dünn. Sieh zu, dass das Schiff bei meiner Rückkehr klar zum Auslaufen ist. Ich möchte nicht mehr Zeit als nötig in diesem verdammten Höllenloch verbringen.«

»Aye, Sir.« Stripes tippte an seinen Hut, verabschiedete sich und verschwand in der Menge.

Sam seufzte tief auf. Der Anblick seiner Männer im Gefängnis hatte all die Schuldgefühle, die Alpträume und die Erinnerungen an die entsetzliche Sturmnacht erneut aufgerührt. Es war verführerisch, sich der Schuldgefühle zu entledigen, indem er in Verzweiflung und Selbsthass zurückfiel, doch Sam war jetzt klüger als vor Monaten. Die gleichen Gefühle hatten fast die kostbare Liebe zu Maria zerstört, und das würde er nicht mehr zulassen.

Ihre Blicke trafen sich, und er streichelte mit dem Handrücken sanft über ihre Wange. »Du musst doch das Pökelfleisch und den Schiffszwieback gründlich satt haben.«

Sie drückte seine Hand an ihre Wange. »Ich könnte sterben für ein Stück frisches Schweinefleisch, eine Scheibe Pastete und ein Stück Käse, von dem ich nicht den Schimmel abkratzen muss. Glaub mir, Sam, du musst mich wirklich nicht dazu zwingen, das zu essen.«

»Das sollst du haben, Prinzessin!« Er führte sie an den Getreide- und Fischmärkten vorbei und deutete mit einer ausladenden Handbewegung auf ein verwittertes Haus. »Das Gasthaus *Whale's Tail*. Hier gibt es Alkohol und Essen im Überfluss.« Er hob sie hoch, um zu verhindern, dass sie in eine Schlammpfütze trat, und sie beide lösten sich aus ihrer steifen Rolle des Anwalts und seiner Dame und brachen in Lachen aus.

Der Lärm, der aus dem Gasthof drang, ließ Maria davor zu-

rückschrecken, den rauchgefüllten Raum zu betreten. Doch drinnen saßen gut gekleidete Händler dicht an dicht mit rauen Matrosen, die sich bei der Besatzung der NEFARIOUS durchaus hätten wohl fühlen können. Einen Augenblick lang dachte Maria, dass sie wirklich einen Tisch finden würden, ohne allzu große Aufmerksamkeit zu erregen. Sie machte sich hinter Sams Arm klein. Doch Köpfe drehten sich nach ihnen um, und der Lärm wurde schwächer. Ein Dienstmädchen stolzierte vorbei und musterte Sam mit frechem, hungrigem Blick. Die Männer sahen ihn vorsichtig und respektvoll an, da der Fremde eine gebieterische Ausstrahlung hatte. Und dann verstummten die Gespräche völlig, und die Augen der Matrosen und modebewussten Herren, der Huren und neidischen Dienstmädchen hefteten sich auf sie, und Maria war nicht klar, dass ihre Schönheit und nicht die Tatsache, dass sie die Taverne zum ersten Mal betrat, all die Stimmen zum Schweigen brachte. Sie drängte sich dichter an den hoch gewachsenen, gut aussehenden Mann an ihrer Seite.
»Was hast du denn, mein Liebling?«, fragte er.
»Nichts.« Maria sah ihm in die Augen, um den neugierigen Blicken ringsum auszuweichen. »Ich fühle mich nur ein wenig unwohl.«
»Unwohl? Aber du bist doch mittlerweile raue Gesellschaft gewöhnt.«
»Das mag schon sein, doch deine Besatzung würde dich nicht hängen, wenn sie erführe, dass du nicht der bist, den du vorgibst zu sein.«
»Da hast du völlig Recht. Sie würden mich erst vierteilen, ehe sie mich hängen. Ah, da ist ja der Wirt.«
Sam hob die Hand, um auf sich aufmerksam zu machen. Der Wirt, ein kleiner kahlköpfiger Mann mit nervösen braunen Augen und einem flüchtigen Lächeln, kam herbeigeeilt und war begierig, solch einem gut aussehenden und offensichtlich wohlhabenden Paar zu Gefallen zu sein.

»Was kann ich für Sie tun, Sir?«, zwitscherte er, während sein unsteter Blick den feinen Schnitt von Sams Rock erkannte, die schneeweiße Spitze am Hals und an den Handgelenken, die gepuderte kostbare Perücke, die sich so deutlich von dem dunklen Gesicht abhob und die Schwärze der Brauen und Augen.

»Einen ruhigen Tisch zum Abendessen. Mit Blick aufs Wasser, wenn es geht.« Er zwinkerte. »Die Aussicht, verstehen Sie?«

»Natürlich«, sagte der Wirt und rang nervös die Hände. »Hier entlang, bitte.« Er eilte zu einer abgelegenen Ecke des Raums und deutete mit einer Bewegung seines dicklichen Arms auf einen zerkratzten, leeren Tisch, von dem aus der Hafen zu überblicken war. Die Schatten wurden bereits länger und das Sonnenlicht schwächer.

Sam half Maria, Platz zu nehmen und ließ dabei die Finger über ihren Nacken und ihre cremefarbenen Schultern gleiten. Dann ging er um den Tisch herum, setzte sich und blickte durch das schmutzige Fenster. Für einen zufälligen Beobachter hätte es so ausgesehen, als beobachte er gedankenverloren die Heimkehr der kleinen Fischerboote vom Meer oder bewundere die imposanten Silhouetten der beiden Kriegsschiffe, deren Masten und Spieren alle anderen Fahrzeuge im Hafen überragte. Doch Maria bemerkte sehr wohl den scharfen prüfenden Blick, mit dem er diese beiden Schiffe betrachtete, ihre Bewaffnung abschätzte, ihre Bereitschaft zum Auslaufen und ihre Stärke. Er dachte über sie nach und speicherte alle Einzelheiten in seinem Gedächtnis. Sein Blick glitt zur Nefarious hinüber, die so unschuldig wie ein schlafender Wolf dalag, und ein zufriedenes Lächeln milderte die harte Linie seines Mundes.

»Aussicht, ja?«, neckte Maria ihn und berührte seinen Arm. »Du wolltest doch am Fenster sitzen, um das Schiff im Auge zu behalten.«

»Ja. Ich möchte nicht, dass die ängstliche Bande flieht und uns in dieser gottverlassenen Stadt zurücklässt.«

Der Wirt kehrte mit einem Tablett zurück. Mit schwungvoller Geste stellte er süßen Apfelwein vor Sam ab und eine Tasse Milch für Maria. Dann folgten zwei dampfende Teller, auf denen sich das Essen türmte. Als Sam dem Mann eine Münze gab, ignorierte er dessen ungläubigen Blick. Der Wert der Münze überstieg den Preis ihres Essens bei weitem.
»Vielen Dank, Sir«, sagte er strahlend und fügte dann hastig hinzu: »Kann ich sonst noch etwas für Sie tun?«
»Nein, das wäre erst einmal alles.« Sam griff schon nach einer knusprigen Brotscheibe, die dick mit frischer Butter bestrichen war, während sein Blick zum Fenster zurückkehrte, als der kleine Mann davonwuselte. An Bord der Kriegsschiffe war alles dunkel; eine Tatsache, die ihn freute, aber nicht überraschte. Ihre Besatzungen hatten keinen Grund, die NEFARIOUS zu beargwöhnen.
Er sah zu Maria hinüber. Eine Kerze brannte zwischen ihnen in einem Zinnleuchter, und in ihrem Schein war ihr Gesicht von exotischer Schönheit. Sie aß nicht, sondern schob das Essen mit der Gabel herum. Er sah sie wie ein Vater an, dessen Kind nicht sein Gemüse essen will. »Bist du nicht hungrig, Mädchen?«
Sie lächelte ihn entschuldigend an. »Doch, aber mein Magen ist ganz verkrampft. Das habe ich immer, wenn ich nervös bin.«
»Hörst du bitte auf, dir so viele Sorgen zu machen«, sagte er heftig. Doch als er ihren niedergeschlagenen Blick sah, wurde er sanfter. »Es tut mir Leid, Prinzessin. Ich glaube, auch ich bin ein wenig gereizt. Bitte iss etwas. Du bist viel zu dünn, und ich weiß nicht, wann wir wieder Gelegenheit haben werden, eine anständige Mahlzeit zu genießen.«
Sie nahm ihren Löffel und versuchte, genügend Appetit zu entwickeln, um wenigstens den Maispudding essen zu können. Wenn sie nicht so nervös gewesen wäre, hätte sie ihn köstlich gefunden, doch nun schmeckte er wie feuchtes Sägemehl. »Sagtest du nicht, dass es nichts gebe, worüber wir uns Sorgen machen müssten?«

»Das stimmt ja auch«, versicherte er ihr und spießte mit der Gabel eine Kartoffel auf. »Der Gedanke an meine Männer setzt mir zu. Himmel, ich habe mir schon das Hirn zermartert nach einer Möglichkeit, sie zu befreien, falls Teach morgen nicht bei unserem Treffpunkt auftauchen sollte.« Er warf seine Gabel hin. »O Maria, du hättest sie sehen sollen. Der arme Baker war früher so verdammt arrogant, dass ich ihn manchmal am liebsten erwürgt hätte. Nun sitzt er einfach da und starrt zu Boden. Und Simon Van Vorst? Er war ein Bär von einem Mann. Jetzt kann ich jeden Knochen an seinem Körper zählen. Es wäre wirklich besser für sie gewesen, wenn sie damals gestorben wären!«

»Ich hoffe nur, dass niemand dich erkannt hat«, erwiderte sie und nahm ihr Messer auf. »Wie war das bei deinen Männern? Haben sie dich erkannt?« Sie säbelte halbherzig an einem Stück heißen Rindfleischs herum und schob es sich in den Mund. Das weckte wenigstens ihren Appetit. Sie nahm einen weiteren Bissen.

»Ich glaube nicht. Wenn ja, dann trauten sie wahrscheinlich ihren Augen nicht. Für sie bin ich mausetot. Nein, sie haben alle die Hoffnung aufgegeben, Maria.«

»Was wird denn nun passieren?«

»Wir werden heute Nacht Boston mit der auslaufenden Flut verlassen. Morgen segeln wir nach Norden und treffen uns mit Teach vor den Isles of Shoals. Hoffentlich hält er sein Wort und taucht dort auf. Wenn nicht ...«, er seufzte und spießte das letzte Stückchen Rindfleisch mit der Gabel auf, »... dann muss ich es ohne ihn wagen.«

»O Sam.«

»Pscht, Maria. Iß deine Kartoffeln. Sie werden kalt.«

Als sie ihre Mahlzeit beendet hatten und die Taverne verließen, hatte sich der Wind gedreht. Es war herrliches Segelwetter, doch nicht sehr hilfreich zum Verlassen des Hafens. Sam fluchte und sah frustriert zur Schaluppe hinüber.

»Was ist los?«, fragte Maria, die die Hand unter seinen Ellbogen geschoben hatte, als sie am Kai standen und lauschten, wie das Wasser gegen die dicken Pfosten schlug.
»Ich vermute, dass wir die Nacht hier in der Stadt verbringen müssen«, murmelte er enttäuscht, »es sei denn, du würdest lieber auf die Schaluppe zurückkehren.«
Doch Maria hatte gern wieder festen Boden unter den Füßen, auch wenn der nach Abfall und anderen obskuren Dingen stank. »Ich hätte nichts dagegen, hierzubleiben«, sagte sie. »Aber was wird aus Teach? Musst du dich nicht morgen mit ihm treffen?«
»Aye, aber wir können morgen früh segeln. Die Inseln sind nicht so weit entfernt.«
»Und was wird mit der Schaluppe? Deine Männer warten doch auf dich.«
»Guter Gott, Maria, überlass mir doch bitte alle Sorgen. Ich werde ihnen nur mitteilen, dass wir erst morgen auslaufen werden. Die Jungs werden glücklich sein, denn nun können sie ebenfalls an Land gehen.«
Ein Matrose saß auf dem Kai, und seine Pfeife war ein winziger Lichtpunkt in der Dunkelheit. Maria wartete, während Sam ihm eine Silbermünze und eine Mitteilung übergab, die er zu der kleinen Schaluppe bringen sollte, die im Hafen lag.
Sie fanden ein anderes Gasthaus, das etwas ordentlicher war als das erste und bestellten einen Raum für die Nacht. Sam schloss die Tür, zerrte sich die Perücke vom Haar und warf ihr ein viel versprechendes Lächeln zu, als er sich aufs Bett setzte und sich die Stiefel auszog. Nun war er nicht mehr der steife, ordentliche Anwalt, sondern der gesetzlose Gauner, der ihr Herz gewonnen hatte. Er ging zu ihr, hob sie hoch, als sei sie eine Feder und trug sie zu dem breiten, stabilen Bett, das auf sie wartete. Und dort liebten sie sich leidenschaftlich. Sie gaben sich alles, was sie besaßen und bekamen das Zehnfache zurück.

Der gleiche Wind, der die Nefarious in der vergangenen Nacht im Hafen festgehalten hatte, trieb sie am nächsten Morgen in Windeseile nach Norden und füllte ihre großen Segel. Auf ihren Decks lagen die meisten Mitglieder der Besatzung nach einer harten Nacht des Trinkens und Hurens in dem gleichen beklagenswerten Zustand herum, in dem ihr Kapitän nach seinem Trinkwettbewerb mit Teach gewesen war.

Doch an diesem Morgen ging der Schwarze Sam mit elastischem Schritt auf dem Achterdeck hin und her, hatte die Hände hinter dem Rücken verschränkt, und seine nackten Füße hinterließen nasse Spuren auf den roten Planken. In seinem feinen, sich bauschenden Hemd, das bis zur Taille offen war, der an den Knien zusammengehaltenen Hose und der bösartig aussehenden Machete an seinem Gürtel war er eine eindrucksvolle Persönlichkeit. Und keiner seiner Männer hatte bei einem solch fähigen Anführer wie dem Schwarzen Sam ungute Gefühle bei dieser Unternehmung.

Die Besatzung war begierig darauf, den Treffpunkt zu erreichen, doch sie hatten es nicht so eilig, dass sie nicht vor der Küste von Marblehead noch schnell eine kleine Ketsch aufbrachten. Da der Schiffsboden nur mit Abfällen bedeckt war, versenkten sie das kleine Schiff kurzerhand, übergaben dem Koch die ergatterten Fische und ließen die unglückliche Besatzung, die es abgelehnt hatte, sich ihnen anzuschließen, in einem Boot davontreiben.

Natürlich konnte keiner an Bord der Nefarious ahnen, dass die Ketsch ihr Verderben sein sollte. Denn als James Ingols mit der H.M.S Majestic zwei Stunden später auf das kleine treibende Fahrzeug stieß, bewiesen ihm die Aussagen der Ausgesetzten, dass die Nefarious ein Piratenschiff war.

Die Majestic drehte ihre großen Segel in den Wind, und ihr Kapitän legte einen nördlichen Kurs fest, wo Kapitän Thorndikes Porpoise schon auf Teach bei den Isles of Shoals wartete, und wohin die Nefarious zweifellos fuhr.

In der dunstverhangenen Ferne tauchten sie als winzige Landpunkte auf dem blauen Ozean auf. Appledore, Malaga, die White Islands und natürlich Star Island, Teachs Lieblingsversteck, deren Stadtgemeinde Gosport bis nach Europa berühmt war für ihre speziellen Techniken zur Haltbarmachung von Fisch. Diese einsamen Außenposten, die lange als Zufluchtsorte für die Piraten gedient hatten, waren in Wirklichkeit nur kahle Felsbrocken, die der Flut trotzten.

Maria stand an der Vorderdeckreling, streichelte geistesabwesend Gunners weiche Ohren und betete still darum, dass der schreckliche Teach sein Wort hielt und auf sie wartete. *Bitte, Gott*, dachte sie, denn sie wusste, dass Sam kehrtmachen, nach Boston zurückjagen und seine Männer allein befreien würde, falls er nicht da sein sollte. *Bitte lass ihn da sein.* Doch obwohl sie angestrengt in die Ferne schaute, waren die Inseln noch zu weit entfernt, als dass sie irgendwelche Einzelheiten hätte erkennen können, und schon gar nicht die Masten selbst eines großen Schiffes.

Rastlos verließ sie die Reling und stieg die Stufen zum Achterdeck hinauf. Silas West saß dort in der Sonne und machte sich Notizen in dem Buch, in dem er sorgfältig den Beuteanteil eines jeden Mannes festhielt. Phil Stewart lehnte an einer seiner Kanonen und erklärte dem kleinen Johnnie einige Finessen der Schießkunst bei schwerer See. Und Sam saß auf seinem gefährlichen Platz auf der Heckreling, hatte ein Messer in der einen Hand und ein seltsam geformtes Stück Holz in der anderen. Er war so vertieft in seine Arbeit, dass er sie nicht kommen hörte.

»Was machst du da, Sam?«

Er erschrak, zuckte zusammen, stieß einen Fluch aus und steckte sich den Daumen in den Mund. »Verdammt, Mädchen, musst du dich so anschleichen?«, fragte er und versuchte, das Holzstück, an dem er gearbeitet hatte, hinter dem Rücken zu verstecken.

»Es tut mir Leid.« Maria griff hinter ihn und zog seinen Arm nach vorn. Seine Faust umschloss das Holz. Nacheinander zog sie die Finger fort. Erst den Daumen, und darunter sah sie etwas, das wie eine Flosse aussah. Dann Zeigefinger-, Mittel- und Ringfinger und schließlich den kleinen Finger. Er sah sie mit einem zärtlichen Lächeln an, das sein dunkles Gesicht erhellte. In seiner Handfläche lag ein verspielter, schlanker Delfin.

Sam hielt ihn ihr entgegen. »Für dich, Prinzessin. Es sollte eine Überraschung sein, aber ...«

»O Sam ... der ist ja wunderschön!« Mit mädchenhafter Begeisterung betrachtete sie ihn kurz und presste ihn dann an die Brust. Dann warf sie ihm die Arme um den Hals und schubste ihn dabei fast von der Reling und ins Meer, zog seinen Kopf zu sich und verbarg ihr Gesicht an seiner Schulter. »Ich wusste nicht, dass du schnitzen kannst.«

»Kann ich ja auch nicht«, sagte er grinsend und hielt den Daumen hoch, der noch immer blutete.

»Achtung Deck! Schaluppe leewärts der Star Island!«

Sofort sprang Sam von seinem gefährlichen Sitzplatz herunter und schritt forsch zur Reling auf der Windseite. »Das wird Teach mit seiner REVENGE sein«, sagte er und zog sein Fernrohr auseinander.

Sie waren jetzt nahe genug, dass er den einsamen Mast hinter dem von der Sonne ausgeblichenen Granitfelsen sehen konnte. Grinsend stützte Sam den Ellbogen auf die Reling und stellte sein Fernrohr darauf ein. Segeltuch senkte sich von der Marssegelrahe herab. Sein Lächeln verwandelte sich in einen finsteren Blick. Da stimmte etwas nicht.

»Bringen Sie sie ein wenig näher, Flanagan!«, rief er, ohne das Glas abzusetzen.

Die NEFARIOUS reagierte, krängte leicht und ließ tausende von Blasen in ihrem gurgelnden Kielwasser herumtanzen. Maria klammerte sich genauso heftig an den kleinen Delfin wie die

anderen an die Reling, als sie sich neben ihrem aufmerksamen Kapitän sammelten. Plötzlich riss er das Glas vom Auge, schob es Maria in die Hand und stampfte schon über das Deck, noch bevor der Ausguck mitteilen konnte, dass ein weiteres Segel vor der Steuerbordseite des Achterschiffs aufgetaucht war.
»Verflucht seien deine Augen, Gillespie!«, brüllte er, als sich das versteckte Schiff ihnen allen zeigte. »Das ist nicht Teach! *Das ist eine verdammte Schaluppe der Marine!*«

Sechsundzwanzigstes Kapitel

Alle Mann an die Schoten! Ändern Sie den Kurs, Mr. Flanagan. Nordnordost! Lasst uns auf See sein, ehe diese Scheißkerle uns mit ihren Kanonen zu nahe kommen!«

In die Piratenmannschaft kam Bewegung. Maria kniff die Augen zu, als der sich nähernde Bug der anderen Schaluppe sich querab backbords auf sie stürzte. Ein Schwall Rauch entwich im gleichen Moment dem Jagdgeschütz, als der widerhallende Knall von Kanonenfeuer über das Wasser rollte. Die Kugel versank zischend dreißig Meter vor ihrem Steuerbordbug im Meer.

»Im Namen des Königs, drehen Sie bei!«

Sam schwang sein Entermesser, sprang auf den Schandeckel und hielt sich dort mit nackten Zehen fest. »Das werde ich, verdammt noch mal! Verflucht sei euer König und ihr alle mit ihm! Backbord-Schützen, ladet mit Kartätsche und feuert, wenn sie näher kommt ... jetzt!«

Nacheinander spuckten die Kanonen der Nefarious eine ohrenbetäubende Breitseite ab. Flanagan drehte die Ruderpinne, die Schaluppe krängte scharf, und der Bug des Feindes schob sich an der Backbordseite des Achterschiffs vorbei. Als die gegnerische Breitseite abgefeuert wurde, landete sie im wirbelnden Kielwasser der Nefarious, ohne Schaden anzurichten. Die Piraten stießen wilde Hochrufe aus.

»Sie haben sie überlistet, Kapitän!«, rief Stripes. Doch Sam war längst nicht so zuversichtlich, denn die Wanten der anderen

Schaluppe wimmelten vor Männern, als die Besatzung wie wild versuchte, das Schiff zu wenden und der fliehende NEFARIOUS nachzujagen.

»Ich habe nur ein wenig Zeit herausgeschunden«, sagte er ruhig und betrachtete die weiter entfernte Fregatte durch sein Glas. Ihre eigene Breitseite hatte der Marineschaluppe wenig Schaden zugefügt. Er fluchte leise vor sich hin. »Wir können nur hoffen, dass wir ihr davonsegeln können. Die Fregatte dort macht mir keine Sorgen. Dieser Wind ist nichts für Rahsegler. Doch die Schaluppe …«

»Und was werden wir jetzt tun?«, stellte Stripes die Frage, die all seinen Kumpanen in den Augen stand.

Sam drehte sich um, sah sie alle grinsend an und gab ihnen damit das Gefühl, als sei die Antwort nahe liegend. »Na, wir fahren natürlich nach Maine, Bursche. Und wenn wir dort sind, dann werden wir sie zwischen den Inseln und Buchten abhängen.«

Einmal mehr hob Sam sein Fernrohr und musterte die gebauschten Segel der sie verfolgenden Fregatte. Das plötzliche Manöver der NEFARIOUS hatte das große Schiff zur Kurskorrektur gezwungen, und Sam hoffte, dass er ihr schnell genug entkommen konnte. Wenn er nur ausreichend Abstand zur Fregatte schaffen konnte, würden sie bei Einbruch der Nacht zwischen den Hunderten von Inseln verschwinden können, die in den Gewässern vor Maine verstreut lagen. Doch der Einbruch der Nacht war noch gute acht Stunden entfernt.

Wieder fluchte er. Es war eine Falle gewesen, da war er ganz sicher. Doch woher hatten sie von seinen Plänen erfahren? Hatte jemand ihn in Boston erkannt? Oder hatten die beiden Schiffe eine Falle aufgebaut, um Teach zu schnappen? Und was diesen betraf – wo zur Hölle war er denn bloß?

Er behielt seine Verfolger im Auge. Die Schaluppe hatte die Wende beendet, den Klüverbaum in ihre Richtung gedreht und nahm jetzt Fahrt auf. *Verdammt!* Er widerstand dem

Drang, das Fernrohr auf das Deck zu schmettern. *Aber wie, verflucht noch mal, waren seine Absichten bekannt geworden?*, schrie es in seinem Kopf.
Er spürte jemanden hinter sich. Ohne das Fernrohr zu senken, stieß er ungeduldig hervor: »Was ist los?«
»Sam?«
»Was, zur Hölle, suchst du denn hier? Lieber Himmel, ich wusste, dass ich dich auf Provincetown an Land hätte setzen sollen! Geh jetzt nach unten, Maria.«
Doch ihre Augen waren groß, ihr Gesicht kalkweiß und ihre Stimme kaum mehr als ein Flüstern. Sie machte keine Anstalten, ihm zu gehorchen. »Werden sie uns schnappen?«
Er seufzte. »Natürlich nicht«, erwiderte er lässig und hoffte, dass sein lockerer Ton ihre Ängste beschwichtigen würde. »Glaubst du denn, dass das hier ein Ruderboot ist? Himmel, sollen sie es doch versuchen!« Doch innerlich fühlte er sich alles andere als zuversichtlich. Sie würden der Fregatte entkommen, doch es war nicht zu übersehen, dass die Schaluppe ihnen immer näher kam.
»Sam«, sagte sie leise, »du kannst mich nicht täuschen. Ich bin weder blind noch taub. Ich habe Stripes mit West sprechen hören. Die Schaluppe wird uns einholen, nicht wahr?« Sie sah zu ihm auf. Plötzlich erstarrte er. Ihr Blick glitt zu der Schaluppe hinüber. Sie bildete es sich nicht ein – sie kam immer näher –, und der Wind drehte sich.
»Oh, verdammt und zugenäht!« Sam sprang vom Schandeckel und wusste, dass alle ihn anstarrten – manche angstvoll, manche besorgt, manche erregt –, denn nun schien ein Gefecht unvermeidbar zu sein. Ohne Rückenwind konnten sie zwar aufs Meer fliehen, doch das war zugleich der beste Wind für die Fregatte. Mit ihrer Übermacht an Segeln würden sie von ihr im Handumdrehen überrannt werden. Und die Schaluppe war so nah, dass er ihren Namen lesen konnte: PORPOISE.
Energisch schritt er zum Mast, wo sich die Männer bereits

versammelten. Einige hatten sich mit Macheten, Pistolen und Enteräxten bewaffnet.

Sie flüsterten miteinander und fragten sich, wie der Schwarze Sam sie aus dieser Zwangslage befreien wollte, während sie alle ihren Kapitän ansahen. Er würde sie nicht im Stich lassen. Er war der Schwarze Sam, der freie Prinz der Meere, und in seinen herausfordernden, dunklen Augen war keine Spur von Angst zu entdecken.

»Also, Männer, es sieht so aus, als ob wir uns die Federn versengen müssen.« Sofort schwiegen alle. Mit den Händen auf dem Rücken umrundete Sam sie alle langsam. Er schaute über sie hinweg auf den Feind und bemerkte still für sich, dass die Fregatte schon die PORPOISE auf der Jagd nach ihnen überholte. *Das ist nicht gut,* dachte er. *Gar nicht gut.* Geschickt kaschierte er seine Besorgnis hinter einem unbekümmerten Lächeln und einem selbstsicheren Gang.

Stolz erfasste Marias Herz. Immer schon hatte Sam Männer anführen und dazu bringen können, ihm zu Willen zu sein. Und heute wurde diese Fähigkeit auf die schwerste Probe gestellt, denn folgten sie ihm nicht, würde der Tod warten – entweder auf dem Meeresgrund oder an einem Galgen.

Er zog jetzt die reich verzierten Pistolen, die Paul Williams ihm gegeben hatte, aus der leuchtend goldenen Schärpe. Jemand warf ihm ein Stück Seidenstoff zu, und ohne seinen Blick von ihren verängstigten Gesichtern abzuwenden, knüpfte er je eine Pistole an den Enden fest und schlang sich den Seidenstreifen um den Hals, um die Waffen jederzeit griffbereit zu haben. Er verschränkte die Arme vor der Brust und sah seine Männer mit herausforderndem Blick an. »Ich möchte, dass jeder von euch sich gründlich umschaut. Sucht euch den Mann, der heute neben euch stehen wird. Stoßt mit ihm an und reicht ihm die Hand. Ihr müsst euch heute aufeinander verlassen, doch ihr könnt euch auf die Besten verlassen. Meuterer, Deserteure, Mörder, ja! Kriminelle und Ausgestoßene, ja,

die besten, die die Welt zu bieten hat! Wir werden ihnen zeigen, aus welchem Holz wir geschnitzt sind, Jungs!« Seine Machete sauste herab und hieb in die Reling. »Verflucht noch mal, *wir werden ihnen zeigen, dass mit uns nicht zu spaßen ist!*«
Auf dem Deck wurde es lebendig. »Dreimal Hoch für den Schwarzen Sam!«
»Lang lebe der freie Prinz der Meere!«
»Hurra! Hurra!«
Sam ließ sie schreien und brüllen und die Hüte in die Luft werfen, weil er wusste, dass sie ein Ventil für ihre Nervosität brauchten. Er sprang wieder auf den Schandeckel. »Und nun wollen wir mal sehen, wie schnell wir diese kleine Dame hier gefechtsbereit machen können! Streut Sand auf die Decks. Wickelt die Pulverfässer in nasses Segeltuch und stellt sicher, dass das Feuer in der Küche gelöscht ist. Ich möchte die besten Schützen mit Musketen und Granaten oben haben. Erwischt die Offiziere als Erstes, wenn ihr könnt. Alle, die nicht bei den Segeln arbeiten, gehen an die Kanonen. Das betrifft auch die Kettenwirbel. Lasst die Barkasse zu Wasser und nehmt sie in Schlepp. Wir können keine zusätzlichen Splitter gebrauchen, die an Deck herumfliegen, wenn sie mit dem Schießen begonnen haben. Und ich möchte, dass die Rahen mit Ketten statt mit Tauen befestigt werden, damit die Spieren nicht aufs Deck herabkrachen.«
Schreiend und rufend rannten sie in alle Richtungen davon. Sam sah ihnen einen Augenblick lang nach, und dann hörte er hoch über sich ein knatterndes Geräusch. Er sah nach oben und lächelte. Jemand hatte die Totenkopf-Flagge gehisst. Sieg oder Niederlage, die NEFARIOUS würde sich bis zum Schluss verteidigen.

»Ich möchte nicht nach unten gehen«, sagte Maria mit fester Stimme und sah Sam angriffslustig in die dunklen ungeduldigen Augen. »Ich bin kein Kind, das man herumkommandieren kann!«

»Eine Frau hat während eines Gefechts nichts an Deck zu suchen! *Stripes!*« Der Leutnant kam angerannt. »Bring Maria bitte nach unten und schließ sie in meiner Kajüte ein.« Über ihren leuchtenden Kopf hinweg schaute er zu den straffen, sich nähernden Segeln der Fregatte hinüber. »*Jetzt.*«

»Sam, *bitte!* Ich möchte hier bei dir bleiben!« Sie schaute ihn mit verzweifeltem Blick an. »Du kannst mir auch ein Gewehr geben – ich weiß, wie man damit umgeht. Bitte, Sam!«

»Ich werde nicht das Risiko eingehen, dass du erschossen wirst.« Ihre blasse Hand drückte den kleinen Delfin, als könne der ihr Trost spenden, und sofort wurde Sams Ton weicher, obwohl er nicht nachgab. Er sprang aufs Deck und neigte sich zu ihr herab. Er sehnte sich danach, sie ihn die Arme zu nehmen und an sich zu drücken, doch wegen seiner Besatzung unterließ er es. Stattdessen umfasste er mit beiden Händen ihr blasses Kinn, streichelte mit den Daumen über ihre weichen Wangen, hob ihren Kopf und küsste sie lange und hart. Er brauchte all seine Kraft, um diesen Kuss zu beenden und sie sanft von sich zu schieben. »Geh jetzt nach unten, Maria«, sagte er leise. »Ein Gefecht ist wirklich kein schöner Anblick.«

Mit einem Aufschrei warf sie sich in seine Arme, umfing ihn ohne jede Scham und presste sich an seinen harten Körper. Seine Arme schlossen sich leidenschaftlich um sie. Er hielt sie lange fest, schob sie dann sacht von sich, drehte sich um, starrte resolut aufs Meer und stählte sich innerlich gegen ihr Bitten. Marias Kehle zog sich zusammen, und Tränen brannten ihr in den Augen, als Stripes ihren Ellbogen umfasste. *Oh, Sam,* dachte sie. Die Welt zerfiel um sie herum in Stücke. Sie warf ihm noch einen letzten verlangenden Blick zu, um sich seinen Anblick für immer einzuprägen: glänzend und gebieterisch, stolz und furchtlos mit dem Entermesser an der Hüfte, dem Degen an der anderen Seite und die nackten Füße fest auf dem blutroten, mit Sand bestreuten Deck stehend.

»Ich liebe dich«, flüsterte sie mit bebenden Lippen. »O Gott, ich liebe dich.« Da drehte er sich um, und sie sah ihr eigenes Herz im Spiegel seiner schwarzen Augen. Dann zog Stripes sie am Arm und begleitete sie nach unten, als die ersten Schüsse aus den Jagdgeschützen der Fregatte über ihre Köpfe hinwegdonnerten.

Mehr als alles in der Welt wäre er gern nach unten gegangen und hätte sie getröstet. Doch das war nicht möglich. Daher setzte er sich auf die Heckreling, von der aus er einen ungehinderten Blick auf die NEFARIOUS, seine Männer und das Schiff hatte, das ihrem Heck nachjagte.
PORPOISE. Seine Finger umfassten den Griff seines Entermessers fester. Langsam hob er den Arm. Die PORPOISE war fast in Reichweite. Phil Stewart ging zu seinen Kanonieren, prüfte jedes Eisenungetüm und wartete auf Sams Zeichen zum Feuern.
Einen Augenblick später öffneten sich auf der PORPOISE die Pfortluken, und die Kanonen wurden rumpelnd ausgefahren.
»Fertigmachen, Jungs!«, rief er. »Der Wind steht gut für uns, lasst ihn uns nutzen!«
Der Wind verstärkte sich. Die NEFARIOUS krängte scharf und ihre Kanonen wiesen zum Meer hin; doch der gleiche Wind ließ einen breiten Streifen des verletzlichen, geteerten Rumpfs der PORPOISE sichtbar werden.
»Achtung an den Steuerbord-Kanonen!« Sam hob das schwere Entermesser noch höher. »Ein wenig dichter, Jungs. Ich möchte sie nicht beschädigen, sondern versenken! Genügend Löcher unterhalb der Wasserlinie werden das schon schaffen!«
Sein Arm sauste herab. Donner zerriss die Luft und ließ die NEFARIOUS wie ein Spielzeugboot in einer Zinnbadewanne hin und her schaukeln. Mit zitternden Decks richtete sie sich wieder auf, als der schreckliche Widerhall über das Wasser rollte und der Rauch sich mit dem Fallwind verzog, die PORPOISE in dichte, erstickende Schwärze und in den ätzenden

Gestank des Schießpulvers hüllte. Die Kanonen des Feindes antworteten. Flammenzungen schossen durch die dichte Wolke und ein mörderischer Eisenhagel flog über ihre Köpfe hinweg in die Segel, Wanten und Spieren.
Gekreische, Schreie und dann stürzte ein zerfetzter Körper von der Marssegelrahe herab, wurde von einer Pardune erfasst, blieb dort einen Augenblick hängen und prallte dann mit einem grauenvollen Schlag aufs Deck. Trümmer regneten herab: Segeltuchfetzen, Ketten und tödliche Holzblöcke mit Stücken von versengtem Tau. Sam schützte Gesicht und Kopf und betrachtete den Schaden. Löcher übersäten die aufgegeiten Segel und die Marsstange baumelte gefährlich herum. Sie waren schwer getroffen worden.
»Halte durch, Mädchen«, sagte er leise, und Silas West, der pflichtbewusst neben ihm stand, wusste nicht, ob die Worte des Schwarzen Sam zur Ermutigung seiner Schönen in seiner Kajüte gedacht war oder der hübschen, herumtanzenden Schaluppe. »Halte nur noch ein wenig durch ...«
Plötzlich begannen die Piraten zu jubeln. Der Rauch hatte sich verzogen, und Sam sah, dass die PORPOISE verwundet war. Ihre Breitseite hatte ihr Löcher in Höhe der Wasserlinie, ein wenig unterhalb und die meisten darunter geschlagen. »Prima Arbeit, Jungs! Sie läuft voll Wasser! Nun wischt die Kanonen aus und lasst uns das noch mal machen!«
Als er ein weiteres Mal den Arm gesenkt hatte und der Donner die Luft erzittern ließ, erklangen verzweifelte schreckliche Schreie von der feindlichen Schaluppe herüber.
Der Rauch verzog sich, und die PORPOISE fiel unsteuerbar in dem dichten schwarzen Rauch zurück, der sie umgab. Sam stieß ein Triumphgeheul aus, und die Mannschaft fiel mit ohrenbetäubendem Jubel ein.
»Tolle Sache, Jungs!«, schrie er mit triumphierend glitzernden Augen. »Verdammt gute Sache!«
Noch immer grinsend riss er den Blick von der Schaluppe los

und drehte sich zu seinem eigenen Deck um. Und dann sah er die Fregatte direkt querab an Steuerbord.

Da sich die offene, aber unerreichbare See genau hinter den hochragenden Segeln der Fregatte befand, hatte Sam keine Wahl, als die NEFARIOUS dicht an die raue Felsküste zu steuern, wo ihre einzige Überlebenschance nun zwischen den seichten Buchten und Meeresarmen lag.

Sams Miene war grimmig und sein Mund hart. Er sah die Fregatte näher kommen, um ihnen noch einmal eine mörderische Breitseite zu verpassen. Er schaute hinauf zu den zerrissenen rußgeschwärzten Segeln. Sie hatten die Segel auf den Klüver und ein aufgegeites Focksegel beschränkt, um das Schiff besser steuern zu können, und die waren auch noch gewässert worden, damit sie nicht Feuer fingen. Doch selbst wenn sie alle Segel gesetzt hätten, wären sie verloren gewesen, denn der Wind war zu ihrem größten Feind geworden.

Er sah, dass sich die Küste backbords immer mehr näherte. Das Wasser war hier flach – zu flach für den Tiefgang der Fregatte, aber nicht für die NEFARIOUS.

Er musste jetzt handeln. Er musste sie so nahe wie möglich an die Küste bringen, dichter noch, als er es eigentlich wagen sollte. Er sah auf. Die Fregatte steuerte jetzt auf sie zu, und ihre Galionsfigur wurde immer größer. Ihr schwarzer Schatten fiel wie die Axt eines Henkers über die Decks der NEFARIOUS.

»Fertigmachen an den Steuerbordgeschützen! Gebt alles, was ihr habt, Jungs! *Jetzt!*«

Sie hatten die Kanonen mit allem geladen, was sie hatten finden können. Rauch nahm Sam die Sicht. Er rieb sich die brennenden Augen und starrte durch den Dunst. Das Sprietsegel der Fregatte war durchlöchert, und was von dieser arroganten Galionsfigur noch übrig war – diesem Sinnbild der Macht Englands –, flog explodierend ins Wasser. Und der Fockmast schwankte wie verrückt, doch er kippte nicht um. *Himmel*, dachte er, *er kippt nicht um!*

Unerschrocken und wütend kam die Fregatte näher.
»Nach Steuerbord, Flanagan!«, brüllte er.
Hektisch gehorchte der Steuermann. Die NEFARIOUS krängte scharf und fuhr in Richtung der sicheren Küste. Doch die Fregatte krängte ebenfalls. Sie richtete sich auf, fuhr jetzt neben ihnen her, und all ihre schrecklichen schwarzen Kanonen ragten ihnen von vorn bis achtern entgegen.
»Fahren Sie sie dicht an die Küste, Flanagan! So nah Sie es wagen! *Jetzt*, um Gottes willen, Mann!«
Eine donnernde Explosion zerriss die Luft, als die Fregatte ihre Breitseite abfeuerte. Kanonen stürzten um, begruben schreiende Männer unter sich und brachten sie unter tonnenschwerem rot glühenden Eisen zum Schweigen. Gliedmaße wurden abgetrennt, und die Speigatts schäumten vor Seewasser und Blut. Die NEFARIOUS weinte bei jeder Kugel, die ihren schlanken Rumpf traf, erbebte, als ihre Rahen auf ihre blutbefleckten Decks krachten, doch sie hielt in ihrer verzweifelten Flucht zur Küste keinen Moment lang inne.
»Flanagan!« Sam sprang auf den Schandeckel. »Nicht so dicht, verdammt noch mal!«
Doch es war zu spät. Mit einem hohlen schrecklichen Schlag krachte der Kiel gegen einen Granitfelsen. Der Aufschlag warf Sam vom Schandeckel hinunter, und er sah Sterne, als seine Schulter hart gegen die Lafette der Kanone schlug. Doch noch immer brachte die hohe Geschwindigkeit der NEFARIOUS sie weiter voran. Doch ihr Rückgrat war zerborsten, und sie zog ihre schönen Groß- und Gaffelsegel wie zerbrochene Flügel hinter sich her.
Benommen rappelte Sam sich auf. »Verdammt noch mal, Flanagan! Was, zur Hölle …« Die Worte erstarben ihm auf den Lippen. Flanagan hing über der Ruderpinne, und sein Kinn und der größte Teil seines Halses waren der letzten Breitseite der Fregatte zum Opfer gefallen.
Sie waren verloren. *Jesus*, dachte er benommen. *O Gott, Maria!*

Er rannte über das Deck und hielt gerade so lange inne, um den wimmernden und schluchzenden Johnnie hochzuzerren und über die Schandeckel zu schleudern. Er schickte den protestierenden Stripes hinter dem Jungen her, und mit drohender Machete zwang er seine Besatzung dazu, über die Reling ins Wasser zu springen. Und als er über einen zusammengekauerten weißen Körper stolperte und fast hinfiel, riss er den Hund hoch und warf ihn ebenfalls in Sicherheit.
Eine Kugel zischte so dicht an seinem Ohr vorbei, dass der Luftzug sein Haar aufwirbeln ließ, doch er hielt nicht in seinem eiligen Lauf zu seiner Kajüte inne. Ein weiterer Schuss knallte und ein weiß glühender Schmerz schoss sein Bein hinauf. Er stolperte und fiel. Und dann rappelte er sich mit einem wilden Fluch erneut auf, hob seine Machete und wandte sich dem Feind zu, als die ersten Enterhaken über das Schanzkleid hinwegflogen und ein Schwarm britischer Matrosen auf das blutverschmierte Deck der NEFARIOUS sprang.

Siebenundzwanzigstes Kapitel

Sam, lass mich raus!« Maria hämmerte sola nge mit den Fäusten gegen die Tür, bis sie ganz wund und taub waren. »Um Gottes willen, lasst mich raus!«

Es war nutzlos. Niemand kam zu ihr. Schluchzend glitt sie an der Tür entlang zu Boden und senkte den Kopf wie zum Gebet. Tränen rannen ihr zwischen den Fingern hinab und liefen an ihren Armen hinunter. Ihr dickes goldenes Haar ergoss sich über ihr Gesicht, und es war ihr Glück, dass sie es offen gelassen hatte. Denn es schützte sie, als einen Augenblick später ein Donnerschlag die Luft zerriss, der die Heckfenster explodieren ließ und vergoldete Holzstücke, brennende Holzteile und nadelfeine Glassplitter durch die Kajüte flogen und klirrend zu Boden fielen. Schreiend sprang Maria auf, hatte gerade drei Schritte zurückgelegt, als der Boden unter ihr so heftig zu schwanken begann, dass sie auf die Knie fiel. Von irgendwo unten im Schiff kam ein schrecklicher zerreißender Schlag und danach das grässliche Geräusch von zerberstendem Holz.

Nach Luft schnappend sprang sie auf. Eine dichte Rauchwolke drang durch das gähnende Loch herein, in dem sich die Fenster befunden hatten. *Sam!* Mit neuer Kraft schlug sie wieder gegen die Tür und schrie sich die Seele aus dem Leib. Warum holte er sie nicht? Warum waren die Schüsse der NEFARIOUS verstummt? Und warum hörte sie nicht mehr, dass seine Stimme seine Männer antrieb?

Die Erkenntnis versetzte ihr einen Schlag zwischen die Schultern, raubte ihr den Atem und ließ sie heftig nach Luft schnappen. Er hatte sie nicht holen können, weil ... weil er ... Sie wagte es nicht zu denken.

Tot.

Als sie in der Kajüte herumrannte, flogen Holzstückchen und Glassplitter aus ihrem Haar und von den Röcken. Wie ein wütender Gott hatte die Druckwelle den Tisch frei geblasen. *Tot ... tot ... tot ... Nein!!!* Schluchzend riss sie die Tischschublade auf, und ihre Finger zitterten so sehr, dass sie mit ihnen kaum den Griff des mit Smaragden verzierten Lieblingsdolches von Sam umfassen konnte.

Sie würde nie erfahren, welche schreckliche Vorahnung sie erstarren und den Kopf drehen ließ. Sie starrte wie in Trance durch das offene Fensterloch. Die Schaluppe trieb jetzt hilflos dahin, und die Szenerie draußen änderte sich vor ihren Augen. Große Granitblöcke kamen in Sicht und glitten vorbei. Dann fiel ein dunkler entsetzlicher Schatten über das Wasser, und eine Sekunde später tauchte der einst kunstvoll gearbeitete und mittlerweile zertrümmerte Fregattenschnabel auf, und eine grauenvoll lange Reihe Kanonen glitt an ihr vorbei, blendete das Sonnenlicht aus und füllte den ganzen Raum.

Vor schierer Angst weinte sie, während sie sich durch den Qualm, der in ihren Augen brannte, zur Tür zurücktastete. Hustend, würgend und weinend fand sie den Spalt, der die Tür vom Schanzkleid trennte, schob den Dolch hinein und begann verzweifelt, an den Lederangeln zu sägen.

Die Kajüte wurde dunkler.

Oben ging eine letzte Kanone los. »Macht auf, verdammt noch mal!«, schrie sie, während sie fieberhaft weiterarbeitete. Das Messer glitt durch das letzte Stückchen Leder. Mit einem Schrei entsetzter Hoffnung hob Maria den Fuß, trat die Tür auf und rannte mit dem Dolch in der einen Hand und dem kleinen Delfin in der anderen aus der Kajüte, ohne sich noch einmal umzudrehen.

Sie blieb abrupt stehen, blinzelte ins Sonnenlicht und starrte benommen auf das Blutbad um sich herum. Das Deck sah aus, als hätte die Faust eines zornigen Gottes es zerschmettert. Überall lagen Tote. Manche waren von umgestürzten Kanonen zermalmt und andere bis zur Unkenntlichkeit zerfetzt und verstümmelt worden. Ein Mann hing an den Füßen von den Wanten herab, und Blut tropfte von seinen leblosen Fingern auf das noch immer rauchende Rohr einer umgekippten Vierpfünder. Ströme von Blut rannen über die Planken, schäumten in den Speigatts mit Seewasser und flossen ins Meer. Der süßliche Geruch nach Eisen mischte sich mit dem des Schießpulvers zu einem so starken Gestank, dass nicht einmal die frische Seeluft dagegen ankam. Maria fasste sich an den Hals und schluckte krampfhaft, um die aufsteigende Übelkeit zu unterdrücken. Als sie nach oben blickte, sah sie, dass das Focksegel nur noch an einer Kette hing und gefährlich zwischen einem zerschossenen und rußgeschwärzten Segel baumelte. Und unter ihren Füßen hörte sie das zischende Geräusch des Wassers, das sich in die Rumpf ergoss.

In ihrem Herzen begann ein Zittern. Es breitete sich in ihrem ganzen Körper aus, packte ihre Kehle mit eisigen Fingern und ließ Kälteschauer über ihren Rücken laufen.

Die Decks waren still. Maria sah, dass der riesige Rumpf der Fregatte dicht neben der NEFARIOUS lag. Ihre Masten stachen durch den Rauch, der im Wind waberte.

Und dann hörte sie das Klirren von Stahl gegen Stahl.

Sie wusste, dass er es war, noch ehe sie sich in Bewegung setzte. Über Trümmer springend eilte sie an umgestürzten Kanonen vorbei, hechtete die Stufen zum Achterdeck hinauf und durchbrach den Kreis, den die britischen Matrosen gebildet hatten. Da war er und kämpfte mit einer Intensität um sein Leben, die herrlich und schrecklich zugleich anzusehen war.

Er bewegte sich so flüssig wie ein Tänzer und kämpfte mit der brutalen Kraft eines Matrosen. Das war nicht das Verhalten eines Gentleman, hier ging es ums Überleben. Sams Stirn war von Schweiß bedeckt, und seine Muskeln zeichneten sich von seinem Arm ab. Schläge und Hiebe. Seine nackter Fuß schoss nach hinten und trat einem Matrosen in den Unterleib, der von hinten angerannt kam. Der Mann ging zu Boden und ein anderer übernahm seinen Platz. Sams Entermesser stieß dem Matrosen zwischen die Rippen, was diesen in einer Blutfontäne aufs Deck warf. Mit einem kräftigen Atemzug hob Sam die Waffe zu einem letzten Schlag.

Ein Leutnant riss seine Pistole hoch.

»Nicht schießen!«, brüllte der Fregattenkapitän. »Ich will ihn lebend haben! Bitten Sie um Schonung, Pirat! Verdammt noch mal, bitten Sie um Schonung!«

Sams Augen glitzerten in stolzer Herausforderung. »Niemals! Eher werde ich in der Hölle schmoren, als mich Ihnen zu ergeben, Tyrann!« Und dann sauste sein Entermesser in einem bösartigen Bogen herab.

Die Pistole ging los, das Entermesser verfehlte den sich wegrollenden Matrosen um Haaresbreite, und die Kugel schlug eine Kerbe ungefähr einen halben Meter hinter Sams Schulter in die Reling. Marias wütender Schrei zerriss die Luft. Diesmal bemerkten sie sie – und er auch.

In seinen unerschrockenen Augen tauchte nur kurz ein verzweifeltes Flackern und ein Zögern auf, und dann sang das Entermesser erneut sein wildes Lied, als er nicht mehr nur um sein Leben kämpfte, sondern nun auch um ihres. Schreiend hetzte Maria zu ihm.

»Spring, Sam! Um Himmels willen, *spring!*«

Sie warf sich in dem verzweifelten Versuch gegen ihn, ihn zum Straucheln zu bringen und über die Reling zu werfen, um die einzige Chance zu nutzen, die sie hatten. Er schwankte unter dem Aufprall, doch wie eine starke Eiche in einer sanften Brise verlor er nicht das Gleichgewicht. Der Matrose eilte heran. Stahl glänzte über ihrem Kopf auf und Blut spritzte aus Sams

Unterarm. Und dann packten raue Hände ihre Handgelenke, rissen sie hoch und zerrten sie von ihm fort, obwohl sie um sich trat, kämpfte und schrie.

Entsetzt sah sie, dass der vor Wut brüllende Sam sich von seinen Häschern losriss und sich mit erhobenem Entermesser auf den Mann stürzte, der sie festhielt. Etwas Kaltes und Hartes schlug gegen ihre Schläfe, und über sich hörte sie eine ruhige, beherrschte Stimme mit unterdrücktem Triumph sprechen.

Sam hielt inne. Seine Brust hob sich heftig, seine Augen waren zornig, und nur dank seiner äußersten Beherrschung schlug das Entermesser ins Leere.

»Machen Sie ruhig weiter«, spottete die Stimme. »Wenn Sie es tun, wird sie tot sein.«

Maria sah, dass er innerlich um seine Beherrschung kämpfte, und dann senkte sich langsam sein kräftiger Seemannsarm.

Sie versuchte zu sprechen, doch ihre Stimme blieb ihr wie Sand in der Kehle stecken. »Sam . . .« brachte sie nur heraus. »Oh, Sam.«

Seine schwarzen Augen streichelten ihr Gesicht, als ob er sich jedes Detail einzuprägen versuchte. »Ach, Prinzessin, ich liebe dich«, sagte er zärtlich. Er trat einen Schritt vor, und dann noch einen. Ein Mann griff nach ihm, und ohne Vorwarnung rammte Sam blitzartig den Ellbogen in seine Rippen.

»Haltet ihn!«

Maria sah alles wie in Zeitlupe. Der Leutnant hob den Arm, in Sams Augen stand ein herausfordernder Blick – doch es war zu spät. Der Gewehrkolben schlug mit dem dumpfen Geräusch einer Axt, die Holz spaltet, gegen Sams Hinterkopf. Seine dunklen Augen rollten nach oben, und seine Beine gaben unter ihm nach, als er das Bewusstsein verlor. Das Entermesser glitt ihm aus den schlaffen Fingern und fiel klappernd auf das Deck, ehe sein starker Körper darüber zusammenbrach. Sie riss sich schreiend und strampelnd los, fiel auf die Knie und nahm schluchzend seinen reglosen Körper in die Arme. Und dort, wo

sein Arm sich gegen ihre Rippen presste, spürte sie, dass sein warmes Blut herausfloss.
Eine eiserne Hand schloss sich um ihr Handgelenk, und dann ertönte erneut die milde, beherrschte Stimme. »Sie müssen Maria Hallett sein«, sagte der Mann freundlich. »Erlauben Sie, dass ich mich Ihnen vorstelle.« Die Finger verstärkten den Druck und pressten sich brutal um ihr Handgelenk, als er sich darüber beugte. »Kapitän James Ingols von der MAJESTIC, dem Schiff Seiner Majestät. Ganz zu Ihren Diensten.«

Kapitän Ingols beugte sich auf seinem Stuhl vor. »Nehmen Sie Ihr Abendessen zu sich, Miss Hallett«, sagte er mit gehässigem Spott. »Kalt schmeckt es nicht mehr.«
Sie hielt den Kopf gesenkt und starrte auf das gebratene Stück Wildbret auf ihrem Teller. Wie konnte sie essen, wenn Sam in dem Keller irgendeines städtischen Beamten eingesperrt war? Langsam hob sie den Kopf. Mit eisigen Augen, in denen blaugrüne Flammen loderten, sagte sie langsam und sehr direkt: »Fahren Sie doch zur Hölle.«
Wortlos schoss seine Hand vor und schlug ihr so heftig ins Gesicht, dass ihr Kopf nach hinten flog und der Abdruck seiner Hand sich auf ihrer Wange abzeichnete.
Genauso wortlos nahm Maria ihren Teller und schleuderte ihm das Essen ins Gesicht.
Schreiend sprang er wie ein wütender Stier von seinem Stuhl auf und griff blind nach einer Serviette. »Du kleines Miststück, dafür wirst du bezahlen!«, brüllte er. »Nein, dein *Liebhaber* wird dafür bezahlen!«
Er erwischte sie, ehe sie die Tür erreichte, riss sie herum, dass ihre Brüste gegen seinen mit Satin bedeckten Oberkörper krachten. Sie trat nach ihm und schrie, schlug mit bösartigen Krallen nach seinem Gesicht und konnte doch nichts gegen ihn ausrichten. Brutal griff er nach ihrem Handgelenk und drehte ihr den Arm auf den Rücken.

»Mistkerl! Verdammter Sohn eines Hurenbocks! Elender Abschaum!« Als ihr Fuß sein Schienbein traf, schrie er vor Schmerz auf, doch er ließ sie nicht los.
»Verdammte Hexe!«, brüllte er und stieß sie heftig von sich, als ihre Nägel über seine Wange fuhren. Ihr schmaler Körper fiel gegen die Wand, doch sie richtete sich unbeeindruckt wieder auf, rannte zum Tisch und griff sich das Messer, das noch neben ihrer Gabel lag.
Fluchend sprang Ingols herbei, entriss es ihr, zerrte sie an sich und presste sie mit dem Arm um ihren Hals an die Brust. Maria kämpfte, weil ihr von dem Gefühl seines Unterleibs an ihrer Kehrseite schlecht wurde.
»Nach allem, was man sich über Sie erzählt«, stieß er hervor, »müssen Sie mal ein nettes junges Mädchen gewesen sein. Doch Sie scheinen auf dem Piratenschiff gelernt zu haben, wie man flucht und sich wie ein Matrose verteidigt. Ich bin sicher, dass ihr … *Lehrmeister* entzückt wäre. Nur schade, dass er nicht mehr lange genug leben wird, um die Früchte seiner Bemühungen zu sehen.«
Maria wehrte sich wie wahnsinnig. Der Druck an ihrer Kehle verstärkte sich. Schwarze Flecken tauchten vor ihren Augen auf, und sie zerrte wild an seinem Arm und seinen Händen. Er lockerte den Griff nur so weit, dass sie husten konnte.
»Was hat er Ihnen denn sonst noch beigebracht, Mistress?«
Ihr Ellbogen rammte sich in seine Rippen. Doch nun lachte er nur und schob sie achtlos von sich, als ob er genug von ihrem Spiel hätte. »Ach, Miss Hallett, was haben Sie doch für ein wildes Temperament. Das haben Sie sicherlich von diesem … wie nannte man ihn noch gleich? Ach ja, diesem *freien Prinzen.*«
Sein kaltes Lachen jagte ihr einen Schauer über den Rücken. »Was für eine Vergeudung. Diese ganze Energie könnte doch für … angenehmere Dinge verwendet werden.«
»Ich will wissen, was Sie mit ihm gemacht haben!«
»Meine liebe Lady, warum kümmern Sie sich um solch einen

Kerl? Bis zum Ende der Woche wird er nur noch Fischfutter sein. Vorausgesetzt natürlich, dass wir ihn so lange leben lassen.«

»Er muss einen Prozess bekommen! Kein Mann kann ohne Prozess verurteilt und gehängt werden!«

Wieder gab er sein hohes, entsetzliches Lachen von sich. »Die Königliche Marine kann mit Piraten tun und lassen, was sie will. Hätte ich es gewollt, hätte ich Ihren schönen Kapitän auch an meiner Hauptrahe aufhängen lassen können. Aber ich habe eine viel bessere Idee. Ihn an Land öffentlich zu hängen wird viel wirkungsvoller sein, meinen Sie nicht auch? Als Warnung für die Schufte, die er zurücklässt, Williams zum Beispiel und Teach und Lebous. Wir werden seinen Körper so lange hängen lassen, bis er verrottet, und jeder verdammte Pirat, der an diesem Galgen vorbeisegelt, wird diese grässliche Mahnung sehen ...«

Sie presste sich die Hände auf die Ohren.

»Warum finden Sie das denn so schrecklich, Miss Hallett? Dann können Sie ihn doch besuchen, so oft Sie wollen!« Er brach in Gelächter aus, als er den verzweifelten und angewiderten Ausdruck in ihren Augen sah.

Als sie sich abwandte und sich im Zimmer umsah, sagte er: »Bemühen Sie sich nicht, Miss Hallett. Sie können absolut nichts tun, um seine wertlose Haut zu retten. Außerdem werde ich Sie nicht aus den Augen lassen. Selbstverständlich auch am Tag der Hinrichtung. Es wird mir ein Vergnügen sein, Sie zu dieser Galaveranstaltung zu begleiten ...«

Ein Klopfen an der Tür unterbrach sie, und ein Diener spähte durch den Türspalt. »Kapitän Ingols?«

»Was gibt's denn?«

»Ein Vertreter Seiner Exzellenz des Gouverneurs möchte Sie sprechen. Soll ich ihn hereinführen?«

»Natürlich«, bellte er, wandte sich Maria zu und sagte angewidert: »Ziehen Sie sich etwas Anständiges an. Es ist eine Beleidigung für den Mann, sie in Kleidern zu sehen, die von dem Blut dieses diebischen, mörderischen Lumpen besudelt sind.«

»Ach ja?« Wütend und hasserfüllt starrte sie ihn an. »Heuchler! *Sie* haben doch Blut an den Händen, *Kapitän*, und eines Tages werden Sie dafür bezahlen. Sie machen Sam für den Tod ihres Cousins verantwortlich? Nun, dann sollte ich Ihnen sagen, dass Ihr Cousin die WHYDAH ins Verderben geführt hat. Und Sie besitzen die Unverschämtheit, Sam einen Mörder zu nennen? Ha! Das Morden scheint doch in *Ihrer* Familie zu liegen! Erst Ihr Cousin und sein widerwärtiger Versuch, ein Held zu werden, und nun auch noch Sie. *Sie* sind die wahren Mörder! Er hat den Tod so vieler Männer auf der WHYDAH verschuldet, und Sie sind für den Tod der Männer verantwortlich, die Ihre verdammte Fregatte bekämpft haben! Möge ihr Blut auf Ihrer Seele lasten, Ingols!«

Wieder klopfte es.

»Herein«, befahl Ingols. Die Tür öffnete sich, und Maria atmete vor Verzweiflung hörbar aus. Der große, gebieterische Mann, den sie erwartet hatte, war alles andere als das. Sein braunes, an der Schläfe graues Haar war kurz geschoren. Er war in den Vierzigern, doch er humpelte und seine herabhängenden Schultern machten ihn älter, als er war. Er hatte einen Spazierstock, und seine Finger, seine Hand, ja, sein ganzer Arm zitterten, als er in seinem holprigen Gang auf sie zukam.

Maria fühlte sich elend. Er hatte nichts Bemerkenswertes oder Gebieterisches an sich. Er war nicht einmal sympathisch, und es trieb sie zur Verzweiflung, dass sie von ihm keine Hilfe erwarten konnte. Er stützte sich so stark auf den Stock, dass sie sich darüber wunderte, warum er nicht zerbrach, und er schaffte es gerade noch, sich zitternd zu verbeugen. »Sind Sie Kapitän Ingols?«, fragte er mit einer Stimme, die genauso zerstört und brüchig war wie sein Körper.

Der grinsende Ingols machte sich nicht die Mühe, seinen Spott

über dieses unglückliche Wrack von einem Mann zu verbergen. »Zu Ihren Diensten ... Sir.«
Der Fremde hatte Mühe, sich einen Stuhl heranzuziehen und sich zu setzen. »Ich bin Kapitän Barrymore und komme im Auftrag Seiner Exzellenz Gouverneur Shutes. Und wer, bitte, ist diese ... *Frau?*«
Trotz seiner zusammengekniffenen Augen und seiner Klapprigkeit war sein Blick scharf, als er Marias blutbeflecktes Kleid betrachtete. Sie wurde unter seinem Blick wütend.
»Kümmern Sie sich nicht um sie«, sagte Ingols mit einem Abwinken. »Miss Hallett, möchten Sie uns nicht einen Moment allein lassen? Kapitän Barrymore und ich haben Wichtiges zu besprechen.«
Der Besucher hob eine unsichere Hand. »Nein, ich möchte, dass sie bleibt.« Sein Blick war jetzt ärgerlich, als ob er ihre unordentliche Erscheinung als Beleidigung empfand. Seine nächsten Worte bestätigten das. »Allerdings finde ich es *wirklich* unangenehm, mich in Gesellschaft einer Frau in einem blutverschmierten Kleid aufzuhalten. Haben Sie nichts anderes anzuziehen, Madam?«
Marias Temperament ging mit ihr durch. »Ich *habe* nichts anderes anzuziehen, Sir«, sagte sie kühl. »Der kostbarste Diener Ihrer Exzellenz hat mir praktisch unter den Füßen das Schiff versenkt, auf dem sich all meine Habe befand.«
»Das Piratenschiff«, sagte Ingols grinsend.
»Ach ja«, krächzte Kapitän Barrymore. »Dann müssen Sie Maria Hallett sein, die berüchtigte Seehexe von Eastham und Gefährtin des Gefangenen. Entschuldigen Sie, Madam. Ich weiß jetzt, warum Sie keine anderen Kleider haben. Aber versuchen Sie doch bitte, dieses eine Kleid zu säubern.«
»Und Sie würden es noch widerwärtiger finden, wenn Sie wüssten, *wessen* Blut daran klebt«, meinte Ingols spöttisch.
»Dessen bin ich mir bewusst«, krächzte Barrymore mit einer Verachtung, die die von Ingols noch in den Schatten stellte.

»Doch bevor ich Sie fortschicke, Miss Hallett, hätte ich mich gern einen Moment mit Ihnen über das Treiben von Kapitän Black unterhalten.«

Marias Miene wurde mürrisch.

»Viel Glück«, sagte Ingols eisig. »Wenn sie könnte, würde sie ihr Leben für seines geben. Aus ihr werden Sie nichts herausbekommen.«

Barrymore fixierte Ingols mit kaltem ungeduldigen Blick. »Vielleicht spricht sie ja mit mir. Es ist offensichtlich, dass sie von Ihnen nicht sehr angetan ist.«

»Ich kann sie nicht aus den Augen lassen. Zu ihrem eigenen Schutz habe ich den Idioten hier in der Stadt weisgemacht, dass sie tot ist. Es wäre doch eine Schande, wenn man sie mit ihm zusammen hängen würde. Sie sieht zwar jetzt nicht besonders attraktiv aus, doch nach ein wenig Reinigung wird sie wieder ein hübsches kleines Ding sein. Viel zu hübsch, um für solch einen Parasiten vergeudet zu werden.«

»Ich sterbe lieber mit Sam zusammen, als hier mit Ihnen herumzusitzen!«, schrie Maria und sprang auf.

»Setzen Sie sich, meine Liebe«, keuchte Kapitän Barrymore. Endlich stand Ingols auf und ging zur Tür. »Ich werde in zehn Minuten zurückkehren. Doch lassen Sie sich warnen. Drehen Sie ihr nicht den Rücken zu. Ihr Ruf als Hexe ist wohlbegründet.«

Die Tür schlug hinter ihm zu. Maria spielte mit ihrer Serviette herum und schwor sich, dass Barrymore sie bis in alle Ewigkeit befragen konnte, aber von ihr würde er nichts erfahren. *Gar nichts.*

Die Stille wurde lastend und unangenehm, während sie noch immer auf ihre Hände starrte. Doch dann fühlte sie seine Hand auf ihrem Arm, und diesmal zitterten seine Finger nicht. Sie hörte Stoff rascheln, als er aufstand und sah, dass der Schatten, der über den Tisch fiel, alles andere als verkrüppelt und gebeugt aussah. Überrascht hob sie den Kopf und sah, dass er

groß und stolz war, stark und muskulös. Der krumme Rücken, das Zittern und das Alter waren verschwunden.
Und als er sprach, war seine Stimme nicht mehr krächzend. Sie war kraftvoll, tief und beruhigend. Eine Stimme, an die sie sich gut erinnerte.
»Dein verdammter Pirat hält uns ganz schön auf Trab, was? Aber mach dir keine Sorgen, Liebes.« Er drückte ihre Hand und wischte ihr dann sanft die heißen Tränen von den Wangen. »Du überlässt einfach alles mir, denn *ich* habe einen Plan …«
Es war natürlich die Perücke gewesen. Ohne sie hatte sie ihn nicht erkannt. Sie brach in erstickendes Schluchzen aus und warf sich wie ein verängstigtes Kind in seine offenen Arme.
Paul Williams.
Nie zuvor in ihrem Leben war sie glücklicher gewesen, jemanden wiederzusehen.

Achtundzwanzigstes Kapitel

Also wirklich, Phoebe, warum versuchst du, ihm zu essen zu geben? Er ist kein Hund, dem du einen Knochen zuwerfen kannst. Er wird es nicht annehmen.«

Die beiden Frauen starrten den Piratenkapitän an, der in Phoebe Beckfields Keller angekettet war und konnten kaum glauben, dass das der gleiche Mann sein sollte, den die Männer des Königs in der vergangenen Woche hergebracht hatten. Sein feines Batisthemd war schmutzig und von seinem eigenen Blut verkrustet, und wenn Phoebe nicht hineingekrochen und ihm den schrecklichen Schnitt auf seinem Arm verbunden hätte, wäre er jetzt wahrscheinlich schon an einer Infektion gestorben. Seine einst gesunde und gebräunte Haut war jetzt talgweiß, und unter den sehnigen Muskeln, die seinen schlanken Oberkörper bedeckten, konnten sie seine Rippen zählen. Und das war nicht verwunderlich, denn er hatte alles zurückgewiesen, was Phoebe ihm heimlich gebracht hatte – vom gesalzenen Fisch bis zu den Apfeltörtchen. Stattdessen hatte er nur mit leblosem Blick vor sich hin gestarrt.

Phoebe konnte sich noch erinnern, wie er sich aufgerappelt hatte, nachdem er wieder zu sich gekommen war und wissen wollte, was aus seiner jungen Geliebten geworden war.

Sie hätte ihm vom Tod der jungen Frau nichts erzählen sollen. Jetzt hatten diese obsidianschwarzen Augen jeden Glanz verloren, seine breiten Schultern hingen wie vernichtet herab, und seine Mundwinkel waren in grenzenlosem Leid heruntergezogen.

Sie konnte nun nur noch versuchen, es ihm ein wenig angenehmer zu machen. Seufzend näherte sie sich ihm mit einer heißen Schale voll dampfendem Maismehlpudding.

»Phoebe, sei vorsichtig!«, schrie Joan in unnötiger Angst.

»Unsinn«, erwiderte Phoebe. »Wir sind doch gute Freunde, nicht wahr, Kapitän?«

Sie bekam keine Antwort. Wenn er nicht geblinzelt hätte, hätte sie denken können, dass er schlief.

»Ich habe Ihnen etwas zu essen gebracht«, sagte sie sanft und tauchte den Löffel in den Pudding. »Es ist noch heiß. Ich habe viel Sirup hineingetan. Sie mögen doch Sirup, oder?«

Keine Antwort. Mit hoffnungslosem Seufzer stellte Phoebe die Schale neben seine nackten Füße und überließ ihn seinem Schmerz. Am Fuß der Treppe drehte sie sich noch einmal in der Hoffnung um, dass er seine letzte Mahlzeit zu sich nehmen würde. Denn morgen würde er sterben.

Doch er bewegte sich nicht, schaute nicht auf und bemerkte ihre Anwesenheit wohl gar nicht.

Leise stapfte die Frau die Treppe hinauf, und als sie die Tür hinter sich schloss, wurde auch das letzte bisschen Licht gelöscht.

Sam saß reglos in der Dunkelheit. Draußen begann es zu regnen. Er konnte es gegen das Haus prasseln und im Boden versickern hören.

Ein leiser Funke regte sich in ihm. War es Neugier oder nur die Todessehnsucht, die sein Herz bewegte? Er lächelte. In ein paar Stunden würde der Morgen dämmern. Und in weiteren wenigen Stunden würde er sein Leben am Ende eines Seils aushauchen. Nur noch ein paar Stunden, bis er mit seiner geliebten Maria wieder zusammensein konnte.

Als der Morgen anbrach, stand Kapitän Ingols vor dem Spiegel im Salon seines Gastgebers, des wohlhabenden Händlers Penwick. Der hatte mit seiner Kinderschar und seiner zänkischen

Ehefrau schon vor fast einer Stunde das Haus verlassen, um sich einen guten Platz zu sichern, von dem aus sie die Hinrichtung beobachten konnten. Lächelnd sah Ingols dem Ereignis entgegen, auf das er sich so sorgfältig vorbereitete. Er träumte von den Belohnungen, die ihm der Gouverneur – und vielleicht sogar der König – sicherlich dafür zukommen lassen würde, dass er die geplagte Küste von ihrem grässlichsten Feind befreit hatte.

»Zu schade, dass Barrymore nach Boston zurückgerufen wurde«, sagte er unbekümmert. »Ich bin sicher, dass er sich die Exekution auch gern angesehen hätte.«

Maria schaute aus dem Fenster. »Fahren Sie zur Hölle«, sagte sie tonlos.

»Sind Sie noch immer wütend, mein kleiner Hitzkopf?« Er lachte, als sich ihr schlanker Rücken verkrampfte und ihre Hände sich wenig damenhaft zu Fäusten ballten. »Ich habe gedacht, dass ich Sie mit dem neuen Kleid beschwichtigen könnte. Haben Sie Probleme mit den Knöpfen auf dem Rücken? Ich helfe Ihnen gern.«

Ihre Stimme war eisig und vibrierte vor Hass. »Ich wiederhole es: *Fahren ... Sie ... zur ... Hölle ...* Kapitän Ingols.«

Er lachte und bewunderte sie im Spiegel. In dem korallenfarbenen Kleid mit den üppigen Spitzen an den Ärmeln und ihrem vollen stolzen Busen war sie ein wahres Kunstwerk. Und dann ihr Haar. Lieber Gott, was für ein Haar.

Sein Innerstes krampfte sich zusammen. Ingols ließ sie nicht aus den Augen, als sie sich wieder zum Fenster drehte. Ja, sie war ein Anblick, der den Teufel zum Weinen bringen konnte, ganz zu schweigen von dem Schwarzen Sam. Und der würde mit Sicherheit überrascht sein, wenn er sie sah. Sein schwarzes Herz würde brechen, wenn er seine Geliebte neben ihm, Kapitän James Ingols, stehen sah, kurz bevor der Henker sein wertloses Leben auslöschte.

Ach, die Rache war wirklich süß.

Ingols wusste, dass der Piratenkapitän längst in seiner privaten Hölle schmorte. Er verweigerte das Essen, weigerte sich, ihre Fragen zu beantworten und brachte auch nichts zu seiner Verteidigung vor. Wenn Ingols ihn nicht an Deck seiner verdammten Schaluppe in Aktion gesehen hätte, würde er nicht glauben, dass der leblose, gebrochene Gefangene, der in Beckfields Keller verrottete, der gleiche Mann war.

Ja, das Leben war großartig.

»Beeilen Sie sich, meine Liebe. Wir wollen doch nicht zu spät kommen.« Einen Moment lang betrachtete er ihren steifen Rücken und die schimmernden goldenen Locken, die offen und herrlich bis zu ihrer entzückend schmalen Taille flossen. Und wieder fühlte er das Verlangen in seinen Lenden. Rache. Ja, die *allergrößte* Rache. Und es würde nicht viel Zeit in Anspruch nehmen.

»Kann ich Ihnen nicht doch bei diesen Knöpfen helfen?«

»Ihre Hilfe brauche und will ich nicht.« Maria wollte sein verhasstes Kleid gar nicht zuknöpfen. Sie würde es sowieso so schnell wie möglich wieder ausziehen.

Schockiere sie, Maria!, hatte Paul Williams gedrängt, und das würde sie, bei Gott, auch tun.

»Es wird wirklich Zeit, Miss Hallett. Zählen Sie die wertvollen Momente, die dem Schwarzen Sam noch bleiben!« Lachend drehte er sich um und griff schwungvoll nach seinem Glas.

Jetzt. Maria ging quer durch den Raum zu ihm, und ihre Schritte wurden von den Satinschuhen, die er ihr gegeben hatte, gedämpft. Dieser verhasste Rücken. Diese verhasste Uniform. Dieser verhasste Mann summte, während er das Glas auf den Tisch zurückstellte ...

Vor zwei Jahren hätte sie das noch nicht tun können und nicht einmal daran gedacht.

Zitternd griff sie in die Tasche ihres Rockes und nahm den langen mit Juwelen besetzten Dolch heraus, den Paul ihr gegeben hatte. Sie zögerte. In diesem Augenblick drehte Ingols

sich um, und Maria sah die gemeine Lust in seinen Augen, in seinem Lächeln, in seinen …
Sie schrie auf, ließ den Dolch fallen und hechtete zur Tür. Er schnappte sie, als ihre Hand die Türklinke berührte und riss sie so brutal zu sich, dass ihre Schulter gegen den Tisch stieß und ihn über den Fußboden davon schob. Weinend, tretend und kratzend wehrte sie sich wie von Sinnen gegen ihn, als sie spürte, dass seine Hände ihr unter die Röcke griffen und sein Knie sich zwischen ihre Schenkel drängte.
Schreiend versuchte sie, ihn von sich zu schieben, und dann fanden ihre Finger den Dolch und schlossen sich um den Griff. Noch immer weinend schloss sie die Augen und stieß ihn mit aller Kraft in seinen Rücken. Blut spritzte auf und ergoss sich über ihr Mieder, die Röcke und die Ärmel des schönen, verhassten Kleides, als sie unter ihm hervorhechtete.
Er sprang mit einem entsetzlichen Schrei auf. *»Miststück!«* Blut sprudelte ihm aus dem Mund und rann auf sein weißes Halstuch. Er stolperte über einen Stuhl. »Gottverdammte Hure, Tochter des Teufels, *Hexe!* Dafür wirst du sterben!«
Er sprang auf sie zu, hatte den Dolch noch immer im Rücken stecken, und seine Augen flackerten wild vor Mordlust. Als Maria zurückwich, stieß sie gegen die Tischkante und griff nach dem ersten Gegenstand, den ihre Hand berührte – einen schweren silbernen Kerzenleuchter. Sie schwang ihn mit all ihrer Kraft. Ein Zittern lief durch ihre Arme, als der schwere Leuchter seinen Kopf traf. Er stöhnte einmal auf und glitt dann lautlos zu Boden.
Einen Moment lang blickte Maria benommen auf ihn hinab. Dann zog sie den Dolch aus seinem Rücken und wischte die Klinge an seiner feinen Seidenjacke ab.
»Das«, sagte sie zitternd, »war für Sam.«
Sie warf den Kerzenleuchter auf den Boden und rannte zur Tür. Sie hatte keine Zeit mehr zu verlieren.

Brown's Point erstreckte sich bis zu einer hohen, U-förmigen Granitwand, die dreißig Meter zum indigofarbenen Meer hinunter abfiel, das gegen ihren Sockel schlug. Die kleine Bucht war von dichten Kiefern und Fichten eingefasst und war ein natürlicher Hafen für diejenigen, die es wagten, sich innerhalb des Halbkreises aus gefährlichem und beeindruckendem Felsgestein zu bewegen. Heute waren dort mehr Boote und Kanus festgemacht, als sogar der alte Reverend Harrison je gesehen hatte.

Sturmwolken sammelten sich und berührten mit ihrer dunklen Unterseite fast die Wipfel der höchsten Fichten. Das Sonnenlicht wurde schwächer und verschwand dann ganz.

Trotz des schlechten Wetters hatte sich oben auf den Felsklippen eine große Menschenmenge versammelt, die mit den Füßen scharrte und nervöse Blicke zum Himmel und auf das rastlose Meer warf. Manche murmelten leise Gebete, andere drängten sich dichter an ihre Lieben. Das war ein Omen, dachten sie, als der Wind auffrischte. Ein schlechtes Omen. Der Teufel war nicht glücklich. Einer von seinesgleichen würde heute zu Tode gebracht werden.

In Brown's Point hatte noch niemals so ein Ereignis stattgefunden, und die Menschen waren von weither gekommen und hatten sich für den Anlass festlich gekleidet. Plötzlich erstarb alles Flüstern, das Kindergeschrei und Hundegebell. Aus dem Wald heraus näherte sich die Prozession.

Die Menschen waren begierig darauf, einen ersten Blick auf die Ausgeburt des Teufels zu werfen, denn im Gegensatz zu Boston war dieser Pirat nicht durch die Straßen geleitet und auch nicht in das Versammlungshaus geschleppt worden, um dort Gegenstand einer von Reverend Harrisons Predigten zu werden. Und man hatte ihm nicht einmal den Prozess gemacht. Der junge nervöse Leutnant, der den Zug anführte und ständig über die Schulter sah (wo blieb Kapitän Ingols?, fragten sich einige), trug nur ein einfaches Schwert und nicht

das silberne, das die Autorität der Britischen Marine symbolisierte.
Doch das interessierte die Menge nicht. Ihre aufgeregten Stimmen schwollen noch einmal an, als ihr nüchtern dreinblickender Pastor an ihnen vorbeischritt. Hälse reckten sich, Kinder wurden auf Schultern gehoben, und das Murmeln verstummte, als sie sich alle auf die Zehenspitzen stellten, um den Piratenkapitän zum ersten Mal zu sehen.
Er saß mit geradem Rücken und stolz in einem Karren, der von den Leutnants der MAJESTIC flankiert war, die alle ihre beste Uniform für den Anlass trugen. Die großen gebräunten Hände des Piraten waren sicher auf seinem Rücken zusammengebunden, und seine Handgelenke trugen heftig rote Striemen, wo das Seil seine Haut verbrannt und aufgescheuert hatte. Bei diesem Anblick erhob sich das Flüstern und Murmeln wieder, denn man erzählte sich, dass man das Seil von der grässlichen Schaluppe des Piraten mitgenommen hatte, bevor die wackeren Männer des Königs sie versenkt hatten.
Die Kinder versteckten sich hinter den Röcken ihrer Mütter, und die Männer sahen sich nervös um. Die Angst, die sie im Blick des Piraten zu sehen erwartet hatten, stand in ihren eigenen Augen, denn die bedrohlichen Wolken ballten sich mit jeder Minute mehr zusammen, als der Widerhall des entfernten Donners über das Meer rollte, und in diesen glänzenden schwarzen Augen stand eine unerschrockene Herausforderung, die ihnen das Blut in den Adern gefrieren ließ. Und auch als sie ihn aus dem Karren zerrten und dem Tod entgegenführten, schien er keine Angst zu haben, hielt den Kopf hoch, und sein dunkler Blick glitt voll Verachtung über sie hinweg. Alles an ihm deutete auf einen Stolz hin, den einer seiner Sorte nicht haben sollte, und er bewegte sich mit all der Würde eines Prinzen.
Aus der unheimlichen grauschwarzen Ferne über dem Meer grollte der Donner erneut.

Wie ein Tier, das zum Schlachten geführt wird, waren Sams Sinne besonders geschärft. Er konnte fast die Vorahnung der Menge riechen. Ihr Flüstern donnerte in seinen Ohren. Und an ihren nervösen Blicken zum Himmel und dem sich verdunkelnden Meer erkannte er, dass sie viel mehr fürchteten als nur den Regen.

Auch er hörte den Donner. Über ihm erhob sich drohend der Galgen, doch noch immer hatte er keine Angst. Der Tod war keine geschlossene Tür, sondern eine weit geöffnete, und auf der anderen Seite wartete Maria auf ihn. Bald, sehr bald schon würde er bei ihr sein.

»Also gut, du dreckiger Gauner, es wird Zeit, dass du vor deinen Herrn trittst«, raunzte die Stimme des ersten Leutnants. Ein Schwert stach ihn in den Rücken, doch Sam brauchte keine Aufforderung. Mit dem gleichen unerschrockenen Mut, der seinen Weg als Pirat gekennzeichnet hatte, schritt Sam voran. Kühles Gras neigte sich unter seinen nackten Füßen, und über ihm schrie eine Seemöwe.

Der erste Regentropfen fiel ihm auf die Stirn.

Als sie den letzten Hügel erklommen hatten und an der Kante der Klippen stehen blieben, breitete sich der Ozean vor ihnen aus, wie Sam es erwartet hatte: herrlich, ungezähmt, majestätisch und *frei*. So frei, wie er bald sein würde.

Er hob den Kopf, und ein seltsamer Friede breitete sich in ihm aus, als er die knarzenden Stufen hinaufstieg. Die Sonne war verschwunden, und der Wind blies kalt und feucht. Dort wartete ruhig der Henker mit seiner schwarzen Haube. Als Sam die oberste Stufe erreichte, griffen die skelettartigen Klauen des Mannes nach Sams zerrissenem Ärmel, der noch immer dunkel von getrocknetem Blut war, und zerrten ihn in die Mitte der Plattform.

In Sams dunklen Augen tauchte der alte trotzige Funke auf, dieses scharfsinnige intelligente Leuchten. *Dummköpfe*, dachte er bei sich. Wussten sie denn nicht, dass sie ihm einen Gefallen taten? Er lächelte wissend, als er seinen Blick über die starrenden Gesichter unter ihm gleiten ließen. Er sah die arme Phoebe Beckfield, deren Augen rot und geschwollen waren. Eine gute Frau. Neben ihr stand Reverend Harrison. Er räusperte sich, hielt die im Wind flatternden Seiten der Bibel fest und sprach ein Gebet für Sams schwarze, unheilige Seele.

Die Worte rauschten an Sams tauben Ohren vorbei. Sein Blick und seine Gedanken gingen über die wartenden Gesichter hinweg und hinaus über die dunkler werdende See. Blitze zuckten dort. Der Donner grollte wieder, lauter jetzt und andauernder. Nervös ratterte der Reverend seine Worte herunter, sprach ein schnelles Amen und schloss das Heilige Buch mit einem Knall.

»Hat der Gefangene noch etwas zu sagen, ehe er in die Hölle zurückkehrt, aus der er gekommen ist?«

Es wurde totenstill.

Sam hätte etwas sagen können, hätte eine aufwühlende Rede halten können, wie er sie so oft an Deck seiner Schiffe vor den Gefangenen und seinen Mannschaften gehalten hatte.

Er hätte seine Ansichten über die persönliche Freiheit verteidigen können. Er hätte in ihren Ohren seine Worte, seine Gedanken und seine Rechtfertigung für das, was er getan hatte, hinterlassen können. Er hätte ihnen eine Erinnerung zurücklassen können, die sie nie vergessen würden. Doch das alles tat er nicht. Sie waren lediglich verängstigte, einfache Menschen. Und sie würden nichts von alledem verstehen können.

»Nein«, sagte er deutlich und kümmerte sich nicht um die Enttäuschung, die über das Gesicht des Reverends glitt. »Überhaupt nichts.« Mit erhobenem Kopf drehte er sich zum Henker um: »Dann walten Sie Ihres Amtes, Freund, bitte.«

Ach, Maria, meine Liebe ... Jetzt bald ...

»Möchten Sie die Augen verbunden haben, Sir?«, murmelte der Henker unter seiner schwarzen Haube hervor.

Verbundene Augen? Nein, er wollte diese Welt verlassen mit

dem klaren Blick auf das, was vor ihm lag. Er wollte auf die wilde Freiheit des Meeres hinausschauen, während er seinen letzten Atemzug machte, wollte sterben mit seinem Anblick, dass er sich für immer einprägte. Er schüttelte den Kopf. »Nein«, sagte er noch einmal und blickte wieder zum flackernden Horizont hinüber.

Wortlos schob der Henker die schwere Hanfschlinge über Sams Kopf. Er legte sie ihm um den Hals und rückte sie so zurecht, dass der Knoten unter Sams linkem Ohr lag. Das Seil war steif vor Seesalz, und seine Fasern kitzelten seine Haut.

Sein unverwandter Blick verließ keinen Moment lang das Meer und die hohen Fichten. Und plötzlich musste der Piratenkapitän Sam Bellamy lächeln. Einer der Baumwipfel bewegte sich. Doch es war gar kein Baumwipfel, sondern der stolze, vorbeigleitende Mast eines großen Schiffs.

»Weitermachen«, sagte der Leutnant.

Der Mast bewegte sich jetzt um die Landspitze herum, doch nur Sam, der über den Ozean blickte, sah ihn.

Verflucht noch mal, Teach! Kann ich nicht einmal in Frieden sterben?

Er sah die schwarze Flagge am Mast flattern, als das Schiff in den Hafen fuhr, und dass sich die Schießscharten öffneten ...

»Also, wenn dann niemand mehr Einwände hat«, sagte der Leutnant, »dann sollten wir bitte ...«

»Doch, ich!«

Eine einzige Pistole entlud sich. Jemand schrie. Der Henker hielt mit dem Seil in der Hand inne, und alle Menschen drehten sich in die Richtung, aus der der Schuss gekommen war.

Sam starrte, blinzelte und dann schloss er die Augen, weil plötzlich Tränen in ihnen brannten.

Denn dort, umgeben von Paul Williams' Männern, saß eine Frau schamlos im Herrensattel auf einem herrlichen braunen Hengst. Eine Frau mit langen goldenen Flechten, die im Wind wehten. Sie trug ein sich bauschendes Batisthemd und ihre

langen herrlichen Beine steckten in Hosen, die schockierend nur bis zur Mitte ihrer Oberschenkel reichten. Ihre meerblauen Augen loderten in wildem Triumph, und in ihrer Hand hielt sie eine rauchende Pistole.
Die Seehexe von Eastham.
»Verdammte Augen«, fluchte Sam leise, und dann brach die Hölle los. Denn genau in diesem Moment öffnete sich der Himmel und die REVENGE, in deren Kielwasser die kleinere MARY ANNE fuhr, kam gänzlich in Sicht.
Und als sie mit gebauschten Segeln auf sie zugestürmt kam, sah Sam die teuflische Gestalt von Ned Teach – dem Schwarzbart – an Deck stehen. Der Teufel selbst, würde man später sagen, war gekommen, um seinen Sohn zurückzufordern.
Donner krachte aus den Kanonen des großen Schiffs, wurde erwidert von denen der MARY ANNE und schließlich auch noch aus den Sturmwolken heraus. Der Boden fing unter ihren Füßen an zu beben, als massives Eisen auf den Felsen hagelte. Große Granitbrocken flogen himmelwärts und fielen ins Meer. Die Menge schrie, geriet in Panik und stürmte wie eine Rinderherde davon. Pferde wieherten angsterfüllt. Der Wind frischte noch mehr auf, heulte jetzt wütend und straffte die grauen Segel der REVENGE, als Ned Teach sie unbarmherzig in Richtung Felsen trieb.
Und noch immer steuerte er sie weiter in Richtung Klippen und ließ alle Kanonen abfeuern, sodass die Luft in schrecklichem endlosem Donner vibrierte.
»Verdammter Irrer!«, schrie der Henker. Er wirbelte herum, und seine Hand legte sich auf das Seil, das Sams Leben ein Ende setzen würde.
Doch Maria stürmte voran, und die Hufe ihres Pferdes donnerten nur so dahin. Mit einem Wutgeschrei zog sie eine Pistole aus der Taillenschärpe, zielte mit tödlicher Genauigkeit auf die Brust des Henkers, während das Pferd in Richtung Galgen mit der gleichen Tollheit galoppierte, mit der die REVENGE auf die

Klippen zufuhr. Der Henker ließ das Seil fallen und rannte um sein Leben. Und dann war sie da und sprang neben dem Galgen vom Pferd. Ihr Atem flatterte gegen seine Wange. Goldene Haarsträhnen strichen über seine Augen, als sie einen Dolch hervorzog und die Seile durchschnitt, mit denen seine Hände gefesselt waren. Das Hanfseil fiel ab. Er war frei, *frei!* Nachdem sie ihm die Schlinge heruntergezogen hatte, ergriff sie seine Hand, die so warm und stark und voller Leben war, und gemeinsam sprangen sie vom Podest.

Sie rannten durch die verängstigte Menge. Durch den beißenden Rauch der Kanonen der Piratenschiffe. Durch den prasselnden Regen und hinauf zum Rand der Klippen, wo sie in ihrer Flucht nicht innehielten. Mit fest ineinander geklammerten Händen sprangen sie gemeinsam so weit hinaus wie sie konnten, segelten durch dreißig Meter leere Luft und stürzten in die tröstenden Arme des Meeres.

Epilog

Es war ein typischer Tag in der Karibik: ein strahlend türkisfarbenes Meer, grüne Inseln, die dort von einem Perlenband aus Schaum umgeben waren, wo sich farbenprächtige Korallenriffe befanden, ein wolkenloser Himmel und Seeschildkröten, die sich sonnten. Delfine schwammen im Kielwasser, und sanfte Passatwinde füllten die Segel.

Auf dem Achterdeck der verwitterten MARY ANNE lauschte Paul Williams dem rhythmischen Zischen der Gischt, während er gelassen wartete. Sein zufriedener Blick glitt über seine versammelte Mannschaft, die vor ihm in ihren besten und farbenfrohesten Kleidern stand, mit all dem Stolz, den ein Vater für seine geliebten Kinder empfinden mochte.

»Soll ich sie holen, Käpt'n?«, fragte die Stimme des nervenden Wichtigtuers Stripes aus den Wanten über seinem Kopf.

»Nein, lass sie in Ruhe«, sagte Paul. Er tippte mit dem Daumen auf den glatten Ledereinband der Bibel in seiner Hand. »Sie werden bald aufstehen.«

Die Besatzung wartete. Im Gegensatz zu ihm war sie nicht ganz so geduldig. Wie Stripes hingen manche einer besseren Sicht wegen in den Wanten. Andere saßen auf dem sonnigen Deck dicht neben den Rumfässern, die für diesen Anlass nach oben geschleppt worden waren. Alle waren da: die Besatzung der MARY ANNE; die Überlebenden der NEFARIOUS und sogar dieser feige Hund, der aus unerfindlichen Gründen eine Abneigung gegen Paul entwickelt hatte, die über reine Boshaftig-

keit hinausging ... Es war gut, dass jemand ihn am Mast festgebunden hatte.
Ja, alle waren anwesend. Silas West, der erleichtert schien, dass er die Pflichten als Steuermann einem anderen überlassen konnte; der kleine Johnnie, dessen Begeisterung für ihr Geschäft – und die Verehrung für seinen alten Kapitän – täglich wuchs; Phil Stewart, Nat Paige und eine Hand voll weiterer, die zu Ehren des Schwarzen Sam heute hier waren, um Zeuge des glücklichsten Ereignisses seines Lebens zu sein.
Als er aus den Augenwinkeln eine Bewegung bemerkte, drehte Paul sich um. Sam und Maria waren an Deck gekommen. Über Pauls gerötetes Gesicht huschte ein Lächeln, als er seinen besten Freund ansah, der nun, wie fast immer auf dieser Reise nach Süden, an der Vorderdeckreling stand und den Arm besitzergreifend um Maria Halletts schmale Taille gelegt hatte. Nichts konnte die beiden trennen. Paul schüttelte den Kopf. Es war knapp gewesen, sehr knapp. Gott sei Dank hatte er gewusst, wo Teach zu finden war, und Gott sei Dank waren die Dinge nach Plan verlaufen. Und die geplagte Küste würde Gott ebenfalls danken, denn nun gab es einen Piraten weniger, gegen den sie ankämpfen musste.
Getreu seinem Versprechen Maria gegenüber gab Sam endlich sein Piratendasein auf.
Und die Männer im Gefängnis von Boston? Paul wollte nicht ausgerechnet jetzt über sie nachdenken, denn sie waren nun *sein* Problem – seines und Teachs. Aber sie waren ja schließlich auch seine Männer gewesen.
Sein Lächeln wurde traurig. Es war kaum zu glauben. Sam, der solch ein begeisterter Anhänger der Bruderschaft gewesen war; Sam, der den Beruf mit solch rücksichtsloser Leidenschaft betrieben hatte; Sam gab das alles für die Liebe einer Frau auf. Aber so war es nun mal. Ach, er würde seinen Freund vermissen, doch es würde weitere Unternehmungen geben, in die er die ausgelassene Besatzung der MARY ANNE führen konnte und

andere Meere, die er befahren konnte. Die nordamerikanische Küste; die Karibik; Himmel, dann gab es auch noch Madagaskar, die Ostindischen Inseln … die Möglichkeiten für einen guten Piraten waren unbegrenzt.

Hinter ihm erklang ein verräterisches Gluckern und das Eingießen von Flüssigkeiten in Becher, als der Rum zu fließen begann. Noch immer mit der Bibel in der Hand sah Paul die erwartungsvollen Gesichter um sich herum und zuckte mit den Schultern. Sie hatten keine Eile …

Auf dem von Gischt bedeckten Vorderdeck warf Maria lachend den Kopf zurück und ließ sich die milde tropische Brise durch das Haar wehen. Die Gischt kühlte ihre nackten Füße, küsste ihre Knöchel und bedeckte ihre Wangen. Nach Steuerbord tauchte eine Inselgruppe auf, die wie smaragdgrüne Hüte auf der türkisfarbenen See aussahen. Sie atmete tief die berauschenden Düfte ein, schloss die Augen und ließ das Sonnenlicht voll Hingabe auf ihren Lidern tanzen.

»Oh, Sam! Du hattest Recht! Es ist so herrlich hier – wie im Paradies!« Nie zuvor hatte er so viel Begeisterung, so viel Freude in ihren Augen gesehen. Sie hüpfte wie ein zehnjähriges Mädchen auf und ab. »Sieh dir doch nur die Farbe des Wassers an! Ich kann unsere Schatten auf dem Meeresboden sehen, und der muss doch wohl dreißig Meter unter uns sein! Und diese Vögel! Schau mal, da ist wieder einer!« Sie nahm seinen Arm und deutete auf einen großen Vogel mit sackartigem Schnabel, der über den Masttopp der MARY ANNE hinwegflog. »Sieh dir seinen Hals an!«

»Das ist ein Pelikan, Mädchen.« Er lächelte über ihren kind
chen Überschwang, zog sie an sich und genoss das G
ihres weichen, kurvigen Körper an seinem. Und dann lac
leise in sich hinein, als ihm seine Lieblingserinnerung
einfiel: Maria, die durch die Menge gestürmt k
retten. Also, an jenem Tag war sie wirklich ei
sin gewesen.

Er seufzte und lächelte. »Ach, es ist zu schade«, sagte er, und in seinen Augenwinkeln kräuselten sich die kleinen Lachfältchen, die sie so sehr liebte.

»Was denn?«, fragte sie und fuhr ihm neckend mit dem Finger über das Kinn.

»Ach, ich dachte gerade, dass du deinen Beruf verfehlt hast.« Verwirrt sah sie ihn an, bis er wieder lächelte und weitersprach. »Lieber Gott, Maria, wenn du dich bloß an jenem Tag hättest sehen können. Du hast bewiesen, dass du ein wahrer Pirat bist, und ausgerechnet in dem Moment, als ich dabei war, meine Segel zu streichen! Findest du das nicht auch schade? Wir hätten ein wunderbares Gespann sein können.«

»Wir *sind* ein wunderbares Gespann«, versicherte sie ihm. Ihre Augen, die wie Spiegel den glänzenden Ozean reflektierten, der sie umgab, nahmen einen träumerischen und abwesenden Ausdruck an. »Oh, was wird denn nun werden, Sam, da du jetzt ein neues Leben beginnst?«

»Na ja«, erwiderte er versunken und betrachtete liebevoll ihr auserlesenes Gesicht und die Augen, in denen er gern ertrinken wollte. Gott sei Dank war es ihm gelungen, Paul davon zu überzeugen, dass *er* nun versuchen müsse, die Männer aus dem Gefängnis in Boston zu holen. »Also, als Erstes werde ich dich heiraten. Hier und heute. Mit einem Piratenkapitän, der die Zeremonie vollzieht und einem Schiff voller diebischer Schurken als unsere ehrenwerten Gäste.«

»Und was dann, mein Kapitän?«, fragte sie lächelnd mit Augen, die wie das morgendliche Sonnenlicht auf dem Meer himmerten.

nn werden wir für immer in einem sicheren Hafen vor r gehen. Was hältst du von Barbados? Oder vielleicht a?« Doch da sie keine dieser karibischen Inseln kannte, iede recht. »Ach, ich glaube, das wäre auch egal. rohr anbauen und kann mit meinen *Verbin-* rf Paul einen schnelles Lächeln zu, der noch

immer geduldig auf dem Achterdeck stand – »... mit allen Handel treiben.«
Ihre Augen strahlten vor Glück.
»Und du«, sagte er, hob ihr Kinn an, damit er in ihr süßes, ihm zugewandtes Gesicht blicken konnte, »wirst bei mir sein.« Er nahm ihre kleine und zarte Hand in seine und hob sie an seine Lippen. »Vor langer Zeit, Maria, habe ich versprochen, dich zu einer Prinzessin auf einer Westindischen Insel zu machen. Und nun werde ich dieses Versprechen einlösen.«
»Eine Prinzessin!« Sie warf die Arme um seinen starken Nacken und dachte dabei, dass Märchen doch wahr werden konnten.
Er hob sie hoch und schwang sie herum. »Ja, eine Prinzessin!«
»Und was dann, Sam?«
»Und dann«, sagte er heiser und beugte den Kopf in quälender Langsamkeit zu ihrem herab, »dann werde ich meine Zeit damit verbringen, meine größte Beute, meinen wirklichen Schatz zu rauben.« Seine Lippen waren süß und zart, als sie ihre fanden, und dann schlangen sich seine Arme um sie und pressten sie hungrig an sich.
Sie küssten sich lange und leidenschaftlich und kümmerten sich nicht um die Pfiffe, die vom Achterdeck zu ihnen herüberklangen.
Schließlich zog sich Sam zögernd zurück. Alle warteten, und doch hielt er ihren Blick mit seinem lange fest, weil er sie mit jeder Faser liebte. So war es, und so sollte es auch immer bleiben. Niemand konnte ihm das mehr nehmen. Seufzend ließ er einen Finger durch eine glänzende Locke ihres goldenen Haars gleiten.
»Und wann wirst du damit beginnen ... diesen Schatz zu rauben, mein freier Prinz?«
Nun lächelte er, und in seinen schwarzen Augen loderte das alte, vertraute Feuer. Mit versonnenem Blick sah er auf sie herab, bewunderte ihre verschmitzten, eindrucksvollen Au-

gen, ihren Mund, der die Farbe rosafarbener Muscheln hatte, das geschmolzene Gold ihres Haars, das prächtiger war, als alle Piratenschätze je sein konnten. Und er wusste, dass er nicht länger warten konnte.

»Jetzt«, flüsterte er heiser. »Doch vorher müssen wir noch eine gewisse Sache zwischen uns regeln.«

»Und das wäre, Kapitän?«

»Wir müssen an einer Hochzeit teilnehmen.« Und damit nahm er ihre Hand und führte sie nach achtern, wo der Kapitän und die Besatzung der MARY ANNE auf sie warteten.